Francis Crawford von Lymond – schottischer Adliger, Söldner-
führer, Feldherr, Poet des Degens, Künstler, Liebling der höfischen Damenwelt und Meister der politischen Intrige – ist die
zentrale Gestalt des »Königsspiels«. Nach fünfjähriger Verbannung kehrt er heimlich nach Schottland zurück. Er ist ein Ver-
femter, auf dessen Kopf ein hoher Preis gesetzt ist. Jetzt, im Jahre
1547, wartet Schottland auf einen neuen Einfall der Engländer,
die die vierjährige Königin Maria entführen, sie mit dem englischen Knabenkönig Eduard verheiraten und so die beiden Königreiche unter der Herrschaft Englands vereinigen wollen. Welche
Ziele verfolgen dabei Lymond und seine Söldnerbande?
Über »Das Königsspiel« und seine Helden schrieb die »New
York Times«, daß er »seinesgleichen in den Romanen der letzten
dreißig Jahre sucht«, und der Rezensent der »Sunday Times«:
»Ich bezweifle, ob es in der ganzen Romanliteratur einen besseren Helden gibt. Rhett Butler aus ›Vom Winde verweht‹ kann
ihm das Wasser nicht reichen.« Und sogar das erlauchte »Times
Literary Supplement« war entzückt: »Ein historischer Thriller
mal ganz anders, sowohl amüsant und geistreich als auch span-
nend.«

Dorothy Dunnett (auch Dorothy Halliday), geboren 1923 in
Dunfermline / Schottland, war ursprünglich Malerin. Dann ver-
öffentlichte sie zahlreiche international erfolgreiche historische
Romane, so die Bestseller »King Hereafter« über Macbeth, »Die
Farben des Reichtums – Der Aufstieg des Hauses Niccolo« (rororo Nr. 12855) und »Der Frühling des Widders – Die Macht-
ergreifung des Hauses Niccolo« (Wunderlich Verlag), außerdem
sechs Kriminalromane der »Dolly«-Serie. Dorothy Dunnett ist
mit dem Schriftsteller Alastair N. Dunnett verheiratet, hat zwei
Söhne und lebt in Edinburgh.

DOROTHY DUNNETT

Das Königsspiel

ROMAN

Deutsch von
Peter de Mendelssohn

ROWOHLT

Titel der Originalausgabe »The Game of Kings«,
erschienen bei G. P. Putnam's Sons, New York

Veröffentlicht im Rowohlt Taschenbuch Verlag GmbH,
Reinbek bei Hamburg, November 1991
Die deutsche Erstausgabe erschien 1969 im
Henry Goverts Verlag GmbH, Stuttgart
Copyright © 1969 by Henry Goverts Verlag GmbH
Der Abdruck erfolgt mit freundlicher Genehmigung
der S. Fischer GmbH, Frankfurt am Main
Alle Rechte vorbehalten
Copyright © 1961 by Dorothy Dunnett
Umschlaggestaltung Britta Lembke
Gesamtherstellung: Clausen & Bosse, Leck
Printed in Germany
1680-ISBN 3 499 13019 x

»Das Königsspiel« ist, wie es sich gebührt,
einer Engländerin und einem Schotten gewidmet:
Dorothy Eveline Millard Halliday und
Alastair Mactavish Dunnett

Die Hauptpersonen der Handlung

Richard Crawford, Dritter Baron Culter
Sybilla, seine Mutter
Mariotta, seine Frau
Francis Crawford von Lymond, Junker von Culter, sein Bruder

Sir Walter (Wat) Scott von Buccleuch
Janet, seine Frau
Will Scott von Kincurd, sein Erbe

Sir Andrew (Dandy) Hunter von Ballaggan
Catherine, seine Mutter

Lady Agnes Herries, eine junge Erbin
John, Junker von Maxwell, Schwager des Grafen von Angus
Thomas (Tom), Junker von Erskine

Lady Janet Fleming, Witwe Lord Flemings, Tante und Erzieherin
    der Königin
Lady Christian Stewart, ihre Patentochter

Archibald Douglas, Graf von Angus
Sir George Douglas, sein Bruder
Sir James Douglas von Drumlanrig, sein Schwager und Onkel von
    Maxwell

Johnnie Bullo, ein Zigeuner
Der Türken-Mat (Matthew), ein Söldner

Maria von Guise, Witwe Jakob V., Königinmutter von Schottland
Königin Maria von Schottland, ihre vierjährige Tochter
James Hamilton, Graf von Arran und Statthalter von Schottland
Henry Lauder von St. Germains, Generalanwalt der Schottischen Krone
Archibald Campbell, Graf von Argyll, Lordoberrichter von Schottland

Eduard, Herzog von Somerset, Protektor von England und Statthalter
    seines neunjährigen Neffen, König Eduards VI.
Sir William Grey, Dreizehnter Baron Grey de Wilton, Oberbefehlshaber
    der englischen Heere in Nordengland
Thomas Wharton, Erster Baron Wharton, Stadthauptmann von Carlisle
    und Befehlshaber der Westmarken

Harry Wharton
Sir Thomas Wharton } seine Söhne
Sir Robert Bowes, Befehlshaber der Ostmarken
Edward Dudley, Garnisonshauptmann der englischen Festung Hume in Schottland
Sir Thomas Palmer, englischer Soldat und Fachmann für Festungsbau

Matthew Stewart, Graf von Lennox, Franco-Schotte, zu England übergegangen
Lady Margaret Douglas, Gräfin von Lennox, seine Frau und Tochter des Grafen von Angus

Jonathan Crouch, Kriegsgefangener
Gideon Somerville von Flaw Valleys, Hexham
Kate, seine Frau
Philippa, seine Tochter
Samuel Harvey

Inhalt

Eröffnungsspiel   11

Erster Teil:
Das Spiel um Jonathan Crouch   39

Zweiter Teil:
Das Spiel um Gideon Somerville   201

Dritter Teil:
Das Spiel um Samuel Harvey   289

Vierter Teil:
Das Endspiel   389

Eröffnungsspiel

»Lymond ist wieder da.«

Es war allenthalben bekannt, bald nachdem die *Seekatze* mit verbotener Fracht und einem Mann, den sie nicht hätte mitführen dürfen, aus Campvere in Schottland eintraf. »Lymond ist in Schottland.«

Geschäftige Männer, die sich auf den Krieg mit England vorbereiteten, sagten es mit Verachtung und Abscheu und mit einem flinken Seitenblick auf diesen oder jenen in ihrer Mitte: »Wie man hört, ist Lord Culters junger Bruder wieder da.« Nur eine Frauenstimme sagte es dann und wann in anderem Ton und lachte ein wenig. Lymonds eigene Leute hatten gewußt, daß er kam. Indes sie in Edinburgh auf ihn warteten, überlegten sie kurz, doch ohne sich Sorgen zu machen, wie er in eine mauerumschlossene Stadt einzudringen gedachte, um zu ihnen zu gelangen.

Als die *Seekatze* einlief, wußte Mungo Tennant, Bürger und Schmuggler zu Edinburgh, von dem Passagier an Bord nichts. Er nahm seine regelmäßige, höchst private und persönliche Umstellung von untadeliger Ehrbarkeit auf gesetzwidrigen Handel vor, und bald wurde in einer warmen Augustnacht eine Bootsladung unversteuerter Waffen, Ballen von Sammetstoff und Bordeauxweine über den Nor' Loch, der die Nordseite Edinburghs schützte, zum Doppelkeller unter Mungos Haus gerudert.

Im Riedgras des Nor' Loch schlüpfte ein Mann lautlos bis auf Seidenhemd und Strumpfhose aus den Kleidern, lauschte einen Augenblick und glitt dann leise ins Wasser.

Drüben, jenseits der vierhundert Fuß schwarzen Wassers, erhoben sich wie ein Fries auf dem Hügelrücken die Häuser von Edinburgh. Die Burg droben auf der höchsten Felsenhöhe war heute nacht hell erleuchtet und warf ganze Sternenbilder von Lichtern auf die Wasserfläche; denn drinnen saß der Graf von Arran, Statthalter von Schottland, und vernahm Bericht um Bericht über die Engländer, die sich zusammenrotteten, um ihn zu überfallen.

Das Haus der Königinmutter unterhalb der Burg war gleichfalls erleuchtet. Auch Maria von Guise, des verstorbenen Königs französische Witwe, fand keinen Schlaf vor Sorge über den befürchteten Angriff; denn die rothaarige Königin, für die Arran regierte, war ihre Tochter, und Englands Vorsatz war, zwischen der kleinen Königin Maria und dem Knabenkönig von England, dem neunjährigen Eduard, die Verlobung zu erzwingen und, falls sich Gelegenheit bot, die vierjährige Braut zu entführen.

Mungo Tennant war, indes er auf seine Fracht wartete, von wenig Bürgersorgen bedrückt, außer daß das unablässige Wiederaufleben des Krieges gegen England die Wache an den Stadttoren viel zu streng machte; und die vernichtende Niederlage gegenüber England vor vierunddreißig Jahren bei Flodden hatte dazu geführt, daß rings um Edinburgh hohe Mauern aufgerichtet wurden, die einem Schmuggler verdammt ungelegen kamen. Und auch Crawford von Lymond, der jetzt im Kielwasser des Bootes wie eine Oriflamme die seichten Gewässer des Nor' Loch teilte. Denn wo eine Schmugglerladung in die Verteidigungswerke einer Stadt einzudringen vermochte, da vermochte es auch ein vogelfreier Rebell, dessen Leben verwirkt war, wenn er gefaßt wurde.

Vor ihm lief das Boot jetzt knirschend auf den Schlamm auf und wurde lautlos angehoben und aufs Ufer gezogen. Die

Ruderer luden aus. Die Füße der Lastträger bewegten sich durchs Gras, durchquerten einen Garten, umgingen ein Hindernis und verloren sich lautlos im unterirdischen Gang, der zum Keller unter dem Keller von Mungos Haus führt. Der Schwimmer faßte Fuß, schüttelte sich und folgte ihnen behutsam und unbemerkt hinein ins gleiche Haus und wieder hinaus. Crawford von Lymond war in Edinburgh.

Einmal drinnen, war alles einfach. In einem kleinen Zimmer in der High Street warteten dunkle, unauffällige Kleider auf ihn; er zog sich geschwind um, während seine Leute ihn mit den Neuigkeiten der letzten zwei Monate fütterten, die er gierig bis in die kleinsten Einzelheiten verschlang. »... und folglich erwartet der Statthalter die Engländer in etwa drei Wochen und flattert herum wie ein Huhn, dem man die Kehle durchgeschnitten hat ... Sie sind aber ganz schön naß«, sagte der Wortführer.

»Ich«, sagte Lymond mit seinem unverkennbaren Ton, der seine tödlichsten Gedanken honigsüß klingen ließ, »ich bin ein See-Einhorn und suche nach meiner Jungfrau. Ich habe wie Charybdis das Meer aufgesogen und werde es, wenn's keine andere Unterhaltung gibt, dreimal täglich gegen Entgelt ausspeien. Sagt mir noch einmal ganz genau, was ihr eben über Mungo Tennant erzählt habt.«

Sie sagten es ihm und erhielten ihre Befehle; dann wandte er sich zum Gehen, hielt aber auf der Schwelle inne, um sich den schwarzen Überwurf ums Kinn festzustecken. »Unauffällig wie ein Hundszahn«, sagte Lymond schlicht. Und war weg.

In seinem hohen Haus in Gosford Close mit dem Eberkopfwappenschild über dem Türsturz hatte der reiche und hochachtbare Bürger Mungo Tennant einen Nachbarn und dessen Freund bei sich zu Gast. Sie saßen auf geschnitzten Stühlen, die Füße auf einem Kurdistanteppich, aßen sich gemächlich durch Kapaun und Wachteln, Hühner, Tauben und Erdbeeren, Kirschen, Äpfel und Birnen durch und bemerkten alle diese guten Dinge überhaupt nicht, ja nicht einmal die Stunde, da sie tief in einem edlen und unwiderstehlichen Wortstreit steckten.

Um zehn Uhr begab sich das übrige Haus zu Bett. Um halb elf Uhr vernahm Mungos Hausmeister ein Klopfen an der Tür und öffnete. Draußen stand Hob Hewat, der Wasserträger. Der Hausmeister fragte Hob in der Volkssprache, indem er bei jedem zweiten oder dritten Wort abschweifte, was er wolle. Hob antwortete, man habe ihm gesagt, er solle Wasser für die Sau bringen. Der Hausmeister bestritt es. Hob blieb dabei. Der Hausmeister erklärte ihm, was er statt dessen mit dem Wasser machen könne, und Hob erklärte dem Hausmeister in allen Einzelheiten, wie er sich fast den Buckel verrenkt habe, um sein hundsgemeines Wasser aus dem Brunnen heraufzuholen.

Droben bumste Mungo gegen den Fußboden, damit das Geschrei aufhöre, und der Hausmeister gab fluchend nach. Er ging voraus zur Kammer unter der Treppe, wo Mungos große Sau, das Wahrzeichen seines Hauses, sein verhätschelter Liebling, wohnte, und wartete, während Hob Hewat den Wassertrog füllte. Plötzlich erhielt er einen niederschmetternden Schlag auf den Schädel und setzte sich hin. Hob, der alles verrichtet hatte, wofür man ihn bezahlt hatte, verschwand. Der Hausmeister rutschte zu Boden und blieb dort liegen. Die Sau näherte sich ihrem Wassertrog, beschnüffelte ihn mit wachsendem Wohlbehagen und steckte die Schnauze und beide Vorderfüße hinein.

Lymond band dem Hausmeister Hände und Füße, verließ den Koben und ging die Treppe hinauf zu Mungo Tennants Gemächern.

Droben, im Beisein ihres hochbefriedigten Gastgebers, waren Sir Walter Scott von Buccleuch und Tom Erskine noch immer kräftig bei der Sache. Buccleuch, mit einer Schnabelnase wie ein Papagei, war ein machtvoller schottischer Tiefländer, der einen harten Verstand, eine Stimme wie der heilige Columba und eines der größten Güter im schottischen Grenzland besaß. Erskine, um vieles jünger, rosig, untersetzt und aufbrausend, war der Sohn Lord Erskines, und sein Vater war das Oberhaupt einer der Familien, die dem Thron am nächsten standen, und Schloßhauptmann der Königin auf ihrer Festung Stirling.

»Wart's nur ab«, dröhnte Buccleuch. »Protektor Somerset wird seinen verdammten englischen Pöbel zusammenrufen und die Ostküste hinauf nach Schottland einmarschieren. Und er wird seinen Feldhauptmann Lord Wharton abkommandieren, gleichzeitig die Westküste hinauf bei uns einzufallen. Die Hälfte der Grundbesitzer an der Westküste sind sowieso schon von den Engländern bezahlt und werden keinen Widerstand leisten. Wir anderen werden hier drüben in Edinburgh sein und gegen Ned Somerset kämpfen.«

»Nicht alle«, sagte Erskine knapp.

Buccleuchs Geflüster spazierte in der Runde. »Und wer bliebe wohl im Westen, der auch nur eine Grindwurz wert wäre?«

»Andrew Hunter von Ballaggan?«

»Du lieber Jesus. Andrew ist ein netter, feiner Junge, aber seinen Besitz haben sie bis aufs letzte geschröpft, und was die schlechtbewaffnete Bande betrifft, die er seine Gefolgsleute nennt – Mann, die würden wie Haarschuppen auf dem Schlachtfeld liegen.«

»Der dritte Baron Culter?« meinte Tom Erskine. Buccleuch hörte den verächtlichen Ton heraus, und seine Kehllappen liefen rot an.

»Ich kenne das freche Geschwätz am Hof«, brüllte Buccleuch. »Dort sagen sie, man kann Culter nicht trauen.«

Tom Erskine hob die breiten, brokatenen Schultern. »Sie sagen, man kann seinem jüngeren Bruder nicht trauen.«

»Lymond! Über Lymond wissen wir Bescheid. Räuberei und Hurerei und Gott weiß was für Laster –«

»Und Verrat.«

»Und Verrat. Aber mit Verrat hat Lord Culter nichts zu schaffen. Da gibt es solche, die wollen Lymond und seine Mörderbande zur Strecke bringen und verlangen, Culter soll sie anführen als Beweis für seine Treue. Aber wenn Richard Crawford von Culter sagt, er hat Besseres zu tun, und sich glattweg weigert, wie eine kläffende Meute auf seinen Bruder Jagd zu machen, dann ist er deswegen noch lange kein Verräter.« Buccleuch blähte seine zerklüfteten Backen auf und fügte hinzu: »Außerdem hat Culter sich gerade verheiratet. Machst du ihm einen Vorwurf, weil er seinen Schild am Haken hängen läßt und die Schießprügel seiner Familie ganz hinten in seiner Waffenkammer versteckt?«

»Verdammt noch mal«, sagte Tom Erskine ärgerlich. »Ich mache ihm wegen überhaupt nichts einen Vorwurf. Wenn er diese schwarze irische Schönheit geheiratet hat, dann, nehme ich an, würde er's überhaupt nicht bemerken, wenn der Protektor in Midculter ans Haustor klopft und um einen Trunk Wasser bittet. Aber –«

Das große rote Gesicht hatte sich beruhigt. »Du hast natürlich vollkommen recht«, sagte Buccleuch herzlich. »Wenn Culter bei Hof überhaupt was gelten soll, dann wird er sich dazu überwinden müssen, diesen honiggesichtigen Halunken zu erwischen und dingfest zu machen.«

Jetzt endlich war Mungo Tennant, der schweigende und geschmeichelte Gastgeber, in der Lage, ein respektvolles Wörtchen einzulegen. »Lymond, Sir Wat?« sagte er. »Nun, soviel ich gehört habe, ist er in den Niederlanden. Und Gott weiß, wann er zurückkommt, wenn überhaupt... Gott sei bei uns, was war das?«

Es war nur ein Niesen; aber ein Niesen draußen vor der Tür zu ihrem Gemach, das jeden Hauch heimlicher Ungestörtheit auslöschte. Tom Erskine war als erster dort, die beiden anderen hart auf seinen Fersen. Das anstoßende Zimmer war leer, aber die Tür zu Mungos Schlafzimmer stand angelehnt. Erskine packte eine Kerze wie ein Banner in der Faust und stürmte hinein. Lymond, das Haar weich wie der Flaum eines Nestlings, die Augen schamlos vor tückischer Bosheit, beobachtete ihn in einem Silberspiegel. Noch ehe Erskine rufen konnte, waren Buccleuch und Mungo Tennant schon hereingestürzt und standen neben ihm, und Lymond hatte zwei Schritte zur Tür gemacht; dort stand er jetzt abwartend, die Hand auf der Klinke, die Degenklinge glitzernd auf Brusthöhe, als sie waffenlos auf ihn zu sprangen und dann zurückwichen.

»Wie meine Herrin von Suffolk spricht«, sagte Lymond sanft, »Gott ist ein wunderbarer Mann.« Die kornblumenblauen Augen ruhten nachdenklich auf Sir Wat. »Ich war mit dem Klatsch nicht auf dem laufenden. Sagt Richard, seine junge Frau muß ihren Schwager erst noch kennenlernen, ihre Seekatze, ihren Seeskorpion, in seiner ganzen Schönheit während der Brunstzeit. Wie schade, daß ihr eure Degen nicht umgeschnallt hattet.«

Buccleuchs Gesicht wurde fleckig vor Wut. »Du Lump von einem Mörder! Du endest mir noch heute nacht –«

»Ich weiß. Geflenst, mit heißem Fett begossen, gegeißelt und an einem Sechsschillinggalgen aufgeknüpft – bitte Abstand halten –, aber nicht heute nacht. Heute nacht führen die Frösche und Mäuse Krieg, was, Mungo?«

»Der Mann ist verrückt«, erklärte Buccleuch nachdrücklich. Es war ihm gelungen, einen Feuerbock aufzuheben.

»Mungo ist nicht der Ansicht«, sagte Lymond. »Seine Gedanken weilen bei Fleischeslust und seinen Schätzen.« Und wahrhaftig, das Ponyfell in Mungos Nacken war von Schweiß verklebt, indes er offenen Mundes den Eindringling anstarrte.

Lymond lächelte zurück. »Sei vorsichtig«, sagte er. »Zu deinen Füßen gähnen Fallgruben vor aller Öffentlichkeit. O mea cella, vale, du weißt schon . . .« Plötzlich ging es Mungo auf, womit er ihm drohte. Er stürzte auf Lymond zu, stieß unterwegs mit Tom Erskine zusammen und setzte sich im Fallen auf die Kerze. Einen Augenblick lang herrschte unbeschreibliches Durcheinander, während die drei Männer und der Feuerbock im Dunkeln fluchend gegeneinander torkelten; dann gelangten sie zur Tür und rissen sie auf. Der Korridor bis zum Treppenabsatz war völlig leer, und die leichten Füße, die sie hinabeilen hörten, waren schon ein gutes Stück entfernt. Sie stürzten ihm nach.

Sie befanden sich drei Stockwerke über dem Erdboden, und es war eine Wendeltreppe. Buccleuchs Gebrüll machte das Zinngeschirr in der Küche rasseln; Tom Erskine schrie, und Mungo flötete wie eine Hühnerpfeife. Die Dienstboten auf ihren Strohsäcken hörten den Lärm und fuhren auf; Talgkerzen flammten auf, und nackte Füße eilten unten über die Binsen. Auch Mungos Sau hörte es. Betrunken wie ein Nachtwächter, torkelte sie auf die Treppe zu, just als die ersten Dienstboten herzukamen. Mit flatternden Riesenohren und gewölbtem Leib schleuderte sie sich auf sie, indes Lymond und seine Verfolger herabgeeilt kamen. Sie prallte einmal vom Spindelpfosten der Treppe ab, rutschte einmal auf den glatten Fliesen aus, schoß dann auf Mungo zu und gab ihm einen mächtigen Stoß nach rückwärts, während sie vor entfesselter Liebe heiser lallend aufquietschte. Mungo fiel aufs Hinterteil, Buccleuch fiel auf ihn drauf, und Tom Erskine sauste mit einem Kopfsprung über sie beide hinweg und landete auf dem Packen verstrubelter Köpfe, die das Fußende der Treppe verstopften wie die Garbenhaufen beim Dreschen. Durch sie alle hindurch, gänzlich unbemerkt im allgemeinen Aufruhr, siebte und worfelte sich Lymond.

Der wüst verschlungene Knäuel auf der Treppe schwankte kreischend, quietschend und grunzend hin und her und bäumte sich plötzlich hoch, wo das unsichtbare Schwein ihnen wie mit einem Haken die Füße unter dem Leib wegzog. Buccleuch kam als erster frei, und sein grauer Backenbart schwebte über dem Gedräng wie ein chinesischer Papierdrachen beim Karneval. »Lymond!« kreischte er. »Wo ist er hin?«

Sie durchsuchten schließlich das ganze Haus, ohne eine Spur von ihm zu entdecken, und fanden nur Mungos Hausmeister gefesselt und geknebelt im Schweinestall. »Der Teufel soll ihn holen!« sagte Buccleuch wütend. »Die Fenster sind verrammelt und die Tür verschlossen – er muß hier drin sein. Wo ist Ihr Keller?«

Mungos Gesicht war fleckig unter dem sabbrigen Schweinsgeifer. »Dort habe ich schon nachgesehen. Er ist leer.«

»Na, sehen wir noch mal nach«, schnarrte Buccleuch und war schon dort, noch ehe Tennant ihn aufhalten konnte. »Was ist denn das?«

Es war unzweifelhaft eine Falltür. Von bitterer Notwendigkeit getrieben, hielt Mungo Tennant sie zehn Minuten lang mit Beteuerungen zurück: sie sei, erklärte er, versiegelt; sie sei nur eine Verzierung; sie sei verschlossen und unbenützt. Buccleuch hörte ihm schließlich nicht mehr zu, sondern ging, sich ein Brecheisen zu holen. Die Tür öffnete sich mit zischender, gut geölter Leichtigkeit.

Mungo hätte sich keine Sorgen zu machen brauchen. Der Tiefkeller, die Höhle und der lange unterirdische Gang zum Nor' Loch enthielten keinerlei Schmuggelware. Aber da Fässer mit Bordeaux das Rudern beschwerlich machen, spendeten sämtliche Brunnen von Edinburgh am nächsten Tag guten Rotwein; und dieser versetzte, am Vorabend des Einfalls der Engländer, das Volk in der High Street auf eine oder zwei Stunden in so fröhliche Laune wie die Sau in Gosford Close.

Spät nachts lief über die glatte Fläche des Nor' Loch ein ferner, schwacher Klang leisen Gelächters. Crawford von Lymond hatte mit seinen Leuten und seiner Beute längst das Ufer erreicht; ein Mann von Witz, der sich auf krummwegige Trefflichkeiten verstand, zum Wohlleben erzogen und Erbe eines Vermögens, ritt er heiteren Gemüts hinweg nach Midculter, um ins Schloß seiner neuen Schwägerin einzudringen.

Auf Schloß Midculter, nahe dem Clyde-Fluß im südwestlichen schottischen Tiefland, hatte die verwitwete Lady Culter drei Kinder aufgezogen, deren jüngstes, Eloise, frühzeitig gestorben war. Die beiden verbliebenen Knaben waren abwechselnd in Frankreich und in Schottland erzogen worden: sie ließ ihnen Latein, Französisch, Philosophie und Redekunst beibringen sowie Jagen, Falknerei, Reiten, Bogenschießen und die Kunst, säuberlich mit dem Schwert zu töten. Als ihr Gemahl auf dem Schlachtfeld ums Leben kam, wurde Richard, der ältere Knabe, dritter Baron Culter, und Francis, sein Bruder, erhielt als nächster Erbe den Titel des Master oder Junker von Culter, dem er den Namen seiner eigenen Ländereien zu Lymond hinzufügte. Bis zu Richards Eheschließung hatte Sybilla Lady Culter mit ihrem älteren Sohn allein in Midculter gewohnt. Was sie von Lymonds Treiben hielt, sagte sie nicht. Sie hieß Mariotta, Richards junge Gemahlin, mit warmer Umarmung und tanzenden blauen Augen willkommen und hatte am heutigen Tag, im Spätsommer 1547, ihren Sohn auf eine seiner ewigen Sitzungen und Versammlungen in der Gegend geschickt und die Damen der Nachbarschaft eingeladen, um sie mit ihrer Schwiegertochter bekannt zu machen. So kam es, daß unter dem mächtigen Tonnengewölbe, umgeben von den Wandbehängen und dem Schnitzwerk, um derentwillen die große Wohnhalle von Midculter berühmt war, vierzig Frauen auf Plüschsesseln saßen und miteinander schwatzten und plapperten.

Mariotta, eine schwarzhaarige Schönheit, ging wie auf Wolken, umrankt vom Zierat der Schmeichelei und des Neides. Richards Mutter, klein und prächtig, mit Kornblumenaugen und heller Haut, hielt sich, so gut sie konnte, im Hintergrund, überwachte das Räderwerk des Haushalts mit der einen Hälfte ihrer Gedanken und behielt die andere Hälfte für sich. »Und wie geht's Will?« sagte sie unbesonnen zu Janet, der dritten und gebieterischsten Gattin Wat Scotts von Buccleuch, und Janet, großknochig und hübsch und von blühender Frische, dreißig Jahre jünger als Buccleuch und die klügste in einer teuflisch klugen Familie, heftete die Augen unverwandten Blicks auf die Decke und stöhnte.

In Sybillas Vorstellung war Buccleuchs Erbe aus seiner ersten Ehe ein angenehmes und freundliches rothaariges Kind, das mit fünf Jahren seine Mutter verloren hatte und sanft und behutsam von Sir Wats damaligem Schloßkaplan aufgezogen worden war. Dann hatte Buccleuch ihn nach Frankreich geschickt, wo er bis zu diesem Jahr das Grand Collège besucht hatte. Nichtsdestoweniger vermochte Sybilla dem Stöhnen Janets ihre eigene, zutreffende Deutung zu geben. »Religion oder Weiber?« fragte Lady Culter sachkundig.

»Weiber!« Es war ein Ruf der Verzweiflung. »Können Sie sich vorstellen, daß Buccleuch sich wegen Weibern auch nur ein Barthaar ausreißen würde? Nicht die Spur davon. Moralphilosophie, da liegt der Haken«, sagte Janet mit düsterer Genüßlichkeit. »Sie haben dem armen Will Moralphilosophie beigebracht, und sein Vater ist am Überkochen.«

»Also doch Theologie«, sagte Sybilla bedrückt. »Nun ja, wenn er sich zum Kalvinisten entwickelt oder zum Lutheraner oder Erasmier oder Wiedertäufer, dann kann das schlecht ausgehen. Schließlich hat man George Wishart verbrannt.«

»Aber er führt ja nicht Luther im Mund. Er zitiert Aristoteles und Boethius und die Regeln des Rittertums und das langwierige Geschwätz des Chevalier de Bayard über Mannentreue und die Ethik der Kriegführung. Und er will einfach den Mund nicht halten. Ich gebe ja zu«, sagte Lady Buccleuch mit einer gewissen grimmigen Belustigung, »daß die reinen Quellen der Ritterlichkeit in der Gegend von Hawick vielleicht ein wenig getrübt sind, aber das ist noch kein Grund, seinen Vater einen gewissenlosen alten Schurken und jeden zweiten Peer in Schottland einen verräterischen Schuft zu nennen.«

Sybilla behielt mit Mühe die Fassung. »Wat versteht sich doch weiß Gott aufs Diskutieren. Warum macht er es ihm nicht klar?«

»Weil Buccleuch kein Gipsheiliger ist und Will den Erzengel Gabriel selbst in Trunkenheit und Wahnsinn treiben würde«, sagte Lady Buccleuch freimütig. »Hören Sie ihn nur erst einmal reden über Eidbrüchigkeit und Patriotismus und geteilte Treue. Als er das letztemal seinen Köder auswarf, hat es keine fünf Minuten gedauert, und Wat und er haben sich angekreischt wie die Guelfen und die Gibellinen. Der Teufel soll sie holen«, sagte sie nachdenklich, »diese beiden Dummköpfe«, und hielt inne, während ihr Blick sich unversehens schärfte.

Sybilla warf, unverändert lächelnd, ihrer Schwiegertochter rasch einen Blick zu, indes Lady Buccleuch wieder das Wort nahm. »Sie haben wohl gehört, daß Lymond wieder da ist.«

Einen kurzen Moment lang hielten die klugen blauen Augen sie fest. Dann wandte Lymonds Mutter sich um und sagte: »Ach, Mariotta, meine Liebe. Die Zigeuner. Ich nehme an, sie haben jetzt unten fertiggegessen, und es wäre vielleicht sicherer, sie fortzuschicken, ehe Richard und die Pferde zurückkommen. Obwohl sie eigentlich recht ehrlich und anständig aussahen. Würdest du . . .?«

Zwischen Mariotta und der verwitweten Lady Culter herrschte wortloses Einverständnis. Mariotta lachte und begab sich sofort hinaus.

»Es war so ein glücklicher Zufall, daß sie gerade kamen«, sagte Sybilla, »nachdem die Musikanten, die wir bestellt hatten, nicht rechtzeitig eingetroffen waren. Und was gedenken Sie mit Will zu machen?«

»Wir haben nicht über Will gesprochen«, sagte Lady Buccleuch kurz und treffend. »Wie Sie sehr wohl wissen, sprachen wir über Lymond.«

»Ja«, antwortete die Baroninwitwe. »Ja, ich erinnere mich. Ja, ich weiß, man will ihn in der Gegend gesehen haben. So heißt es.«

Janet hatte einige Mühe, die schweifenden blauen Augen festzuhalten. »Sybilla. Wie ist das mit Richards Ehe und Lymond?«

»Sie ändert nichts an der Sache. Nicht das geringste. So wie die Dinge stehen, könnte Lymond niemals Lord Culter werden. Er hat sogar seinen eigenen Besitz Lymond verwirkt, als er für vogelfrei erklärt wurde. Es gibt keinen weiteren Erben. Wenn Richard und Mariotta beide sterben sollten, würde das ganze Vermögen an die Krone fallen.«

»Natürlich könnte er jetzt nicht Richards Erbe antreten«, sagte Janet. »Aber was wäre, wenn die Engländer regieren würden? Es ist schon vorgekommen, daß geächtete Verbrecher mit den richtigen politischen Beziehungen in seidenen Betten gestorben sind.«

»So heißt es. Vielleicht ist es dann ein Glück«, sagte Sybilla, »daß dieser Verbrecher mit seinen Schwindeleien die Gunst sämtlicher Parteien in ganz Europa verspielt hat. Haben Sie es mal mit Brasilholzfarbe bei Ihren Vorhängen versucht?«

Diesmal verstand Lady Buccleuch den Wink.

Mariotta kehrte gerade von ihrer Besorgung über die Wendeltreppe zurück, als sie die Pferde draußen im Hof hörte und vermutete, Richard und sein Gefolge seien eingeritten. Die Gebote der Würde stritten mit dem ehefraulichen Wunsch, hinab- und ihm entgegenzueilen. Sie zauderte noch, als Schritte unten um die Treppenecke kamen und ein unbekannter gelber Haarschopf wie ein Nautilus aus der Schale, aus den Tiefen der Serpentine heraufkam. Lady Culter war jung, und es war ihre Wesensart, daß sie sich gern zur Schau stellte und betrachten ließ: Sie raffte mit dunkel glühenden Wangen ihr Röcke und verkniff sich gerade noch ein affektiertes Lächeln. »Kann ich Ihnen helfen, Sir?«

Die normannische Blondheit erkannte die keltische Dunkelheit und freute sich diebisch. »Hab' ich doch wieder die Dienstbotentreppe erwischt! Jennie, mein Herzlieb, wo ist dein Herr und Meister? Die Fußspuren der Liebe? Die Fährte zu einem Culter? Irgendeinem Culter; der alten Lady Culter, der jungen Lady Culter, oder Seiner Lordschaft in mittleren Jahren . . .?«

Wenn sie den Irrtum für echt hielt, dann nur einen Augenblick lang. Sodann: »Ein recht primitiver Humor, finden Sie nicht?« sagte sie liebenswürdig. »Mein Mann ist noch nicht eingetroffen, aber die Baroninwitwe ist im Oberstock. Ich werde Sie zu ihr führen, wenn Sie es wünschen.«

Ein Gelächter des Entzückens antwortete ihr. »Eine Culter und übellaunig und schwarz. Komm und tanz mit mir in Irland!«

»Ich«, sagte Mariotta bestimmt, »bin Lady Culter. Ich nehme an, Sie sind ein Freund meines Mannes.«

Er blieb zwei Stufen unter ihr auf der Treppe stehen. »Nehmen Sie an, was Sie Lust haben. Gelb steht Ihnen nicht, und das Angeln nach Komplimenten auch nicht.«

»Ich – also wirklich!« sagte Mariotta auffahrend. »Für widerwärtig schlechte Manieren gibt es keine Entschuldigung.«

»Richard mag mich auch nicht leiden«, antwortete der Blonde betrübt. »Haben Sie Richard gern?«

»Ich bin mit ihm verheiratet!«

»Deshalb habe ich gefragt. Sie sind wohl nicht zufällig für die Vielmännerei?« Er lehnte Schulter und Ellbogen gegen den Spindelpfosten und starrte sie vergnügt an. »Schwierige Sache, nicht? Ich könnte ein entfernter Vetter sein mit einem etwas ausgefallenen Humor, in welchem Fall Sie albern dastehen würden, wenn Sie laut schreien. Ich könnte ein sattsam bekannter Kretin sein, der um jeden Preis von Ihren Gästen ferngehalten werden muß. Oder ich könnte – o nein, mein Engel!« Rasche Finger, die sich fest um ihr Handgelenk schlossen, rissen sie hoch, ehe sie sich kopfüber hinab in den Unterstock zu den Dienstboten und ihrem Mann stürzen konnte. » – oder ich könnte ärgerlich werden. Sei doch keine Närrin, meine Liebe«, sagte er. »Die Leute, die du unten hereinkommen gehört hast, waren meine Leute. Ihr werdet nicht etwa belästigt; ihr werdet überfallen.«

Er hielt sie ganz dicht bei sich fest, und sie konnte seinen Augen nicht entgehen. Sie mußte sie anblicken: Sie waren blau, das gleiche tiefe Kornblumenblau wie die Augen ihrer Schwiegermutter. Die plötzliche Erkenntnis versteifte ihre

Züge und ließ ihren Pulsschlag erstarren. »Ich weiß, wer Sie sind! Du bist Lymond!«

Er lächelte beifällig und gab sie frei. »Ich nehme die persönlichen Beleidigungen zurück, wenn du deinen Arm zurückziehst, ohne ihn zu ruchlosen Zwecken zu verwenden. So ist es recht. Und nun, Schwägerin mein, klettern wir wie Jakob zu dem matriarchalischen Cherub droben hinauf. Ich persönlich«, meinte er kritisch, »würde dich rot kleiden.«

Dies also war Richards Bruder. Jede Zeile von ihm sprach gleich einem doppelt beschriebenen Blatt mit zwei Stimmen. Die Kleidung, schwarz und kostbar, wirkte ein wenig schlampig; die Haut von der Sonne glasiert und rissig; schöne Augen unter schlaffen Lidern; der Mund unverschämt und genußsüchtig. Er gab den prüfenden Blick ohne Groll zurück. »Was hattest du erwartet? Eine Natter oder einen Teufel oder einen tollwütigen Idioten? Milo mit dem Ochsen auf seinen Schultern? Oder den Goldenen Esel? Oder kanntest du die Familienfarbe nicht? Richard hat sie nicht. Der arme Richard ist lediglich braun und ...«

»Den Spruch kenne ich immerhin«, rief Mariotta und rieb sich das schmerzende Handgelenk. »Rot weise; braun vertrauensvoll; blaß neidisch –«

»Und schwarz frisch und rüstig. In welche Unmenge Fallen du doch heute gegangen bist! Wenn du willst, kannst du jetzt laut schreiend vorauslaufen. Es kommt jetzt nicht mehr darauf an. Vor fünf Minuten allerdings waren wir noch einigermaßen in Eile, hatten die Dienerschaft zu fesseln, das Silber einzusammeln, Richards privaten Schatz aus dem üblichen Versteck hervorzuholen. Ein Mann von eiserner Gewohnheit, unser Richard.«

Er war achtlos an ihr vorbei und voraus die Treppe hinaufgegangen; Mariotta, rasch auf der Hut und schreckerfüllt, lief ihm nach. »Was willst du eigentlich?«

Er überlegte. »Hauptsächlich Belustigung. Findest du nicht, es ist Zeit, daß meine Familie mein Mißgeschick teilt, wie es Christenmenschen ansteht? Und dann – das Laster ist so kostspielig. Maßlosigkeit, Mariotta, stiehlt das Geld aus der Tasche und die Freude aus den Gedärmen, doch wer könnte ihr Einhalt gebieten? Ich nicht. Hier stehe ich und weine sanfte Myrrhentränen als Beweis dafür.« Sie hatten die Tür zur großen Wohnhalle erreicht. Er wandte sich zu ihr um, und die Kätzchenaugen waren hellblau. »Jetzt paß genau auf. Wir sind im Begriff, in vierzig mächtigen Busen ein Klimakterium der Gefühle hervorzurufen. Mit einer kurzen Ansprache gedenke ich eure Frauen durch Erregung, Überheblichkeit, Verachtung und Zorn hindurchzusteuern: Es wird sich ein kleines Drama abspielen, gerecht, entsetzlich, poetisch und mit Höhepunkten bestreut. Ob sie es mir wohl danken werden?«

Mariotta raffte ihren Verstand zusammen und brachte das einzige Abschreckungsmittel vor, das ihr einfiel. »Deine Mutter ist da drinnen.«

Er nahm es mit gelassenem Vergnügen entgegen. »Dann dürfte zumindest ein Mensch mich erkennen«, sagte Francis Crawford von Lymond und schob sanft die Tür auf.

Mittlerweile ritt Sir Wat Scott von Buccleuch, endlich von den Ratsversammlungen befreit und unter Zurücklassung seines guten Freundes Tom Erskine, eines bestürzten Schmugglers und eines bedrückten Schweins, von Edinburgh hinweg gen Westen.

Buccleuch war an Krieg gewöhnt. Seit dem goldenen Zeitalter vor der Schlacht bei Flodden, in dem noch ein kraftvolles Königtum geherrscht hatte, war er, wie ihm schien, ständig von Kindern regiert worden oder von ihren Familienältesten oder Statthaltern, die im Kampf um die Macht miteinander im Bürgerkrieg lagen. Und stets konnten die Adligen, denen die Macht entrissen wurde, sich um Hilfe an Englands Heinrich VIII. wenden, der Schottland zu erobern und die kleine Königin Maria nach England zu bringen gedachte, wo sie nach englischer Sitte erzogen und zu gegebener Zeit mit seinem Sohn vermählt werden sollte. Heinrich hatte Streitmacht um Streitmacht über die Grenze nach Schottland geschickt, um die Schotten zu verheeren und auszurauben, bis sie sich unterwarfen; ja, er hatte im selbigen Monat, da Maria geboren wurde und ihr Vater, König Jakob v., starb, bei der unheilvollen Schlacht von Solway Moss den halben Adel des schottischen Tieflands gefangengenommen und nach London entführt, wo er ihnen als Preis für ihre Freiheit ein schriftliches Versprechen abgenötigt hatte, daß sie ihm helfen würden, die Vermählung seines Sohnes Eduard mit Maria zuwege zu bringen.

Jetzt war Heinrich tot, und auch auf dem englischen Thron saß ein Kind: Eduard vi., für den sein Onkel, Eduard Somerset, regierte, Protektor von England und begieriger Anhänger von Heinrichs Ehepolitik, der gleich ihm niederbrannte und plünderte und den schottischen Adel mit noch anderen Waffen zu verführen wußte; denn König Heinrich hatte in lüsterner Ehetollheit die Kirche seines Landes vom Papst losgetrennt, und in Schottland gab es viele, die von der französischen Königinmutter und ihrem alten Verbündeten, dem katholischen Frankreich, den Blick abwandten und ihn statt dessen auf den reformierten Glauben richteten.

Dies alles jedoch kümmerte Wat Scott von Buccleuch nicht, der sich kaum je um Recht und Unrecht irgendwelche Sorgen machte. Er verwandte gelegentlich einen Gedanken auf die Religion, wenn es den Anschein hatte, als bekomme sie die Politik und folglich die Zukunft der Familie Scott zu fest in den Griff, aber diese jüngste Umwälzung bedeutete ihm nichts. Der Bischof von Rom war kein Muster aller Tugenden, gewiß nicht, aber Heinrich von England hätte um ein verdammtes Haar Buccleuchs Stammsitz zu Branxholm überrannt, und das versetzte ihn auf jeden Fall in den allertiefsten Höllenschlund zu den Ketzern. Wenn die Nation kein stehendes Heer hat, bleibt nichts anderes übrig, als sie selbst zu verteidigen, mit den eigenen Pächtern und Lehnsleuten im Rücken und gemieteten Schwertern und ausländischen Söldnern, je nachdem, was das Privatsäckel sich leisten kann. Buccleuch kämpfte gern. Nachdem er seine Befehle erhalten hatte, wandte er sich westwärts, um augenblicks große kriegerische Tätigkeit zu entfalten, und wich auf dem Heimritt ein Stück von seinem Weg ab, um in Boghall vorzusprechen, einem Schloß, das auf seinem übelriechenden Torfmoorland in der Mitte von Schottland stand und den Flemings gehörte, einer Familie, die der Königin in einzigartiger Treue ergeben war und deren Oberhaupt Lord Fleming selbst eine uneheliche Tochter des Königshauses geheiratet hatte.

Lady Fleming, nicht nur die Tante, sondern auch die Erzieherin der kleinen Königin, war nicht daheim; statt ihrer machte ihre Patentochter Christian Stewart in Boghall die Honneurs. Sie war Buccleuchs Liebling. Anmutig und von hohem Wuchs, mit schönem, dunkelrotem Haar, hatte sie eine entschiedene Art an sich, so daß es angenehm und beruhigend war, mit ihr zu plaudern, und es war unmöglich zu erkennen, daß sie seit ihrer Geburt blind war. Sie war mit jedem Zollbreit in Boghall vertraut, und nachdem Sir Wat sein Gespräch mit Fleming erledigt hatte, stand sie plaudernd bei ihm, und Buccleuch erfuhr von ihr, daß Lord Culter oben war.

»Culter?« sagte Fleming, der es zufällig gehört hatte. »Ich glaubte, er sei schon fort.«

»Noch nicht«, antwortete Christian unbewegt und folgte langsam, während Buccleuch keine Zeit verlor und mit allen seinen fünfzig und mehr Jahren wie ein geschorener Widder die Treppen hinaufstürmte.

Richard, der dritte Baron Culter, Sybillas älterer Sohn, war nicht nur oben; er war auf dem Dach. Auf der Hauptbrustwehr klatschte die Sonne den Türmchen und Zinnen ins Gesicht, und tief drunten erhob sich die Burg aus dem Moor wie ein Leuchtturm aus den Umkreisringen von Außenwall, Park und Burggraben. Buccleuch trat nach vorn, und das Mädchen folgte ihm sicheren Fußes, indes der Wind ihm das rote Haar von den Schultern hob. Lord Culter sah sie kom-

men. Er hatte nichts vom wilden Ungestüm des Jungverhei-
rateten. Eine nüchterne, gedrungene Erscheinung mit braunem Haar und zuverlässigen grauen Augen, war Richard
Crawford in seinen Dreißigern ein Mann von Reichtum und
erprobter Befähigung. Er wartete steinernen Gesichts, und
noch ehe Buccleuch den Mund öffnete, sprach er selbst.
»Wenn es wegen Lymond ist, dann machen Sie sich nicht die
Mühe, Buccleuch.«
»Es ist wegen Lymond«, antwortete Sir Wat grimmig und
legte los.
So wie Mungo Tennant wortlos zugehört hatte, so lauschte
auch Christian Stewart dem Wortstreit schweigend, doch
mit einer Anteilnahme und einem Verständnis, die Mungo
Tennant für überhaupt nichts aufbrachte.
Buccleuch schloß mit mächtigem Gebrüll. »Mann, Sie könnten
mit Lymond genausogut wirklich im Bunde sein, wenn Sie
die anderen zum Glauben verleiten, Sie wären es!
Sehen Sie sich doch an, was sich abspielt! Vor fünf Jahren
hat sich herausgestellt, daß Ihr Bruder Lymond seit Jahr und
Tag sein Vaterland verkauft hat: Seitdem ist er von einem
Land ins andere geknufft worden und hat jedes nur erdenkliche Verbrechen begangen, und jetzt ist er wieder da, Gott
verzeih ihm, und sein Treiben ist noch viel dreckiger und
sein Trachten noch widerlicher als damals, als er auszog. Und
inzwischen kämpft das, was von der Nation noch übrig ist,
so gut es kann, weiter. Halbe Million Leutchen. Und drei
Millionen Engländer versuchen auf Teufel komm 'raus, sich
die Oberhoheit über Schottland zu verschaffen und die zot-
tigen eingeborenen Wilden wie Sie und mich hinauszuschmei-
ßen und das Land unter sich aufzuteilen. Und zwischen den
einzelnen Überfällen machen sämtliche Grundbesitzer zwischen Berwick und Fife wie schwangere Küchenmädchen England den Hof. Weiß Gott, ich mache ihnen keinen Vorwurf.
Ich habe selbst englisches Geld genommen, um mein Haus
und meine Pächter zu schützen. Man verspricht ihnen Lebensmittel und Pferde und keinen Widerstand, und wenn sie dann

das Land überfallen, dann leckt man ihnen die Stiefel oder auch nicht, je nachdem, wie dicke Mauern oder was für eine Art von Gewissen man hat.«

Er stand plötzlich von seinem Sitz auf der Brustwehr auf und begann auf und ab zu schreiten. »Und dann haben wir da noch die Douglas, die feinen Herrschaften, und andere gleich ihnen. Das sind die Leutchen, die als Mittelsmänner zwischen uns und den Engländern in London anerkannt sind, die Kisten voll Gold haben und zu viele Bewaffnete, als daß sie sich ein grobes Wort gefallen lassen brauchten. Vor denen haben beide Seiten Respekt, und das Geld fließt ihnen nur so in den Säckel, weil jede Partei glaubt, sie hat sich die letzte und endgültige Treue des Mannes erkauft. Aber Sir George Douglas hält nur seinem eigenen Haus und dem Teufel die Treue, und wenn der Teufel nicht dafür sorgt, daß die Douglas zuoberst auf dem dynastischen Misthaufen sitzen, dann soll der Teufel sich zum Papst scheren. Sind Sie meiner Ansicht?« fragte Buccleuch.

»Ja, ich bin Ihrer Ansicht«, antwortete Lord Culter. »Reden Sie weiter.«

»Gut. Wir haben es mit allen diesen Leutchen zu tun, und dann haben wir noch die übrigen, wie Sie selbst, die seit Generationen den Thron auf ihren Rücken schleppen – vielleicht nur weil ihr in Schottland einen so großen Einsatz habt, daß kein anderes Spiel euch das Risiko wert ist; aber immerhin, ihr tut es jedenfalls ... Wir sind der Meinung, daß der Protektor unser Land überfallen wird. Wir hoffen, ein Heer ins Feld zu stellen, um ihn vor Edinburgh zum Stehen zu bringen. Es wird kein besonders gutes Heer sein, weil es mit einem Auge nach den Grundherren in Lothian und mit dem anderen auf die Douglas schielen wird. Und bei Gott, Richard Crawford«, schloß Buccleuch mit einem Donnergrollen, das die Tauben von den Türmchen aufflattern ließ, »wenn sie auch auf Sie noch aufpassen müssen, dann wird sich in den nächsten Wochen ein Haufen schieläugiger Schotten an den Goldenen Toren zusammenfinden.«

Es trat ein Schweigen ein, während die verschlagenen, cholerischen Augen in die hellgrauen starrten. Dann sagte Christian plötzlich: »Richard! Es riecht nach Rauch!« Er war mit einem Satz auf und davon, rannte quer über das Lattenwerk und höher hinauf zu den Zinnen. Buccleuch, der sich gerade das Gesicht abwischte, blickte mit offenem Mund auf das Mädchen und dem verschwindenden Richard nach. Christian sprach rasch. »Er war hier hinaufgegangen, weil er meinte, er sähe aus der Gegend von Culter Rauch aufsteigen.« Im nächsten Augenblick befand Buccleuch sich neben Richard auf der höchsten Brustwehr.

Im Westen wellte sich das Torfmoor, dem Sockel der Burg entsprungen, grünlich schimmernd dahin und tauchte in drei Meilen Entfernung zum Bett des Culterbachs hinab, und dort lagen das Dorf und das Schloß Midculter. Einen Augenblick lang war nichts zu sehen, und Buccleuch begann zu scherzen. »Rauch! Machen Sie sich keine Sorgen, Mann! Meine Kamine haben einen Monat lang Trauer getragen, ehe meine erste Frau und die Köchin mit den Öfen Bescheid wußten . . .«

Der Wind tätschelte ihre Gesichter und schlug um. Eine große Säule, schwarz wie der Einbruch der Nacht, stieg im Westen auf und hing schwankend über dem Horizont. Lord Culter war mit blitzartiger Schnelle bei der Treppe und Buccleuch hinter ihm drein, der nach Schießbogen und Hellebarden brüllte, daß die ganze Burg es hörte. Christian Stewart, allein zurückgeblieben, fand selbst den Weg zur Treppe und stieg, Fragen in den blicklosen Augen, hinab.

Die Frauen in der Wohnhalle zu Midculter waren nicht überrascht, als die Tür sich öffnete. Sie erwarteten, daß ihnen aufgetischt werde, und Lady Buccleuch, für die Schwangerschaft gleichbedeutend mit Essen war, hatte bereits bei den Fenstern, wo die kalten Platten ausgelegt waren, in strategischer Stellung Fuß gefaßt. Sybilla stand beim Kamin und war mitten in einer langen, todernsten Geschichte, die viel Heiterkeit auslöste. Als die Tür aufging, sagte sie vergnügt:

»So, jetzt können wir essen. Janet wird sich freuen.« Die blauen Augen lächelten ihrer Schwiegertochter zu, hörten auf zu lächeln und ruhten dann ganz einfach, während alles Denken aussetzte, auf der noch immer offenen Tür.

Lymond lehnte sich gegen die Tür, schloß sie und zog, ohne den Blick zu wenden, mit einer Hand den Schlüssel aus dem Schloß. In der anderen Hand senkte sich eine nackte Degenspitze und hielt zwischen den geschlitzten Lavendelstengeln inne. Neben ihm stand Mariotta reglos still. Jegliche Spur eines Ausdrucks wich vom Gesicht der Baroninwitwe; ihr weißes Haar schimmerte wie Salz. Von der plötzlichen Stille, dem Geräusch des Schlüssels, dem grellen Leuchten der Klinge aufgestört, wandten sich die ersten Köpfe. Ein Murmeln erhob sich und erstarb. In der plötzlich eintretenden Stille hörte man die verlorene Reprise einer Melodie, die von der Musikantengalerie unbeirrbar ihres Weges durch den Saal zog. Dann erstarb auch sie.

Der Neuankömmling, mit dem Rücken zur Tür, sprach lässig, mit undeutlich verwischten Worten: »Guten Abend, meine Damen. Die Herren, die jetzt hinter Ihnen eintreten, sind sämtlich voll bewaffnet. Ich bin Francis Crawford von Lymond, und ich verlange Ihr Leben oder Ihre Geschmeide – lieber die letzteren; beide, wenn nötig.«

Aus dem Rascheln des Schreckens ertönten die ersten Schreie des Entsetzens; aus ihnen erhob sich ein Sturm von Angst- und Schimpfrufen und daraus ein brausendes Orchester empörter weiblicher Raserei, das die Harfensaiten auf der Galerie erbeben ließ. Eine der Damen verlor so weit den Kopf, daß sie die kleine stattliche Gestalt zupfte: »Sybilla! Es ist Lymond!«, und erstarrt vor dem versteinerten Antlitz der alten Baronin zurückwich.

Der Raum war ringsum von bewaffneten Männern gesäumt. Einige von ihnen nahmen einer Frau nach der anderen ihr Geld und ihren Schmuck ab; andere durchsuchten den Raum und ermunterten mit gespannten Waffen und lüsternen Blikken zum Widerstand. Es bot sich ihnen keiner. Auf ihnen allen ruhte, wie zufällig hier und dort, Lymonds friedfertiger blauer Blick. Aber längst schon sagte Mariotta ihr Instinkt, daß er sich einer Sache vollauf bewußt war. Alles in ihr drängte sie, irgendeinen verletzlichen Nerv aufzudecken, und so sagte sie: »Warum siehst du sie nicht an? Dein Drama braucht Dialog.«

Er wandte den schweifenden Blick ihr zu. »Ich habe mich für Pantomime entschieden.«

»Wie schade. Ich war auf den Kothurn der Tragödie vorbereitet, und jetzt gibt's nur Sockenfüße.«

»Das Mimenspiel, meine Liebe, bedeutet nicht immer Komödie; weit davon entfernt.«

Eine ähnliche Stimme vom nämlichen Klang antwortete ihm. »Eine Posse, also«, sagte die alte Baronin gelassen. »Mein Sohn ist nicht sehr kompliziert, Mariotta, obwohl seine Kunstgriffe glitzern. Er fürchtet sich –«

»Fürchtet!« Blaue Augen, in denen jedes Gefühl erstorben war, blickten in blaue Augen. »Fürchtet sich vor was? Von der Kirche verdammt und vom Gesetz verurteilt: Wo sollten da Herz und Kopf noch Furcht hernehmen? Oimè el cor, oimè la testa ... Nach fünf Jahren Schurkerei, das versichere ich euch, besitze ich das Feingefühl eines Kohlkopfs.«

»– fürchtet sich, ich könnte die Schutzhülle seiner attischen Gleichgültigkeit durchstechen. Was wir hier sehen, ist Schauspielerei, nicht wahr, Francis?«

»Ach, wirklich?« antwortete er höhnisch. »Ich fürchte, ihr werdet eure Diamanten nicht zurückbekommen, wenn der Vorhang fällt. Und mein Name, wenn ich bitten darf, ist Lymond. Mein augenblickliches Gesicht ist das fürsorgliche und nachsichtige.« Die lächelnden Augen, die er ihr zuwandte, waren leer. »Ich komme aus den Bordellen und finsteren Gassen Europas mit einem Hang zur Schauspielerei – jawohl – und zum Töten und Verrat und, wie es heißt, namenlosen und verführerisch erotischen Verbrechen. Bin ich euch nicht fünf Jahre vorzüglichen Klatsches wert gewesen? Wartet ihr nicht alle gespannt und erpicht darauf, daß ich meine Schwägerin beim Haar packe? Wenn ich's bedenke, verdammt noch mal, bin ich geradezu ein öffentlicher Wohltäter.«

»Plappernder Affe!« Lady Buccleuch, voller Zorn und Mitleid für Sybilla und Haß auf den schwarzbärtigen Grobian, der ihr soeben ihre Smaragde abgenommen hatte, griff jetzt in das Spiel ein. »Was hat der arme Richard dir je angetan, außer daß er zuerst geboren wurde?«

Die blauen Augen blickten überlegend. »Schlecht beraten«, pflichtete er bei. »Aber nicht notwendigerweise endgültig.«

Der Junker war außer Reichweite, nicht aber der grinsende Dieb an ihrer Seite. »Endgültig, was mich betrifft, du niederträchtiger Schuft, du!« kreischte die Dame Janet mit ohrenzerreißender Deutlichkeit, ergriff einen kalten Pudding und schleuderte ihn dem Schwarzbart ins Gesicht. Und während der große, schwere Mann sich fluchend mit beiden Händen das Flammeri abkratzte, entwand Janet ihm seinen Dolch und ging auf ihn los.

Aber nicht rasch genug. Lymond, der an der Tür stand und aufpaßte, war nicht gesonnen, einen seiner Leute einzubüßen. Launigkeit und Lässigkeit wippten augenblicks hinweg, und als Janet vorstürzte, warf Lymond den eigenen Arm zurück.

Janet schrie in der Totenstille des Raums einmal auf; ihr rechter Arm sank ihr an der Seite herab, das Messer entglitt ihren großen, gelockerten Fingern. Dann fiel Buccleuchs Gemahlin langsam nieder, und Lymonds Dolch, mit unfehlbarer Zielsicherheit quer durch den ganzen Raum geschleudert, glitzerte fleckig und klebrig von Blut in ihrem Gewand.

»Fürchte mich?« sagte der gelbhaarige Mann und lachte. »Verzeiht mir, ich hätte euch warnen sollen: Ich habe einen Hang zu blutdürstiger Grausamkeit. Bruslez, noyez, pendez, ompallez, descouppez, fricassez, crucifiez, bouillez, carbonnadez ces méchantes femmes. Mat! Wenn du deine unverhoffte Speise verdaut hast, möchtest du bitte melden, wie weit wir unten sind? Und jetzt« – indes Schwarzbart, vor

34

Schande rot angelaufen, durch die Gittertür verschwand –
»bitte mitkommen, meine Damen. Lassen Sie Ihren weiblichen Telemach einen Augenblick allein; sie ist nicht tot.«
Er blickte sie der Reihe nach liebenswürdig prüfend an. »Epilog«, sagte er. »Wir haben Kalliope gehört, wie sie mit liebreizender Stimme mich wie einen Ringelwurm zusammenschrumpfen ließ und einen Schauspieler genannt hat. Und die Lady von Buccleuch, die sich daraufhin ein Herz gefaßt und uns ein Gebrüll, ein Geheul, ein Gepfeif und ein Jonglierkunststück vorgeführt hat, allerdings mit betrüblichem Ergebnis. Und Mariotta, die versucht hat, dem Unbeschämbaren Scham zu entringen.«
Er wandte den Kopf, und dem Mädchen stockte das Herz.
»Nun, nun, Schwesterlein, was machen wir mit dir, Mariotta?« Er sah sie nachdenklich an und blickte dann an ihr vorbei und lächelte. »Sieh doch«, sagte er. »Ihre Augen brennen wie die Leichenkerzen. Unter diesen Umständen möchte ich's auf etwas Neuartiges anlegen . . . Ja?«
Schwarzbart war wieder erschienen. »Alles erledigt, Sir. Und die Pferde sind bereit.«
»Also gut. Schaff sie hinaus.« Die Männer zogen ab, und die Meldungen kamen herein: »Alle Türen verrammelt, Sir. Wertsachen aufgeladen, Sir.«
Behutsam, wie auf Porzellanfüßen, schritt Crawford von Lymond zur Gitterwand, und die Frauen wichen vor ihm zurück. An der Tür wandte er sich um. »Ich bedaure, daß Richard nicht bei euch ist. Macht nichts. Gott hat tausend Hände zum Züchtigen, und ich habe zwei – wie kann Richard uns beiden entwischen?« Er blickte sie alle prüfend an, und sie zahlten ihm den nachdenklichen Blick mit Verachtung zurück. »Ich nehme nicht an«, sagte er bedauernd, »daß wir uns wiedersehen werden. Lebt wohl.«
Die Tür schloß sich hinter ihnen allen, und der Schlüssel drehte sich im Schloß. Die Frauen starrten wie gebannt auf sie und bemerkten jenseits des Gitters den schwankenden Schatten einer unheimlichen Wolke. Hinter den kannelierten

Fenstern wurde die Sonne von treibenden Schwaden grauen Rauchs verdunkelt, und die Stille füllte sich mit dem Knistern und Prasseln von Flammen. Der jüngste überlebende Crawford hatte beim Abzug mit flinker Hand das Schloß in Brand gesteckt.

Die gegen die Mauern aufgehäuften Reisigbündel flammten lichterloh, als der Trupp aus Boghall den Abhang hinunter auf das Schloß zugestürmt kam. Jeder taugliche Mann aus Lord Flemings Besatzung war Richard gefolgt. Sie rissen die Reisighaufen weg und brachen mit Äxten durch das Haupttor und dann abermals durch die Tür zur Wohnhalle.

Richard griff nach seiner Frau und blickte über ihren Kopf hinweg auf seine Mutter. »Wer hat das getan? Was ist geschehen?«

Doch Mariotta antwortete. Sie schloß die Augen; die Dunkelheit zeigte ihr einen kühlen blauen Blick, und sie öffnete sie wieder. »Es war dein Bruder. Er muß geisteskrank sein.«

»Nicht geisteskrank, meine Liebe.« Sybilla widersprach ihr sanft. »Aber furchtbar betrunken, fürchte ich.«

Er hörte sich an, was sie ihm zu erzählen hatten; er kniete neben Janet nieder, die mit ihrer Schulterwunde am Boden lag, und trat dann mit einem Gesicht, als sehe er nichts, durch das Geschnatter der Erleichterung und Hysterie wieder zu seiner Mutter. Er sagte mit blutlos weißen Lippen: »Es scheint, ich habe mich selbst zum Narren gehalten. Aber nicht noch einmal auf diese Weise, das verspreche ich dir.«

Buccleuchs Hand lag auf seinem Arm. »Bei Gott, wenn wir zurückkommen . . .«

»Zurück?« fragte die Mutter.

Sir Wats Bart fältelte sich; ein Anzeichen der Besorgnis. Er sagte tonlos: »Sie haben die Nachricht nicht gehört?«

»Welche Nachricht?«

Richard antwortete, ohne Mariotta anzublicken, statt seiner. »Wir haben es in Boghall erfahren. Wir sind im offenen Kriegszustand und früher, als wir gedacht hatten. Die Engländer haben ein Heer zusammengezogen und sind auf dem Marsch nach Norden. Wir sind alle unverzüglich zum Statthalter befohlen, um zu kämpfen... Also wird Lymond – guter Gott, Lymond wird warten müssen.«

Erst acht Monate waren vergangen, seit Heinrich VIII. von England im Tod in unentschiedener Schwebe gehangen und gleich Mohammeds Sarg dagelegen hatte, nicht recht in der Kirche und auch nicht ganz draußen, bewacht von seinen Märtyrern und dem verdrießlichen, fünffachen Gespenst seiner Ehefrauen. König Franz von Frankreich, durch seines Nachbarn Tod mitten in einer so glänzenden, so verwickelten Politik, daß sie England endlich zu Boden schlagen mußte, gestrandet und auf dem Trockenen, Franz, dieser köstlichen Freuden beraubt, schwand dahin und starb gleicherweise.

Karl von Spanien, der römische Kaiser, indes er den Islam in Prag und das Luthertum in Deutschland abwehrte und die langen, klebrigen Finger des Vatikans nötigte, sich zurückzuziehen, warf einen abschätzenden Blick hinüber auf das ketzerische England.

Heinrich, der neue König von Frankreich, der sich der Macht und Feindseligkeit des Kaisers aufs empfindlichste bewußt war, überlegte, wie er Karl dazu verleiten könne, Savoyen herzugeben, wie sich England aus Boulogne hinaussetzen ließe und wie er am besten seinem engen Freund und lieben Verwandten Schottland zu dienen vermöchte, ohne damit England dem Kaiserreich in die Arme oder in den Schoß zu werfen. Er beobachtete Schottland, seine kleine Königin, seine französische Königinmutter und seinen Statthalter Arran. Er beobachtete England, das der königliche Onkel Somerset für den neunjährigen Knabenkönig Eduard regierte. Er sah interessiert zu, wie die Engländer in närrischer Versessenheit ihre Lieblingspolitik betrieben: die Eheschließung, die schmerzlos Schottland an England ketten und ein für allemal der langen, gefährlichen Liebelei zwischen Schottland und Frankreich ein Ende machen sollte.

Frankreich zog sinnend seine Flotte zusammen und machte sich daran, seine Beziehungen zu den Niederlanden zu pflegen, deren Häfen etwaigen, von Stürmen abgetriebenen Galeeren vielleicht freundlich gesonnen sein mochten. Der Kaiser, von den schottischen Seeräubern geärgert und weniger beschäftigt denn zuvor, behielt die nördlichen Himmel genauestens im Auge. Behutsam über ein funkelnagelneues Brett gebeugt, wartete Europa auf das Eröffnungsspiel.

I. TEIL

Das Spiel um Jonathan Crouch

I

Am Sonnabend, dem 10. September, trafen der englische Protektor Somerset und sein Heer auf dem Feld von Pinkie außerhalb von Edinburgh auf die vereinigten schottischen Streitkräfte und zerschlugen sie restlos. Die Engländer ergriffen jedoch weder die Königin noch nahmen sie die Festung Edinburgh, sondern verblieben sengend und plündernd draußen vor der Stadt, während ein zweites englisches Heer, wie Buccleuch vorausgesagt hatte, von Südwesten nach Schottland eindrang und sich auf seinem siegreichen Marsch nach Norden in der Stadt Annan nahe der Grenze festsetzte.

Am gleichen Tag ritt ganz in der Nähe von Annan ein Mann auf einem breitschädligen Pony in einen Bauernhof ein und hielt unvermittelt an, eine Pike vor der Brust. Er rührte sich nicht im Sattel; seine braunen Augen spähten kritisch über die wißbegierige Nase hinweg; dann zischte er zwischen den Zähnen hervor: »Colin! Colin! Stell dich nicht dümmer, als du bist! Es gehört nicht mehr Schlauheit dazu, weißt du, Lymonds Freunde hereinzulassen, wie seine Unfreunde hinauszulassen.« Der Mann mit der Pike blökte: »Johnnie Bullo! Hab' dich gar nicht erkannt, Mann!« Der Reiter schnalzte mit der Zunge, und das Pony trabte weiter. Es trug ihn durch einen Mauerbogen aus unbehauenen Feldsteinen und einen langen Durchgang hinauf zu einem Hof, auf dem es von Leuten wimmelte. Der üble Dunst eines Kessels, der über einem offenen Feuer kochte, kämpfte schwächlich gegen den Gestank von Schweiß, Leder und Pferdemist an. Johnnie Bullo ritt durch ein Gatter in den Hof ein, stieg ab und rief »Der Türke da?«

Ein Mann, der mit einer Mütze voll Eiern vorüberkam, wies mit dem Kopf hinüber in den offenen Hof und entblößte mit einem Grinsen zwei zahnlose Kiefer. »Da drüben, Johnnie.«

Der Türken-Mat, Berufskrieger und alter Kämpfer von Mohács, Rhodos und Belgrad, saß gegen eine umgestürzte Tonne gelehnt und bellte Befehle, während er sich die Stiefel von den Füßen zerrte. Er war vierzig und mürrisch, weil er es an der Leber hatte, und ein gelockter schwarzer Assyrerbart, den er sich hatte stehenlassen, hatte ihn nicht gerade verschönert. Die Männer auf dem Hof bewunderten den Türken.

Johnnie Bullo näherte sich ihm sachte. »Mann, ein Feuer hast du da, damit kannst du die Kinder Israels anführen.«

Der Türken-Mat schüttete den Flußsand aus einem seiner Stiefel, »Hei, Johnnie! Die Bauernleutchen sind zu Hause, da kann man ruhig ein Feuer anzünden.« Und während Bullo sich umwandte und wortlos die Bretter betrachtete, mit denen Türen und Fenster vernagelt waren: »Das hat der Bauer gemacht, nicht wir. Er hat sechs Mädelchen im Haus und sagt, er zahlt uns für den Schutz und kein Zuchthengstgeld . . . Wir ziehen morgen sowieso weiter, und ich hoffe zu Gott, es geht zum Peel Tower: Mein Magen hat schon meinem Ellbogen den Krieg erklärt. Hast du die Arznei mitgebracht?«

Der Zigeuner brütete vor sich hin. »Was denn sonst? Ich trag' sie seit vierzehn Tagen mit mir herum. Was du brauchst, ist eine Kreuzung aus einem Apotheker und einem Spürhund.«

Der Türke schmiß den anderen Stiefel hin und fluchte. »War ja schließlich Krieg! Euch erzählen sie hier wohl gar nichts?«

Johnnie grinste und ließ sich auf dem Boden neben ihm nieder. »Ich dachte, ihr wäret nach Osten 'rüber.«

»Waren wir auch.«

»Und hat's was eingebracht?«

»Ach, schon.« In Türken-Mats Bart zwinkerte ein Lächeln. »Da hatten wir Arran, der hat sich in Musselburgh die Fingernägel bis zu den Ellbogen abgebissen, so dringend hat er Leute und Lebensmittel und Pulver und Nachrichten gebraucht, und Nachrichten mehr als alles andere; und den Protektor Somerset, der nach Norden heraufgekommen ist, über und über beladen mit Beute und hübschen kleinen Geschenken von den Gutsherren an der Grenze und einer ganzen Schleppe von umgestürzten Burgen hinter sich ... Mann, die Geldsäcke sind hin und her geeilt wie die Küchenschaben auf dem Zwieback. Wohlgemerkt, das war letzte Woche«, fügte er mit verspäteter Vorsicht hinzu, da er sah, wie Bullo einen kleinen Lederbeutel in der Hand wog.

»Zwölf Kronen«, sagte Johnnie liebenswürdig.

»Zwölf Kronen! Zwölf Kronen für eine Kratze Flußsand aus dem Tay und gehacktes Bilsenkraut und eine Woche Mist aus dem Taubenschlag. Ist doch der reine Diebstahl!«

Nichtsdestoweniger wurde das Geschäft abgeschlossen. Der Zigeuner höhnte: »Was bedeutet denn Geld für Lymonds Leute?« Er wartete einen Augenblick lang und fügte dann obenhin hinzu: »Und außerdem höre ich, ihr habt noch dazu unterwegs eine neue Prise erwischt.«

Der Türke blickte erstaunt drein. »Nicht wir. Wir sind zufällig auf einen englischen Boten gestoßen, mit einer Depesche vom Protektor an seinen Kommandanten in Annan; aber Lymond hat ihn nicht angerührt.«

Bullo hob eine Braue. »Der Junker setzt sein Geld also auf England, stimmt's? Also das, Matthew, ist wirklich interessant.«

Der andere zuckte die Achseln und brüllte einen Befehl quer über den Hof. »Das soll Gott wissen; jedenfalls hat er Jesses Joe hinterhergeschickt, damit er dafür sorgt, daß die Mitteilung sicher nach Annan gelangt. Willst du was von ihm? Er wird gleich wieder da sein. Er ist nur, gerade als wir hereinkamen, mit Dandy-Puff einen Augenblick abseits geritten.«

Bullo zeigte die Zähne. »Und vielleicht angesäuselt, wie? Es wäre nett, wenn er ausnahmsweise mal höflich zu einem wäre.«

Er bekam keine Antwort mehr. Noch während er sprach, kamen drei Reiter durchs Gatter und zogen die Zügel an: Zwei von ihnen waren der Junker von Culter und der Mann mit Namen Dandy-Puff; der dritte war ein Fremder, ein junger Mann, der an sein Pferd festgebunden und darüber sichtlich wütend war. Johnnie Bullo grinste über das ganze Gesicht: »Jetzt wird die Hölle wieder gemütlich – der Teufel ist wieder da.«

Francis Crawford von Lymond, der Junker von Culter, war wie aus dem Ei geschält und stocknüchtern. Er stieg vom Pferd und ließ ein Feuerwerk von Befehlen los: Der Gefangene wurde vom Pferd geholt und seiner Fesseln entledigt, die Pferde wurden abgeführt und das Durcheinander auf dem Hof im Handumdrehen auf Fasson gebracht. »Mein Gott!« sagte Matthew mit unverhüllter Bewunderung. »Eine Zunge hat er wie ein Dornenbusch.« Sie blickten gespannt auf ihn, während er auf sie zukam, der Fremde mürrisch hinter ihm drein. Lymond war, wie schon bei der Brandschatzung des Hauses seiner Mutter, verschwenderisch gekleidet. Die Kenneraugen des Zigeuners flogen forschend über die Milchmädchenhaut, das Goldhaar, die schönen Hände, deren Finger mit kostbaren Ringen besetzt waren, und der Junker gab mit einem heiteren Lächeln aus halbgeschlossenen Lidern das Kompliment zurück.

»Johnnie, mein nachtschwarzer Hausgeist. Höflichkeit ist beinahe so langweilig wie Nüchternheit, und langweilig kann ich – und will ich – mich nicht nennen lassen. Auch habe ich es nicht übermäßig gern, wenn man über mich redet, mein Johnnie.«

»Sie haben scharfe Ohren, Lymond.«

»Aber deine sind, wie der flüsternde Midas in seinem Loch,

näher am Boden ... Was hältst du von unserem neuen Rekruten?«

Falls der Zigeuner die Frage überraschend oder die Bezeichnung beleidigend fand, was sie unzweifelhaft war, so ließ er es sich nicht im geringsten anmerken; vielmehr wandte er sich lediglich um und richtete einen bewundernden Blick auf die hochgewachsene, junge Gestalt hinter Lymond.

»Meine Güte. Ein hübsches Kind habt ihr da seiner Amme entführt.«

Der Fremdling errötete. Er war ein anmutiger Jüngling mit heller Haut und einem Schopf karottenfarbener Locken. Seine teuren Kleider waren von einer schlichten Eleganz und machten seinem Schneider und Schuster alle Ehre; seine Degenscheide und übrige Ausrüstung waren mit etwas mehr als der üblichen Einlegearbeit verziert.

»... und der schmucke Hut!« flüsterte Matthew überwältigt.

Der Neuankömmling wandte sich würdevoll an Lymond.

»Lassen Sie diese Art von Behandlung jedem Gentleman zuteil werden, der Ihnen sein Schwert anbietet?«

»Große Reden führt er auch noch!«

Der Türken-Mat wurde mit einer Handbewegung des Junkers zum Schweigen gebracht. Lymond, der mit dem Rücken zu der Steinmauer am Ende des Hofes stand, kreuzte die Beine, und im gleichen Augenblick nahm der Hof, von Neugier und der Hoffnung auf eine Prügelei getrieben, strategische Aufstellung. Der junge Mann sah sich plötzlich allein inmitten eines offenen Kreises, aber er wich nicht zurück.

»Ach, Marigold, mein Ringelblümchen!« Lymond sprach mit klagendem Ton. »Eine silberne Zunge und ein Herz voll Grausamkeit. Schilt uns nicht. Wir sind ja nur arme Schufte, Landstreicher, der Abfall der Gesellschaft, ungebildet und ungeschult. Außerdem glaubten wir dir nicht.«

»Nun, jetzt können Sie mir glauben«, antwortete der junge Mann herausfordernd. »Ich bin nicht den ganzen Weg von – diesen ganzen langen Weg bis zu Ihnen geritten, nur um einen langweiligen Dienstag zu verbringen. Ich gelte als hinlänglich guter Krieger. Ich bin bereit, mich Ihnen anzuschließen, und ich schätze, Sie können jedes Schwert brauchen, das Sie bekommen können. Außer, natürlich, Sie sind übernervös.«

»Der Schrecken«, antwortete Lymond, »ist unser täglich Brot. Wir essen ihn, wir leben von ihm, und wir säen ihn aus. Du willst uns also beitreten. Soll ich dich nehmen? Mat, mein Freund, du Furchtbarer und Gestrenger, du Starker und Beleibter – was sagst du?«

Der Türke hegte keinen Zweifel. »Ich möchte lieber noch ein bißchen mehr über das Bürschchen wissen, Sir, ehe ich ihn mit einem Messer in der Hand neben mir habe.«

»Ach«, sagte Lymond. »Und was ist mit dir, Johnnie?«

Johnnie Bullo betrachtete seine Finger. »Wenn ich an Ihrer Stelle wäre, würde ich ihm vielleicht seinen Willen lassen. Sieht mir wie ein recht gefügiges Kind aus.«

»Auch Heliogabal hat im zarten Alter so ausgesehen. Und Attila und Torquemada und Nero. Das einzige, was sie gemeinsam hatten, war ihr engelsgleiches Jünglingsalter. Und rotes Haar macht die Sache natürlich noch schlimmer.«

Er überlegte, während der Junge ihn stetig und fest im Auge behielt, und sagte dann: »Bübchen, ich kann der Versuchung nicht widerstehen. Ich werde dich auf die Probe stellen; und wenn du uns von deinem Wert überzeugst, bist du willens, dich umwerben zu lassen, süßes Goldhähnchen?«

Rotkopf war nicht entzückt. »Ich bin selbstverständlich bereit, Ihnen angemessenen Beweis meiner Fähigkeiten zu geben.«

»Beweis deiner Fähigkeiten!... Ach, mein kleines Gänseblümchen, wir werden es zusammen weit bringen. Also, schieß los. Wenn du je in deinem Leben gut singen solltest, dann, meiner Treu, ist jetzt der rechte Augenblick dafür, und auch der rechte Ort. Dein Name?«

»Sie können mich Will nennen.«

»– Sir«, sagte Lymond liebevoll. »Zuname und Familie?«

»Meine Angelegenheit.« Ein Rascheln unter den Zuschauern bekundete, daß sie diese Keckheit zu würdigen wußten; Lymond ließ sich nicht aus der Fassung bringen. »Keine Angst. Wir sind alle, auf die eine oder andere Art, Strünke und Bastarde. Kannst du schwimmen? Jagen? Ringen? Gut. Kannst du mit der Armbrust umgehen? Dein weitester Schuß? Kannst du zählen? Lesen und schreiben? Ah, der Stachel des Sarkasmus – das hat weh getan. Haben wir vielleicht einen Gelehrten vor uns? Dann liefer uns eine Probe«, sagte Lymond. »Wie wär's mit einem bescheidenen Vierzeiler? Von der vulgären Prosa zum fließenden Latein. Betäube uns, bezaubere uns, bilde uns, mein Junge!«

Es entstand eine Pause. Der Prüfling, von der blitzgeschwinden Geistesakrobatik verwirrt, scheute zuerst und war unschlüssig. Dann kam ihm ein gefälliger Gedanke. Er senkte die Lider über das boshafte Glitzern seiner Augen und rezitierte zuvorkommend:

> »*Volavit volucer sine plumis*
> *Sedit in arbore sine foliis*
> *Venit homo absque manibus . . .*«

Auf sämtlichen Gesichtern stand glattes Unverständnis geschrieben. Er hielt inne. Es entstand ein unbehagliches, ehrerbietiges Schweigen. Dann lachte Lymond kurz auf und ergänzte ihm die Schlußzeilen auf deutsch:

> »*. . . un freet den Vogel fedderlos*
> *Van den Boem blattlos . . .*

Anscheinend«, sagte der Junker, »hast du deine Studien schon in sehr zartem Alter aufgegeben, wie? Mach dir nicht die Mühe, es zu erklären. Sag mir statt dessen folgendes. Warum hast du dich entschlossen, zu mir zu kommen?«

»Warum . . .?« wiederholte Rotkopf; er brauchte etwas Zeit, um nachzudenken.

»Ein Wort mit fünf Buchstaben«, sagte Lymond. »Du lieber

Gott, so komm schon. Was war es denn? Vergewaltigung, Inzest, Diebstahl, Verrat, Brandstiftung, Bettnässen...«

»...oder meine Mutter lebendig verbrennen«, sagte der andere sarkastisch.

»Ach, sei doch wenigstens originell.« Der Junker ließ sich nicht beirren. »Warum bist du hier?«

Schweigen. Dann sagte der Knabe langsam: »Weil ich Sie bewundere.«

Ein anerkennendes Gekicher durchlief die Runde der Zuschauer. »Du erschütterst mich«, sagte Lymond. »Erklär das, bitte.«

»Also gut«, sagte der Junge. »Sie haben sich ein Lasterleben erwählt und haben es beharrlich und folgerichtig und zuverlässig und gründlich und erfolgreich durchgeführt.«

Lymond schien seine Worte durchaus ernsthaft zu erwägen. »Ich verstehe. Du bewunderst die konsequente Haltung?«

»Ja, das tue ich.«

»Aber du gibst der Konsequenz im Bösen der Konsequenz im Guten den Vorzug?«

»Die Wahl ist hypothetisch.«

»Guter Gott, ist sie das? Was für eine aufregende Vergangenheit du haben mußt!«

»Ich verachte die Mittelmäßigkeit«, erklärte der junge Mann mit fester Stimme.

»Und du würdest auch mich verachten, wenn ich das Böse übte, aber Reinheit predigte?«

»Ja. Das würde ich.«

»Ich verstehe. In Wirklichkeit sagst du damit, daß du Scheinheiligkeit nicht leiden kannst und Leute nicht magst, die nicht zu ihren Grundsätzen stehen. Ich finde immer«, fuhr Lymond fort, »daß es mir die Dinge wesentlich erleichtert, wenn einige meiner Herren genau feststehende Verhaltensregeln besitzen. Man kann dann besser vorhersehen, was sie tun werden. Welche Sicherheit habe ich für deine Treue?«

Der Rotkopf ging kühn aufs Ganze und antwortete feierlich: »Ihre Einschätzung meiner Person, Sir.«

»Sehr rührend; aber ich hätte lieber deine eigene Einschätzung deiner Person. Lassen deine Grundsätze einen Treueid zu?«

»Wenn Sie ihn wünschen. Ich werde Sie nicht verraten, keinen von euch; darauf kann ich Ihnen mein Wort geben. Und ich werde alles tun, was Sie von mir verlangen, innerhalb vernünftiger Grenzen. Es soll mir nicht darauf ankommen«, erklärte der Rotkopf bedenkenlos, »was für Verbrechen ich begehe, solange sie einem vernünftigen Zweck dienen. Mutwillige Verletzungen und Zerstörungen sind natürlich kindisch.«

»Natürlich«, antwortete der Junker und bedachte diese bemerkenswerte Feststellung. »Seien wir also um jeden Preis erwachsen. Hast du eine Geliebte? Eine Frau? Nein? Alles für nichts und wieder nichts, diese ganze Schönheit? Ein wenig Ruhe, wenn ich bitten darf. Wie du siehst, sind wir alle gern bereit zu helfen. Was noch ... Verwendest du einen Pallasch oder ein Rapier? Eine Hakenbüchse?« Das glatte Kreiselspiel der unaufhaltsamen Fragen ging wieder los und lief jetzt rascher und rascher. »Was verstehst du von Schießpulver? Nicht sehr viel, hab' ich recht? Wie alt bist du? Wenn du dir unbedingt was ausdenken mußt, dann bleib anschließend wach und vergiß deine Lügen nicht ... Was taugst du mit dem Langbogen? Da hast du Mats Köcher: Triff den Baum da. Das kann angehen. Jetzt den Dornenbusch. Gut. Und jetzt«, sagte Lymond, »töte den Mann dort neben dem Kochtopf.«

Erschöpft, erniedrigt und zornig wie er war, schnitt der Jüngling dem Junker eine hochmütige Grimasse, spannte die Bogensehne und ließ den saubersten Pfeilschuß seines Lebens auf das Ziel absurren.

Lautes Beifallsrufen, halb erschrocken, halb sardonisch, erhob sich. Alles lief durcheinander, man konnte nichts erkennen. Mat verschwand, und ein Schwarm von Neugierigen versperrte die Sicht auf das Ziel. Der Rotkopf wußte: Wenn er überhaupt schießen konnte, dann hatte er diesmal einen

Pfeil durch Fleisch und Knochen gejagt. Er blieb reglos stehen.

Eine sanfte Stimme erteilte ihm einen Verweis. »Vorsicht, Vorsicht, mein Sklave der Sünde«, sagte Lymond. »Wir haben es mit garstigen Göttern zu tun. Wie hübsch, wenn man so simple Gefühlsregungen hat. Keinen Ärger mit Grundsätzen; kein unabhängiges Denken; keinen Quatsch mit erwachsenem Verhalten, wenn es um die eigene Eitelkeit geht.«

Die Haut um den Mund des Jungen spannte sich. »Gegen Gaunerkniffe bin ich nicht gefeit. Und die garstigen Götter sind, glaube ich, in diesem Fall die Ihren, nicht meine.«

»O nein, nicht meine; ich bin gottlos«, antwortete Lymond. »Ich bin nicht dazu da, das Rätsel zu lösen. Das ist verschwendete, zwecklose Mühe. Ich hingegen habe stets einen Zweck im Auge – du warst klüger, als du selbst wußtest, und weniger erfolgreich, als du befürchtet hast. Der Austern-Charlie hat mir in letzter Zeit einigen Ärger bereitet. Aber wenn sein Verstand auch in den letzten Zügen liegt, sein Gehör ist sensationell – ich nehme an, das gleicht sich aus. Nun, Mat?«

Der Türken-Mat schüttelte das Gedrängel von sich ab und trat grinsend hervor. »Nur ein paar Brandblasen«, sagte er. »Er hat sich hinter den Kessel geduckt und nur einen Sprühregen von Hühnerbrühe abbekommen. Der drückt sich jetzt bescheiden in die Ecke. Weiß so gut wie Sie, wofür das war.«

»Ausgezeichnet«, sagte Lymond belustigt.

»Soll das heißen, daß ich ihn nicht getötet habe?«

»Nein. Sogar deine reuigen Gewissensbisse entspringen der Wahnvorstellung. Die Auster ist nicht tot; nur leicht in der Schale gekocht. Ich hoffe, die Pointe des Experiments ist euch beiden aufgegangen.« Lymonds Blick schweifte mit sanftem Erstaunen über die Zuschauer. »Gibt's keine Arbeit zu verrichten? Oder ist heute vielleicht Feiertag?«

Die Zuschauer waren augenblicks verschwunden. Der Junge

sah sich nur noch den drei Männern gegenüber; er stand aufrecht und mit einer gewissen natürlichen Würde vor ihnen, aber er schwieg. Es blieb auch kaum etwas zu sagen. Der Junker dachte augenscheinlich das gleiche. Er lächelte ihm warm zu. »Eine hübsche Vorführung. Schönen Dank. Hast du mal daran gedacht, es für Geld zu machen? Nein? Das würde ich doch tun. Damit hättest du an Markttagen in Hawick sicher Erfolg... Mat, zieh dem jungen Herrn die Stiefel aus und setz ihn irgendwo draußen in den Hügeln frei. Möglichst nicht im Umkreis von zehn Meilen von mir.«

Der junge Herr wurde scharlachrot. Natürlich. Erst lassen sie den Bären tanzen, und dann hetzen sie die Hunde auf ihn. Und darauf hatten Jugend und verletzter Stolz nur eine Antwort. »Ihr könnt's ja versuchen«, sagte der Rotkopf und stürzte sich mit einem Satz vor.

Lymond packte den erhobenen Arm auf halber Höhe vor seinem Gesicht. Er wechselte den Griff, hielt den Arm in schmerzhafter Verrenkung fest und lächelte. »Sachte, sachte! Erinnere dich an deine vornehme Erziehung. Wie man Gentlemen von Flegeln unterscheidet. Sei kein Grobian, Goldhähnchen. Voll von Trägheit im Krieg, voll von Ruhmredigkeit über seine Männlichkeit, voll von Feigheit gegenüber seinem Feind, voll geiler Wollust im Leib, voll Trinkerei und Betrunkenheit. Widerruft seine eigene Herausforderung; bringt seinen Gefangenen mit eigener Hand um; verläßt das Banner seines regierenden Herrn in offener Feldschlacht; erzählt seinem Souverän Lügengeschichten...«

»Sie haben es wie am Schnürchen.« Der Junge rieb sich, plötzlich aus dem Griff befreit, den Arm.

»Natürlich. Wir haben jeder unsere eigene Religion. Johnnie glaubt an Paracelsus. Mat ist ein Anhänger von Lydgate. Und dein Vater und Ascham passen sehr gut zusammen. Wenn er donnert, erbeben sie; wenn er schilt, fürchten sie sich –«

Mat war so verblüfft, daß er ihn unterbrechen mußte; er wies mit einem dicken Finger auf den rothaarigen Jungen. »Sein Vater? Er hatte doch keinen Namen.«

»Gestatte mir, dich vorzustellen.« Lymond sagte es in mildem Ton und hatte dabei ein Auge auf Bullo. »Will Scott von Kincurd, Buccleuchs ältester Sohn.«

Der Zigeuner lächelte unverhohlen zurück. »Das ist allerdings eine Prise.«

Der Junge begriff; auf seinen Zügen stand Verachtung. »Natürlich. Das erklärt Ihr mangelndes Vertrauen. Aber ich versichere Ihnen, Sie brauchen sich vor Buccleuch nicht zu fürchten. Er wird Ihnen weder die Bluthunde nachhetzen, weil Sie mich gefangengenommen haben, noch Ihnen Lösegeld für mich bezahlen. Er weiß, daß ich weg bin, um mich so jemand wie euch anzuschließen.«

»So jemand wie euch«, wiederholte Lymond müßig. »Und hat nicht versucht, dich daran zu hindern?«

Der junge Mann lachte. »Er war nicht gerade begeistert, seinen Sohn und Erben vor aller Welt in der Gosse zu sehen. Versucht hat er es schon. Aber es sind noch zwei Jungens da. Er wird sich daran gewöhnen.«

Lymond schüttelte betrübt den Kopf. »Mach dich an dein Tagewerk, Johnnie.«

Johnnie Bullo glitt lautlos auf die Füße, vollführte eine umständliche Verbeugung vor Lymond, nickte Mat zu und schlurfte hinüber zu seinem Pony. Unterwegs blieb er stehen und stieß dem Jungen einen langen, schmutzigen Finger in die Rippen. »Nach Hause mit dir, Jungchen, nach Haus!« sagte er. »Um mit dem da Suppe zu essen, brauchst du einen längeren Löffel, als du auf dem Markt zu kaufen kriegst.«

»Na?« sagte Lymond. Und Will Scott las zu seinem Erstaunen aus dem Ton seiner Stimme eine Aufforderung heraus. »Ich habe keinen Löffel«, sagte er. »Aber ich hatte einmal ein Messer, auf das ich mich verlassen konnte.«

»Dies hier?« Der Junker zog aus dem Gürtel den Dolch, den er ihm abgenommen hatte, als Will, der ernste Verfolger, seinem Wild in den Hinterhalt gegangen war. Er warf ihn nachdenklich einmal, zweimal hoch und schleuderte ihn dann seinem Besitzer zu. Will fing ihn auf mit einem Gesichtsausdruck, der eine seltsame Mischung aus Überraschung und Mißtrauen war.

Der Türken-Mat beobachtete ihn mit scharfem Argwohn. »Sie nehmen ihn doch nicht etwa auf, Sir?«

»Im Gegenteil«, sagte der Junker, den Blick auf Scott geheftet. »Die Sache ist anders herum.«

Matthew ließ nicht locker. »Eid oder nicht, er wird warten, bis wir uns niedergelassen haben, und uns dann Buccleuch und alle anderen auf den Hals holen.«

»Wird er das?« fragte Lymond. »Wirst du, Goldhähnchen?« Das strahlende jugendliche Antlitz blickte fest in das unruhige. Dann lief ein kleines, maliziöses Lächeln über des Junkers Züge. »O nein, er wird es nicht«, sagte Lymond zuversichtlich. »Er wird ein böser, böser Schurke werden wie du und ich.«

Später tauchte Lymond wieder auf, noch immer im Reitanzug, mit einem enganliegenden Stahlhelm auf dem Kopf. Ein schwerer weißer Umhang mit roter Stickerei darauf hing ihm über den Arm. »Mat, ich ziehe jetzt los nach Annan. Du übernimmst die Aufsicht. Wenn der englische Bote in Schwierigkeiten geraten sollte, wird Jesses Joe dir Meldung bringen. Nimm so viele Leute, wie du brauchst, um ihn zu befreien, und schaff ihn nach Annan. Ich bin vor Morgengrauen wieder zurück. Dann geht es weiter nach dem Peel Tower.«

Der Türke rieb sich unwillkürlich mit der Hand den Magen. »Ist recht.« Dann fügte er unverblümt hinzu: »Sie erwarten doch wohl nicht, daß wir Sie aus Annan heraushauen, wenn Ihnen ein Mißgeschick zustößt?«

»Mein lieber Mat«, antwortete Lymond, »mir kann unmöglich ein Mißgeschick zustoßen. Ich werde mich unter dem denkbar besten Schutz befinden. Ich nehme Will Scott mit.«

Die Dunkelheit sank herab. Zwei Reiter schlüpften lautlos um die Hügel herum und nahmen gerade Richtung auf die Tore von Annan, der Hauptstadt des Bezirks, die das englische Heer unter Lord Wharton soeben genommen und besetzt hatte. Auf dem letzten Höhenzug hielten die Reiter inne und blickten hinab auf das rotglühende Auge in der Ebene, auf das blutrote Schimmern des Flusses und die treibenden Schwaden weißen Rauchs. Die aus Holz erbauten Häuser von Annan standen in Flammen.

Ein schmetterndes Lachen zersplitterte die Stille. Dann erstarb der Klang in der kalten Luft, und es herrschte wieder Schweigen. Will Scott warf einen Blick auf die silberzüngige, schadenfrohe Bestie neben sich und platzte mit einer Frage heraus: »Warum haben Sie mich aufgenommen?«

Lymonds Augen waren fest auf die brennende Stadt geheftet; seine Stimme klang völlig nüchtern: »Ich brauche jemand, der lesen und schreiben kann.«

»Aha.«

»Des weiteren. Mir geht es darum, mit einem Engländer namens Crouch zusammenzutreffen und mit ihm zu reden. Jonathan Crouch. Er ist möglicherweise in Annan. Wenn er nicht dort ist, wirst du mir helfen, ihn zu finden, und dann, Enobarbus, sollst du einen Diamanten bekommen, eine Jungfrau und einen Diwan im türkischen Paradies. Inzwischen ...«

»Erwartet man Sie in Annan?« fragte Scott.

Der halb unsichtbare Mund kräuselte sich. »Wenn – dann rate ich dir allerdings, schleunigst davonzureiten. Lord Wharton hat gedroht, mir öffentlich die Gedärme herauszureißen, und der Graf von Lennox hat persönlich einen Preis von tausend Kronen auf meinen Kopf ausgesetzt. Nein. Ich beabsichtige, in einer meiner zweiundzwanzig Inkarnationen aufzutreten, als Bote vom Protektor, mit dir als Adjutanten, und mein Name ist Sheriff, damit du es weißt. Du brauchst nichts zu tun, als schön und ehrlich und englisch auszusehen und zu beten, daß ein gewisser Charlie Bannister, der englische Bote, bereits vor uns eingetroffen ist, um uns die Wege zu ebnen. Unser Johannes der Täufer. Eine arme Seele. Aber auch wenn er nur knapp einen einzigen Kopf hat und schon gar nicht achtzehn, wird er ausreichen, um für uns zu bürgen. Wir werden uns kurz mit den Leichtgläubigen am Stadttor unterhalten, mit Crouch – wie ich hoffe – zusammentreffen und zurückkehren. Ein harmloses und ehrenwertes Vorhaben. Also los, Goldhähnchen. Da unten ist es wärmer!«

Die beiden Gestalten fegten Kopf an Kopf den Hügelabhang hinab, und die roten Kreuze der Engländer auf ihren Mänteln bauschten sich im Wind.

»Halt und...« begann die englische Stimme und gelangte abermals nicht zum Schluß; Scott hätte beinahe hysterisch zu lachen begonnen. Über den beiden Reitern erhoben sich die Stadttore von Annan; rings um sie drängte die Begleitmannschaft der Außenwache; vor ihnen stand das Torhaus, wo der diensttuende Wachtposten sich unter denkbar schwierigen Bedingungen bemühte, ihre Namen und ihr Geschäft aus ihnen herauszubekommen.

»Sieh dir doch bloß«, sagte Lymond bitterböse, »den Dreck auf deinen Schulterplatten an. Und dein Wams.«

»... erklärt euch...«

»Dein Schwert starrt vor Schmutz. Und dein Dolch: Wie kannst du von einer verrosteten Klinge erwarten, daß sie beißt?«

»... erklärt euch – ich kann es nicht ändern!« sagte der Wachtposten aufgeregt und ließ alle Förmlichkeit fahren. »Robin! Davie! Einen Schritt, und ich spieß dich auf!«

»Na, wenn es sein muß«, sagte Lymond resigniert, »dann verwende um Gottes willen wenigstens ein anderes Schwert.« Aber als der Hauptmann, ein dunkelhäutiger Mann in mittleren Jahren, herzukam, stieg Lymond sofort vom Pferd und stellte sich vor: »Sie werden sich an mich nicht erinnern; mein Name ist Sheriff. Einer von den Leuten des Bischofs aus Durham. Bedauere die Geheimnistuerei, aber ich habe Anweisung, es Ihnen von Angesicht zu Angesicht zu sagen: Es handelt sich um das rote Füchslein.«

Die Parole wirkte Wunder. Während Lymond noch sprach, veränderte sich der Gesichtsausdruck des Hauptmanns; die Wachtposten wurden weggeschickt, und er wandte sich vertraulich an die beiden Ankömmlinge: »Sie haben eine Botschaft für Ihre Lordschaften vom Protektor?«

»Wir folgen nur einer hart auf den Fersen«, sagte Lymond.

»Sie haben doch mit Charlie Bannister gesprochen?«

»Dem Boten des Protektors? Nein.«

»Verdammt noch mal!« Scott war kurzsichtig genug, Lymonds Ärger belustigend zu finden. Gleich darauf fuhr Lymond fort. »Der Tropf muß noch hierher unterwegs sein – ich hoffe, es ist ihm nichts zugestoßen. Ich bin gestern von Leith losgeritten mit einem Botenrundgang wie die Odyssee. Er sollte gleich nach mir aufbrechen und direkt hierherkommen ... Na, macht nichts. Ich bin schon verspätet«, sagte Lymond geschäftig, »und ich habe eine Mitteilung für einen von Ihren Leuten: Jonathan Crouch. Sonst nichts.«

Getränke waren hereingebracht worden; die Augenbrauen des Hauptmanns hoben sich über dem Rand seines Bechers. »Crouch von Keswick? Dann können Sie es auf sich beruhen lassen. Er ist vor zwei Tagen in einem Scharmützel gefangengenommen worden.«

Der Wein floß Lymonds Kehle hinab wie durch ein Abflußrohr. »Eine Mitteilung weniger, Gott sei Dank. Wer hat ihn erwischt?«

»Wessen Gefangener er ist? Keine Ahnung. Von mir aus können sie ihn behalten«, sagte der Hauptmann schmunzelnd. »Macht einen ganz verdreht im Kopf, dieser Crouch. Hört überhaupt nicht auf zu reden. Geht ihr schon?«

Lymond war allerdings im Aufbruch, und Will Scott, wie er hoffte, nicht minder. Der Hauptmann war auch durchaus bereit, sie ziehen zu lassen ... vorausgesetzt, daß sie vorher auf zehn Minuten bei den Kommandanten vorsprachen. »Ein paar Minuten mehr oder weniger werden euch nicht weh tun, und Wharton zieht mir das Fell über die Ohren, wenn dieser Bannister nicht kommt und ich euch auch noch gehen lasse.«

Lymond schritt vergnügt weiter auf das Stadttor zu. »Was Wharton mit Ihnen macht, ist gar nichts gegen das Entzücken des Protektors, wenn ich die halbe Nacht hier zubringe. Ich habe es Ihnen doch schon gesagt. Ich bin lange vor Bannister losgeritten. Wir haben die Schlacht am Sonnabend gewonnen: das ist alles, was ich weiß.«

Der Hauptmann vertrat ihm den Weg. »So komm schon mit, Mann. Und wenn du nichts zu erzählen hast, bist du im Handumdrehen wieder draußen.« Offenbar braute sich in seinem Kopf ein leiser Argwohn zusammen, und es war eindeutig gefährlich, sich ihm nochmals zu widersetzen. Lymond stieg ohne weiteres Murren wieder aufs Pferd und folgte zusammen mit Scott seinem Führer durch die Hauptstraßen von Annan.

Es war ein ungemütlicher Ritt. Die jungen Pferde zitterten im vorüberziehenden Feuerschein brennender Balken und Strohdächer. Beizender Rauch quoll überall hervor, und die menschenleeren Straßen waren übersät mit verkohltem Holz und Lumpen und zertrümmertem Geschirr. Scott fragte sich mit einem beinahe schon akademischen Interesse, wie Lymond sie wohl aus dieser Falle herausholen werde.

Ein Stück weiter voraus, wo Häuser aus Stein auftauchten und die Brandstätten weniger häufig waren, trat ein Mann auf sie zu. Der Hauptmann wurde am Stadttor verlangt.

Hauptmann Drummond war ein vorsichtiger Mann. Er war im Begriff, den Ruf unbeachtet zu lassen, als Lymond sprach und sein Problem löste. »Ist Lord Whartons Sohn Harry vielleicht irgendwo in der Nähe? Ich kenne seine Schwester und würde ihn gern kennenlernen. Er könnte uns vielleicht auch zu Seiner Lordschaft führen.«

Es war ein trefflicher Vorschlag. Der Hauptmann, offensichtlich erleichtert, wechselte einige Worte mit dem Mann, der sie abgefangen hatte, und wenige Minuten darauf stieß Harry, der jüngere Sohn Lord Whartons, des Befehlshabers des englischen Heeres im Westen, zu ihnen. Drummond erklärte, worum es sich handelte, und ritt mit seinem Mann davon. Harry Wharton, ein rastloser, tatendurstiger junger Mann, der mit fünfundzwanzig bereits die Reiterei befehligte, zeigte ihnen den Weg und begann sogleich ein langes, mit Neuigkeiten gespicktes Gespräch über seine Familie, das Lymond erstaunlich gut durchzuhalten schien. Aber Scott, den seine kühle Unbeteiligtheit zu verlassen begann, dachte nur: Bei Gott, das schafft er nie im Leben ...

Im engen Durchgang zum Platz war kaum etwas zu sehen; die hohen Gebäude am Rand der Brände warfen schwere Schatten; das Dunkel war voll unsichtbarer Bewegung, und die drei Pferde drängten sich geängstigt dicht aneinander. Als die Schatten sie von allen Seiten einhüllten, stürzte sich Lymond auf Wharton. Ein kurzer, sogleich erstickter Aufschrei, und dann nur noch das Aufschlagen von Hufen, als das andere Pferd angesichts der kämpfenden Gestalten scheute. In diesem Augenblick kam Hauptmann Drummond, der seine Angelegenheit erledigt hatte, herangetrabt, um sich ihnen anzuschließen. Er frage scharf: »Was geht da vor?« und spähte in den Durchgang. Scott gewahrte die Pfeife in seiner Hand gerade noch rechtzeitig. Die Hand des Jungen fuhr instinktiv nach dem Gürtel. Er fand den Dolch, stand in den Steigbügeln auf und warf. Der Hauptmann tat einen kurzen Aufschrei, fiel über die Mähne seines Pferdes und von dort auf die Straße.

Plötzlich war es ganz still. Whartons Pferd stand Nase an Nase mit Lymonds Braunem und schnupperte behutsam, und auf der Straße lag noch ein zusätzlicher dunkler Schatten. Die Stimme des Junkers fragte beißend: »Eingeschlafen?«

»Ach!« Scott stieg eilig vom Pferd. Der junge Wharton lag mit dem Gesicht nach unten auf der Straße; er hatte einen

Lappen in den Mund gestopft, und seine zurückgebogenen Arme waren in Lymonds festem Griff verschränkt.

»Wo ist Drummond?«

»Ich habe ihn erstochen. Er liegt auf der Straße.«

»Dann schaff ihn fort, um Gottes willen. Wir wollen doch keine öffentliche Totenwache. Nimm zwei von den Pferden und binde sie dort an. Zerr den Hauptmann an die Hausmauer. Ist er tot?«

»Ich weiß es nicht«, sagte Scott verlegen.

Lymond vergeudete keine Zeit mit Randbemerkungen. »Kneble ihn und feßle ihn, wenn er nicht tot ist, und tu ihn auf dein Pferd mit einer Satteldecke über dem Kopf.« Während er sprach, hakte er Stricke von seinem eigenen Sattel los und fesselte Wharton auf sachkundige Weise, so daß nur seine Knie und Fußknöchel frei blieben. Dann zerrte er den Mann auf die Füße, wickelte seinen weiten Mantel um ihn und nahm ihm den Lappen aus dem Mund.

»Laßt mich frei«, sagte Wharton mit krächzender Stimme, »oder meine Leute verbrennen euch bei lebendigem Leib.«

»Wenn Wünsche Butterkuchen wären«, antwortete Lymond und warf etwas Schimmerndes in die Luft, »dann könnten die Bettler beißen. Ich habe hier ein kleines Messer, das sagt, daß du uns still und ohne Aufsehen zu deinem Vater führen wirst.«

Scott traute seinen Ohren nicht und starrte sie an.

Wharton sagte dramatisch: »Niemals!« Lymonds Ellbogen rührte sich, und der junge Mann zuckte krampfhaft zusammen. »Zweiter Akt, erste Szene«, sagte der Junker. »Hör mit der Schauspielerei auf, du Narr, und führ uns hin. Ich habe noch nie jemand gesehen, der mit einem Messer an den Rippen eine Diskussion angefangen hat.«

Mehr als irgend etwas sonst war es wahrscheinlich das unerschütterliche Selbstvertrauen in Lymonds Stimme, das den jungen Mann überzeugte. Er preßte den Arm fest gegen den kurzen Schnitt, den Lymond ihm zugefügt hatte, biß sich auf die Lippen und begann widerwillig sich in Bewegung zu setzen. Scott führte Lymonds Pferd und sein eigenes am Halfter und ging hinter ihnen her.

Die nun folgenden Begebenheiten blieben Will Scott von Kincurd stets wie ein eigentümlich betäubender Fieberanfall in der Erinnerung. In seinem Verlauf erkannte er undeutlich, daß sie an einem Haus anlangten, und begriff, daß Lymond abermals die rätselhaft beziehungsvolle Parole aussprach und mit Whartons mürrischer Zustimmung für sich selbst, seinen Begleiter und einen schottischen Gefangenen mit wertvollen Auskünften eine Privataudienz bei Ihren Lordschaften verlangte. Es klappte ohne das geringste Hindernis. Einer der Wachtposten fragte bei Ihren Lordschaften im Oberstock an und wies dann, indem er die Treppe wieder heruntergepoltert kam, mit dem Daumen hinauf. »Ist in Ordnung – immer hinauf mit euch«, sagte er. Und sie gingen hinauf.

Der Bürgermeister von Annan hatte sich ein standesgemäßes Haus gebaut; das Empfangszimmer, in dem die beiden Führer des englischen Invasionsheers sich eingerichtet hatten, besaß eine Faltenfüllungtäfelung und einen besonders schönen italienischen Schreibtisch, der in die Nähe des scharlachroten Torffeuers im offenen Kamin gerückt war. An diesem Schreibtisch saß Mylord Wharton, Ritter und Abgeordneter des Parlaments, Stadthauptmann von Carlisle, Sheriff von Cumberland und treuer und umsichtiger Diener der englischen Krone im Norden. Er las laut aus einem Schriftstück vor und hielt hin und wieder inne, um eine Randbemerkung einzuflechten. Der Graf von Lennox stand Nase an Nase mit seinem eigenen Spiegelbild im dunklen Fenster, trommelte mit den Fingern aufs Fensterbrett und erging sich in witzigen Einwürfen.

Thomas, der erste Baron Wharton, war ein harter, zäher kleiner Engländer, der aus eigener Kraft nach oben gelangt war, mit einem wie aus Holz geschnitzten braunen Gesicht und kalten, illusionslosen Augen. Lord Lennox war von anderem Schlag. Die Linie der Grafen von Lennox reichte weit zurück in die Geschichte Schottlands; der gegenwärtige Graf war in Frankreich erzogen worden und hatte vergnügt auf seinen großen Ländereien in Schottland gelebt, bis er zur Einsicht gelangt war, daß Reichtum und Macht in England näher zur Hand waren. Matthew Lennox trachtete unumwunden nach dem Rang und Titel des Prinzgemahls von Schottland. Als sich erwies, daß Maria von Guise, die Köniinwitwe von Schottland, nichts von ihm wissen wollte, drehte er sein Mäntelchen kurzerhand nach dem Wind, machte gemeinsame Sache mit England und heiratete Margaret Douglas, die Nichte König Heinrichs VIII., die selbst vordringlichen Anspruch auf eine oder zwei Kronen erheben konnte. Er machte sich übrigens gewisse Sorgen wegen seiner Gattin Margaret. Der nächste Tagesmarsch führte durch die Ländereien ihres Vaters, des Grafen von Angus. Der Graf, Oberhaupt der Familie Douglas, welche Buccleuch mit scharfem Tadel bedachte, hatte ihm geschrieben und ihn besorgt auf diesen Sachverhalt hingewiesen und die Hoffnung ausgesprochen, sein Schwiegersohn und Lord Wharton würden, falls sie weiter vordrängen, der verwandtschaftlichen Bande eingedenk bleiben. Lord Lennox erinnerte sich ihrer, aber er zweifelte, ob Wharton sie beachten würde, und ganz besonders, falls Margarets ungestümer Vater sich diesmal auf die schottische Seite schlagen und sich dem Heer der Königin gegen ihn anschließen sollte.

Der Jubel über den Sieg bei Pinkie hatte inzwischen diese düsteren Erwägungen verscheucht. Wharton plante, von Annan nach Norden vorzurücken, und Lennox träumte von Thronsälen, als die Tür sich öffnete.

Da ihre Angeln gut geölt waren, öffnete sie sich ohne Knarren, und Henry Wharton, gefolgt von Lymond, stand bereits im Zimmer, noch ehe die beiden Befehlshaber sich überhaupt umgedreht hatten. Inzwischen war auch Scott drinnen und lud den verletzten Drummond in einer Ecke ab. Er zog sich zur Tür zurück, just als der Mann am Schreibtisch sich umwandte und halb erhob. »Harry! Du Tölpel! Was hast du angestellt?« Der Schein des Kaminfeuers ließ jenseits allen Zweifels die gefesselten Hände und das Glitzern von Lymonds Dolch erkennen. Der Sohn blieb stumm; Lord Whartons harte Augen hefteten sich auf die Gestalt hinter ihm. »Und Sie, Sir! Wer sind Sie, und was wollen Sie?«

Lymond lachte. Er lachte abermals, als Lennox, der sich ruckartig umgedreht hatte, einen Schritt vortrat. Der Junker zog sich mit der freien Hand den Stahlhelm vom Kopf und warf ihn mit zielsicherem Schwung in den offenen Kamin. Die Torfstücke hüllten ihn augenblicks in dicken Rauch, flammten dann lichterloh rings um den Helm auf und beleuchteten das blasse Gesicht und das schweißfleckige farblose Haar. »Geld«, sagte er.

Lord Lennox starrte ihn an. Eine scharlachrote Welle flutete bis zu seinen Haarwurzeln hinauf und verschwand dort; sie schwemmte Schrecken und Unglauben mit hinweg und ließ ein wutgeschwollenes Gesicht zurück. »Es ist Crawford von Lymond!« rief der Graf von Lennox, und seine blassen Porzellanaugen schossen zu seinem Kollegen hinüber. »Hier, in Annan! Mitten unter Ihren großartigen Wachtposten!« Er platzte vor Wut und verfiel in unziemliche Sprache: »Ihr hasenfüßiges Karnickel von einem Sohn . . .!«

Wharton wies ihn scharf zurecht. »Beherrschen Sie sich, Sir!« Und seine auf Harry gerichteten Blicke verhießen, daß zu gegebener Zeit jemand für Lord Lennox' üble Laune zahlen werde. Er wandte sich an Lymond. »Wie sind Sie durch das Tor gekommen?«

Scott hatte inzwischen den jungen Wharton auf einer Bank festgebunden und war jetzt dabei, ihn sachgemäß neu zu knebeln. Lymond sah ihm dabei zu, während sein Dolch in der Nähe von Harrys Rücken schwebte, und antwortete: »Mein lieber Herr, wie hätte es sich denn umgehen lassen? Die Leute drängten uns ihre Gastfreundschaft ja geradezu auf. Außerdem wußte ich die Parole von Bannister.«

»Bannister?«

»Der Bote des Protektors. Wir sind zufällig auf ihn gestoßen.«

»Dann haben Sie also seine Depesche?« fragte Wharton scharf.

Die hellen Augenbrauen hoben sich. »Guter Gott, nein! Ich habe die Hökerei jetzt hinter mir. Zarte Rose der Tugend und Sanftmut. Ich hoffe, daß man mich allein um meiner schönen Augen willen zu schätzen weiß – und Harrys Augen natürlich. Männlichkeit ohne Vorsicht ist eine blinde Furie.«

Wharton war ein zu schlauer Fuchs, um sich ködern zu lassen. Er blieb bei der Sache. »Dann muß ich also annehmen, daß dieser Mann Bannister tot ist?«

»Er war bei bester Gesundheit, als ich ihn verließ«, antwortete Lymond überrascht. »Ich habe ihm sogar noch ein Stück Wegs eine Begleitmannschaft mitgegeben. Auf den Straßen nach Norden sind ziemlich viel schottische Herren unterwegs.«

»Um die Wahrheit zu sagen, Sie haben ihn also diesmal an die andere Seite verkauft!« sagte Lennox und leistete damit seinen ersten Beitrag zu dem Gespräch.

Lymond blickte ihn leicht gekränkt an. »Ganz und gar nicht. Wie käme ich zu einem solchen Ruf! Wir besitzen nicht alle Euer Lordschaft Treuhänderbegabung.«

Das war ein wohlgezielter Hieb. Alle Anwesenden wußten, daß Lennox einmal, vorgeblich im Auftrag der schottischen Königinmutter, eine Schiffsladung mit französischem Gold und Waffen in ihrem Namen entgegengenommen und sodann sich selbst und das Gold südwärts nach England verschifft hatte.

Einen Augenblick lang war der Graf sprachlos vor Zorn. »Sie haben die verdammte Frechheit ... Mein Gott, hätte ich Sie bloß an Ihre stinkende Ruderbank gefesselt gelassen! Damals waren Sie mir ganz schön dankbar dafür, daß ich Ihnen Kleider und Essen und Geld gegeben habe. Schön dumm war ich. Es ist mir nicht schlecht zurückgezahlt worden. Bringt eine Kuh in den Salon«, fauchte Lennox, »und sie drängt wieder in ihren Stall zurück.«

»Und fauliges Wasser erstickt das Feuer«, fügte Lymond hinzu. Seine Stimme wurde spürbar sanft. »Aber ich bin halt in schlechter Gesellschaft großgezogen worden. Vom Sklaven der Liebe zum Sklaven der Galeere, könnte man sagen.«

Seine erste Bemerkung hatte eine Explosion ausgelöst; diese wurde mit einem Schweigen empfangen, das geradezu fühlbar war. Scott, dessen Herz unerklärlich wild klopfte, blickte von Lymonds unerschütterlich gelassenem Gesicht auf Lennox, der weiß geworden war wie ein gebleichter Knochen.

»Und wie«, fuhr der Junker verbindlich fort, »geht es der Perle der Perlen?« Er sprach von der Gräfin Lennox, und diesmal war die Anspielung unverkennbar. Scott gewahrte einen kurzen Augenblick lang in Lord Whartons Antlitz die gleiche schreckensvolle Überraschung, die er selbst verspürte; dann fuhr Lennox' Degen pfeifend aus der Scheide, und Wharton sprang mit einem wilden Fluch auf ihn zu und legte ihm die Hand auf den Arm. »Stecken Sie ihn zurück, Mylord!«

Der Graf von Lennox schenkte ihm nicht einmal einen Blick. Er schnarrte durch die Zähne: »Ich lasse mir um niemandes Balg willen Beleidigung und Frechheit gefallen!«

»Dann haben Sie auch noch mit mir zu rechnen, Lord Lennox«, antwortete Wharton wütend. »Stecken Sie zurück!«

Es entstand eine lange Pause. Der Dolch schimmerte in Lymonds Hand über des jungen Harry Rückgrat; Whartons Finger gruben sich in des Grafen Arm. Lennox fluchte und rammte mit bebenden Fingern die Klinge zurück in die Scheide. Wharton zog seine Hand ab. Er sagte ruhig: »Ich erinnere mich an diesen Auswurf. Es ist unnötig, daß wir sein Spiel für ihn spielen.« Dann fuhr er, zu Lymond gewandt, fort: »Ich ersehe, daß Sie mit dem Leben meines Sohnes feilschen. Selbstverständlich ist es mir einen gewissen

Preis wert, aber erwarten Sie nicht von mir, daß ich zuviel bezahle. Was verlangen Sie?« Dann brach einen Augenblick lang seine natürliche Art durch, und er sagte grob: »Erklären Sie Ihr Anliegen und machen Sie, daß Sie weiterkommen. Allein die Luft, die Sie atmen, macht mir schon übel.«

»Mit Höflichkeit«, antwortete Lymond, »werden Sie nichts erreichen.« Er rückte seine Schultern bequem in der Wandtäfelung zurecht. »Ich muß schon sagen, Sie scheinen Ihre kriegerischen Pflichten recht leichtzunehmen. Wollen Sie denn nicht wissen, was in der Depesche des Protektors stand? Ich habe sie nämlich gelesen, ehe ich sie weiterschickte. Der Protektor hat einen zweiten gewaltigen Sieg in Linlithgow errungen und ersucht Sie, schleunigst mit ihm in Stirling zusammenzutreffen, um die Lage zu besprechen. Regt Sie das nicht auf? Schottland endlich erobert! Herzog Wharton Mitglied des Kronrats; König Matthew auf dem Thron!«

Lennox mußte sich Gewißheit verschaffen. Seine Blicke durchforschten Lymonds Züge; beinahe gegen seinen Willen sagte er: »Ein Sieg auf der Straße nach Stirling ... ist das wahr?«

Lymond starrte zurück. »Warum nicht, Majestät? Die Königin von Schottland kränkelt; der König von England ist ein Bastard – zumindest behaupten es die Katholiken, nicht wahr, Matthew? –, Arran ist ein Idiot und sein Sohn ein Tropf ... schaut her, Mylords, eine Krone!« Vier Augenpaare folgten ihm wie gebannt, während er sich rasch zum Feuer hinüberbeugte, die Feuerzange ergriff und wieder zurücktrat. Hoch über seinem Kopf, im Griff der Metallzange, flammte sein eigener, rotglühender Helm, und Brocken brennenden Zeugs fielen qualmend auf den Fußboden. »Eine Krone!« rief Lymond begeistert. »Wer wird sie tragen? Harry vielleicht?«

Die Starre, die sich ihrer bemächtigt hatte, währte kaum eine halbe Minute. Dann sagte Lennox laut und fast hysterisch: »Der Mann ist verrückt!«, und Wharton setzte sich unbewegten Gesichts wieder hinter seinen Schreibtisch. »Geld?«

»Selbstverständlich.«

»In der Truhe.« Wharton wies auf einen kleinen Kasten an der Wand.

»Holt es heraus.«

Sämtliche Männer in dem kleinen Raum, die verwundeten, die gefesselten und die freien, warteten in atemloser Spannung, während fünf Lederbeutel auf den Tisch gelegt und von Scott weggetragen wurden.

Der Junker öffnete einen von ihnen. »Liebe Güte, die Leute in Dumfriesshire, die damit ihre Sicherheit erkauft haben, werden jetzt aber schlecht dastehen. Wickel sie ein, meine Pyrrha!« Er riß Harry seinen Überwurf ab und warf ihn Scott zu, der das Gold hineinbündelte und die Hand auf den Türgriff legte. »Und damit«, sagte Lymond ernst, »wären wir ans Ende unserer Mühen gelangt. Lebt wohl, werte Herren!«

Aber der Schlußsatz, der abschließende Schnörkel, der Lymonds Gewohnheit war, wie Scott mit der Zeit erkannte, hatte noch zu kommen. Indes Scott sich von Harry entfernte und Wharton und Lennox Anstalten machten, vorzustürzen, ließ Lymond seinen Arm sinken. Der rauchgeschwärzte, glühendheiße Helm fiel dem jungen Wharton treffsicher auf die Stirn, und der Junge stieß starren Blicks hinter seinem Knebel einen unangenehmen, würgenden Schrei aus.

»Das wird dich vielleicht daran erinnern«, sagte Lymond, »daß man auf dunklen Straßen nicht mit fremden Herren sprechen darf« – und schlüpfte in der plötzlich entstandenen Verwirrung zusammen mit Scott durch die Tür und verschloß sie von außen.

Scott stolperte mit seinem Bündel die dunkle Treppe hinab. Er war sich undeutlich bewußt, daß unten am Fußende der Treppe ein lärmendes Gespräch zwischen Lymond und den Wachtposten im Gange war; daß er behutsam den engen Durchgang hinab zurückkritt; daß er sich mit einem kurzen Dankgebet der Dicke der Empfangszimmertür erinnerte. Das Stadttor. Ein scharfer Wortwechsel, Lymonds schneidende Stimme, der mürrische und beschämte Ausdruck auf den Gesichtern der Torwächter. Das Ächzen des Holzes, als das Gatter sich wunderbarerweise hob, um sie durchzulassen.

Draußen, in der kühlen, flackernden Dunkelheit, wartete die Freiheit der Nacht auf sie, nahm sie auf und ließ sie verschwinden.

Scott hatte das Gefühl, während er mit Lymond in wilder Jagd das Torfmoor überquerte, daß er sich im ganzen recht gut bewährt habe. Er hatte diesen Burschen Drummond daran gehindert, Alarm zu schlagen. Er war in der Gegenwart höchst großmächtiger englischer militärischer Würdenträger sehr erfolgreich aufgetreten. Wenn die Erinnerung an den flammenden Helm ihm unangenehm in den Gedanken hängengeblieben war, so schob er sie beiseite. Was hatten die Kreuzverhöre schon zu bedeuten! Dies hier war echte Männerarbeit.

In diesem Augenblick tauchten gespenstergleich zwei Pferde in der Düsternis vor ihnen auf, und Lymond rief scharf: »Joe! Was machst du hier?«, und ritt voraus.

Scott hörte nur abgerissene Fetzen. »Bannister, Sir ... gefangengenommen, von einem starken schottischen Trupp ... Ja, Sir, habe ich getan ... Türke hat sämtliche Leute genommen und ist ihm nach ... sollte nach Ihnen Ausschau halten und Ihnen Bescheid sagen ... ja ...«

Der Krampf in seinen Schulterblättern und die aufgescheuerten Stellen innen an seinen Schenkeln gemahnten Scott daran, daß er den ganzen Tag im Sattel gesessen hatte, und er empfand keine übermäßige Freude, als Lymond, mit frischer Tatkraft erfüllt, an seine Seite zurückkehrte. »Nun, jetzt nicht das Interesse verlieren, meine Pyrrha«, sagte die leichte, gewichtlose Stimme. »Ich bringe, Geliebter, ich bringe die frohe Kunde. Freund Bannister hat sich aus dem Hinterhalt überfallen und erwischen lassen, und jetzt gehen die Hinterhältler uns ins Netz. Ein perfekter Tag.«

Geführt von Jesses Joe, ritt Lymond geschwind über das dunkle Moor des Annantals, und Will Scott folgte ihm.

»Lymond muß warten«, hatte Lord Culter gesagt, und dann waren er und Buccleuch und die Erskines und Andrew Hunter und Lord Fleming und jeder verfügbare Mann, der ein Pferd unter sich und ein Schwert in der Hand hatte, nach Pinkie geritten.

Unter den zehntausend Toten jenes Tages waren Lord Fleming von Boghall und Tom Erskines älterer Bruder. Unter den Überlebenden, den Hungrigen und Kampfmüden mit staubverkrusteten Gesichtern befanden sich Lymonds Bruder Lord Culter und Tom Erskine selbst. Die beiden Männer verließen mit den verbliebenen Lumpenfetzen ihrer Gefolgschaft zusammen das Schlachtfeld und ritten, da sie ihre Familien bei der Königinmutter, der Kind-Königin und dem Hof in der Festungsstadt Stirling in Sicherheit wußten, quer durch Schottland, um zu versuchen, eine Sperre – nicht genug Leute, nicht genug Feldzeugausrüstung, nicht genug Lebensmittel – zwischen dem vordringenden Heer unter Lord Wharton und dem kostbaren Schatz in Stirling aufzurichten.

So lagen also, indes Mylords Wharton und Lennox zu Annan gedemütigt wurden, noch zwei Abteilungen schottischer Truppen nördlich von ihnen in der Dunkelheit; und so kam es, daß Charlie Bannister, der vom Mißgeschick verfolgte Bote des Protektors an Wharton, geradeswegs in eine von ihnen hineinlief. Er besaß die Geistesgegenwart, seine Depeschen zu vernichten, ehe sie ihn faßten; aber sie faßten ihn und brachten ihn zu Lord Culter.

Bannister mochte schwach in Geographie gewesen sein, und er mochte gewisse lebenswichtige Kleinigkeiten nicht ganz erfaßt haben, wie etwa, daß man sich der Aufmerksamkeit großer Reitertrupps tunlich entziehen muß. Aber in einem Punkt war er unübertrefflich: Er konnte seinen Mund halten.

Culter und seinen Leuten war die Gefahr, die Stirling drohte, nur zu schmerzhaft bewußt; die Notwendigkeit, Absichten und Pläne des Protektors und Whartons in Erfahrung zu bringen, brannte ihnen auf den Nägeln. Sie versuchten es folglich mit jeder erdenklichen Methode der Überredung; denn der Bote kannte den wesentlichen Inhalt der Botschaft: Das hatte er, unvorsichtig bis zum Schluß, selbst herausschlüpfen lassen. Da offenbar alles versagte, nahm Culter seinen Rittmeister beiseite. Das Dilemma lag auf der Hand. Wenn der Protektor, der sich jetzt bei Edinburgh befand, sich anschickte, nach Norden vorzurücken, um die Königin und den Gouverneur anzugreifen, dann würde er Wharton nach Norden befehlen, um ihn zu unterstützen. Waren dies die Befehle, die Charlie Bannister bei sich getragen hatte? Und wenn diese Befehle nicht eintrafen, würde Wharton dann noch einstweilen in Annan bleiben? Lange genug beispielsweise, um Lord Culter und Tom Erskine zu gestatten, mit ihren Leuten, so wenige sie auch sein mochten, zurück zur Verteidigung von Stirling, ihrer beiden Königinnen und ihrer Frauen zu reiten?

»Aber wenn Sie sich irren, Sir«, erklärte Lord Culters Rittmeister, »dann ziehen Sie mit Ihrem Abzug aus diesem Loch hier den Stöpsel heraus.«

Es trat ein kurzes Schweigen ein; dann faßte Culter seinen Entschluß. »Nehmen Sie Ihr Pferd und bringen Sie Erskine und die andere Truppe hierher zu mir. Wenn es so ist, wie ich glaube, dann geben wir Annan auf und marschieren nach Norden.«

Der Rittmeister ritt davon. Aus Bannister war noch immer nichts herauszubekommen. Lord Culter verfolgte mit zusammengepreßten Lippen das fruchtlose Verhör und sah die Entscheidung, die er nicht zu treffen wünschte, mit großen Schritten auf sich zukommen. Er wartete, ohne sich zu rühren. Erskine hatte noch nicht genug Zeit gehabt, um zu ihm zu stoßen; die Morgendämmerung war noch weit weg. Gen Süden war ein trüber roter Lichtschein zu sehen. Er beobachtete ihn mechanisch und sagte dann plötzlich dem Fackelträger: »Lichter aus!«

Der Ausguck bestätigte in der unvermittelten Dunkelheit, was Lord Culter gesehen hatte. »Abteilung Truppen kommt von Süden herauf, Sir!« Natürlich, das war Erskine. Er erteilte rasch seine Befehle. Die Leute setzten sich der Form halber in Verteidigungsbereitschaft, aber die gleiche Gewißheit erfüllte auch sie. Es war natürlich Erskine.

Es war nicht Erskine. Noch ehe sie wußten, wie ihnen geschah, hatten die Pferde bereits den Waldrand erreicht. In zehn Minuten war alles vorbei. Der Kreis schloß sich, quetschte die Schotten unter den narbigen Bäumen zu einem Knoten zusammen und hielt sie dort fest.

Im Schein der neu entzündeten Fackeln starrten die Besiegten zu Fuß auf den berittenen Ring ihrer Besieger. Die Reiter trugen keine Abzeichen und führten keine Banner: Das auffallende rote Kreuz der Engländer auf dem weißen Grund war nirgends zu sehen. Lord Culter trat, waffenlos wie er war, hervor, und richtete das Wort an sie: »Wer ist euer Anführer?«

Niemand erwies ihm die Höflichkeit einer Antwort. Statt dessen beugte ein kahlköpfiger, schwarzbärtiger Riese sich plötzlich von seinem Pferd herab. »Na, da bist du ja, du höllendreckiger Dummkopf!« Die gefesselte Gestalt des Mannes Bannister, die ganz vergessen im Farnkraut gesessen hatte, regte sich hoffnungsvoll. »Man hat schon seine Mühe, gewisse Leute immer wieder aus dem Mißgeschick herauszuhauen«, brummelte der große, schwere Mann einigermaßen sauer. »Wir haben dir doch den richtigen Weg gezeigt, oder etwa nicht?«

Charlie Bannister, dem sie arg zugesetzt hatten, gab ein herzzerbrechendes Stöhnen von sich. Der große Mann beugte sich über den Hals seiner Mähre hinab und schnippte mit der Degenklinge die Stricke los. »Hopp, auf die Plattfüße, du blöder Merkur. Da ist ein Pferd, das du haben kannst, und ein Führer, um dich bis nach Annan zu bringen. Ich nehme an, deine Papiere hast du diesen kecken Buben hier eingehändigt?«

Bannister erhob sich wacklig auf die Füße. »Ich hab' sie zerrissen. Wie konnte ich wissen, daß ihr mich den richtigen Weg schickt?«

Der große Mann rief händeringend seinen Schöpfer an, verdarb aber die Wirkung durch einen beunruhigenden Schluckauf. »Was sonst müssen wir denn noch tun, um es dir zu beweisen: dich und deine Depesche in ein sauberes Hemd wickeln und seiner Lordschaft aufs Bett legen? Mach, daß du weiterkommst, Mann, ehe uns bei deinem Anblick die Augen übergehen.«

»Warte!« sagte Lord Culter. Er erreichte das Gegenteil seiner Absicht. Bannister besann sich unverzüglich auf den Gebrauch seiner Füße, die Flachseite des Schwertes des großen Mannes half ihm mit einem kräftigen Klaps nach, und er stolperte durchs Gebüsch davon. Culter, der ihm nachstürzen wollte, wurde von dem gleichen Schwert in Schach gehalten.

Schwarzbart grinste und machte eine tiefe Verbeugung. »Mylord Culter«, sagte er feierlich, »einen schönen guten Abend. Und jetzt, wenn Sie schon entschuldigen wollen...«

»Ich bezweifle, daß es in ganz Schottland einen anständigen Mann gibt, der das täte«, sagte Culter. War es denkbar, daß sie etwa mit dem Leben davonkommen würden? »Schotten in englischem Sold, nehme ich an?«

»Kann sein.« Der große Mann war offenbar nicht gesonnen, sich weiter zu äußern. Mehr noch, er schien wunderbarerweise sein Geschäft als abgeschlossen und erledigt zu betrachten. Nachdem er ihre Waffen eingesammelt und Culters Pferde losgeschnitten hatte, verbeugte er sich abermals und nahm die Zügel. In genau diesem Augenblick tauchten aus den dunklen, raschelnden Öffnungen hinter ihm weitere Berittene auf.

»Ach, wie prächtig!« sagte Lord Culters jüngerer Bruder und ritt mit ungehemmter Herzlichkeit auf ihn zu. »Schaut mal, Kinder: Es ist Richard!«

Scott und alle anderen, die neugierig zusahen, bemerkten die Veränderung auf Lord Culters Gesicht. Er sprach mit vorsätzlicher, schneidender Verachtung: »Dieser Pöbelhaufen – sind das deine Leute?«

»Kein Pöbelhaufen, Richard.« Der blaue Blick schien kummervoll. »Es liegt kein Verdienst darin, von einem Pöbelhaufen überlistet zu werden. Laß dich nicht von deinem eigenen Überlegenheitsgefühl ausstechen. Schließlich sitze ich auf dem Pferd wie der Frosch in der Geschichte. Du bist dicker geworden, scheint mir. Und so vorsichtig! Sogar Nero hat zugeschaut, Richard, wie seine Familie karamelisiert wurde. Ich hätte nicht gedacht, daß du deinem Wunsch, ebenfalls anwesend zu sein, widerstehen würdest.«

Unter Culters Leuten erhob sich ein Rascheln des Zornes, aber Richard selbst sagte nicht ein Wort. Einen unmeßbar kurzen Moment lang zwangen die grauen Augen die blauen herab. Dann schoben sich die schlaffen Lider weiter zurück, als Scott es jemals gesehen hatte, und die volle Bosheit in Lymonds Kornblumenaugen richtete sich auf seinen Bruder. »Sprich doch mit mir, Richard. Es ist nicht so schwer. Beweg die Zähne und rühr deine Zunge. Erzähl mir das Neuste von der Familie. Bin ich schon enthoben und abgesetzt? Aber nicht doch, Richard, du errötest ja!«

»Nein.« Culters Stimme war völlig unbewegt. »Nein. Du bist nicht abgesetzt. Du kannst mich ohne weiteres umbringen.« Und er fügte steif hinzu. »Ich nehme an, du bist derzeit in Whartons Diensten?«

Lymonds Stimme klang wie abwesend. »Nun, er bezahlt mich jedenfalls. Außerdem: Sobald unser Freund Bannister in Annan eintrifft, wird die Straße nach Norden einigermaßen überfüllt sein.«

Culter regte sich unwillkürlich. »Dann ist der Protektor also in Stirling?«

»Ja, natürlich«, antwortete Lymond bereitwillig. »Sieh dich vor: Du hast mir eine Frage gestellt; das ist das schmale Ende des Keils. Was ist denn so interessant daran, daß der Protektor in Stirling ist? . . . Ach, Richard!« rief er, als gehe ihm plötzlich etwas auf. »Du hast doch nicht etwa die Damen nach Stirling in Sicherheit gebracht, wie?«

Lord Culter vermied es, ihn anzusehen, und sprach mechanisch: »Du solltest hocherfreut sein.«

»Nun, es eröffnet eine Anzahl interessanter Möglichkeiten, nein?« antwortete Lymond. »Ob der Protektor wohl auf der Mercheta besteht und auf seinem fürstlichen freien Zutritt zum Schlafgemach oder sonst etwas Neuartigem dieser Art? Ich habe eine Anzahl von Frauen gekannt, denen ein Geschick schlimmer als der Tod nur guttun würde. Womit ich zur Sache komme . . .« Und er legte eine behutsame Hand auf sein Schwert.

Scott begriff, daß der Höhepunkt gekommen war, und schöpfte einen kräftigenden Atemzug. Im gleichen Augenblick sagte Lymond plötzlich: »Richard, mein Junge, du hast doch nicht vielleicht mehr Verstand, als ich dir zugetraut hatte?«

Die Worte waren noch kaum heraus, als das ferne Geräusch plötzlich zu einem Sturzbach krachenden Lärms wurde, indes Erskines hereindringende schottische Truppe den Wald überschwemmte. Scott sah im letzten Aufleuchten der Fackeln, wie Lord Culter flammenden Gesichts einen Bogen ergriff und ihn anhob. Leidenschaftliche Erregung überwältigte die schweigsame Zunge. »Jetzt bist du an der Reihe, Lymond! Und bei Gott, ehe ich mir von dir meinen Schild und mein Bett nehmen lasse, wirst du eine Nacht erleben, die dich an das Oberhaupt deiner Familie erinnern wird!«

Und während Scott wild sein Pferd herumschwang und durch die allgemeine Verwirrung hindurchstürmte und ausbrach, hörte er auch Lymonds Antwort: »Also gut: eine Herausforderung, Richard! Ich stelle mich dir beim Vogelschießen auf der nächsten Waffenschau in Stirling, und dann

werden wir die Probe machen, wer Herr und Meister ist!«
Er lachte, und die Erregung in seinem Lachen war das letzte,
woran Scott sich erinnerte.

ZWEITES KAPITEL

Im hohen Gras am Wasserrand lag halb verborgen ein
Mann. Hinter ihm erstreckten sich in der Morgensonne vier
Meilen dampfenden Torfmoors. Vor ihm gluckste das trübe
Gewässer des Burggrabens gegen Weideland und Busch-
werk, die jenseits der Burg Boghall lagen.
Die Sonne rückte weiter.
Auf der Burg, von der aus Richard Lord Culter einst den
Rauch aus dem brennenden Haus seiner Mutter hatte aufstei-
gen sehen, lösten die Wachtposten einander mit unwirschen
Lästerreden ab. »Wenn noch eine alte Frau«, sagte Hugh der
Wachtmeister zu seinem Untergebenen, »von mir verlangt,
ich soll einen Reiter nach Pinkie schicken, um Kundschaft über
ihren Großneffen Jakob einzuholen, dann zieh' ich ihr bei
lebendigem Leib die Haut ab. Der alte Wharton mit seinem
Steinbruchgesicht ist auf der Straße nach Norden, und hier
haben wir zehn Mann und zweiundzwanzig Frauen, um die
Burg hier zu halten und ganz Biggar zu schützen . . .«
Aber Frühstück und ein halber Liter Bier schienen seine
Laune zu verbessern, denn dem nächsten besorgten Frager
antwortete er geduldig: »Regen Sie sich nicht auf. Die Jungens werden schon zurückkommen.«
Dieser und jener war sogar bereits zurückgekommen: Der
Wundarzt hatte mit seinen Messern und Salben den Weg hin
und zurück zwischen der Burg und den strohgedeckten Häusern von Biggar schon zweimal zurückgelegt. Hugh dachte
daran und an seinen Herrn, den toten Lord Fleming; er stieß
einen lauten Fluch aus, schoß den Wachtturm hinauf und
richtete beharrlich und hoffnungsvoll den spähenden Blick

nach Süden, wo sich nichts regen wollte. »O Gott, laß sie kommen!« sagte er, als spreche er zu den Hügeln. »O Gott, laß sie kommen, und Dod Young und ich werden sie in kleine Scheibchen schneiden!«

Der Vormittag zog sich träge hin. Zur Mittagsstunde erhielt Simon Bogle, der Leibwächter, von seiner Herrin Erlaubnis, auf eine Stunde angeln zu gehen, und verließ die Burg durch die rückwärtige Ausfallspforte. Sym war ein dunkelhaariger, eckiger Junge; er war in Stirling aufgewachsen und diente dem Haus seit vier Jahren mit ingrimmiger Treue und Hingabe. Im Augenblick jedoch dachte er nur an Fische. Er schlüpfte durchs Gebüsch, machte sein Boot los und fuhr mit seiner Angelrute hinüber auf die andere Seite des Gewässers. Sodann ging er einige sechzig Schritte, stolperte, tat noch zwei oder drei Schritte und ging zurück, um nachzusehen. Es stellte sich heraus, daß der Fuß eines Mannes, über den er gestolpert war, zu einem Körper gehörte und der Körper zu einem englischen Reitermantel. Er beugte sich hinab, packte ihn und drehte ihn um. Er gewahrte inmitten einer Vielfalt eindrucksvoller Einzelheiten das Profil eines jungen Mannes, der ganz offensichtlich bewußtlos war. »Na hoppla, was haben wir denn da!« rief Simon Bogle atemlos und stürzte sich wie die göttliche Kalypso auf seine Beute.

Er gelangte schließlich mit seiner Last zur Hintertür, und Wellen von Aufregung und Torfmoorgerüchen schlugen seiner Herrin entgegen, als sie die Tür von innen öffnete; während er berichtete, kniete Christian Stewart im Garten neben ihrem Gefangenen nieder: Ihr dunkelrotes Haar fiel ihr nach vorn übers Gesicht, in ihren blinden Augen lag Resignation. Was für Sym eindeutig ein englischer Hochadliger war, wie geschaffen für hohes Lösegeld, nahm unter dem hochempfindlichen Tastsinn ihrer Finger andere Gestalt an – die Gestalt eines bewußtlosen Jünglings, der am Hinterkopf im kurzgeschnittenen Nackenhaar eine angeschwollene und verklebte, schmutzige Wunde hatte. Sie zog nachdenklich die Hemdkordeln zu und erhob sich.

»Hm. Na, diesmal hast du einen Zwanzigpfünder erwischt, mein Junge, so wie sich seine Kleider anfühlen... Wenn ich mit diesem jungen Herrn verheiratet oder ihm versprochen wäre, würde ich das Blei vom Dach verkaufen, um das Lösegeld aufzubringen und ihn zurückzubekommen. Außer er ist vielleicht ein Spanier, wie?«

»Nicht mit dem Haar, Mylady. Vielleicht«, sagte Sym mit mühsam unterdrückter Erregung, »vielleicht ist er der Protektor Somerset? Oder Lord Grey?«

»Ach, Sym, dafür ist er zu jung«, antwortete Christian. »Schade allerdings, daß er es nicht ist; denn Sym, mein Junge, wie willst du um Hugh 'rumkommen?«

»Ach, verflixt!« sagte Sym. Seine Aufregung hatte einen Dämpfer erhalten. »Da haben Sie allerdings recht. Hugh hat eine Stinkwut auf die Engländer.«

»Hughs Stinkwut äußert sich auf sehr handgreifliche Weise«, sagte Christian sinnend. »Lösegeld oder nicht, wenn Hugh deinen jungen Herrn zu sehen bekommt, hackt er ihn in kleine Stücke und spießt ihn auf die Eisenspitzen in der Burgmauer.«

Sym widmete dieser Möglichkeit einiges Nachdenken. »Wir können sowieso nicht um Lösegeld schreiben, ehe er nicht aufwacht und sagt, wer er ist. Und bis dahin hat Hugh sich vielleicht ein bißchen beruhigt und ist mehr sich selbst.«

»Seine Ähnlichkeit mit sich selbst«, sagte Christian, »finde ich augenblicklich geradezu verblüffend. Aber weiter?«

»Also«, fuhr Sym hastig fort, »wenn wir ihn die Hintertreppe hinaufschaffen und ihn in Jamies Kammer tun, braucht niemand etwas zu merken. Der ganze Flügel ist leer, außer mir, und ich könnte mich um ihn kümmern. Bis er sagt, wer er ist... Fliehen könnte er nicht, denn das Fenster ist zu hoch, und die Tür können wir von außen verschließen.«

»Ja, das könnten wir, gewiß...«, sagte Christian langsam.

»Und wenn er niemand ist«, meinte Sym gerecht, »geben wir ihn ganz einfach an Hugh weiter.«

»In welchem Fall«, antwortete Christian, »er allerdings im

Handumdrehen zu einem Niemand werden würde. Also gut. Es ist mir recht.«

Sym schleppte, von simpler Habgier beflügelt, den Gefangenen ins Haus, kleidete ihn aus, wusch ihn, legte ihn ins Bett, tat Socken mit heißen Ziegelsteinen um ihn herum und zündete ein Feuer im Kamin an, um eine Schüssel Hühnersuppe und Milch und Honig, die er aus der Speisekammer entwendet hatte, aufzuwärmen. Christian, an der ihre Pflichten draußen zerrten, nahm sich zehn Minuten, um sein Werk zu überprüfen, und nützte die Zeit, um sich auf einem Stuhl neben dem Bett ein wenig auszuruhen, während Sym, einen Knüttel griffbereit in der Nähe, sich hoffnungsvoll wartend auf den Fenstersitz verfügte.

Gesegnetes Schweigen, in dem die quälenden Abbilder des Tages zu einer traumartigen Vorstellung zerflossen. Links von ihr die flackernde Bewegung des großen Kaminfeuers. Seidenstoff, der ihre rechte Hand streifte, als die Bettvorhänge sich im Luftzug bauschten. Syms Füße raschelnd im trockenen Schilf auf dem Fußboden. Ein knarrendes Geräusch vom Bett her.

Noch eins.

Ein mattes Regen des Bettzeugs.

Es war, dachte Christian hellwach und von einem inneren Lachen geschüttelt, als sei man bei einer Geburt zugegen. Irrten sie sich vielleicht und er war ein Schotte, ein reinblütiges, untadeliges Erzeugnis, wie es sich gehörte: War dann nicht alles gut? Sie vernahm das schwache Knistern der Kissenfedern; einen unterdrückten Fluch; dann eine resignierte Stimme: »O Gott, mein Schädel ist gespalten.«

Es war eine gepflegte Stimme, ohne jegliche Tonfärbung, die nördlich des Tyne-Flusses ortsfremd geklungen hätte. Gleich den mit Edelsteinen besetzten Schnürbandstiften verriet sie Rang und Stand, Persönlichkeit und Geld. Dies alles bedenkend, sagte sie beruhigend: »Es ist besser, Sie liegen still. Sie haben eine riesengroße Beule am Kopf.« Und um ihm Zeit und Stimmaufwand zu ersparen, fügte sie hinzu: »Ich bin Christian Stewart von Boghall. Der Junge da drüben hat Sie im Torfmoor aufgelesen.«

Es entstand eine lange Pause; dann wandte er den Kopf zu ihr hinüber und sagte: »Bog – Bog ...?«

»Boghall. Ja. Sie waren völlig durchgefroren und feucht, und Sym hat jetzt etwas Hühnerbrühe für Sie.«

Unter Schock und Schwäche klang unerwartet Gelächter auf. »Stellen Sie sich den Siedekessel der Hölle vor«, bemerkte der Gefangene, »und Sie wissen, wie es in meinem Leib zugeht. Aber ich will's versuchen. Was leicht daher kommt, geht auch leicht dahin ... vorsichtig ... Ich kann's schon allein – oder doch nicht? Tut mir schrecklich leid. Die Bettdecke wird durch verschüttete Brühe nicht gerade verschönt.« Er aß, und Christian wartete gespannt. Als er fertig war, sprach er wieder. »Ich hoffe, ich war nicht im Nachthemd, als man mich fand?«

Ein schlichter, natürlicher Herr. Christian nahm das Stichwort auf. »Ihre Kleider sind beim Trocknen, Sir. Ihre Waffen wurden Ihnen abgenommen, als wir sahen, daß Sie ein Engländer sind.«

»Engländer! Luzifer, Herr der Hölle!« (Das war mit echter Leidenschaft gesagt.) »Sehe ich wie ein Engländer aus?«

»Ich«, antwortete Christian mit boshafter Einfalt, »bin blind. Wie soll ich es wissen?«

Sie sprach es nur selten und widerwillig aus, aber es war, wie die Erfahrung sie gelehrt hatte, ein unfehlbarer Prüfstein. Sie wappnete sich und wartete: auf Reue, Verlegenheit, Bestürzung, Mitleid, erzwungenes Mitgefühl, unverhüllte Angst.

»Oh, ich verstehe. Entschuldigen Sie. Sie verbergen es außerordentlich gut. Wie sind Ihre Freunde«, fragte er besorgt, »dann auf den Gedanken gekommen, daß ich ein Engländer sei?«

Vorzüglich gemacht, mein junger Mann, dachte Christian. Laut sagte sie: »Nun, vorerst einmal trugen Sie einen englischen Mantel. Den haben wir um Ihrer eigenen Sicherheit willen beiseite gebracht. In Boghall geht die Wut auf die Engländer galgenhoch, seit Lord Fleming umgekommen ist. Hier in dieser Kammer, bei Sym und mir, sind Sie in Sicherheit, aber ich würde Ihnen nicht raten, die Aufmerksamkeit von irgend jemandem sonst im Schloß auf sich zu lenken.«

»Ich verstehe. Sonst ereilt mich mein Schicksal. Ohn' Erbarmen aufgehenkt, auf daß er im Winde schwenkt. Und warum, Mistreß Stewart, machen Sie und Ihr Gefolgsmann sich die Mühe, mich vor Tod und schaudervoller Verstümmelung zu bewahren?«

»Was für ein argwöhnischer Mann Sie doch sind!« antwortete Christian mild. »Warum glauben Sie wohl? Für Gold und Gut? Als Faustpfand oder gar als Wette?«

»Ich glaube nichts dergleichen; ich versichere Ihnen, Sie denken zu schlecht von mir. Mir ist schon längst jeder zusammenhängende Gedanke durch den Luftschlitz in meinem Hinterkopf entwischt, und ich schwimme in einem Meer von Torheit. Ich habe schon vergessen, wovon wir sprachen.«

Simon Bogle, der ein zielstrebiger junger Mann war, hatte es nicht vergessen. »Lady Christian und ich«, sagte er hartnäckig, »würden gern wissen, welchen Namen und Titel Sie wohl tragen.«

Fieberhafte Stille; der junge Mann bewegte sich unruhig. »Lady Christian. Verdammt und zugenäht! Sie trägt einen Adelstitel, und ich kenne ihn nicht. Sie wohnt in einem Moor, und auch davon habe ich keine Ahnung. Quod Erat Demonstrandum. Also kann ich kein Schotte sein. Warum also dann Ihre ungewöhnliche Güte... Ach Gott! Natürlich. Lösegeld.«

»Und aus angeborener Tugend. Das heißt: für Gold und Gut also.« Christian, von einem unwürdigen Gefühl der Genugtuung heimgesucht, gab sich edelmütig. »Aber als Mitbesitzerin des Wertgegenstandes meine ich, daß wir das Gespräch verschieben sollten, bis Sie sich etwas mehr erholt haben. Sie haben da einen bösen Knuff erwischt.«

»Mehr als einen«, sagte er; dann verfiel er in Schweigen und rüttelte sich erst wach, als er ihre Hand spürte, die nach den Kopfkissen tastete und sie fortnahm. »Wollen Sie denn meinen Namen nicht wissen?« Und verträumt: »Ohn' Zweifel dieser Offizier heißt Tod . . .«

»Nein.« Sie spürte Syms schweigenden Widerstand und sprach mit fester Stimme. »Nein, lassen Sie nur. Nicht jetzt.« Erschöpfung und Schwäche schienen sich seiner zu bemächtigen; aber sogar jetzt brachte er noch ein grausiges Kichern zuwege. »O Lady: nicht später. Die Täuschung täuscht und wird getäuscht werden. Es hat keinen Zweck, ich werde Ihnen soviel nützen wie der Nibelungenhort. Denn ich kann mich an nichts erinnern . . . nichts . . . nicht an das verdammteste, entlegenste kleine Fetzchen meines Ichs . . . ich habe keine schwache Ahnung, wer ich bin.«

Christian beließ die Angelegenheit während der Nacht in Syms Händen. Am folgenden Morgen jedoch erwachte sie mit dem Gedanken an ihren Gefangenen, verschaffte sich mit einer schamlosen Lüge in der Küche Speise und Wein und begab sich mit ihnen die geheime Hintertreppe hinauf. Sie spürte, bereits ehe sie die Tür des Krankenzimmers hinter sich schloß, fremde Schritte im Raum, und als sie sich zur Tür umwandte, um sie zu schließen, sagte auch bereits eine Stimme: »Vielleicht wollen Sie lieber später wiederkommen, Lady Christian. Sym ist nicht da, und ich bin auf und stehe am Fenster.«

Sie schloß die Tür. »Ah, es geht Ihnen also besser. Mein lieber Mann, nicht einmal ein Überfall auf meine Tugend könnte mich wieder hinabjagen, ehe ich nicht meine Sache besorgt habe. Ich bin heute morgen schon mehr Treppenstufen gestiegen als ein Glöckner.«

Er lachte, kam ihr aber, wie sie bemerkte, nicht entgegen, um ihr zu helfen; sie achtete sein Taktgefühl und trug das Tablett selbst zum Fenstersitz und stellte es auf eine Truhe. Dann setzte sie sich neben dem Bett nieder und erfuhr, daß das Fieber weg und das Kopfweh zurückgegangen war, daß er zutiefst dankbar und über die laufenden Ereignisse bemerkenswert gut unterrichtet war.

»Simon hat also mit Ihnen geredet.«

»Er hat überhaupt nicht aufgehört zu reden. Er hat mir erzählt, daß Lord Flemings Witwe und ihre Angehörigen alle in Stirling sind, und er findet es ganz ungewöhnlich wagehalsig von Ihnen, hier allein zurückzubleiben. Womit ich, da ich selbst noch ein besonderes Risiko darstelle, ganz einer Meinung bin.«

Sie zuckte die Achseln. »Im Augenblick kann ich hier mehr Gutes tun als in Stirling.« Dann fügte sie wie unter einem Zwang hinzu: »Natürlich darf ich nicht riskieren, zu einer Belastung zu werden oder einer Geisel. Wenn die Lage sich sehr verschlechtern sollte – oder auch falls sie sich sehr verbessert –, wird ein Freund der Familie mich nach Stirling bringen.«

»Und ich bleibe in den Händen weniger huldvoller Gefängniswärter hier. Ojemine«, sagte er etwas bedrückt. »Es mag selbstsüchtig klingen, aber wie schon der Dichter sagt, Worte sind nur Wind, aber Stöße und Schläge sind der Teufel.«

»Hängt das nicht davon ab, wer Sie sind?« meinte sie. »Wenn Sie einen schottischen Namen tragen, haben Sie nichts zu fürchten. Oder heißt dieser Offizier ohn' Zweifel noch immer Tod?«

Es entstand eine Pause. Dann sagte er: »Haben Sie da mich zitiert?«

»Genau Ihre Worte gestern abend.«

»Ach. Da muß ich in schrecklicher Verfassung gewesen sein. Haben Sie schon einmal das Gedächtnis verloren? Wohl nicht. Es ist ein ziemlich gehöriges Erlebnis. Ich vertraue darauf, daß Sie alle etwaigen Lücken den Auswirkungen eines Schlages auf den Kopf zuschreiben. Ich bin nur ein armer Irrer, der Dir des Weges kam ... Aber die Zwangslage scheint sehr häufig vorzukommen. Die meisten Helden und sämtliche Dichter haben sich anscheinend schon vor mir in ihr befunden. Ich bin, was ich bin, und das werde ich sein; aber wie ich bin, weiß keiner wahrhaftig ...«

Dann ließ er wehmütig das Englische fahren:

>*Li rosignox est mon pere, qui chante sur le ramee,*
el plus haut boscage.
La sereine, elle est ma mere, qui chante en la mer salee,
el plus haut rivage ...«

»Ihr Französisch ist allerdings ausgezeichnet«, sagte Christian. »Und Sie haben es nicht gern, daß man Sie einen Engländer nennt. Was darauf hindeutet, daß Sie eher nach Schottland als nach England gehören –«

»Ich hoffte, das werde Ihnen auffallen.«

»Sind Sie es sich in diesem Fall«, sagte Christian vernünftig, »nicht selbst schuldig, sich öffentlich zu zeigen? Es könnte sogar hier jemand Sie erkennen.«

»Entschieden ein schlauer Schachzug«, antwortete der Gefangene interessiert. »Wenn ich Ihnen nicht beipflichte, dann ist mein verlorenes Gedächtnis zweifellos eine Lüge. Andererseits könnte es echt sein, und meine Überzeugung, daß ich ein Schotte bin, könnte der Grundlage entbehren; in welchem Fall Ihr Freund Hugh, nach dem, was Sym erzählt, seinen Vorurteilen voraussichtlich freie Hand lassen würde, und Ihre Hoffnungen auf Lösegeld wären dahin.«

»Sie müssen uns für sehr mißtrauisch halten«, sagte Christian gleichmütig. »Warum sollten Sie lügen? Wenn Sie Engländer wären, hätten Sie keinen Grund, Ihren Namen zu verbergen. Je eher wir ihn wüßten, desto rascher würden wir dafür sorgen, daß Sie ausgelöst würden und wieder in Freiheit gelangten.«

»Ich finde die sokratische Methode noch unbehaglicher als den unverblümten Sarkasmus. Also werde ich das sagen, was Sie von mir hören wollen, nämlich: Es gibt zwei Ausnahmen für Ihre Regel. Wenn ich Engländer, aber mittellos wäre, und wenn ich Engländer und politisch von Bedeutung wäre, würde ich es wie die Pest vermeiden, daß man erfährt, wer ich bin. Folglich: Wenn ich sage – wie ich es tue –, daß ich mich Ihren Freunden nicht zu zeigen wünsche, ehe ich mein Gedächtnis zurückerlangt habe, besitzen Sie keinerlei Mittel, um die Aufrichtigkeit meiner Gründe auf die Probe zu stellen –«

»Und die wären...?«

»Angst«, antwortete er ohne Zaudern. »Nackte Angst vor der Finsternis. Ich stehe ebensowenig gern wie Sie draußen vor der Tür zu einem Zimmer voller Menschen und warte darauf, daß man von drinnen herausstürzt und über mich herfällt.«

»Mein lieber Mann, man macht im Leben einen Verhärtungsprozeß durch. Es würde Ihnen schwerfallen, mich zu erschrecken.«

»Und zu täuschen?«

Sie lächelte und gab ihm sein eigenes Zitat zurück. »Die Täuschung täuscht und wird getäuscht werden. Sie haben eine unbestechliche Stimme und die Zunge eines Rechtsgelehrten. Eines lobe ich mir an Ihnen: Sie haben es abgelehnt, den Sünden der Dichter noch weitere hinzuzufügen. Ein gefälschter Stammbaum ist stets ärger als gar keiner.«

»Ich gehe nur Ihren Fallstricken aus dem Wege, o tugendhafte Dame, o verwirrende und spitzfindige Christian. Doch wie Sie sehen, bin ich aufrichtig und gut, und keines meiner Worte könnte lügen.«

Sie lachte. »Woraus ich schließe, daß Sie auf dem Hymettos von Honig und Lerchenzungen gelebt haben.«

»Und, nehme ich an, in einem Moor ebensogut sterben kann wie irgendwo sonst«, antwortete er trocken.

Niemand wirkt gern billig. Christian hatte sich zu gestelzter Schalkhaftigkeit verleiten lassen; sie fing sich rasch und sagte gleichmütig: »Ich kann natürlich keine Verantwortung dafür übernehmen, was Ihnen widerfährt, wenn ich abreise, ehe Ihr Gedächtnis zurückgekehrt ist. Inzwischen jedoch, bis es zurückkehrt, soll Ihnen gestattet sein, namenlos zu bleiben,

wenn Sie es wünschen.« Sie erhob sich und fügte flink hinzu:
»Und inzwischen gibt es viele Leute, die Sie beneiden würden. Nützen Sie Ihre Freiheit gut, mein Freund – Sie haben
mehr als irgendeiner von uns.«

»Sehr wahr. Nur Geisteskranke haben noch mehr. Es ist
undankbar von mir, sie unerträglich zu finden; und mehr als
unerträglich natürlich, nicht zu wissen, wie groß die Bürde
ist, mit der ich Sie belaste.«

Christian war an der Tür. Sie wandte sich um und sagte ironisch: »Nicht die geringste Bürde. Sie haben es doch nicht
vergessen?

> *Hü, hott, so sei es dann,*
> *Geld treibt mir mein Pferdchen an.*

Sie schloß mit einem Lächeln die Tür und ließ ihn allein, damit er es sich überlege.

Dieses Gespräch wurde am Donnerstag, dem 15. September,
geführt. Tom Erskine war am Montag nach Süden geritten;
er konnte jetzt täglich zurückkommen, um sie abzuholen.
In der Zwischenzeit wurden unablässig neue Anforderungen
an ihre Zeit und ihre Fähigkeiten gestellt. Sämtliche Ländereien von Biggar und Kilbucho, Hartree und Thankerton
befanden sich in der Obhut der Burg. In Abwesenheit aller
waffenfähigen Männer, die mit Lord Fleming nach Pinkie
gezogen und noch nicht zurückgekehrt waren – vielleicht nie
zurückkehren würden –, galt es, sich um die Frauen und Kinder und alten Leute auf diesen Gütern zu kümmern, sie mit
Ratschlägen und Nachrichten zu versorgen und ihnen ärzt-
liche Hilfe zu bringen, wenn sie gebraucht wurde; und überdies mußten Vorkehrungen für den Empfang der Eindringlinge getroffen werden, falls sie durchbrechen sollten. Denn
die Kunde aus dem Osten war jammervoll. Das Heer, bunt
zusammengewürfelt und von Argwohn und Mißtrauen zer-
setzt, hatte seine taktische Tölpelei mit kopfloser Panik ge-

krönt: Es hatte sich auf dem Schlachtfeld aufgelöst, war zurückgewichen und geflohen und von den englischen Verfolgern restlos zerschlagen worden. Der Hof hatte vierzig Meilen weiter nördlich in Stirling zeitweilige Zuflucht gefunden. Der englische Protektor war siegreich nach Edinburgh vorgerückt, hatte seine Reiterei in das nahe gelegene, verlassene Städtchen Leith gelegt und draußen vor der Stadt sein Feldlager aufgeschlagen; während er jetzt gemächlich dabei war, die Befestigung der Stadt zu erörtern, segelten englische Schiffe unbehindert die Ostküste hinauf und eroberten und besetzten die Insel St. Colme's Inch, eine strategische Schlüsselstellung in der Mitte der Forthmündung nördlich von Edinburgh. Jeden Augenblick konnte Nachricht eintreffen, daß Lord Wharton und der Graf von Lennox mit ihren englischen Truppen von Südwesten herannahten.

In Boghall schleppte sich der Tag dahin. Druck und Spannung lasteten auf allen; Christian fühlte sich wie ausgelaugt. Um die Mitte des Nachmittags machte sie sich kurz von ihren Pflichten frei, um den unbewohnten Flügel aufzusuchen: Die Situation dort machte ihr wachsende Sorge. Es konnte leicht sein, daß Sym, nachdem seine Hoffnung auf Lösegeld einstweilen durchkreuzt war, seiner Pflichten als Kindermädchen und Gefängniswärter überdrüssig geworden war und sich weniger Gefahr und mehr Spaß davon versprach, wenn er Hugh in die Sache einweihte. Sym hatte ihr vier Jahre lang in unerschütterlicher Treue gedient, und in dieser Zeit hatte sie seine Schwächen entdeckt. Von solchen Gedanken bewogen, machte sie sich zu der Geheimtreppe auf.

Plötzlich vernahm sie über sich das Klirren von Degen, und es blieb ihr fast das Herz stehen. Sie hielt auf der Treppe inne und wurde mit einem atemlosen Lachen belohnt. »Mann, wir spielen doch hier nicht Hockey! Geh ordentlich und genau vor, paß auf, so: nach links – nach vorn – *dann* hoch und durch!«

Neuerliches Degenklirren: Der Schüler folgte offenbar der Anweisung. Sie eilte zum Treppenabsatz hinauf.

»Ihr seid mir ein Paar Narren! Man kann eure Klingen bis nach Biggar hinüber hören. Sym! Ist das eine Art, einen Kranken zu pflegen? Und Sie, wer immer Sie sind! Sie nehmen unsere Obhut sehr auf die leichte Schulter.« Sie nahm die Entschuldigungen überhaupt nicht zur Kenntnis, schickte Sym hinaus, um auf dem Treppenabsatz Wache zu halten, und packte den anderen Mann beim Arm. »Den Fechtlehrer spielen, wo Sie noch kaum Ihr Fieber los sind! Setzen Sie sich nieder auf der untersten Treppenstufe. Ihr Kopf –«

» – in einer Schüssel würde eine Katze acht Tage ernähren«, sagte er mit einem neuerlichen, nach Luft schnappenden Lachen und schickte sich an, wieder zu Atem zu kommen.

Von der Türöffnung im Türmchen blickte man hinab auf ihr privates Gärtchen. Es war von dem unbewohnten Flügel und einer acht Fuß hohen Mauer eingeschlossen und lag still und in heimlicher Abgeschiedenheit da. Die Sonne schien warm, und nichts störte die friedliche Stille. Von ihren Pflichten weggelockt, gönnte auch sie sich eine Ruhepause, lehnte die Schultern gegen die Mauer und wandte das Antlitz zur Sonne empor. Nichts regte sich außer großen Wellen von Düften, die anschwollen und wieder verebbten, ein lautloses Orchester der Gerüche, das sforzando und diminuendo in der warmen Luft spielte. Dann unterbrachen drei goldene Töne einer Laute die Stille – ihrer eigenen Laute: Sie entsann sich, sie auf der untersten Treppenstufe liegengelassen zu haben.

»Wenn Sie spielen können«, sagte sie, »dann spielen Sie bitte weiter. Ich bin ganz versessen auf Musik, sie ist meine größte Freude.«

»Was soll ich spielen?« Er fuhr durch die Saiten, und ein Sprühregen von Tönen flog in die Luft, der in Arpeggios verwandelter Tonarten wieder herabsank. Plötzlich sang er mit reiner und fröhlicher Stimme:

> *»En mai au douz tens nouvel*
> *Que raverdissent prael*
> *Oi soz un arbroisel*

Chanter le rosignolet.
Saderala don!
Tant fet bon
Dormir lez le buissonet.«

Er hielt inne, nahm offenbar dankbar ihr Lächeln entgegen und fuhr fort. Beim nächsten Vers stimmte Christian zaghaft ein; sie sangen den letzten Refrain zusammen, Melodie und Gegenstimme, und als er zu spielen aufhörte, sagte sie triumphierend: »Gesangsstunde! Ich wußte es doch!«

Er ging, indes er Viertelnoten wie Regentropfen zupfte, darauf ein: »Bin ich also vielleicht ein Schulmeister, wie?«

»Oder ein Mönch?« fragte sie arglos zurück.

Lachen klang in seiner Stimme auf. »Wenn die Pfaffen wie die Vögelein singen? – Nein, gewiß doch nicht...«, und er ging mit stürmischem Schwung in ein Lied über, das durch seinen alles andere als geistlichen Inhalt unsterblich geworden war.

Sein Lautenspiel war geschult und zurückhaltend. Während er von einem Komponisten zum nächsten wanderte, erging er sich in leichtem Plauderton über Musiktheorie und Philosophie, und ehe sie es sich versah, erklärte sie ihm ihre eigenen Ansichten, stellte Fragen, lauschte aufmerksam. Mit demütigem und geradezu rührendem freudigem Entzücken trat sie in ihre eigene Welt, in die Welt der Töne und Klänge, ein und war glücklich in ihr, bis das Gewissen ihr die Hand auf die Schulter legte. Plötzlich sagte sie: »Wer ist Jonathan Crouch?«

»Wer?« erwiderte er träge. »Ach, Jonathan Crouch. Ein Engländer und zur Zeit Gef –«

Sie hörte das Einatmen, das Beben in der Stimme ganz deutlich. »Sie verwenden recht drastische Methoden, nicht?«

Christian antwortete rasch: »Das Gedächtnis ist eine merkwürdige Sache, wenn es unversehens überrumpelt wird. Sym hat mir gesagt, Sie hätten den Namen im Schlaf gemurmelt.«

»Habe ich das? Dann muß er wohl irgendeine persönliche Bedeutung für mich haben, nehme ich an ... aber welche? Tut mir leid. Aber sie ist weg. Versuchen Sie's noch mal.«

»Dann ist es vermutlich nicht Ihr eigener Name?«

Sein Lachen klang völlig echt. »Gott behüte! Meinen eigenen Namen würde ich doch erkennen, wenn ich ihn hörte?«

»Er könnte ganz plötzlich zurückkommen. Oder vielleicht wollen Sie sich lieber einen aussuchen?«

»Nein«, antwortete er. »Ich glaube, ich ziehe es vor, lieber ein altes und namenloses Ding zu sein als ein neu gemünztes mit einem falschen Etikett um den Hals. Oder überhaupt irgend etwas in der Art eines Stricks. Lassen Sie mich die verbliebenen Reste meines Verstandes auf Jonathan Crouch verwenden, und inzwischen lasset uns singen, tanzen und springen ...«

Die Laute sang unwiderstehlich, und er nicht minder.

> »Der Frosch, er wollt' auf Buhlschaft gehen
> Bums-trara, bums-trara
> Mit Schild und Degen wohl versehen
> Dideldum, dudeldum, dreh dich um.
> Und als er auf seinem hohen Rosse saß
> Bums-trara, bums-trara
> Da glänzten seine Stiefel rabenschwarz ...«

Das Lied brach so plötzlich und gewaltsam ab, als habe der Tod zugeschlagen. Die vier Saiten stöhnten unter den gekrümmten Fingern noch einmal auf, und dann war Stille. Allein mit dem Hämmern ihres Herzens, wartete Christian geduldig.

»Das Gedächtnis ist eine merkwürdige Sache.« Welche Gedankenverbindung mit dem kühnen, unseligen Frosch hatte unversehens das Tor der Erinnerung geöffnet? Frösche – und Brunnen. Was lag drunten auf dem tiefsten Grund des Brunnens? Katzen und Nixen und Verwünschungen und Heilmittel gegen Warzen ... und die Wahrheit, natürlich.

Als habe ihr Gedanke ihn zu sich herangezogen, spürte sie eine Bewegung neben sich. Die leichte, sorglose Stimme verriet keinerlei Neigung, in tiefe Brunnenschächte hinabzusteigen.

» – Dideldum, dudeldum, dreh dich um. Ich muß Ihnen ein Geständnis machen. Die erste Regel im Gefängnis ist, sich beim Gefängniswärter Liebkind zu machen. Das habe ich mit gewissem Erfolg getan: Sym hat mir versichert, daß er nicht den Wunsch hegt, mich baumeln zu sehen oder an den Bettelstab zu bringen. Im Gegenteil: Heute nachmittag hat er mir gezeigt, wie ich mit dem Schlüssel zur rückwärtigen Pforte über einen geheimen Pfad durchs Torfmoor entfliehen kann. Ich habe versprochen, den Schlüssel nicht ohne Ihre Erlaubnis zu verwenden.«

»Ich verstehe«, antwortete Christian. »Sie scheinen ja sehr angestrengt gearbeitet zu haben. Und wie lautet die Regel, wenn zwei Gefängniswärter da sind?«

Er schwieg einen Augenblick; dann sagte er: »Hören Sie: Verfluchen Sie mich vor Gott vom Scheitel bis zur Sohle in einem Atemzug, wenn Sie wollen, aber denken Sie daran, daß ich mich Ihnen aus freien Stücken enthüllt habe.«

»Also schön«, antwortete sie. »Vorausgesetzt, daß Sie eine klare Vorstellung von der Situation haben. Ich gehe von der Annahme aus, daß Sie Ihren Verstand zurückgewonnen haben und daß Hugh nicht entzückt wäre, wenn er erführe, wer Sie in Wahrheit sind. Sie sind gleicherweise nicht gewillt, Simon oder mir selbst zu Gewinn oder Rache zu verhelfen. Sie verlangen folglich von uns beiden, daß wir Ihnen im Hinblick auf bisherige Begünstigungen Beihilfe zur Flucht leisten.«

Wenn sie erwartet hatte, daß er eine weitere Gefühlsregung verraten werde, so wurde sie enttäuscht. »Bewundernswert gerecht und gerechterweise verurteilend«, sagte die Stimme gelassen. »Nun, die Abhilfe liegt in Ihren Händen.«

Es trat ein kurzes Schweigen ein, währenddessen Christian zu der ärgerlichen Schlußfolgerung gelangte, daß sie wieder einmal durch ein geschicktes Manöver überlistet worden war. Er hatte sich, nachdem er den Schlüssel bereits besaß, ihr auf Gnade und Ungnade ausgeliefert. Warum nur? Es fiel ihr ein, daß er, als er von der Versklavung Syms sprach, sich mit größtem Takt davor zurückgehalten hatte, eine Parallele zu ziehen. Er hatte es ihr überlassen, das zu tun. Wenn sie ihn jetzt verriet, so ließ dies auf die Rachsucht einer enttäuschten Frau schließen, und davor würde sie, nach seiner Meinung, doch wohl zurückscheuen. Laut sagte sie: »Ich kann Ihnen versichern, wenn Sie durch das reine Gewicht Ihrer Persönlichkeit Sym von seinem Traum des Reichtums abgebracht haben, dann ist es unwahrscheinlich, daß ich aus Niedertracht oder gemeiner Neugier auf Gefängnis und Tod bestehen werde. Aber in einem Punkt verlange ich eindeutige Klarheit: daß Sie uns, wenn Sie einmal frei sind, keinen Schaden zufügen werden.«

»Ich könnte Ihnen mein Wort darauf geben; nur ist eben meine Redlichkeit einigermaßen fragwürdig.«

»Der Gedanke war mir auch schon gekommen«, gestand Christian. »Deshalb muß ich, während ich Ihr Versprechen selbstverständlich annehme, noch eine weitere Bedingung stellen. Sagen Sie mir, warum Ihnen an Jonathan Crouch liegt.«

»Guter Gott!« antwortete er, und diesmal hörte sie echte Belustigung aus seiner Stimme heraus. »Das nächstemal wende ich mich gleich an Hugh. Lieber noch die Daumenschrauben als den Beichtstuhl. Aber ich warne Sie: Es ist ein schlechtes Geschäft. Sie werden durch Crouch nicht herausbekommen, wer ich bin.«

»Das riskiere ich«, sagte sie; dann verschlug ihr ein plötzlicher riesiger Aufruhr, der zwischen den Türmen widerhallte, die Sprache. Im gleichen Augenblick rollte eine vertraute Stimme die Treppe herab. »Gute Nachrichten, Christian! Bist du da? Kann ich hinunterkommen? Christian!«

Sie flüsterte rasch: »Es ist Tom Erskine – draußen. Hinaus durch die Hintertür, rasch. Wo ist Sym ... ah, da bist du. Ja, ich weiß Bescheid, er hat es mir gesagt. Hör zu: Geh mit ihm, führ ihn zu der Höhle und komm zurück... Es ist eine kleine Höhle, gut verborgen. Dort können Sie bleiben, bis es dunkel wird. Ich schicke Ihnen später einen Mantel und etwas zu essen hinüber.«

»Meinen Degen –«

»Schicke ich Ihnen. Hier ist der Schlüssel zur Hinterpforte. Rasch!«

Ihre eiligen Schritte verhallten in der Ferne, und sie wandte sich um: »Tom, mein Lieber! Warte, ich komme hinauf!«

Christian Stewart hob ihre Röcke und begann gedankenvoll die Treppe hinaufzusteigen. »Der Satan soll den Mann holen!« murmelte sie im Hinaufgehen, und es war durchaus nicht klar, welchen Mann sie meinte.

Erskine hatte seine ganze Truppe mitgebracht; die Leute waren müde, verdreckt und in wilder Stimmung, und auf der Burg taten Offiziere und Besatzung, nachdem sie sich gebührlich gesäubert und instand gesetzt hatten, sich im Bankettsaal in bester Stimmung an reichlicher Speise und Trank gütlich.

Christian saß neben Tom; sie spürte den Geruch der Seife, die er verwendete, und stellte sich ihn sauber und rosig wie stets vor, und etwas drängte sie zu sagen: »Tom, ich bin so froh, daß du da bist!«

»Ich wäre schon längst hier«, antwortete er entschuldigend, »wenn ich gekonnt hätte. Du siehst todmüde aus. Idiotisch von Jenny Fleming, dich hierzulassen.«

Sie lächelte. »Nur meine Fähigkeit zu verständnisvollem Mitgefühl ist einigermaßen erschöpft – ich sehne mich nach einem einfachen, ordentlichen, vergnügten Gespräch. Erzähl mir noch mehr.«

Denn was er zu erzählen hatte, war nicht nur gute, sondern geradezu an ein Wunder grenzende Kunde. Die Lords Wharton und Lennox, die sich tief im Annantal festgesetzt hatten, waren plötzlich umgekehrt und, von ihm selbst und Lord Culter hart auf den Fersen verfolgt, zurück nach England ausgerissen. In Castlemilk befand sich noch eine englische Besatzung, die jedoch keine sehr große Gefahr darstellte. Der mörderische Vorstoß nach Norden war jedenfalls zum Stehen gebracht; der westliche Griff des Nußknackers war abgebrochen.

»Warum?«

»Übermäßige Selbstsicherheit – das ist unser Eindruck. Sie hatten überall das Gerücht ausgestreut, daß sie nach Norden marschieren würden, und bekamen einen mächtigen Schrecken, als Culter das Gegenteil annahm und wie der Teufel in sie hineinfuhr. Er hat zwar das arme alte Annan ziemlich übel zugerichtet, aber das ist nichts gegen das, was Clydesdale Gott sei Dank erspart geblieben ist. Obwohl ich sagen muß«, fügte er freimütig hinzu, »daß Culter sich auf ein Risiko eingelassen hat, das ich nicht mit der Feuerzange angefaßt hätte.«

»Aber es hat geklappt«, sagte Christian. »Und jetzt?«

»Meldung an die Königinmutter. Meldereiter ist natürlich mit Einzelheiten schon vorausgeschickt, aber ich folge morgen nach. Du kommst doch mit, nicht wahr?«

»Ich glaube, ja«, antwortete Christian. »Wenn die Burg nicht mehr bedroht ist, kommen sie hier auch ohne mich aus. Und ich sollte Lady Fleming die Kinder abnehmen. Scheint heute nacht der Mond?«

»Nein, es hat sich bewölkt«, sagte Tom überrascht. »Warum?«

»Ach, es hat nichts zu bedeuten. Sym wollte ein bißchen bei Nacht angeln gehen. Und ich muß fertig packen.« Ihre Worte klangen wie die reine Wahrheit.

Der Pfad durchs Torfmoor war nicht leicht zu finden. Sogar unter Syms sicherer Führung traten ihre gestiefelten Füße immer wieder in nasse Schwämme und glucksende, halb ausgestochene Torfstellen hinein. Ihr Kleid war durchnäßt, ihre Lebensgeister recht gedämpft, als sie vor sich ein Murmeln vernahm.

Sym, der sich mit Freuden an der Verschwörung beteiligte, flüsterte: »Es ist jemand bei ihm in der Höhle, Mylady.«

Christian sagte: »Sei still!«, aber die leisen Stimmen brachen ab, und zu ihrer Rechten vernahmen sie ein verstohlenes Geräusch. Sie gab Sym einen kleinen Schubs, und er trat vor und zeigte sich mit mutiger Stimme überraschend der Lage gewachsen: »Bleib stehen und rühr dich nicht! Wir bringen Essen aus Boghall, aber wir sind auch bewaffnet.«

»Doppelt bewaffnet, wie ich hoffen will«, sagte die Stimme ihres vormaligen Gefangenen. »Meiner Treu, wahrhaftig. Essen, mein Degen und mein Dolch – Sym, du bist ein Held ... Guter Gott! Lady Christian! Ein mutiges und entschlossenes Menschengeschöpf. Ich bin Ihnen noch gewisse Auskünfte schuldig, nicht wahr?«

»Das sind Sie. Wie fühlen Sie sich nach Ihrem Spaziergang?«

»Guten Muts und bei bester Gesundheit. Glücklicher als Augustus, besser als Trajan. Und um das Maß vollzumachen, hat einer meiner Senatoren mich sogar aufgespürt und ist im Begriff, mich meinem Kaiserreich zurückzugeben ... Jonathan Crouch ist ein Engländer, mit dem ich sprechen möchte, das ist alles. Ich weiß nichts über ihn, außer daß er in Schottland in Gefangenschaft ist, aber ich gedenke ihn aufzufinden, und wenn ich bis in die Hölle und wieder zurück marschieren muß.«

»Das wird nicht nötig sein«, sagte Christian. »Weil ich es für Sie tun kann, durch Tom. Er hat zu allen Gefangenenlisten in Stirling Zugang, und er wird den Mund halten, wenn ich ihn darum bitte. Kommen Sie am Dienstag hier in diese Höhle, und ich werde Nachricht für Sie hinterlassen.«

Diesmal war die Stimme kurz und bündig. »Ich danke Ihnen, Scheherezade, aber ich glaube, lieber nicht.«

Sie sprach unverblümt. »Crouch wird längst ausgelöst und nach England zurückgeschickt sein, ehe Sie ihn selbst finden können.«

»Trotzdem, nein.«

Sie war auf den unnachgiebigen Felsen seines Willens gestoßen und war nicht gesonnen, sich aufs Bitten zu verlegen. »Nun, ob Sie sie wollen oder nicht, die Auskunft wird jedenfalls da sein«, sagte sie. »Wenn Sie nicht wollen, dann beachten Sie sie nicht. Gute Nacht.« Sie zupfte Sym am Rock und wandte sich zum Gehen.

Sie hatte noch kaum drei Schritte getan, als sie von langen, drahtigen Fingern und einem Schwall von Knoblauchdünsten zum Stehen gebracht wurde. Dann hörte sie die ausdrucksvolle, biegsame Stimme: »Gottverdammt noch mal, Johnnie, laß sie gehen!«, und die Hände entfernten sich. Sie schritt rasch weiter, ohne auf mehr zu warten.

Sie hatten den halben Weg nach Boghall zurückgelegt, als Sym fragte: »Wer ist Scheherezade?«

»Eine weitblickende Dame, die den Schah an der Leine hielt, indem sie ihm Geschichten erzählte.«

Ein kurzes Schweigen. »Ich versteh' den Zusammenhang nicht«, sagte Sym.

»Sei nicht blöd«, antwortete Christian gereizt. »Es besteht keiner.«

DRITTES KAPITEL

»Feuerwaffen!« rief Wat Scott von Buccleuch voll dröhnender Verachtung. »Feuerwaffen! Wenn ich kräftig durch ein Pusterohr spucke, richte ich mehr Schaden an ...«

Tom Erskine war nicht gerade begeistert, die polternde Stimme zu vernehmen. Er hatte eine mißliche Woche hinter sich. Stirling war seine Heimatstadt: Sein Vater war Königlicher Schloßhauptmann auf der Burg, und Junker Erskine liebte in seinem romantischen und treuherzigen Gemüt, das sich hinter seinem rundlichen Äußeren verbarg, nichts so sehr, wie zwischen den Ohren seines Pferdes den steil aufragenden Felsen von Stirling zu erblicken – eine heimatlich vertraute Lorelei inmitten der grünen Wiesen des Forth.

Der ganze Freitag war damit hingegangen, Christian Stewart und ihre Frauen nach Stirling zu bringen. Er hatte sie in Bogle House abgesetzt, das die Familien Culter und Fleming miteinander teilten, und seine Stadt in einem Zustand vorgefunden, als sei die Pest vor den Toren. Der Hof, die Regierung, die hartgesottensten Reste und Krümel des Heeres – alles war hierher zurückgeflutet, und die Straßen waren ein Alptraum von Berittenen und Fuhrwerken. Mehr noch: Im Innern dieser zusammengedrängten Massen saßen wie eine unsichtbare, fressende Krankheit Angst und Verzagtheit, und dieses Übel war zehnmal ärger als der Druck und die schmerzhafte Spannung draußen im Land, wo man nicht wußte, was vor sich ging, weil es gleich einer Wucherung sich aus sich selbst vergrößerte und immer weiterwuchs. Arran, der Statthalter, wartete nur noch auf die endgültige Katastrophe, die Somersets Angriff bringen mußte, sah auf Schritt und Tritt das Menetekel in Riesenlettern vor sich und war vor schlotternder Nervosität regelrecht krank. Die Stadt tat es ihm nach.

Wenigstens hatte man sich, wie Tom feststellte, um die Königin gekümmert. Das kleine Mädchen war seit einer Woche mit seiner Mutter in einem sicheren Versteck, und Mariotta und Lady Culter, die jetzt an die Stelle der frisch verwitweten Jenny Fleming traten, hatten sich zu ihnen begeben. Später erfuhr er, daß Christian Weisung erhalten hatte, sich ihnen anzuschließen. Er konnte sie nicht einmal hinbegleiten. Amtsgeschäfte und die Erfordernisse des Krieges hielten ihn in Stirling fest. Am Montagabend erfuhren sie, daß Leith brannte und die Abtei Holyrood gestürmt und zerstört war, und ein wenig später, daß der Protektor sein Feldlager abgebrochen und sich in Marsch gesetzt hatte, indessen eine englische Flotte weiter gen Norden hinaufsegelte. Jetzt konnte keine Rede mehr davon sein, daß er zur Königin geschickt wurde und sich Christian anschließen konnte. Erskine blieb, und die Stadt, wirr und benommen vor Verzweiflung, wartete auf neue Kunde. Sie traf am Abend ein. Das englische Heer marschierte – aber nicht westwärts, auf sie zu, sondern nach Süden.

Diese Kunde sollte, Wort für Wort wiederholt, ihr Lebtag lang in aller Munde bleiben. Am Montag traf Bestätigung ein. Der Protektor war in Lauder und zog noch immer in Richtung England weiter. Am Dienstag und Mittwoch kamen neue Meldungen: Die englische Flotte hatte lediglich die Burg Broughty an der Taymündung befestigt und verstärkt und schien jetzt nur auf günstigen Wind zu warten, um wieder davonzusegeln. Donnerstag und der heutige Freitag: Der Feind hatte die Burg Hume genommen und eine Besatzung in sie gelegt; das englische Heer befand sich jetzt in Roxburgh; abgesehen von diesen vorgeschobenen Stellungen und den Wracktrümmern, die der Sturm zurückließ, hatte die tobende Brandung sich zurückgezogen und war nach Süden verebbt.

Unmöglich zu begreifen, warum Somerset es unterlassen hatte, seinen glänzenden Erfolg auszubeuten. Die müden Feldhauptleute in Stirling konnten nur Vermutungen anstellen. Die vorsichtigen unter ihnen wiesen auf die vier englischen Garnisonen hin: zwei auf See vor der offenen, ungeschützten Küste, zwei in Reichweite der Grenze; aber jubelndes Frohlocken schlich sich hinterrücks in die Stadt und das Heer ein und bemächtigte sich ihrer.

Tom Erskine, endlich frei, um sich davonzumachen, hatte jetzt für hirnverbrannte Ansichten ebensowenig übrig wie für Verzögerungen und war ganz ungebührlich gereizt, als er Buccleuch bei dessen erstem Aufenthalt in Stirling seit der Schlacht von Pinkie in Gesellschaft antraf. Und dies ganz besonders, da die Gesellschaft aus dem glatten, prächtig angetanen George Douglas bestand, dessen älterer Bruder, der Graf von Angus, das Oberhaupt des Hauses Douglas und Vater von Lord Lennox' Gattin war. Er trat dennoch auf sie zu und wurde sogleich beim Arm gepackt: »Da kommt Erskine, der weiß Bescheid! Du hast sie doch verwendet: Ich meine

Hakenbüchsen, Junge! Verdammt gefährliche Dinger!« Die Kämpfe hatten Wat Scott von Buccleuch nicht verändert: Er hatte noch genau die gleichen Buccleuch-Flöhe im Ohr wie eh und je und sah genauso aus wie damals, als er mit Lord Culter auf den Zinnen von Boghall stand und die Rauchwolken aus dem Schloß aufsteigen sah, in dem seine Frau Janet mit einem Messer in der Schulter auf dem Fußboden lag.

Und das war ein Thema, das Erskines Gedanken schmerzhaft nahelag – und anscheinend auch den Gedanken Sir Georges, der Buccleuchs dröhnenden Wortschwall mit einer verbindlichen Geste unterbrach und bemerkte: »Hallo, Erskine. Sie kommen doch wohl, um uns über den armen Will zu berichten?« So mußte Tom denn, ob er wollte oder nicht, sich seines Auftrags entledigen.

»Ich habe Ihren Jungen gesehen, Buccleuch. Er ist bei bester Gesundheit.« Das zumindest war die Wahrheit.

Buccleuchs Gesicht, eingerahmt in gesenkte Brauen und hochgereckten Bart, verzog keine Miene. »Der arme Will? Wieso arm?«

Erskine ließ seufzend alle Umschweife fahren: »Er ist bei Crawford von Lymond.«

Das Dickicht aus grauen Locken zog sich zusammen. »Lymond?« brüllte Buccleuch. »Als Gefangener? Als Geisel?«

Tom schüttelte den Kopf. Er erzählte die Geschichte mit wenigen, raschen Worten: von dem englischen Boten, von Lymonds Angriff auf seinen Bruder und von seinem eigenen Eintreffen, das Lord Culter gerettet hatte. Als er geendet hatte, entstand ein kurzes Schweigen; obwohl Buccleuch die Brauen noch immer gesenkt hielt, blitzte in seinem starren Blick doch ein Funken der Freude auf. Er räusperte sich. »Um die Wahrheit zu sagen, der Junge kam aus Frankreich mit einem Haufen von verdrehten Ideen zurück, und ich konnte nichts mit ihm anfangen. Daraufhin ist er hinausgestürmt und hat uns alle ins unterste Höllenloch zu den kleinen Teufelchen mit den dreizinkigen Mistgabeln verwünscht. Er sagte sogar« – er hielt kurz inne, als ihm die Erinnerung daran kam –, »sagte sogar, er würde wahrscheinlich noch vor uns dort sein. Und das erklärt . . . Guter Gott, Will!« knurrte Buccleuch. »Da gehört schon allerhand Frechheit dazu, sich ausgerechnet Lymond auszusuchen, um mit ihm zur Hölle zu fahren.«

»Aber, aber – regen Sie sich nicht unnötig auf.« Sir Georges Blick war die ganze Zeit über auf Buccleuchs Gesicht geheftet geblieben. »Ich glaube, wir unterschätzen ihn alle. Haben Sie Geduld, und Ihr Will wird Sie vielleicht eines Tages noch überraschen.«

Buccleuch starrte ihn seinerseits an. »Wenn man von Natur aus ein anständiger Kerl ist, dann verkauft man seinen Hauptmann nicht, auch nicht, wenn er nur Hauptmann von einem Haufen Aas ist.«

»Aber Will weiß doch bestimmt, womit er es bei Lymond zu tun hat?« Toms Stimme verriet nicht nur Besorgnis, sondern auch Verdutztheit.

»Will ist kein Unschuldslamm«, antwortete Buccleuch bündig. »Er ist ein ungebildeter, kecker junger Narr mit einem Kopf, der zu groß ist für seine Mütze, aber er ist nicht dämlich, und er ist nicht verschroben. Wenn Lymond ihn genommen hat, dann hat er gewußt, was er tat. Will wird ihn nicht verraten. Er wird mit der Nase im Misthaufen herumstochern, um seinen schwachköpfigen Verwandten grundsätzlich den Standpunkt klarzumachen, aber seine großartigen neuen Ehrbegriffe werden ihm dabei den Gestank von der Nase fernhalten. Dieser Junge«, knurrte Sir Wat, »denkt mit dem Hintern – um Himmels willen, trinken wir ein Glas Rotwein.«

Es wurde Abend, ehe Erskine schließlich wegkonnte. Er nahm kein Geleit mit, da er wußte, daß es nicht gestattet war, sondern ritt allein zum Stadttor von Stirling hinaus und hinein in den Sonnenuntergang, der aufflammte und allmählich erstarb, indes er einherritt.

Es wurde dunkel. Die Bäume ringsum rückten näher heran,

schlossen ihn ein, blieben zurück. Ein leichter Wind kam auf, das Gras zischte wie Gischt. Der Weg wurde besser; er erblickte die Lichter von Bauernkaten und roch Holzfeuerrauch. Dann wurde er angehalten. Das war der erste Wachtposten. Es kamen noch zwei; er nannte seinen Namen und das Losungswort und konnte abermals passieren; dann zog er die Zügel an.

Zu seinen Füßen erstreckte sich, schwarz und spiegelglatt, der See von Menteith, eineinhalb Meilen breit, die Inselheimstätte der Priorei seines Bruders, der Inselsitz der Grafen von Menteith. Die unzähligen Lichter der beiden Inseln in der Mitte des Sees liefen wie Bandstreifen über das Wasser, und Musik schwebte herüber: Orgelklänge aus der Priorei von Inchmahome, wo die Mönche die Komplet sangen und die Kinder schliefen; eine Musikantengruppe, die in Inchtalla, wo der schottische Hof seine Muße im Versteck zubrachte, zu einer Galliarde aufspielte. Ein Fährboot, schon von weitem durch seine Buglaterne angekündigt, kam glucksend heran, und er stieg ein.

»Mein lieber Freund«, sagte Sybilla am folgenden Tag, als sie in seelenruhiger Gelassenheit mit ihrer Stickerei an des Grafen John loderndem Kaminfeuer saß, »Sie werden mir zugeben, daß Sie noch nie mit acht Kindern auf einer Insel haben wohnen müssen, und jedes einzelne von ihnen mit dem Naturtrieb eines ausgewachsenen Lemmings.«

Die verwitwete Lady Culter hatte ihre eigene Art, gespannte Stimmungen aufzulockern. Sie saß neben Tom Erskine, auf der aristokratischen Nase eine horngefaßte Brille, die ihr an einer dünnen Goldkette um den Hals hing, auf dem Schoß die unvermeidliche Stickerei. Christian Stewart war ausgegangen, und Sybilla war frei von Pflichten, was bedeutete, daß sie Erskine und Sir Andrew Hunter, der gerade mit den neuesten Meldungen eingetroffen war, mit Beschlag belegt hatte, damit sie ihr halfen, Mariotta zu unterhalten. Denn der Angriff auf Midculter hatte Richards Gattin in einen Nervenzustand versetzt, den das Durcheinander der letzten drei Wochen nicht gerade verbessert hatte. Der Diebstahl ihres Silbers spielte keine Rolle, er schien im Hauptbuch von Richards Vermögen kaum auf; aber es durchlief sie kalt beim Gedanken an Lymond und die kühle, unverschämte Art, mit der sein Verstand sie in den Griff genommen hatte; er hatte keine fünf Minuten gebraucht, um dorthin vorzustoßen, wohin Richard mit seiner schüchternen Höflichkeit nie gelangt war. Auch auf ihren Gatten hatte der Zwischenfall wie ein schwerer Schlag gewirkt. Das war ihr während der zwei schlaflosen, überfüllten Tage und Nächte klargeworden, ehe er aufgebrochen war, um sich dem Heer im Osten anzuschließen. Seither war das einzige, was sie von oder über Richard gehört hatte, die Nachricht gewesen, die Erskine gebracht hatte. Die alte Dame hatte die Nachricht kommentarlos entgegengenommen und fuhr in der gewohnten Ordnung ihrer Geschäfte fort, ohne sich mit einem Wort darüber zu äußern. Mariotta wandte sich an Sir Andrew Hunter.

Er hatte sie die ganze Zeit über beobachtet. Andrew Hunter, ein entlegener Nachbar, nahezu gleichaltrig, ein sanfter und vornehmer Grundbesitzer und Hofmann, war mit den Culters gut bekannt, und Mariotta hatte mit der Zeit gelernt, ihn gern zu haben und sich an seiner Güte und an seinen willigen Aufmerksamkeiten zu freuen. Jetzt richtete sie, einem plötzlichen Antrieb folgend, das Wort an ihn. »Sagen Sie mir, Dandy, worüber reden Männer eigentlich? Richard zum Beispiel?«

Die Frage verblüffte ihn, aber er antwortete ihr. »Über Pferde natürlich. Und Schweine. Und den Stand des Roggens und die Falkenjagd, was die Ständeversammlungen im Schilde führen, und irgendwelche neue Schiffsladungen, die er erwartet, und die Wechselkurse und die Steuern und die Wilddieberei und Pistolen und die Dachdeckerpreise und die Lämmer ... Richards Interessen«, sagte Sir Andrew mit einem leisen Ton der Abwehr in der sanften Stimme, »sind ziemlich vielseitig.«

»Aber nie langweilig. Ich möchte wissen«, sagte Mariotta mit ausdruckslosen Augen, »was Lymond für Gesprächsthemen hat.«

Hunter fuhr hoch. »Was Lymond redet, macht mir nicht einen Augenblick lang Sorge. Was er tut, das spürt man. Richard ist entschlossen, sich dieser Herausforderung bei der Waffenschau zu stellen, und wenn er wirklich hingeht, mein Gott, das wäre der reine Selbstmord.«

Mariotta machte die Augen weit auf. »Aber diese Herausforderung war doch nicht ernst gemeint! Wenn Lymond in Stirling auftaucht, wäre er doch im nächsten Augenblick verhaftet. Und außerdem ist Richard der beste Schütze in ganz –«

Sie brach ab. Hunter hatte recht. Wozu war das alles gut, wenn man einen Pfeil in den Rücken bekam? »Gott hat tausend Hände zum Züchtigen«, hatte Lymond gesagt, und in Annan war es ihm beinahe gelungen. Mariotta öffnete die Lippen, aber Sybilla, unbeirrt fleißig weiterstickend, sprach zuerst. »Haben Sie in der Stadt irgendwas von Will Scott gehört, Tom?« Und fügte gelassen hinzu: »Wir wissen, daß er bei meinem Sohn ist. Sir Andrew hat uns aus Annan Nachricht von seinem Zusammentreffen mit Richard gebracht.«

Erskine lehnte sich zurück, erleichtert, daß er nicht ein zweites Mal in den gleichen diplomatischen Strudel zu springen brauchte. »Nein, seitdem nichts Neues. Habe übrigens gestern Buccleuch getroffen und ihm die Sache schonend beigebracht. Und dieser Trottel George Douglas mußte ausgerechnet herumstehen, während ich es ihm sagte.«

»Wo? In Stirling?« Hunter merkte auf. »Ich dachte, Sir George sei bei seinem Bruder.«

Erskine zuckte die Achseln. »Inzwischen ist er wohl nach Drumlanrig unterwegs, und Gott sei Dank. Ich kann den Kerl nicht ausstehen.« Seine Gedanken waren nicht bei George Douglas, sondern bei Christian und ihrem eigentümlichen Verhalten gestern abend. Er war zuerst mit seinem Bericht zur Priorei hinübergefahren und hatte sich Sorgen gemacht, weil die Königinmutter ihn bis zu später Stunde festhielt, und er fürchtete, Christian könne inzwischen zu Bett gegangen sein. Aber als das Fährboot ihn nach Inchtalla hinüberbrachte, wartete sie in der Halle auf ihn und zupfte ihn am Arm, ehe der Diener ihn wegführen konnte. »Tom – für den Fall, daß wir keine Gelegenheit mehr haben –, der Name, nach dem ich dich fragte? Jonathan Crouch?«

Er hatte ihr gesagt, was sie wissen wollte, und dann unvermittelt abgebrochen, weil plötzlich die alte Lady Culter auftauchte. Danach hatte Christian ihm nur noch nachdrücklich für seine Hilfe gedankt und ihm zu verstehen gegeben, daß die Angelegenheit erledigt sei. Er war ein wenig verärgert. Trotz seiner vornehm abwehrenden Verzichtworte, deren er sich entsann, fand er doch, daß sie ihn in das Geheimnis hätte einweihen können.

Am nächsten Tag auf Inchmahome, wo fünf Erwachsene und ein Kind im grünen Kreuzgang umhersaßen oder -standen, schlug mißtönender Zank gegen die altehrwürdigen Pfeiler. Die Königinmutter von Schottland tobte in wahrhaft gallischem Zorn. »Möchte mir freundlichst jemand mitteilen, wie es zu dieser Eskapade gekommen ist?« Also sprach Marie von Guise und saß hochaufgerichtet stocksteif in ihrem geschnitzten Sessel.

Krächzende Antwort kam von einer ältlichen Kinderfrau, die so weiß im Gesicht war wie ihre zerknüllte Schürze: »Ach, Madame, ich hab's ja nicht gewußt, das arme kleine Mädelchen...« Dann brach sie plötzlich ab und schoß einen Basiliskenblick zu einem jüngeren Kindermädchen hinüber, das sich die Seele aus dem Leib schluchzte und das Mariotta zu beruhigen versuchte.

Die alte Lady Culter, die ebenfalls saß, sagte klugerweise nichts, teils aus Diplomatie, teils auch, um ihre Stimmbänder nicht zu überanstrengen; denn vor ihr stand ein ganz kleines Kind mit verstrubbeltem rotem Haar, hämmerte völlig unbeteiligt auf ihrem Knie herum und gab mit laut kreischender Stimme irgendwelches krauses, ungereimtes Zeug von sich.

»Rumpel-pumpel, rumpel-pumpel, rumpel-pumpel!« ging der eintönige Singsang des Kindes.

»Am Seeufer, bei hellichtem Tage! Mord! Entführung!«

»Rumpel-pumpel, rumpel-pumpel, rumpel-pumpel«, sang das Kind mit immer größerem Stimmaufwand.

Lady Culter zuckte leicht zusammen, zog ihr Knie weg und versuchte, mit einer gütigen Armbewegung das Toben zu bremsen. Sie sprach rasch und knapp. »Ich bezweifle, Madame, daß es notwendig ist, nach irgendwelchen Bösewichtern zu forschen. Das Mädchen war mit seinen Gedanken woanders und hat nicht aufgepaßt, und Mistreß Kemp war genauso schuld, daß sie sie allein mit dem Kind hat losziehen lassen. Aber ich sehe nicht, daß irgendeine ärgere Absicht dahintergesteckt hat. Nur eine Eskapade.«

»Eskapade!«

Sybilla warf der hysterischen Elspet einen niederschmetternden Blick zu und kehrte zu ihrer Sache zurück. »Ja. Das törichte Mädchen hatte ein Stelldichein mit einem gewissen Perkin bei der Portend-Farm, und das Kind wollte den Lustgarten aufsuchen. Es war ein unbewachtes Boot da, und so sind sie zum Ufer hinübergerudert, wo Elspet anscheinend Maria beim Spielen allein gelassen hat, während sie selbst hinauf zum Bauernhof gegangen ist –«

»Allein und unbeaufsichtigt«, antwortete die empörte Mutter grimmig. »Und natürlich macht sich jemand an meine Tochter heran und greift sie tätlich an! Man hört ihr Schreien, das Mädchen kommt zurück, stößt sie ins Boot und versucht, unbeobachtet zurückzukehren. Gewiß, das Mädchen Elspet ist bestimmt unschuldig; sie hat zweifellos den Anschlag gerade noch rechtzeitig vereitelt. Aber wie kann so etwas überhaupt passieren? Gibt es denn hier in Inchmahome keine Leibwache... Was ist mit den ehrwürdigen Patres? Sind denn keine bewaffneten Leute rings um den See aufgestellt und sperren die Straßen ab? Lady Sybilla, wenn meine

Tochter nicht laut geschrien hätte, wo wäre sie dann wohl jetzt?«

»Sie würde im Lustgarten sitzen, denke ich mir«, sagte Lady Culter trocken, »obwohl ich zugeben muß, daß die Anziehungskraft dieses Perkins anscheinend unsere Vorsichtsmaßregeln einigermaßen durcheinandergebracht hat. Wie wäre es, wenn wir die Königin fragen würden?«

Marie von Guise, die Königinmutter, streckte den Arm aus und rief ihre Tochter zu sich. »Marie! Komm her und erzähl Maman, was dieser übeltäterische Mann getan hat?«

»Was für ein Übeltäter-Mann?« fragte das rothaarige Kind; es kam über den Rasen geschlendert, ohne sein Kleid anzuheben, und schürzte die klebrigen Kinderlippen. »Darf ich mein Verschen aufsagen?«

Ihre königliche Mutter überhörte dies, wischte ihr mit einem sauberen Taschentuch gründlich den Mund ab und sagte: »Der Mann im Lustgarten, ma p'tite. Was hat er gesagt?«

Ihre Erlauchte Majestät Maria, gekrönte Königin von Schottland, griff nach ihrer Ambrakugel, die ihr um den Hals hing, und begann mit ihr zu spielen. »Er war kein Übeltäter. Er hat mir gefallen. Darf ich –«

»Maria, war er ein Mönch?« fragte Sybilla sanft und dachte dabei an eine der Unwahrscheinlichkeiten in Elspets Schilderung. (»Aber alle Mönche sind doch beim Stundengebet.«)

»Er war ein *netter* Mönch«, sagte das Kind, mit einem Nachdruck, der dieser Aussage säuberlich jeglichen Wert nahm. Sie steckte die Ambrakugel in den Mund, biß drauf, spuckte aus und gab nach. »Er hat mir das Verschen gesagt, und er hat meinen Namen gewußt.«

»Aber...« sagte die Königinmutter.

»Aber...« sagte Mariotta.

»Na ja«, sagte Lady Culter, die ihre Niederlage begriff, »jedenfalls hat er ihr nichts angetan – ich glaube, ihr Geschrei war einfach Ärger, weil Elspet den Kopf verlor und versuchte, sie ins Boot zu drängen und zurückzuschaffen.«

»Und man hat niemand gefunden?«

»Niemand. Lady Christian ist selbst dort spazierengegangen und hat nicht das geringste im Garten gehört.«

»Darf ich«, fragte ihre Majestät die Königin nun dringlich, »es jetzt aufsagen?«

»Was... also meinetwegen«, sagte Maman mit noch immer gerunzelter Braue.

»Eh bien«, sagte Maria glatt und rezitierte:

»Rumpel-Pumpel hat 'nen roten Gürtel,
Einen Stein im Bauch,
Einen Stecken im Arsch,
Und trotzdem macht Rumpel-Pumpel sich gar nichts draus.«

Was ist es denn? Was ist es denn? Was ist es denn? brüllte die Königin.

Es herrschte betretenes Schweigen.

Dann sagte Lady Culter mit unnatürlich ernster Stimme: »Ich glaube, die Antwort ist eine Weißdornbeere, nicht wahr, Chérie?«

Ihre Majestät machte ein langes Gesicht.

Christian lachte laut heraus. »Wie absurd... Natürlich habe ich erkannt, wer es war. Billigen Sie mir doch wenigstens Ohren zu.«

Noch einen Augenblick lang herrschte jene Befangenheit, deren sie sich aus ihrem letzten Gespräch in der Höhle erinnerte, dann stieß der Mann neben ihr einen gespielten Seufzer aus. »Verzeihen Sie meine Zudringlichkeit. War es wieder meine Stimme? Das Rabengekrächze? Es tut mir leid, daß so ein Krach entstand. Ich war nicht darauf gefaßt gewesen, daß ich Gesellschaft haben würde, aber sogar dann wäre noch alles gut gegangen, wenn das verdammte Kindermädchen das Kind nicht so plötzlich weggezerrt hätte. Prachtvolle Lunge für ihr Alter.«

Sie saßen auf dem kurzgeschorenen Rasen in der Mitte des

Irrgartens, den ein früherer Graf von Menteith am Nordufer des Sees angelegt hatte. Staubige Buchsbaumhecken verschlossen jeglichen Ausblick aufs Wasser; von rückwärts beugte sich ein marmornes Lusthäuschen über sie. Es war warm und still, wie es in Boghall gewesen war, wo er als ihr Gefangener und Patient die Laute gespielt und ihr von Fröschen vorgesungen hatte. Christian schloß die Arme um ihre Knie. »Aber wie hat das Kind Sie denn gefunden?«

Er antwortete reumütig: »Ich bin eingeschlafen. Und auf einmal saß sie rittlings auf meiner Brust.«

»Was haben Sie gesagt?« fragte Christian fasziniert.

»*Sie* sagte: ›Monsieur l'Abbé‹ (Sie müssen wissen, daß ich wie eine Elster gekleidet bin), ›Monsieur l'Abbé, Sie haben erheblich zu wenig Tonsur.‹ Und ich antwortete: ›Madame la reine d'Ecosse, Sie haben erheblich zuviel Tonnage.‹ Nach welchem Austausch von Liebenswürdigkeiten...«

»Sie heruntergeklettert ist?«

»Ganz und gar nicht. Sie hüpfte auf und ab wie eine Kanonenkugel und sagte, Dédé –«

»Das ist ihr Pony.«

» – daß Dédé lange gelbe Zähne hat, und ob ich weiß –«

»Daß«, fiel Christian ein, »man das Alter eines Menschen an seinen Zähnen sehen kann. Das ist einer von ihren Lieblingssprüchen.«

»Ach. Nun ja, wie Sie sagen. Sie öffnete den Mund, ich erklärte, sie sei sieben Jahre alt, und sie gab fünf zu. (Wie alt ist sie wirklich – vier?) Dann machte ich den Mund auf –«

»Was war's? Ein Kieselstein?«

» – ich machte den Mund auf, und hinein schlüpfte ein kleiner Fisch, der sich seinem Ende noch heftig widersetzte. Danach –«

»Aber was haben Sie getan? Ich meine, mit dem Fisch?«

»Ich habe so getan, als ob ich ihn esse«, antwortete er schlicht. »Dann haben wir ein oder zwei Spiele gespielt und ein bißchen gesungen und uns über verschiedenes unterhalten. Dann kam das Kindermädchen oder wer immer es war und riß das

Kind weg und brüllte aus Leibeskräften. Und Sie kennen ja das Echo hier noch dazu.«

»Ich wollte, ich wäre dagewesen«, sagte Christian. »Hatten Sie schon lange gewartet? Ich war bis zum äußersten Ende des Gartens gegangen.«

»Nicht sehr lange. Aber gezittert hab' ich wie Espenlaub, und ich zittere noch immer. Meine liebe Dame, Sie dürfen wirklich einem wildfremden Menschen das Geheimnis des Verstecks der Königin nicht einfach so vor die Füße werfen. Das ist gegen die Spielregeln. Ganz abgesehen davon, daß Sie sich jetzt meinetwegen noch in einen Meineid hineinreiten.«

Sie antwortete betrübt: »Ich habe ein paar schreckliche Fehler gemacht. Aber ich bin nun einmal ein sehr impulsiver Mensch. Sie verstehen, die anderen erlaubten nicht, daß ich Sym mitnehme, und ich hatte niemand sonst, den ich hätte schicken können, auch wenn Tom Erskine es bis Dienstag herausbekommen hätte – was nicht der Fall war. Dann hatte der alte Adam Peebles nach Inchkenneth zu gehen, und ich bat ihn, Sym eine Mitteilung zu sagen, damit er zur Höhle gehen und Ihnen sagen konnte, Sie sollten heute kommen. Ich mußte die Mitteilung so verstümmeln und entstellen... und außerdem war es ein Glücksspiel, ob Tom bis heute bei uns eintreffen würde... Aber er ist gekommen, und so ist alles gut gegangen. Hatten Sie viel Mühe, herzukommen? Und sich die Kleidung zu beschaffen?«

Er schob die Frage beiseite. »Es war nicht schwierig – hätte von Rechts wegen schwieriger sein sollen. Die Bewachung ist miserabel. Ich bin den Weg über den Berg gekommen, und ich hatte Ihr Losungswort. Und das bringt mich wieder drauf... Ich habe nichts dagegen, eine lahme Ente zu sein, aber in dem Teich, in den Sie mich gesetzt haben, liegt ein Königreich, meine Liebe. Ich habe auch nichts dagegen, daß wir Ratespiele spielen, ganz und gar nicht; aber spielen wir nicht mit Ihrem Leben oder dem des Kindes, und denken Sie außerdem daran, was Eva geschah... Guter Gott«, sagte er und hielt unvermittelt inne. »Jetzt nörgle ich auch noch an Ihnen herum dafür, daß Sie Ihr Leben und Ihren guten Ruf für mich aufs Spiel setzen. Das liegt mir jetzt schwer auf dem Gewissen.«

Sie versuchte nicht, ihm darauf zu antworten oder zu widersprechen. »Geht's Ihrem Kopf jetzt schon besser?«

Zu ihrer Erleichterung war er mit dem Themawechsel einverstanden. »Völlig geheilt, vielen Dank. Ich schlafe nur manchmal plötzlich ziemlich fest ein – wie sich gezeigt hat –, aber das ist auch alles.« Er zauderte; dann sagte er: »Wie kommen Sie zurück?«

Sie zeigte ihm eine Pfeife, die sie am Gürtel trug. »Ich blas' auf meiner Pfeife vom Ufer aus, und ein Boot holt mich. Drüben kommen Lady Culter oder Mariotta mir entgegen.« Sie lächelte. »Es ist ziemlich voll bei uns.«

Er sagte: »Die Culters. Ja, natürlich. Wer noch – Buccleuch?«

Sie schüttelte den Kopf. »Er ist in Stirling. Tom Erskine mußte ihm sagen, daß –« Sie hielt inne.

»Was?«

»Ach, na ja, jetzt redet ja sowieso schon jeder darüber. Sein ältester Junge Will hat sich zusammengetan mit –«

» – dem Gott der Fliegen, dem Herrn des Misthaufens – ich weiß«, sagte er. »Wie hat er es aufgenommen?«

»Buccleuch? Entsetzlich erschrocken und bekümmert und voller Gewissensbisse, glaube ich. Er macht sich Vorwürfe, daß er mit einem Wutanfall den Jungen aus dem Haus getrieben hat.«

»Das hätte er sich lieber vorher überlegen sollen«, sagte er unerwartet schroff und hart, und sie hörte, wie er sich erhob. »Meine liebe Dame, drüben wird man sich allmählich fragen, was aus Ihnen geworden ist. Hat Erskine Ihnen wirklich über Crouch Bescheid gesagt?«

Während sein Arm in der rauhen Mönchskutte ihr beim Aufstehen half, sagte sie: »Crouch ist Sir George Douglas' Gefangener.«

»Douglas hat ihn!« Ein nachdenkliches Schweigen.

»Hilft Ihnen das weiter?« fragte sie vorsichtig.

»Ja, natürlich hilft es. Sehr sogar.« Er schien mit irgendeiner Schwierigkeit zu kämpfen. »Ja ... ich hab' es immer wieder aufgeschoben ... Lady Christian, bei unserem letzten Zusammentreffen waren Sie unausdenkbar gütig und großherzig zu mir – und ich kann mich nicht erinnern, daß ich Ihnen irgendwie gedankt habe. Ich hatte mir geschworen, Sie nicht weiter hineinzuziehen. Dann, als ich Ihre Nachricht erhielt, war ich so unverantwortlich, doch hierherzukommen. Aber wenigstens sollen Sie nicht im unklaren bleiben. Sie werden erfahren – und zwar jetzt –, wer ich bin, und wenn Sie daraufhin die Wachen rufen wollen, so werde ich diesmal nicht versuchen zu entfliehen.«

»Nein!« rief sie laut. »Ich will es nicht wissen!«

Zum ersten Male lag etwas wie müder Abscheu in seiner Stimme. »Aber Sie müssen es wissen – das müssen Sie einsehen. Dieses Geheimnis – das Versteck der Königin –«

»Haben Sie es verraten? Werden Sie es verraten?«

»Nein.«

»Dann lassen Sie mich in meiner Unwissenheit«, sagte Christian. »Was die Sache für Ihr Gewissen leichter machen würde, könnte sie für meines unerträglich machen. Ich ziehe es vor, selbstsüchtig zu sein. Gott weiß, ich habe mich mit meinen Urteilen schon mehr als einmal geirrt – politisch, rechtlich und auf jede sonstige Weise. Aber das waren für mich immer die belangloseren Seiten des menschlichen Anstandes ... Sie sind doch wenigstens immerhin Schotte, glaube ich?«

»Ja.«

»Und in der Patsche. Also dann, ich bin schließlich ein Mensch«, sagte Christian. »Ich will kein freiwilliges Reugeld in Form von Geheimnissen; jedenfalls nicht jetzt, vielen Dank. Aber an dem Tag, an dem Sie wirklich Hilfe brauchen, werde ich stolz darauf sein, Ihr Vertrauen zu besitzen. Bis dahin beweisen Sie mir Ihren Dank, wenn Sie es wollen, indem Sie zuweilen von sich hören lassen.«

Der Mann schwieg. Dann sagte er: »Ihr Vertrauen ist diesmal völlig fehl am Platz, aber ich denke mir, das haben Sie die ganze Zeit schon selbst geahnt ... Sagen Sie mir: Würden Sie die andere Stimme, die Sie in der Höhle hörten, wiedererkennen?«

Sie nickte.

»Gut«, sagte er. »Ja, ich werde von mir hören lassen. Nicht so häufig, wie ich gern möchte, aber bestimmt häufiger, als ich sollte.« Sie waren schon fast aus dem Schutz der Buchsbaumhecken herausgetreten, als er stehenblieb und wie prüfend ihre Hand nahm. »Wonach in Gottes Namen gehen Sie eigentlich?« fragte er. »Instinkt? Intuition?«

»Gesunder Menschenverstand. Welcher Ihren Fall als ›fortunae telum, non culpae‹ bezeichnen würde.«

Er antwortete freudlos in der gleichen Sprache: »Die Pfeile, die mir weh tun, sind meine eigenen. Der gesunde Menschenverstand kann ein schlechter Führer und ein unsicherer Wundarzt sein. Besser – viel besser –, man ist närrisch wie ich. Gott befohlen«, sagte er und war schon weg.

Christian ging zum Seeufer und ließ einen markerschütternden Pfiff ertönen.

VIERTES KAPITEL

I

Am Sonntag, dem Tag nach dem Vorfall am See von Menteith, hatte auch Lord Culter ein Erlebnis auf dem Wasser, und zwar von einer Art, die sein Hochzeitslied um ein Haar in einen Trauergesang verwandelt hätte.

Mariotta war gewiß nicht die einzige, die an ihrem Gemahl herumrätselte. Was immer er sich dabei denken mochte, daß er, kaum drei Wochen verheiratet, bereits von seiner Gemahlin getrennt war, behielt Richard seine Gedanken für sich und widmete seine unleugbaren Fähigkeiten der Arbeit. Die Culter-Leute verbrachten unter seiner wortkargen Führung eine äußerst lebhafte Woche, in der sie durch die Nacht hinter Wharton hersetzten, seine Vorposten überrumpelten und im nächsten Augenblick, während er sich auf Carlisle zurückzog, von rückwärts seine Nachhut anknabberten. Sodann setzte Lord Culter sich mit gleichem selbstsicherem Schwung die Politikermütze auf und machte sich daran, der Stimmung in den Bezirken des Südwestens auf den Zahn zu fühlen, die der Schauplatz von Whartons Operationen gewesen waren und Überfällen und Verführung aus dem Süden noch immer offenstanden.

Die Engländer hatten in Castlemilk und Langholm Besatzungen zurückgelassen. Sie konnte er mit seiner kleinen Truppe nicht anrühren; auch in Dumfries und Lochmaben konnte er nicht viel unternehmen, und ebenso wenig war mit den unseligen Bürgern anzufangen, die dem Schatten von Carlisle am nächsten wohnten und aus reiner Selbsterhaltung sich mit Versprechungen Immunität erkaufen und die Versprechen sogar zuweilen ausführen mußten. Aber mit den neunzehnhundert, die im August England Hilfe versprochen hatten, hatte er überraschenden Erfolg, und als er am Freitag, dem 23. September, wieder nordwärts nach Midculter zurückkehrte, war seine Truppe kaum angeschlagen und ziemlich außer Rand und Band vor Übermut.

Auf halbem Weg nach Hause erinnerte er sich eines Versprechens, schickte die meisten seiner Leute voraus und zurück zu ihren Familien und zweigte mit sechs Berittenen bei Mollinburn ab, um nach Morton zu reiten.

Am Sonntag nachmittag kam die Gesellschaft, die er erwartete, von Blairquhan herein, und er verließ Morton auf der Straße nach Norden. Mit ihm ritten die Baronesse Herries, seine sechs Leute und zwei Dienerinnen.

Agnes Herries war dreizehn Jahre alt, unaussprechlich reich und nicht sehr hübsch. Trotz der zwei Jahre, die sie im Haus der Culters verbracht hatte, wo sie sich Schliff und Charme aneignen sollte, hatte sie noch immer eine unangenehm laute und durchdringende Stimme, einen schlechten Teint und eine Leidenschaft für *romans idylliques*. Sogar Sybilla, diese Seele von Nachsicht und Duldsamkeit, hatte dem Großvater des Mädchens zu verstehen gegeben, daß das Kind leider einen betrüblichen Geschmack habe, und hatte hinzugefügt (was nicht zutraf), daß sie ihn zweifellos von dem verstorbenen Lord Herries, ihrem Vater, geerbt habe und nicht von ihrer Mutter, die die Freuden des Witwentums gegen eine wohldotierte Ehe eingetauscht hatte. Großvater Kennedy von Blairquhan, der mit schlecht verhohlener Ungeduld darauf wartete, daß Agnes' zwei jüngere Schwestern das rechte Alter erreichten, um ebenfalls Lady Culters gastfreundlicher Obhut übergeben zu werden, hatte rasch eingeworfen, sie sei nichtsdestoweniger ein liebes Kind und eine rechte Freude im Haus. Sodann hatte er, eingedenk seiner Verantwortlichkeit, vorgeschlagen, Lady Culter solle das Mädchen zum Herbst mit an den Hof nehmen. Es stehe ja nicht zu hoffen, daß sie je viel hübscher werde, als sie jetzt sei, und wenn der Statthalter sie mit seinem Sohn zu verheiraten gedachte (sie waren seit ihrer Kindheit einander anverlobt), dann je eher, desto besser . . .

So kam es, daß Richard Lady Herries nordwärts zu seiner Mutter nach Stirling geleitete. Es war ein scheußlicher Tag. Der goldene Herbst vom Sonnabend war einem nassen und trüblichtigen Sonntag gewichen; der Regen tropfte von den kleinen Federn auf Culters Mütze herab, und von Agnes' Kapuze fiel bei jedem Ruck ein Tropfenschauer auf ihre Nase. Damit niemand hieraus falsche Schlüsse zog, schneuzte sie sich wohl zum zwanzigsten Mal in ein durchweichtes Taschentuch und ritt in steifer Haltung weiter.

Lady Herries wußte sich auf ihre Art zu helfen. Ihr Körper mochte sich feucht, kalt und in Lanarkshire befinden; im Geiste ritt sie mit Troubadouren und Minnesängern durch romantische Gefilde. Dort, in den Stanzen der Ritterlichkeit und des höfischen Liebeswerbens, war die Heldin – dreizehn, liebreizend und hochgeboren – unwandelbar. Der Held freilich nahm, wie die Legende es verlangt, die unterschiedlichsten Gestalten an. Die Augen der Baronesse waren zur Zeit auf Lord Culters prosaischen Rücken geheftet, und ihre Lippen bewegten sich leise, während sie dahinritt.

»Daphne! Traumgesicht! Schimmerndes Lämmchen!« Der Prinz verneigte sich und nahm die Kappe mit den regennassen kleinen Federn ab. Mit tränenerstickter Stimme sagte er –

»Dieser verdammte Regen. Da kommt jemand heran. Kann jemand den Wimpel erkennen?« sagte Richard scharf. Seine Lordschaft spähte mit zusammengekniffenen Augen in den strömenden Regen und spürte überhaupt nicht, daß hinter ihm eine Traumwelt zusammenbrach. Die beiden vordersten Reiter ritten etwas schärfer voraus, machten dann kehrt und kamen zurück. »Es ist Sir Andrew Hunter, Sir, und einige der Jungens aus Ballaggan.«

Einen Augenblick darauf trafen sich die beiden Trupps.

»Dandy! Endlich ein Echo der Zivilisation. Was spielt sich im Norden ab?«

Sir Andrew begrüßte ihn lächelnd, mit hochgezogenen Schultern. »Ich komme gerade von Ihrer Gattin und Ihrer Mutter – beide bei bester Gesundheit – vorläufig alle sicher und geborgen ... Hören Sie zu«, sagte Hunter. »Wir ersaufen ja, wenn wir hier Neuigkeiten austauschen. Kommen Sie mit nach Ballaggan – einen warmen Trunk können Sie auf alle Fälle brauchen. Wer ist das Mädelchen?«

Lord Culter klärte ihn auf und stellte ihn vor, und die beiden Trupps ritten zusammen nach Hunters Besitzung los. Der Regen rann unablässig Agnes' Nase herab. Heimlich und unbemerkt betrachtete sie Sir Andrew genau. Schlanker und mit schöner geformten Händen als Lord Culter. Lord Culter scherzte nie. Sie hatte dunkle Männer mit einem Funkeln in den Augen gern.

Der Prinz, ein schlanker, dunkler Mann ...

Aber wieder hielten sie an. Zu ihren Füßen floß der Fluß Nith, der zwischen ihnen und Ballaggan lag, ungewöhnlich rasch und mit hohem Wasser dahin, und ein Vorreiter, der sein Pferd bei der Furt hineintrieb, kam bis zu den Steigbügeln naß wieder heraus. Culter besah sich den Fluß mit einigem Unbehagen. »Ich weiß nicht, ob die Frauen sich darauf einlassen sollten.«

Statt einer Antwort ritt Hunter selbst die Uferböschung hinab und dann bis zur Flußmitte hinein. Das Pferd schwankte ein wenig unter dem Anprall der Strömung, und der Schaum quirlte um seine Fesselgelenke, aber gleich darauf hatte es Fuß gefaßt und stand fest. Hunter rief zurück: »Sie können nicht nässer werden, als sie sowieso schon sind. Stellen Sie stromaufwärts eine Reihe Pferde auf, um die Strömung zu brechen. Ich komme zurück und führe Sie hinüber.«

Er kam zurückgespritzt, und Agnes wurde, nachdem sie huldvoll Erlaubnis erteilt hatte, in Lord Culters Sattel gehoben, wo er sie mit dem linken Arm festhielt, während die Rechte die Zügel hielt. Der Prinz, der unversehens aus schwarz wieder braun geworden war, setzte sein Pferd in Bewegung, während das Lämmchen, die Wange gegen seine Brust gedrückt, dem gleichmäßigen Klopfen seines Herzens lauschte. Dann wurde der Zugriff fester, das Pferd trat ins Wasser, und die Erbin schloß die Augen. Jetzt wurde es ungemütlich. Der Sattel stieß und knuffte sie; die kräftigen Hufe warfen Gischtfetzen hoch, und Culters unschmiegsame Gewandung stach und stichelte und scheuerte sie. Außerdem begann er, auf das Pferd einzureden. Leiser Groll bemächtigte sich ihrer.

Als sie halb hinüber waren, gab es auf einmal einen Rutsch. Culter stieß einen scharfen Ruf aus, der Sattelknopf rammte sich dem Mädchen hart in die Seite, und einen kurzen Augenblick lang bestand der Himmel aus einer flatternden, sich aufbäumenden Mähne. Dann verloren sie die Steigbügel, Pferd, Reiter und Erbin fielen, und Agnes Herries schlug in einem schmerzhaften Durcheinandergepurzel von Leibern aufs Wasser auf. Aus ihren Sternenträumen herausgerissen, wurde sie unversehens wieder Lady Herries und schrie und schrie in würgender, tonloser Hysterie, während die Strömung sie herumwirbelte und sie dann, von ihren geblähten Unterröcken getragen, geradewegs den Nith hinabschießen ließ.

Grausame Kälte und ein Gewicht, das sie hinabzog. Nasses Haar, das wie ein Vorhang aus Wasserpflanzen vor ihrem Gesicht hing, und Luftblasen, die aus einer wasserverstopften Kehle heraufkamen. Ein mörderischer Lärm in ihrem Kopf und eine blubbernde Stimme – ihre eigene. Eine keuchende Stimme – das war jemand anderer. Dann eine von Anstrengung zitternde Hand in ihrer Achselhöhle, und eine zweite Hand, die ihr den Mantelüberwurf vom Hals zerrte, ihr das Haar wegriß, das Gesicht freilegte. Frische Luft; dann ein Bumsen und Drücken, das weh tat, und ein Würgen, das noch weher tat, und die Wange in den nassen Schlamm gedrückt. Dann endlich hörte sie klar und deutlich eine Stimme: »Mein Gott, dazu braucht man Übung. Sollen wir's noch mal machen?« sagte Lord Culter.

2

Sie brachten sie, in Wollsachen gewickelt, zu Bett, und sie schlief, schwach und angefüllt mit heißer Milch, bis der Tag gesunken war.

Unten, in der allzu überladenen Wohnhalle, streckte Lord Culter sich in einem Sessel und war wieder ganz gesammelte Unempfindlichkeit: gebadet, die leichten Verletzungen verbunden, in einen weiten Hausrock gekleidet, den er sich von Sir James Douglas, dem Hausherrn, ausgeliehen hatte. Denn sie befanden sich in Douglas' Haus anstatt auf Hunters schmuckem Herrensitz. Richard hatte Agnes Herries allein und ohne Hilfe ans Ufer geschafft; seine eigenen Leute waren stromaufwärts, und Andrew Hunter, der ihnen weit voraus war, hatte seine Rufe nicht gehört. Doch sobald er bemerkte, daß etwas nicht stimmte, war er ihnen zu Hilfe geeilt, hatte das Mädchen in seinen eigenen Mantel gehüllt und die beiden Schwimmer nach dem nahegelegenen Drumlanrig gebracht, und die Reiterei war nachgefolgt. Ballaggan lag noch fast eine Stunde entfernt und konnte warten. Diese beiden hier nicht.

Das Herrenhaus von Drumlanrig war voll von Mitgliedern der Douglas-Familie, und ihr Willkommen war, ob nun aufrichtig oder nicht, die geeignete Mischung aus Schrecken und Herzlichkeit. Von Lord Culter vernahmen sie lediglich, daß sein Pferd mit dem linken Hinterbein in ein Strudelloch getreten war; aber Hunters Bericht beließ sie in keinem Zweifel, daß Richard dem Mädchen das Leben gerettet hatte.

Unten in der Wohnhalle hatte der Besitzer von Drumlanrig verlangt, daß die ganze Geschichte den zwei Brüdern seiner Frau, Archibald Douglas, dem Grafen von Angus, und Sir George Douglas, nochmals erzählt werde. Sir George, prächtig und verschlagen wie ein halbgezähmter Leopard, hatte nur gelächelt, und der Graf, vor dreißig Jahren der geschmeidige Liebhaber einer Königin und jetzt in alkoholischem Fett und schütterem Bart versunken, hatte freigebig seine abgedroschenen Komplimente ausgeteilt.

Der Abend verstrich. Die meisten Bewohner des Hauses gingen frühzeitig zu Bett. Sir James und der Graf hatten sich schon zurückgezogen, und die drei verbliebenen Männer saßen, in tiefes Schweigen gehüllt, vor dem großen offenen Kaminfeuer. Culter in seinem Sessel rührte sich nicht, sein Gesicht lag im Schatten. Andrew Hunter warf ihm einen Blick zu, und Sir George, der es sofort bemerkte, sagte: »Ich glaube, er ist eingeschlafen. Wollten Sie mir etwas Privates sagen?«

Sir Andrew lächelte dankbar. »Nein, durchaus nicht. Aber ich wollte gern eine kleine geschäftliche Sache zur Sprache bringen.« Er fuhr einigermaßen zögernd fort:

»Sie werden es vielleicht nicht wissen, aber ein Vetter von

mir ist 44 in Gefangenschaft geraten und befindet sich seitdem in Carlisle.« Er machte eine Verlegenheitspause. »Ich habe einen netten kleinen Besitz, verstehen Sie, aber er ist nicht sehr einträglich, und Jeff hat sonst keine anderen Verwandten –«

»Aber selbstverständlich«, sagte Sir George mit ausgesuchter Höflichkeit. »Kein Wort weiter. Es soll mir ein Vergnügen sein. Wieviel . . .?«

Hunter wurde dunkelrot. »Nein. Ich – Es stimmt, wir können das Lösegeld, das sie verlangen, nicht bezahlen. Aber wenn ich es in gleicher Münze, sozusagen in Naturalien, zahlen könnte . . .«

»Einen Gefangenenaustausch? Ja, ich könnte mir denken, das wäre eine Möglichkeit.«

»Ich war also in Annan. Aber ich hatte kein Glück«, sagte Hunter und errötete abermals. »Und dann hörte ich –«

» – daß ich einen Gefangenen habe«, sagte Sir George. »Stimmt, ich habe einen. Mit einem unerschöpflichen Vorrat an Gesprächsstoff, hört überhaupt nicht auf zu reden. Ich hab' seinen Namen vergessen – Couch oder Crouch oder so ähnlich.« Er dachte ein Weilchen nach, während Sir Andrew ihn mit leicht besorgtem Gesicht beobachtete. Dann sagte Sir George liebenswürdig: »Also gut. Ich verkaufe ihn Ihnen für hundert Kronen. Sie brauchen nicht das Gefühl zu haben, daß es Mildtätigkeit ist.«

»Ich fürchte, es ist wirklich Mildtätigkeit«, sagte Hunter einigermaßen beschämt. »Sie könnten ihn wahrscheinlich selbst verkaufen für –«

» – sehr wenig«, sagte Sir George trocken und legte ein prächtiges blauseidenes Bein über das andere. »Machen Sie sich keine Sorgen, er gehört Ihnen. Wollen Sie ihn abholen lassen?«

»Sofort!« Sir Andrew erhob sich mit geradezu rührender Begeisterung. »Ich gebe Ihnen jetzt gleich einen Schuldschein für das Geld, wenn ich irgendwo Papier und Tinte auftreiben kann. Entschuldigen Sie mich bitte, und seien Sie überzeugt, ich bin überaus dankbar.« Er schlurfte in seinen geliehenen Schuhen auf den Schilfmatten hinaus.

Das Schweigen zog sich in die Länge. Schließlich sagte Sir George Douglas: »Warum so schweigsam, Lord Culter? Billigen Sie solche Geschäfte nicht?«

Culter öffnete die Augen, und ein schwaches Lächeln lief über seine Lippen. »Sir, wenn zwei Freunde über Geld reden, dann hat der dritte Freund stets zu schlafen.«

Sir George lachte, erhob sich und schlug ihm auf die Brokatschulter. »Dummes Zeug! Gehen Sie schlafen, Mann!«

Lady Herries saß in antiker Pose am Frühstückstisch und legte sich die große, lässige Hand auf die Brust. »Meinen Sie«, sagte Agnes und starrte ihren Troubadour hoffnungsvoll an, »meinen Sie, ich sollte heute wieder auf Ihrem Pferd reiten?«

Lord Culter, der sich gerade mit gebackenem Reiher und Südwein vollgestopft hatte, antwortete derb: »Nicht, wenn du diese Woche noch nach Stirling willst. Du wirst in deinem eigenen Sattel ganz gut aufgehoben sein. Außerdem, willst du denn nicht rechtzeitig ankommen, um den Papingo zu sehen?«

Lady Herries ließ eine Scheibe Brot fallen, deren sich unverzüglich die Hunde bemächtigten, und verlangte mit durchdringender Stimme, die das Wasserschlucken nicht im geringsten gemildert hatte, genaue Einzelheiten. »Ist es ein wirklicher Papagei? Richtig echt?«

»Völlig echt«, sagte Sir Andrew ernst. Er setzte seine Deckelkanne nieder. »Hellblau und gelb mit einem Schnabel wie Buccleuch.«

»Meiner Treu, einen Papingo möchte ich wirklich sehen!« erklärte sie gellend. »Möchte wissen, wie man ihn füttert. So eine Verschwendung, ihn umzubringen! Sie hängen ihn wohl an einer hohen Stange auf?«

»Ja, genau. Und Lord Culter und eine Anzahl anderer Herren werden nach ihm schießen. Und außerdem finden Ringkämpfe statt und Werfen und Ringelstechen und Wettrennen, und Preise werden verteilt, und außerdem ein Jahrmarkt den ganzen Nachmittag und die halbe Nacht ...«

Agnes fuhr dazwischen: »Ein Jahrmarkt!«

Hunter, der sich plötzlich an etwas erinnerte, blickte über ihren Kopf hinweg. »Übrigens, Richard, ich hoffe, Sie werden nicht so töricht sein ... ich meine, ich will nur sagen, ihre Frauen zu Hause machen sich ziemliche Sorge wegen Lymond.« Er brach ab, eingeschüchtert von Culters fortdauerndem Schweigen. »Na ja. Geht mich ja auch nichts an. Sie wird's Ihnen selbst sagen.«

Culter regte sich und hob die Augen. Sein Blick fiel auf Agnes, die ihn mit einem albernen Ausdruck ansah. Er lächelte ihr zu. »Kind, was man mit Verwandten auszustehen hat. Sei froh, daß deine dich in Ruhe lassen. Kommst du und siehst mir zu, wenn ich auf diesen unglücklichen Vogel schieße?«

Das war die Selbstaufopferung auf die Spitze getrieben. Sir Andrew warf seiner Lordschaft ein mitleidsvolles Grinsen zu und spürte, wie es ihm auf den Lippen erstarb, als er den Blick in den Augen des anderen gewahrte. Heißes Wasser unter einer kalten Eisdecke also, dachte er. Es wunderte ihn nicht.

»Da ziehen sie los, die Armen«, sagte Sir George. Er sah den beiden Trupps nach, wie sie die lange, nasse Allee hinabritten und dann den umfriedeten Park von Drumlanrig verließen – Hunter nach Nordwesten, Culter und das Mädchen zur Straße nach Stirling.

Der Graf von Angus, der sich nicht die Mühe gemacht hatte aufzustehen, knurrte vom Kamin her: »Schade, daß der Fluß nicht noch viel höher gestanden hat. Dieser junge Hund, der Culter, hat im Süden eine Menge Schaden angerichtet.«

»Sei doch nicht ordinär«, mahnte Sir George seinen Bruder und trat vom Fenster weg. »Immerhin, ich wollte, der verdammte Bursche, dieser Lymond, käme allmählich in Trab. Können wir ihn nicht irgendwie dazu bringen, sich ein bißchen mehr dranzuhalten?«

Sir James sagte: »Du weißt doch, daß wir ihn nicht erreichen können. Niemand kann es.«

»Na, einer hat es immerhin gekonnt«, meinte der Graf. »Will Scott, dieser Rotzbub.«

»Was nur beweist, daß Lymond es darauf angelegt hatte, ihn zu treffen«, sagte Sir George. »Wenn der Mann nur auf einer Seite bleiben und sich an sie halten wollte. Was ich nicht alles mit seinem Spionagesystem anfangen könnte! Der Protektor hat mir erzählt, er hat in Annan das ganze Gold in Whartons Kriegskasse ausgehoben und deinen wackren Schwiegersohn Lennox mit einem dämlichen Gesicht dasitzen lassen.« Er sah seinen Bruder fragend an. »Was hat sich zwischen Lymond und Lennox eigentlich abgespielt? Wenn es sich dabei um deine Tochter Margaret gehandelt hat, tätest du gut daran, es möglichst zu vertuschen.«

Der Graf von Angus tat die Bemerkung mit einer Handbewegung ab. »Niemand wird heutzutage Margaret Douglas in den Tower sperren – Kusine König Eduards von England, Tochter einer vormaligen Königin von Schottland, Gemahlin des Grafen von Lennox, und mit einem Anspruch auf den Thron, der mindestens so gut ist wie Arrans.«

»Aber nicht so gut wie der Anspruch der jungen Königin Maria.«

»Um Gottes willen, George«, antwortete der Graf verächtlich. »Da ist doch mehr zu holen als Gouverneursposten und Pensionen Eduard ist kränklich. Sieh ihn dir doch nur an. Und unsere Königin ist vier Jahre alt. In dem Alter sterben sie weg wie die Fliegen. Arran ist ein Trottel. Lennox ebenfalls. Aber er ist mit Margaret verheiratet. Und Margaret ist Erbin von –«

»Erbin von gar nichts«, sagte Sir George müde. »Du weißt doch ganz genau, daß Heinrich von England sie von der Thronfolge ausgeschlossen hat. Und nicht genug damit, hat er noch eine Woche vor seinem Tod einen mörderischen Krach mit ihr gehabt und sie aus seinem Testament gestrichen. Eduard, Maria Tudor, Elisabeth und dann die kleinen

Suffolks. Das ist die Reihenfolge. Nicht ein Wort von seiner eigenen Nichte.«

»Ach, sei still, George«, sagte das Oberhaupt der Familie Douglas. »Was willst du überhaupt? Die Sache mit dir ist, daß du dich vom Protektor zu weit vorschieben läßt. Eines schönen Tages wird die Königinmutter von Schottland erkennen, was du im Schild führst, und dann hopp, hast du nicht gesehen, gehen Douglas und Drumlanrig, Dalkeith, Coldingham, Tantallon und ein hübscher Hals noch dazu allesamt zum Teufel.«

»Andererseits«, sagte Sir George unverdrossen, »sollte der Protektor den Eindruck haben, daß wir nicht ausreichend helfen, schickt er einen Überfalltrupp, und hopp ist auch so alles weg.« Er sah prüfend auf das schwere, einst so schöne Gesicht seines Bruders. Er hatte sich sein ganzes Leben lang wegen forschender Fragen von ihm keine Sorgen zu machen brauchen und war jetzt dankbar, daß es noch immer um denselben alten Kram ging.

Sein Schwager, Sir James, meinte leicht verdrießlich: »Du redest, als ob die Invasion ein für allemal vorbei wäre. Zieht der Protektor wirklich nach Süden ab?«

»O gewiß.« Sir George lächelte. »Er hatte nur für einen Monat Proviant und hat an Ort und Stelle nicht die Unterstützung gefunden, die er erwartet hatte – vor allem nicht von den Douglas.« Er wandte sich wieder an seinen Bruder. »Wundert's dich da, daß ich so entgegenkommend zu ihm war? Dann ging in London ein wirklich böser politischer Skandal los. Du solltest dankbar sein, mein Lieber, daß du einen vorsichtigen Bruder hast. Das junge Reis des Protektors richtet sich ein hübsches scharfes Beil für den Richtplatz im Tower her.« Er drehte den Rubin an seinem Finger, und ein Sonnenstrahl lief über seinen sardonischen Jochbogen. »Andrew Dudley sitzt mit einer englischen Garnison in Broughty und Luttrell mit einer in St. Colme's Inch, und die schwachsinnige alte Idiotin Lady Hume läßt sich überreden, Hume Castle herzugeben. Höchstwahrscheinlich wird er unterwegs nach Süden noch Roxburgh befestigen und dann alle diese Plätze während des Winters aus Berwick und Wark versorgen.« Er grinste. »Ganz hübsche Aussichten, nicht?«

Der Graf von Angus und Sir James blickten düster drein. »Und was dann?« fragte sein Bruder.

»Ja, nun.« Sir George stieß mit dem Fuß ein Holzscheit im Kaminfeuer zurecht. »Die Königinmutter wird natürlich versuchen, sich aus Frankreich etwas Geld und Truppen zu beschaffen. Der Protektor kann inzwischen nicht viel unternehmen: schlechte Straßen, schwieriger Versorgungsnachschub, Winterwetter und so weiter. Wahrscheinlich wird er bis zum Frühling warten und dann alles hineinwerfen, was er hat, ehe die Franzosen kommen, und dabei alle diese Garnisonen als Absprungstellungen verwenden.« Er sah den Grafen wägend an. »An deiner Stelle, Archie, würde ich warten, bis das wirklich schlechte Wetter anfängt, und dann vorschlagen, daß dein wackrer Lennox mit einem Überfalltrupp nach Norden kommt. Sie werden's nicht tun, aber es wird den Engländern deinen guten Willen beweisen. Und dann, wenn der Frühling kommt, warum sie nicht auffordern, sie sollen auch Margaret schicken? Ein gemeinsamer Oberbefehl... das würde Lennox den Rücken stärken.«

Sir James, der sich in schmerzhaftem Zweifel befand, ob dies alles humoristisch gemeint war oder nicht, sagte schwach: »Und wer, frage ich mich, übernimmt das Kommando in Berwick?«

»Wer glaubst du wohl?« sagte Sir George. Er lachte. »Der alte Grey von Wilton. Kennst du Lord Grey, Archie?«

Der Graf von Angus schüttelte den Kopf.

»Er war jahrelang in Frankreich, ein naßkalter, stocksteifer alter Hecht.« Er lachte abermals. »Wenn der alte Knabe mit Lord Wharton zum erstenmal zusammentrifft, da muß ich dabeisein. Die beiden reißen sich gegenseitig die Gedärme aus und schmeißen sie aus dem Fenster.«

»Na und?« sagte der Graf von Angus verstimmt, »was ist daran so komisch?... Du bist ein eigenartiger Bursche, George.«

FÜNFTES KAPITEL

I

Will Scott von Kincurd spannte eine neue Sehne auf seinen
Bogen und sang dazu:

>>*Le douxièm' mois de l'an*
Que donner à ma mie?<<

Das Leben war zur Zeit durchaus nicht unerträglich. Er
wurde gut verpflegt und hatte es warm. Er hatte an diesem
Morgen auf hundertsiebzig Meter Entfernung einen Reh-
bock geschossen und war dafür von Matthew beglückwünscht
worden. Ein neuer Ehrgeiz war in ihm erwacht: in diesem
ungewissen Halbschattenreich einen größeren, großartige-
ren, noch vernichtenderen Schatten zu werfen als Lymond.
Es war, wie er zugeben mußte, nicht leicht gewesen, in einem
kurzen Monat große Fortschritte in dieser Richtung zu machen, selbst wenn man die Unterbrechung berücksichtigte,
die auf die Affäre in Annan gefolgt war. Die oberflächliche
Verletzung, die er dabei davontrug, hatte er mit der halben
Truppe gemeinsam. Tote hatte es nicht gegeben; was etwas
heißen wollte bei einem so hart erkämpften und knapp ge-
wonnenen Rückzug. Denn Lymond besaß Genie. Als er seinen Haufen zusammenstellte, hatte er sich sechzig buntzu-
sammengewürfelte Raufbolde und Grobiane gegriffen, sie
wie die Diamanten geschliffen und jedes einzelne dieser wur-
zellosen Geschöpfe zu einem Meister auf seinem Gebiet gemacht.
>>Warum ist er nach Schottland zurückgekommen?<< hatte er
einmal Mat gefragt.
Mat hatte gegrinst. >>Nur so, aus gutnachbarlichen Gefühlen. Außerdem waren da zwei oder drei Leutchen, mit denen
er mal reden wollte.<<
>>Jonathan Crouch?<<

Der Türke starrte ihm direkt ins Gesicht. »Das ist einer von ihnen. Woher weißt du das?«

»Er hat's mir gesagt ... Mat, du bist jetzt schon drei Jahre dabei. Wie kannst du ihn bloß aushalten?«

Mat hatte leise gekichert. »Drüben in Appin steht ein hübsches Haus mit einem anständigen Stück Grund und Boden dazu und einem Taubenschlag und einem Obstgarten und ein paar guten, trockenen Ställen. Das kann ich jederzeit haben, dieses Haus, und, Mann, wenn ich mir mal erst mein eigenes gemästetes Kalb am Feuer des Junkers gebraten habe, dann auf und davon an den weißen Meeresstrand. Da leg' ich mich hin und rühr' mich nicht von morgen bis abends und spiel' Würfel mit mir selbst und gewinne jedesmal ... Ich kann ihn aushalten, o ja, ich kann ihn schon aushalten.«

Er hatte Mat über den Zigeuner Bullo ausgefragt.

»Johnnie? Johnnie macht sich seine eigenen Gesetze. Dem redet niemand hinein. Der regiert seine kleine Meute von Zigeunerwieseln wie der Großtürke und hält sie nebenbei mit Seidenhemden und Schuhschnallen bei guter Laune. Du solltest ihn mal auf einem Rummelplatz bei der Arbeit sehen; da kann man was lernen. Johnnie«, sagte Mat nicht ohne Groll, »versteht sich auf all die alten Kunstkniffe.«

Will sagte: »Ich dachte, er arbeitet für Lymond«, und Mat hatte den Kopf geschüttelt.

»Man würde es wohl eine Geschäftspartnerschaft nennen können«, sagte er ernst. »Aber wenn ihre Interessen einander ins Gehege kommen, dann, fürchte ich, greift jeder nach seinem eigenen Dolch. Sieh sie dir mal an, wenn sie das nächstemal zusammen sind. Unser Johnnie ist schlau wie eine Schlange, aber er kann sich nicht davor zurückhalten, mit Lymond zu spielen, ein Verstand gegen den anderen. Von mir aus soll er ruhig«, hatte Mat nachdrücklich gesagt.

Will hob die gewachste Schnur auf und warf dabei einen Blick auf den verfallenen Peel Tower, den alten Festungsturm, der gegenwärtig ihr Hauptquartier war und den er in Lymonds augenblicklicher Abwesenheit befehligte. Sie zogen das ganze Jahr hindurch immerfort um, zuweilen auf Bauernhöfe, zuweilen unter freien Himmel oder unter Zelte, zuweilen in verlassene Gebäude wie dieses. Sie wurden alle ohne Ausnahme verschwenderisch gut bezahlt. Dafür hatten sie sich einer eisernen, despotischen Disziplin zu unterwerfen. Lymonds Hände schufen sie zu einem blitzblanken Präzisionswerkzeug für fortgeschrittenen Diebstahl, Erpressung und Spionage um, und Fehler im Instrument wurden auf der Stelle und mit schauerlicher Erfindungsgabe bestraft. Für die Dickfelligen gab es körperliche Züchtigung. Aber es konnte auch anders zugehen. Will Scott hatte mit eigenen Augen gesehen und würde es nie vergessen, wie ein mutiger und vernunftbegabter Mann auf den Knien lag und die Tränen ihm durch die Finger rannen, während Lymonds peitschende Worte ihm eine Haut der Selbstachtung und Menschenwürde nach der anderen abzogen.

Er hatte gelernt, an des Junkers schlurfender Gangart und einer leichten Unordnung zu erkennen, wann Lymond nicht mehr ganz nüchtern war, und ebenso wie die übrigen bei solchen Gelegenheiten leise und behutsam aufzutreten. Er hatte nichts dagegen. Er hatte einen Punkt erreicht, an dem er außer dem schönen, untadeligen Ablauf eines vorzüglich geplanten Verbrechens nichts mehr bemerkte oder zur Kenntnis nahm. Erst wenn – und falls – er sich an Lymonds Stelle befand, würde er dieses und jenes ändern.

Will war mit den Knoten fertig und lächelte.

Der Trupp des Junkers kehrte kurz vor Morgengrauen sattelwund und hungrig zum Turm zurück. Sie fielen über die Schläfer her, knufften die Köche auf die Beine und prügelten einen der Buben, bis er die Talglichter und Kaminfeuer angezündet hatte. Will Scott und Mat brachten sie fluchend nach einigem Hin und Her schließlich zur Ruhe, und nachdem die Pferde versorgt waren und Essen auf dem Tisch stand, stieg Will die Treppe hinauf zu Lymonds Kammer.

Der gelbhaarige Mann hatte eine Kerze angezündet, in deren

Licht sich zeigte, daß Haar und Kleider voller Staub waren, und las etwas, das wie ein Brief aussah. Scott sagte: »Nichts zu vermelden, Sir. Haben Sie eine gute Nacht gehabt?« mit leicht übertriebener, berufsmäßiger Steifheit.

Lymond blickte kaum auf. Er las zu Ende und schnallte dabei mit einer Hand seinen Gürtel auf; dann legte er das Papier weg und warf Scheide und Gürtel aufs Bett. »Ausgezeichnet, Ringelblümchen. Im ›Straußen‹ kann man sich im allgemeinen darauf verlassen.«

Das stimmte. Der »Strauß« war ein Wirtshaus auf der ersten Poststrecke der Straße nach London, dessen Annehmlichkeiten besonders angenehm waren und in dem nur ganz besondere Leute abstiegen.

Scott sagte nichts. Der Junker, der ungewöhnlich vergnügt schien, zog sich die Reitstiefel aus, schleuderte sie quer durch die Kammer und schwappte sich aus einem Krug Bier in einen Becher. »Eine prächtige Nacht«, fuhr Lymond fort. »Mit Wein und Gesang und fröhlichem Würfelspiel. Und gewinnbringend dazu. In der Tat, es ist äußerst lehrreich zu sehen, wie menschlich Gerichtsdiener sein können, wenn sie sich richtig Mühe geben. Solche Gefahr lauert in Buhlerinnen. Nun ja. Und das, meine schöne bunte Kuh, war erst die Hälfte der Arbeit der Nacht.«

Scott sagte gehorsam: »Und die andere Hälfte?«

»Betraf einen vornehmen Herrn, der auf der Straße nach Schottland von Strauchdieben überfallen worden war, bis er von meiner Wenigkeit gerettet wurde ...«

Scott gab es auf. »Ich wußte nicht, daß Sie Menschenfreund geworden sind.«

Lymond setzte ein süßlich-ranziges Lächeln auf. »Ich verweise dich an John Maxwell. Er gab mir zu verstehen, er stehe auf ewig in meiner Schuld dafür, daß ich ihm das Leben gerettet habe.«

Scott verstand. »Das war Maxwell von Threave und Caerlaverock? Wollen Sie ihn in Ihrer Schuld?«

»Der Junker Maxwell«, sagte Lymond, »ist eine wichtige

Persönlichkeit, die auf allen Seiten von Engländern umgeben ist. Spielst du Schach?«

Scott, der ihn nicht mehr ganz nüchtern wußte, ließ sich nicht verblüffen. Er nickte.

»Dann solltest du eine Mattstellung erkennen, bei der ein Springer den von seinen eigenen Figuren umringten König mattsetzt. Wobei mir einfällt: Schreib das bitte ab, ja? Oder verachtest du immer noch mein schlaues Schreibwerk?«

Dies war früher ein wunder Punkt bei Scott gewesen; jetzt beschäftigten ihn andere Dinge. Er nahm Lymonds Brief und bemerkte nebenher: »Ich nehme an, Sie wissen, Sir, daß die Leute unruhig werden«, und hatte das Glück, sofort Unterstützung zu finden.

»Gott, da triffst du den Nagel auf den Kopf«, sagte Mat, der gähnend und sich räkelnd eintrat. »Zuviel Intrigen, Sir, und zu wenige Vergewaltigungen. Die Jungens sind nervös wie die Wasserflöhe ... Und außerdem«, fügte er praktisch hinzu, »haben wir fast kein Bier mehr.«

Der Junker lehnte sich zurück und kreuzte die Beine. »Guter Gott, ich wußte, daß wir Verschwender, Wüstlinge und Saufbolde sind. Wie können wir noch gelangweilt sein?«

Mat nahm die Bemerkung wörtlich. »Es ist immerhin drei Wochen her, seit sie das letztemal Gelegenheit zum Geldausgeben hatten, und einen Monat, seit sie irgendwelches Geld zum Ausgeben bekommen haben.« Er fügte einsichtsvoll hinzu: »Irgendwas, wobei Weiber und Geld herausspringen.«

Lymond schloß wie angewidert die Augen. »Muß ich das Gesindel auch noch mit Spielzeug versorgen? Bei Gott, nein: Ich habe mich um meine eigenen Angelegenheiten zu kümmern.«

Es entstand eine Pause. Dann brach der Junker in Gelächter aus. »Armer Mat! Ich sehe dir an, daß du der Meinung bist, wir müssen diesem Leichtsinn Vorschub leisten. Was schlägst du vor?«

Das Gesicht des Türken-Mat entspannte sich zu einem erleichterten Grinsen. »Ja nun; da wäre vielleicht eines der

Douglas-Häuser, wo sich ein Besuch lohnen würde. Oder Schloß Cothally – Seton ist nicht da. Oder der Malinshaw –«

»Grey von Wilton ist auf Schloß Hume«, sagte Scott.

»Oder da wäre der alte Gledstanes, der uns vorigen Monat sein Ehrenwort gebrochen hat –«

»Wenn Sie Grey hoppnehmen würden, könnten Sie Arran und den Protektor dazu bringen, daß sie gegeneinander bieten, um ihn auszulösen. Verdammt noch mal, bin ich eigentlich unsichtbar?« sagte Scott, als Lymonds Augen weiter überlegend auf Mat ruhten.

Lymond schüttelte wie abwesend den Kopf. »Holder Wahn, bin ich vielleicht dein Pfaff und antworte dir mit Ja und Amen?« Er richtete den kornblumenblauen Blick auf Scott. »Erstens: Hast du Hume gesehen, seit es befestigt worden ist? Ich dachte mir, daß nicht. Zweitens: Sie wären uns rund vier zu eins überlegen. Drittens: Es handelt sich hier um einen Zeitvertreib, nicht um eine Kriegshandlung. Und viertens: Du hast ein Loch im Ellbogen, und ich wollte zu Gott, du würdest gelegentlich deine Stiefel putzen.«

Scott machte sich nicht die Mühe hinabzublicken. Er blieb bei der Sache. »Wenn die Leute bereit sind, mir zu folgen, würden Sie mir Erlaubnis geben, es selbst zu versuchen?«

Der Junker grinste und stand auf. »Noch nicht, mein Honigmäulchen. Meine Herren sind ein wunderliches Pack. Du mußt ihnen erst beibringen, dir zu vertrauen, ehe du dich zu ihrem Rex Nemorensis aufschwingst... Also los, Mat!« Er schlug dem Türken auf die Schulter. »Geh, zitier die Schafe vor den Wolf, und wir werden sehen.«

Als der Junker die zerbrochene Estrade betrat und sich auf den Rand eines Tisches schwang, saßen die Leute schon wartend, kauend, die Arme um die hochgezogenen Knie im Stroh, und verhielten sich halbwegs ruhig. Lymond zog alle Blicke auf sich und begann: »Meine Herren, eine Anzahl merkwürdiger Tölpeleien ist ans Licht gekommen, die mir zu eurem allgemeinen Benehmen während der letzten Woche zu passen scheinen...« Und endete zehn würgende Minuten später mit: »Ich möchte euch daran erinnern, daß ihr hier seid, um Befehle auszuführen, und nicht, um sie zu erörtern. Versagt mir in der Tat oder im Geist den Gehorsam, meine Herren, und ihr werdet wesentlich länger am Leben bleiben, als euch lieb ist...«

Tiefes Schweigen.

»Da dem so ist«, fuhr der Junker sanft fort, »brauche ich nunmehr Freiwillige für eine gewisse Arbeit morgen nacht. Wer nicht bereit ist, seine Talente bis zum äußersten einzusetzen, braucht sich nicht die Mühe zu machen. Die übrigen mögen die Hand heben. Also!«

Die Hände hoben sich, zuerst langsam, dann immer rascher. Scott und der Türke, die hinter ihrem Chef standen, suchten spähenden Auges den ganzen Raum ab. Alle Arme hatten sich erhoben. Der Anflug eines Lächelns huschte über Lymonds Gesicht. Er wartete, bis die Arme sich wieder gesenkt hatten, und sprach dann in das mürrische Schweigen hinein: »Morgen abend, bei Einbruch der Dämmerung, geht ein Proviantzug mit Frachtwagen von Schloß Roxburgh nach Hume ab. Er enthält unter anderem einen Monatsvorrat Bier für Lord Grey und die Besatzung in Hume –«

Donnerndes Gebrüll der Erleichterung und Zustimmung krachte hinauf gegen das eingefallene Dach und ließ den bröckligen Deckenverputz auf ihre achtlosen Köpfe herabprasseln. Eine namenlose Stimme, die durch den Lärm schrillte, lieferte das Leitmotiv: »Das läßt sich hören!« kreischte sie. »Das läßt sich endlich mal hören!«

Scott dachte: »Begreifen sie denn nicht, daß sie sechzig gegen einen sind?« Und gab sich selbst die Antwort: »Er ist ihre Goldene Gans. Sie werden ihn niemals anrühren.«

Er sagte zu Mat: »Das haben sie dir zu verdanken.«

Der Türke seufzte und schüttelte den Kopf. »Keine Spur. Das hat er schon seit Tagen geplant.«

Aber Scott lauschte bereits der Stimme des Junkers, die den bevorstehenden Überfall erläuterte, die genauen Zeiten und Orte und die Anzahl der Leute bestimmte und nicht den leisesten Zweifel daran ließ, daß jeder, der versuchen sollte, in die Burg Hume selbst einzudringen, keinerlei Zukunft habe. Scott fand das, ob zu Recht oder Unrecht, einigermaßen übertrieben ausgedrückt.

2

Die fünfundvierzig Mann, die am nächsten Tag mit Lymond und Will Scott über die Hügel ritten, waren innerlich und äußerlich wohl bewehrt und sangen im Takt des rülpsenden Biers und des holprigen Geländes diskret ihre rauhbeinigen Lieder. Sie gelangten bei Anbruch der Dämmerung zum Tweed, setzten zwischen Dryburgh und Roxburgh über den Fluß, ließen zwei Leute nördlich von Roxburgh zurück und verteilten ihr letztes Bier, mit dem sie ihren Imbiß, etwas Schinken mit hartem Zwieback, hinunterspülten. Dann zündeten sie ein sehr kleines Feuer an und ließen sich zu einer Nacht ingrimmigen Würfelspiels nieder.

Die Vorposten kamen kurz nach Mitternacht zurück. Lymond empfing sie in einer bequemen Mulde aus freiliegendem Felsgestein, wo er allein und mit sich selbst mit einem abgenützten Packen Karten ein Spielchen machte. »Sie kommen!« Der Lange Cleg keuchte vor Aufregung. »Dreißig Pferde und fünf Fuhrleute; drei Karren und zwei schwere Wagen mit Ochsengespannen.

»Ochsen!« Lymond blickte erst jetzt von seinem Spiel auf.

Der Cleg nickte. »Sie haben sie in Roxburgh vorgespannt und ein paar von ihren Pferden dafür zurückgelassen. Das dürften die Munitionswagen sein. Sie sind mächtig schwer, und im Schloß sind sie knapp an Pferden.«

Lymond teilte die Karten wieder aus und sagte: »Dreißig Pferde. Wie viele Stuten?«

»Zehn Wallache und zwanzig Stuten, ziemlich frisch. Dürften gestern von Berwick heraufgekommen sein und sich ordentlich ausgeruht haben.«

128

»Gut.« Lymond raffte seine Spielkarten zusammen und stand auf.

»Scott! Mat! Sie sind auf der Straße, wie wir vorausgesehen haben, und dürften vor Mondaufgang durchs Dornenbuschgehölz kommen.« Er wiederholte noch einmal kurz seine Weisungen. Scott beobachtete ihn spöttisch. (»Der große Führer in Aktion.«)

»Unsere Absicht ist, sie außer Gefecht zu setzen, nicht, sie umzubringen. Wir nehmen nur wichtige Geiseln, falls überhaupt welche, und du, Mat, wirst das Bier heraussuchen und sonstige Waren, die wir brauchen. Dann verteilen wir uns. Scott nimmt so viele Leute, wie er braucht, schnürt die verbliebenen Gefangenen zu Päckchen, lädt sie auf einen Karren zusammen mit dem Zeug, das wir nicht brauchen, fährt sie so nahe er kann an Melrose heran und stößt danach wieder zu uns. Verstanden?«

Mat, dem diese letzte Finesse neu war, grinste. »Melrose! Da wird der Papa Scott von Buccleuch sich aber freuen!«

Will Scott wartete auf das säuerliche Lächeln. Es tauchte prompt auf. »Sagen wir: Bezahlung für empfangene Waren. Scott ist doch einverstanden, nicht wahr? Also gut. Alle Mann gestiefelt und gespornt, meine Kinderchen, und los geht's!« Er maß die Gesellschaft mit einem undurchdringlichen Blick. »Zu Pferd, ihr ausgedörrten Käsemaden! Seid ihr denn taub?«

Um die Zeit, als die Käsemaden sich eine Meile südlich von Schloß Hume vorschriftsmäßig eingebettet hatten, plagte sich der englische Proviantzug noch mühselig nordwärts, und alle hatten sie die Ochsengespanne gründlich satt. Die Biester, zwei vor jedem schweren Wagen, nahmen den ganzen Knüppeldamm ein und schwankten mit gelangweilten Glotzaugen langsam durch die Nacht. Hinter ihnen ächzten die mit buckligen Zeltplachen bedeckten Wagen, und dahinter kamen die übrigen Karren mit den Pferdegespannen. Die berittene Begleitmannschaft war in einer Stinklaune und hielt die Ohren gespitzt, daß es weh tat.

Die Ochsen schnauften leise vor sich hin, und eine Stute wieherte. Eines der Pferde antwortete ihr. Jemand fluchte laut ins Rädergerumpel hinein. »Halt ihr die Nase zu! Sonst fängt die ganze Musikkapelle an zu trompeten.« Aber er hatte es noch nicht gesagt, als eines der Karrenpferde den Kopf zurückwarf und ein ohrenbetäubendes Wiehern in die Nacht hinausschmetterte.

»Augenblick mal!« Sie lauschten angespannt; der Sprecher griff mit beiden Händen in das Ochsengeschirr, und der ganze Zug kam zum Stehen.

Stille, Schweigen – und in die Stille hinein ein schwaches, undeutliches Klopfen, das immer näher kam. Und dann fegte eine dichtgedrängte Masse von Pferden aus dem Torfmoor gegen sie heran. Bogen, Spieße und Lanzen in Bereitschaft, stürzten alle hinter die schützenden Karren. Die Berittenen torkelten im klatschenden Morast, während ihre Reitpferde sich aufbäumten und um sich schlugen, und sahen nichts außer einem wirren Durcheinander geblähter Rippen, rollender Augen und sattelloser Pferderücken.

»Allmächtiger Strohsack!« Sie waren heiser vor Zorn und Erleichterung. »Eine verdammte Riesenherde von wilden Ponies, das ist es! Macht, daß ihr wegkommt! Weg da! Fort!« Sie stürzten hinter den Wagen hervor und fuhren fluchend und mit knallenden Peitschen zwischen die dampfenden Pferdeleiber und flatternden Mähnen. Pferde wieherten, bäumten sich auf, beschnüffelten sich, stießen gegeneinander.

Das Bergpony ist ein kräftiger und selbständiger Kerl: kühn und mutig, nicht zu fangen, neugierig und gesellig. Die wilde Herde ging die Sache ernsthaft an und ließ keines dieser Talente ungenützt. Die Stuten waren schon ganz verdreht, und sogar die Ochsen begannen, sich ins Gewimmel zu stürzen.

»Na, aber so was!« sagte jemand, der sich bei einem kurzen Atemholen etwas genauer umsah. »Das ist aber komisch!«

»Was soll denn komisch sein?« schnarrte einer im Vorüberrennen.

»Na ja, zum Beispiel«, sagte der erste, »jedes einzelne von diesen Mistviechern ist ein Hengst.«

Aber niemand hörte auf ihn; denn just in diesem Augenblick rollte der führende Proviantwagen in seiner Ochsenpanik von der Straße herunter und versank mit zwei Rädern bis zu den Achsen im Schlamm. Sie versuchten, ihn wieder herauszuziehen, die Ochsen zu beruhigen, die Ponies zu verjagen und ihre eigenen Reitpferde wieder in die Gewalt zu bekommen, als Lymonds Leute wie die Nachtfalter auf sie herabschwärmten, und sogar dann dauerte es noch einige Sekunden, bis sie begriffen, daß diese Pferde Reiter hatten. Alles ging sauber und ohne viel Umstände vor sich: gute, sachgemäße Knüttelarbeit im Nahkampf mit wenigen Verletzungen; die Engländer fielen einfach einer nach dem anderen um, bis schließlich keiner mehr auf den Füßen stand.

Die Beute war erstklassig. Mat überwachte das Ganze, während Mehl, Zwieback, Haferflocken, Fleisch und Pulverbeutel ausgeladen und in Weidenkörbe, die sie ihren eigenen Pferden bereits umgeschnallt hatten, umgeladen wurden. Einem Karren voll Hakenbüchsen, Hellebarden, Bogen und Pfeilschäften spannten sie die Ochsen aus und ein Gespann Ponies vor. Die übrigen Ponies wurden ausnahmslos mit Bier beladen. Eine Holzschatulle mit dicken Vorlegeschlössern gab unter schwerer Mißhandlung schließlich nach und enthüllte befriedigenderweise die Sold- und Lohngelder für das Monatsende. Sie wurde an Mats Sattelbogen festgebunden.

Lymond paßte auf alles auf, war hier und dort und überall. Zu Will Scott, der hilflos auf dem Boden liegende Leiber zusammenschnürte, sagte er: »Irgendwelche bekannte Gesichter? Nein, natürlich nicht. Du würdest sie ja nicht kennen.« Er betrachtete die schweigsame Reihe geknebelter Gestalten der Reihe nach. »Schade. Ein spanischer Hauptmann, das ist alles, nicht einmal sein Eigengewicht in Olivenkernen wert. Schaff sie alle nach Melrose, und auch die übrigen Wagen. Wieviel Leute brauchst du als Begleitmannschaft?«

Scott antwortete rasch: »Zehn, das wird reichen.«

»Also gut, Barbarossa. Weg mit dir. Du hast vor Morgengrauen noch allerhand zu erledigen.«
Scott nickte ernst und ritt zurück, um den ersten Wagen mit
den Gefangenen zu beladen.

Der englische Ausguck auf Schloß Hume saß zusammenge-
kauert auf dem Dach und versuchte mißmutig, im Kopf etwas zusammenzurechnen. Eingepackt in Befestigungswerke,
vollgepackt mit Soldaten und außerdem hoch über einem Abgrund mit einem zwei Meter hohen Zwischenwall, war das
Schloß hier so sicher wie die Kathedrale von Durham ... und
der Posten langweilte sich. Wenn der Alte den Sold aus Berwick schickte, hatte er zwei Pfund für den abgelaufenen Monat zu bekommen. Davon gingen zwölf Schilling ab, die er
für Essen schuldig war. Blieben ...
Es war geradezu eine Erleichterung, als er die Karren und
Wagen herannahen hörte und am Torhaus einen Blick von
vertrauten Reiteruniformen erhaschte. Er rannte zum Glok-
kenstrang. »Proviantzug aus Berwick eingetroffen! He Holla,
das Bier ist da, Davie, mein Jungchen!«
Schon lange, ehe das Fallgatter heruntergelassen war, hatte
die Nachricht sich vom Dach zum Hauptturm der Zitadelle
durchgeschlängelt. Dort saß Sir William Grey, dreizehnter
Baron Grey von Wilton, Feldmarschall und Oberbefehlshaber der Reiterei, Statthalter von Berwick und General der
Nordprovinzen im Namen Seiner Majestät König Eduards
VI. von England. Wenigen Befehlshabern macht es Vergnügen, vorgeschobene Posten im Feindesland aufsuchen zu müssen. So wie er da an seinem zeitweiligen Dienstschreibtisch
saß, glatt, rosig und malerisch, Haupthaar und Bart eine silberne Untadeligkeit, welche splendide Reitkleider krönte,
war er so verdrießlicher Stimmung, wie ein hochgeborener
Herr es nur sein konnte.
»Ich wollte zu Gott«, sagte seine Lordschaft verbittert zu
seinem Sekretär, »ich wollte zu Gott, ich säße wieder bei
den Schiffen fest. Sogar Boulogne und dieser verdammte

Verseschmied Surrey waren glattweg ein Kinderspiel im Vergleich zu dem hier.«

Mr. Myles pflichtete mit steifer Förmlichkeit bei. Lord Grey warf ihm einen scharfen Blick zu und blätterte dann ungeduldig die Papiere durch, die vor ihm lagen. »Kein Bier, nicht genug zu essen. Wie soll ich Garnisonen besetzen ohne Gold und ohne Proviant? Und wie glauben die Leute wohl, daß sie Versorgungsnachschub zu uns durchkriegen werden, wenn erst mal der Winter einsetzt?«

Mr. Myles wurde die Antwort erspart durch das Eintreten Dudleys, des ständigen Garnisonshauptmanns, der den Führer des Proviantzuges aus Berwick zur Meldung hereinführte. »Mr. Taylor, Mylord«, sagte Dudley und trat zurück.

Mr. Taylor, ein ansprechender, rothaariger junger Mann, wurde kühl empfangen. »Taylor? Ich hatte einen meiner Leute aus Berwick erwartet.«

Taylor hatte sich, als er noch Will Scott war, auf diese Frage gefaßt gemacht. Er antwortete schlagfertig: »Ich bin gerade in Berwick eingetroffen, Sir. Ich hatte einige Ihrer Leute bei mir, wurde jedoch ersucht, die erfahreneren von ihnen in Roxburgh zu lassen.«

»Verstehe«, sagte Grey obenhin. »Und was haben Sie mitgebracht?«

Er las die ihm dargereichten Listen durch, ohne sich zu äußern, reichte sie mit Duldermiene an Dudley weiter und wandte sich wieder an Scott. »Kümmert man sich um Ihre Leute?«

»Ja, Mylord.« In dieser Hinsicht fürchtete er nichts. Sie trugen alle die Kleidung, die man den echten Engländern ausgezogen hatte, und die Listen waren ebenfalls echt. »Zehn Mann unten, Sir. Ich habe zwei oder drei zur Bewachung der Wagen abgestellt, bis sie Befehl zum Ausladen erhalten. Bier, Mylord«, fügte er erklärend hinzu.

»Gut. Irgendeine Mitteilung aus London?«

Scott, der in der Nähe der Tür stand, antwortete noch immer knapp und zügig: »Eine mündliche Mitteilung für Sie persönlich, Sir, von Seiner Durchlaucht. Ich soll sie nur Ihnen allein übermitteln.«

Erstaunen malte sich auf allen drei Gesichtern; dann erhaschte der Sekretär Greys Blick, legte ehrerbietig seine Papiere auf den Tischrand nieder und verließ das Zimmer. Dudley hob eine Augenbraue und blieb.

Scott sagte: »Es tut mir leid, Sir, aber mein Befehl lautet...«

Grey antwortete: »Sir Edward Dudley bleibt«, denn nach seiner Ansicht hatte ein General sich den Anschein zu geben, als habe er vor einem Vetter des Grafen von Warwick keine Geheimnisse. Er hoffte, der Junge besitze etwas Umsicht und Besonnenheit. Scott, der innerlich kochte, wünschte, seine Lordschaft hätte etwas weniger.

In diesem Augenblick ging das Fenster in Trümmer. Eine Sekunde darauf ertönte ein ohrenbetäubender Krach, und ein Flammenbukett bauschte sich vom Hof herauf.

Grey schritt zum Fenster, und Dudley war im Begriff, ihm zu folgen, als Will Scott, im Schutz einer Kettenexplosion und großmächtigen Gebrülls draußen, einen Luftsprung tat. Dudley gab ein gedämpftes Stöhnen von sich und rollte, von einem wirksamen Hieb gegen den Kiefer betäubt, auf die Seite.

Die Explosion war in der Mitte des soeben eingetroffenen Wagenzuges erfolgt. Die Karren waren in Rauch aufgegangen, und die nächstgelegenen Strohdächer brannten bereits lichterloh. Grey öffnete den Mund und wandte sich um, wodurch ein in diesem Augenblick herabsausender Stock knapp an ihm vorbeifuhr, aber im nächsten Augenblick war er von rückwärts gepackt, und ein Arm lag quer über seinen Mund. Er biß zu, aber es nützte nichts und tat nur weh. Dann rief er seine beträchtlichen Kraftreserven auf den Plan und vollführte einen Ringkämpfertrick, den die meisten Söldner erkannt hätten; aber Scott kannte ihn nicht. Der Junge hielt den älteren Mann so lange fest, wie es seine Kräfte erlaubten, und wich dann den einen verhängnisvollen Augenblick lang zurück, den seine Lordschaft benötigte, um Hilfe! Wache!

Mörder! zu rufen, denn seine Worte sorgfältig zu wählen hatte er keine Zeit, und das war lang genug, damit der Posten draußen hereinstürmen und Dudley auf die Füße springen konnte.

Das kurze und schmerzhafte Zwischenspiel, das jetzt folgte, war weniger der Verhütung als vielmehr der gerechten Strafe gewidmet. Als man den Eindringling schließlich zu Boden geschlagen hatte, war der ganze Raum gedrängt voll von Soldaten, die sämtlich freigebigst Hilfe leisteten, und die ganze Sache sah nach einem regelrechten Volksaufruhr aus. Dudley schickte sie auf ein Zeichen von Grey hin alle hinaus, nahm eine Meldung von seinem Stellvertreter, Woodward, entgegen und gab Befehl, alle Leute, die mit Taylor gekommen waren, hinter Schloß und Riegel zu setzen.

Der vormalige Mr. Taylor lag auf einem kleinen Teppich, blutete kräftig aus der Nase und wies die ersten Anzeichen eines großartigen blauen Auges auf. Sein Hemd guckte weiß durch die Risse in seinem Wams hindurch, und seine rosa Haut durch die Risse in seinem Hemd; sein rotes Haar stand ihm zu Berge. Erstaunlicherweise war er kein Gegenstand des Mitleids. Sein gesundes Auge betrachtete die beiden Männer mit sehr gut gespielter Ruhe, und er grinste Grey sogar zu. »Der Teufel soll es holen!« sagte er unverschämt. »Jetzt haben wir alle zusammen kaum ein einziges heiles Gesicht.«

Lord Grey setzte sich mit peinlicher Sorgfalt hinter seinem Schreibtisch nieder, fuhr sich mit der Hand über das dichte, schöne Haar, zog die Ärmel herab und sein verrutschtes Wams zurecht. »Nun denn«, sagte er und legte dreizehn Generationen Eis in seine Stimme, »laßt mal sehen, was wir hier haben. Sie kommen natürlich nicht aus Roxburgh, wie?«

»Das kriegen Sie selbst heraus!«

»Ich beabsichtige, jemand nach Roxburgh zu schicken, um genau das zu tun.« Er hielt inne. »Ist Ihnen die Strafe bekannt, die auf Brandstiftung und Mordversuch steht? Oder vielleicht gewaltsame Entführung? Auf jeden Fall werden Sie mich auf diese Weise nicht milde stimmen.«

Keine Antwort.

Grey versuchte es nochmals. »Ich nehme an, Sie sind Schotte?«

Scott konnte der Versuchung nicht widerstehen, Greys leicht mit der Zunge anstoßende Sprechweise nachzuahmen. »Ja, das dürfen Sie ruhig annehmen«, sagte er, und im nächsten Augenblick schloß ihm die Schnalle seines eigenen Gürtels den Mund, und er schmeckte Blut.

Dudley schwang warnend den Gürtel hin und her. »Führen Sie eine anständige Sprache im Mund, Sir. Wie ist Ihr richtiger Name?«

»Schauen Sie zu, wie Sie's herauskriegen.«

Wieder die Gürtelschnalle. Sie fragten ihn noch volle zehn Minuten weiter aus, und er ließ sie nicht nur weiter Rätsel raten, sondern es machte ihm auf eine gewisse selbstquälerische Art sogar Spaß.

Schließlich kehrte Grey zu seinem Schreibtisch zurück. »Wir werden etwas kräftigere Überredungsmittel anwenden müssen. Die Leute unten stecken offenbar mit ihm unter einer Decke.«

Dudley sagte: »Woodward hat mir gemeldet, es sehe so aus, als fehle der größte Teil der Vorräte, sogar wenn wir das Verbrannte abrechnen. Der Holzkopf von einem Trottel am Tor hat sie auf Grund ihrer Kleidung und der Siegel hereingelassen – und weil er zwei von den Pferden wiedererkannte! Der Proviantzug traf natürlich auf die Minute pünktlich ein, und er konnte es nicht abwarten, das Bier hereinzuholen. Wobei mir einfällt –«

Lord Grey blickte jetzt zum erstenmal wirklich besorgt drein. »Nein, doch nicht das Bier?«

Dudley antwortete: »Nicht eine Tonne ist mehr da. Und auch die Munition ist nicht der Rede wert, abgesehen von dem, was in die Luft geflogen ist. Und außerdem – kein Geld.«

»Was?« Die beiden Männer starrten einander an. Jetzt wurde die Sache ernst. Das Wasser war knapp und außerdem nicht ungefährlich; man mußte den Leuten Bier geben, und die Pferde brauchten Hartfutter, wenn man mit ihnen Ausfälle unternehmen und die Verbindungen offenhalten wollte. Der Bedarf an Waffen und Lebensmitteln war gleichermaßen dringlich.

Grey saß längere Zeit schweigend. Dann stand er auf, ging zu dem ausgestreckten Mann hin und stieß ihn mit dem Fuß an. Und jetzt sprach der General aus ihm: »Wo ist der übrige Zug, und wo sind die Leute, die mit ihm losgezogen sind?«

Der Übermut war vergangen; äußerste Demütigung knabberte an den Rändern seines Mutes. Aber er kämpfte hart mit sich, um den Blick weiter ruhig auf Grey geheftet zu halten, und falls die Anstrengung dem geübten Soldatenauge sichtbar war, so wußte Scott dies nicht. Er sagte träumerisch: »Weit, weit weg. Und mit jeder Stunde weiter!«

Dudley sagte scharf: »Aha! Dann waren noch andere Leute dabei, die nicht mit nach Hume gekommen sind?«

Sie waren jetzt vermutlich bereits auf halbem Wege nach Hause und wohl erstaunt, daß er nicht zu ihnen gestoßen war. Als nächstes würde sich herausstellen, daß die Wagen gar nicht nach Melrose gefahren worden waren. Und dann würde Lymond es irgendwie herausbekommen: daß er entgegen dem Befehl nach Hume eingedrungen war, aber nicht genug Verstand hatte, um wieder herauszugelangen. Scott riß sich zusammen. »Ich hoffe natürlich«, sagte er, »daß sie mir etwas Bier aufheben werden.« Diesmal machte es ihm keine Mühe, ihren Blicken standzuhalten.

Nach einem Augenblick der Überlegung ging Grey zu seinem Schreibtisch zurück und begann zu schreiben: »Zwei Ersatzleute nach Berwick, zwei nach Roxburgh. Sie sollen sich nach irgendwelchen Anzeichen eines Überfalls aus dem Hinterhalt umsehen und feststellen, wie weit der Proviantzug gekommen war.« Er reichte Dudley die beiden Schreiben. »Und zwar sofort.«

Dann erhob er sich und trat wieder zu Scott. »Tut mir leid, daß Sie Ihr Leben so billig angesetzt haben. Bei den wenigen

Lebensmitteln, die wir noch haben, kann ich es mir nicht leisten, Sie und Ihre Leute zu verpflegen. Sie dürfen damit rechnen, daß Sie morgen hingerichtet werden. Wir haben einen Geistlichen hier. Falls Sie wünschen, daß Ihre Angehörigen verständigt werden, geben Sie ihm lieber Ihren richtigen Namen an.«

Scott sagte: »Meine Leute sind Söldner. Wenn Sie sie bezahlen, schlagen sie sich für Sie genausogut wie Ihre Deutschen und Spanier.«

»Bezahlen?« sagte Grey. »Womit denn, wenn ich bitten darf?«

Scott schwieg. Ihm wurde klar, daß das Experiment, seine Selbständigkeit zu beweisen, im Begriff war, zehn Männer ums Leben zu bringen. Grey wandte sich an die Hellebardiere. »Setzt ihn hinter Schloß und Riegel. Aber abseits von seinen Leuten. Sie fallen sonst womöglich über ihn her.«

In dem schauerlichen Loch, in das man ihn brachte, hatte er nur einen tröstenden Gedanken. Er hatte nicht gesagt, wer er war. Wenn sie wüßten, daß er der Erbe Buccleuchs war, würden sie so auf ihn achtgeben, daß er sich nicht einmal einen Schnupfen holte. Sie würden ihn nach Berwick schaffen und ihn als Werkzeug verwenden, um seinen Vater ihren Wünschen gefügig zu machen. Trotz all seiner hochgemuten Worte glaubte er nicht einen Augenblick lang, daß sein Vater vor aller Öffentlichkeit untätig zusehen würde, wie man ihn umbrachte. Er würde tun, was die Engländer von ihm verlangten – wieder einmal. Und diesmal würde die Ironie es wollen, daß er der Grund war. Wenn er ihnen sagte, wer er war. Wenn ... Morgen, dachte er, während er wund und angeschlagen auf den kalten Steinfliesen lag, morgen um diese Zeit habe ich die ganze verdammte Schweinerei hinter mir. Aber sehr viel half dieser Gedanke nicht.

Ebenso wenig half die Nachricht, daß Greys kleiner Suchtrupp die beiden verbliebenen Wagen und die ursprüngliche englische Besatzung des Proviantzuges gefunden und zurückgebracht hatte; sie hatten sie gefesselt und halb erfroren genau dort gefunden, wo er sie liegen gelassen hatte, neben dem Knüppeldamm. Sie trafen zwischen den Kisten sitzend ein und sprangen, von vergnügten Zurufen begleitet, mit flatternden Hemdzipfeln von den Wagen herunter. Nicht einer von ihnen besaß auch nur eine Strumpfhose, eine Reithose oder ein Wams; die Zähne klapperten ihnen, und ihre nackten Füße waren blaugefroren. Als der letzte der Leute im Schloß war, nahm Dudley die beiden Packwagen in Augenschein und besetzte sie mit einer starken Wache, ehe er Grey hochgemuter Stimmung Bericht erstattete: »Etwas Bier haben wir schließlich doch, und außerdem den größten Teil der schweren Munition: Sechspfünder und Steinkugeln und –«

Was immer sonst er noch sagen wollte, kam nicht mehr heraus. Die Tür sprang auf, die Wandbehänge flatterten hoch, und ein menschlicher Wirbelsturm in einem Gewinde aus Zeltplachen und gefolgt von lärmenden Soldaten fegte ins Zimmer.

Der Besucher schüttelte seine Begleitmannschaft ab, knallte ihnen die Tür vor der Nase zu und kam langen Schritts direkt auf Greys Schreibtisch zu. »Madre Dios! Caballeros, su ayuda … su vengenza! Ladrónes!« Er zischte die Worte nur so hervor und fixierte seine Lordschaft mit einem solchen Flammenblick, daß sogar Lord Grey die Großartigkeit dieses Zornausbruchs zugestehen mußte. »He sido mortificado, insultado – hombre – me hecho hazmerreír! – Mirame!« kreischte der Erniedrigte und Beleidigte und schälte sich aus seinen Plachen heraus.

Sekretär Myles konnte nicht mehr an sich halten und gab ein herzzerreißendes Quaken von sich. Dudley und Grey, völlig versteinert und hart am Rand ihrer diplomatischen Weisheit, starrten auf die traurigen Überreste eines gefältelten, mit Goldborte abgesetzten Rüschenhemdes, schwarzes, einstmals wohlgeöltes und gelocktes Haupthaar, das unter einer schiefsitzenden groben Wollmütze hervorkam, und weiter unten nackte, blaugefrorene Beine, von den Zehen bis zum

Knie geteert und gefiedert wie eine Ente auf dem Geflügelmarkt. Ein vereinzelter, verlassener Ohrring glitzerte zunächst der edlen, hochgeborenen Nase und der glatten Olivenhaut.

Lord Grey hatte sich erstaunlich rasch gefaßt und gab mit besänftigendem Gebrumm seiner Anteilnahme, Sorge und Empörung Ausdruck. Mit vereinten Kräften brachten sie den noch immer weiter explodierenden Besucher auf einen Sessel, wickelten ihn in Dudleys Mantel und setzten seine Füße in eine Wanne mit heißem Wasser, um den Teer abzulösen. Man brachte ihm einen Krug heißen, gewürzten Rotwein und ersuchte ihn schließlich, sich Mr. Myles, der Spanisch sprach, zu erklären.

Der Caballero war ungehalten. »Aber«, erklärte er einigermaßen hochmütig, »ich spreche das Schottische perfecto.«

»Ach so«, sagte Dudley überrascht. Er selbst, Grey und Myles warteten.

Der spanische Edelmann besah sich seine Füße, lehnte sich dann zurück und ging daran, seine Behauptung zu beweisen. Er stellte sich vor: Don Luis Fernando de Cordoba y Avila, Führer des erbeuteten Proviantzuges, und äußerte vielerlei über seine Verwandten auf beiden Seiten. Er tat nebenher und ohne sonderliche Ehrerbietung Seiner Majestät des Kaisers Erwähnung sowie des hochgemuten und abenteuerreichen Lebens, das er selbst und einige seiner Landsleute als Herren ihrer eigenen Degen in London und Flandern geführt hatten. »Und jetzt«, sagte Don Luis und stellte sich spritzend auf die Füße, »zu Taten, Señores. Wenn die Señores mir und meinen Leuten die nötige Kleidung leihen wollen, so werden wir mit Ihrer Hilfe den wilden Tieren, die Hand an uns legten, nachsetzen und sie töten!« Das dunkle Antlitz entflammte zu frischer Lebenskraft. »Den Anführer, den wünsche ich kennenzulernen. Die Verwirrung mit den Pferden, die geschickte Überwältigung eines Mannes, wie ich es bin: Das hat sich kein mediokrer Kopf ausgedacht. Ay, ay, dios ... Wenn ich ihn treffe ...«

»Sie können ihn jetzt sofort kennenlernen, wenn Sie wünschen«, sagte Grey ruhig. »Wir haben ihn und die meisten seiner Leute hier hinter Schloß und Riegel.«

»Que pasa? Wie kommt das?« Lord Grey bemerkte zu seiner Genugtuung, daß der Caballero endlich beeindruckt war.

Sie erklärten es ihm. Don Luis, die Mantelzipfel ins Fußbad getaucht, stand sprachlos vor Erstaunen da. Dann fegte er schwungvoll aus der Wanne heraus und bedruckte den Teppich mit schwarzen, klebrigen Fußspuren. »Dieser schreckliche Señor Huile! Führen Sie mich zu ihm!«

»Señor ... Augenblick mal«, sagte Grey scharf.

Don Luis, der schon auf dem Sprung zur Tür war, hielt inne.

Grey sagte: »Sie wissen wohl nicht zufällig, wie der Anführer heißt?«

»Aber natürlich!« sagte Don Luis mit größter Selbstverständlichkeit. »Wissen Sie's denn nicht? Er heißt Don Huile del Escocia.«

»Don ...« Dudley verspürte plötzlich ein schreckliches Heimweh nach gutem, schmucklosem Englisch. »So kann er nicht heißen. Er ist ein Schotte.«

»Nein, nein.« Don Luis ärgerte sich über seine eigene Dummheit. »Dies ich übersetze, um zu behalten. El nombre de pila ...«

»Vorname«, sagte Myles halblaut.

»... ist französisch Huile, also schottisch – Öl. Ein ungewöhnlicher Name, nicht wahr?« sagte Don Luis belustigt.

»Öl!« sagte Grey mit hohler Stimme.

»Und der patronimico«, fuhr Don Luis unvermindert hilfreich fort, »er lautet del Escocia, von Schotte.«

»Schotte!« sagte Grey. Sein Gesicht erstrahlte plötzlich. »Augenblick mal. Schotte – Scott! Das ist doch Buccleuchs Familienname. Huile – das ist die spanische Aussprache, Idiot, nicht die englische. Klingt wie Huile – heißt aber Will! Will Scott! Buccleuchs ältester Sohn!«

»Idiota?« sagte Don Luis förmlich. Er hatte aus dem Wirrwarr vielsilbiger Worte mit sicherem Griff die Beleidigung herausgefischt. Seine teerigen Füße waren umringt von Wasserpfützen, die von den Mantelzipfeln herabtropften, und er blickte aus zusammengekniffenen Augen auf Grey. »Idiota?«

»Vielleicht«, sagte Grey hastig, »würde jemand Don Luis ein wenig behilflich sein, seine Füße zu säubern und sich anzukleiden, und dann werden wir Mr. Scott heraufholen lassen.«

Dudley öffnete die Tür. »Woodward! Beschaff den Leuten unten etwas anzuziehen und hol einen Anzug für den Señor!«

Woodward machte ein zweifelndes Gesicht. »Die Leute unten haben wir schon ausstaffiert, Sir, aber dabei ist so ungefähr alles draufgegangen, was wir an Kleidervorrat hatten. Was noch übrig ist, würde wohl nicht« – er zögerte – »ganz geeignet sein für den Herrn.«

»Dann zieh einen der Gefangenen aus«, sagte Dudley ungeduldig. »Den Burschen, den Anführer zum Beispiel – Scott heißt er –, er hat wahrscheinlich sowieso die Kleider des Señors an.«

Woodward sagte: »Auch wenn er sie anhat, würde das nichts nützen, Sir. Es ist alles in Fetzen.«

Es trat ein kurzes Schweigen ein. Dann sagte der spanische Edelmann sehr deutlich und bestimmt: »Ich habe doch wohl nicht richtig gehört? Ich hoffe, niemand wird von mir verlangen, die Kleider eines gemeinen Soldaten zu tragen und seine Läuse dazu?«

Sie gewahrten mit Bestürzung, daß seine Stirn sich wieder gewittrig umwölkte.

Grey sagte: »Dudley . . .«

»Zu klein, Sir«, sagte Dudley. »Und das gleiche gilt für Woodward und Myles.«

Das stimmte. Sie waren alle große, schwere Männer, wesentlich größer als Don Luis.

Neuerliches, gedankenträchtiges Schweigen. Dudley und

Woodward starrten ins Leere. Mr. Myles kam auf einen Gedanken.

»Er hat ziemlich genau Ihre Größe, Euer Lordschaft, wenn ich das sagen darf«, meinte er hilfreich.

Grey ließ die denkbar längste Pause verstreichen, die mit höflichem Benehmen vereinbar war. Dann sagte er ohne jedes Anzeichen der Erkenntlichkeit: »Ja, natürlich. Meine Reitkleider benötige ich leider selbst, aber ich würde mich selbstverständlich glücklich schätzen, dem Señor mit meinem zweiten Anzug dienen zu können.«

Der Señor schätzte sich offensichtlich gleichfalls glücklich. Und Dudley und Woodward nicht minder, auch wenn sie es nicht allzu deutlich zu erkennen gaben.

Eine Stunde später wurde Scott mit einem kräftigen Knuff in Greys Zimmer befördert.

Seine Lordschaft, seine Höflichkeit inzwischen ein wenig strapaziert, saß wieder am Schreibtisch, Dudley, Woodward und Myles und einige andere neben ihm oder am Fenster. Neben dem Schreibtisch saß lässig hingestreckt ein eleganter Herr in lohfarbenem Samt mit sorgfältig gekämmten schwarzen Locken und einem Brillanten in einem Ohr.

»Dieser Herr«, sagte Lord Grey, »ist Don Luis Fernando de Corboda y Avila von der Truppe des Don Pedro de Gamboa, die unter Seiner Majestät dem König im Norden dient. Soviel ich höre, hatten Sie die Unverschämtheit, ihn heute nacht gefangenzunehmen und ihm die Hosen auszuziehen.« Das, stellte er höhnisch fest, wischte das Lächeln von Seiner Majestät Gesicht.

Scott starrte den Spanier an.

Don Luis de Cordoba nahm seine langen wohlgeformten Beine auseinander, erhob sich lässig aus seinem Sessel und ging zu dem Gefangenen hinüber. Er betrachtete ihn schweigend, von Angesicht zu Angesicht, aus halb geschlossenen, kornblumenblauen Augen. Dann, noch ehe Scott Zeit hatte, sich zu ducken, schlug seine rechte Hand mit der Wucht eines Schmiedehammers dem Jungen quer über die geschwollenen Lippen. Blut strömte aus dem zerschlagenen Mund.

Dudley, der bereits aufgesprungen war, fiel dem Spanier in den Arm. »Ich bitte, daran zu denken, Don Luis, daß Mr. Scott eine wertvolle Geisel ist. Bitte setzen Sie sich, und wir werden die Sache besprechen.«

Mr. Scott! Vor den Augen des Jungen begann es zu flimmern. Er wich ihren Fragen aus: Ob sein Vater ihn ausgeschickt habe, Don Luis und den Proviantzug zu erbeuten? Woher er über den Proviantzug Bescheid gewußt habe? Wieviel sein Vater bezahlen würde, um ihn auszulösen? Ein spanischer Ausruf riß ihn hoch. »Dios!« sagte Don Luis voller Verdruß. »Ich glaube, der junge Mann wird ohnmächtig. Er ist wohl ein schwächlicher Junge, der Schotte, trotz der vielen Worte. Aha, er kippt um!«

Scott hatte, nach einem Augenblick hilfloser Unentschlossenheit, den ihm gebotenen Ausweg gewählt. Er schwankte; er stürzte. Woodward beugte sich über ihn. »Stimmt, er ist hinüber. Wir schaffen ihn lieber wieder in seine Zelle.«

Don Luis erhob sich. Er glättete eine Locke, versicherte sich seines Brillanten und nahm die Dinge in die Hand. »Aber nein, es ist nicht die Mühe wert. Haben Sie alles mit ihm erledigt, was Sie wünschen?«

Dudley zuckte die Achseln und sah Grey an. »Mehr oder weniger.«

»Dann«, sagte Don Luis, »würde ich es vorziehen, noch heute nacht nach Berwick zurückzukehren. Ich werde ihn und seine Freunde mitnehmen, so daß Sie nicht unnötig Lebensmittel zu vergeuden brauchen. Die Angelegenheit der Geiselauslösung kann von dort aus direkt in Angriff genommen werden und das Verhör ebenfalls, nein?« Er schoß ihnen lebhaft funkelnde Blicke zu.

Lord Grey wurde sich bewußt, daß er todmüde war und daß noch eine weitere Stunde in Gesellschaft des brillanten Señors ihn unzweifelhaft um den Verstand bringen würde. Er sagte mit einem tiefen Seufzer der Erleichterung: »Gut, Señor. Wenn Sie und Ihre Leute sich frisch genug fühlen, um zurückzureiten, dann käme es uns allerdings sehr zustatten, die Leute unverzüglich loszuwerden.«

Don Luis verneigte sich. »Bueno. Wenn Sie mir einen Marschbefehl nach Berwick ausstellen wollen ...«

»Selbstverständlich.« Grey wandte sich zum Schreibtisch.

Don Luis sah ihn einen Augenblick lang an und flüsterte dann Dudley halblaut zu: »Ich fürchte, ich muß auch die Pferde von Ihnen erbitten. Unsere hat uns Señor Scott weggenommen und laufenlassen, und seine eigenen braucht er für sich selbst und seine Leute.«

Dudley machte ein zweifelndes Gesicht. »Hm. Können Sie nicht ohne auskommen? Wir sind im Augenblick sehr knapp an Gäulen.«

Don Luis spreizte die Hände. »Wie ohne auskommen? Wir werden Ihnen neue aus Berwick schicken, und inzwischen haben Sie weniger Mäuler zu füttern.«

Das zumindest traf zu. Dudley gab nach, besprach sich kurz mit dem Stallmeister, der daraufhin das Zimmer verließ.

Don Luis verneigte sich. Woodward verneigte sich. Myles verneigte sich. Grey verneigte sich.

Dudley sprach mit jemand an der Tür, und zwei von Don Luis' Leuten, in schmucken neuen Wämsern, kamen lächelnd herein und schleppten die reglose Gestalt des Mannes Scott hinaus. Geräusche aus dem Burghof ließen erraten, daß Scotts Leute auf ihren eigenen Pferden festgebunden wurden und daß neue Pferde für den Trupp des Spaniers herangeführt wurden.

»Ich verabschiede mich«, sagte Don Luis mit großartiger Gebärde. »Für die Gastfreundschaft, für die Mahlzeit, für das Bier, für die Pferde, für die Kleider – eine Million Umarmungen. Mein lieber Lord, mein lieber Sir, meine lieben Herren –« Jedermann verneigte sich abermals. »Adios«, sagte Don Luis und verließ das Zimmer.

Lange nachdem der letzte Reiter das Fallgatter passiert hatte, als endlich alles still und ruhig war und Lord Grey sich anschickte, zu Bett zu gehen, kam Dudley gähnend ins Zimmer, um einen letzten Becher Wein mit ihm zu trinken. »Dieser verflixte Don!« Sie lachten ein wenig, als sie an den Teer und die Federn denken mußten. Dudley reckte sich.

In diesem Augenblick flog der Karren mit der Feldschlangenmunition in die Luft.

Erst viel später kamen sie auf den Gedanken, den zweiten Karren nachzuprüfen. Die Bierfässer waren unversehrt, enthielten jedoch nur fauliges Wasser, und in einem von ihnen steckte ein Zettel, der hochtrabend erklärte: »No es todo oro lo que reluce.«

»Es ist nicht alles Gold, was glänzt«, übersetzte Mr. Myles, der endlich seine Künste zeigen konnte.

Sie dachten lange schweigend über die Bedeutung der ganzen Sache nach. Dann sagte Dudley einigermaßen benommen: »Sie waren also alle ohne Ausnahme Schwindler und Betrüger. Dieser Don Luis – wer war denn das?«

Grey blickte nachdenklich auf die rauchenden Mauertrümmer. »Das weiß ich nicht. Aber ich gedenke die Vorgänge dieser Nacht sehr bald mit Will Scott von Kincurd zu erörtern.«

Sie begaben sich zur Ruhe, aber daß sie gut schliefen, darf man bezweifeln.

Die lange Kette von Pferden war westwärts unterwegs und schon weit weg von Hume, als der Mond aufging. Die ersten zehn Meilen mußten sie scharf reiten, und das machte Reden unmöglich, aber immerhin erlaubte ein Messer, das silbrig von Pferd zu Pferd flog, es Will Scott und seinen Leuten, ihre Fesseln durchzuschneiden. Weit den anderen voraus ritt Lymond in lohfarbenem Sammet. Er hatte die schwarze Perücke abgenommen, und Scott erhaschte einen Blick seines Haares, das gegen die dunkelgefärbte Gesichtshaut heller denn je schien. Näher war er seit dem mörderischen Schlag ins Gesicht an ihn nicht herangekommen. Er war besiegt, geschlagen, in die Knie gezwungen und wußte es nur zu gut.

Er ritt dicht neben dem Cleg her, einem der zehn Leute, die seine Bedenkenlosigkeit beinahe ums Leben gebracht hätte, und hatte eine Art Entschuldigung gemurmelt. Der Cleg hatte sie mit seiner üblichen guten Laune entgegengenommen. »Nun«, hatte er gesagt, »so geht das halt. Der Junker hat uns vor die Wahl gestellt – zwei, drei Stunden im Loch mit dir, hat er gesagt, oder aber wir reiten nacktärschig mit ihm und kriegen einen neuen Anzug dafür, und da ich mich leicht erkälte, habe ich mich entschieden, mit dir zu gehen. Allerdings«, sagte er warmherzig, »muß ich schon sagen, daß ich noch nie einen Jungen gesehen habe, der sich so viel gefallen läßt wegen so einem hirnrissigen Plan. Die müssen dir doch so ziemlich den Schädel eingeschlagen haben.«

Scott bedeckte sein brennendes Auge mit der Hand. »Soll das etwa heißen, Lymond hat euch vorher gesagt, daß ich Freiwillige aufrufen würde, um mit mir nach Hume zu reiten?« Das war natürlich ganz ausgeschlossen. Er hatte doch selbst gestern erst beschlossen, sich über Lymonds ausdrücklichen Befehl, nicht nach Hume zu reiten, hinwegzusetzen.

Der Cleg sagte: »Freilich doch. Er hat uns allen die Wahl gelassen und uns außerdem gesagt, vielleicht würdest du uns in den Plan nicht einweihen, weil du wahrscheinlich eine ziemliche Tracht einstecken würdest.« Er lächelte vergnügt. »Ich weiß, du hast nicht gedacht, daß wir den Mund halten würden, aber du mußt zugeben, wir haben dir Ehre gemacht.«

»Das habt ihr allerdings«, sagte denn Scott und wandte sich ab von der ehrlichen Bewunderung, die er in des Clegs Blikken las.

Als sie zehn Meilen hinter sich hatten, holten sie Mat ein, der die Packpferde, Lymonds eigene Reitpferde, ihre Kleider und den verbliebenen Karren unter sich hatte – die echten englischen Gefangenen waren, wie Scott hörte, bereits gefesselt unterwegs nach Melrose: was vorgeblich seine Aufgabe gewesen war. Während der kurzen Atempause, ehe sie sich wieder auf den Weg machten, stieg Scott vom Pferd und ging mit steifen Gliedern nach vorn, wo der Türke und der Junker eine kurze Unterredung hatten.

»Ach du liebe Zeit«, sagte Mat. Er beäugte Scotts Gesicht. »Das sieht mir ja aus, als hätte sich jemand auf unseren Will draufgesetzt.«

Der Junker drehte sich um, ein einziges Bortengeglitzer. Er war vollständig verändert; niemand hätte in ihm mehr den hochfahrenden cholerischen Don vermutet. »Barbarossa! Wir sind ganz außer uns vor Bewunderung. Nur ein Schauspieler, der seinen Beruf verfehlt hat, mein Lieber, hätte die Leute so gründlich davon überzeugen können, daß du auf dein augenblickliches Verderben gefaßt warst. Du hast anscheinend«, erkundigte er sich, »einen kleinen Unfall mit deinem Mund gehabt?«

Die Leute hatten zwar alle Hände voll zu tun, aber sie waren nicht taub; die Nächststehenden, die die Bemerkung wörtlich auffaßten, grinsten Scott teilnahmsvoll zu. Es war offenkundig, daß sie alle über den Doppelplan Bescheid gewußt hatten – alle außer ihm selbst. Offenkundig außerdem, daß sie sämtlich annahmen, er habe ebenfalls Bescheid gewußt.

Da hatte er es nun. Zuerst die körperliche Züchtigung, die sehr umsichtig verabreicht worden war. Sodann die geistige Züchtigung – und zwar nicht die naheliegende öffentliche Lächerlichkeit. So machte Lymond das nicht. Vielmehr die schauderhafte Demütigung, den eigenen Ruf unversehrt aus der züchtigenden Hand entgegennehmen zu müssen. Und dazu die Gewißheit, daß Lymond ihn für ein so unerhebliches Leichtgewicht hielt, daß es ihm geradezu Vergnügen machte, seinen Ruf gar noch zu erhöhen.

Was nun? Die Heldenrolle zurückweisen, die Lymond für ihn geschneidert hatte? Er hätte erklären können, der Junker habe ihn zu einem privaten Versuch, Grey zu entführen, geradezu angetrieben; habe ihm die Gelegenheit dazu verschafft; habe vorhergesehen, daß er die Sache verpatzen würde, und habe in Wahrheit sogar seinen ganzen Plan auf dieser Gewißheit aufgebaut... sowie auf der Echtheit der Angst, die er, Scott, in der Burg Hume zeigen werde. Das alles hätte er sagen können, und es hätte ihm das schallendste Hohngelächter eingetragen, seit der Kuckuck-Spieß beim Lachsfischen mit seinem Angelhaken sein eigenes Ohr erwischte.

Der junge Scott stieß einen langen Seufzer aus und sagte, indem er den sardonischen blauen Augen begegnete, kurzweg: »Kein Schauspieler, sondern ein Lehrling. Und ich hoffe, noch einiges dazuzulernen.«

Der glitzernde Blick schätzte ihn ab. »Gewiß doch. Nur das nächstemal mehr Vorsicht. Irgendwelche Fragen?«

Ein Punkt war Scott noch immer rätselhaft. »Woher«, fragte er, »wußten Sie, daß der Anführer des Proviantzuges ein Spanier sein würde?«

Der Junker hob eine müde Braue. »Er war gar keiner.«

Das war alles, was zwischen ihnen über die ganze Sache je gesprochen wurde. Bald darauf waren sie alle wohlbehalten wieder in ihrem alten Festungsturm. Die Bierfässer wurden angestochen, und die Sauferei dauerte zwei volle Tage. Will Scott sah darauf, sowenig wie möglich in die Nüchternheit emporzutauchen. Inmitten des Lärmens, Singens, Tanzens und Streitens gewahrte er Lymond, der vollständig und geradezu unanständig betrunken war; der lohfarbene Sammet war zerknittert und von Speise und Trank befleckt. Er schien sich in verliebter Stimmung zu befinden und sang lange spanische Liebeslieder, zu denen er sich selbst auf der Gitarre begleitete.

SECHSTES KAPITEL

Der Schabernack in Hume kam natürlich heraus. Am zweiten Tag trieb ein allgemeines Gekicher vom Schloß zu Edinburgh mit dem Wind nach Westen, und als der ganze englische Trupp gefesselt und halb erfroren vor der Abtei von Melrose gefunden wurde, schwoll das Gekicher zu einem brüllenden Gelächter an.

Sir George Douglas, der sieben Meilen südlich von Edinburgh in seinem Schloß Dalkeith beim Frühstück saß, bekam die Kunde mit seinen Schnepfen serviert und wurde ungewöhnlich nachdenklich. Er ließ sich ankleiden und rasieren, dann öffnete er, noch immer nachdenklich, die Turmtür, die aus seinem Schlafgemach führte, und schritt die zwanzig Stufen zu seinem Studierkabinett hinauf, wo ein Mann auf ihn wartete. Er schloß die Tür. »Entschuldigen Sie, daß ich Sie habe warten lassen. Ich kann die Mitteilungen des Lordprotektors nicht immer so unbehindert entgegennehmen, wie ich es wünschen würde.«

Der Regen peitschte gegen die Turmfenster. Die Überkleider des Mannes troffen von Nässe. Er schob die Kapuze zurück, wodurch eine anliegende, von den Augenbrauen bis zu den Ohren reichende Kappe sichtbar wurde, und sagte höflich: »Ich bin überzeugt, Seine Durchlaucht wäre gar nicht glücklich, wenn es sich nicht so verhielte, Sir George.«

Für einen Boten traf das ein bißchen zu nahe ans Schwarze; aber Douglas' Gedanken waren bei anderen Dingen. »Ich muß gestehen, so wie die Dinge zwischen mir selbst, Lord Grey und dem Protektor liegen, hatte ich noch nicht erwartet, etwas aus London zu hören.«

»Welch glückliche Fügung«, sagte der Mann in der Kappe behaglich, »daß Sie mich also nicht gleich am Tor haben festhalten lassen. So wetterwendisch und unberechenbar sind nun mal die großen Staatsmänner. Heute noch der Palast, morgen schon das Kerkerverlies und das elegische Distichon.«

Diesmal wandte Sir George seine volle Aufmerksamkeit dem

Fremden zu. »Falls Sie eine Meldung haben, Sir, so würde ich sie gern zu sehen bekommen.«

»In gewisser Weise habe ich eine«, sagte der andere vergnügt. »Und dann wieder, in anderer Hinsicht, habe ich keine. Was ich habe, lohnt jedoch immerhin das Anhören. Soll ich es Ihnen vorlesen?« Er zog ein zerknülltes Bündel Papiere aus dem Rock. »Hier haben wir es. Ziemlich lang, aber ich erspare Ihnen das Unkraut und pflücke Ihnen gleich die Blume heraus. Zum Beispiel –« Er zog ein Blatt heraus und las es rasch herunter.

»Sir George Douglas, der Lord von Ormiston, und zwei der Humes waren hier, Douglas als einer der Grenzbarone, um dem König zu Diensten zu sein... Ich erinnerte ihn an die Wohltaten, die er vom verstorbenen König genossen habe, und drohte ihm, wenn er nochmals revoltiere, würde ich ihm und seinen Freunden bis in den Tod nachsetzen. Er antwortete, er werde die Heiratssache befördern, und versprach, seinen Bruder und die übrigen klar und unwiderruflich dem Statthalter Arran abspenstig zu machen... und sein Äußerstes zu tun, um die Königin Maria in unsere Hände zu geben, wenn er in England für seine Ländereien entschädigt werde – wofür ich mich ihm mit meinen eigenen Ländereien verbürgt habe. Ich habe beschlossen, ihn auf die Probe zu stellen, und wenn er sein Versprechen nicht hält, dann wird schon am nächsten Tag Coldingham fallen, und er selber wird dafür braten... Postskriptum – ach ja«, sagte der Fremde verschlagen. »Jetzt fällt es mir ein. Das habe ich bei meinen Freunden zurückgelassen, obwohl es auch recht interessant war. Was halten Sie von dem allen?«

Was Sir George davon hielt, trat alsbald zutage. Er wickelte sich gelassen fester in seinen Hausmantel, setzte sich lässig in der Nähe der Tür nieder und bemerkte: »Ich würde sagen, es handelt sich um einen einigermaßen naiven Erpressungsversuch. Ich nehme an, falls ich Ihnen nicht eine große Summe Geldes zahle und Sie unbehelligt ziehen lasse, werden Ihre Freunde das Original an den schottischen Hof schicken.«

»Nun, Sie scheinen zumindest zu wissen, worum es sich bei der ganzen Sache handelt«, sagte der Vorleser und faltete die Papiere wieder zusammen. »Dieser Auszug ist natürlich eine Abschrift aus einem Bericht von Lord Grey an den Protektor Somerset, und ich bin überzeugt, Sie sind im Begriff, mir den Wind aus den Segeln zu nehmen, indem Sie mir mitteilen, daß die Königinmutter über die ganze Sache Bescheid weiß.«

Falls dieser Scharfsinn Sir George beunruhigte, so verriet er es nicht. »Natürlich weiß sie Bescheid.«

»Gewiß. Aber selbst wenn ich das glauben würde – was ich nicht tue –, meine ich noch immer, daß es Sie interessieren würde, dieses Postskriptum zu sehen. Es existiert tatsächlich, wissen Sie. Und die Abschrift ebenfalls. Ich bin der König der Schwindler und schwöre, es ist die Wahrheit. Sie können es alles zu einem nominellen Preis haben.«

»Und der wäre?«

»Sie haben einen englischen Gefangenen namens Jonathan Crouch in Ihrem Gewahrsam«, sagte der Erpresser leutselig und wurde sogleich von Sir George unterbrochen, der jetzt zum erstenmal Anzeichen von Lebhaftigkeit an den Tag legte.

»Meine Güte!« sagte er. »Sie scheinen mir ein bemerkenswert gutinformierter junger Mann zu sein. Ja, es stimmt, ich habe einen solchen Mann gefangengenommen; allerdings ist es nicht allgemein bekannt.«

»Lassen Sie mich mit ihm sprechen, und Sie können den Bericht haben.«

Es entstand eine kurze Pause. Das Angebot war geschickt vorgebracht. Man konnte von niemandem, wie sehr ihm auch die Mitwisserschaft seines Souveräns den Rücken stärkte, erwarten, daß er den Verlockungen eines Postskriptums in einem Bericht der Engländer widerstand, das sich mit seinen eigenen Angelegenheiten befaßte. Daß die Nachschrift existierte, dessen war er sicher; der Bursche hatte ja mit allem übrigen so haargenau recht. Ergo, wenn er auf den Vorschlag einging, gestand er nichts weiter zu als natürliche Neugier. Eine feine und keineswegs zufällige Nuance. Hinzu kam noch eine weitere Erwägung. Es lag ihm nicht sonderlich daran, daß diese Meldung zur Königin gelangte. Und es gab möglicherweise noch andere, bei denen ihm noch weniger daran lag. An diesem Punkt seines Nachsinnens angelangt, räusperte sich Sir George. »Sie scheinen mir recht monumentale Maßnahmen zu ergreifen, um einen sehr einfachen Zweck zu erreichen. Ein Mann von Ihrer Findigkeit, sollte ich denken, würde es doch vorziehen, seine Fähigkeiten auf eine lohnendere Sache zu verwenden.« Er zog den grobgeschliffenen Rubin vom Daumen und warf ihn auf den Tisch zwischen ihnen. »Die Narren machen die Neuigkeiten, und die Weisen tragen sie weiter. Sie dürften ein reicher Mann werden.«

»Ich *bin* ein reicher Mann«, sagte sein Besucher. Er heftete ein kühles Auge auf Sir George und beachtete den Ring nicht. »So wie Sie bestimmt ein sehr beschäftigter Mann sind. Wenn wir uns mithin also handelseinig sind, könnte Mr. Crouch vielleicht jetzt herbeigeholt werden.«

Es war nichts zu machen. Sir George sagte bedauernd: »Es tut mir leid, ich kann meinen Teil der Vereinbarung nicht erfüllen. Was mir zu einiger Betrübnis gereicht. Der Gentleman, den Sie erwähnen, wurde vor einiger Zeit an einen meiner Freunde verkauft.«

Es entstand abermals eine Pause, die sich ungemütlich lange hinzog. Dann lachte der andere auf einmal. »Also gut. Der Handel gilt. Nennen Sie mir den Namen Ihres Freundes, und Sie sollen Ihre Dokumente haben.«

Sir George erhob sich, ging zum Schreibtisch hinüber, nahm ein Blatt Papier und reichte es dem anderen. Die eine Seite des Blattes war ein von Sir Andrew Hunter unterschriebener Revers, der die Zahlung von einhundert Kronen für die Person des Mr. Jonathan Crouch versprach; auf der anderen stand eine hastig gekritzelte Bemerkung in Hunters Handschrift: »Um unserer Freundschaft willen, lassen Sie es mich wissen, falls irgendein Versuch gemacht wird, festzustellen, wo sich Crouch befindet. Ich möchte ihn nicht an irgendwelche Feinde verlieren, ehe ich ihn gegen meinen Vetter austauschen kann.«

Der Besucher las beide Seiten und lächelte. »Sie wiegen sehr reichlich zu. Ich danke Ihnen.«

Sir George nahm das Blatt zurück und sagte: »Ich kann natürlich als Gentleman diese Mitteilung nicht einfach ignorieren. Ich werde folglich einen meiner Sekretäre mit einer ziemlich starken Begleitmannschaft nach Ballaggan schicken, um Sir Andrew zu verständigen, daß sich in der Tat ein Fremder nach Crouch erkundigt hat. Hunter hat sein Haus unter guter Bewachung, aber es ist natürlich nicht immer möglich, dafür zu sorgen, daß im allgemeinen Durcheinander beim Hereinkommen eine Mannschaft wie die meine nicht größer wird, als sie eigentlich sein sollte ... ein häufiges Risiko, fürchte ich, heutzutage.«

»Gewiß. O ja, in der Tat, ich bin mir des Risikos durchaus bewußt«, sagte der andere, und ein langes, langsames Lächeln fältelte die Haut rings um seinen Mund.

Sir George entdeckte, daß er aus irgendeinem Grund zurücklächelte. Einen Augenblick lang überwältigte ihn ein ganz erstaunliches Gefühl der Verwandtschaft mit diesem seltsamen scharfsinnigen und gewitzten Menschen. Von diesem Gefühl getragen, sagte er: »Würden Sie dann, zur Besiegelung unseres Handels, mit mir anstoßen? Ich habe hier einen sehr guten Rotwein zur Hand ...«

Sein Besucher willigte höflich ein und fügte dann hinzu: »Ich hoffe allerdings, Sie haben nichts gegen Bier?«

»Im Gegenteil«, sagte Sir George, indem er einschenkte.

»Weil ich nämlich – auf Ihr Wohl –« sagte der andere, »mir erlaubt habe, unten beim Kämmerer ein Fäßchen für Sie abzugeben. Ein wenig durcheinandergeschüttelt, fürchte ich; aber es wird sich wieder setzen.« Die Blicke der beiden Männer trafen sich; sie verstanden einander jetzt sehr gut, und Sir Georges Augen leuchteten entzückt.

Wieder allein, nachdem er seinem namenlosen Freund Lebewohl entboten hatte, kehrte Douglas in sein Kabinett zurück und stand einen Augenblick in Gedanken versunken, während er mit dem Rubin spielte, der noch auf dem Tisch lag. »Na, diesen Fehler werde ich nicht noch einmal machen.« Er streifte den Ring wieder auf den Finger und betrachtete ihn einen Augenblick lang. »Aber wenn er sich aus Gold und Edelsteinen nichts macht, nach welchem Köder schnappt er dann? Was immer es sein mag, bei Gott, ich werde es herausfinden und ein Halsband mit Kette daraus machen, mit dem Namen Douglas darauf in schönster gotischer Schrift.«

Der alles beherrschende Geist von Ballaggan, der gebieterisch, unnahbar, unversöhnlich brütend die Festung in seinem Bann hielt, war Lady Catherine, Sir Andrew Hunters Mutter. Sie war an die Siebzig und an ihren unteren Gliedmaßen so gelähmt, daß sie verurteilt war, den Rest ihres Lebens im Bett oder im Sessel zuzubringen. Dieser Umstand, mitsamt dem Verlust ihres Gatten in der Schlacht bei Flodden und, kurz darauf, dem Tod ihres glänzend begabten älteren Sohnes, hatte den Wein ihrer Blütezeit – der schon damals in einigermaßen unsicherem Zustand war – in ein essigsaures Gebräu verwandelt.

Der Burgturm, von außen hoch, linkisch und für den Vorüberkommenden ohne sonderlichen Reiz, war im Inneren vollgestopft mit dem Beutegut der genüßlichen Habgier der alten Dame. Da gab es keine Schilfmatten; die Fußböden waren mit spanischen Lasurkacheln ausgelegt und mit Teppichen aus der Türkei und der Levante bedeckt. Truhen und Tische aus Marmor und duftenden Hölzern waren in schwere, gewirkte Tapisserien gekleidet und mit kostbaren Foliobänden der berühmten Aldus-Druckerei in Venedig beladen. Andere Stücke aus ihrer Bibliothek teilten sich die Ehre, sich neben ihrem Bett aufhalten zu dürfen, mit ihrem Malteserhündchen Cavall.

Die Anhäufung aller dieser Auswüchse kultivierten Lebensstils wäre auch für eine größere Besitzung eine Belastung gewesen. Sir Andrew war sich nur allzu jammervoll bewußt, daß die Liebhabereien seiner Mutter, selbst wenn er unversehens zu seinen Füßen ein Goldbergwerk entdecken sollte, ihm stets um einige Längen voraus sein würden, und dieses Bewußtsein versetzte ihn zuzeiten in einen Zustand der Nervenreizung, der von rebellischem Aufbegehren nicht mehr weit entfernt war. Daß er ihr jedoch stets und immer auch die leiseste Klage oder den kleinsten Vorwurf ersparte, machte ihn in den Augen seiner ritterlichen Standesgenossen zu einem weichherzigen Gimpel und trug ihm das solide Einkommen weiblicher Zuneigung ein. Es verschaffte ihm auch die Bewunderung des Herrn Jonathan Crouch, dessen zeitweilige Laufbahn als Kriegsgefangener, oder vielmehr Schuldschein auf zwei Beinen, ihn schließlich als Logiergast unter Sir Andrews Dach geführt hatte.

Mit Mr. Crouch war auch sein Mundwerk gekommen. Er leierte sich mit eintönigem, nie abreißendem Gerede durch den ganzen September, bis der Monat und seine Gefängnisherren erschöpft waren, stürzte sich dann mit unvermindertem Schwung auf den Oktober und redete zwei Wochen lang die unschuldigen Tage und Nächte zuschanden.

Um den mittleren Sonnabend des Monats hatte ein gewisser Schwund eingesetzt, der seinen Tiefpunkt in der toten Zeit zwischen zwei und vier erreichte, um welche Zeit Sir Andrew, welche Geschäfte auch immer drängen mochten, das Gemach seiner Mutter aufzusuchen pflegte. Lady Hunter, mit Hilfe zahlreicher Kissen aufrecht im Bett sitzend, striegelte mit gleichmäßigen Bürstenstrichen ihren Terrier, der auf ihren Knien lag. Ihr Antlitz, von einer Perücke und einer mit Perlenschnüren besetzten Haube gekrönt, hatte die Hautfarbe der unbeweglichen Kranken, und in ihren leicht schnurrbärtigen Mund waren oben und unten die von machtvollen Lippen aufgezwungenen spinnigen Runzeln eingeritzt. Ihre schwarzen Augen waren fest auf ihren Sohn geheftet, der seinerseits sein Adlerprofil mit dem Anschein höflicher Aufmerksamkeit Mr. Crouch zugewandt hielt.

Mr. Crouch, dick aufgeplustert wie eine Meise in reiferen Jahren, thronte auf seiner Leibesfülle und ließ seiner Zunge freien Lauf. Begebnisse aus seiner Knabenzeit rauschten in tobender Gischt hervor und türmten sich zu pointenlosen Schaumkämmen auf. Episoden aus seiner Laufbahn in der Hofhaltung der Prinzessin Mary drangen in die tiefsten Tiefen der Langeweile bis zu ihrem versteinerten Kern vor.

»Niemals«, erklärte Mr. Crouch und riß sich aus einem Schwall von Adjektiven hoch, »niemals werde ich müde werden, es zu schildern, und wenn ich hundert Jahre alt werde.«

Seinen Gastgeber durchlief ein kräftiges Schaudern. Beinahe ohne es zu wollen, sagte Sir Andrew: »Übrigens, sind Sie eigentlich verheiratet, Mr. Crouch?«

Die Meise war überrascht, aber zugleich auch erfreut. Sie strahlte. »Aber gewiß doch, Sir, bin ich's und mehr noch, Gott und meine Ellen haben mich mit sechs liebreizenden Kindern gesegnet; samt und sonders zwar Mädchen, aber der Herr wird schon Sorge tragen. Wie ich immer sage, die Art, wie ich meine Ellen kennengelernt habe, beweist nur, daß die Vorsehung auf unserer Seite ist, und darin werden Sie mir beipflichten, wenn Sie die ganze Geschichte vernehmen, die ich Ihnen, da Sie sich so gütig danach erkundigen, mit großer Freude zu gegebener Zeit ausführlich erzählen werde.« Es ergab sich eine kurze Pause, während deren Sir Andrew die Augen schloß; dann nahm Mr. Crouch die schlaffen Fäden seines Monologs wieder auf. »Und dann –«

»Andrew!«

»Ja, Mutter?« sagte Sir Andrew. Er warf dem Solisten einen entschuldigenden Blick zu, und dieser brach höflich ab, schöpfte aber in guter Voraussicht bereits einen frischen Atemzug.

»Die Leute, die du beauftragt hast, Fisch einzukaufen, haben dich seit fünf Wochen beschwindelt«, sagte Lady Hunter. »Der Fisch, den man mir serviert hat, während du abwesend warst, war nicht nur schlecht, sondern häufig verdorben. Verdorben!« wiederholte sie in grauenerregendem Ton. »Und dabei dürfte es doch eine relativ einfache Sache sein, geeignete Vorkehrungen zu treffen.«

Mr. Crouch, der ein gutherziger Mensch war, hielt den Mund und rückte seine Gliedmaßen zurecht. Sir Andrew sagte: »Mutter, du hättest mir das schon früher sagen sollen. Ich hatte natürlich keine Ahnung davon. Ich werde dafür sorgen, daß es in Ordnung kommt.«

»Du warst ja kaum lange genug in Sichtweite, um überhaupt zuzuhören«, bemerkte Lady Hunter und bürstete ihren Terrier weiter. »Du mußt mir schon verzeihen, wenn ich mir gedacht habe, daß du viel zu beschäftigt bist. Du mußt es mir ehrlich sagen, Andrew, wenn es dir alles ein wenig zu schwierig ist«, fuhr die Lady fort. »Schließlich erwartet keine Mutter, daß ihre beiden Söhne völlig gleich sind. Mein guter Andrew«, sagte sie, indem sie ihren schwarzen Starrblick auf Crouch richtete, »wird mir im Alter eine große Hilfe und Stütze sein.«

»Davon bin ich überzeugt, Mistreß«, sagte die Meise und warf einen unbehaglichen Blick auf das unterwürfige Haupt seines Gastgebers. Und aus der Tiefe seiner gutartigen Seele fügte er hinzu: »Und bei den Kämpfen in den letzten Monaten hat er Ihnen gewiß Ehre gemacht, möchte ich wetten.«

Die schwarzen Augen wanderten langsam über Sir Andrew hin und hoben sich dann zu seinem Gesicht. »Mein Sohn hat in der Schlacht stets bemerkenswertes Glück«, sagte sie. »Er hat noch nie auch nur den geringsten Kratzer abbekommen.«

»Und verdammt noch mal«, sagte Crouch viel später zu seiner Frau, und allein bei dem Gedanken daran lief ihm das Gesicht rot an, »die alte Sau sagte das auf eine Weise, als wäre er ihr als Hackfleisch lieber gewesen.«

Wie auch immer, war der Augenblick so ungemütlich, daß Sir Andrew errötete und sich genötigt sah, das Thema zu wechseln, indem er aus seiner Börse ein kleines, eingewickeltes Bündel hervorzog, das er aufs Bett seiner Mutter legte. »Ich dachte mir, das würde dich vielleicht interessieren.«

Die gelähmte Frau blickte weder auf ihn noch auf das Päckchen; sie ließ es liegen, bis sie den Schoßhund fertiggestriegelt hatte, legte die Bürsten zurück und schubste mit einem plötzlichen übelgelaunten Klaps das knurrende Tier auf den Fußboden. Dann glättete sie ihre Bettdecke, entfernte ein langes, hellbraunes Haar, das sich in einem ihrer Ringe verfangen hatte, und öffnete das Päckchen.

Eine gewaltige, sechseckige Brosche aus brillantenbesetztem Ebenholz brüllte in einem grellen Gewirr von Lichtstrahlen in die Sonnenhelle hinaus. Das Ding war einfach riesig. Crouch, der in einiger Entfernung vom Bett saß, vermochte zu sehen, daß das Mittelstück ein mit Brillanten besetztes Herz war, rund um das Herz, und mit blattförmigem Golddraht an ihm befestigt, waren Kristallagraffen, auf denen in Onyx geschnittene, geflügelte Engelsköpfchen saßen. Die unterste Agraffe war mit der Herzspitze durch eine Arabeske verbunden, und darauf standen in Brillanten die verschränkten Buchstaben H und D. Es war das kostspieligste Schmuckstück, das Mr. Crouch in seinem ganzen Leben je gesehen hatte. Er blickte, ganz durchglüht von freudiger Erregung, auf Sir Andrew. Hunter beobachtete erwartungsvoll seine Mutter.

»Mein Gott!« rief Mr. Crouch. »Das H bedeutet doch Henri und das D Diane de Poitiers! Mein lieber Herr, noch selten, wenn überhaupt je habe ich ein so exquisites Schmuckstück gesehen. Ein wahrhaftes Meisterwerk. Ein so kostbares Stück –«

Er wurde zum zweitenmal von seiner Gastgeberin unterbrochen. Sie hob die schwarzen Augen von dem Geschenk zu ihrem Sohn, und der Ausdruck dieser Augen vertiefte noch den erwartungsvollen Ausdruck auf seinem Gesicht. Sie schlug die Hülle über das Schmuckstück zurück. »Eine bemerkenswerte Vulgarität«, sagte sie. »Ich fürchte, Andrew, eine stärkere Frau als ich hätte vielleicht mehr tun können, um deinen Geschmack ein wenig zu bilden. Du hast jedoch deinen Kauf gewiß nicht umsonst getan. Ich bin überzeugt, daß irgendein gutes Bürgermädchen, für das du etwas übrig hast, mit ihm durchaus zufrieden sein wird. Ich glaube«, fuhr sie ohne Pause fort, »ich habe gerade eben einige Neuankömmlinge über den Hof kommen sehen. Ich möchte nicht den Anschein erwecken, Andrew, als ermahnte ich dich unausgesetzt, aber als Hausherr hier darfst du wirklich nicht unhöflich erscheinen. Ich bin gewiß, Mr. Crouch wird dich entschuldigen.«

Mr. Crouch tat eiligst, wie ihm geheißen. Sir Andrew verließ mit einem Wort der Entschuldigung das Zimmer, und Lady Hunter schob das zurückgewiesene Geschenk auf das Tischchen neben ihrem Bett. Mr. Crouch gestattete sich eine Bemerkung. »Das dürfte Sir Andrew ein kleines Vermögen gekostet haben«, sagte er. »Und ich möchte wetten, es wird auch nicht so leicht wieder zu verkaufen sein.«

Die gelähmte Frau richtete einen starren Blick auf ihn. Er krümmte sich. »Der Preis, den man für ästhetische Bildung zu zahlen hat, Mr. Crouch«, sagte sie, »ist niemals gering.«

Mr. Crouch fühlte sich (ausnahmsweise) nicht berufen zu antworten.

Im Unterstock konnte man sogar inmitten der Unmengen von Majolikageschirr freier atmen, und die Notwendigkeit, Besucher willkommen zu heißen, war eine gottgesegnete Ablenkung. Sir Andrew kannte Sym Penango, Sir George Douglas' Sekretär, und mochte ihn gut leiden; er hieß ihn es sich behaglich machen und nahm über einem Becher Wein seine Mitteilung entgegen, während seine Leute in der Schankstube untergebracht und bewirtet wurden.

Eine Nachfrage nach Mr. Crouch? Ach. Hatte Sir George gesagt, von wem? Aber Penango wußte sonst nichts und meinte, Sir George wisse wohl auch nichts Weiteres. Kurz darauf bat er, sich verabschieden zu dürfen; die Leute wurden zusammengeholt, wischten sich mit ihren gefütterten Ärmeln die Münder, und der Trupp ritt in die Abenddämmerung davon.

Sir Andrew ging nachdenklich die Treppe hinauf. Im Ge-

mach seiner Mutter dunkelte es inzwischen. Im schwinden-
den Licht, das durch die Fenster sickerte, sah er sie, den Kopf
ihm zugewandt, aufrecht im Bett sitzen. Irgend etwas kam
ihm leicht ungewöhnlich vor; dann wußte er, was es war: die
wundersame Stille. Crouch redete nicht. Als er genauer hin-
sah, entdeckte er, daß die Behinderung durchaus unfreiwillig
war. Mr. Crouch saß auf dem Fußboden neben seinem Stuhl
gefesselt und geknebelt.

Sir Andrew hatte es noch kaum recht erfaßt, da knallte die
Tür hinter ihm, der Schlüssel wurde umgedreht, und ein
Knie schlug ihm wie der Hammer Gottes in die Nieren und
warf ihn zu Boden. Sein Kinn schlug wie ein Apothekerstö-
ßel auf die blauen Kacheln auf; er versuchte, sich herumzu-
rollen, und wurde mit eiserner Gewalt festgehalten. Er
spürte, wie sein Angreifer nach einem Ansatzpunkt tastete,
um ihm die Arme zurückzudrehen, widerstand und brachte
es schließlich fertig, sich herumzuwälzen. Einen Augenblick
lang atmeten die beiden Männer die gleiche schwitzende
Luft. Hunter sah einen erbarmungslosen Mund, zwei ziel-
bewußte Augen hinter einer schwarzen Maske und einen
Kopf, der mit einer Art Wollmütze bedeckt war. Der Mund
verkniff sich, gleich darauf der tödlich gestählte Körper, und
aus seinem in die Zange genommenen Knie schoß der
Schmerz hoch. Der Maskierte stieß ein unvermitteltes, tri-
umphierendes Lachen aus: »Der gemeine Dickfuß«, sagte er
atemlos, »ist ein Vogel..., der sehr rasch zu rennen vermag.« Er drückte grinsend die Zange fester zu. »Aber hier,
mein lieber Dandy, haben wir eine Abart des *un*gemeinen –«
Hunter wußte nicht, wie es ihm gelang, die Fessel zu brechen;
aber späterhin fragte er sich, ob seine Kraft wohl ausgereicht
hätte ohne seinen plötzlich aufwallenden Zorn über den blö-
den Witz. Er brach die Zange um seine Beine auf, schleuderte
den anderen halb auf die Seite und wehrte damit zugleich
die Raubvogelfinger ab, die nach seiner Kehle tasteten. Dann
warf er sich auf seinen Gegner. Ein kostbarer Schemel zersplitterte, und eine Reihe Medizinfläschchen fiel mit vielstim-

migem Klirren vom Nachttisch zu Boden. Catherine Hunter starrte ausdruckslos aus kohlschwarzen Augen über dem verbundenen Mund auf ihren Sohn. Crouch, vor Erregung rosa angelaufen, sah zu und krümmte sich in seinen Fesseln.

Hunter war jetzt obenauf. Er wollte brüllen, aber er brauchte seine gesamte Lungenkraft, um seinen Körper anzutreiben; das Atmen der beiden Männer machte ein Geräusch wie zerreißendes Tuch. Hunter spürte, wie die schwarzen Augen ihn anstarrten, biß die Zähne zusammen und grinste; dann wandte er all seine Kraft auf, um den anderen flach zu legen und mit dem Daumen an die zuckende Gurgel heranzukommen. Die maskierte Gestalt krümmte sich verzweifelt; sie schien zu erschlaffen. Sir Andrew, dessen Finger endlich die Stelle über der großen Schlagader gefunden hatten, ließ alle Vorsicht fahren, richtete sich auf und wandte seine ganze Kraft auf, um auf den Hals zu drücken. Einen Augenblick lang kam es ihm vor, als verdrehten sich die Augen des anderen, nicht vor Schmerz, sondern in einer Art barbarischer Belustigung, und dann ringelten sich zwei gestiefelte Füße hoch und krachten in seine ungeschützten Weichteile; eine der tastenden Hände, jetzt mit einem Schüreisen vom Kamin bewaffnet, knackte ihm das Gesicht auf und schlug ihn zurück, als er würgend in den Knien lag; dann erhob sich die schwarze Maske, warf das Eisen weg und beugte sich über ihn.

Von den Höllenqualen der Verdammten zerrissen, hörte Hunter ihn durch das Hämmern seines Hirns hindurch sagen: »Komm schon, Dandy...« Ruchlose Arme packten ihn, hielten ihn einen Augenblick in der Schwebe und schleuderten ihn dann mit einem schauerlichen Ruck quer durchs ganze Zimmer. Stühle, Leuchter, Bücher fielen. Die ganze Welt ging unter in einem blutigen Nebeldunst. Spielerische, unmenschliche Finger ruhten auf seinem Nacken, hakten sich unter ihm zusammen und schlugen dann methodisch seinen Kopf gegen die glatten, glasierten Kacheln.

Die Stimme sagte in abgerissenen Bruchstücken: »Wer...

auf Schilfmatten fällt, der fällt weich ... Hütet euch vor eitlem Stolz auf irdische Schätze, Sir Andrew. Und ... vor gedämpften Lichtern ... und vor Schüreisen ... und vor Ringkämpfen in Pantoffeln.« Der andere ließ ihn los; er lag zu drei Vierteln bewußtlos da und blickte zu seinem Quäler auf. »Und auch davor, mich weiter in Versuchung zu führen«, sagte die schwarze Maske mit einem Lächeln. »Ich bin zwar hergekommen, um mit Ihrem kleinen englischen Freund zu sprechen, Sir Andrew; aber ich breche Ihnen so oft Sie wollen die Glieder im türkischen Stil ...«

Hunter, der in Wogen der Übelkeit ertrank, schloß die Augen und sah nichts mehr von der Maske und von den schwarzen, reglosen Augen im Bett.

SIEBTES KAPITEL

I

Der Laden des Goldschmieds Patey Liddell lag auf der Südseite der Middle Raw in Stirling, in bequemer Nähe des Stadttors. Es war ein hohes und schmächtiges Haus mit einer buntbemalten Holzarkade und einer Treppe, die außen am Haus zum ersten Stock hinaufführte, wo Patey sein Warenlager hatte und wo Lady Culter saß und ihr Miniaturporträt malen ließ. Von Zeit zu Zeit spähte Patey mit einem Auge durch ein säuberlich in die Dielen geschnittenes Loch hinab in den Laden, teils um nach Kunden Ausschau zu halten, teils auch um Drohungen und Verwünschungen zu seinen Lehrlingen hinabzurufen.

Mr. Liddell war springlebendig wie ein Frosch, sein kleines Gesicht war wie mit Goldstaub emailliert, sein weißes Haar über die Ohren, die ihm fehlten, zurückgebürstet. Patey erläuterte bereitwilligst, wie dies geschehen war, und die Gesamtheit der zahlreichen verschiedenen Lesearten bestärkte Sybilla in ihrer privaten Ansicht, daß der Mann ein Gauner und Spitzbube war. Außerdem war er ein hervorragender Goldschmied und für Lady Culter eine Quelle unterhaltsamen, einfältigen Vergnügens.

Warum sie ausgerechnet heute sich zur Sitzung angemeldet hatte, am Vormittag der Waffenschau, daran konnte sie sich schlechterdings nicht mehr erinnern. Warum man überhaupt, schon so bald nach dem Unglück bei Pinkie, die Waffenschau stattfinden ließ, war eine andere Sache, aber sie konnte es sich denken. Wahrscheinlich konnte es nichts schaden, unter den gegebenen Umständen eine Musterung aller waffenfähigen Männer vorzunehmen; sie hatte am Vormittag stattgefunden und dürfte inzwischen beendet sein. Und wenn die Königinmutter meinte, daß körperliche Ertüchtigung unter freiem Himmel ihre Untertanen einstweilen davon abhalten werde, einander an die Kehle zu springen, so hatte sie wahrscheinlich auf ihre französische Art nicht unrecht. Dies brachte ihre Gedanken auf ihren Sohn.

»Patey!« erklärte Sybille mit dröhnender Stimme. »Du machst doch keinen Wandteppich! Bist du denn noch nicht fertig?«

Der alte Mann strahlte und nickte unbestimmt. »Ein ganz klein bißchen nach rechts.«

Lady Culter drehte gehorsam das Gesicht. »Ob du noch lange brauchst, habe ich gefragt.«

Patey arbeitete weiter, und seine Zunge zog lautlos jeden Pinselstrich mit. »Was das betrifft«, sagt er mit frommer Einfalt, »das weiß der liebe Herrgott allein. Ihr Haar haben Sie verändert.«

»Gewaschen habe ich es«, antwortete Lady Culter schnippisch. »Wenn du glaubst, ich bleibe sechzehn Monate lang unverändert und ungewaschen, während du mich unsterblich machst, dann irrst du dich!«

Patey hatte durch das Loch im Fußboden hinabgespäht. »Augenblick mal! Na, so was, ein Kunde im Laden!« Ehe Sybilla auch nur ein Murmeln von sich geben konnte, war er zur Treppe geeilt und verschwunden.

Lady Culter erhob sich von ihrem Schemel und nahm die Miniatur auf. Die Ähnlichkeit, fand sie, war recht gut getroffen. Ihr Gesicht, stellte sie zu ihrer Genugtuung fest, war nach sechzig aufreibenden Jahren im großen ganzen eigentlich noch immer recht repräsentabel. Augen und Knochenbau waren ja natürlich immer gut gewesen.

»Aber ich muß es unbedingt heute haben!« Eine vertraute Stimme, die sich Mühe gab, deutlich zu sprechen, ertönte durch das Guckloch herauf; Lady Culter hörte fasziniert zu.

Pateys Stimme sagte: »Es ist aber noch nicht fertig, Sir Andrew.«

»Wann ist es aber dann fertig?« Sir Andrew Hunter sprach ungeduldig, und Sybilla konnte es ihm nachfühlen. Noch ein kurzer Wortwechsel, dann Stille, während Patey rückwärts in seiner Werkstatt verschwand. Dann ertönte eine neue Stimme: »Hallo, Sir Andrew! Mein lieber Mann, was ist denn mit Ihrem Gesicht geschehen?«

Lady Culter hegte kein sonderliches Interesse für Sir George Douglas, aber Sir Andrews Antwort holte ihre schweifende Aufmerksamkeit wieder zurück.

»Mein Gesicht?« sagte Sir Andrew und lachte bekümmert. »Gott, ja, mein Gesicht. Das war dieser verdammte Bursche Crouch, dieser Kriegsgefangene.«

»Guter Gott!« Sir George war höchlichst überrascht. »Ich muß schon sagen, wie ein Menschenfresser hat er mir nicht ausgesehen.«

»Verdammt noch mal, nein, es war ja auch nicht Crouch, der mich so zugerichtet hat«, sagte Hunter. »Sondern irgendein mörderischer Kerl in einer schwarzen Maske ist gewaltsam ins Haus eingedrungen, hat alles kurz und klein geschlagen, meine Mutter wie ein Suppenhuhn zusammengebunden und mich – ich muß schon gestehen – zu Brei geprügelt. War durchaus nicht komisch, als es passierte.«

»Nein, natürlich nicht ... Und was ist mit Crouch?«

»Unter Protest mit seinem Retter auf und davon. Weiß der Himmel, was der Mann wollte. Alles, was ich aufschnappen konnte, waren zwei englische Namen, mit denen er um sich warf; wenn ich irgendwelche Beziehungen jenseits der Grenze hätte, würde ich ihnen nachgehen, um mal zu sehen, ob ich diesem behenden Burschen nicht auf die Sprünge kommen kann. Ich nehme nicht an, daß die beiden Namen Ihnen etwas sagen, wie? Gideon Somerville und Samuel Harvey?«

Sir George gestand, daß er sie nie gehört hatte, und seine weiteren Beileidsbeteuerungen wurden von Patey unterbrochen, der brummend mit Sir Andrews fertiger Brosche herzukam. Sybilla hatte gesehen, wie sie geändert wurde. Sie warf abermals einen bewundernden Blick darauf, während sie weiterlauschte; aber das Gespräch war inzwischen in andere, weniger interessante Richtungen davongewandert.

»... Und was für eine Hinterhältigkeit!« sagte Lady Culter später, als sie in Bogle House über dem Fasan Christian Stewart und ihrem Sohn Richard dies alles schilderte. »Nachdem er uns allen erst erzählt hat, die blauen Flecken kämen von einem Sturz vom Pferd. Aber Dandy ist in Geldsachen natürlich ganz besonders empfindlich. Weiß der Himmel, wie er es fertigbringt, seine Mutter immerfort mit Brillanten zu überschütten. Es muß wohl jemand gewesen sein, für den er Lösegeld zu erhalten gehofft hatte, der arme Kerl.«

»Nein«, sagte Richard. »Er wollte ihn gegen seinen eigenen Vetter austauschen, der in England in Gefangenschaft ist.«

Lady Culter warf ihrem Sohn einen so sanft erstaunten Blick zu, daß er es genauer erklärte: »Ich habe es zufällig mit angehört, wie er es in Drumlanrig besprach. Er hat den Burschen dort von Sir George gekauft.«

»Also, ich habe jedenfalls noch nie etwas davon gehört, daß er einen Vetter in England hat«, sagte Sybille. »Und selbst wenn er einen hat, sehe ich nicht ein, warum der arme Dandy ihn auslösen muß. Was der Mann nötig hat, ist eine reiche Erbin, obwohl ich andererseits wahrhaftig nicht einmal von der Medusa verlangen würde, daß sie mit Lady Catherine unter einem Dach lebt.«

Richard, fand sie, sah müde aus. Die Wochen, die sie und Mariotta in Menteith verbracht hatten, waren für ihn Wochen aufreibender Tätigkeit gewesen. Er hatte sie einmal in Inchtalla besucht; davon abgesehen, fiel Sybilla jetzt ein, hatte er eigentlich seit der Schlacht nicht einen einzigen vollen Tag in Gesellschaft seiner Frau verbracht.

Als sie spät aus Pateys Laden nach Hause kam, war sie äußerst verstimmt gewesen, ihn in Bogle House anzutreffen und zu erfahren, daß er aus jener Tätigkeit entlassen war, die sie hintenherum für ihn im Schloß arrangiert hatte und die ihn von der Waffenschau fernhalten würde, und schließlich, daß Tom Erskine in seiner Abwesenheit aufgetaucht war, Mariotta und Agnes Herries zu den Wettspielen mitgenommen und (gezwungenermaßen) Christian zurückgelassen hatte, die darauf bestanden hatte, auf sie, Sybilla, zu warten. Sie überlegte gerade den nächsten Schritt, als das Schicksal ihr zuvorkam: Aus dem aufgeregten Straßenlärm sonderte sich ein lautes Gebrüll ab, schlängelte sich mit zunehmender Lautstärke die Treppe herauf und platzte hinter einem verwirrten Bedienten ins Zimmer.

»Heda!« sagte Buccleuch, riß sich den Hut vom Kopf, nickte den Damen flüchtig zu und wandte sich an Richard. »Ich such' dich überall! Du hast den besten Teil der Ringkämpfe verpaßt!«

»Sir Wat!« sagte Lady Culter.

»Und das Springen ist schon vorbei. Und das Wettrennen auch!« sagte Buccleuch, ohne auf sie zu hören. »Wo warst du denn? Jetzt kommt nur noch das Handschuhstechen und der Ring und dann der Papingo.« Er steuerte auf die Tür zu. »Komm schon. Wo ist deine Mütze?«

»In seinem Zimmer«, sagte Sybilla und zwang den scharfen Blick ihres Sohnes nieder. »Und dort bleibt sie. Wat Scott, ich wußte zwar, daß Ihre beiden ersten Frauen Ihnen keine Manieren beigebracht haben, aber ich hatte doch gedacht,

Janet hätte Sie immerhin gelehrt, wie man eine Dame anredet.«

»Aber ich bin nicht hergekommen, um eine Dame anzureden«, erklärte Buccleuch unklugerweise. »Ich will, daß Richard –«

»Aber da Sie nun einmal Besuch machen und ich die Dame des Hauses bin, können Sie es leider nicht vermeiden«, erklärte ihm Sybilla. Sie rührte eine Handglocke. »Malvasier oder Kanarienwein?«

Buccleuch warf einen gequälten Blick zu Richard hinüber, erhielt von ihm keine Hilfestellung und versuchte es noch einmal mit Sybilla. »Wir werden das Papageischießen verpassen«, sagte er.

»Mir wird es nicht fehlen!« bemerkte Lady Culter. »Ich kann Vögel überhaupt nicht leiden, und schon gar nicht, wenn sie reden – Kanarienwein, bitte, John.«

Es wäre beinahe gelungen. Beim dritten Becher war Sir Wat in voller Fahrt mit einer detaillierten Schilderung der Vorteile des harten Trensengebisses und hätte darüber noch lange weitergeredet, wenn nicht Sir Andrew Hunters Gesicht in der Tür erschienen wäre und sich nach einer raschen Verbeugung gegenüber den Damen besorgt an Buccleuch und Lord Culter gewandt hätte. »Ich soll Sie beide rasch holen. Das Papageienschießen kommt gleich dran.«

Sir Andrew und Sir Wat wechselten nur einen ganz kurzen Blick, aber Sir Wat sprang sofort schuldbewußt auf die Füße, und sein Blick wanderte aufgeregt zu Lady Culter hinüber.

Sybilla seufzte. »Sie brauchen nichts zu sagen. Ich kann es mir denken. Die Spatzen pfeifen Lymonds Herausforderung von sämtlichen Dächern.«

Sir Andrew hatte immerhin den Anstand, ein unbehagliches Gesicht zu machen. »Es tut mir leid, Lady Culter. Aber das Volk hat irgendwie erfahren, daß Ihre Söhne um die Wette schießen werden –«

»Dummes Zeug«, sagte Lady Culter irritiert. »Wie können sie denn, wenn einer von ihnen als Aufrührer geächtet ist?«

»Das wissen die Leute«, sagte Christian vom Kamin her. »Sie erwarten sich kein Wettschießen, sondern eine Ermordung.«

»Hat keinen Zweck, meine Liebe«, sagte Sybilla. »Da ist alles, was wir tun könnten, vergebens.«

Lord Culter ging zum Sessel hinüber, beugte sich nieder und küßte seiner Mutter Hand und Wange. »In einer Stunde ist es vorbei«, sagte er. »Du brauchst keine Angst zu haben.«

Die Tür schloß sich hinter ihnen allen.

»Na, ich muß schon sagen«, erklärte Lady Agnes nachdrücklich und so laut, daß mehrere interessierte Köpfe sich umwandten, »wenn ich mit Lady Culter verheiratet wäre, würde ich nicht zulassen, daß sie den ganzen Nachmittag allein bei den Wettspielen verbringt.«

»Besten Dank«, sagte Tom Erskine und lächelte Mariotta zu, die auf seiner anderen Seite saß. Sie lächelte höflich zurück, und in Erskines Seele stöhnte es auf. Er kam sich ein wenig wie der Vogel vor, der dem Krokodil die Zähne säubert, und fühlte sich von scheußlichen Zweifeln bedrängt. Privat und insgeheim war er der gleichen Meinung wie der vorlaute Balg. Er konnte der alten Lady Culter keinen Vorwurf machen, daß sie ihre Maßnahmen traf, um Richard der Sache fernzuhalten, aber andererseits wußte sie nicht, wie allgemein bekannt die ganze Geschichte geworden war. Die beiden Mädchen neben ihm wußten es ebensowenig; Lady Agnes, die nicht einmal von der Herausforderung etwas wußte, ritt beharrlich immer weiter auf dem Thema herum. Durch diese weibliche Gesellschaft von seinen eigenen Freunden und Kumpanen getrennt und außerdem sowieso nicht gewillt, seinen Nachbarn zuzuhören, wie sie auf Richards Kosten herumwitzelten, wünschte er sich von Herzen, er säße nicht hier, sondern anderswo. Dann gewann ein Lindsay das Scheibenschießen, und sein Ärger nahm noch zu.

Hätte er doch nur gewußt, daß auch Mariotta gegen eine säuerliche Enttäuschung ankämpfte! Das Mädchen war hübsch, das Mädchen war reich, und es trug neue Kleider. Sie saß unter flatternden Bannern, große Herren und Damen festlich ringsum, der grüne Rasen vor ihr, das Schloß darüber, himmelwärts sich auftürmend, und das war nun ihr erstes öffentliches Auftreten in Stirling seit ihrer Hochzeit. Tom Erskine, nicht Richard, saß neben ihr und lieferte die endlosen Erläuterungen, wer und was alles war. Es war alles niederschmetternd flach und abgestanden.

Dann hieß es Platz machen für einen vielstimmig brüllenden rotweißen Tausendfüßler, der sich als ein vierzig Meter langer Mast mit Takelage für den letzten Wettkampf herausstellte: das Papageienschießen.

»So, kommen Sie, meine Damen«, sagte Tom und erhob sich. »Jetzt müssen wir zurück.«

»Warum?« fragte Agnes. »Ach nein, Mr. Erskine. Erst müssen wir noch den Papingo sehen.«

»Zurück«, sagte Tom entschieden. »Sechzig Meter freier Zwischenraum, so weit müssen die Zuschauer zurück, das ist die Vorschrift. Schauen Sie! Da ist der Papagei in einem Weidenkäfig. Sie nehmen ihn aus dem Käfig heraus und binden ihn an einem Querbalken oben am Mast fest, ehe sie den Mast aufrichten.«

In diesem Augenblick traf zu Tom Erskines großem Entzükken Verstärkung in der Person Sir Andrew Hunters ein. Man begrüßte einander. »Ich dachte mir, Sie würden sich wahrscheinlich beteiligen wollen«, sagte Hunter zu Erskine. »Nein, ich nicht – außerdem habe ich gar keinen Bogen mitgebracht.« Und gut gelaunt zu Lady Agnes auf ihre Frage: »Ach, mit dem Scheibenschießen komme ich schon zurecht, aber sitzende Vögel abschießen, da bin ich ein regelrechter Trottel. Tom weiß Bescheid.«

»Tom weiß allerdings Bescheid«, sagte Erskine mit einem Grinsen. »Ich beteilige mich auch nicht, aber ich wäre Ihnen dankbar, Dandy, wenn Sie bei den Damen die Kavaliersdienste für mich übernehmen wollten. Ich habe in der Stadt etwas zu besorgen.« Er empfing Hunters fröhliches Einverständnis, verabschiedete sich von den Damen und bohrte sich durch die murrende Menschenmenge hindurch und hinaus.

Die Zuschauermenge hatte die Aufrichtung des Mastes mit der Sitzstange mit lauten, ermunterden Zurufen begleitet und sich jetzt an ihren neuen Plätzen in gebührender Entfernung von der Gefahrenzone behaglich erwartungsvoll niedergelassen. Mariotta blickte sich in der hellen, klaren, glitzernden Luft um und stellte fest, daß ihre widerstreitenden Gefühle sich wie die Steinchen eines Mosaiks friedlich zu einem ungetrübten Vergnügen zusammengefügt hatten. Der Papingo, der blau und gelb hoch oben auf seiner Stange in der Sonne blinkte, tat ihr leid; aber sie hatte ihre Freude an dem sonnenhellen Burgfelsen dahinter, an dem breiten Rasenplatz, und sogar die Menschenmenge, zu der sie ja selbst gehörte und die sich an den drei Seiten hinter den Schranken drängte und den freien Raum zwischen der Arena und der buntfarbigen Reihe von Zelten und Buden dahinter ausfüllte, war ihr gar nicht unangenehm.

Die Sonne schien. Trompeten bliesen. Alle Nasen kehrten sich dem Feld zu, als einer der Herolde in einem leicht schäbig aussehenden Waffenrock mit unhörbarer Stimme eine Bekanntmachung verlautbarte. Noch mehr Trompetenstöße. Dann wurde eine provisorische Schranke weggezogen, und die Wettkämpfer, fünfzig Edelleute und fünfzig Bürger, betraten einigermaßen verlegenen Gesichts das Feld und stellten sich am Rand auf. Man konnte seine Freunde sofort an ihren Bannern erkennen. Die Pagen fanden offensichtlich an dem Umzug viel mehr Vergnügen als ihre Herren, die mit entschlossenen Gesichtern ihren Freunden in der Zuschauermenge zulächelten. Nichtsdestoweniger fand Mariotta, daß die lange Reihe athletischer Bogenschützen sehr prächtig aussah, wenn auch nicht ganz so prächtig, als wenn der eigene Ehegemahl dabeigewesen wäre. Der Wind blies die Standarten und Wimpel direkt auf den Burgfelsen zu.

Blau und Silber. Sie hatte ihre eigene Familienstandarte gern. Das St.-Andrews-Kreuz; der Wappenschild (Silber mit azurblauem Phönix) und der einigermaßen mehrdeutige Wahlspruch, den der erste Baron Culter sich ausgesucht hatte und den sie sich nie merken konnte, *Contra Vita* – oder irgend so was.

Während sie noch daran dachte, tauchte der Wahlspruch in so dichter Nähe vor ihr auf, daß sie ihn beinahe hätte berühren können: CONTRA VITA RECTI MORIAMUS. Der Schlachtruf der Culters, den Richards Bedienter gerade vorbeitrug. Und unmittelbar hinter ihm einherschreitend, weder links noch rechts blickend, doch völlig selbstsicher, unbeteiligt und blasiert – Lord Culter selbst. Mariotta spürte ein unbehagliches kleines Flattern in der Magengrube.

»Mein Gott!« sagte eine Stimme hinter ihr. »Jetzt hat sich der Culter doch entschlossen, sich zum Nadelkissen zu machen. Da werden wir ein Spaßvergnügen erleben. Trotzdem – lieber er und nicht ich.«

Indes Tom Erskine sich die steile St. John Street zu Bogle House hinaufkämpfte, fiel es ihm nicht schwer, seine wahren besseren Gefühle zu unterdrücken, die ihm sagten, daß er Sir Andrew vermutlich einen recht nervenaufreibenden Nachmittag beschert hatte.

Der Tod Lord Flemings hatte sich natürlich auf die Umstände seiner Familie und seines Hausstandes nicht unbeträchtlich ausgewirkt. Lady Jenny Fleming war, nachdem sie ihren Gatten in Biggar begraben hatte, mit den Kindern wieder an den Hof gezogen, und das halbe Leben, das sie stets als Erzieherin der kleinen Königin gelebt hatte, wurde jetzt ihr ganzes Leben. Von ihren älteren Kindern war Margaret stets wie ein Gespenst zwischen dem Haus ihres verstorbenen Gatten in Mugdock, ihren verheirateten Schwestern und Lady Culters freundlichem, heimeligem Herd hin und her geflattert; die Pflichten, deren Lady Fleming sich in Boghall entledigt hatte, waren auf die Schultern ihrer blinden Patentochter gefallen. Und Christian, die im Augenblick noch bei der alten Lady Culter in Bogle House wohnte, würde sich in

Kürze nach Boghall begeben, um diese Pflichten zu übernehmen. Es hieß also sich beeilen.

Tom Erskine drängelte sich folglich hastig durch die Menschenmenge, verschaffte sich Einlaß in Bogle House und stürmte die Treppen hinauf. Auf dem mittleren Treppenabsatz sah er sich plötzlich seiner Angebeteten gegenüber.

»Wer ist da? Was ist geschehen? Wissen Sie etwas?« fragte Christian.

Er war verblüfft. »Worüber denn? Ich bin's. Nein, nichts Besonderes.«

Erleichterung malte sich auf ihrem Antlitz. »Ach, Tom. Ist schon gut. Kommen Sie nur.« Und während sie auf die Wohnzimmertür zugingen, fügte er als Erklärung hinzu: »Richard ist nämlich zum Papageienschießen gegangen.«

Erskine war im Grunde seiner Seele kein selbstsüchtiger Mensch. »Ach, verdammt.« Er hielt unentschlossen inne. »Das wußte ich nicht. Da sollte ich lieber zurückgehen. Ich habe Dandy bei den Damen zurückgelassen – und er hat gar nichts davon gesagt; dürfte sich gedacht haben, daß wir es wissen.«

Christian nahm seinen Arm. »Glauben Sie mir, wenn irgend etwas passieren sollte, können Sie es nicht verhindern. Außerdem brauche ich Sie hier.«

»Ja, wirklich?« Er war entzückt.

»Ja. Wie lange wird das Wettschießen dauern?«

»Es sind im ganzen hundert Mann – jeder Mann zwei Schuß, das dauert mindestens zwei Stunden, wenn sie alle schießen, aber es ist natürlich zu Ende, sobald jemand den Papingo trifft.«

Christian sagte: »Möchten Sie dann bitte Lady Culter und mich ein bißchen auf dem Jahrmarkt herumführen? Bis das Schießen vorbei ist?«

Das war nun nicht gerade das Vergnügungsprogramm, das er selbst ausgesucht hätte, aber es war durchaus begreiflich. »Sie macht sich Sorgen, wie?«

»Sie läutet zwar noch nicht gerade das Sterbeglöckchen, aber sie sollte nicht allein ausgehen, und Sie werden sie nicht dazu bringen, daß sie mit Ihnen geht und mich zu Hause läßt. Ich weiß, es ist noch etwas früh, und es wird noch nicht viel los sein, aber wir können wenigstens versuchen, diesen gottverlassenen Vogel zu vergessen.«

Tom blickte sie mit einiger Verwunderung an. »Mir scheint, Sie sind ebenso nervös wie Sybilla.«

Diesmal schnappte sie böse zurück. »Wenn Sie gelegentlich mal Ihre Gedanken mit etwas anderem beschäftigen würden als mit Mühlespielen und Pferden, dann würden Sie an den Crawfords etwas bemerken, wogegen Ihre hohlköpfigen Freunde sich ziemlich jämmerlich ausnehmen. Selbst wenn ich mich an meine eigene Mutter erinnern könnte, würde ich sie, glaube ich, nicht halb so hoch einschätzen wie die alte Lady Culter. Und Mariotta mag nicht nach Ihrem Geschmack sein, aber sie hat Stil und Haltung und Feuer in den Adern, wenn man nur genau hinschaut –« Sie brach ab, und ihre Stirn entwölkte sich; dann gab sie ihm in einem jener unvermittelten Stimmungswechsel, die für sie so charakteristisch waren, einen freundschaftlichen Schubs. »Gehen Sie hinein. Sagen Sie Sybilla, wir machen alle zusammen einen vergnügten kleinen Ausflug auf den Jahrmarkt. Und lassen Sie nicht zu, daß sie Sie irgendwie davon abbringt.«

»Wir könnten wohl nicht –« sagte Sybilla.

»Nein!« erklärten Tom Erskine und Christian Stewart einstimmig.

»Nein. Ich sehe ein, es geht nicht. Wir haben die Hände schon ziemlich voll. Aber Agnes hat Pfefferkuchen so gern – ob ich sie wohl«, fragte Lady Culter zweifelnd, »unter meiner Kapuze unterbringen könnte?«

Sybillas Zug durch einen Jahrmarkt glich dem Flug einer Arbeitsbiene durch eine blühende Laube. Es blieb einfach alles an ihr kleben. In der Spielzeugbude kaufte sie zwei Elfenbeinpuppen, eine Hühnerpfeife, eine Rasselschnarre und einen Satz winziger Glöckchen für den Saum eines Kinderkleides: das alles wurde von Tom heldenmütig in Empfang genommen und getragen; ein schwaches, leicht irritierendes Klingeln begleitete hinfort seine Schritte. An der Gewürzbude, die voll köstlicher Fallen für die gefüllte Börse war, nahm sie Zimt, Feigen, Kümmel und Safran, Ingwer, Nelken und Krokusblüten und schließlich noch etwas Brasilholzfarbe zum Einfärben ihrer neuen Wolle mit. Diese Päckchen wurden auf Christian und Tom verteilt. Sie hörten einem Balladensänger zu und kauften ihm noch eine lange Papierrolle mit einer funkelnagelneuen Ballade ab, die Tom Erskine rasch überflog und dann unauffällig verlor. »Macht nichts«, sagte Sybilla, als er es ihr gestand. »Gefährliches Zeug, Musik. Träufelt einem nur süßes Gift in die Ohren und macht den Verstand weibisch. Und das können wir nicht zulassen.« Er war nie ganz sicher, ob sie sich nicht über ihn lustig machte, aber er glaubte eigentlich nicht. Sie gingen zielstrebig ihren Weg durch die Jahrmarktsbuden weiter, und Sybilla kaufte einen neuen Satz Spielkarten, etwas Nähfaden, Kalbsfüße, eine Menge Silberspitze und eine Schere. Sie sahen einigen Akrobaten zu, gaben Sixpence für eine nicht sehr überzeugende Seejungfrau aus und torkelten schließlich erhitzt und außer Atem in eine Taverne, wo Tom herrisch eine ungestörte Ecke für die beiden Damen mit Beschlag belegte und ihnen Erfrischungen brachte.

»O je, o je«, sagte Lady Culter, als sie sich inmitten ihres Meeres von Paketen und Päckchen niederließ, »jetzt weiß ich nicht mehr, welche die sind, die man nicht drücken darf. Na, macht nichts. Wenn wir sie ausbreiten und alle nebeneinandertun, kann ihnen nicht viel passieren, denke ich. Außer die Kalbsfüße ... Ach. Wie ärgerlich, Tom. Aber es läßt sich bestimmt abwaschen.«

Sie schlürften ihren Wein und plauderten. Die Sonne, die für einen Oktobertag ihr Bestes leistete, warf den Schatten des Rathauses über die fröhlichen kleinen Buden und Stände, die Fahnen und die bunten vielfarbigen Waren, und das Grölen der Berufssänger bildete einen komischen Kontrapunkt zum

Chor der Marktschreier und Ausrufer, den Pfeifen und Tamburinen der Zigeuner. Es war alles so luftig und hell und von harmloser Fröhlichkeit.

»Also dann. Gehen wir«, sagte Sybilla. »Da ist schon eine Wolke vor der Sonne, und wenn der Safran naß wird und Sie vergoldet, Tom, werden Sie schön wütend auf mich werden.«

Sie verließen die Taverne, und gleich darauf spürte Christian, die sich von Toms Hand mitziehen ließ, wie jemand an ihrem Kleid zupfte. Ganz in der Nähe sagte eine Stimme: »Wahrsagen, schöne Dame?«

»Halt, wartet!« rief sie Tom mit lauter Stimme durch den Lärm zu und spürte, wie die Spannung seines Arms nachließ, als er stehenblieb.

»Was ist denn?« fragte Lady Culter über die Schulter. »Ach, ein Wahrsager, wie nett. Ja, natürlich. Augenblick mal«, sagte sie und legte den Kopf in seiner hohen blauen Samthaube etwas auf die Seite, »habe ich dich nicht schon mal irgendwo gesehen? Ja, ich weiß schon! Die Zigeuner, die letzten August bei uns in Culter waren, nicht wahr?« schloß sie triumphierend.

Der Wahrsager lächelte ihr mit blitzenden Zähnen zu. »Natürlich, meine Dame, gewiß, und wir hatten auch das Vergnügen, Ihnen eine Vorstellung zu geben.«

»Ja, freilich«, sagte Sybilla. »Und was führt ihr vor? Wahrsagen und was noch?«

»Akrobatenkunststücke, Tänze, Singen…« Der Zigeuner fuhr mit der Hand schwungvoll durch die Luft. »Alle Arten von Darbietungen.«

Lady Culter kam natürlich auf den unausweichlichen Gedanken: »Tom! Christian! Wie wäre es, wenn sie heute abend nach Bogle House kämen? Buccleuch hat sie noch nie gesehen, und Richard und Agnes auch nicht. Wir laden noch Dandy Hunter dazu ein und die älteren Fleming-Kinder…«

Höfliche Einwendungen waren vergeblich, jede andere Art undenkbar. Die Zigeunertruppe erklärte sich willens, für ein riesiges Entgelt – um sich für ihre zeitweilige Abwesenheit von ihrem Jahrmarktsstand schadlos zu halten – am Abend in Bogle House eine Vorstellung zu geben.

Lady Culter war hingerissen. »Wirklich nett von den Leuten. Haben Sie irgendwelches Geld bei sich, Tom, mein Lieber? Ich habe anscheinend alles ausgegeben.«

Es bedurfte ihrer vereinten Anstrengungen, die durch die leckenden Kalbsfüße beträchtlich behindert wurden, um an Toms Säckel zu gelangen und ihm die erforderliche Anzahl von Engelstalern zu entnehmen. »Und jetzt aber geradeswegs nach Hause«, sagte Sybilla, und ein erster Anflug von Ermüdung wurde endlich in ihrer Stimme hörbar; sie setzten sich Arm in Arm in Bewegung und gingen die Bow Street hinunter.

Dandy Hunter fing sie am unteren Ende der Straße ab. Sie sahen ihn schon aus einiger Entfernung, wie er sich durch die immer dichter werdende Menschenmenge schob und ihnen zuwinkte. Bald war er so nahe herangekommen, daß sie sein Gesicht sehen konnten. »Es ist etwas passiert«, sagte Sybilla mit völlig ausdrucksloser Stimme; sie schritt rasch auf ihn zu und hielt alle ihre Pakete und Päckchen fest an sich gerafft, als gedenke sie diese jedenfalls um keinen Preis herzugeben.

Lord Culters Anwesenheit genügte, um allein schon die gemächlich-gemessenen Vorbereitungen des Papageienschießens zu einer höchst spannenden Sache zu machen. Eine tödliche Herausforderung war nicht nur ein ungewohnter Kitzel, sondern geradezu unheimlich, wenn der Herausforderer außerdem ein vogelfreier Landesverräter war. Die Spannung ruckte und zuckte Zehntausende von Köpfen in Mützen und Hauben, Kappen und Kapuzen hierhin und dorthin, während die Wetten, von stetig neuen Gerüchten genährt, immer höher kletterten: Unter den Wettkämpfern ist er nicht; sie haben rings um das ganze Feld Wachen aufgestellt; Culter schießt als zwanzigster. Die Wetten stiegen.

Andrew Hunter, der zwischen Richards Gattin und Lady Agnes stand, verfluchte insgeheim Tom Erskine. Mariotta weigerte sich, nach Hause zu gehen. Sie starrte wie hypnotisiert auf ihren Mann und schien Gott sei Dank nicht zu bemerken, was um sie herum vor sich ging. Agnes Herries hingegen bemerkte es sehr wohl und hatte zudem über alles eine fertige Meinung, die sie lautstark äußerte. Hunter, der mit halbem Ohr zuhörte, entnahm, daß sie sich jetzt darüber beklagte, sie könne von dem ihr zugewiesenen Platz aus nichts sehen. Da er daran nichts ändern konnte, ignorierte er die Beschwerde.

»Eigentlich, wenn man es bedenkt«, sagte Lady Herries, die sich plötzlich wieder eines leidigen Themas erinnerte, »könnte ein Kronmündel geradesogut ein uneheliches Kind sein, so wird man behandelt. Ich meine, wenn das Mündel ein Mädchen ist. Wer will schon John Hamilton heiraten? Ich nicht. Ich habe den Mann überhaupt nie gesehen.«

Ein ungeeigneterer Ort, um ihrer Meinung über ihren vertraglich Angelobten Luft zu machen, hätte sich kaum finden lassen. Sir Andrew sagte mit der Geschwindigkeit einer wachsamen Mutter: »Schauen Sie – da ist Buccleuch.«

Es mißlang ihm, wie es schon gescheiteren Männern vor ihm mißlungen war. »Ja. Aber wenn ich ein Junge gewesen wäre«, fuhr Lady Herries unbeirrt fort, »hätte man mich niemals mit John Hamilton verlobt.«

Dies drang sogar in Mariottas Gedankenverlorenheit ein. Sie wandte sich, wider Willen belustigt, zu ihr um. »Ja, *das* stimmt allerdings.«

»Ich meine«, sagte das Kronmündel stirnrunzelnd, »daß die Leute kein Recht haben, die Zukunft anderer Menschen über ihren Kopf hinweg zu bestimmen, wenn sie fünf Jahre alt sind. Es ist typisch, nur Männer können so was machen. Es ist nicht zu unserem eigenen Besten; es ist zwecklos, das zu behaupten. Sie machen es, um ihre dämlichen Länderein zu vergrößern oder weil sie den Familiennamen fortführen müssen oder weil es ihnen genug Geld oder Pächter oder Abstammungsrechte einbringt, um einen Krieg zu verhindern oder einen Krieg anzuzetteln oder um ihre eigenen uninteressanten Männersachen zu betreiben.«

Ein kurzes respektvolles Schweigen. »Nun«, sagte Mariotta dann besänftigend, »mich hat man nicht verlobt, als ich fünf Jahre alt war.«

»Natürlich«, antwortete Lady Herries mit vernichtendem Freimut, »das meine ich ja gerade. Man kann sich darauf verlassen, daß die Männer das ausnutzen. Zuchtstuten und –«

Ob ihr selbst plötzlich der Gedankenfaden abriß oder Sir Andrew ihn ihr vorher durchschnitt, ist schwer zu sagen; auf jeden Fall schwieg die Baronesse unvermittelt still, und Hunter sagte: »Schauen Sie hin. Das Schießen hat angefangen.«

Auf dem Feld hatte sich alles zu einem wohlgeordneten, dem Auge gefälligen Muster zusammengefügt. Ganz weit drüben auf der einen Seite standen die Festordner, in Statthalter Arrans rot-weiße Livree gekleidet, und neben ihnen eine Gruppe von Pfeilbuben, die in ihren großen kreisrunden Schilfhüten wie winzige Pilze aussahen. Daneben warteten in einer langen Reihe, an der bunten Schranke aufgestellt, die Teilnehmer am Wettschießen, eine Spur unsicher, eine Spur nervös jetzt, da der große Augenblick gekommen war.

Der erste Bogenschütze trat an den vorgeschriebenen Platz in der Mitte des Feldes unter den hohen, bemalten Mast, reckte die Schultern und setzte den Fuß auf die Markierung. Der Papagei, der hell in der Sonne aufleuchtete, strampelte und kreischte auf dem Hintergrund des Burgfelsens, der im glühenden Herbstlaub von Buchen, Ahorn und Farnen scharlachrot aufleuchtete; zuoberst des Felsens schossen die Fenster des Schlosses hinter ihren Gittern die Sonne in stechenden Flammenschäften zurück. Eine Stimme brüllte: »Los!«, der Schütze hob seinen Langbogen gen Himmel, legte seinen Pfeil ein, zog die Sehne an, hielt sie kurz und ließ los; legte den zweiten Pfeil ein, zielte, hielt und ließ abermals los. Der Papingo kreischte übelgelaunt auf und schimpfte; die Pfeile beschrieben einen hohen Bogen und gingen sechs Meter zur Linken nieder. Die Spannung löste sich in einem Getöse höhnenden Beifalls, und Sir Andrew rührte sich plötzlich. »Es gibt überhaupt nur eine Stelle, von der aus Lymond schießen kann«, sagte er beinahe zu sich selbst. »Und das ist aus dem Schutz des Felsens.«

Mariotta hörte ihn. Sie hob den Blick, so wie auch er es getan hatte, und blickte prüfend auf den zerklüfteten Felshang. »Gegen die Sonne *und* gegen den Wind?«

»Das ist natürlich die Schwierigkeit«, gab er zu. »Aber sehen Sie doch. Das ganze übrige Feld ist von der Menschenmenge vollständig eingeschlossen, die Leute stehen so dicht gedrängt, daß man in der Menge nicht einmal den Arm heben kann, ganz zu schweigen von einem drei Meter langen Langbogen.« Er zauderte kurz und sagte dann: »Lady Culter, wenn Sie erlauben, möchte ich rasch hinauflaufen und mich in dem Gesträuch und Buschwerk ein bißen umsehen.«

Aber Mariotta wollte von dem Gedanken, Richards Leben zu schützen und dabei sein eigenes in Gefahr zu bringen, nichts wissen. Er versuchte sie zu überreden, fand sie unnachgiebig und ließ den Vorschlag fallen. Sie sahen schweigend weiter zu.

Der Wind, der in plötzlichen heftigen Stößen blies, lieferte bessere sportliche Leistungen als die Bogenschützen. Buccleuch, der als dritter schoß, ritzte mit seinem ersten Pfeil den Mast an, schoß mit dem zweiten zu weit und trat, begleitet von einem Chor von Witzeleien, belfernd wieder ab. Die nächsten Schützen schossen meterweit daneben; der achte hätte beinahe getroffen.

»Hui!« rief Agnes mit glitzernden Augen. »Aufregend, nicht?« Und fügte ein wenig sehnsuchtsvoll hinzu: »Mit einem fabelhaften Bogenschützen verheiratet sein, das würde einer Frau Freude machen.«

Die Blicke der beiden anderen trafen sich inmitten all ihrer Besorgnis, und Hunters Augen mußten lachen. »Mein liebes Mädchen«, sagte er, »Ihre Gedanken beschäftigen sich aber heute ganz ausnehmend mit dem Heiraten.«

Lady Herries machte ein erstauntes Gesicht. »Nicht besonders. Aber ich nehme an, ich werde dieses Jahr heiraten müssen; und wenn ich schon wie ein Packen Wolle verkauft werden muß –«

»Agnes!«

»Nun ja. Ich meine, Kinderkriegen und Sticken und so weiter ist ja wohl kein Spaß, aber es würde etwas mehr Spaß machen, wenn sie wenigstens wegen einer Frau Schlachten schlagen und Kämpfe ausfechten und dabei so tun würden, als mache es ihnen Vergnügen. Sonst«, fuhr Agnes fort, »hat das alles ja nicht viel Sinn, wie?«

»Ich fürchte sehr, Johnnie Hamilton wird keine Oden auf Ihre Augenwimpern verfassen«, sagte Sir Andrew vergnügt.

»Außerdem wäre das doch wirklich ein bißchen wenig, nein? Sie wären doch viel besser dran mit einem Ehemann, der sich gute Beziehungen bei Hofe verschafft oder sich um seine Güter kümmert, damit sie was einbringen, oder sein Geld in Handelsgeschäfte steckt, damit Sie in jeder Grafschaft ein Haus haben und dutzendweise Brillantarmbänder bekommen.«

»Aber ich habe schon so viel Brillanten, wie ich will«, antwortete Agnes bündig. »Genau wie Mariotta. Und die kleine Königin. Folglich finde ich, es hat gar keinen Sinn zu heiraten, außer man bekommt dadurch etwas, was man noch nicht hat. Und in neun Fällen von zehn braucht man deswegen auch nicht zu heiraten«, fügte sie als nachträglichen Gedanken hinzu.

Sir Andrew sah dem zwölften Schützen zu, wie er seine Pfeile abschoß, und fragte: »Wieviel Land haben Sie, Lady Herries? Und wie viele waffenfähige Pächter?«

Sie sah ihn mit einem unbestimmten Ausdruck des Widerwillens an und antwortete mißgelaunt: »Das wissen Sie doch. Ich habe sie gemeinsam mit Cathie und Jean. Terregles, Kirkgunzeon, Moffatdale, Lockerbie, Ecclefechan – gleich neben den Maxwell-Gütern an der Grenze.«

»Hm«, sagte Hunter. »Im Grenzland. Und wer, meinen Sie wohl, wird sich um das alles für Sie kümmern und es vor den

Engländern beschützen? Auch wenn Sie glauben, Sie können sich um Ihre moralischen Verpflichtungen drücken, um Ihre nationalen Pflichten kommen Sie nicht herum.«

»Ich wußte doch, daß Sie wie mein Großvater Blairquhan reden würden«, sagte Agnes übellaunig. »Außerdem haben wir alle einen Haufen Männer in der Verwandtschaft, die das für uns bestimmt tun werden, ohne daß man sie vorher erst heiraten muß. Ob sie Verwandte sind oder Ehemänner, sie würden es auf alle Fälle sowieso tun, weil es ihnen in den Kram paßt, ganz gleich ob man selbst fünfzig und dick und fett ist und O-Beine hat, und das«, schloß sie würdevoll, »ist ganz einfach keine Liebesromantik, so wie ich es verstehe.«

Mariotta mischte sich plötzlich ein. »Sei doch nicht albern: Was willst du denn eigentlich? Einen selbstlosen Onkel zum Schutz und ein Boudoir voller Liebhaber zum Vergnügen?«

»Ich möchte«, erklärte Lady Herries hoheitsvoll, »einen Ehegatten, dem ich wichtiger bin als Geschäft und Politik.«

»Solche gibt es nicht.«

»O doch, es gibt sie schon«, sagte Sir Andrew unerwarteterweise. (Der fünfzehnte Bogenschütze.) Er blickte kurz zu Boden, und seine Lippen zuckten. »Sie sind beide ein bißchen streng, wissen Sie. Heutzutage ist es eine ziemlich tagesfüllende Beschäftigung, für eine Familie zu sorgen. Läßt einem nicht viel Zeit für lyrische Gedichte unter den Apfelbäumen. Aber die Ritterlichkeit ist deswegen noch nicht ausgestorben. Sie werden sogar finden, daß sie bei einigen Menschen an allererster Stelle kommt, wenn sie auch ein bißchen abgenutzt ist, denn sie ist ja nicht gerade der beste Schutz in dieser aggressiven und materialistischen Welt...« Er lächelte abermals, eher bekümmert. »Und vergessen Sie nicht: Ein Mann hat auch noch andere Pflichten – gegenüber Verwandten und den Alten und Schwachen und seinen Freunden. Er ist nicht immer so frei und ungebunden, wie Sie zu glauben scheinen, um das Geld hinzulegen und die Braut seiner Wahl davonzutragen.«

Mariotta, die sofort bereute, was Sie gesagt hatte, antwortete: »Das wissen wir natürlich. Ich glaube, Agnes meint nur, daß bei vertraglich vereinbarten Ehen oft auf beiden Seiten viel Unglück ist.«

»Ja, das sehe ich schon ein«, sagte Sir Andrew. »Aber ich glaube, Sie werden feststellen, daß das eheliche Glück sich zuweilen an die Oberfläche durchkämpft. Und dann kommen außerdem noch so viele andere Dinge dazu – die Fortführung eines großen Hauses zum Beispiel. Familienloyalität ist eine sehr mächtige Sache, und das hat sie auch zu sein. Zuweilen geht es sogar um den Fortbestand der Nation – und das ist der Preis, den Königshäuser zahlen. Das hat natürlich seine eigene Art von Romantik; nicht ganz die Art, die Sie meinen, aber eine, die vielleicht ein wenig tiefer liegt.«

»Was mich betrifft«, versetzte Lady Herries, »kann sie sich begraben lassen. Mich werden sie mit niemand verheiraten, den ich nicht will, mit oder ohne Ehevertrag. Ach, schauen Sie – da schießt gerade Menteith.«

Die beiden anderen blickten längst hin, denn der junge Menteith, Mariottas Gastgeber auf Inchmahome, war der neunzehnte Bogenschütze, und die Menschenmenge verhielt sich jetzt mäuschenstill. Er nahm Aufstellung, zielte und schoß. Sein erster Pfeil traf den Querbalken, auf dem der Papagei festgebunden war. Der Balken ruckte, aber er hielt; der Pfeil schwippte und fiel dann herab, während der zweite haarscharf vorbeisauste und das Gefieder des Vogels streifte. Ein gedämpftes Beifallsrufen stieg aus der Menge auf, und dann ein erwartungsvolles Gemurmel. Die Pfeilbuben rannten rasch aufs Feld und hoben die Pfeile auf; der angekratzte und abgesplitterte Mast mit der Sitzstange warf einen dünnen, schwankenden Schatten gegen den Burgfelsen; die sinkende Sonne färbte das Herbstlaub in ein dunkleres Rot.

Richard Crawford schritt in gerader, aufrechter Haltung über das Feld, hielt am Fuß des Mastes inne, sah einen Augenblick auf den großen Eibenholzbogen in seiner ledergeschützten Hand hinab und dann hinauf zum Querbalken.

Dann trat er an die Standmarke, und Mariotta, die in plötzlicher panischer Angst die Hand ausstreckte, bemerkte, daß Sir Andrew nicht mehr da war.

Die Stille war vollkommen, das Schweigen lautlos. Wäre nicht das leise Rauschen der Bäume, das sanfte Singen der Masttakelage gewesen, man hätte glauben können, man sei taub. Er hob den Arm mit der sicheren, gesammelten Bewegung des Meisterschützen und legte den Pfeil ein; die dünne Beamtenstimme rief: »Los!«; er zog die Sehne zurück, hielt sie und ließ sie abschnellen.

Sein Pfeil stieg auf; aber ein zweiter war bereits in der Luft. Schlank, tödlich, rot wie glühender Stahl im Sonnenlicht, kam ein Pfeilschaft aus den hintersten, entferntesten Rängen der Zuschauermenge herangepfiffen. Es gab nicht einen Augenblick lang einen Zweifel, wohin er zielte. Er drang in den Querbalken ein, schlitzte mit einem messerscharfen Widerhaken die grobe Fessel durch und setzte den Papingo in just dem Augenblick frei, in dem Culters Pfeil auf ihn zuflog.

Der Menge verschlug es den Atem. Ein Meer von Gesichtern blickte nach oben. Der Vogel, schwach und steif von der Fesselung, ruckte und zuckte grotesk hin und her, fiel herab, schwankte, schlug ein paarmal mit den Flügeln, erholte sich plötzlich und stieg mit kräftigem Flügelschlag auf. Die Menschen starrten gebannt auf seine bunten Schwingen. Andrew Hunter rannte mit zornverzerrtem Gesicht zum höheren Gelände hinauf, schob sich durch die Menge und rannte dann unbehindert, rannte wie ein Verrückter. Man bemerkte ihn kaum. Denn als der Papagei Höhe gewann, plötzlich wild abdrehte und vom Feld wegflog, sauste ein zweiter Pfeil vorbei und traf sein gefiedertes Ziel. Der mitten im torkelnden Flug aufgespießte Papingo hielt inne, kippte zur Seite und fiel zu Boden. Eine gelbe Feder schwebte tanzend durch die Luft hinter ihm drein.

Jetzt plötzlich faßte eine Welle der Erregung die Menschenmenge; sie war im Begriff loszustürzen: zu spät, denn der dritte Pfeil war bereits unterwegs. Er stieg in leuchtender

Kurve surrend in die Höhe und fand sein vorbestimmtes menschliches Ziel. Culter, der kalkweiß, gespannt, wachsam am Fuß des Mastes stand, fuhr blind mit einem Arm durch die Luft, hielt sich einen Augenblick am Mast aufrecht und glitt dann langsam zu Boden.

2

An diesem Abend loderte hell in der sinkenden Dämmerung ein großes Feuer im Kamin der Wohndiele von Bogle House, das seinen Bewohnern zugleich Licht, Wärme und Behaglichkeit spendete. Der Flammenschein tanzte über die Gesichter der Umsitzenden: die alte Lady Culter, Mariotta, Buccleuch, Andrew Hunter, Agnes Herries, Christian und Tom Erskine. Er schimmerte über den Tisch hin, der neben dem Kamin stand und auf dem drei Pfeile lagen, zwei davon mit dunklen Blutspuren, ein Langbogen und ein gestickter lederner Schießhandschuh. Er flackerte über das ruhige, stille Antlitz Lord Culters, der auf einer langen Lehnbank vor dem Kamin lag.
Der Pfeil, der Richard getroffen hatte, war aus großer Entfernung gekommen und über viele Köpfe auf sein unsichtbares Ziel zugeflogen. Anders als die beiden ersten war er kein fehlerloser Schuß gewesen. Er war auf seiner langen Bahn abgefallen, hatte an Schwung eingebüßt und war, nachdem er Wange und Ohr aufgerissen hatte, neben dem Schlüsselbein eingedrungen. So war es gekommen, daß Lord Culter, wieder einmal wie durch Zauber geschützt, wieder einmal von der Tragödie verächtlich abgewiesen, die Beweisstücke auf dem Tisch genau betrachten und über den Tod eines Papageien nachsinnen konnte.
»Ein englischer Bogen – der dürfte aus dem Beutegut von Annan stammen, schätze ich. Und drei Pfeile, aus der gleichen Quelle, mit Widerhaken. Das gehört sich wirklich nicht, bei einem Wettschießen nach einem Vogel auf der Stange. Und ein Handschuh.« Er hob ihn auf und beschnupperte ihn. Es

war ein rechter Handschuh, aus weißem Wildleder und noch ganz neu, denn er war an den ersten drei Fingern noch nicht abgewetzt. »Diskret parfümiert«, bemerkte Lord Culter und drehte sich um. »Wunderbar genäht und gestickt und auf dem Rücken sogar mit Goldschmiedearbeit verziert. Ein hübsches Spielzeug, wenn man es sich leisten kann – und da Freund Lymond es vermutlich mit meinem Geld bezahlt hat, kann er sich's leisten. Mein Gott!« sagte er. »Ich würde das Himmelreich drum geben, oder jedenfalls beinahe, wenn ich ihn zu einem Zweikampf bekäme!«

Tom Erskine meinte: »Er hatte natürlich Rückenwind, und auch einen etwas erhöhten Platz, nicht, Dandy?«

Sir Andrew nickte. »Er hat hinter einem der Zelte hervorgeschossen, wo das Gelände zum Wald hin ansteigt. Ich bin ganz knapp zu spät hingekommen. Fand das Zeug an der Stelle, wo er es liegen gelassen hatte . . .« Er seufzte. »Wir haben ihn alle unterschätzt. Ich hatte mir ausgerechnet, daß er unmöglich aus der Menschenmenge heraus schießen könne. Bin nicht auf die Idee gekommen, daß ein erstklassiger Schütze es von dem Gelände dahinter vielleicht gerade schaffen könnte.«

»Jedenfalls hast du uns einen ganz schönen Schrecken eingejagt, Culter«, sagte Buccleuch.

Die alte Lady Culter, die bisher für ihre Verhältnisse ungewöhnlich schweigsam gewesen war, bemerkte: »Nun, sehr beruhigend war es gerade nicht, muß ich schon sagen, nach Hause zu kommen und Richard von oben bis unten blutig auf einem Bett ausgestreckt zu finden und Mariotta ohnmächtig auf dem anderen, aber schließlich ist die Waffenschau ja berüchtigt dafür, daß immer irgendwas passiert, nicht? Hat jemand daran gedacht, sich zu erkundigen, wer eigentlich den Preis bekommen hat?«

»Eigentlich, genaugenommen«, sagte Tom, »müßten sie ihn Lymond geben, aber so unverfroren ist, glaube ich, nicht einmal er, daß er ihn verlangt.«

»Würde ich nicht unbedingt sagen.« Mariottas Stimme klang

kühl und unbeteiligt. »Er bringt anscheinend beinahe alles zuwege, was er sich vornimmt.«

Agnes, den Blick auf Culter geheftet, stieß einen Seufzer aus. »Ich dachte, ich würde jeden Augenblick sterben.«

»Du warst sehr ruhig und vernünftig, mein Kind«, sagte die alte Lady. »Und jetzt werden wir an den Zigeunern um so mehr Spaß haben.«

»Zigeuner!«

»Ja, natürlich. Vom Jahrmarkt. Hast du's denn vergessen? Und hier sind sie auch schon«, sagte Sibylla.

Es stellte sich heraus, daß sie wieder einmal verstanden hatte, auf gescheite, menschliche Weise das Richtige zu tun. Unter dem Zauberbann der fesselnden Darbietung lösten sich sogar Mariottas gespannte Nerven, und die Farbe trat ihr ins Antlitz zurück. Culter selbst ruhte still unter dem wachsamen Blick seiner Mutter, die gleichzeitig ein langes, häufig unterbrochenes Gespräch mit dem Anführer der Zigeuner führte. Gegen Ende der Darbietung, die gerade in einen Tanz mit lautem Stampfen und Tamburingeklirr überging, fing sie Buccleuchs etwas gelangweilten Blick auf und schlüpfte unauffällig aus dem Zimmer; Sir Wat folgte ihr. Sibylla schloß die Tür gegen den Lärm.

»Gott!« Sir Wat atmete tief die kalte Luft auf dem verlassenen Treppenabsatz ein und wischte sich die Stirn. »Geschickte Burschen, Sybilla, aber eigentlich nichts für mich, wissen Sie.«

»Ich fand, daß Sie es recht gut durchhielten«, meinte Lady Culter. »Es ist mir wirklich eine große Beruhigung, daß Sie hier sind, denn ich darf Richard nicht damit behelligen.« Sir Wat machte ein besorgtes Gesicht, und nicht ohne Grund. »Wegen der Spürhunde«, sagte Sybilla.

»Sie sind selber ein Spürhund!« antwortete Buccleuch, den seine Bestürzung sogar die primitive Höflichkeit, deren er sich für gewöhnlich befleißigte, vergessen ließ. »Woher wissen Sie denn −?«

»Ach, ich kenne doch meinen Richard«, sagte Sybilla. »Ich

bin aus seinem Schweigen immer viel leichter klug geworden als aus dem ganzen Geplapper seines Bruders. Was hat er von Ihnen verlangt?«

Buccleuch zuckte die Achseln und gab es auf. »Lymond aufzuspüren, natürlich. Wir haben den Handschuh, und ich habe – Sie haben's ganz richtig geraten – noch die Hunde in Branxholm!« Er sah zu ihr hinab und kämpfte mit seiner Verlegenheit. »Er ist zweimal hintereinander zum Narren gehalten worden, das müssen Sie doch verstehen. Das kann er einfach nicht schlucken. Und ich würde auch nicht versuchen, ihn zu hindern.«

»Ich werde ihn hindern«, sagte Sybilla.

»Warum denn? So wie die Sache jetzt liegt – Sie müssen schon verzeihen, meine Liebe –, macht sie euch doch alle lächerlich. Der Junge ist zu nichts gut, solange diese Sache nicht geregelt ist.«

»Ja«, sagte die alte Lady. »Aber ich werde sie regeln, nicht Richard. Außerdem, sind Sie denn nicht angeblich überhaupt krank? Sie sind wirklich ein Trottel, Wat«, fügte sie mit einer Art liebevoller Resignation hinzu. »Sie wissen doch ganz genau, daß man binnen achtundvierzig Stunden in England weiß, daß Sie sich in Stirling bei Wettspielen herumtreiben, während Sie doch angeblich zu krank sind, um nach Norham zu gehen und freundlich mit dem alten Lord Grey zu reden.«

Sir Wat nahm den Verweis mit überraschender Unterwürfigkeit hin. »Ja, was das betrifft –« Er blickte wütend auf den Teppich auf dem Treppenabsatz. »Das macht es ja gerade so verdammt schwierig für mich, zu tun, was Richard verlangt.«

»Und das wäre?«

»Alles andere sausen lassen und die ganze Gegend durchhecheln, bis wir Lymond finden. Wir könnten es natürlich, aber –«

»Aber in der Stimmung, in der Richard jetzt ist, würde er zusammen mit Lymond möglicherweise auch Will Scott zur Rechenschaft ziehen«, sagte Sybilla kurz.

Buccleuch wand sich. Zuerst lief sein Gesicht rot an, dann seine Haarwurzeln; schließlich sprudelte es aus ihm hervor, gedämpft zwar, aber darum nicht weniger heftig: »Mein Gott, Sybilla, wenn Sie's genau wissen wollen, ich sitze bis an den Hals in der Jauchegrube. Grey schickt mir, seit Will ihm in Hume den Nasenstüber gegeben hat, eine höfliche Anfrage nach der anderen, wann ich nun endlich nach Norham komme, um mit ihm zu reden und ihn meiner Hilfe zu versichern. Es ist verdammt peinlich. Die Leute wissen, daß es Will war, und wenn ich nicht behilflich bin, brennen sie mich beim nächsten Überfall bis auf den Erdboden nieder. Ich habe überall ausgestreut, daß ich krank bin, aber außer daß ich als nächstes sage, daß ich tot und begraben bin, weiß ich wirklich nicht, was ich nun machen soll.« Die breiten, kräftigen Hände mit ihren spatelförmigen Fingern packten das Geländer und wurden weiß an den Knöcheln, als er sein schwankendes Gewicht auf sie stützte. »Ich werde Will öffentlich verleugnen müssen und hoffen, man glaubt mir, daß ich mit der Sache in Hume nichts zu tun hatte. Ich bezweifle es allerdings, dazu sieht die ganze Geschichte zu verdammt säuberlich aus, und schon gar mit der Karrenladung von Hemdenmätzen ausgerechnet auf meinem Grund in Melrose.« Er blickte Lady Culter untröstlich an. »Und jetzt kommt der Witz, Sybilla. Ich bin kein Betbruder, das wissen Sie, aber seit er weg ist, habe ich die Schreihälse in der Kirche auf den Knien, immer in der Hoffnung, Will wird einsehen, daß er ein verdammter Narr und Dummkopf gewesen ist, und zurückkommen. Und wenn er zurückkommt, sehe ich wie ein Komplice bei dem Fiasko von Hume aus, und Grey wird dafür sorgen, daß es mir entsprechend heimgezahlt wird. Andererseits, wenn er nicht zurückkommt und ich gezwungen bin, ihn gegenüber Grey zu verleugnen – und wenn die Königin davon erfährt – und wenn er zusammen mit Lymond gefangen wird –, dann –«

»Dann kriegt er die gleiche Behandlung wie Lymond. Aber nicht, wenn ich ihn fange«, sagte Sybilla.

Buccleuch beäugte sie. »Dann, bei Gott, möchte ich nicht in Lymonds Haut stecken.«

»Was aus meinen Söhnen wird, ist doch wohl eher meine Sache«, antwortete die alte Lady kühl. »Und so ist es im großen ganzen für Richard weniger gefährlich. Wenn Sie mithelfen.«

»Indem ich die Finger davon lasse?« Sir Wat bellte erleichtert auf. »Culter wird zwar eine schlechte Meinung von mir bekommen, aber das soll mir nichts ausmachen. Hören Sie – es kommt jemand.« Er brach unvermittelt ab, als Licht und Wärme zu ihnen hinausströmten.

»Also«, sagte Sybilla seelenruhig, »ich habe lange und ausführlich mit ihm gesprochen – Johnnie Bullo heißt er, ein echter Zigeunerkönig –, und er sagt mir, er weiß, wie man ihn macht.«

»Wie man was macht, Lady Culter?« Es war Christian, die in der offenen Tür stand. »Die Zigeuner gehen gerade.«

»Wie man den Stein der Weisen macht«, antwortete Lady Culter und segelte auf gut Glück, aber triumphierend los. »Du weißt doch, das Ding, das aus Zinn Gold macht und lebenslustige alte Herren verjüngt und gebrochene Beine flickt und allerlei andere praktische Sachen.«

»Genau das brauchen wir in Branxholm«, sagte Sir Wat düster. »Janet hat vorige Woche schon wieder eine Vase zerbrochen.«

Aus irgendeinem Grund fanden Sybilla und Christian dies besonders belustigend. Lady Culter faßte sich als erste.

»Warten Sie nur«, sagte sie. »Ich habe es alles von Bullo, und es klingt ganz erstaunlich echt und zuverlässig, wenn man es bedenkt. Er kommt demnächst wieder nach Midculter, um es mir alles genau zu erklären.«

»Allmächtiger Gott!« sagte Buccleuch, für den die alte Lady die Quelle jeglichen Erstaunens war. »Sie wollen doch nicht sagen, daß Sie an den Unsinn glauben? Ich hab' mit Janet schon genug davon zu Hause!«

»Ich weiß wirklich nicht, wozu Sie den Stein der Weisen

brauchen«, sagte Christian. »Mir kommt vor, Ihre Familie ist schon so geradezu unanständig reich.«

»Ach, kann man nie wissen«, sagte die alte Lady geheimnisvoll. »Wundheilungs-Talismane – Lebenselixiere – Liebestränke –«

»Was ich eigentlich fragen wollte«, sagte Christian mit leicht gerötetem Gesicht, »ist, ob wir alle zum Jahrmarkt gehen dürfen – ich meine, Agnes, Mariotta und ich. Die Sache ist nämlich die –«

»Die Sache ist die, daß Bullo uns hier nicht wahrsagen will; er hat seine Kristallkugel nicht mitgebracht und will auch nicht gehen und sie holen.« Agnes, die sich durch die Tür zwängte, lieferte mit dröhnender Stimme die Erklärung. »Aber er sagt, wir sollen zu seinem Zelt kommen, und Tom will mitgehen –«

»Und was ist mit Richard?« fragte Lady Culter ruhig.

»Es geht ihm gut«, Christian übernahm rasch die Verteidigung der abwesenden Mariotta. »Er ist eingeschlafen, und...« Und es wird ihm nichts schaden, wenn ihm ein Schwall ehelicher Vorwürfe erspart bleibt, fügte ihr Zaudern hinzu.

Die alte Lady Culter hatte nichts dagegen. Die Zigeuner zogen ab, und ein wenig später machten sich die drei Mädchen mit Tom Erskine und unauffällig von einigen seiner Leute begleitet auf den Weg. Sir Andrew und Buccleuch verabschiedeten sich. Das große Kaminfeuer in der gemütlichen Wohndiele zischte und murmelte in die Stille und flackerte über Mutter und Sohn. Sybilla saß neben Richard, der still auf seinem Sofa schlief; nach einer Weile setzte sie ihre Brille auf und fädelte eine Nadel ein. Dann legte sie das Nähzeug wieder weg und saß eine lange Zeit ganz still da und blickte eulenhaft ins Leere. »Ach, mein Junge!« sagte Sybilla schließlich. »Ich hoffe, ich habe das Richtige getan.«

»Fehlt Ihnen etwas?« fragte Tom Erskine. »Was ist denn? Fühlen Sie sich nicht wohl?«

»Aber natürlich, es ist nur die Kälte«, antwortete Christian eher schnippisch; sie lockerte den Griff an seinem Arm ein wenig und versuchte verzweifelt, das demütigende, nervöse Zittern zu dämpfen. Es war ja gar nicht kalt. Es war die Anstrengung des Tages; die lärmende Dunkelheit; das Teufelsorchester grober Musik; die Rufe und Pfiffe aus der Menge, das alberne, kreischende Lachen ringsum. Jetzt, am Abend, war der Jahrmarkt zu einer aufgeblähten Saturnalie geworden, trunken, dumm, tölpelhaft, die mit lüsternen Stimmen sprach. Sie wurde von torkelnden Leibern angestoßen, Gerüche stürmten auf sie ein: Biergerüche, Essensgerüche, Ledergerüche; der Gestank menschlicher Leiber, und einmal, als zwei sich prügelnde Gestalten krachend in sie hineintorkelten, der üble Geruch von Blut, der ihr das warme Kaminfeuer und die übelriechenden Pfeile vor einer Stunde zurückrief – Culters Stimme: »Wenn ein verderbter Lebenswandel einen zu einem solchen Bogenschützen macht –«; Mariottas Stimme: »Er bringt anscheinend beinahe alles zuwege, was er sich vornimmt«; die alte Lady, die mit kühlen Händen den Verband anlegte und sich weigerte, den Kopf zu verlieren ...

»Schöne Äpfel!« rief ihr eine Stimme ins Ohr. »Einen schönen rosigen Apfel für das schöne rosige Mädchen.«

»Eine Goldkette für das hübsche Kleid, wie? Fünf Kronen und einen Kuß für Euch, mein hübsches Mägdelein!«

»Heiße Pasteten!« – Und etwas Fettiges, das ihre Wange streifte. Das nervöse Zittern war nicht mehr in die Gewalt zu bekommen.

»Wahrsagen, Handlesen, meine jungen Fräuleins!« Eine durchtriebene, knoblauchgeschwängerte Stimme.

Es war eine Art Bude. Zuerst ging Agnes hinein; dann Mariotta; beide waren, als sie herauskamen, bemerkenswert zurückhaltend. Tom, der draußen mit Christian wartete, war gelangweilt. »Klingt mir wie ziemlich armseliges Zeug. Gehen wir nach Hause.«

Agnes war dagegen. »Christian war noch nicht dran.«

»Wahrsagen, meine Dame?« sagte Johnnie Bullos Stimme wieder dicht neben Christian. »Noch eine Dame?«

»Ich komme mit Ihnen –«

»O nein, auf keinen Fall.« Christian entwischte Tom geschickt. »Wenn mir meine Schlafzimmergeheimnisse enthüllt werden, bleiben Sie freundlichst draußen. Bullo wird mich hineinführen.«

Der Zigeuner griff lautlos nach ihrem Ärmel, und sie taten einige Schritte. Etwas streifte ihre Kapuze, und da der Lärm der Menschenmenge auf einmal erstarb, erriet sie, daß die Zeltklappe sich hinter ihr geschlossen hatte. Sie tat noch einige Schritte und spürte dann in der Nähe eine neue Öffnung. Sie hörte Bullos Schritte sich entfernen; dann erstarb plötzlich auch dieses Geräusch. Jetzt herrschte völlige Stille. Das Antlitz in Gefaßtheit gezwungen, die verräterisch bebenden Hände hinter dem Rücken verkrampft, stand Christian reglos still und wartete in der Kälte und Dunkelheit.

Nachtfaltergleich in ihrer Schwerelosigkeit und geschwinden Eindringlichkeit sprach die so vertraute Stimme: »Sie befinden sich hier, wie Sie sich denken können, in der Kammer der Teufel, die im Sechseck zusammensitzen und wie die Heringsmöwen über die Vernichtung der Nächstenliebe und die Zerreißung der Seelen schwatzen ... Die soeben erwähnten Bösewichter haben einen Stuhl zur Verfügung gestellt, ein Stückchen links von Ihnen, ja, da ist er. Vor Ihnen liegen einige Fußbreit Teppich; sodann eine Kiste, auf welcher ich unbequem – aber hoffentlich beruhigenderweise – sitze. Sonst befindet sich hier nichts Erwähnenswertes außer einem Bündel Sachen, die Johnnie Bullo gehören – seinen Namen haben Sie ja herausbekommen. Er war natürlich mein Freund in der Höhle. Wie lange das her ist. Ist es so besser?« fragte er. »Was hat Sie denn so erschreckt?«

Erstaunlich, daß einer Stimme solche Macht der Besänftigung und Entwaffnung innewohnen konnte! Sie setzte sich nieder, verschränkte die Hände und sagte: »Es war irgendwie ein schlechter Tag – es tut mir leid –, und der Rummelplatz, zu allem anderen noch dazu, war etwas zuviel.«

»Ein Tag, der zweifellos wegen eines Massenmords unschuldiger Kindlein bemerkenswert war«, sagte er. »Wie wohl dem Papagei seine kurze zweite Freiheit gefallen haben mag? Und wie geht es dem Opfer des weniger schismatischen Pfeils?«

Sie sagte es ihm; er nahm die Mitteilung mit einem Anflug spöttischen Hohns entgegen und fügte hinzu: »Bitte, um Ihrer selbst willen, fangen Sie jetzt nicht an, alle möglichen Phantasiegespinste des Bösen auch um mich herum zu weben. Ich gebe Ihnen mein Wort, ich habe heute nicht versucht, jemand zu töten.«

»Und wenn Sie es versucht hätten, wäre es Ihnen wahrscheinlich gelungen«, sagte Christian. »Sind Sie ein Jäger?«

»Ja. Und zwar ein sehr guter: eines der Dinge, auf die ich mir etwas einbilde, verstehen Sie. Es ist eine Tätigkeit, die einem Freude machte; es ist ein Wettbewerb, es ist künstlerisch und fesselt einen. Die Dichter lieben die Jagd; sie eilen nach Hause, machen sich aus allen ihren Federn Schreibkiele und verfassen Oden damit.«

»Es gibt auch andere, die das nicht tun«, sagte sie rasch. »Andere töten.«

Es entstand ein kleines Schweigen. Dann sagte er: »Und davor fürchten Sie sich, nicht wahr? Vor der Gewalttätigkeit?«

Es stimmte; sie gab es zu. »Nur, daß es nicht die sachgemäße, zweckgerichtete Gewalttätigkeit ist, die mir Angst macht, sondern die nachlässige, beiläufige Art. Alle diese Menschen heute ... Wetten haben sie abgeschlossen, wissen Sie, ob Culter mit dem Leben davonkommen wird. Und dann Gewalttätigkeit von der scheußlichen, sinnlosen Art, die sich damit vergnügt, Frauen und Kinder in eine Höhle zu drängen und sie zu Tode zu räuchern. Oder wie nach Pinkie, als das Heer die Flucht ergriff und die Jungens aus Durham und York und Newcastle und die Landsknechte und Italiener und Spanier auf ihren herrlichen Pferden den Strand von Leith entlangstoben und die Straße nach Holyrood und die Straße nach Dalkeith und die Leute mit ihren Säbeln aufgespießt haben wie die Schmetterlinge ... Die Gewalttätigkeit der Natur ist eine Sache für sich. Aber unter zivilisierten Menschen – welche Entschuldigung gibt es da?«

Seine Stimme klang heiter. »Es gibt nichts, was die Menschen mehr zivilisiert als ein guter kräftiger Donnerschlag. Einen heißen, gewittrigen Sommer, und ganze Länder liegen auf den Knien ... Nein. Ich verstehe, was Sie meinen. Was um alles in der Welt hatte diese armselige, enthusiastische, politisch total verblödete Truppe von Engländern vorigen Monat mit der Zivilisation zu schaffen? Und wer oder was wird ihnen Einhalt gebieten? Die Religion etwa? Seine Allerchristlichste Majestät von Frankreich treibt die Türken an, Seiner Kaiserlichen Majestät König Karl den Kopf abzusäbeln; der Bischof von Rom verführt die Lutheraner in Deutschland, um seine Nachkommenschaft zu sichern ...«

»Welche Art von Entschuldigung«, sagte Christian, »würden Sie denn für einen privaten Mörder vorbringen?«

Er schwieg einen Augenblick und sagte dann: »Bitte seien wir uns über eines klar. Ich entschuldige überhaupt nichts. Ich bin kein Theologe, nur ein Pädagoge der Rhetorik, mit den erbärmlichen Resten von Humanität, welche die Universitäten mir gelassen haben.«

»Gut, also dann ein Apologet der menschlichen Natur. Und was ist mit privatem Einzelmord?«

»Was soll damit sein? Der heutige Nachmittag, wenn Sie den im besonderen meinen, war, soweit ersichtlich, weder besonders privat noch besonders erfolgreich. Es sollte nicht schwerfallen, ihn zu klassifizieren. Nicht hochgemut; nicht beiläufig nebensächlich; ein Akt wohlgezielter, belehrender Gewalt. Mit anderen Worten: eine politische Maßnahme. Und glänzend durchgeführt offensichtlich vom Alten Scheich vom Berge persönlich. Beweggründe: Habgier, Haß, Neid – ich weiß es nicht. Entschuldigungen: Viele gibt's da wohl nicht. Vielleicht ist er ein heiligmäßiger alter Scheich, dessen Lehren Culter verleugnet; oder ein lasterhafter alter Scheich, dem Culter seine Geliebte abspenstig gemacht hat... nur daß Culter, der heilige Hieronymus segne sein kindliches Haupt, selbst ein so erstaunlich blödes und schuldloses Geschöpf ist.«

»Für einen Humanisten«, sagte sie, »gehen Sie mit der Tugend sehr scharf ins Zeug. Vor allem sollten Sie Dummheit nicht mit Selbstbeherrschung verwechseln.«

»Sie bewundern die Selbstbeherrschung?« fragte er, und sie ließ es darauf ankommen.

»Ich bewundere den Freimut.«

Er erwiderte unverzüglich: »Oh, es gibt nichts Besseres – am rechten Ort. Die Wahrheit ist nichts anderes als Falschheit mit besonders zugeschärften Rändern, und übellaunig außerdem: Da gibt's keine Wiedergutmachung, keine Zurücknahme, keine Möglichkeit des Widerrufs, wenn sie einmal heraus ist. Wenn ich Ihnen sagte, daß ich meine eigene Schwester ermordet habe, würden Sie die gehörigen Gefühle des Hasses und des Abscheus gegen mich empfinden, und wenn Sie später herausfänden, daß ich es nicht getan habe, wären Ihr Interesse und Ihre Sympathie für mich doppelt so tief wie Ihr Haß, davon bin ich überzeugt. Während andererseits, wenn Sie ganz einfach positive Beweise dafür fänden, daß ich sie tatsächlich getötet habe ...«

»... ich Sie verabscheuen würde, aber ich hätte Respekt vor Ihrem Mut«, sagte sie freimütig. »Außerdem, diese Art von Wahrheit würde mich nicht verletzen, nicht wahr? Sie würde Sie vielleicht unangenehm berühren, aber Sie würden es schließlich verdienen.«

Sie hatte ihn so überrumpelt, daß er lachen mußte. »Pax! Lassen Sie mir ein wenig Stolz. Wie auch immer, ich bleibe bei dem, was ich gesagt habe. Von hundert Frauen würden neunundneunzig dieser Art Anstand und Ehrlichkeit in Wirklichkeit nicht den Vorzug geben; und selbst wenn Sie die hundertste sind, wäre ich der letzte, der Ihnen helfen würde, es sich zu beweisen. Nein. Wenn Sie ein volles Abbild von mir wollen, dann malen Sie meine Stimme. Mehr wird gegenwärtig nicht ausgestellt.«

»Gewiß«, sagte Christian heiter. »Und das Malen mit Atem ist ja mein Gewerbe – das hatten Sie wohl vergessen, nicht wahr? Ich bin ein Baumeister des Wörterbuchs – ich kann Ihnen einen Palast aus Adverbien und eine Einsiedelei aus persönlichen Fürwörtern bauen ... und ich kann Ihnen Informationen über Crouch geben.« Zum erstenmal hatte sie das Gefühl, daß er nicht wußte, was er sagen sollte. Sie fuhr unbekümmert fort. »Jonathan Crouch. Der Mann, nach dem Sie sich erkundigt haben. George Douglas hat ihn an Sir Andrew Hunter verkauft, der ihn gegen einen Vetter austauschen wollte. Dann ist Crouch mit irgend jemand entflohen – Hunter weiß nicht, mit wem, aber er ist stinkwütend über die ganze Sache und schwört, er wird den Betreffenden umbringen, der ihn freigelassen hat.«

»Aha, ich verstehe«, sagte er. »Wieso wissen Sie das alles?«

»Weil«, sagte Christian, indem sie sich erhob, »weil jemand zufällig gehört hat, wie er George Douglas zwei englische Namen genannt hat, die Crouch erwähnte, und er Douglas mehr oder weniger ersuchte, ihm zu helfen, diesen beiden Leuten auf die Spur zu kommen; denn er hofft, dadurch auf den Mann zu kommen, der ihm seinen Gefangenen entführt hat. Ich dachte, das würde Sie interessieren ... Und jetzt muß ich gehen. Ach!« Sie setzte sich wieder nieder und lächelte. »Sollten Sie mir nicht lieber erst noch wahrsagen?«

Zu ihrem hellen Vergnügen klang seine Stimme verwirrt und unsicher. »Ach, das ist eigentlich Johnnies Sache, obwohl ich ihm unter gewissen Umständen vorher sage, was er sagen soll. Möchten Sie es wirklich?«

Sie lachte. »Nein, nicht wirklich. Es wäre sachdienlicher, glaube ich, wenn ich Ihnen aus der Hand lesen könnte.«

»Ja, wenn Sie das könnten«, sagte er trocken, »würden Sie in Monsieur Rabelais' nächsten Almanach aufgenommen werden. Aber wenn es Sie beruhigt, werde ich Ihnen etwas sagen, was ihren ungläubigen Tom zufriedenstellen wird. Ihre Handfläche, meine Dame, wenn ich bitten darf. Verzeihen Sie, bitte ein wenig näher heran. Unsere einzige Kerze flackert wie ein Betrunkener. Also jetzt.« Ein fester Griff nahm ihr Handgelenk und spreizte ihre Finger aus. »Eine schöne, fähige Hand. Lebenslinie – nanu! Sie sind offenbar im Alter von sieben Jahren gestorben.«

»Die Einbalsamierer sind heutzutage außerordentlich geschickt«, sagte sie ernst.

»Aber eins steht mal fest ... Sie werden dem Leben alles abgewinnen, was überhaupt drin ist, da brauchen Sie keine Angst zu haben; Sie werden auch den Mann treffen, den Sie sich wünschen; und zu guter Letzt Ihren Herzenswunsch erfüllt bekommen – wenn Sie an das glauben, was Johnnie verzapft. Aber was sind wir schließlich alle? Scharlatane, Horoskopsteller ...«

Sie wußte nicht recht, was sie sagen sollte. »Es klingt mir wie eine mustergültige Zukunft.«

»Wenn Sie das nächstemal Ihre eigene Kerze mitbringen, kann ich vielleicht Besseres leisten. Gerätschaft eher beschränkt, Phantasie in unbegrenzten Mengen. Verlassen Sie Stirling bald?«

»Am Dienstag, wenn Lord Culter reisen kann. Alle Crawfords und Agnes gehen zurück nach Midculter. Ich gehe mit ihnen und von dort weiter nach Boghall bis Weihnachten.« Sie zauderte. »Kann ich noch immer nichts tun? Mir kommt vor, wir vergeuden jedesmal, wenn wir uns treffen, unsere Zeit damit, Unsinn zu schwätzen, und die ganze Zeit über habe ich das Gefühl ...«

»... daß die Sanduhr ausrinnt? Nun, wenn sie's tut, dann doch nur vom einen Ende eines großen dummen Topfes zum anderen. Irgend jemand wird kommen und uns auf den Kopf stellen, und dann läuft der Sand zurück – der gleiche Sand – die gleiche Zeitspanne ...«

»Leben Sie wohl!« sagte sie und fühlte hinter sich nach dem Vorhang.

»Auf Wiedersehen«, antwortete er. »Da kommt Johnnie. Er wird Sie hinausführen.« Er nahm rasch ihre Hand in die seine. »Ich werde Sie jetzt vielleicht ein Weilchen nicht sehen, aber vielleicht werde ich schreiben.«

»Schreiben!«

»Ja. Es ist schon in Ordnung. Ich hab's nicht vergessen. Warten Sie nur ab«, sagte er rasch. »Bis dahin!«

Jemand griff nach ihrem Ellbogen. Bullo führte sie ins äußere Zelt hinaus. Ein Dutzend Schritte lang konnte sie noch seine Stimme hören, wie sie halb zu sich selbst seelenvoll deklamierte:

> Und als der Kuckuck flog vorbei,
> Rief er, fahr wohl, fahr wohl, mein Papagei!

Johnnie Bullo wartete scharfäugig, bis die Gesellschaft sich vom Zelteingang entfernt hatte. Dann ging er wieder hinein, zündete eine zweite Kerze an und schlug die innere Zeltklappe auf.

Der Mann, der sich drinnen gerade einen Reitstiefel anzog, blickte auf.

»Sind sie weg?« fragte Lymond. »Besten Dank, Johnnie. Wie du das mit den beiden ersten gemacht hast – alle Achtung! In keusch formulierten Zweideutigkeiten bist du unübertroffener Meister.« Er schnallte die Riemen fest. »Drei wohlversorgte Kätzchen.«

»Ja, zwei von ihnen waren schon recht«, gab der Zigeuner zu. »Aber die kleine hatte ein Gesicht wie ein Pfund Kerzen in einer Bratpfanne.«

»Von wegen!« Lymond setzte den gespornten Fuß auf den Boden und griff nach dem zweiten Stiefel. »Die kleine hat ein Antlitz, aus dem Schönheit, Klugheit und Witz sprechen. Mit anderen Worten, mein lieber Johnnie, sie ist dreizehn Jahre alt, unverheiratet und stinkreich.«

»Ach, dann hat sich der Tag für Sie wohl gelohnt, nehme ich an.«

»Da nimmst du etwas Falsches an«, antwortete Lymond bündig. »Ich habe einen verdammt sorgenvollen Nachmittag hinter mir. Ein Muselman würde vermutlich meinem Ifrit die Schuld geben, ein Buddhist würde mir erklären, daß der Papingo in Wahrheit meine eigene Großmutter war, und ein Christ würde es zweifellos die Rache des Herrn nennen. Ich, als einfacher, harmloser Heide, nenne es verdammt ärgerlich.«

Er stand auf. »Wo ist mein Mantel? Ah, da ist er ja. Ich muß auf und davon, Johnnie. Kleines Andenken auf dem Tisch.«

Bullo begleitete ihn bis zum Ausgang. »Müssen Sie nach Süden heute nacht?«

»Ja. Ich muß am Freitag auf der Straße nach Carlisle einen gewissen Herrn treffen.« Der Junker blickte sich noch einmal sorgfältig im Zelt um und schob sich dann an dem Zigeuner vorbei. Ohne weitere Verabschiedung war er weg und davon.

»Und für den gewissen Herrn wird's bestimmt nicht gut ausgehen«, sagte Johnnie mit einem Grinsen zu sich selbst, während er der unkenntlichen Gestalt nachsah, die in der dunklen Menschenmenge verschwand. Aus dem Grinsen wurde ein breites Lachen, und Johnnie Bullo begab sich, geschüttelt von insgeheimer Heiterkeit, zurück ins Zelt.

II. TEIL

Das Spiel um Gideon Somerville

Lord Culter sprach, während er die Wandteppiche in der großen Wohndiele von Branxholm betrachtete, mit einer leisen und faden Stimme, die der Hausherr als ganz besonders unbehaglich empfand.

Branxholm, der große Herrensitz der Buccleuchs, lag zwölf Meilen von der englischen Grenze entfernt. Das gegenwärtige Haus war noch keine zwanzig Jahre alt; es war aus den Krusten und Krümeln der unterschiedlichen Branxholms erbaut, die der Enthusiasmus seiner Nachbarn wieder und wieder in Brand gesteckt hatte. Es war ein kahles und schmuckloses Bauwerk von abscheulichem Stil, das kein Efeu und kein Moos verkleidete. Im Innern war es der Turnierplatz und das Schlachtfeld der jungen Buccleuchs. Der Hausstand der Buccleuchs wimmelte von purzelnden, tollenden Kindern in sämtlichen Größen wie die Orgelpfeifen und mit ebenso kräftigen Stimmen, die an allem klebten, an allem zerrten, Beseeltes und Unbeseeltes mörderisch durcheinanderwarfen und nicht einen Augenblick lang Ruhe gaben. Die Buccleuchs selbst waren gegen dies alles völlig unempfindlich. Während ihre Sprößlinge sich prügelten und Kindermädchen und Hauslehrer zwischen sie fuhren, folgten Sir Wat und Lady Janet ungestört ihren eigenen, höchst persönlichen Pfaden und beredeten miteinander, was immer ihnen gerade in den Kopf kam.

Heute, an einem verdrießlichen Freitag im November, war

das Gesprächsthema Lymond. In einer kinderfreien Oase am Ende des großen Wohnraums saß Sir Wat unbehaglich vor sich hin glotzend in seinem großen Sessel; die Füße in pelzgefütterten Stiefeln hatte er vor sich auf den Schilfmatten ausgestreckt, ein wollenes Nachthemd sah zwischen den Falten seines weiten Damastschlafrocks hervor, und um seine Beine lag ein Rudel verschiedenartigster Hunde. Lady Janet saß am Spinnrad und fluchte unterschiedslos vor sich hin, wenn der Faden riß oder ihr Gatte sie aufbrausen ließ. Lord Culter stand an der Wand hinter ihnen, den Blick noch immer auf die schäbigen Tapisserien geheftet, und sagte: »Ich habe bereits begriffen, daß Sie nicht die Absicht haben, mir zu helfen. Ich würde jetzt nur gerne wissen, ob Sie vielleicht statt dessen gedenken, mich aktiv zu behindern?«

Sir Wat schob eine schwere Hundeschnauze vom Knie, die sich unverzüglich vertrauensvoll wieder an die gleiche Stelle legte. »Mann, muß ich denn den ganzen Tag lang wie ein Köter die gleiche Geschichte japsen? Ich hab's Ihnen doch gesagt. Ich bin krank.«

Dame Janet stieß ein bellendes Gelächter aus. »So krank, daß er nur zwei Flundern, einen Hecht, einen Schellfisch, drei Liter Rotwein und einen Quittenauflauf hat zu sich nehmen können! Du wirst dir noch was zuleide tun, Wat, wenn du so gewaltsam die Nahrung in dich hineinstopfst, wo du doch ein kranker Mann bist.«

Buccleuch hieb verärgert zurück: »Ich bin doch angeblich wegen der Engländer krank – oder soll ich mich vielleicht von eingetunktem Brot ernähren, nur für den Fall, daß Lord Grey vielleicht im Küchenkamin sitzt und aufpaßt? Ich hab' es dir erklärt, bis es mir zum Hals heraushängt. Grey verlangt nach mir. Ich werde ihm irgendwas versprechen müssen. Ich habe die Königin und Arran ersucht, sie sollen mir erlauben, dem Protektor irgendeine Art Lippenbekenntnis zu machen, und solange ich von ihnen keine ordnungsgemäße Genehmigung habe, bin ich krank und bleibe krank. Mein Gott, Culter, vor drei Wochen haben sie Kirkcudbright und

Lamington überfallen und ausgeraubt. Als nächstes kommt bestimmt Branxholm dran, und Sie werden sich noch wünschen, Sie hätten auf mich gehört, wenn Sie erst brutzeln wie die Einer in der Pfanne.«

Lord Culter ging langsam zum Kaminfeuer hinüber, drehte sich um und blickte auf Buccleuch hinab. »Dann bleiben Sie zu Hause und geben Sie mir Ihre Leute und Ihre Hunde.«

Es trat ein gequältes Schweigen ein. Dann sagte Buccleuch bitter: »Womit Sie sagen wollen, daß es mir Spaß macht, hier ruhig auf meinem Hintern zu sitzen, während von überall her Gefahr heranzieht. Arran ist unterwegs, um die englische Garnison am Tay zu belagern, die Botschafter sind unterwegs, um in Dänemark und Frankreich Truppen und Geld zu besorgen. Und derweilen gackert alles darüber, daß London einen inoffiziellen Wink aus Paris bekommen hat, der Neutralität verspricht, falls die Engländer aus Boulogne abziehen. Schöne Aussichten, was? Und der Winter ist da und kaum die nötigsten Lebensmittel, und herzlich wenig Schiffe, die durch die Blockade durchkommen, und die Hälfte aller waffenfähigen Männer in Pinkie zusammengeschossen. Deinen Bruder soll der Teufel holen«, sagte Buccleuch erhitzt. »Ich habe meine eigenen Sorgen.«

Culter beobachtete ihn still. »Bestimmt haben Sie die. Ich dachte nur, vielleicht würden Sie mich für weniger gefährlich für Will halten, als Lymond es sein wird. Oder um es anders auszudrücken – daß Sie vielleicht der Meinung sind, daß die Behinderung königlicher Sendboten und der Verrat von Staatssachen von verantwortlichen Leuten unterbunden werden sollte.«

»Verantwortlich! Für Buccleuch ist das schon beinahe ein Schimpfwort«, sagte Lady Janet und haschte, während sie sprach, nach einem davonflatternden Flaum. Sie erwischte ihn nicht, er fing Feuer und flog in den Rauchfang hinauf. »Da hast du Wills unsterbliche Seele, wie sie zum Himmel aufsteigt«, sagte Lady Buccleuch, indem sie mit Evangelistengeschick die Moral von der Geschichte ihrem eigenen Herdfeuer entnahm. »Und hier sitzt sein Vater und ist ganz gelb im Gesicht vor lauter Besorgnis, der arme Kerl könnte die heiligsten Güter der Nation in den Dreck treten und die Familie in einen internationalen Zwischenfall hineinziehen.«

»Internationaler Zwischenfall, so ein –!« versetzte ihr Gatte und lief im ganzen Gesicht rot an. »Wenn der Rat Will erst mal in Ketten gelegt hat, wird er von Glück sagen können, wenn er mit seinem dämlichen Kopf auf den Schultern davonkommt. Du wärest nicht so wild darauf versessen, ihn ins Licht der Gnade zu zerren, wenn er dein eigener Sohn wäre, Janet Beaton. Welcher naturwidrigen Verderbnis wäre Will wohl bei Lymond ausgesetzt, die am französischen Hof etwas Neues wäre? Billige dem Jungen doch gefälligst etwas Verstand zu. Oder geht es dir vielleicht gar nicht so sehr um Will als darum, diesem goldhaarigen Teufel eine Schlinge um den Hals zu legen? Himmelherrgott!« – ein Orkan jugendlichen Gebrülls tobte plötzlich durchs Gebälk –, »Weib, kannst du denn diese Bälger nicht ruhighalten! Manche Leute«, meinte Buccleuch mit dick aufgetragenem Sarkasmus, »haben den Holzwurm und den Hausbock im Haus. Branxholm hat die Kinderpest.«

»Und wessen Schuld wäre das?« fragte Lady Buccleuch spitzig.

»Ach, meine, meine, meine natürlich!« brüllte Sir Wat. »Ich bin nämlich ein ganz seltenes Exemplar: Ich bringe meine Kinder wie eine jährliche Roggenernte ganz selbsttätig und allein hervor, und die Frau stört mich bei dem Geschäft nur.«

»Ich würde nicht sagen, daß du damit so ganz unrecht hast«, antwortete Lady Janet grausam. »Immerhin hast du ein paar sehr schöne Ernten eingebracht, soweit man weiß, lange ehe ein Priester dir den Ehesegen gesprochen hat.«

»Ach, jetzt sind wir beim Predigen! Schwester Berchta mit der langen Nase, die sie unablässig in anderer Leute Angelegenheiten steckt ...«

Die Buccleuchs setzten vergnügt schäumend zum Endkampf an. Der Streit schlug wie toll über sämtliche Stränge, dröhnte wie Trompetenschall und hörte plötzlich auf. Ein wirres Geräusch an der Tür, ein plötzliches Hereinbrechen einer Kinderflut, eine helle, klare Stimme und ein übers ganze Gesicht strahlender Dienstbote, der die unerwartete Ankunft von Lord Culters Mutter bekanntgab.

»Sybilla!« Buccleuch erhob sich aus einer Sturzwelle von Hunden und Kissen und trat auf sie zu. Janet, deren sengender Wortschwall in vollem Flug innehielt, erhob sich gleichfalls aus ihrem Fadengewirr und umarmte die kleine, adrette Gestalt. »Kommen Sie, setzen Sie sich.«

»Na, Richard!« Lady Culter schälte sich aus ihren Pelzen, trat an den Kamin und bot ihrem Sohn die Wange. Er war ganz Höflichkeit, aber dabei von einer gewissen Umsicht, die Lady Buccleuch nicht entging. Sie setzten sich nieder, Sybilla fing sich das nächste Kind ein und setzte es entschlossen auf ihren Schoß. »Ich komme um Zuflucht vor dem Herries-Mädchen. Sie sehen aber recht wohl aus, Wat. Das Siechtum steht Ihnen gut.«

Janet sagte rasch: »Was ist denn los mit der kleinen Agnes?«

»Wir hatten Besuch«, erwiderte die alte Dame düster. »Von ihrem Zukünftigen. Statthalter Arrans Sohn. Er wurde nicht gerade freundlich empfangen.«

»Na und?« sagte Buccleuch. »Sie ist ein Kronmündel. Arran kann über sie verfügen, wie es ihm paßt, und wenn er die Herries-Güter für seinen Sohn will, wer soll ihn hindern?«

»Sein Sohn«, versetzte Sybilla prosaisch.

»Du lieber Gott!« Buccleuch starrte sie an. »Mit dem Gesicht des Mädels ist nichts, was ihre Mitgift nicht in Ordnung bringen würde.«

»Ich glaube, nicht einmal ihre Mitgift könnte ihre Stimme übertönen«, sagte Lady Culter. »Außerdem wartet sie auf einen schlanken Mann mit einem romantischen Lächeln namens Jack. Das Wahrsagen kann einen in die größten Verlegenheiten bringen. Wobei mir einfällt, Janet, Sie sind auf morgen in acht Tagen nach Midculter eingeladen. Zu einem Vortrag über den Stein der Weisen.«

»Den Stein . . .?«

»Ich wußte ja, daß Wat vergessen würde, es Ihnen zu erzählen.« Sybilla erläuterte die Sache in allen Einzelheiten, und ihr Sohn, solcherart aus dem Gespräch ausgeschlossen, erhob sich. Die alte Lady lehnte dankend ab, sich von ihm heimbegleiten zu lassen, nahm huldvoll eine Einladung an, über Nacht zu bleiben, und sah zu, wie Richard, von allen Seiten erstaunlich wenig zum Bleiben gedrängt, sich anschickte, heimzureiten.

Lady Buccleuch, die ihren Gast bis in den Hof begleitete, war ebenfalls nicht sorgloser Stimmung. »Wat hat eine Zunge wie ein Ameisenbär, und es ist ihm völlig egal, was er damit anrichtet. Verdammt noch mal, ich habe Will gern. Er bedeutet mir genausoviel wie eines meiner eigenen Kinder.«

»Das weiß Sir Wat natürlich ganz genau«, sagte Richard. »Ihm geht es nur darum, den Jungen zu schützen, auf seine Art. Aber die harte Tatsache ist nun mal, daß es einen solchen Schutz nicht gibt. Ich kann Ihnen sagen, Lymond hat drei Monate gebraucht, um sämtliche Jahre meiner Kindheit umzubringen. Er richtet Will Scott in einer Woche zugrunde.«

Nicht was er sagte, sondern wie er es sagte, rührte sie. Sie schätzte ihn genügend hoch, um es sich nicht merken zu lassen, und sagte tonlos: »Es ist unnötig, mich davon zu überzeugen. Ich würde vor nichts zurückschrecken – vor absolut nichts –, um Will von dem Junker wegzuholen.« Richard schwieg. Lady Buccleuch wartete und sagte dann: »Lieber Gott – wenn Ihr Gewissen so zartbesaitet ist, dann werde ich es eben aussprechen. Ich kenne doch meinen Wat. Früher oder später wird er Will zu fassen kriegen, und wenn er ihn hat, wird er dafür sorgen, daß Sie nichts davon erfahren. Aber mich wird nichts davon abhalten, es Ihnen mitzuteilen. Lymond tot bedeutet Will gefangengenommen und daß er kriegt, was er verdient. Und genau das fürchtet Buccleuch; aber was könnte denn den Engländern klarer vor Augen führen, daß Will ohne väterliches Einverständnis gehandelt hat? Und auf der schottischen Seite wird doch ganz gewiß niemand Wat Scotts Sohn etwas zuleide tun – schon gar nicht seit seinem Abenteuer in Hume. Und da dem so ist, habe ich nicht die leisesten Bedenken, hinter Wats dummem Rücken vorzugehen. Sind Sie meiner Meinung?«

Wieder trat eine Pause ein. Schließlich sagte Richard: »Ja, natürlich bin ich es. Aber – es tut mir leid – ich kann nicht auf eine Verschwörung gegen Wat eingehen. Überzeugen Sie Buccleuch von allem, was Sie gerade gesagt haben, Janet, und dann werde ich gern so viel Hilfe von Ihnen beiden annehmen, wie ich kann.« Er stieg aufs Pferd und blickte aus dem Sattel prüfend zu ihr hinab. »Janet, gehen Sie hinein und nehmen Sie Ihren Mann in die Hand. Dann will ich es mit Ihnen besprechen.«

Lady Buccleuchs Antlitz öffnete sich zu einem entwaffnenden Lächeln. »Ach, besprochen wird bei mir nichts mehr«, sagte sie. Sie gab seinem Pferd einen Klaps aufs Hinterteil und winkte ihm nach.

2

Drei Tage darauf erstickte das Land im Nebel. Der Peel Tower, in dem Lymonds Leute hausten, war gleicherweise vom Nebel eingehüllt und unauffindbar. In seiner baufälligen Diele saß der Erbe von Branxholm mit aller sorglosen Behaglichkeit des ausgepichten Fachmanns beim Kartenspiel.

»Spielen Sie die Acht aus«, riet Crouch verständig. »Dann kann Mat seine Zehn hinlegen.«

Der Türken-Mat schmiß seine Karten hin, fuhr sich mit der schwieligen Handfläche über den kahlen Schädel und pfiff scharf durch die Zähne. »Seht euch das an: Und ich hatte so eine komische Vorstellung, daß Sie hier gar nicht mitspielen.«

Crouch ließ sich nicht einschüchtern. »Stimmt auch. Sie haben mir selbst geheißen, mich herauszuhalten, sonst spielen Sie die nächste Partie mit meinem Gekröse.«

Der Türke hakte mit einem Knurren seine Lederbörse vom

Gürtel und ließ sie mit einem eleganten Plumps auf den Tisch fallen. »Es sind immer die mit den glatten weibischen Milchgesichtern«, sagte er, »die sich beim Kartenspiel als die Alleswisser herausstellen. Engländer? Haifische! Und eine säuselnde Täubchenstimme dabei wie ein Bischof.«

»Deine eigene Schuld.« Will Scott räkelte sich lässig auf seinem Stuhl.

»Du hast gut reden.« Der Türke beäugte den Haufen Geld, der vor dem Jungen auf dem Tisch lag. »Ich möchte schwören, Crouch hat dir Unterricht gegeben. Als du kamst, waren einem bei dir jederzeit zwanzig Kronen sicher, und jetzt hast du eine Schnüffelnase für Kartenaugen wie ein Bisamschwein.«

»Mr. Scott hat einen raschen Verstand.« Seit seinem erzwungenen Aufenthalt in Ballaggan und seinem blitzartigen Aufbruch von dort hatte es Crouch an Zuhörerschaft gemangelt, und er war nicht der Mann, der eine solche Chance vorbeigehen ließ. Er sagte eine Spur wehmutsvoll: »Der beste Mann, den ich je am Spieltisch gesehen habe, war Buskin Palmer –«

»War das der, den König Heinrich aufgehängt hat, weil er ihm beim Kartenspiel zuviel abgeknöpft hat?«

»Der nämliche«, versicherte Crouch. »Das bißchen, was ich vom Kartenspiel verstehe, verdanke ich diesem Mann und seinem Bruder. Als ich in der Hofhaltung der Prinzessin Mary war –«

»Und wann wäre das wohl gewesen?« fragte eine neue Stimme.

Die drei drehten sich um, der Türke mit einem zornigen Grunzen, das sich jedoch sofort in freundliches Gebrüll verwandelte. »Johnnie Bullo! Mann, das letzte verdammte Pülverchen, das du mir gegeben hast, das hat es in sich gehabt. Du sollst mein inneres Getriebe reparieren und nicht die Zollbrücke in Dumfries in die Luft sprengen!«

Johnnie Bullo ging nicht darauf ein, sondern zog ein Faß heran, setzte sich und wandte sich abermals an den Engländer.

»So, du warst also in der Hofhaltung der Prinzessin Mary, wie? Wann war denn das? War's im Jahr von Solway Moss?«

Jonathan Crouch sah ihn verständnislos an.

Johnnie erläuterte es ihm. »Das Jahr, in dem der schottische König James starb und die kleine Königin geboren wurde. Das Jahr, in dem Wharton das schottische Heer am Solway zerschlug und die Hälfte davon als Gefangene nach England mitnahm, einschließlich Lymond. Das Jahr, in dem sie in Schottland draufkamen, womit Lymond sich die Zeit vertrieb, und die Engländer ihm für seine Mühe ein schönes Herrenhaus gaben. Das Jahr 1542.«

Crouch sagte: »Lassen Sie mich mal nachdenken ... Ja. Um die Zeit dürfte ich bei der Prinzessin gewesen sein. Vor fünf Jahren, ziemlich genau.«

»Das hatte ich mir gedacht«, sagte Johnnie. Crouch machte ein verwirrtes Gesicht; Mat schien leicht verärgert; und Will Scott sagte, indem er die Börse des Türken von der Tischplatte entfernte und ein frisches Kartenspiel austeilte: »Na und? So erzähl schon. Die Spannung ist ja gar nicht auszuhalten.«

Der Zigeuner ließ seine weißen Zähne blitzen. »Warum«, fragte er Crouch, »hat Laymond dich aus Ballaggan befreit?«

»Das darf man wohl fragen«, antwortete Jonathan heftig. »Um mich nach Hause zu schicken – hat er jedenfalls gesagt. Und was tut er? Setzt mich hier hinter Schloß und Riegel, damit ich mir den Tod hole in einem umgestülpten Steinbruch, dem ich nicht die Bezeichnung Haus zubilligen würde, mit lauter Straßenräubern und Halsabschneidern als Gesellschaft – Anwesende selbstverständlich ausgenommen –, keinerlei geistige Ansprache oder Anregung – Anwesende ausgenommen –, und nichts anzuziehen außer dem einzigen sauberen Hemd auf meinem Rücken.«

»Darin bist du den Anwesenden meilenweit voraus«, sagte Johnnie. »Also warum?«

»Warum? Wie soll ich das wissen?« rief Crouch außer sich. »Der Mann hat ja noch keine zwei Worte mit mir gesprochen, seit er mich hierhergebracht hat.«

»Mat weiß, warum«, sagte Johnnie und lächelte still in sich hinein.

Der Engländer wandte dem Türken ein empört fragendes Gesicht zu, und Mat seufzte. »Der Junker hat es nicht gern, wenn man hinter seinem Rücken über ihn spricht. Aber ganz so privat ist die Sache ja nicht. Tatsache ist, seit das Geld begonnen hat, einigermaßen mühelos hereinzukommen, haben wir unsere Freizeit damit ausgefüllt, uns nach einem gewissen Herrn umzusehen, und Lymond dachte sich, du wärst vielleicht der Betreffende.«

»Und du hast mächtiges Glück, daß du nicht der Betreffende bist.« Bullos weiße Zähne blitzten. »Denn vermutlich sucht der Junker den Mann, der vor fünf Jahren alle seine hochverräterischen Spiele an die schottische Regierung verraten hat.«

Crouch schnellte so rasch hoch, daß er die Karten durcheinanderwarf. »Ist das wahr? Weil nämlich –«

»Freilich stimmt es. Was soll denn damit sein?«

»Weil«, sagte Crouch erregt, »ich ihm in gutem Glauben die Namen der beiden anderen Hofbeamten genannt habe, die damals denselben Rang hatten wie ich. Somerville und Harvey. Und jetzt –«

»Hast du zumindest einen von ihnen in einen sehr ausgefallenen Tod befördert«, sagte Johnnie Bullo vergnügt und gewahrte, wie Crouch unter allen möglichen wilden Ausrufen auf die Tür zuschoß.

Will Scott gelangte knapp vor ihm hin. »Wo willst du denn hin?«

»Ich verlange«, erklärte Crouch, »den Junker von Culter zu sprechen oder wie immer er sich nennt.«

»Lymond ist nicht da«, sagte Will. In diesem Augenblick öffnete sich mit traumartig pedantischer Genauigkeit die Tür neben ihnen, und weißer Nebel schwamm um sie herum. Aus

den Nebelschwaden sprach ein Schatten: »Läutet die Glocken rückwärts. Auf sein Stichwort tritt er auf. Wer rufet mir?«
Crouch starrte in den Dunst und gewahrte nebelumwoben zwei unverkennbare Hände, die sich mit raschen Griffen der Handschuhe entledigten. Dann schloß sich die Tür, Lymond wurde sichtbar und faßte Scott und Crouch in seinen schweren, unerquicklichen Blick. »Na?«
Einen Augenblick lang stockte dem Engländer das Herz. Dann sagte er keck: »Ich verlange Genugtuung von Ihnen, Sir. Es ist vier Wochen her, seit ich Ballaggan in Ihrer Gesellschaft verließ, und in dieser Zeit sind keinerlei Anstalten gemacht worden, mich nach Hause zurückzubringen. Wäre ich bei Sir Andrew geblieben, so hätte ich damit rechnen können, schon vor einem Monat ausgelöst zu werden, und wäre längst wieder bei meiner Ellen.«
»Das bezweifle ich«, sagte der Junker. Er warf die Handschuhe auf einen Stuhl und nahm einen Bierkrug von einem Tablett, das man ihm eiligst gereicht hatte. »Sie enttäuschen mich, Mr. Crouch. Hier haben Sie es warm, werden verpflegt und wohnen mietfrei und machen ein Gesicht wie eine Käserinde. Sind Ihre Gesellschafter stumpfsinnig? Dann können Sie doch gewiß etwas für ihre Bildung tun. Verstehen sie nichts vom Kartenspiel? Dann richten Sie sie zugrunde; meine Erlaubnis dazu haben Sie. Es ist wirklich an der Zeit«, sagte Lymond, »daß Sie ein wenig soziales Verantwortungsbewußtsein an den Tag legen.« Er ging zum Kaminfeuer hinüber, setzte sich, und sein Blick glitt über Mat und Johnnie und die verstreuten Karten hin. Will Scott setzte sich in seiner Nähe nieder. Crouch, beleidigt und unglücklich, stand steifbeinig vor dem Kamin. Er begann: »Wenn ich in Ballaggan geblieben wäre –«
Der Junker reckte gemächlich die Glieder und sah zu seinem Gefangenen hinauf. »Der Esel mit der Stentorstimme«, bemerkte er. »Das war alles, was Sie für Sir Andrew bedeuteten, wie ich Ihnen zu meinem Bedauern sagen muß. Der Käse in der Mausefalle, Mr. Crouch.«

Will Scott fand plötzlich die Sprache wieder: »Eine Falle, um Sie zu fangen, Sir?«

Lymond setzte seinen Bierkrug auf dem Tisch neben sich ab, da bereits ein neuer herannahte. »Wer in Annan hat gewußt, daß wir uns nach unserem Freund hier erkundigten?«

»Der Hauptmann am Stadttor, der uns einließ, nehme ich an«, sagte Scott, der sich der Sache wieder erinnerte.

»Der uns einließ und entsprechend dafür zu leiden hatte. Als die Engländer aus Annan abzogen und mein lieber Bruder einzog, blieb der Hauptmann zurück und hauchte seinen letzten Atemzug aus. Und zwar vermutlich in Sir Andrews Ohr.«

»Und Sir Andrew, der sich dachte, daß Sie sich für Crouch interessieren, machte sich daran, sich den Mann zu verschaffen, um auf diese Weise Sie zu erwischen... Aber«, sagte Will, der sich das Ganze sorgfältig zurechtlegte, »warum hat er es dann in diesem Fall für sich behalten?«

»Es ist nicht schwer, sich vorzustellen, warum«, sagte Lymond trocken. »Erstens ist Sir Andrew ein junger Mann, der beträchtlich über seine Verhältnisse lebt; zweitens habe ich einen Preis von tausend Kronen auf meinem Kopf; und drittens –« Er hielt inne, und Scott gewahrte, daß seine Augen eiskalt waren. »Der dritte Grund«, sagte Lymond langsam, »läßt noch verschiedene Vermutungen zu. Aber wie auch immer: Es hat Freund Hunter einen angeschlagenen Schädel eingetragen und Mr. Crouch – wie ich bemerke – eine Erkältung im Kopf und ein bedauerliches Versagen seiner guten Manieren.«

»Also jetzt hören Sie mal«, sagte Crouch so böse, daß er vergaß, sich zu fürchten. »Ich habe jetzt allmählich genug davon. Ich bin in Kriegsgefangenschaft geraten, und ich habe das Recht, nach dem auf beiden Seiten geltenden Gesetz, so rasch wie möglich ausgetauscht oder ausgelöst zu werden. Sie reden«, erklärte Jonathan erhitzt, »als wäre es eine Sondervergünstigung, hier eingesperrt zu sein in diesem verdammten, dreckigen –«

»Aber es ist eine«, Lymond reckte sich gerade und stand auf. Er drückte mit dem langen, ausgestreckten Zeigefinger die Meise auf seinen leeren Stuhl und legte ihm die widerstrebenden Finger um den zweiten Krug Bier. »Es ist eine Sondervergünstigung. Einem solchen Studienobjekt wie uns werden Sie nie wieder begegnen. Sie sind ins grausliche Land der Dunkelheit gekommen und werden es mit einigem Glück auch wieder verlassen. Und das, Mr. Crouch, ist von allen Sondervergünstigungen die größte.«

Crouch, den Bierkrug in der Hand, schickte sich an zu sprechen. Lymond kam ihm zuvor. »Nein. Sie vergeuden nur Ihre Rede und verschwenden Ihren Verstand. Akzeptieren Sie unsere Gaben und seien Sie dankbar. Einer von beiden, Gideon Somerville oder Samuel Harvey, ist ein freundlicher und gottesfürchtiger Mann und braucht sich von mir nur einen gebührenden kleinen Schrecken zu erwarten. Was immer dem anderen passiert, so verdient er es höchst wahrscheinlich, und es würde ihm vermutlich auf alle Fälle passieren, ob Sie mir dabei geholfen haben oder nicht. Aber ich wünsche nicht, daß mir meine Vögel aufgescheucht werden, Mr. Crouch. Wenn ich mit beiden gesprochen habe, können Sie nach Hause gehen.«

Der Gefangene war nicht beruhigt. »Ich will aber jetzt gehen«, sagte er bockig.

»Das können Sie natürlich«, versetzte Lymond sanft. »O gewiß, das können Sie, kleinweis, Stückchen für Stückchen. Trinken Sie Ihr Bier und lernen Sie Dankbarkeit.«

Crouch unterwarf sich der höheren Gewalt und trank sein Bier. Der Junker kehrte ihm den Rücken, wanderte hinüber zum Kartentisch und befingerte müßig die verstreuten Karten. »Blinde Fortuna, stolperndes Glück, betrügerisches Austeilen – gib dich dem Kartenspiel hin, mein Ringelblümchen, wenn du gern möchtest, aber mußt du mich unbedingt immerfort anstarren wie ein neugeborenes Kätzchen seine Mutter? ... Johnnie, sind deine Zigeuner alle hier?«

»Eine Meile weit weg. Mir riecht es nach Wind.«

»Gut. Hinweg mit dir, du trübe Nacht! Scott, in welche Unanständigkeiten hat der Türke dich sonst noch geführt, außer in die schwindelnden Gewölbe des Glücksspiels?«

»Unanständigkeiten!« rief Mat. »Mein Gott, wir haben so verdammt schwer geschuftet, daß wir keine Zerstreuung mehr gehabt haben seit der letzten Nacht im ›Strauß‹.«

Scott sagte mit noch immer gerötetem Gesicht: »Ich war noch nie im ›Strauß‹.«

In Lymonds Augen stand das vertraute schillernde Funkeln. »Der ›Strauß‹ befindet sich in den Händen eines gemeinen Weibes, welches dort wohnhaft ist, um Männer und ihre Tollheit zu empfangen. Frage: Sind wir auf solche Verrücktheit aus? Antwort: allerdings.« Er blickte auf die drei Männer, vom einen zum anderen: »Auf, begeben wir uns ins Paradies, wo jeder Mann ein Schock Frauen hat, samt und sonders jungfräuliche Mägdelein. Gehen wir heute nacht und fragen wir bei den Mönchen von Bamirrinoch an, ob Wollust eine Sünde sei . . . Scott?«

Wills Augen strahlten. Er nickte.

»Mat? Ja, natürlich. Und Johnnie geht sowieso hin.«

Johnnie Bullo lächelte und pfiff zwischen den Zähnen. »So ist es.«

Scott, wiederum dabei ertappt, daß er Lymond beobachtete, wurde scharlachrot. Der Junker richtete besorgt das Wort an ihn: »Möchtest du wirklich gern hingehen? Diese Schlangen bringen Männer um und fressen sie unter Tränen auf.«

Scott, um jeden Preis raffiniert und pointiert, zitierte Rabelais: »Aber die Raben, die Papageien, die Stare machen sie zu Dichtern.«

»Nein«, sagte Lymond. »Die Papageien töten sie.«

Die vier Männer und die Zigeuner gelangten bei Anbruch der Nacht in dichtem Nebel zum Wirtshaus »Zum Vogel Strauß«. Will Scott hielt sich während des langen Ritts an Bullo. Einmal sagte der Zigeuner mit jenem unheimlichen Gespür für die Gedanken anderer, das Scott schon zuvor aufgefallen war: »Heute nacht ist er wild«, und der Junge merkte kaum, daß nicht er selbst, sondern ein anderer gesprochen hatte.

Herzstück und unablässige Faszination seines neuen Daseins war für Scott die Hauptfigur, dieser Mann. Nichts an den warmen Ungeschliffenheiten von Branxholm oder den Kunstfertigkeiten des Louvre oder den ehrgeizigen Zweckdienlichkeiten von Holyrood hatte ihn auf Lymonds Unmenschlichkeiten vorbereitet. Im Angesicht der Männer, über die er herrschte, erschien Lymond niemals krank oder auch nur unwohl; er war nie müde; er war nie besorgt oder betroffen oder enttäuscht oder leidenschaftlich zornig. Wenn er sich ausruhte, tat er es allein. »Manchmal zweifle ich, ob er überhaupt ein menschliches Wesen ist«, sagte Will, laut denkend, vor sich hin.

Der Zigeuner lächelte. »Damals im September war er sehr menschlich. Ich glaube mich zu erinnern, daß du nach dem Scharmützel mit Culter und Erskine auch einen blutigen Kopf hattest.«

Scotts Pferd blieb plötzlich stehen. Er fluchte, trieb es von neuem an und sagte: »Ich lag vier Tage lang flach auf dem Rücken. Soll das heißen, daß Lymond verletzt wurde?«

»Auf sehr menschliche Weise. Von einem Stein. Und er hat uns, Mat und mir, einen rechten Teufelstanz aufgeführt, bis wir ihn zurückholen konnten. Wir mußten ihn in einem Versteck zurücklassen, und als wir schließlich ohne Gefahr zurückgehen konnten, hatte der unfehlbare Lymond sich ein Pferd verschafft und war verschwunden. Wir haben ihn natürlich gefunden.«

»Wo?«

»Wäre leicht indiskret, es zu verraten. Besonders wo die beiden interessierten Parteien dicht neben uns sind. Vielleicht ist dir aufgefallen, als wir zurückkamen, wurde unsere vorübergehende Schwäche mit keinem Wort erwähnt. Lymond ist eben allmächtig, wie du schon gesagt hast.« Die weißen Zähne blitzten auf. »Frag mich ein andermal. Ich gehe diesen

Sonnabend nach Edinburgh, aber wenn ich zurückkomme, können wir uns vielleicht ein bißchen zusammensetzen. Die Geschichte wird dich entzücken.«

Scott hörte zu, und da er in Bullos Stimme einen scharfen Kontrapunkt zum plötzlichen hohen Gegacker des Zigeunerlachens hinter sich zu hören glaubte, grinste er sich selbst besonnen zu und ritt weiter.

Sie hatten sich auf erhöhtem Gelände gehalten, wo der Nebel nicht so dick und der Boden nicht so aufgeweicht war. An irgendeiner Stelle hier in der Gegend wurden das Heidekraut und das Farnkraut Schottlands zum Heidekraut und Farnkraut Englands. Sie überschritten die Grenze und folgten schweigend durchs leere Gras der undeutlichen Gestalt Johnnies, die sie führte. Das Tageslicht zog sich zurück, sie erklommen den letzten Abhang.

Vor ihnen trieb der Nebel Blasen wie riesige goldene Nebensonnen. Sie kamen näher. Die Farbe wandelte sich, wurde zu Fenstern, die von Laternen und Kerzen erhellt waren; eine offene Tür, schwache Musik und Stimmen und der warme, stechende Duft gebratenen Fleisches. Auf einmal wurde das Ganze zu einem Hof, in dem Stallburschen wie Nebelgespenster auftauchten und mit den Pferden wieder verschwanden, und schließlich ein riesiger Schatten in der breiten Türöffnung: ein zweihundertfünfzig Pfund schwerer Schatten von einer Frau mit einem frischen, kindlichen Gesicht, die gepuderte Arme ausstreckte und Lymond zurief: »Sie sind's, Sie selbst ... und Johnnie! Endlich zurück ... Gott! Wir hatten schon gedacht, wir seien im Stich gelassen!«

»Warum sonst«, sagte Lymond, »wären wir hier?« Seine Augen waren meerblau mit einem Ausdruck himmlischer Leutseligkeit. »Dieses, Ringelblümchen, ist das Wirtshaus ›Zum Vogel Strauß‹. Also hüpf, mein kleiner Will, hüpf: England ist dein und mein ...« Er trat rasch auf die Schwelle, hob den gewaltigen Umfang der Wirtin mit beiden Händen hoch, nahm einen herzhaften Kuß entgegen und verschwand im Inneren. Scott bemerkte, daß Johnnie Bullo ihn mit ironischem Funkeln in den braunen Augen ansah. »Komm nur«, sagte Johnnie. »Wir dürfen auch hinein.«

Männern, die im Morgengrauen vor der Schlacht Grenzwacht hielten, war der große viereckige Schankraum des »Vogel Strauß« wohlbekannt. Er war zwei seidenbehangene Stockwerke hoch, an jedem Ende briet in einem riesigen Kamin ein ganzer Ochse über dem offenen Feuer und wurde brutzelnd heiß an den langen, dichtbesetzten Tischen mit Pasteten und Puddings und duftendem frischem Brot und Krügen mit süffigen, allzuwarmen Weinen aufgetischt. Alle Freuden des Müßiggangs und der unausgefüllten Zeit waren im »Vogel Strauß« daheim. Wer sich davor scheute, in der Öffentlichkeit zu schlafen, für den lief um drei Seiten des Raums eine hölzerne Arkade und darüber auf der Höhe des ersten Stocks eine Galerie, an der die Gästekammern lagen. Wachslichter flammten. Die Zigeuner überschwemmten die Fußbodenmitte mit Musik und grellen Farben und tanzten und sangen, wo vor ihnen Harfenisten und Zauberkünstler und dressierte Äffchen, Bären und wandernde Balladensänger und Hunde und Komödianten und Mimiker ihre Künste dargeboten hatten.

Will Scott, der an einem der großen offenen Kamine saß, spürte, wie seine benebelten Augen im hellen Glanz der Lichter zu schwimmen begannen, wie alle seine Sinne von fleischlichen Gerüchen und heißem Würzwein und der Hitze des fettsprühenden Bratfeuers betört und benommen waren. Eine gigantische, überheftige Sehnsucht nach Wildbret erfaßte ihn, und mitten in ihr erblickte er auf dem Tisch vor sich eine duftende, dampfende Lende, die ihm von den weißen, beringten Händen des weiblichen Ungeheuers aufgetischt wurde. Sie lächelte ihm zu. Sie war schön. Ihr rundes Rosenblattantlitz war rein und jung und doch mütterlich; ihr Haar glänzte vor Sauberkeit, ihr gewaltig geschwellter Oberleib war eine einzige Pracht von Samt und Hermelin, kunstvoll so geschneidert, daß sie das große schneeweiße Sims ihrer

Brust entblößte, auf der als ruhiges, strahlendes Zeugnis ihrer gelassenen Heiterkeit Rubine schimmerten.

Er erhob sich schwankend. Sie setzte den Wein und zwei Trinkkrüge nieder, Brot, Zuckerwerk, Käse, Messer und Salz, zog dann mit einer Hand ihr Tablett weg und schob ihn mit der anderen zurück auf seinen Sitz. »Kommt nicht jeden Tag vor, daß Molly dich persönlich bedient... aber schließlich reist du ja in ganz besonderer Gesellschaft.« Ihre schönen Augen unter den gefärbten Wimpern schätzten ihn ab. »Gute Manieren! Du bist stark, aber du bist gutherzig: Das bedeutet vornehme Geburt und ein mitleidiges Herz... Wie ist dein Name, mein Schatz?«

Ihr Charme war unwiderstehlich, und ihre Körperfülle hatte nichts zu bedeuten. Er lächelte zurück. »Ich heiße Will.«

»Will! So ist's recht!« Ihre bezaubernden Augen, ihr schöner Mund schmolzen; sie fuhr ihm sanft durchs Haar, wie seine Mutter es vielleicht getan hätte. »Laß dir's gut schmecken, mein Schatz! Dein goldhaariger Freund wird gleich bei dir sein. Ach Gott!« sagte Molly und hob die himmlischen blauen Augen hinauf ins Gebälk. »Dieses Haar! Der wurde geboren, um uns alle an Leib und Seele zugrunde zu richten, dieser Mensch. Schau dir das an!« Sie hob den weißen Arm und fischte unterhalb der Rubine im wallenden Schnee. Eine dünne Kette kam zum Vorschein und an ihrem Ende ein Ring mit einem einzigen herrlichen Brillanten. »Ich schätze, ich habe in meinem Leben mehr Schmuck geschenkt bekommen als die meisten, aber diesen hier trage ich; diesen hier habe ich von ihm.« Sie lachte und ließ den kostbaren Stein zurückschlüpfen. »Du brauchst kein solches erschrockenes Gesicht zu machen! Brillantringe sind die gehörige Währung für Leute wie ihn, aber du wirst für dein Abendessen nicht beim Silberschmied bezahlen müssen. Komm, iß und trink und vergiß deinen Kummer, wenn du welchen hast. Dazu ist der ›Vogel Strauß‹ da.«

Sie ging rasch und leichtfüßig davon, es krampfte ihm plötzlich das Herz zusammen, sie davongehen zu sehen, und er beschloß, sich auf Brillanten zu verlegen. Dann wandte er sich dem Tisch zu und vergaß sie. Das Wildbret war saftig und schmackhaft. Der Wein war von köstlichem Aroma. Das Zuckerwerk war fremdartig und süß, der Käse fest und würzig. Das Leben war herrlich.

Lymond ließ sich mit lässiger Eleganz auf den Sitz ihm gegenüber gleiten und zog Wein und Teller zu sich heran. Er hatte sich umgezogen und trug schöne, frische Kleider; Scott wurde sich seiner eigenen bespritzten Reithose und Jacke bewußt. Der Junker säbelte sich Scheiben des Wildbrets herunter und bemerkte sogleich ironisch: »Leider kleidet Molly keine Riesen ein, meine Pyrrha. Hast du sie schon kennengelernt?« Will nickte. »Molly heiratete einen Gastwirt«, sagte Lymond. Er schenkte sich Wein ein und trank, und seine Blicke liefen indessen prüfend über die anderen Tische. »Er brachte sie in den ›Vogel Strauß‹ – und einen Monat danach war nur noch Molly da. Molly und ihre Mädchen.«

»Sie ist eine große Bewunderin von Ihnen«, sagte Will.

»Sie hat mein Geld gern«, sagte Lymond und setzte, als er den Blick in Scotts Auge erhaschte, ein niederträchtiges Grinsen auf. »Welchen Ring hat sie dir gezeigt? Den Brillanten oder die Perle?«

Der Groll, den er um Mollys willen empfunden hatte, verflog. »Sie hat mir den Brillantring gezeigt.«

Lymond grinste abermals. »Wenn man so töricht ist, einen wertvollen Stein an der Kappe zu tragen, muß man darauf gefaßt sein, entsprechend eingeschätzt zu werden.« Er lachte geradeheraus. »Mach dir nichts daraus, mein Unschuldsengel: Jeder verliebt sich in Molly. Aber natürlich nicht einzig und allein in Molly.« Die nachdenklichen blauen Augen wanderten weiter in der Runde. »Das dunkle Mädchen drüben bei dem anderen Kamin ist Sal; die Rothaarige an der Küchentür ist Elisabeth, und die am Tisch nebenan ist Joan.«

Will warf einen Blick auf Joan. Sie war rosig und braun; ihre Augen glitzerten wir Turmaline, sie hatte schmale Fesseln und trug Schuhe mit roten Absätzen. »Ich hab' schon schlechtere gesehen«, sagte er und hob den Trinkkrug mit überlegenem Gehaben. Lymond füllte ihn und seinen eigenen, dann blickte er sich um, gab ein Zeichen und sagte, indem er sich zu Scott zurückwandte: »Und wie wäre es, wenn wir jetzt unsere Geschäfte besorgten?«

Eine Wolke von Moschus schwebte heran und in ihr Molly, ein Cherub in seinem Nest. »Seid ihr soweit, liebe Herren?«

»Wir sind's. Und die Kammer?« fragte Lymond.

»Wartet auf euch. Nummer vier.« Ein Schlüssel schlüpfte von einer Hand in die andere. »Sie erinnern sich an die Treppe?«

Sie lachte, und Lymond sagte: »Sie hat zwar keinen sehr tiefen Eindruck hinterlassen, aber ich erinnere mich, daß sie existiert. Wir werden sie schon finden. Komm, Ringelblümchen.«

Wo in der Kindheit Zurückhaltung nicht der Brauch war, da gibt's auch kein Laster, das einem wohlerzogenen jungen Mann unbekannt zu sein braucht – selbst einem jungen Mann, der noch vor drei Monaten den reinsten Idealen nachgegangen hat. Als Will Scott aufstand, benahm sich sein Herzschlag ein wenig sonderbar, aber er zögerte nicht, dem Junker quer durch den gedrängt vollen Raum zu folgen, eine dunkle Treppe hinauf, die von der Arkade zur Galerie führte, und dann einen langen, erdrückend heißen Korridor entlang, der nach der Seite des Gastraumes hin, den sie eben verlassen hatten, mit einem Geländer versehen war. Die hölzernen Türen auf der anderen Seite waren numeriert. Lymond schloß die vierte auf und trat ein, und Scott folgte ihm auf den Fersen. Der Junker drehte sich um und warf die Tür mit einem Fußtritt ins Schloß. In der Kammer befanden sich ein Bett, ein Spiegel, ein Spind, ein Tisch, zwei Kerzenleuchter und ein jung aussehender Mann, der auf einer niedrigen, mit Kissen gepolsterten Bank saß. Als Scott auf ihn zutrat, sprang der junge Mann auf die Füße und runzelte die Stirn. Er war hochgewachsen, mit langem, feinem Haar und blassem Antlitz, und seine buntschillernden Augen saßen flach in seinem dreieckigen Gesicht. »Ich erwarte einen Herrn«, sagte er. »Sind Sie . . .?«

»Ich bin Lymond.« Der Junker trat ins Kerzenlicht, und Erkennen und Erleichterung zeigten sich in den Augen des anderen. »Und dies ist mein Stellvertreter, Mr. Scott. Will – der Junker von Maxwell.«

Drei Monate in Lymonds Gesellschaft hatten Will Scott Geistesgegenwart gelehrt. Er verbeugte sich und fischte aus dem Trümmerhaufen seiner Empfindungen die nötige Erinnerung: wie der Junker in einer dunklen Oktobernacht auf der Straße nach Carlisle eine Rettung in Szene gesetzt und seine Stimme nachher gesagt hatte: »Der Junker von Maxwell ist eine wichtige Persönlichkeit, die fast ausschließlich von Engländern umgeben ist . . .« Scott setzte sich schicksalsergeben auf den Rand des Bettes, und nachdem der Junker von Maxwell sich ebenfalls wieder hingesetzt hatte, sagte Lymond, indem er einen Krug und Becher aus dem Spind nahm: »Sie sind nach Carlisle unterwegs, Mr. Maxwell?«

»Falls es Sie irgendwas angeht, ja, das bin ich, Sir.« Schwarzgesprenkelte gelbe Falkenaugen starrten den Junker an; Lymond, völlig undurchdringlich, schenkte Wein ein. Scott dachte bei sich: Mein Gott, haben wir etwa hier einen Herrn gefunden, der der Legende noch nicht erlegen ist?

Lymond reichte Maxwell schweigend einen Becher Wein, und Maxwell nahm ihn schweigend entgegen. Dann setzte der Junker sich auf den Tischrand und sagte: »Ich habe den ›Vogel Strauß‹ als Treffpunkt für uns gewählt, Mr. Maxwell, weil dieser Ort nicht alltägliche Eigenschaften besitzt. Er ist der Resonanzboden des Nordens. Kein Flüstern ist für den ›Strauß‹ zu leise, keine Regung oder Bewegung zu schwach für seinen Blick. Bedenken Sie zum Beispiel, wer in jüngster Zeit nach Norden durchgereist ist. Da ist erst einmal Ireland, der Priester Ihres Bruders aus London. Er wartet auf Sie in Threave und wünscht dringlich zu erfahren, was Sie von Lord Marxwells Angebot halten, den Engländern Lochmaben auszuliefern. Dann ist Mr. Thomson, Lord Whartons Stellvertreter, nach Norden gekommen, um mit Ihrem Onkel Drumlanrig zusammenzutreffen. Es ist Sir James leider, wie ich befürchten muß, nicht gelungen, ihn davon zu überzeugen, daß zwischen ehrlichen und aufrechten Männern Geiseln nichts zur Sache tun. Des weiteren ist natürlich eine Anzahl von Herren aus den Westmarken gekommen, um den berühmten Eid zu unterschreiben: Daß sie dem König von England dienen, dem Bischof von Rom abschwören, alles in ihrer Macht Stehende tun werden, um die Eheschließung des Königs mit der Königin von Schottland zu befördern ... Und in allerjüngster Zeit kam einer von Whartons Leuten nach Süden mit einem verfänglichen Brief von Ihrem Schwager, dem Grafen von Angus, der die Engländer sehr interessieren wird.«

Das meiste hiervon war sogar Scott neu. Wenn es stimmte – und Maxwell würde bestimmt wissen, ob es stimmte oder nicht –, dann war es eine Schaustellung der Stärke, die nicht einmal er ignorieren konnte. John Maxwell setzte seinen Becher nieder und lehnte sich zurück; seine gelben Augen hielten Lymond fest im Blick. »Besitzen Sie den ›Strauß‹? Oder nur die Fähigkeit, Molly zu gefallen?«

Die blauen Augen lächelten. »Eine Unterscheidung ohne Unterschied.«

Maxwell sagte: »Mr. Crawford, es besteht keine Notwendigkeit, auf mich Eindruck zu machen. Ich reagiere recht gut auf die Verlockung. Unser letztes Gespräch hat mich beträchtlich interessiert.«

»Ausreichend?«

»Ausreichend für Ihren Zweck.« Die schimmernden Augen ließen locker. Maxwell erhob sich, füllte seinen Becher von neuem, setzte sich wieder und fuhr in seiner trockenen, forschen Stimme fort: »Ich habe die Auskünfte, die Sie wünschten. Samuel Harvey, der Junggeselle ist, wohnt in London und hat dort gegenwärtig Dienst, und es ist höchst unwahrscheinlich, daß er nach Norden kommt. Gideon Somerville ist ein reicher Mann, der sich inzwischen von Hofe zurückgezogen hat und ein Herrenhaus namens Flaw Valleys bei Hexham besitzt. Er ist verheiratet und hat eine zehnjährige Tochter. Ich habe diese Erkundigungen unter der Hand eingezogen, als ich letztesmal in Carlisle war; es ist kein Wort gefallen, das sie mit Ihrem Namen in Verbindung bringen könnte.«

»Ich bin Ihnen für Ihre Umsicht sehr verbunden. Es fügt sich allerdings, daß es kaum von Bedeutung ist.«

»Sie sind an diesen Männern nicht interessiert?«

»Ich beabsichtige, mit beiden zusammenzutreffen. Aber einer Ihrer Schwäger weiß davon, und entweder er oder Lord Grey wird mit ziemlicher Bestimmtheit mir den Boden bereiten. Macht nichts. Vor Stürzen oder Fallen fürchte ich mich nicht.«

»Ihr Selbstvertrauen ist unglaublich, Sir«, sagte Maxwell trocken.

»Intelligenz vorausgesetzt«, antwortete Lymond, »ist nichts unberechenbar. Ihre Eheschließung zum Beispiel.«

Scott, der fasziniert zuhörte, meinte zu sehen, wie John Maxwells Augen sich leicht verengten. Es entstand eine ganz kurze Pause, dann sagte der hochgewachsene Mann: »Ich habe Ihren Vorschlag erwogen. Bei dem Ansehen, das ich gegenwärtig bei der Königinmutter genieße, ist es nicht vorstellbar, daß sie oder der Statthalter sich einverstanden erklären, selbst wenn Ihr Plan klappen sollte.«

»Ihr Ansehen ließe sich verbessern.«

»Mein Bruder, Lord Maxwell, befindet sich noch als Gefangener in London. Und in Carlisle befinden sich Geiseln für meine gute Führung.«

»Man könnte es eventuell ohne offenkundige Schädigung Ihres Rufs in England verbessern. Wir haben jetzt Mitte November. In zwei oder drei Wochen ist der Graf von Lennox in Carlisle fällig, und wenn die Dinge günstig stehen, wird er es mit einem neuerlichen Einfall nach Südschottland versuchen.«

»Und –?«

»Und durch reinen Zufall und angeborene Habgier könnten Lennox' Leute den Überfall verpatzen. Die wahre Natur des Zufalls wäre nur der schottischen Regierung bekannt, die Ihrem Rat entsprechend handeln würde. Lennox gibt seinen Leuten die Schuld an dem Fehlschlag; die Königin weiß, daß er dem Junker von Maxwell zu danken ist.«

Schweigen. Maxwell rührte sich. »Wäre das möglich?«

»Sie werden hören. Ich werde es Ihnen jetzt kurz schildern und in Einzelheiten später, wenn wir über Lennox' Bewegungen genau Bescheid wissen. Und das Verdienst soll Ihnen zugeschrieben werden.«

Der Junker von Maxwell sagte: »Ich versuche, mich davon zu überzeugen, daß dies alles nicht eine Sache von großem Nachteil für Sie selbst ist?«

Lymond lächelte sanft. »Die Straße, die Lennox nehmen wird, kommt an der Straße nach Hexham vorbei«, sagte er. »Ich sagte Ihnen schon, da wird eine Falle sein. Und die Engländer werden sie für mich zuschnappen lassen.«

Sie erhoben sich um Mitternacht. Maxwell nickte Scott zu und wandte sich gebückt, ehe er durch die Tür ging, zu Lymond zurück. »Und zähmen Sie Ihren verrückten, phantastischen Verstand, ich bitte Sie. Ich habe nicht das Herz, mich völlig aufzubrauchen, indem ich das durchhalte, was Sie da für mich in die Welt setzen.«

»Haben Sie keine Bedenken«, sagte Lymond ernst. »Wir sind einander durchaus gewachsen und ebenbürtig.« Maxwell lachte erstaunlicherweise und ging hinaus.

Lymond schloß die Tür. »Und so«, sagte er zu Scott, »wird aus einem Maulbeerbaum ein Seidenhemd.«

»Schawohl«, antwortete Scott mit schwerer Zunge.

Lymond kippte ihm den Weinkrug in den Becher. Dann schoß er dem leicht schielenden Scott ein sardonisches Blitzen zu, öffnete die Tür, schritt über den Korridor und brüllte über das Geländer hinab: »Bei dir geht es aber verdammt trocken zu, Molly!«

Sie saß unter den hellflammenden Lichtern an einem grölenden Tisch mit halbverblödeten Gästen und streckte ihm zwei juwelenbesetzte Arme entgegen: »Komm herunter, mein Herz! Wir sind eine armselige schläfrige Gesellschaft hier unten.«

Der Junker grinste und blickte prüfend über den ausgelaugten und dunstheißen Raum. »Muß ich dir dein Geschäft beibringen?« fragte Lymond.

»Möbel uns auf, mach einen Wirbel!« verlangte Molly. »Komm herunter und bring uns auf die Sprünge, Luzifer!«

Lymond griff mit einem Arm nach rückwärts, fand seinen Trinkkrug und ließ ihn zielsicher auf Mat zusegeln, der auf einer Bank schlief. Er wachte auf und fiel krachend auf den Boden.

»Eine schreckliche Sache«, sagte der Junker, »schon gleich bei Beginn der Veranstaltung das Bewußtsein zu verlieren. Molly hat ein Fäßchen Rotwein in ihrer Vorratskammer, Mat. Hol es für sie heraus, und wir werden abermals das Rote Meer teilen. Und du, Molly, mein süßer Honigberg, laß beide Feuer schüren und frische Kerzen bringen und Musik!«

»Die Musikanten sind alle betrunken wie die Säue«, sagte Molly.

Der gelbhaarige Mann richtete sich auf, und sein lautes Gelächter holte sogar Scott auf die Galerie hinaus: »Betrunken und verschlafen! Seit wann wird im ›Vogel Strauß‹ zwischen Mitternacht und fünf Uhr früh geschlafen? Ihr seid mir eine schundige, billige Musikantengesellschaft! Aufgewacht! Losgespielt!«

Es dauerte nur zwei Sekunden. Dann dröhnte ein brüllendes Antwortgelächter zu den Dachsparren hinauf, die Gitarren und Fiedeln der Zigeuner spielten auf, das Leben floß in Strömen durch den großen Raum. Lymond warf den Kopf zurück und wirbelte Molly wie einen Kreisel in die Mitte der Tanzenden. Der Raum bebte und schwankte von stampfenden Füßen und wirbelnden Leibern, und die Kerzenflammen neigten sich wie die Kometen im Windzug der vorüberfliegenden Röcke.

Scott kam die Treppe herabgerannt, hatte im nächsten Augenblick Joans Hand in der seinen und tanzte sich Löcher in die Schuhe; er trank; er tanzte; er verschaffte sich etwas zu essen und tanzte weiter. Dann, als Muskeln und Musikanten allmählich ermüdeten, wurden Tische und Bänke an die Kaminfeuer gerückt, und Lied um Lied machte die Runde, bis aus dem Chor ein Trio wurde und aus dem Trio ein Duett und schließlich nur noch eine einzige schwankende weinselige Stimme zu hören war.

Scott fielen die Augen zu. Joan war verschwunden, und Lymond war auch nicht mehr da. Um ihn herum schnarchte und murmelte es mit schwerer Zunge. Sein Kopf ruckte, sank herab und legte sich endlich auf die Tischplatte. Der »Vogel Strauß« schlief.

Um fünf Uhr morgens trat Lymond, wieder in Reitkleidern, zu Scott und nahm ihm den Bierkrug aus der schlaffen Hand. »Trunken, trunken, trunken. Ein verwelktes, armseliges Ringelblümchen«, sagte er kaustisch. »Setz dich gerade, Faulpelz! Der Nebel hat sich verzogen, und ich beabsichtigte, auf und davon zu sein, ehe der Tag anbricht.«

Will konnte sich nicht erinnern, daß er aufgestanden war. Von irgendwo, nirgendwo schien angenehme wehende Luft ihm den Schweiß von der Stirn zu tupfen, und er gewahrte, daß er sich im Hof des »Straußen« befand, daß sein gesatteltes Pferd neben ihm stand und Mat zu Pferd am Hoftor wartete. Lymond schob ihn hinauf in den Sattel, stieg dann selbst auf und hob den Kopf. Unter dem blassen jungen Mond seufzten Bäume und Farnkraut vor sich hin, und sanftes Gewölk floß über den Himmel.

»Die verirrten Sterne lauschen der himmlischen Harmonie. Schau hinauf«, sagte der Junker. »Die lehrreichen Sterne, jenseits aller Anbetung, erhaben über alle gemeinen Zungen. Die unendlichen Augen der Unschuld.«

Aber Scott war zu betrunken, um aufzublicken.

Lord Grey von Wilton, Befehlshaber der Nordgebiete Seiner Majestät König Eduards von England, hatte seit der unseligen Affäre in Schloß Hume einen sauren Herbst hinuntergeschluckt und sah einem noch saureren Winter entgegen. In den Ostmarken bildete der Tweed-Fluß mit der Stadt Berwick an seiner Mündung die Grenze zwischen England und Schottland, und Lord Grey patrouillierte während des ganzen Oktober und November verbittert seine Streitkräfte an dieser Grenze ab. Er pirschte sich von Festung zu Festung entlang dem tosenden Flußufer und kehrte jetzt, am letzten Dienstag des November, wieder zurück nach Norham, während die Beschwerden und Bitten von Luttrell, Dudley und Bulmer ihm wie die Schleimaale nachsetzten. In den Burgturm von Norham ließ er Gideon Somerville rufen.

Das Hofamt, welches die fleißig-rührige Laufbahn Jonathan Crouchs krönte, hatte Gideon Somerville in die inneren Gemächer des Palastes und in die Gunst König Heinrichs geführt. Bei Heinrichs Tod hatte Gideon sein Vermögen und seine junge Familie nordwärts nach Hexham verlegt und sich dort niedergelassen und ließ sich selten blicken, außer er wurde zu Kriegsdiensten aufgerufen. Oder von Lord Grey. Gideon war ausreichend gut erzogen, um Grey gefällig zu sein, und ausreichend gut gelaunt, um ihn zu ertragen. Also saß er jetzt in einem Zimmer in Norham und hörte seiner Lordschaft zu – kein junger Mann mehr, außer an Spannkraft und Beweglichkeit und einer gewissen geistigen Kühnheit und Keckheit: ein Mann mit klaren, ungetrübten Augen, hellroter Gesichtsfarbe und dichtem grauem Haar wie ein Dachs.

»Ich nehme an«, sagte Lord Grey, indem er endlich zur Sache kam, »Sie haben von dem Vorfall in Hume gehört?«

Gideon, ein mitfühlender Mann, schüttelte den Kopf.

»Aha. Nun ja. Jedenfalls, dieser Bursche Sir George Douglas hat sich erboten, mir Zugang zu einem der Scotts zu verschaffen – zu Buccleuchs Erben, genaugenommen. Er treibt sich in schlechter Gesellschaft in den Grenzlanden herum, und einer seiner Kumpane hat eine Vendetta mit irgend jemand in London. Douglas meint, wir sollten dem jungen Scott durch diesen Mann eine Falle stellen und ihn auf diese Weise erwischen.«

»Jemand in London . . .?« erkundigte sich Gideon.

»Der Mann, hinter dem dieser Bandit – wer immer er ist – her ist, heißt Samuel Harvey, aber der Bandit selbst weiß das noch nicht«, sagte Grey. »Er glaubt, möglicherweise könnten Sie es sein.«

»Ich versichere Ihnen, ich habe mit niemand eine Vendetta«, sagte Somerville. »Ich wußte auch nicht, daß Sam Harvey eine hat.«

»Ich habe mich mit Harvey noch nicht in Verbindung gesetzt und weiß folglich nicht, worum es dabei geht«, sagte Grey ungeduldig. »Aber der springende Punkt ist: Dieser Kumpan Scotts wird versuchen, mit einem von Ihnen beiden die Verbindung aufzunehmen, und da Flaw Valleys in der Nähe der Grenze liegt, dürften Sie höchstwahrscheinlich als erster drankommen.«

»Wie erfreulich«, sagte Somerville. Er machte ein leicht erschrockenes Gesicht. »Und wer ist dieser Raufbold, der im Begriff ist, mich aufzusuchen, und was mache ich mit ihm, wenn er kommt?«

»Er muß Sie erst ausfindig machen, folglich kann etwas Zeit vergehen, ehe Sie mit ihm zusammentreffen. Wer er ist, darauf kommt es nicht weiter an – George Douglas hat sich nicht genauer ausgedrückt, und ich habe mich nicht weiter erkundigt. Alles, was Sie zu tun haben, Gideon, ist, für uns den Boten oder Briefträger zu spielen. Wenn der Mann kommt, geben Sie ihm diesen Brief von Douglas. Er ist völlig in Ordnung – ich habe ihn gelesen, ehe er versiegelt wurde. Hier ist eine Abschrift, damit Sie ihn lesen können.«

Somerville las den Brief schweigend durch. Als er fertig war, sagte er: »Und der einzige Weg, an den Mann heranzukommen, ist durch mich?«

»Der einzige Weg, den wir wissen.«

Gideon schob das Papier zurück, erhob sich und schritt im Zimmer auf und ab. »Sie denken an Kate«, sagte Grey. »Aber Sie brauchen sich keine Sorgen zu machen. Ich gebe Ihnen so viele Leute, wie Sie wollen.«

»Entschuldigen Sie die Eigensucht«, sagte Somerville, »aber ich denke nicht nur an Kate, sondern auch an mich selbst. Ich sehe nicht ganz, wie ich einen zornwütigen Söldner davon überzeuge, daß ich sein bester Freund bin. Außerdem, könnte es nicht sein, daß er sogar den Mann, den Sie suchen – Scott oder wie er heißt –, mitbringt?«

»Alle Leute, die ich Ihnen gebe, werden Scott erkennen können, falls er kommt«, sagte Lord Grey, und aus irgendeinem Grund verdunkelte sich seine Gesichtsfarbe. »Mir kommt es darauf an, Scott zu erwischen und noch einen zweiten Mann, einen Spanier. Wenn Scott kommt, werden sie ihn festnehmen. Und Sie können den Brief zerreißen.«

»Hm. Und was ist, wenn ich zufällig abwesend bin? Wenn Wharton mich zu seinem nächsten Ausfall nach Carlisle ruft –«

»Sie haben Erlaubnis, in meinem Namen abzulehnen«, sagte Lord Grey mit einer gewissen Genugtuung.

»Ich sehe schon«, sagte Gideon, »daß ich mich überall sehr beliebt machen werde. Willie, ich bin ein friedfertiger Mann mit einem glücklichen Familienleben, der sich bemüht, sich nur um seine eigenen Angelegenheiten zu kümmern. Wozu um alles in der Welt verwickle ich mich in diese Sache?«

»Weil«, sagte Lord Grey, »Sie ein guter und treuer Freund Ihres Vaterlandes sind.«

Die klaren Augen sahen ihn an. »Sie bestimmen«, sagte Gideon Somerville resigniert. »Wie stets.«

ZWEITES KAPITEL

I

War der Richard Crawford, der nach Branxholm ritt, ein verstörter und verschlossener Mann gewesen, so war der Richard Crawford, der zurückkehrte, wie seine Gattin es betrübt ausdrückte, so gesellig wie ein Trappistenmönch. So betrachtet, war es ein Jammer, daß seine Verletzungen nicht schwerer waren. Die zarten Bande der Liebe und Dienstwilligkeit, die Mariotta mit Freuden um einen hilflosen Invaliden gewunden hätte, waren statt dessen, bis zum Zerreißen gespannt und schon fast durchgescheuert, an die Fersen eines abwesenden, tatendurstigen Herrn geheftet, der sich auf nichts einließ und schon auf den Beinen war, noch ehe er hätte das Bett verlassen dürfen.

Lady Buccleuch, an die Mariotta sich wandte, hatte sich als nicht gerade hilfreich erwiesen. »Dazu ist er da«, erklärte sie ihr. »Ich nehme doch nicht an, Sie möchten an das Halsband eines Mannes gefesselt unablässig hierhin und dorthin gezerrt werden.«

»Wollen Sie mir damit etwa sagen, daß die beiden Kreise sich niemals berühren?« rief Mariotta außer sich. »Sollen wir dann unsere jungen Tage damit zubringen, daß wir nie einen Zweifel, nie ein Vergnügen, nie eine Sorge miteinander teilen?«

»Guter Gott«, hatte Janet gesagt. »Ich werde doch nicht Buccleuch seine Zweifel abkaufen! Ich habe selbst genug und würde mich bis zum äußersten wehren, damit Wat nicht seine großen tölpelhaften Daumen hineinsteckt . . .«

Das war Anfang November gewesen. Kurz darauf traf das erste Schmuckstück ein. Mariotta fand es in ihrem Söllergemach; vorsichtige Nachforschung vermochte nicht zu enthüllen, wie es dorthin gelangt war. Im Päckchen befand sich eine hübsche Ringbrosche mit der hinterlistigen Widmungsinschrift *Nostre et toutdits a vostre desir.* Nichts sonst, was Ursprung oder Herkunft des Schmuckstücks verraten hätte, und aus dieser Tatsache und der Anmaßung der Mitteilung meinte sie den Absender erraten zu können.

Lady Culter verbrachte einen unbehaglichen Nachmittag, an dem sie überlegte, was sie tun sollte. Es Richard sagen? Sie konnte sich ja irren. Vielleicht war ein Brief unterwegs mit einer völlig harmlosen Erklärung. Oder ein Brief mit einer weniger unschuldigen. Doch Richard hatte sich in seinem Zorn bereits zu voreilig gegenüber seinem Bruder entblößt; daß weitere Verletzungen vermieden wurden, würde zumindest von der alten Lady Culter gebilligt werden. Sie beschloß zu warten.

Es kam kein Brief, aber eine Woche darauf ein zweites Päckchen. Dies enthielt ein Armband, das kühn anfragte: *Ist dein Herz wie mein Herz?* Mariotta stürmte in ihrem Gemach auf und ab, debattierte mit sich selbst hin und her, und überallhin verfolgte sie die Erinnerung an blaue Augen und eine verschwommene, trunkene Stimme. Es war ganz ungeheuerlich, die beiden Männer auch nur miteinander zu vergleichen. Eine ausgeglichene, reife Frau von neunzehn Jahren würde die Ringbrosche aus ihrem Mieder, wo sie sie angesteckt hatte, herausnehmen, sie zusammen mit dem Armband Richard in die Hände legen und unterwürfig sagen: »Dein Bruder macht mir den Hof. Was soll ich tun?«

Mariotta fragte nicht, was sie tun solle. Sie trug das Armband und wartete darauf, daß Richard als erster etwas sagen werde. Richard bemerkte es überhaupt nicht. Sie trug die Brillantbrosche ebenfalls und mit dem gleichen Ergebnis. Als die alte Lady Culter einige Tage darauf aus Branxholm zurückkehrte, bewunderte sie das Schmuckstück, in der Annahme, es sei ein irisches Stück aus Mariottas eigenem Besitz. Das Mädchen widersprach ihr nicht. Dann war, wie verabredet, am neunzehnten Lady Buccleuch eingetroffen, hatte eine frischfröhliche Bemerkung über das blaßschimmernde Gold gemacht und hinzugefügt: »Sybilla, dabei fällt mir ein: Hat Richard eigentlich irgend etwas mit dem Handschuh unternommen, den Lymond beim Papingo liegengelassen hat?«

Die alte Lady schüttelte das weiße Haupt. »Der Handschuh ist noch in meiner französischen Schatulle im Haus in Stirling. Wir sind ja sofort nach Süden abgereist, sowie Richard auf war, und seitdem hat er so viel zu tun gehabt... Ah, da sind wir ja«, sagte die alte Dame gelassen, als die Tür sich öffnete. »Kommen Sie nur herein, Meister Bullo. Wir können es gar nicht abwarten, vom Stein der Weisen zu hören.«

Als Lymond den »Vogel Strauß« verließ, blieb Johnnie Bullo im Wirtshaus zurück und zog erst am folgenden Samstag nach Midculter weiter. Seine Zigeunertruppe war, wie er Lymond und Scott arglos kundtat, ohne ihn nach Edinburgh gegangen.

Als man ihn jetzt in das warme kleine Gemach führte, flackerten seine Augen über die alte Lady und Mariotta hinweg und ruhten ein wenig länger auf Lady Buccleuch. Janet befaßte sich selbst nebenhin ein wenig mit Alchimie und Medizin, und er war folglich nicht restlos erfreut, sie hier zu sehen. Aber er nahm ohne Scheu den Schemel, der ihm in gehöriger Entfernung geboten wurde, und stürzte sich in die seltsame und fabulöse Geschichte vom Stein der Weisen.

Die Zeit verstrich. Die kleinen Scheiben im Fenster des Damengemachs wurden grau und dann ultramarin, und durch die heiße, duftgeschwängerte Luft schwebten seltsame Worte. Schwefel, Quecksilber und Salz. Meteore, vollkommene und unvollkommene Zusammensetzungen und das Fleisch des Weltalls, Saturn und Blei, Jupiter und Zinn, Eisen und Mars. Die zwölf Verfahren der Vervielfältigung. Drachenblut.

Johnnie Bullo hielt inne. Es herrschte ein schweres Schweigen. Dann sagte Janet Beaton nachdenklich: »Der Grundgedanke ist ganz einfach. Beim Menschen bedeutet das vollkommene Verhältnis aller Elemente Gesundheit; bei Metallen bedeutet es Gold. Stellt ein System her, das eine solche Elementarmischung hervorbringt, und ihr habt das Mittel, um einerseits Gesundheit zu schaffen, und andererseits –«

»Gold«, sagte der Zigeuner leise. Er beobachtete ihre Gesichter; Mariottas Antlitz war angstvoll und fasziniert, Lady Buccleuchs besonnen und praktisch, das der alten Dame lebhaft interessiert. »Ich besitze das Geheimnis. Aber ich benötige die Mittel, um es in die Praxis umzusetzen.«

»Und wenn Sie den Stein gemacht haben?« fragte Sybilla.

»Kann ich einfaches Erz in jeder Menge, die Sie wünschen, in Gold verwandeln.«

Lady Buccleuch meinte praktisch: »Wir würden selbstverständlich ein reguläres Geschäftsabkommen abschließen«, und Mariotta rief einigermaßen aufgeregt: »Drachenblut!«

»Das ist nur so ein Name für den Rückstand«, sagte Sybilla nachdenklich. Dann sah sie mit entschiedenem Gesicht auf. »Glas – das kann ich beschaffen; Erz – welche Art? Blei? Ich kann es aus Edinburgh kommen lassen. Schmelzofen ... Wir müßten einen der alten Backöfen hinten im Hof wieder instand setzen ... Ja, es geht. Meister Bullo«, sagte sie, »verstehe ich Sie recht: Wenn wir alle diese Materialien liefern, sind Sie bereit, hier an der Schaffung des Steins zu arbeiten und uns den Gewinn und die Nutznießung zu überlassen?«

»Wenn Sie das tun«, sagte Johnnie aufrichtig, »werden Sie zur großen Wissenschaft der Alchimie und zur Gesamtsumme aller menschlichen Weisheit einen einzigartigen Beitrag leisten.«

Viel später, nachdem er gegangen war, kamen auch Christian und Agnes Herries hinzu und vernahmen die Mär. Die Baronesse machte tellergroße Augen. »Der Stein der Weisen! Wir werden alle neunzig Jahre alt und haben alles aus Gold!«

»Denk an Midas, meine Liebe«, sagte Sybilla sanft. »Hat dir der Besuch in Boghall Spaß gemacht?« Und während die wortreiche Schilderung sich ohne Auslassung auch nur der geringsten Einzelheit ausbreitete, kramte Sybilla geistesabwesend einen Brief hervor. »Er kam für dich, während du weg warst.«

Agnes hörte mitten im Satz auf. Briefe waren in diesem teuren und leeren jungen Leben wie seltene Vögel; ihre Mutter schrieb ihr nie, der Großvater selten. Sie griff nach dem Brief und lief wortlos mit ihm hinaus. Einen Augenblick später war sie wieder da. »Kann irgend jemand«, fragte Agnes mit eigentümlich gedämpfter Stimme, »kann irgend jemand außer Christian Spanisch übersetzen?«

»Nein.«

Sybilla sagte: »Lies es ruhig Christian vor, wenn du willst. Wir hören nicht zu.«

»Das macht nichts«, sagte Agnes. »Es ist ein Gedicht.«

»Ein Gedicht!« rief Lady Buccleuch. »Wenn das Mädel keinen Liebesbrief bekommen hat, will ich Ananias die Lügnerin heißen.«

Die Stimme der alten Lady war leise belustigt. »Ich finde, du solltest uns nicht so auf die Folter spannen, Agnes. Von wem ist er?« Und die Baronesse antwortete mit einer Stimme, aus der Überraschung, Stolz und einfache Dankbarkeit herauszuhören waren: »Vom Junker von Maxwell.«

Sie las den Brief laut vor: »Ich fürchte mich, Ihnen zu schreiben. Der große Pan ist tot; es gibt keinen Zauber, der Ihnen das Abbild meines Herzens bringen könnte. Mein körperliches Bildnis können Sie haben; aber dies wird Ihnen nur einen Kamelopard zeigen – keinen romantischen Helden. Mein Antlitz wird niemals für mein Herz Dienst tun; meine Stimme wird niemals die Schranken Ihrer Jugend, Ihres Reichtums, Ihrer Hand erklimmen, die einem anderen versprochen ist. Doch Paradiesvögel nähren sich von Tau und seltenen Dünsten; so mag uns beide vielleicht der Klang von Worten nähren. Von hier, wo alles Nacht ist, sehe ich ein Feuer und strecke meine Hände nach ihm aus und hoffe auf Wunder.

Ich kann nicht zu Ihrem Nektarkelch geflogen kommen. Ich kann nur wie die Rohrdommel in meinen Marschen dröhnen und sagen: Habt jetzt Mitleid, o strahlende, segensreiche Göttin. Einstmals wünschte ich mir, Sie zu heiraten. Jetzt sind Sie verlobt, und ich darf es nicht wünschen ... doch indem ich diese Worte schreibe, habe ich mein erstrebtes Ziel erreicht; ich habe vollbracht, was, mit Ihrer Hilfe, alles war, das ich mir wünschte.

Lesen Sie und gedenken Sie zuweilen des Schreibers. Sie mögen hierin nicht mehr erblicken denn Mercurius' Finger, aber sein Auftrag ist darum um nichts weniger aufrichtig...«

Der Brief endete auf spanisch:

> *Rosa das rosas, et fror das frores*
> *Dona das donas, sennor das sennores...*

Es folgte noch eine ganze Strophe, und dann die Unterschrift: John Maxwell.

Es herrschte ein betäubtes Schweigen. Christian starrte in die Richtung, in der sie Mariotta wußte, und zog ein wütendes Gesicht: Sie sollte nur wagen zu lachen. Lady Buccleuch, höchst eingenommen, meinte: »Für eine Dreizehnjährige nenne ich das ein märchenhaftes Kompliment: kaum ein Wort darin unter vier Silben.«

Die alte Lady war nachdenklich. »Mercurius' Finger. Wie eigentümlich. Das Spanische, Christian – ist es schwer zu übersetzen?«

»Das Spanische?« sagte das blinde Mädchen. »Ach, ich kenne es. Ich habe es sogar erst kürzlich – es ist sehr bekannt«, schloß sie einigermaßen lahm.

»Du hast es erst kürzlich übersetzt?« fragte Sybilla.

»Ich wollte sagen, ich habe es erst kürzlich jemand singen hören«, sagte Christian wahrheitsgetreu. Sie gab ihnen kurz den Inhalt an, während ihre Gedanken anderswo weilten. *Ich kann nicht kommen... indem ich diese Worte schreibe, habe ich mein erstrebtes Ziel erreicht... ich habe vollbracht, was, mit Ihrer Hilfe, alles war, was ich mir wünschte.* Die schelmisch-boshafte, überreich verzierte Sprache war die Sprache ihres namenlosen Gefangenen in Boghall und Inchmahome und Stirling. Das Lied stammte von ihm. Der Kunstgriff stammte von ihm. Aber der Brief war vom Junker von Maxwell; das Siegel war echt, und der Bote war aus

Threave gekommen. Und schließlich war der Brief an Agnes adressiert und nicht an sie. Aber er hatte versprochen zu schreiben, und er wußte, daß im ganzen Haus nur sie Spanisch sprach und daß man ihr einen solchen Brief zeigen würde. Und eingebettet in die listigen Absurditäten lag die Nachricht, nach der sie verlangte. Christian hörte, wie Agnes mit der gleichen unsicheren Stimme sagte: »Sie meinen also, ich sollte darauf antworten?«, und Sybilla antwortete: »Ganz gewiß solltest du das. Es ist natürlich geradezu lächerlich plötzlich, und ich würde es bestimmt in Hörweite eines Hamilton nicht erwähnen; aber ein brieflicher Flirt hat noch nie jemand geschadet.«

Pause. Dann sagte Agnes: »Ich kann nicht auf spanisch schreiben, und mein Latein habe ich vergessen.«

»Dann hilft dir Christian vielleicht, mein Kind«, meinte Sybilla seelenruhig. »Schreibt die Antwort zusammen und seht, was ihr zuwege bringt.«

Das war gefährlich nahe am Ziel, und Christian spürte, wie sie scharlachrot wurde. Aber sie konnte Agnes gewiß helfen. Und vielleicht war es möglich, irgendeine eigene mehrdeutige Bemerkung einschlüpfen zu lassen. Sie erhob sich. »Komm«, sagte sie. »gehen wir in dein Zimmer und setzen wir die Antwort sogleich auf.«

Der Brief war geschrieben, eine Mahlzeit war aufgetischt worden, und Richard hatte sich zu ihnen gesellt, als Wat Scott von Buccleuch eintraf, um seine Gattin abzuholen. »Ihre Krankheit, Wat, hat, wie ich sehe, eine Wendung zum Besseren genommen?« fragte der Hausherr höflich.

Buccleuch rutschte auf seinem Sessel herum und warf seiner Gemahlin einen feindseligen Blick zu. »Nein, nein. Ganz und gar nicht. Aber lieber Gott, ich kann doch nicht den ganzen Winter zu Hause sitzen wie eine Henne, die sich mausert. Ich mache ab und zu einen kleinen Ausflug hierhin und dorthin, aber natürlich inkognito, verstehen Sie, ohne flatternde Wimpel.«

Richard fuhr mit unbeirrter Hartnäckigkeit fort: »Wie schade. Dann werden Sie also bei dem Viehraubzug nicht mitkommen?«

»Dieser Vorschlag von Maxwell? Das ist nun wirklich eine komische Sache«, sagte Buccleuch. »Hier haben wir einen Mann, der so oft in Carlisle gewesen ist ...«

»Oder kommen Sie mit?« fragte Richard wie ein Peitschenhieb.

Sir Wat hielt inne. Er sagte: »Was das betrifft ...«, und hielt abermals inne.

»Hört euch das an«, sagte Dame Janet zur Zimmerdecke. »Der Mann hat die Zunge verloren. Wat Scott, möchtest du geradeheraus sagen, was du meinst?« Sie wandte sich zu Lord Culter. »Die Königin hat sich einverstanden erklärt, daß Wat mit den Engländern unterhandelt, vorausgesetzt, er liefert genug anonyme Beweise seiner guten Absichten in anderer Richtung. Folglich muß er auf den Überfall mitgehen, ob er will oder nicht, und wenn wir ihm den Kopf in eine Schachtel stecken müssen, damit die scharfäugigen Frettchen in Carlisle nichts merken.«

Ein Echo von Buccleuchs eigenen Worten brachte das Gespräch zum Stehen.

»Ein Vorschlag«, verlangte Agnes Herries zu wissen, »vom Junker von Maxwell?«

»Stimmt.« Buccleuch, dem sich ein Fluchtweg bot, hatte nichts anderes im Sinn, als auf diesem Weg schleunigst zu verschwinden. »Die Idee stammt von John Maxwell, allerdings, ob wir ihm trauen können, das ist eine andere Frage. Aber der Mann hat sich erboten, uns Zeit und Ort von Whartons nächstem Einfall über die Grenze mitzuteilen und zumindest seine eigenen Leute davon abzuhalten, sich einzumischen. Klingt soweit ganz in Ordnung; ihm liegt mächtig daran, sich mit der Königin gut zu stellen.«

»Der Bursche rackert sich wirklich ab«, sagte seine Frau. »Wir haben den ganzen Nachmittag damit zu tun gehabt,

Briefe des gleichen Junkers von Maxwell zu lesen. Erzähl Buccleuch deine Neuigkeit, Agnes.«

Agnes gab mit einer gewissen Nonchalance den Inhalt von Maxwells Brief wieder. Die Blicke der beiden Männer trafen sich, diesmal in unwiderstehlichen Vermutungen. Buccleuch sagte nachdenklich: »Nun ja, schaden wird es nichts. Wird sie antworten, Sybilla?«

»Sie hat es bereits getan«, antwortete Sybilla gelassen. »Ich hielt es für das beste.«

»Was hältst du davon, Wat?« fragte Lady Buccleuch. »Kann man sich mit ihm einlassen? Ist er sicher?«

Buccleuch holte tief Atem. »Er könnte es schon sein. Der Protektor hat ihn natürlich an der Kandare: Sein Bruder ist in London, und Maxwell selbst müßte sich gerade jetzt ungefähr bei Wharton melden. Kommt noch die Tatsache hinzu, daß seine sämtlichen Ländereien zwei Stunden außerhalb von Carlisle liegen und der Graf von Angus mit seiner einzigen Schwester verheiratet ist, und man kann sich vorstellen, daß er ein ziemlich geplagter Mann ist. Aber nicht dumm«, fügte Buccleuch hinzu. »Es könnte sein, daß er imstande ist, mit ihnen allen zu jonglieren. Wir müssen abwarten und sehen, wie der Hase läuft.«

Als die Gäste aus Branxholm sich schließlich erhoben, um sich zu verabschieden, blieb Lady Janet mit Lord Culter einige Schritte zurück. »Ich habe nicht vergessen, was wir in Branxholm gesprochen haben, Richard.«

Culter sagte kurz angebunden: »Sie wissen, wie ich darüber denke.«

»Sie haben ja gehört, was er sagt. Er wird sich schwerlich ändern. Sie müssen sich entscheiden, wie dringlich Sie Lymond erwischen wollen.« Er gab keine Antwort. Sie sah ihn an und sagte halblaut: »Und wenn Sie ein anderes Gesicht aufsetzen würden, mein Lieber, dann würde ich Ihnen außerdem noch ein paar verdammt gute Ratschläge über Ihre Frau geben.«

An die Gentlemen, Offiziere und Oberhäupter in den West-
gebieten Schottlands, welche sich in des Königs Diensten be-
finden lautete die offizielle Verständigung. Sie teilte des weiteren mit, es werde von den solcherart angesprochenen englischen Herren erwartet, daß sie sich am folgenden Sonntag-
abend mit ihren Berittenen zu Dumfries einfinden, wo der
Graf von Lennox und Lord Whartons Sohn Harry sie bei
einem Angriff gegen die Schotten befehligen würden.

»Ach du lieber Gott«, sagte Kate. »Was macht man bloß,
wenn man schulfrei hat, während alle anderen in die Schule
gehen müssen? Was würdest du mit deinen Ferien anfangen,
Philippa, wenn du dein Vater wärest?«

Philippa, eine ernste Zehnjährige mit langem, glattem Haar,
dachte nach. »Vielleicht auf die Jagd gehen?«

»Bei diesem Wetter? Nein, Kind. Der Vater zieht nicht gern
seine Teerjacke an, wenn er nicht muß.«

»Vielleicht uns ein Lied erfinden?«

»Also das«, sagte Kate, »ist eine harmlose, vornehme
und zivilisierte Beschäftigung für einen arbeitslosen Gentleman.«

Gideon Somerville legte Whartons Einberufungsbefehl beiseite und betrachtete Frau und Kind. »Ich bin vielleicht alt
und arbeitslos, aber ich bin noch nicht ganz soweit, daß mir
restlos alles von allerhöchster Stelle vorgeschrieben werden
muß. Ich werde kein Lied für euch komponieren. Oder wenn
ich es tue, dann wird mir die Idee selbst kommen.«

»Heute«, sagte seine Frau, »ist unser Vater in gereizter Stimmung.« Und sie lächelte ihrem Mann zu.

Kate Somerville, eine junge Frau in den Zwanzigern, war
ein adrettes Wesen mit schmelzenden braunen Augen und
dem Temperament einer reifen und witzigen alten Dame.
Ihr ganzes Leben lang war sie, nicht zuletzt auch von Gideon,
von jedermann als »vernünftig« bezeichnet worden, und niemand, nicht einmal Gideon, ahnte, wie sehr ihr diese Bezeich-

nung zuwider war. Eine ungewöhnliche Blindheit, denn Gideon besaß ein scharfes Wahrnehmungsvermögen; er gewahrte jetzt im Lächeln seiner Frau sofort den Widerschein seiner eigenen Unbehaglichkeit und erhob sich mit tragischer Geste aus seinem Sessel. »Also gut. Ich weiß, wo ich hingehöre. Ins Musikzimmer!«

Bald waren Lord Whartons Vorladung und die Forderungen von Lord Grey gleicherweise aus seinen Gedanken verschwunden, und indes der Winterregen auf Flaw Valleys und seine Gärten und Höfe fiel, machten die Somervilles Musik und kümmerten sich nicht um Lord Whartons Angriff.

Aber keine englische Familie in Reichweite der schottischen Grenze lieh je ihr Ohr ausschließlich dem Vergnügen. Kate, die aus ihrem anstoßenden Schlafzimmer dem Konzert lauschte, hörte Stimmen von draußen und vernahm durch Gideons sorglos dahinträllernde Stimme hindurch, wie einer seiner Leute von unten heraufrief. Sie nickte bestätigend hinab, schloß das Fenster und unterbrach Gideon erbarmungslos. »Komm mit, Chanticler. Im Hühnerhof ist eine Krise ausgebrochen.«

Er folgte ihr hinab. Ein aufgeregter Haufen Leute teilte ihm die Neuigkeit mit. »Die Pferde, Sir! Jemand ist in die Ställe eingebrochen und hat sich samt und sonders mit ihnen davongemacht!«

Gideon fragte sie scharf aus. Sie hatten niemand gesehen. Der Stallknecht war von rückwärts niedergeschlagen worden und wußte nichts. Sie hatten das Trappeln von Hufen vernommen, waren ihm nachgerannt und hatten ein Rudel verängstigter Pferde auf das Pförtnerhaus zufegen sehen. Dort waren die Wachtposten unüberlegterweise herausgeeilt und überwältigt worden; sie hatten es nicht verhindern können, daß die Gatter geöffnet wurden und die ganze Koppel die Straße hinab verschwand.

In diesem Augenblick tauchte laut rufend eine stolpernde Gestalt auf. Kate, die still im Hintergrund gestanden hatte, schnalzte mit der Zunge. »Das hatte ich mir gedacht. Deine

Klepper waren nur die Lockköder für dein Vieh, Gideon. Jemand hat die Kuhställe ausgeräumt, während alle unsere Spürhunde hinter den Pferdehufspuren hergeschnüffelt haben.«

Sie hatte recht. Irgend jemand hatte nicht nur die Kuhställe ausgeräumt, sondern überhaupt sämtliches Vieh vom Hof weggeholt. In Flaw Valleys war nicht ein Schaf, nicht eine Kuh, nicht eine Färse mehr zu sehen. Gideon Somerville gab seinen Leuten Anweisungen, und sie rannten dann wie die aufgescheuchten Hasen davon, um sich bei den Nachbarn jedes verfügbare Pferd auszuborgen und Waffen und Lebensmittel zusammenzuholen für die lange Verfolgungsjagd, die jetzt vermutlich vor ihnen lag.

Gideon wandte sich zu seiner Frau. »Tut mir leid, Mädchen. Jetzt gibt's für den arbeitslosen Gentleman schließlich doch Beschäftigung.«

»Aber ja. Alle anderen haben auch weitgereiste Schafe, warum dann nicht wir? Die Millers in Hepple haben ein Schaf, das war schon dreimal in Kelso, und selbst sind sie in ihrem ganzen Leben nie weiter als bis nach Ford gekommen.«

»Ich komme zurück, sobald ich kann«, sagte Gideon. »Zumindest werden diese verdammten Wachtposten jetzt aufpassen.«

»Gut«, sagte seine Frau gleichmütig. »Verdopple die Wachtposten. Steck alle Hakenbüchsen unter das Bett und ruf die Hühner herein. Wenn das hier ein Trick ist, dann muß er schon ein sehr guter sein, damit er einen Somerville noch einmal im Schlaf überrumpelt.«

Gideon küßte sie und führte kurz darauf, bewaffnet und auf einem ausgeliehenen Pferd, seine Leute aus dem Gutshof hinaus und nordwärts hinter den Räubern her.

Der Raubüberfall auf Flaw Valleys war der östlichste einer ganzen Folge von Räubereien, die an diesem Tag südlich der Grenze entlangfegten und von Lymond geleitet und überwacht wurden. Während Lord Wharton, gleich einem Magnetstein, in Carlisle präsidierte und die widerwilligen Männer Cumberlands und Westmorlands zu sich heranzog, wurden die unbemannten Höfe beider Grafschaften gleichfalls ihrer behuften Insassen entkleidet, und ein Strom von Haut, Fell und Wolle trabte gefügig blökend, grunzend und muhend auf die Grenze zu. Will Scott, der von einer Herde zur nächsten ritt, ließ jetzt erkennen, daß er in drei Monaten Lehrzeit etwas gelernt hatte.

In Carlisle stellte mittlerweile Lord Wharton völlig ahnungslos seine Truppe auf, konferierte mit seinem Kollegen, dem Grafen von Lennox, und konsultierte den Himmel, der ihm mitteilte, daß höchst wahrscheinlich etwas Unerfreuliches im Anzug war, so daß er in der kleinen, ungestriegelten Zivilistenecke seiner Seele von Herzen froh war, daß der Graf von Lennox und nicht er selbst auf diesen Ausflug ging. In Schottland sammelten sich inzwischen die Streitkräfte der Königin, wie von John Maxwell angegeben, in Lamington und schickten sich an, nach Süden zu marschieren. Lord Culter und Wat Scott von Buccleuch waren dabei.

Bei Anbruch der Nacht peitschte der Hagel bereits in Stößen hernieder, und die Raubüberfälle auf die Viehherden in Nordengland gelangten zu methodischem Abschluß. Bächlein von Tieren tröpfelten aufeinander zu und vereinigten sich, Nebenfluß stieß auf Nebenfluß, ein Fluß nahm den anderen in sich auf. Um die Zeit, als der Graf von Lennox Carlisle verließ, war der vereinigte vierfüßige Zebaoth bereits vor ihm unterwegs und steuerte in einer Tangente auf seine Marschlinie zu. Ein Stück weiter nach Norden hatte das schottische Heer auf seiner Anmarschlinie sich aufgestellt.

Zwischen England und Schottland lagen an dieser Stelle der Fluß und das Marschland; westwärts die glatte, trügerisch gefährliche Solway-Mündung, ostwärts die wilden Anhöhen des römischen Walls. Das englische Heer marschierte durch die Nacht, stolperte und versank und torkelte und fluchte, und Lennox, der Befehlshaber, spuckte vor Wut, als seine

Späher aus der Dunkelheit meldeten, auf der schmalen Straße vor ihnen versperre eine Viehherde den Weg.

Es war nichts Ungewöhnliches daran, daß die wilden Clans des Grenzgebietes eine dunkle Nacht nützten, um auf der schottischen Seite etwas Vieh zu stehlen und es nach Süden zu treiben. Die Elliots, die die Herde unter sich hatten, entschuldigten sich und taten zweifellos, was sie konnten, um die Straße frei zu machen. Aber als Lennox und seine Leute eintrafen, stießen sie Nase gegen Nase auf etwas, das wie das vierfüßige Getier ganz Schottlands aussah. Lennox blickte sich um. Links und rechts von ihm lag tiefes, aufgeweichtes Marschland; die Straße vor ihm hatte hohe Böschungen und war äußerst eng. Fünf Meter rechts von der Straße erhob sich eine kleine Anhöhe aus dem Sumpf und hing mit ihrem Ostrand über die Straße. »Wie ist die Straße hinter der Anhöhe dort?« bellte der Graf von Lennox.

»Breit und eben«, sagte der Elliot. »Dort werden Sie keine Mühe haben.«

»Ihr meint, ihr werdet dort keine Mühe haben«, antwortete Lennox tückisch. »Wir drehen eure Herde um, mein lieber Mann, und treiben sie durch den Engpaß zurück, und dann reite ich direkt durch sie durch. Wenn ihr glaubt, ich bleibe hier und lasse mich von einem Lendenbraten in den Sumpf drängen, dann irrt ihr euch.« Lennox' Leute erhoben sich in ihren Sätteln und kanterten peitschenknallend und rufend in leichtem Galopp die Straße hinab und auf die Anhöhe zu; die Herde staunte sie mit rollenden Augen und schnaufend an, wälzte sich schließlich schwerfällig herum und trottete den Weg zurück, den sie – angeblich – gekommen war.

Wer könnte sagen, an welchen Zeichen in einer dunklen, stürmischen Nacht ein Bauer, weit von seinem Hof entfernt, sein Eigentum wiedererkennt? Lennox' Heer rückte gerade im Windschatten der Anhöhe vor, als der erste Ruf die Nacht zerriß: »He! Wartet mal! Gottverdammt noch mal, da drüben sind drei Stück von meinem Vieh!« Gleich darauf ein anderer: »Hier – das sind doch Gilsland-Schafe!« Und plötzlich von allen Seiten: »He, halt! Wartet! Stehenbleiben! Dreht sie um!«

Lennox ritt nervös und verärgert an der Spitze. Plötzlich griff ihm eine schwitzende Hand in die Zügel. »Das muß ein Irrtum sein, Sir. Das ist kein schottisches Vieh, das ist unser eigenes, Schafe und auch Pferde dabei. Wir müssen sie umdrehen.« Gleich darauf ließ der Mann los und schoß an ihm vorbei und das halbe Heer ihm nach. Lennox erhob sich in den Steigbügeln und brüllte sich heiser, aber niemand antwortete. Er war allein mit einer Handvoll von Leuten am Südrand einer unentwirrbaren Masse von Tieren und Männern, und die Männer waren ausschließlich damit beschäftig, ihr Eigentum herauszusuchen und zusammenzutreiben. Der Graf von Lennox sank im Sattel zurück, und in diesem Augenblick begannen die Pfeile zu fallen.

Sie fielen von der Anhöhe des kleinen Hügels im Osten und im Norden vom schottischen Ende der Straße und, als die Engländer ihr Vieh fahrenließen und sich umdrehten, auch von Süden her, über die Köpfe einer kleinen Viehherde hinweg, die von nirgendwoher aufgetaucht war und den einzigen Ausweg versperrte. Lennox' Leute, die zwischen den drängenden und stoßenden Tierleibern Bogen und Köcher hervorzuziehen versuchten, mußten feststellen, daß sie sehr behinderte Spieler in einem unangenehmen und einseitigen Spiel waren. Sie saßen schleunigst ab, duckten sich zwischen den drängenden und stoßenden Flanken und sausten gebückt wie die Mäuse im Kornfeld hierhin und dorthin. Es war aussichtslos.

Auf dem Abhang zuoberst der Falle hatte Wat Scott von Buccleuch einen Mordsspaß. »Einen für Tam Scott und einen für Bob Scott und einen für... Himmel, sie brennen uns die Carlisle-Straße hinunter durch, wenn wir nicht aufpassen.«

»Ist in Ordnung«, beruhigte ihn einer seiner Offiziere, der in die Dunkelheit hinausspähte. »Jemand hat eine kleine Herde auch quer über das Südende der Straße getrieben.«

»Was, wirklich? Da hat aber jemand Verstand gehabt«, sagte Sir Wat voller Bewunderung. »Also kommt, los!« Er fegte über die Anhöhe hinweg, vorbei an den Leuten, die auf der Höhe kämpften – Fremde und Maxwells Leute, dachte er sich. Aber in diesem Augenblick sah er noch etwas anderes. Einen gelassenen, tüchtigen Schatten mit breiten Schultern, der geschickt mit seinem Pferd umzugehen verstand.

Buccleuch winkte den Rest seiner Leute weiter und ließ sie an sich vorbeireiten, während sein Blick auf den vereinzelten Reiter geheftet blieb. Dann brüllte er »Will!« mit einer Stimme, die man über sechs Grafschaften hinweg erkannt hätte. Sein Sohn schwenkte herum.

Will gewahrte über dem infernalischen Gewühl stoßenden Viehs seines Vaters Papageiennase und zwei funkelnde Augen; Buccleuch sah einen scharfen, eleganten Umriß und vermutete einen ungewohnt entschlossenen Zug um den Mund. Er rief und mußte sich vorher erst räuspern: »Junge – willst du nicht mit mir zurückkommen? In der Dunkelheit werden sie dich nicht vermissen.« Er sprach rasch, denn es kamen Leute auf sie zugeritten. Er meinte zu sehen, wie der Junge zuckte, aber Will sagte langsam: »Nein. Es ist zu spät ... ich muß weiter«, und straffte die Zügel. Die anderen waren schon fast heran.

»Will ... dann triff dich mit mir. Nur zum Reden. Ich halte dich nicht fest, ich schwör's dir, wenn du nicht willst. Schick mir Bescheid, und ich komme überall hin. Wirst du's tun?« Sein Sohn nickte. »Gut. Ich schicke Bescheid, wenn ich kommen kann.« Der Junge zauderte noch einen Augenblick mit einem seltsamen, fast gierigen Gesichtsausdruck; dann schwenkte er herum und jagte sein Pferd die Straße hinab.

Danach war die Niederlage, die kopflose Flucht der Engländer vollständig. Die Schotten hatten begonnen, sich zurückzuziehen, als Lord Culter bemerkte, daß der Viehtrupp, der das Südende der Falle versperrt hatte, verschwunden war. Die Herde trottete statt dessen den krummen Schlängelpfad hinauf, der ins Bergland führte, auf allen Seiten von Leuten umgeben, die sie antrieben. Und dem Kreis voraus, schimmernd im plötzlichen schwachen Mondlicht, ein strohblonder Kopf.

Lord Culter saß ab und riß im Laufen, während sein Pferd an ihm vorbeitrabte, den Bogen aus dem Sattel. Er legte einen Pfeil ein und riß den Arm hoch. Plötzlich war sein ganzes Gesichtsfeld ausgefüllt von einem breiten Rücken, der einen Trupp Leute direkt in die Zielrichtung seines Bogenschusses führte. Es war Buccleuch, der laut bellte: »Einen Scott! Einen Scott!«

Das Goldhaupt merkte auf und wandte sich um. Dann ging ein Regen von Pfeilen zwischen Buccleuchs Leuten und Lymond nieder. Die Leute zauderten, zogen die Zügel an und machten kehrt, während die Räuber in diesem Augenblick der Gnadenfrist verschwanden.

So wie er da stand an der Stelle, an der er abgesessen war, hob Lord Culter, der geheimnisvolle, unerforschliche, undurchdringliche Lord Culter, den steifen rechten Arm und zerschlug seinen teuren Eibenholzbogen wie einen Peitschenstiel an einem Felsstück. Sir Wat kam leicht verwirrt zurückgetrabt. »Gott, haben Sie gesehen, wer das war?«

Lord Culter sagte kalt und leidenschaftslos: »Wie Ihr Sohn sich erniedrigt, ist nicht meine Angelegenheit. Ich darf Sie jedoch daran erinnern, daß einen Mörder und Landesverräter zu schützen ein Vergehen ist, auf das die Todesstrafe steht.«

Buccleuch war auf einen Verweis gefaßt gewesen, aber das hatte er doch nicht erwartet. Er atmete eine Lunge voll Grenzlandluft ein, schluckte sie zusammen mit der Beleidigung und dem Groll hinunter und sagte einfach: »Mann, Sie sind ja besessen. Kommen Sie. Es warten schon alle.«

»Einen Augenblick. Damit Sie mich verstehen«, sagte Lord Culter, und seine Augen waren plötzlich so fremdartig wie die Lymonds. »Nächstesmal, ganz gleich, was im Weg steht, schieße ich.«

Aber Buccleuchs Geduld, ohnehin dünn und zerbrechlich,

konnte in dieser Nacht noch mehr Druck nicht aushalten. Sie knackte und riß. »Ich habe lieber«, sagte Sir Wat durch seinen Bart hindurch, »einen Sohn dafür vor Gericht und gehenkt, daß er in schlechte Gesellschaft getrieben worden ist, Richard Crawford, als daß man mich in Gesellschaft – ehrbar oder nicht – bei einem Namen kennt, auf den man nur ausspucken kann.« Dies gesagt, schwenkte er sein Pferd herum und trieb es davon in die Nacht und ließ Culter reglos hinter sich stehend zurück.

Im Tal des Tyne-Flusses wartete das Gutshaus von Flaw Valleys auf Gideons Rückkunft, und in Hof und Garten drückten sich Greys Leute in den Windschutz irgendwelcher Ecken und rieben die eisigen Handflächen gegeneinander. Das Geräusch von Hufschlägen ließ sie aufspringen. Auch Kate hörte es; sie öffnete das Fenster und rief: »Kommen sie?«, und jemand über ihr antwortete: »Ja, Madam. Und saubere Arbeit dazu, Madam. Es sieht aus, als hätte er die ganze Herde zurück.«

Kates Antlitz funkelte wie ein neuer Groschen. Sie lief, um Philippa zu holen. Zusammen lehnten sie sich fasziniert aus dem Fenster und sahen zu, wie der Hof drunten sich mit einer drängenden Masse von Tierrücken füllte. »Wie müde sie aussehen!« sagte Kate teilnahmsvoll beim Anblick eines Trupps durchweichter und glasäugiger Mutterschafe. »Ich sehe den Vater nirgends, Philippa. Siehst du ihn?«

Doch Philippas braune Augen leuchteten, während sie sich mit tanzenden Zöpfen vom Fenster wegwandte. »Ich weiß, wo er ist! Hör doch!« sagte das Kind und öffnete die Tür.

Durch die Korridore von Flaw Valleys ergossen sich wie rasche, triumphierende Kaskaden die Klänge eines Spinetts. Kate ergriff die Hand ihrer Tochter, lief den Gang hinunter und stieß die Tür zum Musikzimmer auf. Es war nicht Gideon. »Mein Gott: der zahme Mörder!« sagte Kate und schob Philippa zur Tür hinaus.

»Die Korridore draußen sind alle von meinen Leuten besetzt,

und die sind ziemlich grobe Kerle«, sagte eine kühle Stimme vom Spinett her. »Sie sind beide bei mir hier sicherer aufgehoben. Machen Sie die Tür zu.« Kate holte Philippa herein und schloß die Tür. »Und setzen Sie sich.«

Kate nahm die Tochter bei der Hand und setzte sich. Ihrem ordentlichen Verstand schien die Lage völlig klar. Dies war der Mann, den Lord Grey Gideon angekündigt hatte. Es war ihre Aufgabe, ihn davon zu überzeugen, daß Gideon nicht der Mann war, den er suchte, und zwar ohne daß Philippa Angst bekam.

Mrs. Somerville fuhr sich mit der Zunge über die Lippen und sprach mit schwacher Stimme: »Ich hoffe, wir stören Sie nicht zu sehr, wenn wir hier sitzen und Ihnen zuhören.« Spielen konnte er wahrhaftig.

»Ich fürchte«, sagte die kühle Stimme, »Sie werden sich gedulden müssen, bis Ihr Gatte zurückkommt. Er ist mir genau gefolgt und wird bald da sein.«

»Ihnen gefolgt... Haben Sie die Tiere gestohlen?« rief Kate.

»Und sie zurückgebracht.«

»Ach!« Sie verbarg das Gesicht. »Lord Greys fabelhafte Scharfschützen. Natürlich, sie haben gedacht, Sie sind Gideon und haben Ihnen die Gatter geöffnet. Gibt es denn keinen Gott, der sich um die geistig Minderbemittelten kümmert?«

Schweigen. Sie war also auf sich allein gestellt, dachte Kate und ließ ihre nächste Frage so freundlich und hilfsbereit klingen, wie sie nur konnte. »Entschuldigen Sie, aber sind Sie die schlechte Gesellschaft, in die der junge Mr. Scott geraten ist?«

Der gelbhaarige Mann hob mit sanfter Bewegung beide Hände von den Tasten, legte dann eine auf das Instrument und drehte sich um. Kate, die den Arm um Philippa gelegt hatte, blickte in ein Paar Kätzchenaugen; dann sagte er ohne Betonung: »Eine Humoristin, wie ich sehe. Warum erwähnen Sie Scotts Namen?«

»Wenn Sie derjenige sind, der mit Buccleuchs Sohn zusammen ist, dann haben wir einen Brief für Sie«, sagte Kate.

»Aber Sie müssen ihn sich schon selbst holen. Ich bin gegen heldenhaftes Gebaren bei Frauen.«

Er fand den Brief, ihrer Weisung folgend, ohne Mühe, ging dann mit dem gleichen lautlosen Schritt zur Tür und öffnete sie. »Ihre Gesellschaft ist bezaubernd«, sagte er. »Aber ich komme ohne sie aus. Bitte gehen Sie hinaus.«

Er gedachte den Brief allein zu lesen und wahrscheinlich auch mit Gideon allein zu sprechen, und das war ganz und gar nicht, was Kate beabsichtigte. Sie erhob sich langsam und nahm Philippas Hand. »Wir gelten offenbar als passende Gesellschaft für die groben Kerle draußen –« begann sie und brach ab. »Ach, Gideon!«

Gideon Somerville, der von fremden Leuten seinen eigenen Korridor entlangeskortiert und draußen vor der Tür seines eigenen Musikzimmers abgeliefert wurde, blickte verwirrt auf Frau und Kind und dann auf den schweigenden Mann, der die Tür offenhielt. Sein frisches Gesicht verlor die Farbe, echte Ratlosigkeit trat in seine Augen. Dann schob Kate mit fester Hand Philippa zurück ins Zimmer, setzte sich wieder und sprach zu ihrem Mann, während er langsam an dem anderen vorbei ins Zimmer trat. »Stimmt«, sagte Kate. »Du siehst hier die Früchte von Willie Greys kleinem Geheimplan vor dir. Er ist mit dem Vieh hereingekommen. Und er hat den Brief.«

Der Eindringling stand mit dem Rücken zur geschlossenen Tür, beobachtete sie, schlug sich mit dem noch ungeöffneten Brief leicht gegen das Bein. Mit charakteristischem Zögern sagte Gideon: »Sie haben uns – haben uns allen sehr beträchtliche Umstände für nichts und wieder nichts bereitet, mein Freund. Ich hatte Anweisung, Sie zu erwarten und Ihnen zu helfen. Lesen Sie den Brief, und er wird Ihnen sagen, daß ich nicht der Mann bin, den Sie suchen.«

Der andere Mann fuhr fort, ihn prüfend zu betrachten. Dann schritt er langsam zum anderen Ende des Zimmers, wandte sich am Schreibsekretär um, wo er sie alle im Auge behalten konnte, erbrach Sir George Douglas' Siegel und las. Als er fertiggelesen hatte, lächelte er, und seine langen Wimpern flatterten. »Das beweist gar nichts«, sagte er.

Kate spürte Erschöpfung und aufwallenden Zorn in Gideon, aber er hob die Stimme nicht. »Dann fragen Sie mich, was immer Sie wollen. Ich kann Ihnen versichern, daß ich bis zu der lachhaften Vorstellung heute nacht keinerlei Feindseligkeiten gegen Sie gehabt habe und, soweit ich weiß, Ihnen niemals irgendeinen Schaden zugefügt habe. Ich weiß nicht einmal Ihren Namen.«

»Mein Name ist Lymond.«

Der Name war ihnen unbekannt. »Also dann, Mr. Lymond –«

»Lymond ist ein Gebietsname. Mein Familienname ist Crawford.«

»Also dann, Mr. Crawford –« sagte Gideon geduldig und brach ab, denn der gelbhaarige Mann blickte an ihm vorbei.

»Philippa!« sagte Lymond.

Das Kind, das zu Kates Füßen kauerte, rührte sich nicht. Kate sagte: »Das Kind braucht seinen Schlaf. Komm, ins Bett mit dir, mein Herz.«

Lymond öffnete die Hand, in welcher der Türschlüssel lag. Er sagte: »Was der Brief mitteilt und was Sie sagen, ist eine durch keinerlei Beweise gestützte Aussage. Sie behaupten, Sie sind nicht der Mann, den ich suche. Also gut. Soll das Mädchen es beweisen.« Der blaue, weibliche Blick wanderte zu Gideon hinüber. »Schicken Sie sie her zu mir.«

»Nicht, wenn sie nicht will.« Gideon war gänzlich unbewaffnet.

Philippa stand auf; ihre Zöpfe baumelten, und ihr weißes Nachthemd lugte aus dem kurzen Schlafrock hervor. Sie sagte mit zitternden Lippen: »Sorg dich nicht, Vater. Ich erzähl' ihm nichts.«

Die Blicke der Eltern trafen sich. Dann sagte Gideon mit einiger Anstrengung: »Es ist in Ordnung, Hühnchen. Du kannst ihm alles erzählen, was er wissen will. Er kann uns nicht weh tun.«

Kate glitt auf die Knie, zog den Kopf des Kindes an ihre Brust und barg den Mund in seinem Haar: »Pippa, Pippa, Vater meint, daß wirklich nichts, was wir je getan haben, uns etwas anhaben kann und daß Mr. Crawford uns mit jemand anderem verwechselt hat. Er glaubt uns nicht, aber er sagt, dir glaubt er. Du scheinst die einzige in der Familie mit einem ehrlichen Gesicht zu sein, und dafür müssen der Vater und ich dankbar sein. Geh hinüber zu ihm, Liebling. Ich bleib' hinter dir. Und sprich nur«, sagte sie messerscharf, »genau so, wie du mit dem Hund reden würdest.«

Auf den Wangen des Kindes lagen Tränen, aber es weinte nicht. Es stand auf, ging durchs Zimmer und blieb knapp außerhalb von Lymonds Reichweite stehen. »Ich bin keine Lügnerin«, sagte das Kind. »Fragen Sie, was Sie wollen.«

Gideon machte eine Bewegung. »Das kann ich nicht ertragen –« und Kates Hand hielt ihn fest. »Nein, laß sie nur. Es ist der einzig sichere Weg. Gott verfluch diesen verdammten Willie Grey«, flüsterte sie kaum hörbar.

Die abscheuliche Sache begann. Der Mann Lymond beugte sich über den Schreibtisch und stützte sich auf beide Hände, als suche er in dem polierten Holz zwischen ihnen eine Eingebung. Er fragte: »Wie alt warst du, Philippa, als du London verlassen hast?«

Sie dachte nach und antwortete ruhig und standhaft.

»Erinnerst du dich an die älteste der englischen Prinzessinnen? An die Prinzessin Mary? Hat dein Vater in ihrem Dienst gestanden? Erinnerst du dich daran, als ihr in Hatfield wohntet? Und wann bist du dann von dort fort?«

Sie konnte sich nicht in allen Fällen erinnern; zuweilen führte er sie durch Schlußfolgerungen auf die Antwort hin; zuweilen half Kate ein wenig nach, ohne ihr direkt etwas einzuflüstern. Schließlich schien der Vorrat an Fragen erschöpft. Es trat ein seltsames kurzes Schweigen ein, während dessen Kate denken mußte, daß er wunderbar zierliche Handgelenke und Hände hatte. Was für eine unsagbar niederträchtige Sache, so etwas einem Kind anzutun ... Was hatte sie ihm wirklich gesagt? Genug, um Gideon von allem Verdacht zu reinigen? Oder schlimmer vielleicht – etwas Verdammendes, irgendeinen kindlichen Irrtum, durcheinandergebrachte Daten? Kochend vor Wut sagte sie: »Nun denn, Mr. Crawford. Sind Sie befriedigt und überzeugt? Oder möchten Sie mit einer Wünschelrute noch einmal von vorn anfangen?«

Der Junker hob den Kopf und wandte sich zu Gideon. »Ich habe mich davon überzeugt, daß Sie nicht anwesend waren zu der Zeit, als mein unbekannter Freund mit meinem Ruf und Ansehen auf Abenteuer ging. Folglich muß dieser unbekannte Freund Samuel Harvey sein. Sie werden vielleicht denken, es müsse einfachere Wege geben, um diese simple Tatsache festzustellen, aber ich versichere Ihnen, wenn es sie gäbe, hätte ich mir einen langen und uninteressanten Abend erspart.«

»Ich hoffe«, antwortete Gideon kurz, »dieser Definition zufolge nie einen interessanten zu erleben. Dürfen wir hoffen, Sie jetzt los zu sein?«

»Wahrscheinlich.« Der wandernde Blick fiel auf Philippas weißes Antlitz; ihre braunen Augen blickten ihn stetig an. Lymond ließ sich aufs Knie nieder. Die Musikerhände lösten von seinem Wams eine Nadel mit einem Saphir in der Farbe seiner Augen und hefteten ihn an ihr Nachthemd. Das kleine Mädchen erschauerte, als er sie berührte, doch ließ sie es widerstandslos geschehen; als er sich erhob, blickte sie auf die Brosche hinab, und noch ehe jemand sie hindern konnte, war die Brosche abgerissen und auf dem Fußboden und von Philippas hölzernem Schuhabsatz zertrampelt. Dann rannte sie davon.

Kate hielt das schluchzende Kind in den Armen und sah ruhigen Blicks auf Lymond. »Und das, glaube ich«, sagte sie, »regelt wohl diese Angelegenheit.«

Er stand einen Augenblick mit völlig reglosem Gesicht ganz still da; dann ging er leise zur Tür und öffnete sie. »Wenn es irgendwie eine Entschädigung ist, so kann ich Ihnen sagen, daß Ihre Tiere in dieser Nacht eine Vermehrungsleistung vollbracht haben, die, genetisch gesprochen, glaube ich, geradezu märchenhaft ist«, sagte Lymond. »Gute Nacht.« Und die Tür schloß sich.

Lymond rief unbehelligt seine Leute zusammen, verließ Flaw Valleys, stieß zu Scott und der übrigen Truppe und schlug bei Tagesanbruch sein Lager in einem geschützten und unbewohnten Tal auf. Während des Ritts dorthin machte Lymond kein Geheimnis aus seiner Stimmung. Seine Augen schossen wilde Blitze, und seine eiskalte Stimme ging wieder und wieder wie Peitschenhiebe auf die Männer nieder, die schweigend neben ihm ritten. Der Lange Cleg hatte der Versuchung nachgegeben, sich selbst mit dem Viehhandel zu befassen. Er wurde erbarmungslos entlarvt, und Lymond tat, wozu er sich nur selten die Mühe nahm: Er ließ den Mann an Hand- und Fußgelenken an einem Baum festbinden und peitschte ihn persönlich mit seiner großen Reitpeitsche aus. Scott sah zu, bis der Cleg blutend in seinen Stricken zusammensackte, und wandte sich ab, weil ihm übel wurde.

Dann war auch das vorüber, und sie lagen warm eingehüllt um die großen offenen Feuer. Aber Scott fand keine Ruhe. Er lag in einer dunklen Ecke und lauschte dem unablässigen Wispern von Lymonds Schritten. Dann sprach die vertraute Stimme direkt über ihm: »Setz dich auf. Ich habe mit dir zu reden.« Lymond lehnte sich, das Gesicht im Schatten, an den nächsten Baum und blickte auf ihn herab. »Du hattest heute ein langes Gespräch mit Johnnie Bullo, nicht wahr?« sagte er. »Was hat er dir erzählt?«

Scott hatte in dieser Nacht gesehen, wie ein Mann ausgepeitscht wurde, aber ihm war nicht nach Spitzfindigkeiten zumute. Er sagte ohne Umschweife: »Wir haben über Ihre Verirrung nach Ihrem Besuch in Annan im August gesprochen. Wie Sie sich von einem blinden Mädchen das Leben retten ließen, ohne ihr zu verraten, wer Sie sind. Wie Sie sie veranlaßten, für Sie zu spionieren. Wie Sie sich heimlich mit ihr getroffen haben, nachdem Sie in Stirling Ihren Bruder angeschossen hatten.«

Es trat eine inhaltsschwangere Pause ein. »Ich dachte mir, daß es das war«, bemerkte der Junker. »Und du hast etwas dagegen, ja?«

Aber mit Will war nicht mehr so leicht umzuspringen; ein Widerschein von Lymonds eigener Ironie funkelte in seinen Augen. »Warum sollte ich? Sie haben aus Ihren Gewohnheiten kein Geheimnis gemacht.«

Der Junker ließ sich zu Boden gleiten und blickte hinauf in die dunklen Äste. »Und doch hast du was dagegen, mein kleiner Schmoller. Es ist verdammt unritterlich, weibliche Agenten zu verwenden, und infam, sie ohne ihr Wissen zu verwenden, und unanständig, sie zu verwenden, wenn sie körperlich behindert sind. Und ein solcher Übeltäter wird niemals in den schottischen Himmel kommen. Da hast du dich, wie du dich mit einem schwarz-weiß-grauen Moralkodex beschwerst.«

Es war klar, daß Lymond auf Streit aus war. Scott sagte: »Macht's denn was?«

»Es macht insofern etwas: Wenn du eine reine und unbefleckte Seele zu entwickeln gedenkst, dann brauchst du eine freiere Luft als diese hier. Hat Bullo dir den Namen des Mädchens gesagt?«

»Ja. Christian Stewart. Wir haben als Kinder zusammen gespielt«, antwortete Scott ruhig. »Ich habe geschworen, alles zu tun, was Sie von mir verlangen, und ich habe es getan. Ich habe mich nicht geändert. Es macht mir nichts aus, jeden zu schlagen, der halbwegs die Möglichkeit hat zurückzuschlagen. Das Mädchen glaubte, jemand zu helfen, der sich in Not befand. Statt dessen spioniert sie für einen Vogelfreien, auf dessen Kopf ein Preis ausgesetzt ist. Wenn es herauskommt, wird sie gehenkt.« Dann sagte er mit plötzlicher Heftigkeit: »Ich würde mir lieber die rechte Hand abhacken, als einem Mädchen das anzutun.«

»Zweifellos würdest du das«, sagte Lymond, indem er einen

trockenen Zweig zwischen den Fingern zwirbelte. »Und wie gewöhnlich alle übrigen deinen Prinzipien aufopfern. Aber richte dein gestrenges Auge einmal auf die andere Seite des Bildes. Wir kennen die Nachteile, die der Dame erwachsen. Wie hoch kommen die Vorteile zu stehen? Hat mein Kommen sie glücklicher gemacht? Bescheidenheit ist hier klarerweise nicht am Platz. Ist ihr Leben aufregender, erfüllter von Stolz und natürlicher Freude an einem charmanten und gefügigen Angehörigen des anderen Geschlechts? Ja. Schließlich – wenn es herauskommt, wird sie Schande und leiblichen Schmerz zu ertragen haben? Das wird sie nicht. Sie wird als das zarte Opfer einer empörenden Ausschreitung verehrt werden, und Schande und Schuld werden auf mein stets unerreichbares Haupt fallen. Und dabei habe ich noch nicht einmal die Vorteile aufgezählt, die mir selbst erwachsen und die gewaltig sind.«

Wahrheit von Haarspalterei zu scheiden war jetzt fast zuviel für Scotts müden Verstand. Er warf die Decken zur Seite und stand auf. Mit dem Rücken zu Lymond, während er nervös an den Blättern herumfingerte, sagte er: »Ich kann einfach nicht verstehen, wie Sie es tun konnten«, und seine Stimme war die eines bestürzten Schulbuben.

Auch Lymond erhob sich unvermittelt. »Guter Gott, in welchen Abgrund weiblicher Logik sind wir denn jetzt geraten?« Er streckte einen Arm aus, grub seine langen Finger in Wills Schulter und drehte ihn mit einem schmerzhaften Ruck herum, so daß er ihm ins Antlitz blickte. »Wenn du wirklich und wahrhaftig eine Analyse durchführtest, mein Lieber, dann würdest du das hier als Beweisstück haben wollen.«

Will Scott nahm das Blatt Papier, das Lymond ihm hinhielt, und bemerkte dabei das erbrochene Siegel. Der vertraute Knoten zog sich wieder in seinem Magen zusammen. Der Brief war einfach »An den Junker« überschrieben und lautete:

»Ich lasse diesen Brief zurück in der Hoffnung, daß Sie eines

Tages in Flaw Valleys vorsprechen werden. Sie werden bereits entdeckt haben, daß Ihr Besuch vergeblich ist. Der Herr, den Sie zu sprechen wünschen, ist Mr. Samuel Harvey, und er befindet sich nicht nur in England, sondern ist Ihnen außerdem völlig unzugänglich.

Er ist jedoch Lord Grey nicht unzugänglich. Der Vorschlag, den er mir gemacht hat, geht dahin, daß Samuel Harvey nach Norden gebracht und eine Zusammenkunft zwischen Ihnen und ihm vereinbart werden wird, wenn Sie im Austausch dafür Lord Grey die Person des Will Scott von Kincurd, des Erben Buccleuchs, ausliefern, der sich gegenwärtig in Ihrer Verfügung befindet. Es ist mir überlassen worden, die diesbezüglichen Vereinbarungen zu treffen, und ich bin bereit, mich Ihnen zu diesem Zweck zu jeder Zeit an jedem beliebigen Tag auf einem meiner Schlösser zur Verfügung zu halten. Mein jeweiliger Aufenthaltsort wird Ihnen zweifellos wohlbekannt sein. Um Einlaß zu erlangen, brauchen Sie nur zu sagen, daß Sie eine Mitteilung über Mr. Harvey bringen.«

Der Brief war unterzeichnet: GEORGE DOUGLAS.

Scott hatte das Gefühl, als ob er ersticke. Er wußte, daß sein Gesicht weiß war, und seine Augen waren so schwer, daß er sie kaum offenhalten konnte. Er riß sich zusammen und sagte mit einer Spur seiner ursprünglichen Ironie: »Ich verstehe. Bin ich wieder einmal geprüft worden? Es ist mir natürlich nicht entgangen, daß Grey mich wegen Hume haben will. Und daß Sie es waren, der dafür sorgte, daß ich in Hume die auffallendste Rolle spielte.«

»Zum Teil«, sagte der Junker. »Zum Teil hast du auch selbst dafür gesorgt.« Vielleicht überrascht von der Verwirrung auf Scotts Gesicht, begann Lymond plötzlich zu lachen. Er war so belustigt und so ermüdet, daß er einen Augenblick die Beherrschung verlor, und Scott erkannte zum erstenmal in dem anderen die Anzeichen äußerster Erschöpfung.

Dann sagte Lymond: »Und woran sind wir jetzt? Wem soll man trauen? – Das ist in Wahrheit die Moral dieser kleinen Geschichte. Sei mißtrauisch, und du wirst glücklich leben und gehaßt sterben und in der Zwischenzeit mir viel nützlicher sein. Setz dich nieder«, sagte er und wartete, während Scott sich wieder auf seine Schlafdecken niederließ. Er nahm dem Jungen den Brief aus der Hand und richtete sich auf. »Ich habe dir das hier gezeigt, mein Möchtegern-Manichäer, weil ich dich als Tauschobjekt nicht brauche. Ich habe etwas, das George Douglas sehr viel dringender braucht – Informationen. Und wenn das fehlschlagen sollte, so glaube ich, daß ich mir selbst eine Geisel verschaffen kann, die – verzeih mir – zwei Exemplare aus Buccleuchs überquellendem Kindergarten wert ist. Und dabei, wie auch bei allem übrigen«, fügte er mit übertriebener Höflichkeit hinzu, »werde ich deine Hilfe benötigen.«

Scott legte sich auf seine Decken zurück. Er sagte verzagt: »Ich verstehe. Wenn es sich so verhält, dann helfe ich, soviel ich nur kann.« Der Schlaf schwamm ihm im Kopf herum, und die Lider fielen ihm zu.

»Natürlich«, sagte der Junker höflich und warf eine Decke über den Jungen. »Natürlich, Willie, mein Junge. Wer wird denn gegen den Strom schwimmen wollen?«

DRITTES KAPITEL

I

In den zwei Wochen nach dem Viehraubzug begab sich mehreres in anscheinend zufälliger Folge.

Christian Stewart vermied geschickt eine Begegnung mit Tom Erskine, indem sie Lanarkshire verließ und sich nordwärts nach Stirling begab, um dort die Ankunft der Culters und Lady Herries' abzuwarten, mit denen sie Weihnachten in Bogle House verbringen sollte. Kurz darauf brachen auch

Sir Wat und Lady Janet nach dem Stadthaus der Scotts in Stirling auf.

Die Culters blieben bis zum dritten Sonntag im Dezember in Midculter; dann überließ die alte Lady Richard seinen unvermeidlichen Geschäften und nützte einen Umschlag im Wetter aus, um sich mit Mariotta und Agnes auf einen Besuch zu Sir Andrew Hunters Mutter zu begeben. Vor den Toren von Ballaggan versammelte Sibylla ihre Reisegesellschaft um sich. »Hört zu, Kinder«, sagte sie. »Diese Frau ist ein böses altes Weib, aber sie ist zu alt, um sich noch zu ändern, und zu schwächlich, als daß man ihr Vorhaltungen machen könnte. Also sprecht laut und deutlich, werdet nicht ärgerlich und denkt daran, daß ihr eines Tages selbst böse alte Weiber sein werdet.« Damit betraten sie das Haus und wurden, da Sir Andrew vorübergehend abwesend war, sogleich in den Oberstock geführt.

Auf ihre Kissen gestützt, begrüßte Lady Catherine Hunter ihre drei Besucher und hieß sie sich setzen. Dann sagte der runzelgekräuselte Mund: »Mariotta. Komm her und laß dich anschauen.« Sie musterte das Mädchen. Mariotta, die ingrimmig an sich hielt, starrte zurück. »Ich habe gute Nachrichten über dich gehört«, bemerkte Lady Hunter. »Du hast zwar nicht den Knochenbau dazu, aber das läßt sich nicht ändern. Wann ist es denn soweit?«

Mariottas Gesicht lief vor mühsam beherrschter Erregung rot an. Sie sagte höflich: »Im Frühjahr.«

»Hm. Und Richard freut sich?«

»Ja. Natürlich.«

»Kann man sich denken. Haha! Sybilla, das wären dann zwei Menschenleben zwischen Lymond und dem Geld. Jetzt werden Sie ja wohl glücklich sein?«

Mariotta nahm an, daß sie aus der Prüfung entlassen sei, und kehrte zu ihrem Sessel zurück; Sybilla sagte milde: »Soweit ich weiß, waren wir alle auch vorher schon durchaus guter Laune. Es wird nett sein, wieder kleine Kinder um sich zu haben. Sie sollten Dandy ein bißchen auf Trab bringen.

Höchste Zeit, daß er sich verheiratet. Ihnen würde es auch guttun, irgend etwas anderes zu hätscheln außer Ihrem übelriechenden Terrier.«

Lady Hunters gebrechliche Finger spielten mit ihren Ringen. »Heutzutage, in diesen opportunistischen Zeiten, hat Andrew nicht viel aufzuweisen, was sich einer Erbin empfehlen würde, weder Vermögen noch äußere Erscheinung. Im Unterschied zu seinem Bruder.«

Mariotta vergaß sich und widersprach. »Aber gewiß doch. Er hat alles erdenkliche Empfehlenswerte. Es dürfte Dutzende von hübschen Mädchen geben, die ihre Fingernägel hergeben würden, um ihn zu bekommen.«

»O gewiß. Solche gibt's eine Menge. Aber Ballaggan kann sich diese Sorte nicht leisten«, sagte Lady Hunter. »Hübsche Mädchen ohne Mitgift sind fürs Heckengebüsch, nicht für den Altar. Wir sind nicht alle so glücklich dran wie Richard.«

»Liebe Catherine«, sagte Sybilla, »was für ein Glück, daß wir alle reich *und* schön sind. Sonst müßten wir ja schrecklich beleidigt sein. Trinken Sie eigentlich all das Zeug in den Flaschen da?« Das Gespräch war mit sicherer Hand auf Arzneimittel verschoben und geriet von dort auf Kräuter, in denen die alte Dame Fachmann und auf ihre bissige Art recht unterhaltsam war. Schließlich erhob sich Sybilla, die geschwind die Zeitspanne abschätzte, die es noch auszufüllen galt, bis Sir Andrew vermutlich eintreten würde, und machte eine hänselnde Anspielung auf das Geheimgewölbe.

In Lady Hunters Stimme kehrte die Bissigkeit zurück: »Wenn Sie bettlägerig wären wie ich, Sybilla, würden Sie auch nicht alle Haushaltsachen offen herumliegen lassen, damit das Personal sie lesen kann. Wie ich Ihnen schon häufiger gesagt habe, diese Rezepte sind Geld wert; es ist nicht angezeigt, sorglos mit ihnen umzugehen. Die Schlüssel liegen hinter Ihnen.«

Sybilla verschwand und kehrte gerade im rechten Augenblick zurück, um Mariotta aus einem schauerlichen Verhör über den Stand der Hauswäsche auf Midcultur zu befreien.

Sie brachte das versprochene Buch mit Rezepten mit, das reichlich vorhielt, bis Sir Andrew eintrat. Mariotta betrachtete ihn und stellte fest, wie sich alles in ihr zu seiner Verteidigung erhob. Sie kannte ihn längst als einen gütigen und allzeit zur Verfügung stehenden Vertrauten. Niemand, der seiner warmen Stimme lauschte, konnte ihn unangenehm finden... Der arme Dandy.

Der Abend verstrich, und da die Kranke sich früh schlafen legte, ging man bald auseinander. Doch zuvor gelang es Mariotta noch, allein mit Dandy ein Wort zu wechseln. In seinem Studierzimmer geleitete er sie sanft zu einem Sessel vor dem Kaminfeuer. »Zwei Minuten, und dann schicke ich Sie zu Bett. Sie haben also Richard die Neuigkeit mitgeteilt?«

»Über das Kind? Ja, Dandy. Mit prachtvollem Ergebnis. Seit einer Woche ist für die Mutter eines Culter keine Luft mehr rein genug und keine Laune zu töricht.«

»Und die Geschenke kommen immer noch?«

Mariotta nickte und berührte eine kleine, ausgesucht schöne Perlenkette um ihren Hals. »Sie tauchen einfach in meinem Zimmer auf.« Ein nervöses Kichern bemächtigte sich ihrer. »Lymond kann von dem Kind noch nichts wissen. Was soll ich denn tun? Ich habe keine Möglichkeit, sie zurückzugeben.«

Sir Andrew erhob sich, trat zum Kaminfeuer und stieß mit dem Stiefel die Holzscheite zurecht. »Mariotta, ich möchte Ihnen aus ehrlichstem Herzen den Rat geben, es Richard zu sagen. Ich bin gern bereit zu helfen, aber Sie müssen doch wissen, wie ihm zumute wäre, wenn er glaubte, Sie fühlten sich dazu getrieben, sich jemand anderem außerhalb der Familie anzuvertrauen. Diese Sache mit Lymond ist ernst; und gerade Sie haben ja wahrhaftig die Möglichkeit gehabt, sich davon zu überzeugen, was für ein Mensch der Junker ist.«

Sir Andrew wartete und sah dann plötzlich dem Mädchen scharf ins Gesicht. Sie antwortete, während sie mit den Perlen spielte: »Er ist nicht unattraktiv, Dandy. Wenn er nicht durch einen einzigen Fehler vor all den vielen Jahren in die Verfemung gezwungen worden wäre...«

»Einen einzigen Fehler! Wissen Sie, wie viele in der Schlacht von Solway Moss ihr Leben gelassen haben und wie viele gefangengenommen wurden?« rief Hunter. »Wissen Sie, wie viele Jahre lang vorher er für England spioniert hat? Und als das Geheimnis herauskam, daß sie ihn nach London und Boulogne hinausgeschmuggelt haben, um ihn vor dem Galgen zu retten? Und daß er, als die Franzosen ihn erwischten und er von Lennox befreit wurde, jahrelang Wharton und Lennox gedient hat, bis sie herausbekamen, daß er auch sie hinterging, so daß er als Söldner ins Ausland gehen mußte? Sagen Sie es Richard, sagen Sie es ihm rasch, und überlassen Sie es ihm, sich um Lymond zu kümmern. Alles, was wir beide wünschen, ist doch nur, daß Sie wohlbehalten und glücklich sind.«

Einen Augenblick lang drehte Mariotta noch weiter an ihrer Halskette. Dann erhob sie sich in plötzlicher Ungeduld, die Hunter zurückweichen ließ. »Aber es gibt doch bestimmt irgendeinen anderen Ausweg, als sie sich gegenseitig an die Kehle zu hetzen ... Ach, lassen wir das! Ich bezweifle nur sehr, ob jemand wohlbehaltener und glücklicher sein wird, wenn Richard diese ganze Sache erfährt«, sagte Mariotta.

2

Auf dem runden Zypressenholztisch im Wohnzimmer in Bogle House lag ein Brief. Christian wußte, daß er dort lag. Sie spürte ihn jedesmal, wenn sie an dem Tisch vorbeiging. In ganz Stirling war niemand froher und erleichterter als Christian, als am 23. Dezember bei Anbruch der Nacht Lord und Lady Culter, die alte Lady, Agnes Herries und ihr ganzes ansehnliches Gefolge eintrafen.

Agnes stürzte sich darauf. »Ein neuer Brief! Von Jack?«

»Jack?« fragte die alte Lady und wandte sich um.

»Jack Maxwell. Ich hab' ihm geschrieben, daß wir Weihnachten in Stirling sein werden.« Sie erbrach das Siegel und las im Stehen. »Christian! Er schreibt, ich soll ihm wie gewöhnlich antworten, aber er wird vielleicht bei mir sein, ehe ich eine Antwort bekomme. Er will nach Stirling kommen!«

»Schreibt er das auf englisch?« fragte Christian vorsichtig.

»Ja, ganz klar und deutlich. Hör doch!« sagte Agnes.

Christian hörte ihr zu, wie sie vorlas, und dankte dem Himmel für den verse-verseuchten Verstand des Kindes, der an den haarsträubenden Metaphern, in welche die Mitteilungen an sie gekleidet waren, überhaupt nichts Seltsames fand. Sie entnahm ihnen, daß es ihm gelungen war, einen der beiden Männer, mit denen er sprechen mußte, auszuscheiden, und daß er jetzt im Begriff war, den anderen zu sprechen. Offensichtlich ein geeigneter Augenblick, um den Briefwechsel abzubrechen; denn Johnnie Bullo, der einstige Verbündete und Sendbote, schien ihr neuerdings aus dem Weg zu gehen. So sah es sehr danach aus, als werde eine seltsame, schmerzliche Episode in ihrem Leben ihr Ende finden. Doch was immer ihr Zweck gewesen sein mochte, sie mußte gestehen, daß das Glück Lady Herries gänzlich verwandelt hatte.

In dieser Nacht fiel Schnee, und Stirling erwachte zum Weihnachtsfest ganz in Weiß gehüllt. Mariotta, vom Schnee und von der Festzeit gerührt, hielt schon frühzeitig nach ihrem Gatten Ausschau und stellte fest, daß er das Haus verlassen hatte, niemand wußte, warum. Während sie ihre Verwunderung mit der alten Lady teilte, kam ihr plötzlich ein Gedanke. Sie ging zu Sybillas französischer Schatulle hinüber und öffnete sie. Die oberste Schublade war leer.

»Er ist weg!« sagte Richards Gemahlin; sie drehte sich auf dem Absatz herum, und ihre Veilchenaugen waren schwarz. »Der Handschuh, den wir beim Papingo gefunden haben, ist weg. Richard hat ihn genommen – am Heiligen Abend, auf eigene Faust, ohne irgend jemand von uns auch nur ein Wort zu sagen – unser prächtiger, kalter, bronzeblütiger Held hat ihn mitgenommen, um damit Lymond aufzuspüren.«

Culter war in der Tat mit dem Handschuh auf und davon

gegangen, aber nicht sehr weit. Das Gold, mit dem der Handschuh verziert war, mußte von einem Goldschmied geliefert worden sein; und da er ohnehin irgendwann im Lauf des Tages zu Patey Liddell gehen mußte, um die fertiggestellte Miniatur seiner Mutter abzuholen, nahm er den Handschuh zu Patey mit und ging so frühzeitig hin, daß er zurück sein konnte, ehe Mariotta ihn vermißte.

Patey war noch nicht aufgestanden. Nach endlosem Hämmern gegen die Tür schob sich schließlich ein besenähnlicher Kopf aus dem Gitterfenster des Oberstocks hervor, und Pateys Stimme japste: »Klopf nur munter drauflos! Ich bin so taub wie ein Holzbrett – ach! Sie sind's selbst, Mylord. Bitte einen Augenblick zu warten, bin sofort unten.« Unten im Laden händigte Patey nicht ohne vorheriges umständliches Kramen und Suchen die Miniatur ein und beugte sich, nachdem er den haarsträubenden Preis dafür in die Tasche gesteckt hatte, über den Handschuh, den Richard hervorzog. Er hielt ihn auf Armeslänge von sich und schmunzelte ihn an. »Ein schönes Stück!« Er tippte mit dem fadendünnen Finger gegen die glitzernde Manschette. »Schöne Steine! Und spottbillig sind sie weggegangen; ich hätte das Doppelte für sie bekommen können.«

Der Handschuh wurde unversehens seinem überraschten Griff entrissen. »Hast du ihn schon mal gesehen?« verlangte Culter laut, aber beherrscht zu wissen.

Patey war erstaunt, doch bereit, gefällig zu sein. »Nein, nein. Den Handschuh kenne ich nicht, aber ich hab' das Gold und die Steine geliefert; mit Edelsteinen weiß ich Bescheid...«

Jetzt sprach sein Kunde wieder. Patey hörte angestrengt zu. »Wer sie bestellt hat? Augenblick mal, ich werde es Ihnen gleich sagen.« Das große Hauptbuch kam heraus, und Pateys Zeigefinger fuhr Seite um Seite herunter und hielt dann inne. »Da haben wir es! Bestellt von Waugh, dem Handschuhmacher in Perth, am 2. Oktober.«

»Wo finde ich diesen Waugh?«

Pateys verkrustete Augen öffneten sich. »Wollen Sie zu ihm

hin? Ja also ...« Er schüttete ein Päckchen Sand auf den Ladentisch, zeichnete mit einem Zobelhaarpinsel eine Karte
und setzte Edelsteine als Wegzeichen ein. »Da haben Sie es.«
Richard dankte ihm und verließ den Laden. Während er wieder aufs Pferd stieg, kletterte Patey die Treppe hinauf und
zurück ins Bett und kicherte dabei leise vor sich hin. »Und
ein recht fröhliches Weihnachten wünsche ich Ihnen auch«,
sagte er in die leere Luft.

Die Stadt Perth liegt nur dreiunddreißig Meilen nordöstlich
von Stirling; Lord Culter ritt schnell und gelangte noch vor
der Mittagsstunde dorthin. Nachdem er das schwerbewachte Hauptstadttor passiert hatte, ritt er im Schritt weiter
durch die geschäftige Hauptstraße, am Kreuz und Pranger
vorbei, aber als er ins Handschuhmachergäßchen kam, war
die Marktbude ganz offensichtlich geschlossen und an den
Fenstern darüber waren die Läden zu.
Richard Crawford hatte sich auf dem Ritt nach Norden unterwegs nicht aufgehalten, um etwas zu essen; er war verstört und hungrig und fror. Er band die Stute an einem Eisenhaken fest und begann die linke Seite des Gäßchens hinunter systematisch eine Tür nach der anderen mit dem Knauf
der Reitpeitsche abzuklopfen, und dann die rechte Seite hinauf. Als er fertig war, reckte sich eine Anzahl Köpfe mit
Mützen, Kappen, Hauben und verwilderten Haarschöpfen
wütend aus den Fenstern und schüttete giftsprühende Beschwerden über seinem Haupt aus. Er trat ein wenig zurück
und richtete das Wort an die am zuverlässigsten wirkende
unter diesen Persönlichkeiten, einen stoppelbärtigen Gnomen mit fleckigem, pustelbedecktem Gesicht, der ihm zuhörte, dann zielsicher aufs Kopfsteinpflaster spuckte und mit einem breiten Grinsen schauerlich gelbe Zähne entblößte. »An
einem Feiertag erwischt ihr den Jamie Waugh nicht dabei,
daß er seine Zeit zu Hause vertrödelt.«
»Wo ist er denn?« fragte Richard. Die wachsende Zuhörerschaft merkte interessiert auf.

»Das könnte ich selber nicht genau sagen«, erklärte der Alte. »Außerdem würde es Ihnen nicht das allergeringste nützen. Feiertags arbeitet Jamie Waugh nämlich nicht.«

»Ich will ja gar nicht, daß er arbeitet!« brüllte Richard zwei Stockwerke hinauf. »Ich will nur mit ihm reden.«

»Na, da bin ich aber Ihretwegen froh, daß Sie gar nicht erst Ihre Zeit verschwendet haben«, sagte der Gelbzahn vergnügt. »An einem Feiertag können Sie mit Jamie Waugh nicht reden; da ist er nämlich sternhagelbetrunken, der Jamie.«

»Ich kann ihn schon nüchtern machen«, sagte Richard grimmig. »Wenn Sie mir nur sagen, wo ich ihn antreffe.«

»Nüchtern machen!« Der Alte blickte seine Lordschaft betrübt an. »Nüchtern! Den werden Sie bis zum Dreikönigstag nicht nüchtern erleben. Wenn Jamie sich mal ans Trinken macht, dann trinkt er.«

Es entstand ein kurzes Schweigen. Richard dachte nach, und der Alte schätzte ihn ab, indem er die offensichtliche Dringlichkeit der Suche gegen den Schnitt der Kleider seiner Lordschaft abwog. Schließlich sagte er: »Verstehen Sie mich recht, ich sage ja nicht, daß man ihn nicht nüchtern machen könnte. Ich sage nur, es hat noch keiner versucht. Sie sehen mir«, erklärte der Gelbzahn mit einer gewissen gefälligen Leutseligkeit, »wie ein sportlicher Herr aus, und das ist ein hübscher kleiner Dolch, den Sie da im Gürtel haben. Also schön, ich sage Ihnen, wo Sie ihn antreffen, und zwar um den Preis einer Wette. Ich wette Ihnen ein Paar Handschuhe gegen Ihren Dolch, daß Sie ihn bis zum St.-Stefanstag nicht in normalem Zustand hierher in die Gasse zurückkriegen – oder jedenfalls so normal, wie unser Herrgott ihn geschaffen hat. Das ist ein anständiger Vorschlag unter Zeugen, und außerdem und sowieso«, schloß er sachlich, »gibt's außer mir nicht eine Menschenseele, die Ihnen zu Jamie den Weg sagen kann.«

Richard kreuzte die Arme auf der Brust und starrte den schlichten Gelbzahn an. Der ganze Vorschlag war natürlich lachhaft; zu jeder anderen Zeit hätte er sich unverzüglich und unmißverständlich dazu geäußert. Aber die Zeit war gegen ihn. Er fluchte halblaut vor sich hin und sagte dann kurz angebunden: »Also gut. Ich nehme die Wette an. Wo ist er?«

Er mußte warten, bis der Alte, der aus dem Fenster verschwand und unten aus der Tür wieder hervorkam, persönlich seinen Dolch in liebevolle Obhut genommen hatte (»Nur eine Formalität«), ehe er eine Antwort erhielt. Schwielige Hände streichelten den edelsteinbesetzten Griff. »Ja ja. Ich habe gleich gewußt, Sie sind ein Edelmann. Jamie Waugh ist bei seiner Schwester in ihrem Haus in der Gerbergasse«, sagte der Gelbzahn und trat einen strategischen Rückzug in den Türeingang an. »Das fünfte Haus rechts. Merton ist der Name. Merton.«

Richard, wider Willen Belustigung in den grauen Augen, setzte einen Fuß in den Steigbügel und schwang sich wieder aufs Pferd. »Besten Dank. Und ihr Name, Sir?«

»Meiner?« Die Zähne tanzten auf und ab. »Da sieht man gleich, daß Sie nicht von hier sind; jeder Mensch in Perth kennt Malcolm – Malcolm Waugh, zu Ihren Diensten, Sir; Vater des besagten gleichnamigen Jamie, und ein ehrlicher, nüchterner Mann, der mit diesem lockeren Vogel von einem schwarzen Handschuhmachersohn geschlagen ist, jawohl, Sir. Viel Glück und alles Gute. Sir. Ich pass' auf den Dolch gut auf! Da können Sie sich auf mich verlassen, Sir!«

Richard wandte das Pferd aus dem Gäßchen heraus und mußte plötzlich laut herauslachen, während überall die Fenster sich schlossen und der Friede des Heiligabends sich wieder auf das Handschuhmachergäßchen herabsenkte.

Die Gerbergasse sah im Schnee aus, als komme sie frisch aus der Wäsche; der Schnee hatte den Strohdächern neue Hauben und Mützen aufgesetzt und die Pfosten und Pfähle auf den Werkplätzen eingekleidet. Aber trotz des kalten Wetters hing der vollreife Tiergeruch des ansässigen Gewerbes durchdringend um die Toreingänge. Das fünfte Haus war leicht zu finden: Bei Mertons ging es hoch her; die ganze übrige erwachsene Gerbergasse und die meisten ihrer Kinder drängten sich in dem einzigen Zimmer über dem Hof zusammen, und der Überlauf verstopfte die Treppe. Auch Jamie Waugh war leicht zu finden: Er saß am Kamin und sang aus einem großen irdenen Krug heraus, der umgestülpt auf seinen Schultern saß. Bier lief frei und ungehindert um, und eine dicke, fröhliche Frau in einer Schürze, die Richard für Frau Merton hielt, verteilte Uferschnecken aus einem Topf kochenden Wassers. Sie hatte Lord Culter bereits einen Löffelvoll angeboten, ehe ihr seine Kleidung und deren Bedeutung auffielen; sie errötete, legte den Schöpflöffel nieder und wischte sich die Hände. »Wollten Sie mit Jock sprechen, Sir? Wenn Sie morgen noch mal vorsprechen wollten oder übermorgen...«

Sie schien eine aufgeweckte, rechtschaffene Person. Er sagte ihr, was er wollte, aber ihre Antwort fiel nicht sehr viel anders aus als die des Alten aus dem Handschuhmachergäßchen.

»Jamie! Ach, Jamie wird nicht nüchtern vor Lichtmeß.«

»Mit Ihrer freundlichen Erlaubnis«, sagte Richard, »ich hatte vor, ihn jetzt auf der Stelle nüchtern zu machen.«

Sie lächelte ihm zweifelnd zu. »Bitte schön, Herr, Sie können es gern versuchen.« Sie beugte sich über den glücklich vor sich hinsingenden Mr. Waugh und hob ihm den Krug von den Schultern. Ein fülliges Mandelgesicht tauchte auf, mit einer kurzen, rosigen Stupsnase und verstrubbeltem schwarzem Haar. »Jamie, ein Herr ist hier, der möchte mit dir sprechen«, sagte Mrs. Merton. Das schwimmende Auge wanderte verstört von Lord Culter zu seiner Schwester und wieder zurück; dann hefteten sich seine Blicke auf die Asche im Kamin. »Hier muß ich liegen, hier muß ich sterben«, deklamierte er, der anscheinend etwas fürs Heldenhafte in Versform übrig hatte, »durch Falschheit, List, Verräterei«, und legte verdrießlich die Wange aufs Knie. Ein hochgewachsener, hagerer Mann drängte sich jetzt durch die Menge, und Mrs. Merton ging auf ihn zu. »Ach, Jock, es ist ein Herr hier, der dringend mit Jamie sprechen will, und der ist gerade fast hinüber.«

Mr. Merton beäugte Richard, der sein Anliegen in Kurzfassung wiederholte. »Ja, wenn Sie einen Verkauf feststellen wollen, dann ist Jamie der einzige, der das kann. Glauben Sie, Sie können ihn nüchternkriegen?« fragte der Gerber zweifelnd. »Woran hatten Sie denn gedacht?«

»Ein Schwimmbad«, sagte Richard. »Und dafür würde ich ein Tau brauchen.«

Das Gesicht des Gerbers überzog sich mit einem ganzen Netz von Fältchen. »Mann«, sagte er mit völlig fühllosem Entzükken, »ich hab' Jamie auch seit zwanzig Jahren nicht mehr im Wasser gesehen. Allmächtiger, das wird ein großer Tag für die Waughs!«

Sie nahmen den Betrunkenen zwischen sich und schafften ihn die Treppe hinunter, und die Bewohner des Gerbergäßchens ergossen sich mitsamt Schnecken und Bierkrügen ihnen nach. Sie torkelten und schlurften singend in fröhlicher Prozession auf die Gasse hinaus und standen dann aufgereiht am Rand des raschfließenden, eiskalten Tay, während Richard feierlich das Wort an sein Opfer richtete. »Mr. Waugh, was ich jetzt tun werde, ist ebenso zu Ihrem Besten wie zu meinem. Ich hoffe, wenn Sie nüchtern sind, werden Sie das zu schätzen wissen.« Dann nahm er eine Rolle Hanftau, die Mrs. Merton bereithielt, legte sie dem Handschuhmacher um den Leib, machte sie fest, nahm unter lautem Beifallsrufen Jamie Waugh auf die Arme und warf ihn plumps in die Mitte des Flusses.

Ein spritzender Sprühregen, ein gellender Ruf und das Knirschen von Kies; dann tauchten zwei Knie und ein Kopf auf: Mr. Waugh legte sich im Flußbett bequem zurück. Richard zog das Seil sanft an. Mr. Waugh rollte herum, und man hörte ihn kräftig in die Wellen hineinfluchen. Richard zog nochmals. Mr. Waugh stand auf. »Was zum... macht ihr verd... denn da?« brüllte er.

Sein Schwager brüllte zurück: »Komm schon, Jamie. Wir haben dich angeseilt. Du kannst beinahe zu Fuß zu uns herüberkommen.«

Mr. Waughs unflätige Antwort stellte sogar seine vorherige, nicht gerade feine Bemerkung in den Schatten; ja, er schien durchaus bereit, bis zum Anbruch der Nacht in der Mitte des Tay stehen zu bleiben und sich in Vokallauten zu üben. Mr. Merton, der weniger Geduld hatte als Richard, beugte sich hinüber. Er zog das Tau mit einem mächtigen Ruck an, und die wortgewaltige Gestalt am anderen Ende verschwand in einem Sprühregen von Schmähreden und spritzendem Wasser. Seiner Schwester liefen vor Lachen die Tränen über die molligen Wangen, so daß sie kaum sprechen konnte.

Sie zogen ihn ans Ufer. Er kam nicht nur stocknüchtern, sondern auch stinkwütend an Land. Die wild um sich schlagenden Dreschflegelarme wurden in irgend jemandes Rock gezwängt; er wurde zurück ins Haus gewirbelt, getrocknet und abgerieben, frisch eingekleidet und mit heißer Milch traktiert. Dann kam Mrs. Merton zur Tür und nickte Richard zu, der eintrat und sich vor dem schlaffen, wütenden und verwirrten Schwimmer auf einen Hocker setzte. »Wenn Sie jemand die Schuld geben wollen, dann bitte mir«, sagte er umgänglich. »Ich bin derjenige, der Sie hineingeworfen hat.« Mr. Waugh hob sich auf die Füße und wurde alsbald von wohlwollenden Geistern gestrenge wieder auf seinen Sitz hinabgedrückt. Richard fuhr fort: »Es tut mir leid, aber ich benötige gewisse Auskünfte von Ihnen, und zwar sehr eilig, und es soll Ihnen keine Kosten verursachen.« Er warf dem Handschuhmacher einen klimpernden kleinen Beutel in den Schoß. »Damit können Sie der Schädigung Ihrer Nüchternheit sehr rasch wieder nachhelfen, und es bleibt Ihnen vielleicht noch etwas für Ostern übrig.«

Jamie Waugh öffnete den Beutel, und das ganze Mandelgesicht veränderte sich auf einen Schlag. »Herr, wenn's Ihnen wieder mal danach ist, brauchen Sie nur Jamie zu verständigen, und ich verbringe die Fastenzeit bei den Stichlingen. Was wollten Sie denn wissen?«

Er warf Lymonds Handschuh zuoberst auf das Geld. »Können Sie mir sagen, wer den bestellt hat?«

Die breiten, braunen Finger des Handschuhmachers befühlten liebevoll die Arbeit. »Da muß ich in meinen Büchern im Laden nachsehen, Sir. Aber die Arbeit ist von mir, das ist mal sicher.«

Richard erhob sich. »Können wir jetzt gleich in den Laden gehen?«

»Bestimmt, bestimmt.« Der Mann setzte seinen Krug ab, hob Geld und Handschuh auf und machte sich auf zur Tür; im Vorbeigehen gab er seiner Schwester einen Klaps: »Sei ein gutes Mädchen und setz den Schinken an, damit er fertig ist, wenn ich zurückkomme; mir schlottern die Gedärme vor Hunger, und im Mund hab' ich einen Geschmack wie Schellfischspucke.« Er warf Richard einen scheuen Blick zu. »Sie würden wohl nicht vielleicht mit zurückkommen und einen Happen mit uns essen, Sir? Es ist nur ein Schinken, weiter nichts, aber lieber Herr, das Schwein hab' ich selber gemästet, Tag um Tag, und da ist nicht ein schlechtes Stück dran.«

Lord Culter legte ihm die Hand auf die drahtige Schulter. »Jamie Waugh, verlaß dich drauf, die Hälfte von dem Schinken ist schon weg.«

Die frühe Winterdunkelheit fiel bereits ein, als Richard mit Waugh ins Handschuhmachergäßchen zurückkehrte. Jamie hatte noch kaum den Fuß auf das Kopfsteinpflaster gesetzt, als er bereits den nassen Haarschopf zurückwarf und aus Leibeskräften brüllte: »Vadder!«

In Malcolm Waughs Vorderfenster flackerte eine herannahende Talgkerze; das Fenster öffnete sich, und der Erzeuger sah heraus. »Jamie!« Das Stoppelkinn erbebte. Mr. Waugh der Ältere lehnte sich noch weiter aus dem Fenster heraus. »Bist du etwa nüchtern, mein Junge?«

Der Handschuhmacher hatte die fortdauernden Hinweise auf seinen Zustand mittlerweile ein wenig satt und antwortete bissig: »Viel zu nüchtern, um mir deine Schwabbelvisage noch lange anzusehen. Möchtest du vielleicht herunterkommen?«

Aber Vadder lehnte sich noch weiter hinaus. »Jamie! Sag noch rasch, du hast doch nicht vielleicht einen geschniegelten jungen Burschen mit einer aalglatten Zunge getroffen?« Richard, auf den Sattelknauf gestützt, sah zu ihm hinauf. »Ach, Sie sind's selbst!« sagte der alte Mann rasch. Ein geschwind herbeizitiertes gelbes Grinsen rückte sich im Gesicht zurecht. »Herr, Sie sind aber ein einmaliger Fall. In ganz Schottland gibt's keinen zweiten Menschen, der den Jamie Waugh so stocknüchtern und übellaunig wie am Tag, als er entwöhnt wurde, zu seinem Vater zurückbringen könnte.« Er duckte sich geschickt, während ein von seinem ungeduldigen Sohn geschleuderter Stein gegen den Fensterrahmen knallte. »So wart doch einen Augenblick, ich komme ja schon herunter.«

Er ließ sie ein und sah Jamie aufmerksam zu, wie er eine Kerze anzündete, sein Hauptbuch aufschlug und es genau durchging. Richard sah sich in dem halbdunklen Raum um und gewahrte auf einem Tisch etwas Glitzerndes; er schlenderte hinüber und hob seinen Dolch auf. Während er ihn in den Gürtel zurücksteckte, grinste er in ein paar düstere, blutunterlaufene Augen. »Ich erlasse Ihnen die Handschuhe, die ich gewonnen habe, Mr. Waugh. Sie sind mir das Erlebnis wert, Sie kennengelernt zu haben.«

Der Faltenmund schwappte hin und her. »Lieber Herr, ich wüßte eine Menge Kneipen, wo Sie für Ihr Talent Ihr Lebtag lang Freibier bekommen könnten.« Er verschwand unauffällig im Halbdunkel, während der Sohn mit dem aufgeschlagenen großen Buch nach vorn trat, es hinlegte und den Handschuh gegen das Licht hielt. »Den Teufel noch mal!« sagte er. »Er hat ihn als Schießhandschuh verwendet!«

»Das hat er allerdings«, antwortete Richard einigermaßen grimmig.

»Aber dafür ist er nicht gemacht«, sagte Jamie Waugh ehrlich entrüstet. »Das ist doch ein Zierhandschuh, einer von einem Paar, und viel zuviel Schmuck dran, um damit zu schießen. Ich erinnere mich sehr gut daran und an den Burschen, der ihn gekauft hat.«

Richard holte sich eine Sitzgelegenheit und ließ sich sanft hineinsinken. »Erzählen Sie mir, wie es kam.«

»Nun ja; da kommt eben dieser Bursche in den Laden und bestellt Handschuhe und macht Umstände wie ein Floh in der Badewanne wegen dem Muster und daß Patey die Goldarbeit machen soll und –«

»Wie sah er aus?«

Der Handschuhmacher dachte nach. »Irgendwie merkwürdig und ausgefallen, gelbes Haar und ein ganz gewaltiges Mundwerk.«

»Haben Sie ihn vorher schon mal gesehen, Mr. Waugh?«

»Nein. Und auch seither nicht mehr. Na, ja, und wie es dann zum Zahlen kommt, da hat er das Geld für das ganze Paar nicht bei sich, und wir hatten eine kleine Auseinandersetzung. Aber er ist nicht die Art von Herr, mit der man gern Unannehmlichkeiten hat. Er hat ein bißchen was bezahlt und eine Adresse hinterlassen und gesagt, er wird mir entgegenkommen, indem er nur einen Handschuh mitnimmt, und den anderen läßt er abholen, wenn er das Geld schickt. Ich wußte gleich, daß das ein Märchen war«, sagte Mr. Waugh in ärgerlicher Erinnerung, »aber er hatte so eine Art an sich –«

»Ich weiß«, sagte Richard. »Und hat er das Geld geschickt?«

Jamie Waugh trat zu einem Schrank, kramte darin herum und kam schließlich mit dem Zwillingsstück des gestickten Handschuhs zurück. »Nein. Da ist er. Es hat ihn niemand abgeholt.«

»Würden Sie gestatten, daß einer von meinen Leuten an der Rückseite von Ihrem Laden Wache hält, bis dieser Mann auftaucht? Ich bezahle Sie natürlich dafür.«

Überraschung malte sich auf Jamies Gesicht. Er zögerte und zuckte dann die Achsel. »Wie Sie wünschen, Sir.« Er war im Begriff, das Buch zuzuschlagen, als Richard ihn festhielt. »Einen Augenblick. Welche Adresse hat der Mann angegeben?«

Waugh schaute nach. »Dürfte ja wohl wahrscheinlich eine falsche sein ... Ah ja, hier haben wir sei. ›Schloß Midculter, Grafschaft Lanark‹, steht hier.«

Richard stand unvermittelt auf. »Und der Name?«

»Ja, nun. Seinen eigenen Namen hat er nicht angegeben, nur den Namen des Mannes, den er schicken wollte, um für die Handschuhe zu bezahlen. ›Richard Crawford, dritter Baron Culter.‹ Allerhand Frechheit, was? Ein Lord, nichts Geringeres. Herr, heutzutage kann man überhaupt niemand mehr trauen. Wann würden Sie Ihren Mann herschicken?«

Welch bittere Selbstverhöhnung auch hinter Lord Culters teilnahmslosen Zügen liegen mochte, er zeigte sie nicht. Er sagte kühl: »Ich brauche jetzt niemand mehr herzuschicken ... Ich habe den Fehler begangen, meinen Freund zu unterschätzen.« Er legte ein Goldstück auf den Tisch und fügte hinzu: »Es wird niemand kommen, um die Handschuhe abzuholen. Behalten Sie sie beide und betrachten Sie den Kauf als bezahlt. Und jetzt, wie war das mit dem Schinken?«

Er ritt an diesem Abend nicht nach Stirling zurück, sondern begrub seinen Ärger und seine Enttäuschung in der Gerbergasse unter Schinkenscheiben und Eiern und Bier und guter Gesellschaft, und Jock Merton sagte halblaut, ob hochgeborener Herr oder nicht, auf alle Fälle stand er bei fröhlicher Tischgesellschaft seinen Mann, ohne daß man ihm das geringste anmerkte – eine Feststellung, die Mariotta und vielleicht sogar die alte Lady Culter mit Erstaunen vernommen hätten.

Es war spät, als er aufbrach. Er hatte nicht die Absicht, in einem der vornehmen Häuser, die ihm in Perth bekannt waren, mitten in der Weihnachtsfeier mit einem Brummschädel aufzutauchen, und nach kurzer Überlegung lenkte er die Stute zur Burg, wo er für einige Stunden ein Bett verlangen und sich dann bei Tagesanbruch nach Stirling aufmachen konnte. Es war nicht seine Schuld, daß das englische Heer in Broughty Fort sich gleichfalls in dieser Nacht mit niederträchtiger Absicht zu einer Strafexpedition in der Umgegend

aufmachte. Er wurde um fünf Uhr morgens vom Höllen-
lärm des plötzlichen Alarms geweckt und setzte sich pflichtgetreu aufs Pferd, um den Tag nicht in Stirling, sondern an
der Seite des Stadthauptmanns von Perth in Balmerino zu
verbringen. Er ritt nicht gerade vergnügter Laune in das
Scharmützel. »Ich hatte gedacht«, sagte er müde, »es wäre
da nur einer, der mit meinem Leben einen Höllenzauber aufführt. Aber bei Gott, es ist anscheinend eine regelrechte
Volksbelustigung daraus geworden.«

Zur Mittagsstunde – und Richard noch immer weit und breit
nicht in Sicht – besann Sybilla sich auf ihren angeborenen
Scharfsinn, zog Pelze und Schneestiefel an, lehnte alle Begleitung ab und stapfte die Straße hinab zu Patey Liddells Laden. »Ja, das ist wirklich eine Ehre und ein Vergnügen – bitte kommen Sie doch hier herüber zum Ofen – Sie wissen ja,
Lord Culter hat das Bild abgeholt und mitgenommen – bitte
setzen Sie sich doch ... Hier ist er nicht«, sagte Patey, der
unter dem strengen Blick der blauen Augen ein wenig bestürzt schien.
»Das habe ich mir gedacht«, sagte Sybilla. »Wo ist er mit
dem Handschuh hin, Patey?«
Der Goldschmied beäugte sie und gelangte offensichtlich zur
Einsicht, daß hier nur mit der Wahrheit durchzukommen
war. »Nach Perth«, sagte er schlicht.
»Ach, Richard!« rief Sybilla aufs äußerste aufgebracht. Sie
wandte die blauen Augen wieder zu Patey. »Stammt der
Handschuh von dort?«
Er nickte, zauderte und meinte dann: »Niemand wird ihn
auch nur mit einem Finger anrühren, Euer Ladyschaft, dafür
verbürge ich mich. Jamie Waugh ist ein schrecklicher Mann,
aber es steckt nicht ein Tropfen Böses in ihm ... Darf ich
Ihnen ein Gläschen anbieten?« fügte er so rasch hinzu, daß
man meinen konnte, er wolle seine Mutmaßung geschwind
wieder auslöschen.
»Nein, ich muß nach Hause.« Lady Culter beugte sich über

die Werkbank des Goldschmieds, um einen kleinen Goldklumpen zu betrachten, der dort in einer Verwehung aus glitzerndem Staub lag. Sie hob ihn auf, um ihn genauer anzusehen. »Dieses blaßgelbe Gold kommt aus Crawfordmuir, nicht wahr? Sie verwenden es ziemlich viel, Patey.«

»Was?« sagte Liddell. »Hübsches kleines Klümpchen, das Gold.«

»Ich habe nicht von dem Goldklümpchen geredet«, sagte Sybilla, »jedenfalls nicht speziell. Wie hoch ist denn jetzt die Steuer auf in Schottland geschürftes Gold, Patey? Und muß nicht alles direkt bei der Münze abgeliefert werden?«

»Schottisches Gold?« sagte der Goldschmied und schüttelte den weißhaarigen Kopf. »Es ist soweit ganz gut; aber eine Spur zu weich, und dann gibt's eben Leute, die haben das gute dickflüssige Gelb lieber als dieses blasse Zeug. Nein. Was immer Sie brauchen, kommen Sie zu mir, und ich zeige Ihnen Gold, aus dem man Kronen für Engel machen kann.«

»Na, das wäre mal was anderes«, sagte die alte Lady säuerlich. »Sie sind ein schlechter, böser, tauber alter Mann, und ich weiß wirklich nicht, warum ich zu Ihnen komme.«

»Das wissen Sie nicht?« sagte Patey, der von seiner Gabe, nur das zu hören, was er hören wollte, äußersten Gebrauch machte. »Dann werde ich es Ihnen sagen: weil Sie bei mir etwas für Ihr Geld bekommen. Und auf eins können Sie sich verlassen: In was immer Patey Liddell seine Finger drin haben mag, es wird nie einem Crawford was zuleide tun.«

»Dann würde ich vorschlagen«, antwortete Sybilla, indem sie sich zur Tür wandte, »daß Sie sich von meiner Schwiegertochter fernhalten; andernfalls wird eine Sache, in der Patey Liddell seine Finger drin hat, Patey Liddell ganz gehörig was zuleide tun.« Und sie stapfte nach Hause.

Also kam Weihnachten, von Lord Culters Abwesenheit durchaus nicht entsetzt, vergnügt und heiter nach Stirling. Es war ein französisches Weihnachten; ein anmutiges Weihnachten voller Scherze, Possen und Ausgelassenheit. Heinrich von Frankreich hatte sich endlich zu Kühnheit und durchtriebener Bosheit aufgerafft und eine kleine Flotte nach Schottland geschickt, mit Geld für die Königinmutter und französischen Militärfachleuten zu ihrer Beratung und besseren Sicherung ihrer Festungen. Die Militärfachleute, in Düfte und weiße Seide gehüllt, tanzten wie wohlerzogene Wolken und redeten im Kronrat von Truhen von Geld und großen Truppenlandungen, die für ihr Kommen nur besseres Wetter abwarteten. Die Regierung stieß einen Seufzer der Erleichterung aus, beäugte den Schnitt der weißen Seide und rief, indem sie ihre Rüstung aus dem Fenster warf, laut nach ihrem Kammerdiener.

Sybilla, die sich angeregt und behaglich in ihrem Element fühlte, fand Zeit, um ihrer kleinen Herde zuzusehen. Sie beobachtete Agnes Herries, wie sie, neuerdings von scheuer Schüchternheit geziert, auf Befehl des Statthalters mit des Statthalters Sohn tanzte. Christian, die nicht gern in der Öffentlichkeit tanzte, war in Tom Erskines strategischen Hinterhalt geraten. Mariotta hätte nicht tanzen sollen und tanzte unentwegt. Die alte Lady murmelte ein schwaches Stoßgebet für das Wohl des künftigen Erben der Culters und wandte den Blick wieder Lady Harries zu. So kam es, daß sie in der Ferne eine hochgewachsene, leicht gebeugte Gestalt gewahrte; sah, wie Agnes Herries zauderte und dann die Wendeltreppe hinauf verschwand, über die man zum Mauerumgang auf dem Dach gelangte. Die hochgewachsene Gestalt folgte ihr.

Sybilla ging zu Christian hinüber und setzte sich. »Halt meine Hand und red mit mir«, verlangte sie. »Auf der Turmtreppe ist etwas Interessantes im Gang, und mir ist nervös und großmütterlich zumute.«

Christian wandte der alten Dame ihr liebevolles Lächeln zu. »Es geht nichts über die Übung«, sagte sie.

Der hochgewachsene Mann war in blaue Seide gekleidet. Agnes beobachtete ihn, wie er aus dem Turm hervorkam, und bemerkte seine leichte, bedachtsame Gangart und das Trespenhaar, das der Nachtwind zerzauste. Er kam näher, und sie gewahrte die gelben Falkenaugen mit den schwarzen, verborgenen Pupillen.

»Lady Herries?« fragte er; als sie nickte, lächelte er plötzlich.

»Sie sind so klein. Es ist ja, als ob der Berg mit dem Maulwurfhügel spricht. Vielleicht, wenn Sie gestatten, wollen wir erst mal unseren Höhenunterschied ausgleichen.« Und ehe sie widersprechen konnte, hatte er mit beiden Händen ihre Hüften umfaßt und sie mühelos auf die breite Brüstung gehoben. Sie dachte einen flüchtigen Augenblick an den Mauervorsprung, ordnete dann ihre Röcke und wandte sich wieder den Augen des Herrn zu. Sie waren noch immer ausgesprochen gelb, aber freundlich. Er nahm ihre Hand und legte etwas hinein. »Aus Threave«, sagte er.

Agnes sah hinab. Zwischen ihren Fingern befand sich, dunkel von geschmolzenem Schnee, aber warm und vollkommen, eine rote Rose. Sie sagte »Ach!« in erstauntem Entzücken und wiederholte, als seine Worte einsickerten: »Aus Threave?«

»Von Jack Maxwell. Mit dem Ausdruck seiner achtungsvollen Liebe. Nun, Lady Herries: Sind Sie enttäuscht?« fragte der Junker von Maxwell.

Sie schüttelte den Kopf. »Ich finde«, sagte Agnes mit der Unbefangenheit der Jugend, »Sie sind so schön wie Ihre Briefe, Sir.«

Lange nachdem die Brüstung wieder verlassen lag, verhieß Hufegeklapper einen späten Ankömmling, der allein zur Burg heraufgeritten kam. Der Hauptmann der Wache ließ ihn unverzüglich ein, und Lord Culter, durchnäßt und schlammbespritzt, stieg vom Pferd und trat in den Hof. Er kam geradewegs aus Perth und brachte vom Stadthauptmann von Perth einen Bericht über den Überfall auf die Abtei von Balmerino mit, der ihm so zu schaffen gemacht hatte. Diesen gab er an einen der Hofbeamten der Königin weiter, da sein Äußeres schwerlich gestattete, selbst um eine Audienz zu ersuchen. Aus dem gleichen Grunde ersuchte er darum, man möge seine Gattin aus dem Schloß herüberholen, damit er sie sprechen könne.

Als Mariotta über die Brücke von der Festhalle zum Schloß hinüberging, verspürte sie ausgesprochene Erleichterung. Zumindest hatte er diesmal keinen Schaden genommen, obwohl sein Benehmen auch weiterhin unberechenbar, gesellschaftsfeindlich und ausweichend blieb. Mariotta war bereit, zu gebührendem Preis Versöhnung zu verkaufen. Richard erhob sich zu ihrer Begrüßung mit einem Gesichtsausdruck, in dem die alte Lady Culter unverzüglich Unbehagen und Schuldbewußtsein erkannt hätte. Es lief darauf hinaus, daß Mariotta ärgerlich dreinblickte und Richard hölzern, und die Eröffnungsrunde war nicht gerade vertrauenerweckend. Das hatte seinen Grund darin, daß Richard den Fehler beging, die Schuld an seiner Abwesenheit dem Scharmützel bei Perth in die Schuhe zu schieben. Mariotta hörte ihm schweigend zu und erkundigte sich dann kalt nach dem Handschuh. Richards Schilderung dieser Nachforschung war jammervoll. Im kalten Licht der Vernunft erzählt, klang die Ausnüchterung Jamie Waughs erstaunlich ähnlich einer Wirtshausrauferei zwischen Betrunkenen. Er mußte schließlich schlichtweg zugeben, daß der ganze Ritt ein von Lymond mit Vorbedacht fabriziertes, fruchtloses Hirngespinst gewesen war; sodann entschuldigte er sich abermals wegen seiner Abwesenheit und fügte hinzu, wenn sie gestatte, wolle er sich jetzt nach Bogle House begeben und sich umkleiden.

Mariotta hörte es sich alles an und sagte nachdenklich: »Ich frage mich, warum du uns nicht gesagt hast, wohin du gehst? Hast du gefürchtet, wir würden dich nicht gehen lassen?«

Richard warf ihr einen raschen Blick zu und musterte dann den Fußboden. »Ich dachte mir, daß ihr euch Sorgen machen würdet. Ich nahm an, daß ich sehr bald zurück sein würde.«

»Wir haben uns auch Sorgen gemacht. Du meinst nicht«, sagte Mariotta behutsam, »daß es vielleicht sogar nützlich gewesen wäre, es vorher zu besprechen?«

»Ach?« sagte Richard. »Mit wem denn?«

Lady Culter erhob sich und schritt zur Tür. »Mit dem Groß-khan von China«, sagte sie mit schauerlichem, völlig ungewohntem Sarkasmus und rauschte hinaus.

In diesem Augenblick ließ die Königinmutter ihn rufen. So mußte er also doch in seinen verschmutzten Reisekleidern hinübergehen. Sie stellte einige scharfsinnige Fragen; dann ließ sie die Staatsgeschäfte auf sich beruhen, stellte ihn ihren Landsleuten vor und neckte ihn wegen seiner hübschen Gemahlin. Richard, der in sauberem Zustand nicht nur eine solide, sondern auch eine repräsentable Persönlichkeit war, reagierte auf angemessene Weise und durfte sich nach einiger Zeit entfernen. Er gelangte bis zur ersten Tür, wo er von einer wachsamen Gestalt festgehalten wurde, die ihn rasch um den Türpfeiler herum und außer Sicht zog. »Bleiben Sie hier, während ich mit Ihnen spreche. Wenn Wat Sie sieht, zerspringt er«, sagte Lady Buccleuch. »Was ist eigentlich in Sie gefahren? Nehmen Sie mir's nicht übel. Hier ist der springende Punkt – Wat hat ein Treffen mit dem Jungen verabredet.«

Einen Augenblick sah er sie verständnislos an; dann änderte sich sein Gesichtsausdruck, und er setzte sich ein wenig schwer nieder. »Wie hat er sich mit ihm in Verbindung gesetzt? Kommt Lymond auch hin?«

»Will hat ihm eine Mitteilung geschickt – ich glaube, sie haben sich bei dem Viehraubzug getroffen. Ich weiß nicht, ob Lymond etwas damit zu tun hat – offiziell weiß ich überhaupt nichts. Sybilla ist augenblicklich diejenige, die Wats Vertrauen genießt. Aber ich hab' einen kleinwinzigen Blick von dem Briefchen erhascht, als es kam, und darin stand –«

»Augenblick mal.« Richard rieb sich mit dem Daumen und zwei Fingern die Stirn und ließ einen langen Streifen Zaumzeugschmiere auf ihr zurück. »Buccleuch und ich sind verschiedener Ansicht darüber, wie diese Sache mit Lymond gehandhabt werden sollte. Das wissen Sie alles. Das letzte, was Buccleuch wünscht, ist, daß diese Information in meine Hände gerät.«

»Was Buccleuch wünscht und was er bekommt«, sagte Dame Janet heiter, »stimmt nach meiner Erfahrung nicht immer überein. Mit oder ohne Lymond, hat Will jedenfalls versprochen, sich mit Buccleuch im Buchenwäldchen am Fuß des Crumhaugh zu treffen – das ist die Anhöhe zwischen Branxholm und Slitrig Water –, und zwar bei Anbruch der Dämmerung am ersten Sonntag im Februar.« Sie erhob sich umständlich. »Also da haben Sie es. Machen Sie damit, was Sie wollen.«

Richard sah an ihr vorbei in die große Halle. Ein neuer Tanz hatte gerade begonnen, und die Königin führte ihn an – die jüngste Königin, fünf Jahre alt, mit Wangen wie frisches Obst unter einer wild aufgetürmten, schimmernden Frisur, einen Arm im Griff ihres Partners hochgestreckt wie eine Flagge. Irgendwo in einer der Reihen tanzte Mariotta und hinter ihr Agnes Herries mit dem Junker von Maxwell.

Richard blickte wieder auf seine kotbespritzten Kleider hinab und rieb sich abermals das Gesicht. Dann sagte er: »Sie verstehen, für Will interessiere ich mich nicht. Ich will meinen Bruder festnehmen.«

»Tun Sie das, und der Junge kommt von selbst zurück«, sagte Janet. »Achtung, da kommt Wat mir nachgepirscht. Auf Wiedersehen. Und wenn Sie einen Funken Verstand haben, dann gehen Sie jetzt direkt nach Hause und ins Bett.«

»Gute Nacht – und danke sehr. Ich werde dafür sorgen, daß Buccleuch nicht erfährt, woher meine Information stammt«, sagte Culter.

»Ach, das werde ich ihm selbst erzählen«, sagte Dame Janet. »Sobald die ganze Sache vorüber ist.« Sie ging zurück in die Festhalle, und Richard ging nach Haus.

Gideon Somerville erstattete Lord Grey von Wilton, dem
Statthalter des Protektors in den Nordmarken, genauen und
umfassenden Bericht über den Viehraubzug und den Überfall auf sein Haus und die Wegnahme von Sir George Douglas' Brief. Er teilte mit Bedacht alle Einzelheiten mit, nur
eine nicht: Den Namen des Eindringlings behielt er für sich.
Gideon wollte nicht, daß, wenn Lord Grey ihn erfuhr, er von
ihm verlangte, er solle die Verhandlungen mit ihm wieder-
aufnehmen. Die Unterredung fand in der Burg von Warkworth an der Küste von Northumberland statt.
Der englische Protektor brauchte aus innenpolitischen Gründen einen glänzenden Erfolg mit irgend etwas, und sein erster Gedanke zu diesem Behuf war, der streitsüchtigen Ta-
tenlosigkeit im Norden ein Ende zu machen. Er tat es auf
charakteristische Weise, indem er seinen Untergebenen Befehl erteilte, sich zu versammeln und einen Sofortplan zu
entwerfen, um erstens das Haus Buccleuch zu verwüsten,
zweitens das Haus Douglas kurz und klein zu schlagen und
drittens die Kräfte der drei Grenzmarken zusammenzufas-
sen und Schottland bis zu den Augenbrauen niederzubrennen. Ziel dieses letzteren Unternehmens war wie stets, die
Königin den drahtigen alten Armen zu entreißen und sie ein
für allemal als Braut des Königs von England aufzuziehen.
Die Untergebenen versprachen mit schwacher Stimme, ihr
Äußerstes zu tun, und vereinbarten, an diesem letzten Freitag im Januar auf der Burg Warkworth zusammenzutreffen.
Sie konnten einander nicht ausstehen; aber noch mehr miß-
trauten sie dem Protektor.
Gideon war bei der historischen Zusammenkunft zugegen,
und mit ihm war Lord Wharton gekommen, der auf dem
Weg hierher in Flaw Valleys übernachtet hatte. Vierter An-
wesender war Sir Thomas Bowes, ein großer, schwerer und
schweigsamer Mann.
Lord Grey eröffnete als ranghöchster Befehlshaber die Sit-

zung mit einer staunenswerten Aufzählung aller seiner Taten und Leistungen im Osten Schottlands. Er fuhr fort: »Nun denn, was wir als Dringendstes zu tun haben, ist jetzt, dieser optimistischen Stimmung ein Ende zu machen. Die Ankunft der Franzosen hat großen Schaden gestiftet – Mannschaften und Geld vom König von Frankreich, die nach Schottland hereinströmen, und das Versprechen, daß noch mehr nachkommt –, das können wir nicht ignorieren. Und Ihr Freund Lennox, Wharton, hat ja auch nicht gerade wie eine militärische Tour de force gewirkt. Repräsentative Figuren mit nichts als einem Namen sind gefährlich. Ich würde sie nicht anrühren. Und wenn ich müßte, würde ich mitgehen und dafür sorgen, daß er kein Unheil anrichtet.«

»Ich beuge mich natürlich der Auffassung des Fachmanns. Aber der Betreffende, der Graf von Lennox, ist mit der Kusine des Königs verheiratet. Und das macht ihn der Bärenführerei gegenüber empfindlich.«

»Takt!« sagte Lord Grey.

»Es ist nicht ganz so einfach«, antwortete Lord Wharton, »einem Herrn von Adel beizubringen, daß er ein störender Trottel ist, der alles durcheinanderbringt.« Er schaltete eine kurze Pause ein, ehe er fortfuhr: »Wenn ich einen Vorschlag machen darf, täten wir besser daran zu erwägen, wie wir Lord Lennox beim nächsten gemeinsamen Überfall verwenden können – denn verwenden müssen wir ihn ja unvermeidlicherweise – und wie er uns gegen die Douglas helfen kann . . .«

Sie waren genau bis hierher gekommen, als Margaret Douglas, Gräfin von Lennox, gemeldet wurde.

Margaret Douglas hatte in ihren Jungmädchenjahren die prunkende, löwenhafte Schönheit besessen, die ihr Onkel Heinrich VIII. vergeudet hatte und deren letztes Zeugnis noch ihr Vater, der Graf von Angus war. Während sechzehn Jahren Aufenthalts in England, in denen Heinrichs Launen sie bis dicht an den Thron und von dort dicht an den Richtblock wirbelten, hatte Margaret sich ihre strahlende Pracht zu erhalten gewußt. Ihre Mutter, Margaret Tudor von England, Schwester Heinrichs VIII., war nahezu fünfzig Jahre zuvor mit König Jakob von Schottland verheiratet worden und war, nachdem ihr erster Gatte bei Flodden im Jahre 1513 ums Leben kam, in Schottland geblieben, um die Gemahlin des Grafen von Angus zu werden.

Jetzt war Heinrich tot; seine Schwester war tot; Angus hatte wieder geheiratet, und Margaret Douglas war der Preis für gute Führung geworden, der den Grafen von Lennox bewog, seinen Versuch, sich auf eigene Faust den schottischen Thron zu verschaffen, aufzugeben und mit England gemeinsame Sache zu machen.

Sie hatte ihn durchaus nicht unwillig geheiratet. Das königliche Blut, das ihr und Lennox gemeinsam war und das in den Adern ihrer Kinder floß, stellte einen machtvollen Anspruch sowohl auf den englischen wie den schottischen Thron dar. Lennox mochte ein schlechter Taktiker sein, aber seine Gemahlin war es nicht.

Ihr Eintritt ins Söllergemach von Warkworth war ganz bewußt auf rauschende Pracht gestimmt. Ihr Haar war ein dunkles Blond, ihre Züge in die blasse Haut scharf eingeprägt, der Mund warm und entschlossen, das Kinn gekerbt, die Augen aufmerksam beobachtend: natürliche Anmut überlagert von Jahren erbarmungsloser Erfahrung. Sie sprach mit größter Gelassenheit: »Ich fürchte, meine Familie hat Ihnen großen Kummer bereitet. Es fällt Engländern nicht leicht, die verschiedenen Arten von Druck zu begreifen, denen Schotten ausgesetzt sind.«

Niemand bildete sich ein, daß es sich hier um einen gesellschaftlichen Höflichkeitsbesuch handelte. Lord Wharton sprach schlicht und unumwunden. »Mit Verlaub, Lady Lennox, ich kenne die Schwierigkeiten, in denen die Douglas sich befinden. Aber solange sie sich nicht als Freunde erweisen, müssen wir sie als Feinde behandeln. Ich habe auf Weisung des Protektors des Grafen Ländereien und Sir James Douglas' Güter überfallen, und ich bedaure es lebhaft, wenn Lord Grey meint, daß dadurch seine Freundschaft mit Sir George Douglas und seine privaten Versprechungen, daß ihm nichts geschehen werde, gefährdet werden, aber weiter als das kann ich nicht gehen.«

Lord Grey hatte die größte Mühe, an sich zu halten. »Es widerstrebt mir wie jedem Gentleman, den Anschein zu erwecken, als bräche ich mein gegebenes Wort«, sagte er. »Da der Schaden jedoch nun mal geschehen ist, muß ich beipflichten, daß die Douglas eine durch nichts zu rechtfertigende Rache genommen haben, und ich habe, wie Sie sehr wohl wissen, mein Wort gegeben, sie zu bestrafen.«

»Einen Augenblick bitte.« Lady Lennox hatte gesprochen, und Grey und Wharton, die einander wie die knurrenden Hunde die Zähne bleckten, sahen beide erstaunt auf. »Der Protektor sagte mir, seine Absicht gehe dahin, daß Sie, Lord Grey, wieder nach Schottland einmarschieren und in Haddington, südlich von Edinburgh, eine neue Operationsbasis bilden. Ist das richtig?«

»Der Protektor wünschte, daß alle drei Heere gleichzeitig einfallen, aber das ist wegen des Wetters und des Geländes unmöglich, Lady Lennox. In einem Monat werde ich vielleicht in der Lage sein, nach Haddington zu marschieren. In der Zwischenzeit greifen wir Buccleuch an.«

»Ich verstehe.« Sie betrachtete den Wein in ihrem Glas. »Wäre es nicht ratsam, eine oder zwei Wochen auf besseres Wetter zu warten und dann Ihre Unternehmungen gleichzeitig abgestimmt durchzuführen?«

»Aber die Zeit ist gegen uns, Lady Lennox«, warf Bowes jetzt ein. »Die Franzosen –«

»Im Ärmelkanal weht der gleiche Wind wie hier«, sagte sie. »In diesem Wetter läuft keine Flotte aus.«

Gideon machte einen kurzen Einwurf. »Der Protektor verlangt rasche Maßnahmen gegen die Douglas, Lady Lennox.«

»Und die soll er auch haben«, antwortete die Dame seelenruhig. »Wenn Sie mir erlauben wollen, einen Vorschlag zu machen.« Sie blickte zu den vier zurückhaltenden Gesichtern auf und lächelte. Dann entwarf sie einen Plan, der kühn, praktisch durchführbar und unbeabsichtigterweise in seiner letztlichen Auswirkung gewaltig war.

Lymond hatte Will Scott zur Seite, als er mit John Maxwell verabredungsgemäß in einer strohgedeckten Erdhütte im Hügelland bei Thornhill zu einer kurzen Unterredung zusammentraf. Scott saß wachsam am lodernden, zischenden Feuer und sah und hörte zu; es fiel ihm auf, daß Maxwell den anderen jetzt sorgsam behandelte. Er erwähnte sein Zusammentreffen mit Agnes Herries: »Diese Sache geht sehr gut vonstatten. Sie hatten recht mit den Briefen. Sie hatte bereits den Rahmen geschaffen, und ich brauchte nur hineinzuschlüpfen. Ich werde mich bemühen, sie nicht zu enttäuschen.«

»Welchen Eindruck hatten Sie von ihr?« fragte Lymond.

»Ihre Lesart stimmte ganz genau. Sie wird eine ausgezeichnete Ehefrau abgeben – wenn es in der Hauptsache darum ginge. Und wenn sie in ihrer Ehe freie Wahl hätte, wäre ich morgen Lord Herries. Aber natürlich hat sie die nicht. Ich fürchte, es wird mehr als ein Viehraub nötig sein, um Arran abzuschütteln. Er ist fest entschlossen, sie sich für seinen Sohn zu verschaffen, und er hat eine schriftliche Zusage.«

»Die Königinmutter ist nicht abgeneigt«, bemerkte Lymond.

»Aber Arran ist Statthalter.«

»Und hat als solcher den Franzosen über die eifrige Verfolgung des Feindes Rechenschaft zu geben.«

»Arran wird nicht angreifen; er hat weder die Courage noch die Mittel dazu.«

»Angreifen wird er nicht; aber er wird sich in Kürze verteidigen müssen. Nächsten Monat kommt ein neuer vereinter Angriff aus Carlisle und Berwick.«

Die Pupillen in den goldenen Augen verengten und weiteten sich wieder. »Woher wissen Sie das?«

»Spione. Ich habe keine direkte Verbindung mit Carlisle«,

antwortete Lymond lakonisch. »Wenn Sie meine Ansicht hören wollen, um damit Ihre eigene zu stützen, bitte sehr: Werfen Sie die Maxwells diesmal offen gegen Wharton ins Feld, und Sie haben die Königinmutter auf Ihrer Seite. Soll sie Arran für Sie herumkriegen.«

Es entstand ein langes Schweigen. Dann sagte der Junker von Maxwell: »Was mich wirklich abschreckt, sind meine Geiseln in Carlisle. Wenn ich mich drehe, werden sie möglicherweise hängen. Aber, wie Sie mir zweifellos sagen werden, das Leben ist ja billig.«

Lymond hob die blonden Brauen. »Mir macht ein anderes Übel Kummer. Ich würde sagen, daß Sentimentalität teuer ist. Lassen Sie sie hängen; es ist noch immer ein gutes Geschäft.«

»So erbarmungslos bin ich nicht«, antwortete Maxwell.

»Darüber könnten wir verschiedener Meinung sein ... Aber wenn Sie die Hühner in Carlisle retten, lassen Sie die Ställe in Stirling niederbrennen.«

»Mancher möchte meinen, eine gute Henne wäre zwanzig Pferde wert«, sagte Maxwell.

»Aber ohne Pferde kommen Sie nicht weit, sosehr sich Ihr Geflügel auch vermehren mag.«

Lymond machte sich offenkundig lustig, und der andere wechselte schroff das Thema. »Wünschen Sie die Briefe an Agnes Herries fortzusetzen? Wir hatten vereinbart, daß Ihnen dieser Weg für Mitteilungen zur Verfügung stehen solle.«

Lymond antwortete: »Lassen Sie die Briefe einschlafen. Ich kann jetzt notfalls andere Mittel und Wege finden.« Er erhob sich. »Ich bin dankbar für Ihre Hilfe und Mitwirkung. Wir werden uns ja vielleicht noch wiedertreffen. Nächsten Monat zum Beispiel. Trotz ihrer Vorliebe für Hühner.«

Maxwell erhob sich ebenfalls. Er zauderte kurz und blieb halb gebeugt unter dem niedrigen Dach der Hütte stehen. »Ich habe da noch eine Neuigkeit, die vielleicht von Interesse für Sie ist«, sagte er. »Es ist nicht die Sorte, die ich nach

Edinburgh weitergeben würde, da die Frau wohl eine angeheiratete Nichte ist . . .«

Lymonds Gesicht und seine Stimme waren seine wichtigsten Waffen; er verwendete sie ganz bewußt mit der gleichen Beherrschung, mit der sein Bruder jeglichen Ausdruck seinen Zügen fernhielt. Doch diesmal füllte etwas Neues die blauen Augen; Scott, der vergessen in seiner Ecke saß, sah es, und ihm blieb der Atem stehen. Dann war es vorbei, und Maxwell, der nichts bemerkt hatte, redete immer noch weiter: »Lennox und Wharton versuchen diesmal ein neues Eröffnungsspiel. Sie schicken die Gräfin von Lennox nordwärts nach Drumlanrig, damit sie versucht, alle diese zersplitterten und zersprungenen Douglas-Treuebindungen zusammenzuschienen, ehe das Heer einfällt.«

Lymond sagte mit seiner gewohnten Stimme: »Die Lady Margaret Douglas? Des Grafen von Angus Tochter? Wann kommt sie denn?«

Maxwell schüttelte den Kopf und nahm seinen Hut auf. »Mehr weiß ich nicht. Aber ich nehme an, sie wird kurz vor dem Abmarsch eintreffen und auf ihren Gatten warten. Ich dachte mir, das würde Sie vielleicht interessieren.« Er drehte sich in der Tür, eine Hand am Querbalken, noch einmal um. »Einen schönen guten Tag Ihnen beiden. Mir scheint, diese Zusammenkünfte werden uns nicht zum Schaden gereichen.«

»Ich glaube nicht«, sagte Lymond trocken.

Scott löschte das Feuer und trat die Glut aus; Lymond wartete bereits mit beiden Pferden bei der Tür und hatte einen engelsgleichen Ausdruck auf dem Gesicht. »O du meine rosige Blüte und Stern der Unterwürfigkeit! O berühmte Knospe voll wohlwollender Gunst! O wunderschöner Junker von Maxwell!«

Scott trat heraus und nahm sein Pferd. »Was ist denn passiert, Sir?«

Lymond lachte. »Liebe unseren Mr. Maxwell, mein Cherub; er hat dir heute dein geruhsames Alter mitgebracht. Wir brauchen eine Geisel zum Austausch gegen Samuel Harvey.

Und siehe, wir haben eine Geisel. Mein strahlender Teufel, meine Vergangenheit, meine Zukunft, meine Himmelshoffnung und Höllenkenntnis – Margaret Gräfin von Lennox.«

III. TEIL

Das Spiel um Samuel Harvey

I

Margaret, Gräfin Lennox, dachte Will, während er die Zügel locker hielt. Was mochte nur das Kettenglied zwischen Lymond und dieser Frau geschmiedet haben? Das Treffen mit Maxwell lag hinter ihnen. Jetzt, da er mit dem Junker gen Norden ritt, hatte Scott Zeit, über diese und andere Dinge, über andere Frauen nachzudenken. Er erinnerte sich an das Gespräch nach dem Viehraubzug. Lymond war einzigartig; vielleicht konnte er eine einzigartige Beziehung zu Christian Stewart für sich beanspruchen. Es ging ihn nichts an.

Gerade deshalb – schließlich hat jeder seine Privatangelegenheiten – hatte er dem Junker nichts von seinem Versprechen gesagt, sich mit Buccleuch zu treffen. Seine Beweggründe waren durchaus lauter: Er gedachte, mit dem Alten ein wenig herumzuspielen, ihm Gelegenheit zu geben, sich ihn genau anzusehen, und selbstzufriedene Vergleiche anzustellen. Doch von all dem sagte er Lymond nichts und hielt den Mund, indes sie auf ihr neues Winterquartier zuritten.

Rings um den Peel-Turm war es in letzter Zeit etwas zu geschäftig geworden; deshalb hatte Lymond beschlossen, umzuziehen. Morgen sollte Scott sich nach dem alten Turm begeben, um den endgültigen Abbruch des Lagers zu überwachen. Die heutige Nacht würde er in Crawfordmuir, im neuen Turm verbringen.

Die Goldgruben von Crawfordmuir waren nicht sehr alt. Dreißig Jahre lang hatten Holländer, Deutsche und Schotten dort nach Gold geschürft, und Maria von Guise, die Königinwitwe, hatte auch Franzosen aus Lothringen hingezogen. Doch nach dem Tod Jakobs V. hatte sie den Vertrag nicht verlängert. Die Goldgruben lagen verlassen und herrenlos. Das Felsgestein gab keine märchenhaften Adern gelben Erzes her, wohl aber Kiesel und ausgewaschenes Geröll, in dem sich körniger, grießiger Goldstaub fand und zuweilen, wenn auch selten, dazwischen ein mageres Goldklümpchen. Die Goldgräberei ging heimlich und ohne Genehmigung vor sich. Woche um Woche wurde der Erdboden, den der Frühlingsregen herabschwemmte, liebevoll durchgesiebt und der glitzernde Bruch zu einem willigen Goldschmied getragen, der zu vergessen bereit war, daß der zehnte Teil aller Funde in Crawfordmuir der Krone gehörte.

Das war die Gegend, in die der Junker Will Scott führte: über Sumpf und Heide, dichtes Moos und knorrige Wurzeln hinauf auf siebenhundert Meter über dem Meeresspiegel. Der Junge sah sich um. In diesen hohen, sicheren Bergen waren sie ringsum von Fluchtwegen umgeben. Lymond wies hinab. Drunten, zur Linken, wanderte ein Bach ins Bergland, und dort waren Erdhaufen wie Maulwurfshügel und Männergestalten zu sehen. »Deine Kameraden, die fleißig nach Schwemmlandgold suchen. Es macht ihnen Spaß und hilft zugleich unserer Kasse nach. Außerdem erklärt es, warum wir hier sind, und warnt uns rechtzeitig, wenn jemand durch das Tal kommt.« Dann ging er voraus zu einem steinernen Festungsturm mit dicken Mauern und kleinen Fenstern, der in einer grasbewachsenen Mulde der Anhöhe stand. Hier, in Lymonds neuem Winterquartier, verbrachte Scott die Nacht. Am nächsten Morgen brach er, froh über die Aussicht auf ein wenig Selbständigkeit, zum Peel-Turm auf. Bald darauf ritt auch der Junker aus, wandte sich nach Osten und machte sich auf den Weg nach Schloß Tantallon.

»Es schmerzt mich zutiefst, daß ich Ihren Zirkus auseinanderreißen muß«, sagte Sir George Douglas, »aber die Alternative ist für mich nicht annehmbar. Wenn Sie wünschen, daß ich Harvey für Sie ausfindig mache, müssen Sie mir Will Scott verkaufen.«

Lymond sprach lässig. »Das klingt, als hätten Sie sich tatsächlich der Opposition bereits gefällig erwiesen. Können Sie Ihre Beziehungen nicht auf andere Weise wiederherstellen? Ich hätte mehrere sehr preiswerte politische Informationen anzubieten. Oder interessiert sich Grey nicht mehr für unser Leben, unsere Gelüste, unseren Statthalter, unsere Königin?« Er schien sich nur ganz obenhin zu erkundigen.

Die beiden Männer befanden sich in einem handfest möblierten Zimmer im Ostturm von Tantallon, einer der Besitzungen von Sir George. Draußen vor dem Fenster kroch brüllend die Nordsee gegen den Sockel der hundert Fuß hohen Felsenklippen, und weiße Tölpel schossen wie himmlische Lotsendmire senkrecht ins kochende Meer hinab. Douglas wandte sich ungeduldig ab. »Wenn ich diese Transaktion durchführen könnte, indem ich einfach Auskünfte von Ihnen kaufte, dann würde ich es tun. So wie die Dinge liegen, bin ich bereit, auf eigene Rechnung alles zu nehmen, was Sie zu verkaufen haben. Aus diesem Grund habe ich es vermieden, meinen Brief an Sie mit Ihrem Namen zu adressieren. Auch Lord Grey habe ich Ihren Namen nicht genannt, obgleich es mir nicht schwerfiel zu erraten, wer Sie sind ... Ich hoffe, Sie sind mit Mr. Somerville weniger heftig verfahren als mit Sir Andrew Hunter.«

»Gideon Somerville befindet sich bei bester Gesundheit«, antwortete Lymond, »und Jonathan Crouch ist wieder zu Hause. Bleibt also Samuel Harvey und seine Beschaffung.«

Sir George gab sich vernünftig. »Was zögern Sie? Beschaffen Sie sich einen neuen Jünger, und die Sache ist erledigt.«

Sir George brauchte Scott dringend, um sein zerfranstes Ansehen bei Lord Grey wieder aufzumöbeln.

»Aber Scott ist mir außerordentlich nützlich«, erwiderte Lymond. »Außerdem verschafft er mir die vorzügliche Deckung gegen Buccleuch.«

»Wenn wir ihn haben, wird Buccleuch niemand mehr behelligen.«

»Nein, aber er wird seine ganze überschüssige Energie darauf verwenden, mich zu erwischen. Und noch etwas. Falls ich Ihnen Scott überließe, würde ich uneingeschränkte Verfügung über den Mann Harvey verlangen. Wäre Grey damit einverstanden? Ich könnte mir denken, daß Harvey selbst ziemlich heftig protestieren würde.«

»Harvey braucht es ja nicht zu wissen«, sagte Sir George nach kurzem Nachdenken. »Ich sage Ihnen, Grey will Scott so dringend haben, daß ihm alles recht ist. Wenn dieser unselige Mann Ihr Preis ist, glaube ich versprechen zu können, daß er ihn zahlen wird.«

»Im Zeitalter des Glaubens wären Sie unwiderstehlich«, entgegnete Lymond hochherzig. »Aber ich habe das Zeitalter der Vernunft erreicht. Sie müssen mir schon eine recht ansehnliche Sicherheit bieten, ehe ich das glaube.«

»Und wenn ich das tue?«

Lymond lächelte. »Wenn Sie das tun«, sagte er, »dann werde ich Ihnen selbstverständlich Will Scott übergeben.«

Bevor Lymond sich verabschiedete, wiederholte Sir George sein privates Angebot für seine Dienste. Er stieß auf höfliche Ablehnung. »Mein Angebot ging dahin, Auskünfte gegen Harvey auszutauschen, und nicht, mich in allgemeine Handelsgeschäfte zu stürzen.«

»Wenn Sie sich leisten können, das zu sagen, dann sind Sie ein glücklicher Mann. Ich wollte, ich wüßte die Quellen Ihrer Einkünfte. Ich möchte nebenbei bemerken«, sagte Sir George begreiflicherweise gereizt, »daß bei Ihrer einigermaßen tollwütigen Suche nach Mr. Harvey Ihr anderes Vorhaben aus dem Blickfeld verschwunden ist.«

»Jeder schreibt mir irgendwelche Vorhaben zu. Ich komme mir manchmal wie ein neuzeitlicher Herkules vor. Welches denn?«

»Das Vorhaben, Ihren Bruder vor den Übeln des Greisenalters zu bewahren. Ich vermute, Lady Culters Schwangerschaft hat Ihnen die Sache nicht gerade vereinfacht.«

Das war Lymond neu. Die kurze Pause verriet es. Dann fragte er belustigt: »Sie meinen, ich solle das für mich buchen?«

Sir George hatte seine Antwort bereit. »Wenn Lord Grey und ich erst glücklich wieder ausgesöhnt sind und wenn die Pläne Seiner Lordschaft hierzulande gelingen, werden wir an unsere Freunde denken. Zum Beispiel, was die Verleihung – oder Wiedereinsetzung – von Baronien betrifft.«

Es folgte ein respektvolles Schweigen, das Lymond freundlich unterbrach. »Lassen wir Anarchie und Mord beiseite und kehren wir zur einfachen Eigentumsübertragung zurück – wie bald könnte Samuel Harvey nach Norden gebracht werden?«

Man vereinbarte eine gemeinsame Stelle zur Nachrichtenübermittlung – eine Elendshütte, die beiden bekannt war –, und der Pakt war besiegelt. In der Tür wandte Sir George sich um und lächelte: »Ich kann mir keinen Scott vorstellen, der sich mit Autorität und Gitterstäben abfindet. Wie wird Ihrem unerfahrenen Füllen der Fallstrick vorkommen?«

»Scott ist bereits auf Autorität erzogen«, erwiderte Lymond. »Die Gitterstäbe sind eine recht alltägliche Fortsetzung.«

Er gelangte am Sonntag, dem 5. Februar, zum Peel-Turm zurück, den er im Chaos des Umzugs kaum mehr wiedererkannte. Er schritt von Kammer zu Kammer, teilte kritische Bemerkungen aus und suchte nach Will Scott. Damit hatte er keinen Erfolg. Will hatte den Peel-Turm am frühen Nachmittag mit unbekanntem Ziel verlassen und war nicht zurückgekehrt.

2

Will Scotts Begegnung mit seinem Vater sollte bei Anbruch der Dämmerung stattfinden. Nachdem Buccleuch den ganzen Tag über im Schloß umhergepoltert hatte, brach er viel zu früh zu seinem vermeintlichen Geheimtreffen auf, und seine Familie war überglücklich, daß er endlich draußen war.

Wat Scott von Buccleuch war ein randvoll mit Gefühlen angefüllter Mann, woraus sich die eigentümliche Harmlosigkeit der meisten seiner Tobsuchtsanfälle erklärte. Der Anblick seines Erben bei dem Viehraubzug hatte ein ungewohntes Erbeben seiner Grundsätze bewirkt, und das wollte er nicht gern noch einmal erleben. Von seiner ganzen Brut war Will ihm am wenigsten ähnlich. Sein ältester, unehelicher Sohn Walter war ein langweiliger, bärenstarker Bursche; aber Will hatte einen klugen, wenn auch dicken Kopf, und Buccleuch unterschätzte das nicht. Die Skrupel des Jungen schrieb er mit einigem Recht dem Gesäusel von Bücherschreibern zu und ritt folglich nach Crumhaugh, diesmal entschlossen, sich kein dummes Zeug bieten zu lassen.

Es war noch hell, als er den Hügel erreichte und in das Gehölz am Abhang eindrang. Anfänglich glaubte er, die kleine Lichtung sei leer. Doch im nächsten Augenblick gewahrte er das Pferd seines Sohnes, das locker mit den Zügeln an einen Busch gebunden war, und Will selbst gleich dahinter. Der Junge sah ganz anders aus. Am kräftigen Hals zeigten sich stramme Muskeln, die Augen glichen blanken Kieseln, das rote Haar brüllte wie ein Löwe. Buccleuch schüttelte sein Erstaunen ab und stieg aus dem Sattel. »Du bist also gekommen!«

Der Sohn sah ihn nüchtern an. »Ich habe doch gesagt, daß ich komme.«

Es entstand eine kleine Pause, dann räusperte sich Buccleuch und ging los. »Vielleicht interessiert es dich zu hören, daß deine englischen Freunde mich aus Newark herausgebrannt haben. Haben Janet und mich und die Kleinen gerade um einen halben Tag verpaßt.«

Will blieb bedrückend ruhig. »Na, du scheinst es ja überlebt zu haben.«

»Dafür habe ich mich nicht bei dir zu bedanken.«

»Warum gibst du mir die Schuld? Wenn es dir beliebt hat, alle deine Kanonen nach Branxholm zu schaffen, dann war das nicht mein Fehler.«

Dieser Fehler wurde nicht harmloser dadurch, daß Buccleuch ihn selbst begangen hatte. Er erinnerte sich gerade noch rechtzeitig, was er sich vorgenommen hatte, und wischte sich mit seiner großen Hand über den Mund. »Will, wir haben uns früher oft gestritten, und ich sage ganz ehrlich, daß du verdammt respektlos warst. Und außerdem im Unrecht. Aber wenn du dich jetzt in Lymonds Misthaufen vergräbst, kommst du dadurch nicht ins Recht. Was mich betrifft, so kannst du jetzt aufhören, dich zum Gespött zu machen, und nach Hause kommen. Oder hast du schon angefangen, den Dreckskerl selbst zu bessern?«

Um Wills Mundwinkel zuckte es. »Hand aufs Herz, das habe ich nicht. Ich bin bei Lymond, weil es mir bei ihm gefällt.«

Unglauben und Mißbilligung standen auf Buccleuchs Gesicht. »Verdammt noch mal, ich glaube, George Douglas hat recht gehabt. Du willst Lymond so tief hineinreiten, wie du nur irgend kannst, und dann führst du die Leute der Königin zu ihm hin. Stimmt's?«

Scott machte sich nicht die Mühe, es zu leugnen. Er sagte voller Verachtung: »Das wäre bestimmt genau das, was George Douglas tun würde«, und fügte nach einer geringschätzigen Pause hinzu: »Ich bleibe beim Junker. Wir sind gesund, wir haben gute Kameradschaft, ein abwechslungsreiches, aufregendes Leben und Geld, ein gemeinsames Ziel und gleiches Recht und Gesetze für alle. Wir sind unsere eigenen Herren und fürchten niemand außer einem Mann, und der ist es wert. Zeige mir etwas Gleichwertiges, und ich gehe mit.«

»Ich kann dir was Gleichwertiges zeigen«, antwortete Buccleuch. »Im Dschungel! Ihr habt Geld, sagst du. Woher? Vom Spionieren und Stehlen und sogenanntes Schutzgeld – aus der Korruption und dem Verrat. Und bei Gott, man muß schon ein dickes Fell haben, um den eigenen dreckigen Vergnügungen nachzusabbern, während in Teviotdale die Kinder verhungern. Bei Gott, du wirst einen gehörigen Seitenstich bekommen, wenn du Branxholm genauso wie Midculter brennen siehst.«

»Damit habe ich nichts zu tun gehabt.« Die Worte kamen so kalt hervor, daß sie den wilden Zorn in Scotts Augen beinahe Lügen gestraft hätten.

Jetzt brüllte Buccleuch. »Und was tust du, um es zu verhindern?«

Die gleiche eisige Stimme erwiderte: »Wenn die Engländer beabsichtigen, dich niederzubrennen, wie stellst du dir vor, daß ich das verhindern könnte?«

»Du könntest zunächst einmal aufhören, Grey von Wilton mit deinem Namen anzublöken«, brüllte Buccleuch. »Damit nicht jeder von euren dreckigen Tricks mir zu Hause in die Schuhe geschoben wird. Wenn du das schon ein bißchen früher getan hättest, dann wären dir jetzt in Newark einige Leute sehr zu Dank verpflichtet.«

»Herrgott noch mal!« rief Scott und legte los. »Wenn du mich wirklich überzeugen willst und mich zur Herde zurücklocken, dann solltest du dich wenigstens über die Tatsachen richtig informieren. Und sie mit irgendeiner Art von Logik ins Feld führen. Erstens lag es nicht an mir, daß Grey herausbekam, wer ich war. Zweitens tut Lymond nur offen, was halb Schottland heimlich tut. Drittens ist er bei den Engländern wesentlich weniger beliebt als du. Viertens würde es dir bei meinen Genossen ganz bedeutend schlechter ergehen, wenn nicht ein Mann wie Lymond da wäre, der sie im Zaum hält. Und schließlich ist mir eine Gesellschaft lieber, in der aufgeblähtes Vorurteil und geistige Langeweile den Platz erhalten, den sie verdienen – bei den Großpapas und Dummköpfen und angesäuselten Halbidioten einer fünftklassigen Bierkneipe.«

Eine Schmährede, fand Scott, die des Genius, der sie inspiriert hatte, würdig war. Die Antwort auf sie war genau jene, die er selbst schon häufig gern Lymond erteilt hätte und einmal auch erteilt hatte. Buccleuchs Faust sauste wie ein Schmiedehammer auf den Kopf seines Sohnes zu. Scott schlüpfte flink unter ihr durch, ballte die eigene Faust und versetzte Buccleuch einen Schlag, der ihn wie eine Kanonenkugel quer durch die Lichtung fliegen ließ.

Ein kurzes benommenes Schweigen folgte. Buccleuch lag vorübergehend atemlos und abscheuliche Laute von sich gebend am Boden, und sein Sohn blickte zu ihm hinüber, während die Erregung auf seinem Gesicht langsam schwand. Es war ein altbekannter Witz, daß Sir Wat außerstande war, irgend etwas logisch darzulegen. Ihn erst zur Gewalttätigkeit aufzureizen und dann den Mann, der doppelt so alt war wie er selbst, niederzuschlagen, das war kein Sieg. Will konnte sich vorstellen, was Lymond dazu sagen würde. Er setzte mit zwei großen Schritten über die Lichtung, ließ sich aufs Knie nieder, legte einen Arm um die breiten Schultern des Vaters, half ihm, sich aufzurichten. »Vater –«

Wats narbenbedeckte knotige Hand tastete behutsam seinen Kiefer ab, und seine hellen kleinen Augen wandten sich dem Sohn zu. »Mein Gott!« Er setzte sich richtig auf. »Wo zum Teufel hast du das gelernt?«

Scott lachte halb auf, nahm den Arm von Wats Schultern und hockte sich auf die Fersen. »Lymond.«

»Na, da hat er dir wenigstens etwas beigebracht, was sich lohnt. Aber es war nicht gerade nötig, es an mir auszuprobieren.« Er stützte sich mit einer Hand auf Wills Schulter und gelangte wieder auf die Beine. »Er hat dir alles mögliche beigebracht, was? Vor allem ein ziemlich anmaßendes Verfahren mit der Opposition.«

»Mir ist aufgefallen«, erwiderte der Sohn grinsend, »daß du selbst dich nicht gerade auf Rhetorik verläßt. Aber ich wollte dir nicht weh tun.«

»Nur mir den Kopf von den Schultern hauen«, sagte Sir Wat und befühlte abermals seinen Kiefer. Scott verschwand auf einen Augenblick und kehrte mit seinem Taschentuch zurück, das er zu einem Bausch faltete und seinem Vater reichte. »Ist das mit Newark wahr?« fragte er.

Sir Wat nickte. »Sie sind nicht ins Haus eingedrungen, aber sie haben das Dorf niedergebrannt und mir fast alles Vieh weggenommen, Will. Das hat Grey veranlaßt!« Er warf dem Sohn einen scharfen Blick zu.

»Also haben sie dich so oder so in der Hand«, sagte Scott nachdenklich. »Grey durch meine Missetaten und die Königinwitwe, wenn du von ihnen abrückst.«

»Ja, so hat es sich ergeben.« Buccleuch beobachtete ihn unauffällig, während er sich mit dem gebauschten Taschentuch das blutende Gesicht abtupfte.

Der Junge schwieg. Schließlich sagte er: »Mich hält man wohl für hoffnungslos verloren, wie?«

Gleich einem Seeigel, der seine Stacheln einzieht, glättete sich Buccleuchs Schnauzbart. »Man müßte natürlich allerlei Erklärungen liefern. Aber verdammt noch mal, ich bin immerhin noch jemand in diesem Land. Wenn wir beide jetzt ganz still und unauffällig zurückgehen, würde ich schon dafür sorgen, daß dir niemand was tut. Und du hättest die Genugtuung, offen und an der Seite deiner Familie kämpfen zu können. In meiner Stellung läßt sich irgendeine Art Doppelspiel nicht vermeiden. Aber mir wird keiner sagen, ich wäre außer einem Scott nicht auch ein Schotte, und zwar das eine so gut wie das andere. Also, was sagst du?« So wie er dasaß, die Wange in die eine Hand geschmiegt und mit einem Ausdruck reiner Zuversicht auf seinem dunkelroten Marmorgesicht, wirkte Buccleuch überzeugender, als er selbst wußte. Sein Sohn stand schwerfällig auf. »Ich habe geschworen, Lymond zu folgen.«

»Er ist exkommuniziert. Du hast nicht nur die Ermächtigung, sondern sogar die Pflicht, jedes ihm gegebene Versprechen zu brechen. Weißt du, warum die Kirche ihn ausgestoßen hat?« Scott hatte von so vielen verschiedenen Gründen gehört, daß er schwieg.

»Vor fünf Jahren, als du in Frankreich warst, kam seine

Spionage plötzlich ans Licht. Bis dahin hatte man ihm selbstverständlich vertraut. Es kam alles heraus, weil eine seiner Meldungen gefunden wurde – eine Meldung, die sich auf andere, von ihm bereits gelieferte Berichte bezog und außerdem eine Information enthielt, die Wharton auf unsere Spur brachte, so daß er uns bei Solway Moss erledigen konnte. Aber Lymond selbst war schon in London und saß wohlbehalten bei König Heinrich, der ihn mit Land und Geld überhäufte.«

»Das weiß ich.« Scott trat unruhig von einem Fuß auf den anderen.

»Gut. Aber hast du auch Folgendes gewußt? Auf der letzten Seite gab dieser Bericht die genaue Lage eines unserer großen Pulverdepots an, ein Vorrat, der in oder dicht bei einem Kloster zurückgelassen worden war. Ein Überfalltrupp wurde aus Carlisle hingeschickt, der das Nonnenkloster in die Luft sprengte, und sämtliche Frauen darin kamen ums Leben.«

»Aber Lymond –« begann Scott.

»Lymond hatte es geplant. Himmel, ich habe den Brief und die Unterschrift gesehen, jeder Federstrich war so genau der seine wie sein verdammtes Puppenhaar. Frag Sybilla. Nicht einmal seine eigene Mutter hat behauptet, daß es eine Fälschung sei.«

Alle Farbe war aus Scotts hellen Wangen gewichen. Sein Vater sagte angriffslustig: »Das hast du nicht gewußt? Und auch nicht die andere Sache?«

»Was?« fragte Scott. »Was für eine andere Sache?«

Aber Buccleuch war unversehens aufgesprungen. Will wandte sich um. Aus dem Gebüsch tauchte Johnnie Bullo auf und eilte quer über die Lichtung, eine behende Silhouette, die Sir Wat nicht erkannte, so daß er rasch mit der Hand ans Schwert fuhr. Aber Will sprach als erster; seine ganze Besorgnis wurde ihm auf der Zunge zu beißender Säure: »Was machst du hier? Für Lymond spionieren?«

»Nein.« Johnnie Bullo, der vorsichtshalber einen Baum zwischen sich und Buccleuch gebracht hatte, war völlig gelassen, wenn er auch rascher atmete als sonst. »Nur ein freundschaftlicher Besuch. Ich dachte, Sie würden wissen wollen, daß Sie in einer kleinen Falle sitzen. Der Wald ist von Bewaffneten umstellt.«

Buccleuch hörte es, was auch beabsichtigt war, und das Schwert zischte ihm in der Hand. Scott sagte sofort: »Lymond.«

»Nein, aber nein. Lymond hat zu tun. Es sind schottische Truppen. Dürften wohl Freunde Ihres Herrn Papa hier sein.«

Scott pfiff der Atem zwischen den Zähnen hervor. »Schwerlich Freunde meines Vaters. Schließlich hatten wir ja ausgemacht, das Treffen geheimzuhalten, oder nicht? Wie schade, daß du ihnen nicht sagen konntest, alles geht überraschend gut und ihre Dienste werden nicht benötigt. Sie hätten in aller Stille verschwinden können, und ich hätte nie etwas erfahren.«

Buccleuch blieben vor Ratlosigkeit die Worte im Hals stecken. »Sei doch kein Narr, Mann! Ich habe sie nicht hergeholt. Ich habe nicht – ich bin nicht – hör mich doch an, ja?« rief er, als der Junge sich abwandte.

»Ich finde eigentlich, ich habe lang genug zugehört, nein?« erwiderte Scott über die Schulter. »›Kehren wir still und unauffällig zurück, nur wir zwei‹! Mein Gott, was für ein fabelhafter Trick!«

»Will!« In seiner Verzweiflung brüllte Buccleuch unbekümmert, ob ihn jemand hörte, jetzt laut heraus. »Ich weiß nicht, was hier vorgeht. Du mußt mir glauben! Es sind nicht meine Leute. Ich weiß nicht, wie sie hierherkommen. Verflucht noch mal!« schrie er. »Es müssen Lymonds Leute sein.«

»Sind sie aber nicht.« Die dunklen Augen des Zigeuners ruhten, vor Vergnügen tanzend, auf Scott. »Also gehen Sie mit ihnen oder mit mir?«

»Habe ich eine Wahl?« knurrte der Junge. »Wir stecken beide in der Falle, oder nicht?«

Bullo kicherte. »Ich hab' ein Pony draußen. Wenn ich die Leute nach links abziehe, können Sie dann durch die Lücke preschen?«

»Kann ich«, erwiderte Scott finster. Er schritt zu Buccleuchs Pferd und warf Bullo die Zügel zu. »Da hast du noch einen Köder. Laß das Biest vorauslaufen, dann spalten sie sich noch mehr auf.«

Der Zigeuner setzte sich mit einem blitzenden Lächeln in Bewegung. »Also doch auf Lymonds Seite.«

Scotts grimmiges Gesicht, während er sich in den Sattel schwang, gab beredte Antwort. Buccleuch griff ihm in den Zügel. »Will, es sind nicht meine Leute. Ich schwör' es. Wart wenigstens einen Augenblick, damit ich feststellen kann, wer sie sind – wenn es Truppen der Königin sind, werde ich sie schon auf die Sprünge bringen.«

»Gewiß. Und sie werden Will Scott nachspringen.« Der Junge riß den Zügel frei. »Nein, besten Dank. Von deinem Anstand hab' ich genug. So viel verträgt mein Magen nicht.«

»Will –«. Es war zu spät. Dumpfes Dröhnen in der Ferne und plötzlicher Lärm verrieten, daß der Zigeuner die Verfolgung auf sich gelenkt hatte. Scott galoppierte, ohne sich umzublicken, quer über die Lichtung und jagte sein Pferd durch den dichtesten Teil des Gehölzes. Sir Wat, ohne Pferd und schwer atmend, stand reglos. Er vernahm einen Augenblick später den Tumult, als sie seinen Sohn entdeckten. Er hörte, wie die Jagd sich in der Ferne verlor, und sah schließlich die Reiter, die unverrichteterdinge zurückkehrten. Er zog das Schwert und ging ihnen entgegen. Die Bäume lichteten sich, die Stimmen wurden lauter, und er gewahrte ihre Farben: Blau und Silber. Er stieß das Schwert knallend in die Scheide zurück und schritt weiter. Die Reiter schwenkten bei dem Geräusch herum und zuckten zusammen: »Buccleuch!«

»Allerdings Buccleuch«, sagte der Mann. »Habt ihr gefunden, was ihr gesucht habt?«

Sie drückten sich herum. »Nein, Sir Wat.«

»Habt ihr ein Pferd für mich?« Sie holten eines beflissen herbei. Buccleuch stieg in den Sattel und ließ den Blick über den Wald schweifen. »Wo ist euer Herr?«

Einer der Männer stotterte: »Er wird gleich zurückkommen. Wir sollten uns hier mit ihm treffen, wenn...«

»Hier bin ich«, sagte eine nüchterne Stimme. Buccleuch wandte sich um. Lord Culter, bewaffnet, mit einer langen Schramme auf der Wange, saß am Rand des Gehölzes reglos auf seinem Pferd.

In atemloser Stille ritt Buccleuch auf ihn zu. In Reichweite hielt er an, beugte sich vor und ergriff Culters Zügel dicht am Zaumzeug, so daß der andere sich nicht rühren konnte. »Das sehe ich. Eine hübsche Rache für den Viehraubzug, wie?«

Culter schüttelte den Kopf. »Ich will nur Lymond.«

»Sie wollen nur Lymond«, wiederholte Buccleuch und schleuderte die Zügel von sich, so daß Culters Pferd wiehernd zurückwich und sich aufbäumte, »und dafür opfern Sie alles und jeden. Ihre Mutter – Ihre Frau – die Leute, die einmal Ihre Freunde waren. Wie viele Freunde haben Sie denn noch? Sagen Sie mir das.«

»Genug.«

»Genug, um hinter Ihnen herzukläffen, während Sie auf uns anderen hin und her trampeln mit der tollwütigen, wirrköpfigen Hetzjagd, auf die Sie sich eingelassen haben! Die Königin wollte Sie in Stirling, und Sie reiten hinter meinem Sohn her im Namen Ihrer Mummenschanzehre! Sie werden nichts zustande bringen, das wissen wir alle, außer der Bursche lacht sich über Sie zu Tode. Warum dann weitermachen? Keiner gibt einen Groschen dafür. Und einige sagen sogar ganz offen, es wäre gar nicht wegen der Gerechtigkeit, sondern ganz einfach der blasse, tobsüchtige Neid, der in Sie gefahren ist.«

»Halten Sie den Mund, Scott!« antwortete Richard heftig. Doch dann beherrschte er sich.

Buccleuch dämpfte die Stimme. »Ach, ich bin gleich fertig.

Ich habe nur noch Folgendes zu sagen: Jetzt haben Sie außer Lymond auch mich gegen sich. Ich verabscheue den Mann genauso wie Sie, aber ich werde Will unversehrt von ihm wegkriegen. Und bis mir das gelungen ist, können Sie keinen Plan gegen Lymond aushecken, ohne daß ich nicht vor Ihnen da bin. Ich wünsche Ihnen nichts Böses oder Ihrer Frau oder Ihrer Mutter, aber wenn Sie mich hindern und es passiert Ihnen dabei etwas – mir ist es gleich; ich werde Sie nicht schonen.« Er wandte sich ab und galoppierte auf seinem geborgten Gaul aus dem Wäldchen hinaus.

Johnnie Bullo kam vor Scott zum Peel-Turm zurück. Als der Junge anlangte, waren die meisten Männer schon fort, auch alle Tiere, bis auf ein paar Pferde. Lymond saß in der zertrümmerten Halle, und Johnnie Bullo stand neben ihm. Das strahlende Lächeln des Zigeuners ließ erkennen, daß die Geschichte von Crumhaugh dem Junker berichtet worden war. Will Scott gedachte aus dem Zorn, der in seinen Adern kochte, das Äußerste herauszuholen und prallte an einer glatten Mauer ab.

»Mein Lieber! Wie ich höre, hat der Busen deines Vaters geklirrt wie das Gewissen des Erzbischofs, und du bist zurückgekehrt, um dich an den meinen zu werfen.«

»Ich war ein Narr, daß ich etwas anderes erwartet habe. Sie haben völlig recht gehabt. Ich traue von jetzt ab niemand mehr.«

»Der Begegnung scheint ein gewisses Pathos angehaftet zu haben«, entgegnete Lymond sanft. »Wie ist es dir gelungen, ihn zu warnen, Johnnie?«

»Ach, ich habe in einem der Häuser, wo ich gespielt habe, eine Andeutung mitgekriegt.«

»Und da hast du die Falle zuschnappen lassen.« Der Junker erhob sich und schlenderte zur Tür. »Alles in allem muß ich schon sagen, daß diese Befreierei aus der Leibeigenschaft recht mühsam ist. Ich bezweifle, daß meine Nerven das noch lange mitmachen werden.« Johnnie, der den blauen Augen widerstanden hatte, solange seine Selbstachtung es erheischte, zuckte die Achseln, stand auf und ging hinaus. Lymond schloß die Tür und kam zurück.

»Johnnie –« begann Scott wütend.

»Johnnie stiftet Unfug, das weißt du genauso gut wie ich. Aber wenigstens tut er es mit dem Kopf und nicht mit dem Bauch oder wo immer du deine einzigartigen Gefühle aufbewahrst.« Scott begriff plötzlich, daß er gut täte, seine fünf Sinne zusammenzunehmen. »Du hast deine Verabredung geheimgehalten«, sagte Lymond. »Warum?«

»Weil sie Sie nichts anging.« Scott war noch immer wütend.

Lymond sagte sanft: »Laß uns in Moralphilosophie baden wie in einem echten Fluß. Falschspielen ist mein Geschäft. Darauf verstehe ich mich.«

»Ich weiß. Aber ich nicht«, antwortete Scott grob, und Lymond lächelte. »Ich glaube dir nicht.«

Ein unsicheres Schweigen entstand. Der Junge, noch immer angriffslustig, durchbrach es. »Ich wollte einfach mit meinem Vater reden. Daran ist nichts, worüber man sich aufzuregen braucht.«

»Nichts. Außer daß du es verheimlicht hast.«

»Sie forschen ja auch den Kuckuck nicht jedesmal aus, wenn er mit seinen Weibern verschwindet.«

»Kuckucks Weiber haben ja auch nicht zweitausend Bewaffnete hinter sich. Du bist der einzige hier, der vielleicht darauf kommen könnte, daß er etwas zu gewinnen hat, wenn er ausverkauft. Du bist der einzige Mensch, der – was immer er tut – sicher sein kann, daß ein warmes, mit Geld gepolstertes Eckchen auf der richtigen Seite des Gesetzes auf ihn wartet. Entweder du hältst den Schwur, den du voriges Jahr so schwungvoll geleistet hast, oder ich behandle dich dementsprechend. Ich gedenke nicht, wie ein gottesfürchtiger Pelikan hierzusitzen und nachzugrübeln, was du wohl als nächstes treibst.«

Scott zitterte vor Wut: »Ach bitte, ich sage es Ihnen, wenn ich niese; ich sage es Ihnen, wenn ich mir das Haar scheitle.

Aber ich sehe noch immer nicht ein, daß es Sie verdammt noch mal das geringste –«

»Lord Culter war dort«, unterbrach ihn Lymond leise. »Und vielleicht hätte ich Buccleuch gern getroffen.«

»Das glaube ich gern. Aber ich wußte nicht, daß Culter da sein würde. Und Schwur hin oder her, Sie können schwerlich erwarten, daß ich meinen Vater jetzt schon verkaufe. Ich habe schon gesagt, daß ich einen Fehler gemacht habe.«

»Wir offenbar auch.«

»Wieso? Ich bin doch da, oder nicht?« brüllte Scott. »Ich habe mein Wort nicht gebrochen. Buccleuch war derjenige, der –«

»Nachdem er dir erlaubt hatte, ihn niederzuschlagen. Ich habe davon gehört.«

»Erlaubt!«

»Buccleuch denkt auch nicht mit dem Bauch. Ist dir noch nicht der Gedanke gekommen, daß ich deiner teuren Familie wesentlich mehr Schaden zufügen könnte als Lord Grey? Und wenn du uns verläßt, werde ich das bestimmt tun. Folglich, Ringelblümchen, wenn du deinen Eid brichst, mußt du ihn gründlich brechen. Du mußt auch uns allesamt ausliefern. Das war's, worauf dein Vater rechnete.«

Lymond schritt geradewegs auf den Jungen zu. Sein Reitanzug, nach der Rückkehr aus Tantallon geschwind wieder hergerichtet, war vollendete Schneiderarbeit, sein Haar schimmerte wie Glas, und die Stimme glitzerte dazu passend. Er war untadelig und unangenehm nüchtern. »Meine besten Wünsche begleiten dich, wenn du ein dringendes Bedürfnis verspürst, mir persönlich etwas anzutun. Versuch es nur. Aber ich werde nicht zulassen, daß du mit rührseliger Gefühlsduselei und wäßrigem Schulbubenrotz sechzig Mann in Gefahr bringst. Was immer du beabsichtigt haben magst, du hast dir – und um ein Haar auch uns – einen großangelegten bewaffneten Hinterhalt auf den Hals gezogen – ob dein Vater dahintersteckt oder nicht, spielt keine Rolle. Auf Absichten kommt es nie an, und sie sind niemals eine Entschuldigung; krieg das in deinen Schädel hinein. Wenn ich den Männern erlauben würde, das hier mit anzuhören, würden sie dich wie eine Zwiebel schälen, und du hättest es verdient. Nächstesmal werde ich sie selbst verständigen. Ist das klar?«

Es war verdammt ungerecht. Scott griff nach der ersten erreichbaren Waffe und erwiderte wütend: »Aus Ihrem Mund klingt das gut. Warum sollte ich mir um die anderen Sorgen machen? Das würde Sie nicht hindern, jeden einzelnen von uns zu verkaufen, wenn es sich für Sie bezahlt macht. Außer Sie beschränken sich darauf, Klosterfrauen umzubringen.«

Ein schauerliches Schweigen entstand. Dann sagte Lymond bedachtsam: »Schlecht beraten, Scott. Nicht auftrumpfen! Vor allem nicht in dieser Richtung. Und jetzt darfst du mir aus den Augen gehen.«

Es blieb nichts weiter zu sagen. Scott verließ den Raum, stieg aufs Pferd und ritt nach Crawfordmuir davon; es war ihm kaum aufgegangen, daß von den mancherlei Wortwechseln zwischen ihnen dieser der erste war, in dem er sich einigermaßen behauptet hatte.

Während Scott westwärts ritt, war sein Vater nach Norden unterwegs. Es dauerte eine Weile, bis der verbitterte Buccleuch sich zu fragen begann, auf welche Weise Culter eigentlich von der Verabredung mit Will erfahren hatte. Er hatte es Sybilla erzählt, aber ihr war ebensosehr daran gelegen wie ihm selbst, Culter von Will und Lymond fernzuhalten. Wer sonst? Er überlegte. Nur ein Mensch konnte den Zettel gesehen und darauf so reagiert haben: Janet. Sir Wats Hände krampften sich um die Zügel. Bei Gott! dachte er, ich werde dieses langschnäbelige, blökende Weibsbild lehren, hinfort seine Nase aus meinen Angelegenheiten herauszuhalten. Er setzte das Pferd in Galopp nach Branxholm und hob den Kopf, um einen Blick auf den Nachthimmel zu werfen.

Irgend etwas stimmte nicht mit dem Licht im Südosten – die niedrigen Wolken waren karmesinrot unterglüht. Er schwenkte rasch das Pferd herum und galoppierte auf das Feuer zu; seine Flüche zogen wie Kielwasser hinter ihm her.

Lord Grey hatte Wort gehalten. Sir Oswald Wylstropp und Sir Ralph Bullmer hatten sich aus Jedworth und Roxburgh mit Fußvolk und berittenen Arkebusieren aufgemacht und zogen westwärts mit amtlichem Befehl, unterwegs alles in Asche zu legen. Sie machten dreißig Gefangene, nahmen alle Schafe und Ziegen weg, die sie erwischen konnten, und verwandelten Hawick in einen einzigen Backofen.

Buccleuch fegte über die Feldwege hin, die mit Frauen, Kindern und armseligem Hausrat verstopft waren, stieß unmittelbar vor sich auf seine Leute aus Branxholm unter dem Burghauptmann, ließ sie ausschwärmen und nahm Rache, so gut er konnte, da es zu spät war, um noch etwas zu retten. Dann machten sie kehrt, den qualmenden Westwind in den hustenden Lungen, verteilten sich über die verheerte, rauchende Gegend und halfen, wo sie konnten.

In der Morgendämmerung ritt Buccleuch mit schmerzendem Rücken, geröteten Augen und kochend vor Wut nach Branxholm zurück. In der Halle entsann er sich einer anderen Sache und betrat mit tropfender Kerze die Kammer seiner Frau. »Janet!«

Die Frau im Bett regte sich und öffnete die Augen; über das volle Gesicht mit der großen Nase breitete sich ein schläfriges Lächeln. »Ach, wahrhaftig, wenn das nicht Wat ist«, meinte Lady Buccleuch. »Spät wie immer.«

»Ich habe mit dir zu reden, werte Dame.«

»Ach, wirklich. Worüber denn?«

»Über den Erben dieses Schlosses, Gnädigste. Meinen ältesten Sohn Will.«

»Den ältesten ehelichen Sohn«, verbesserte ihn Janet. »Hast du ihn verpaßt?«

»Allerdings habe ich ihn verpaßt«, erwiderte ihr Gatte grimmig.

»Ach, macht nichts«, sagte Janet erstaunlich munter. »Du weißt doch, was die Leute sagen: Wer einen Sohn verliert, der bekommt eine Tochter.«

Buccleuch starrte unter seinen Eulenbrauen hervor auf seine Frau, und Janet starrte zurück. Von der anderen Seite des Bettes ertönte ein schwaches Gewimmer. Janets Strahlen ließ geradezu Glückseligkeit ahnen. »Der neueste Buccleuch«, sagte sie. »Hör auf, mich mit diesen Ölgötzenaugen anzuglotzen. Geh lieber und glotz zur Abwechslung dein neues Mädelchen an.«

Sir Wats Gesicht lief langsam rot an. Ein verwegenes Lächeln kämpfte sich aus den Tiefen seines Bartes herauf, und er deckte es mit einer Hand zu. Doch die Augen, die auf seine Frau herabblickten, waren sanft wie die eines Spaniels.

»Schon gut«, sagte er. »Schon gut. Reden wir nicht mehr darüber. Aus und vorbei. Aber glaub nicht, daß du mich jedesmal auf diese Art herumkriegst.«

»Ach du lieber Gott! Mach dir keine Sorgen«, sagte Janet aus der verworrenen Umarmung heraus. »Dann noch immer lieber die Schelte.«

So endete der Sonntag, der 5. Februar.

Kurz darauf schrieb Sir George Douglas an Lord Grey, er hoffe bald als bestallter Botschafter Ihrer Schottischen Majestät vor dem Lordprotektor in London erscheinen zu dürfen, um die königliche Eheschließung zu vereinbaren.

Der Lordprotektor schrieb an Grey. »Sie haben«, führte er aus, »in neun Monaten sechzehntausend Pfund ausgegeben und dafür nur den Buccleuch-Überfall aufzuweisen...«

Lord Grey sandte eine lakonische Mitteilung an Lord Wharton: »Ich marschiere Montag in einer Woche in Schottland ein und gedenke bis dicht an die Tore Edinburghs vorzudringen. Ich erwarte, daß Sie und der Graf von Lennox Ihren Einmarsch auf den meinen abstimmen.«

Und dann erstarrte das ganze Spiel. Keine Figur auf dem Brett konnte vor oder zurück. Das Schicksal war am Zug, und es gab keinen Gegenzug. Maria, die kleine Königin, Knotenpunkt und Herzstück all ihrer Pläne, erkrankte auf den Tod.

ZWEITES KAPITEL

I

Sie fürchteten die Engländer mehr als ihre Krankheit. Die kranke kleine Königin wurde nach der Felsenfestung Dumbarton am Clyde-Fluß gebracht, und Lady Culter und Christian Stewart wurden nebst anderen Damen zu ihrer Pflege befohlen.

Tom Erskine brachte die Nachricht nach Boghall. Simon meldete Christian den Besucher, ließ Erskine ein und knallte als ausreichende Äußerung seiner Ansicht die Tür hinter sich zu. Allein mit seinem Geschick, stürzte sich Tom Erskine Hals über Kopf in seine Mitteilung; er sei gekommen, um sie bis nach Midculter mitzunehmen, ehe er sich selbst zu den Kämpfen aufmache. Christian fragte scharf: »Was für Kämpfe?«

»Es ist ein neuer bewaffneter Vorstoß im Gang. Aus Berwick im Osten und Carlisle im Westen. Der Einfall aus Carlisle ist meine Aufgabe.«

»Wer geht noch mit? Lord Culter? John Maxwell?«

»Ja, Culter geht. Was Maxwell tun wird, weiß man nicht.« Das war die Hauptsorge. Von französischen Sticheleien angespornt, hatte man Statthalter Arran endlich ein Ultimatum gestellt. Agnes Herries war für seinen Sohn bestimmt. Aber der Junker von Maxwell hatte taktvoll zu verstehen gegeben, daß die Herries-Braut und die Herries-Besitzungen der Preis für seine weitere Anteilnahme an schottischen Belangen seien, und Maxwells Anteilnahme an der bevorstehenden Invasion war voraussichtlich ausschlaggebend. Folglich ließ Arran unter beleidigtem Gebrüll seines Sohnes einerseits und gedämpftem Verweis seines Schatzmeisters andererseits in Threave wissen, daß entsprechende Hilfe entsprechend belohnt werden würde, und wußte selbst kaum, was er sich als Ergebnis wünschen sollte.

Christian war von diesen halben Maßnahmen nicht beeindruckt. »Guter Gott, ob Maxwell für oder gegen uns ist, davon hängt die ganze Sache ab! Zum Glück liebt sie ihn, das arme Mädel; aber wie auch immer, wenn ich Arran wäre, würde ich sie am Schlafittchen fassen und nach Threave zerren und John Maxwell auf den Knien anflehen, auf unsere Seite zu kommen.«

Tom meinte philosophisch: »Nun, wenn wir nicht wissen, was er tun wird, dann wissen es die Engländer jedenfalls auch nicht...« Er entsann sich, weswegen er eigentlich gekommen war, und begann gräßlich zu husten. »Christian, hören Sie. Wir haben uns im letzten halben Jahr recht oft gesehen...« Seine Stimme erstarb, aber Christians Züge verrieten nur verständnisvolle Belustigung. »Lieber Tom, ich habe eine Unmenge Zeug einzupacken. Falls Sie einen ausführlichen Überblick über den abgelaufenen Winter beabsichtigen...«

Er ließ sich nicht abschrecken, sondern beschleunigte lediglich das Tempo. Ohne viel raffinierte Umstände trat er kurzerhand vor und ergriff ihre Hand. »Christian! Mögen Sie mich? Könnten Sie mit mir auskommen... Wollen Sie mich heiraten, Chris?«

Sie verwandte ihre ganze Schulung, um an der gewohnten beruhigenden Offenheit ihrer Stimme festzuhalten. »Ihre Liebe zu besitzen, Tom, ist wunderbar, aber ich glaube nicht, daß Heiraten gut für mich wäre.«

Sie spürte seine Bestürzung, auch wenn sie nichts sah. Er ließ ihre Hand los und sagte langsam: »Fürchten Sie sich vor der Ehe? Oder vor mir?«

Christian erwiderte rasch: »Nein, Furcht ist es nicht. Und keine Abneigung gegen Sie, natürlich nicht.«

»Dann ist wohl jemand anderer im Spiel?« fragte er.

Es war ihr nicht in den Sinn gekommen, daß er das glauben könne. Sie mußte ihre Gedanken anstrengen. »Unter den gegebenen Umständen ist das sehr schmeichelhaft von Ihnen. Aber nein – es ist niemand anderer da. Es ist ganz einfach, daß ...« Es war ganz und gar nicht einfach. Liebe war keine Vorbedingung, was immer Agnes Herries glauben mochte. Er mußte sich ja wirklich fragen, ob sie nicht hinter größerem Wild her war. Sie hatte Geld und war von vornehmerer Abkunft als er. Sie hatte es nicht nötig, wegen ihrer Blindheit scheu und schüchtern zu sein, aber sie war ihre einzige Ausflucht. Deshalb fuhr sie fort: »Es ist ganz einfach, mein Lieber, daß eine blinde Frau für den künftigen Lord Erskine keinen Wert hat.«

»Unsinn.« Es war ein Fehler gewesen, die überschwengliche Erleichterung in seiner Stimme verriet es ihr. »Mein liebes Mädchen, glauben Sie, darauf verschwende ich auch nur einen halben Gedanken? Fürchten Sie sich davor, die Orte zu verlassen, die Ihnen vertraut sind? Wir werden uns in Stirling ein Haus bauen, und ich lehre Sie beim Bau jeden Holzbalken, jeden Ziegel kennen, so daß jedes einzelne Stück Ihnen ein Freund wird. Ich werde –«

»Tom!« rief sie laut, damit er endlich innehielt. »Tom, wenn es das allein wäre, würde ich nicht zögern. Das Dumme ist, daß ich hundert Gründe habe, und keiner von ihnen ist gut. Der Krieg, Lord Flemings Tod, Boghall, das in Ordnung gebracht werden muß, mein eigener Hang zur Freiheit und zu meinen Freunden und alten Zeiten – ein Misthaufen armseliger weiblicher Ausflüchte.«

Sein Schweigen währte so lang, daß sie sich, wütend darüber, nichts sehen zu können, auf die Lippen biß; er überdachte jedoch nur ganz ernsthaft, was sie gesagt hatte. Endlich sprach er. »Ja, Christian, ich glaube, ich verstehe. Sie möchten mich jetzt nicht heiraten. Aber vielleicht später? Wenn die Invasion vorüber ist, wenn es der Königin besser geht und Lady Jenny frei ist ...?«

Er sagte nicht, was er hätte sagen können: »Und wenn ich zurückkomme.« Sie mußte Erbarmen haben. Aber wie? Schließlich wählte sie den einfacheren Weg. »Ich kann nichts versprechen, Tom. Aber wenn Ihre Gefühle noch die gleichen sind wie jetzt, irgendwann in der Zukunft –«

»Wann? Nächsten Monat?«

Christian hatte an sechs Monate oder ein Jahr gedacht; aber nun entschied sie sich plötzlich. »Heute in einem Monat, Tom, wenn Sie wollen«, sagte sie. »Unter einer Bedingung, wenn Sie mir die Anmaßung erlauben, sie zu stellen: daß Sie sich dann an meine Antwort halten, wie immer sie lautet.«

»Glauben Sie«, fragte er rührend, »daß bis dahin...« Sie aber tastete nach seiner Hand, fand sie, legte die ihre fest in sie hinein und ging mit ihm zur Tür. »Ich habe nicht die leiseste Ahnung, aber eines kann ich sagen, mein Lieber. Wenn ich jemand heiraten würde – überhaupt irgend jemand –, dann wäre es Tom Erskine.«

Drei Meilen von hier, in Midculter, traf Sybilla ebenfalls Anstalten, nach Dumbarton aufzubrechen. Richard, der sich nach ihr umsah, ehe er sich mit seinen Truppen nach Süden aufmachte, traf sie, wie sie gerade aus dem Hof kam; ihr Gehaben schien ein wenig zerstreut, und ihrem Haar haftete ein unerklärlicher Schwefelgeruch an. Sie berieten sich kurz, besprachen die Bewachung des Schlosses und die Sicherheit Mariottas, die dableiben sollte, und waren schon im Begriff, auseinanderzugehen, als Sybilla noch etwas einfiel. »Ach ja, Richard, Dandy Hunter hat eines von diesen entsetzlichen Kräutergebräuen seiner Mutter gebracht und ihr geschworen, er werde dich dazu bringen, daß du es bei deinem nächsten Feldzug einnimmst. Angeblich soll es dich vor Podagra und dem Protektor und jeglichem Übel im Zauberbuch bewahren. Du willst es doch wohl nicht, wie?«

Richard lächelte schwach. »Eigentlich nicht. Aber ich nehme es, wenn es ihr Freude macht.«

»Mein Lieber, Catherine hat auch ohne das schon genügend

Märtyrer geschaffen. Ich werde Dandy sagen, du hättest es bis auf den letzten Tropfen hinuntergeschluckt und seist in einem Zustand der Darmverzückung davongebraust. Vergiß nur nicht zu schwindeln, wenn du ihn siehst.« Sie lächelte, nickte und verschwand.

Nun hatte er nur noch von Mariotta Abschied zu nehmen. Er ging rasch in ihr Gemach, küßte sie und erläuterte ihr kurz seine Pläne. Sie saß vor dem Spiegel, hörte ihn gelassen an und ordnete dabei einen Spitzenschal um ihre Schultern. Dann stand sie auf und befestigte den Schal mit einer prachtvollen Brosche: ein in Diamanten gefaßtes und von Engelsköpfen umrahmtes Herz.

Mariotta war in letzter Zeit sehr still gewesen. Richard hatte ihr nichts von seinem Zusammenstoß mit Buccleuch in Crumhaugh erzählt und sollte nicht wissen, daß sie ihn in allen Einzelheiten von Sir Wat und Sybilla erfahren hatte. Jetzt wartete sie, bis er zu Ende gesprochen hatte, und sagte dann nüchtern: »Richard, die Landgegenden sind ziemlich übel dran. Wie viele solche Überfälle können sie noch aushalten? Angenommen natürlich, ihr könnt diesen hier zurückschlagen.«

Es entstand eine kleine Pause; er war offensichtlich überrascht und recht erleichtert: »Das hängt ganz davon ab, wer zuerst müde wird. Vielleicht fügen wir den Engländern diesmal so große Verluste zu, daß sie es sich nicht mehr leisten können, es noch einmal zu versuchen.«

»Mit all ihren Hilfsmitteln? Mit all ihren Söldnern aus Spanien und Deutschland?«

»Die kosten schließlich Geld, weißt du?« Er glättete ein Eckchen zerknitterter Spitze auf ihrer Schulter, wobei das feine Gewebe sich an seinen rauhen Fingern verfing. »Und inzwischen bekommen wir Truppen aus Frankreich.«

»Umsonst?« fragte Mariotta. Sie beobachtete ihn im Spiegel. »Ist es nicht manchmal teurer, Vergünstigungen anzunehmen, als zu bezahlen? Erwarten Leute, die einen Gefallen tun, nicht häufig eine Gegenleistung für ihre Mühe? Zum

Beispiel ein Bündnis oder eine Heirat? Und wenn dem so ist, bestünde dann nicht vielleicht nur ein sehr geringer Unterschied zwischen einem Bündnis mit England und einem mit Frankreich? Und hätte ein Waffenstillstand mit England jetzt nicht den Vorteil, daß er vor dem Frühjahr Tausende von Menschenleben rettet?«

Sie war auf das erste Anzeichen des Spotts gefaßt, um so mehr als diese Gedanken weniger ihre eigenen waren als die seiner Mutter. Aber er war noch immer geduldig. »Frankreich ist natürlich unser althergebrachter Verbündeter und durch Geschichte, Temperament, Blut, Religion mit uns verbunden. Aber die Sache hat außer dem Gefühlsmäßigen auch Sinn und Verstand. Indem Frankreich uns mit Truppen unterstützt, zwingt es England, Soldaten und Geld aus Europa abzuziehen. Außerdem hat Frankreich nie versucht, uns mit Gewalt zu erobern, wie England es getan hat. Drei englische Könige haben Anspruch auf Schottland erhoben und ihr Bestes getan, um ihre Namen in unsere Tür einzukerben. Was für ein Volk wären wir, wenn wir das duldeten?«

»Du hättest lieber Frankreich als Oberherrn?«

»Es kommt beides nicht in Frage«, sagte Richard ruhig. »Welchen Preis wir auch an Frankreich zahlen müssen, du kannst dich darauf verlassen, daß wir unsere Souveränität behalten werden.«

»Das ist mehr als das, womit man daheim rechnen kann«, sagte Mariotta. Damit konnte alles und jedes gemeint sein; aber sein Gesicht wurde leer und ausdruckslos. Gleich darauf sprach sie weiter. »Du hast gerade gesagt, daß du Oberhoheit nicht leiden kannst und vermutlich alles, was damit zusammenhängt – einen mittelmäßigen Vorgesetzten, keine Entschlußfreiheit, keine Selbstbestimmung und das alles.« Sie hatte die Ellbogen auf den Tisch gestützt und das Gesicht mit den Händen verdeckt, so daß nichts außer ihrer müden Stimme sie verraten konnte. »Ich hasse das alles auch. Ich weiß nicht, ob ich so weitermachen kann, Richard.«

So war es also gesagt. Er sah sich nach einem Stuhl um und

ließ sich schwer darauf nieder. »Mariotta ... bei so was kann ich nicht mit. Du weißt, daß du ausgeben kannst, was du willst, anordnen, was du willst, gehen, wohin du willst –«

Sie war entschlossen, nicht kindisch zu sein. Sie war entschlossen, nicht das Kind zu erwähnen, nicht seinen Stolz auf sein lebendes Inventar, nichts von all den schmerzlichen Dingen, die ihr täglich durch den Kopf gingen. Statt dessen sagte sie: »Ich kann also gehen, wohin ich will? Vielleicht in die Ständeversammlung?«

»Nein, natürlich nicht. Frauen werden nicht ...«

»Auf irgendeine Versammlung, Sitzung oder Tagung, die den ganzen Verlauf und das Gefüge meines Lebens bestimmt, vielleicht sogar die Art meines Todes? Nein. Aber Arran, den sie einen Schwächling und Idioten nennen, geht nicht nur hin, sondern lenkt unsere Politik.«

Richard sagte sanft: »Männer haben kein Monopol auf Torheit, Mariotta. Die Lasten von Grundbesitz, Heim, Kindern und Dienst am Vaterland sind schon schwer genug für zwei Menschen, ohne daß man von beiden verlangt, daß sie die gleiche Arbeit leisten.«

Mariotta ließ die Hände sinken. »Ich schlage ja nicht vor, daß ich meine Näharbeit ins Parlament mitnehme, ebensowenig wie ich die Bedeutung deiner Kinder herabsetze. Aber ich könnte einen Fünfzehnjährigen wie einen Schwamm mit Moralvorschriften anfüllen und bezweifle doch sehr, daß er sich lange an sie halten würde in dieser Welt, die du für ihn geschaffen hast. Sollte ich nicht durch dich auch etwas dabei mitzureden haben? Solltest du nicht deinen Kindern durch mich einiges zu sagen haben? Unsere Arbeit überschneidet sich vielleicht nicht, aber sollten deine und meine Aufgaben sich nicht wenigstens berühren?«

Ihre Stimme erstarb. Richard hob die gefalteten Hände ans Gesicht und versuchte, trotz des Sturzbachs von dringenden Geschäften, der durch seinen Kopf toste, klar zu denken. »Ich weiß nicht, wie ich dich zufriedenstellen soll – ich werde ja so wenig zu Hause sein. Aber ich könnte Gilbert bitten, dich jede Woche zu verständigen, was im Kronrat vor sich geht. Würde das genügen?«

Drei unselige Worte. Daß seine Frau ihn bat, über sein ganzes Verhältnis zu ihr anders zu denken; daß sie sich vielleicht wünschte, an seinem persönlichen Leben, seinen persönlichen Entschlüssen – bei der Waffenschau mitschießen, allein nach Perth reiten, sich in Crumhaugh einmischen, mit seinem Bruder fertig werden – teilzuhaben, das alles kam ihm überhaupt nicht in den Kopf.

Mariotta sagte mit völlig veränderter Stimme: »Vielleicht, nur daß ich mich nicht entsinne, Gilbert geheiratet zu haben. Während du deine großartige kerbenbedeckte Vordertür gesichert hast, mein Lieber, hättest du an das rückwärtige Gartenpförtchen denken sollen.« Sie stand plötzlich auf und sah ihm, während sie sich an der Tischkante festhielt, gerade ins Gesicht. »Du hast dir eingeredet, daß die Tötung eines Mannes wichtiger ist als deine Ehe, und das hat dich in seltsame Gegenden geführt. Was nicht der Ironie entbehrt. Du hättest näher bei deinem Zuhause nach ihm suchen sollen.«

Noch nie zuvor hatte sie gesehen, wie das Blut aus dem Gesicht eines Mannes weicht. In seine grauen, scharfen Augen trat eine bestürzende Leere. Er erhob sich, und sie wich nervös zum Fenster zurück, wo sie stehenblieb und ihn unsicher auf sich zukommen sah. Er sagte: »Sag das noch einmal. Erzähl es mir.«

Ihr Zorn und ihr Mut kehrten zurück. »Es gibt nichts zu erzählen«, antwortete sie. »Nur daß ich mich gern unterhalten lasse. Und Lymond hat einen besseren Blick dafür als du.«

Er hatte solche Mühe, sich zu beherrschen, daß er buchstäblich auf den Füßen schwankte; seine Hände fanden Halt auf beiden Seiten des Fensters und sperrten sie damit in die tiefe Fensternische ein. »Lymond ist hier gewesen?« Er rührte sie nicht an.

Mit der Erinnerung an seine wärmende Nähe flackerte ihr Zorn wieder auf. »Der Mann hat mir monatelang den Hof gemacht. Du könntest zumindest seinen Unternehmungsgeist bewundern.« Unter ihrem Zorn stieg lustvolle Erregung auf. Wo war jetzt das stumpfe, gleichgültige Gesicht? Endlich hatte sie ihn verletzt!

Die leeren Blicke ruhten auf Mariotta; sie sahen sie nicht, wohl aber – wie sie glaubte – eine ganze Galerie grotesker Bilder voll verliebten Lachens, ein tändelndes Goldhaupt. Als er sprach, klang seine Stimme äußerst sonderbar. »Lymond ist dein Geliebter?« Sein rechter Arm erbebte plötzlich, als seine Frau rasch unter ihm durch ins Zimmer schlüpfte. Er folgte ihr nicht, sondern blieb stehen und blickte in die dunkle Fensterscheibe; er sah im Spiegelbild, wie sie hastig aus einer Schublade alles mögliche hervorkramte: ein Smaragdhalsband, dann Perlen, einige Ringe, Broschen, noch mehr Halsketten, dann Knöpfe und Kämme, bis der ganze Tisch vor ihr ein einziges Glitzern und Funkeln war. Zuletzt riß sie sich die prachtvolle Brosche von der Brust und warf sie zuoberst auf den Haufen. Ihre Veilchenaugen waren voll auf ihn gerichtet und blitzten wie die Juwelen. »Nein!« sagte Mariotta voller Verachtung. »Aber er hätte es sein können.«

Sie hatte ihm weh tun, ihn aus seiner Verteidigungsstellung herausdrängen wollen. Sogar jetzt begriff sie noch nicht, was sie wirklich getan hatte. In dem langen Schweigen, das folgte, legte er eine schwerere Rüstung an, als er sie jemals hatte sehen lassen. Ohne sie anzublicken, nahm er ein Schmuckstück in die Hand, las die gravierte Inschrift und warf es zurück auf den Haufen. »Wie lange geht das schon?«

»Drei Monate. Die Sachen kommen ohne Namen ins Haus.«

»Es scheint ja sehr zügig geboten worden zu sein. Sehr freundlich von dir«, sagte Richard, »daß du mir gestattest, bei der Versteigerung mitzubieten. Was hättest du gern als nächstes?«

Es war ihr bisher nie gelungen, ihn zu erschüttern, wenn er es darauf anlegte, sich hölzern zu geben; jetzt war sie von seinem Verhalten wie gelähmt. Vor Schreck begann sie zu stottern: »Ich habe d- dir die Wahrheit gesagt, weil er dich so zum Nar- –, weil die Leute Vergleiche anstellen. Ich habe nie einen Schritt getan, um ihn zu treffen –«

»Tut mir leid«, sagte Richard. »Aber ich sehe lieber wie ein Narr aus als wie ein Hahnrei. Infolge deiner Bemühungen sehe ich nun wie beides aus. Vielleicht hätte ich weniger lächerlich gewirkt, wenn es dir beliebt hätte, mir diese Sache zu sagen, als sie anfing.«

In die Enge getrieben, fuhr sie ihn an: »Ich hätte es vielleicht getan, wenn du nicht von vier Wochen drei abgängig gewesen wärst. Ich war unglücklich, ich hatte nichts zu tun, und es geschah. Ich wäre vielleicht einverstanden gewesen, es dir früher zu sagen – aber jetzt habe ich es dir jedenfalls gesagt.«

Sie bemerkte ihren Schnitzer nicht, wohl aber Richard. Er sagte: »Einverstanden, es mir zu sagen? Einverstanden mit wem, um Gottes willen? Lymond?«

»Nein, nein.«

»Mit wem denn dann? Es *mir* zu sagen, hast du nicht fertiggebracht, aber bestimmt hast du dafür gesorgt, daß in sämtlichen Läden über uns beide geklatscht wird. Wer war es?«

Mariotta antwortete wütend: »Ich brauchte Rat, und er bemerkte es. Jedenfalls ist er mir ein guter Freund gewesen. Und dir auch. Es war Dandy Hunter.«

»Er hat dir also geraten, wie du unsere drollige Ehe führen sollst. Wie freundlich. Und hat er dir nur Ratschläge gegeben? Oder hat Dandy dich ebenso wie Lymond mit kostbaren und unverlangten Geschenken überhäuft? Es war ja deine Maxime, wenn ich mich recht erinnere, daß es oft teurer ist, einen Gefallen anzunehmen, als ihn zu kaufen. Was hat Dandy für seine Dienste gefordert?«

»Nichts! Hör auf, Richard!« sagte Mariotta. »Es tut mir leid. Es war töricht von mir, es dir nicht zu sagen; und ich hätte es dir nicht auf die Art und Weise sagen sollen, wie ich es jetzt getan habe. Aber ich *habe* es dir schließlich gesagt... Ich hätte es nicht tun müssen. Du hättest es niemals entdeckt.«

Richard starrte sie an: »Nein, ich hätte es wohl nicht entdeckt. Ich wäre eine dieser komischen Typen gewesen, der lachhafte hintergangene Ehemann, mit dem Lymond endlosen, harmlosen Spaß gehabt hätte...«

»Nein!« Sie versuchte ihn zu fassen, aber er rückte von ihr ab und schritt im Zimmer auf und ab.

»Lymond, Dandy... Wer noch? Also, wer noch?« Plötzlich blieb er stehen, eine breitschultrige, monumentale, höhnische Gestalt. »Denk nach. Schließlich müssen wir diesem verdammten Kind ja einen Namen geben.«

Mariotta setzte sich. »Das ist nicht wahr.«

»Kannst du es beweisen?«

Diesmal traf Stahl auf Stahl. »Nein!« sagte Mariotta. Sie ließ die Arme sinken, trat zu ihrem Tisch, nahm Stück für Stück ihres Geschmeides auf und legte es an. Sie wandte sich von Licht überflutet in einem Aufflammen hundertäugiger kostspieliger Vulgarität zu ihm um, und ihre Stimme war hart wie Diamant.

»Nein!« wiederholte sie. »Nein, ich kann es nicht beweisen. Warum sollte ich auch? Was liegt mir an dir oder deinem Bruder? Ihr seid beide Crawfords, und ihr seid beide Schotten, und das eine ist mir so fremd wie das andere, nur daß der eine von euch sich auf Frauen versteht und der andere nicht. Glaub, was du Lust hast.«

Er sprach langsam. »Ich werde ihn dir bringen«, sagte Richard. »Ich werde ihn dir auf den Knien bringen, und er wird weinend darum betteln, getötet zu werden.« Damit ging er. Es war vorüber.

Mariotta wartete, bis die alte Lady und Christian nach Dumbarton aufgebrochen waren und Tom Erskine zusammen mit ihrem Gatten zum Tor hinausritt und sich nach Süden wandte. Dann verriegelte sie die Tür und begann alles einzupakken, was sie besaß.

Die Königin fieberte; in den rundlichen Handgelenken hämmerte der Puls, und die geröteten, wunden Glieder schlugen ruhelos um sich; das wirre rote Haar klebte am Kissen, an der Stirn, den Augen. Die Ärzte hatten ein hohes Gemach zum Krankenzimmer bestimmt; das Kind lag in einem riesigen Himmelbett und wurde von seinen Hofdamen, von Lady Culter und Christian gepflegt. Das Bettzeug war Tag und Nacht durcheinandergeworfen, der Kissenbezug aus Atlas von den verkrusteten Lippen und dem geschwollenen, aufgesprungenen Gesicht verfleckt.

Am unsichtbaren hauchdünnen Faden dieses einen Lebens rückten die beiden englischen Heere zum Angriff vor, eines an der Ostküste Schottlands, das andere im Westen. Als erste brachen Lord Wharton und der Graf von Lennox am Sonntag, dem 19. Februar, aus Carlisle auf und hatten zwei Tage darauf Dumfries erreicht. An diesem Dienstag führte Lord Grey von Wilton ein englisches Heer aus Berwick nach Schottland und schlug sein erstes Lager in Cockburnspath auf. Bei Anbruch der nächsten Nacht hatte er mit seinem Heer die Stadt Haddington, kaum zwanzig Meilen von Edinburgh, besetzt und ging daran, hier feste Stellung zu beziehen.

Um die gleiche Zeit entdeckte Lord Culters schottische Truppe, die südwärts vordrang, welchen Weg Wharton und Lennox eingeschlagen hatten, schwenkte ein, um sie in der Flanke zu fassen, und entging auf diese Weise der berittenen Vorhut, die Lord Wharton unter seinem Sohn Harry vorausgeschickt hatte.

Harry war ausdauernd und zuversichtlich. Sein Befehl lautete, die Burg Drumlanrig zu umgehen, die Stadt Durisdeer zu zerstören und den Kampf nur aufzunehmen, falls die Douglas sich ihm stellten. Er erwartete sich nicht viel Mühe mit den Douglas. Meldungen besagten, die meisten von ihnen seien bereits vor ihm geflohen und daß ihr Oberhaupt, der Graf von Angus, sich bei Sir James Douglas in Drumlanrig mitsamt seiner Tochter Margaret, Gräfin Lennox, befand.

Die Katastrophe platzte Lord Wharton direkt ins Gesicht: Er befand sich acht Meilen nördlich von Dumfries, als ein

Überlebender ihm die Kunde brachte. Die Douglas waren nicht geflohen. Sie hatten sich mit John Maxwell zu einem Hinterhalt vereinigt, waren über Harrys vordringende Reiterei hergefallen und hatten sie vollständig zerschlagen. Dabei hatten ihnen der Graf von Angus und Sir James Douglas von Drumlanrig selbst geholfen, dessen festes Haus Wharton verschont hatte und wo Margaret, ohne den schauerlichen Fehlschlag zu ahnen, jetzt vermutlich wartete. Geholfen hatte ihnen außerdem die Hälfte der Truppe des jungen Wharton selbst, Grenzland-Engländer und eidbrüchige Schotten, die sich das rote Kreuz Englands abgerissen hatten und beim ersten Angriff unter Freudengeheul zu den Douglas übergelaufen waren.

Zum Trauern war keine Zeit; das schottische Heer konnte binnen einer Stunde über ihn herfallen. Wharton wandte sich vom Boten ab und gewahrte Lennox neben sich, das prächtige, unzuverlässige Antlitz noch bleicher als sein eigenes. »Margaret!«

Er hatte seine Reiterei bereits zum Aufbruch versammelt, als Wharton ihm scharf in die Zügel fiel. »Nein! Tut mir leid, Sir. Ich kann nicht Gefahr laufen, daß Sie in Gefangenschaft geraten und als Geisel behalten werden. Das ganze schottische Heer liegt zwischen uns und Drumlanrig. Selbst wenn Sie durchkämen, wäre Ihre Frau in Ihrer Gesellschaft schlechter dran als jetzt beim Grafen von Angus.« Er wartete nur ab, bis er die Entschlossenheit aus den Zügen des Grafen weichen sah, und erteilte dann seine Befehle. In diesem Augenblick erfuhr er – und konnte es kaum glauben –, daß an seinem rechten Flügel bereits gekämpft wurde. Culter hatte Whartons Vorposten aufgespürt und rückte vor, um seine Flanke anzugreifen.

Maxwells Leute, die eine halbe Stunde später über die Hügel herabfegten, sahen die englischen Truppen mit Culter hart auf ihren Fersen nach Süden strömen; in wenigen Minuten hatten sie die Lücke geschlossen und selbst Whartons Truppe am Rockzipfel gepackt. Sie kam torkelnd zum Stehen, machte unsicher kehrt und geriet, ob sie wollte oder nicht, mit den gesamten vereinigten schottischen Truppen einschließlich Überläufern und allem Drum und Dran ins Handgemenge. Binnen einer Stunde war alles nahezu vorüber; ein Berittener preschte los und ritt sein Pferd zuschanden, um Carlisle die Vernichtung von Lord Whartons gesamtem Heer zu berichten.

Tom Wharton, älterer Sohn von Lord Wharton in Carlisle, sandte die Nachricht weiter an Lord Grey in Haddington. Sie teilte die vollständige Niederlage der von Lord Wharton und dem Grafen Lennox geführten Truppe mit, und obendrein, daß sein Vater und sein Bruder Harry gefallen seien. Das läutete dem gesamten Plan die Totenglocke. Lord Grey wagte kein Zaudern. Er ließ eine Besatzung zurück, um Haddington zu befestigen, und marschierte schnurstracks zurück nach Berwick.

Dort erfuhr er mit schriller ungläubiger Wut, daß Harry Wharton am Leben war; daß er mit einigen Leuten aus Durisdeer entkommen und es ihm gelungen war, seinen Vater aus seiner betrüblichen Klemme zu befreien; und daß Lord Wharton, der Graf von Lennox, Harry und ein gut Teil ihrer Truppe, wenn auch an Zahl und Zuversicht beträchtlich geschwächt, sich wohlbehalten in Carlisle befanden.

Was er nicht erfuhr, war die Merkwürdigkeit, daß der verblüffte Graf von Angus bei seiner Rückkehr nach Drumlanrig nicht die geringste Spur seiner Tochter Margaret Lennox fand. Sie war wie vom Erdboden verschwunden.

Sybilla überbrachte die Nachricht der Königin. Sie zauderte einen Augenblick lang vor dem Krankenzimmer, in dem Maria von Guise schon den ganzen Tag verweilte. Dann öffnete sie leise die Tür. Die Geistlichen und die Ärzte waren gegangen. Die Königinmutter war allein im Gemach; sie kniete neben dem Bett, ihre Wange ruhte auf der glatten Bettdecke. Sybilla schritt zum Bett und blickte hinab. Das

Kind hatte sich auf die Seite gedreht und schlief ruhig in frischen Leintüchern, eine Hand unter der Wange. Sein Atem ging tief und gleichmäßig in fieberfreiem Schlummer. Sybilla schneuzte sich gedämpft die Nase und rührte die Königin an der Schulter.

2

Durch reinen Zufall befand sich Lord Culters unehrerbietiger jüngerer Bruder keine fünfzig Meter weit von ihm, als er hinter Wharton her die Durisdeer-Straße hinabfegte. Lymond ließ ihn sausen. Mit Ausnahme einer Episode, die er für John Maxwell und Lord Whartons Sohn zum unvergeßlichen Erlebnis machte, nahm er an den Kämpfen nicht teil. Ihm war zu diesem Zeitpunkt einzig darum zu tun, eine gewisse Unternehmung des Türken-Mat zu überwachen.

Will Scott, der auf Befehl in seiner Kammer saß, hörte, wie der Trupp Crawfordmuir verließ, um nach Durisdeer zu reiten. Er kam erst spät zurück; die Stimme des Türken kam die Treppe herauf, die an Lymonds Kammer vorbeiführte, von der aus man in seine eigene gelangte. Dann kam das Geräusch unterschiedlicher schlurfender Füße, die zum dritten und obersten Stock hinaufgingen, wo sie innehielten. Ein Türschloß schnappte, und eine Frauenstimme sagte eisig: »Ich nehme an, daß Sie sich jetzt sicher genug fühlen. Wollen Sie so freundlich sein, mir die Binde von den Augen zu nehmen?« Dann wurde die Tür zugeschlagen, das Schloß schnappte abermals, die Schritte liefen wieder an der Tür vorbei und entschwanden nach unten. Dann hörte er das leise Öffnen und Schließen der Treppentür, die in Lymonds Kammer führte, die vom Kaminfeuer beleuchteten Wände des anstoßenden Zimmers glühten im Schein frisch entzündeter Kerzen gelb auf, und seine eigene Tür flog auf. »Gelangweilt?« fragte Lymond.

Scott ließ das Buch sinken, in dem er gar nicht gelesen hatte. »Ich habe Mat und eine Frau gehört. War das die Gräfin?«

»Ja, das war Margaret Douglas. Die liebe Frau weiß noch nicht, wer sie gefangen hat; ich dachte mir, es wäre hübsch, sie ein Stündchen darüber nachgrübeln zu lassen. Wenn sie zu mir gebracht wird, bleibst du hier und hörst zu. Gott weiß, warum es ausgerechnet mir zufällt, für deine Bildung und Erziehung zu sorgen, aber ich finde doch, daß man dich fürs Leben einigermaßen ausrüsten muß.« In der Tür fügte er freundlich hinzu: »Viel Spaß!« und ging hinaus.

Scott versuchte zu lesen. Bis auf die gedämpften Stimmen aus dem unteren Treppenhaus war es still im Turm; auch aus dem Nebenzimmer war nichts zu vernehmen. Er hatte keine Ahnung, was Lymond vorhatte, und überlegte, was eine so hochgeborene junge Frau mit dieser Wildkatze von einem Sonderling anfangen würde. Als er die Frist nahezu verstrichen glaubte, löschte er seine Kerzen und suchte sich einen Platz, von dem aus er bequem beobachten konnte, ohne selbst gesehen zu werden. Dann fiel ihm noch ein, die Stiefel auszuziehen. Er rückte sich zurecht und wartete.

Matthews Klopfen an der Treppentür dröhnte wie Donner, und seine Stimme, als die Tür sich öffnete, grollte wie die des Herrn der Unterwelt, der einen Verdammten begrüßt. »Die Gräfin von Lennox«, verkündete er, zog sich sodann zurück und schloß die Tür hinter sich.

Margaret Douglas war an der Tür stehengeblieben. Sie war bis ans Kinn in einen blauen Mantel gehüllt und offensichtlich sehr verängstigt. Ihre Erscheinung überraschte Scott: die löwenhafte Lebenskraft, das entschlossene Kinn, die großen, schönen Hände. Dann entzündeten sich die schwarzen Augen am lodernden Kaminfeuer, sie löste die krampfhaft verschränkten Hände und ließ sie sinken. »Francis!« Wenige Menschen hätten zu erkennen vermocht, daß das Wiedererkennen der Angst vorausgegangen war.

»Ja. Treten Sie ein«, sagte Lymond freundlich. Jetzt konnte Will ihn sehen. Er war gekleidet, wie Scott ihn kaum je zuvor gesehen hatte: weißes Hemd und weiße Strumpfhose, glattes geschmeidiges Weiß und Gold im Feuerschein. Die

Gräfin trat verwirrt näher, bis sie im Feuerschein stand. Ihr blondes Haar war naß und dunkel vom Regen. »Bin ich auf Ihren Befehl hierhergebracht worden? Sie hätten es mir sagen sollen. Ich habe mich sehr gefürchtet.«

Lymond zog einen Stuhl heran und wartete, während sie sich setzte. »Sie sollten sich jetzt vielleicht gestatten, sich zu fürchten. Es wäre doch sehr passend und mädchenhaft.«

Die klugen schwarzen Augen blickten arglos. »Das wäre es wahrscheinlich. Aber ich habe einen Ehegatten.«

»Einen recht mittelmäßigen.« Die Silberstiftstimme war gleicherweise verbindlich.

»Aber zumindest verlasse ich mich darauf, daß er meinen guten Ruf schützt«, sagte Margaret. Sie wußte also, was sich in Annan abgespielt hatte. Nachdenklich fügte sie hinzu: »Und einmal hat er Ihnen das Leben gerettet.«

»Stimmt«, sagte Lymond. »Aber dafür habe ich in Annan das seine geschont. Das habe ich seither bedauert.«

»Du liebe Güte«, rief sie, »was ist das nun? Rachsucht oder Eifersucht? Wollen Sie mich als Waffe gegen meinen Mann?«

»Nein«, entgegnete Lymond sanft. »Ich habe Sie nicht gefangengenommen, um Sie gegen Lennox auszutauschen. Ganz und gar nicht. Ich wollte Sie Ihrem Gemahl als Gegenleistung für Ihren kleinen Sohn anbieten.«

Endlich barst das klassische Bildnis. »Harry!« Sie sprang auf. »Nicht meinen Kleinen! Nein, Francis, bitte! Nicht einmal Sie können so fühllos sein, daß Sie von einem kleinen Kind verlangen, es solle leiden für... Matthew wird ihn nicht herschicken!«

»Natürlich wird er. Er kann sich jederzeit einen neuen machen.«

»Außer Sie verabsäumen es, mich zurückzuschicken.«

»Außer ich behalte euch alle beide.« Er strahlte vor sanftem Frohsinn. »Aber ich schwelge eigentlich nie in Vergeltungsmaßnahmen, sie sind zumeist schlecht fürs Geschäft. Ich gedenke das Kind der schottischen Regierung zum Kauf anzubieten, entweder lebend (was der Regierung vielleicht peinlich wäre) oder tot, was, diplomatisch ausgedrückt, zweckdienlicher wäre. Sie verstehen, als Katholik stellt seine Existenz für den schottischen Thron eine größere Gefahr dar als für den englischen. Ich hoffe doch sehr, daß Sie *nicht* mit Ihrem ganzen einfältigen Glauben auf den Protektor bauen, denn das würde ich für äußerst unklug halten.«

Die wohlklingende Stimme schwebte zu Scott hinaus, der zornschäumend in seinem Versteck saß. Das also war der Plan. Aber wenn Margaret Douglas nach England zurückgeschickt würde, wen würde Lymond dann Grey als Tausch für Harvey anbieten? Er spürte ein Aufwallen des Mitgefühls für die Gräfin von Lennox.

Sie sagte mit betäubter Stimme: »Ich werde mehr zahlen als die schottische Regierung, um den Knaben zu retten.«

»Das Geld könnte ich natürlich auf diese Art bekommen, aber die moralische Wirkung wäre nicht ganz die gleiche. Es wäre erfrischend, mit dem gleichen Streich den Grafen von Lennox aus der Fassung zu bringen und dem Grafen von Arran gute Dienste zu erweisen. Ehrlich gesagt, ich weiß nicht, ob ich dem widerstehen könnte.«

Ein kurzes gequältes Schweigen trat ein. Lady Lennox machte eine schwache Handbewegung, und plötzlich kamen ihr die Tränen.

»Diese Dinge, die wir über Sie gehört haben – wie kann das alles in fünf Jahren geschehen sein?«

»Zurechtfrisierte Schlacke bleibt noch immer Schlacke. Vielleicht macht es mir Spaß, wie Petronius mit Muße Selbstmord zu begehen.«

Sie schüttelte den Kopf, indes die Tränen ihr über die Wangen rannen. »Wenn man die Kunst versteht zu leben, sucht man nicht nach dem Tod oder Halbtod. Ein einziger Unglücksfall, ein Rückschlag! Sie hätten sich nur durchzukämpfen brauchen, und was hätten Sie nicht alles werden können!«

Er hatte einen Arm auf dem Kaminsims ausgestreckt und

zuckte die Achseln. »Wer weiß? Es macht Spaß, der liederlichste Schuft im ganzen Königreich zu sein.«

Ihr Haar hatte sich gelöst und fiel ihr wie ein dichtes Gewebe lose über die Schultern. Angestachelt von seinem Ton, sagte sie: »Sie geben mir an dem, was geschehen ist, die Schuld?«

»Warum sollte ich? Ich bin dem großen Übel und dem kleinen Übel entronnen und sogar der Tochter des Herzogs von Exeter . . .«

Ihre Hände verkrampften sich. »Wir mußten Sie um Ihrer eigenen Sicherheit willen nach Frankreich schicken. Ihre Freunde hätten Sie umgebracht. Wir mußten Sie aus London wegschaffen. Ich wußte nicht einmal, daß Sie in Gefangenschaft waren – es war der König, der –«

»Der mich auf Erholungsurlaub auf die englische Festung in Calais schickte, wo ich durch geradezu haarsträubendes Pech den Franzosen in die Hände fiel. Und das alles wäre nicht geschehen ohne diese sehr ungelegene Meldung.«

Margaret biß sich auf die Lippe. »Davon habe ich gehört. Die Meldung, die unser Mann aus Versehen zurückließ und die von den Schotten gefunden wurde. Nach der Zerstörung des Klosters.«

Die blauen Augen blickten unverschleiert direkt in die ihren. »Aus Versehen?«

»Aber – ja! Der Zerstörungstrupp nahm Ihren Brief mit, um Ihren Anweisungen zu folgen, der Anführer hatte ihn bei sich, als er getötet wurde, und er wurde bei seiner Leiche gefunden. Was sonst haben Sie denn geglaubt? Es war kein doppeltes Spiel auf unserer Seite, das möchte ich schwören.«

»Könnten Sie beschwören, daß Ihr Onkel nichts damit zu tun hatte?«

»Der König?« Sie machte ein überraschtes Gesicht. »Bestimmt nicht. Er konnte gewalttätig sein, aber nicht . . .«

»Aber nicht was?« fragte Lymond. »Heinrich von England besaß sämtliche Tugenden und sämtliche Fehler und löste den Widerspruch, indem er seinen halben Hof zu Sündenböcken machte. Wenn es ihm in den Kram gepaßt hätte, mich zwischen Frühstück und Abendessen in Verruf zu bringen, hätte er es bedenkenlos getan.«

Sie hatte ihm impulsiv die Hände auf die Arme gelegt. »Wie sollen wir nach so langer Zeit noch wissen, was wirklich geschah? Wir können doch nicht Jugendtragödien durch unser ganzes Leben mitschleppen, wie Sie es tun.«

Die hellen Brauen zuckten übertrieben in die Höhe. »Leider, leider. Fünf Jahre dieser ungestümen Zeiten würden sogar von Lord Lennox den Schmelz abstreifen.«

»Diese Bitterkeit ist mir neu an Ihnen.«

»Durchaus nicht. Meine angeborene Gewohnheit. Sonst noch Spuren von Fäulnis und Verfall?«

Ihr Blick hielt den seinen fest, während sie die Finger an seinen Armen hinabgleiten ließ, bis sie seine Hände erreichte; sie betastete sie und kehrte die Handflächen nach oben. Nun senkte Margaret Lennox den Blick. Scott vernahm den Laut nicht, den sie ausstieß, als sie die von Narben gekerbten Hände mit ihren Fingern umschloß und an ihre Brust führte. »Die Galeeren? Die Galeeren, Francis? Deine schönen Hände!«

»Und mein schöner Rücken«, versetzte er sarkastisch; sie ließ ihn unverzüglich fahren und wandte sich ab.

»Was immer Sie tun werden, Sie haben alles Recht dazu. Wir haben Sie in die Hände der Franzosen fallen lassen – wir haben Sie verraten, wenn auch nur durch einen unglücklichen Zufall –«

»Und wenn es kein Unglücksfall war?« fragte Lymond sanft.

Sie drehte sich um und sah ihm ins Gesicht. »Wenn der König dafür verantwortlich war – dann bin ich seine Nichte. Nehmen Sie die Rache, die Sie wollen.«

Lymond trat zum erstenmal aus eigenem Antrieb behutsam dicht an sie heran. Zwei sinnende Finger lösten die Schnalle ihres Mantels, und ein blaues Gleiten sank langsam zu Boden. »Und was ist mit Matthew?« fragte er. »Dem mangelhaften Ehemann?«

Ihre Augen weiteten sich. »Was Matthew ist? Eine Stufe zu einem doppelten – vielleicht zu einem dreifachen Thron.«

»Ist das alles?«

»Ja. Alles.«

Sie war ganz bleich geworden. Scott sah, wie Lymonds geübter Blick kurz auf ihr ruhte, ehe er sich regte. Dann rührte er sie an, und sie schloß zwischen Seelenqual und Entzücken die Augen unter einem Kuß, der sich zum Herrn über alle Empfindungen, jegliches Denken und die toten Gefilde der Zeit aufschwang. Der Feuerschein flammte über Lymonds Schulter und Arm und den hinabgeneigten Kopf, und Scott vermeinte, etwas wahrhaft Königliches in den weißgoldenen Gestalten zu gewahren, die geschmeidig wie ein Gemälde aus Honig und Wachs zu einer einzigen verschmolzen.

Dann hob Lymond den Kopf, nahm sie bei der Hand und zog sie zu der langen Ruhebank vor dem Feuer. Margaret glitt zu seinen Füßen nieder. »Komm fort von hier.« Die Worte erstickten sie fast. »Arbeite wieder für uns. Der Protektor wird dir alles zurückgeben, was du verloren hast – deine Güter, dein Herrenhaus, dein Geld –, mehr als du jemals hier haben kannst. Diese Verbannung ist der langsame Tod für einen Mann wie dich ... Kehr mit mir zurück.«

Er fuhr ihr langsam mit dem Finger über die Wange. »Jetzt, da das Spiel beinahe gewonnen ist? Ich bin Erbe von Midculter, Margaret. Wenn alles gutgeht, wird mein Dachfirst eindrucksvoller sein als irgendeiner, den der Protektor mir anbieten könnte.«

»Eindrucksvoller als Temple Newsam?« fragte Margaret, und die beiden Augenpaare hielten einander fest.

Die schlanken, mit Narben bedeckten Finger spielten sanft mit dem herrlichen dichten Haar. »Du würdest mich in dein Haus mitnehmen?« fragte Lymond leise. »Aber sogar Lennox –«

» – wagt es nicht, dem Protektor zu widersprechen. Und wenn du dich ihm nützlich erweist, wie du es könntest –

Francis, du mit deinem Verstand, deiner Phantasie, deiner Führerbegabung –«

» – und meinem pikant gewürzten Ruf. Es ist aussichtslos, Margaret. Wäre mein Ruf in Schottland unversehrt, so könnte ich dem Protektor nützlich sein. Als Geächteter ist mein praktischer Wert gleich Null. Es wäre denn, es ließe sich ein guter Name für mich schaffen – oder wiederherstellen.«

Schweigen folgte. Sie hatte die Wange auf sein Knie gelegt, ihr langes Haar fiel auf die schimmernden, vom Feuer erleuchteten Schwaden ihres Gewandes auf dem Boden vor dem Kamin. Ohne sich zu regen, wiederholte Margaret: »Wiederherstellen?«

Lymonds leise Stimme klang nachdenklich. »Könnte man nicht irgendeine Geschichte zusammenbrauen, die die Behörden glauben würden? Irgendwas von einer Fälschung, etwas mit Zeugen, die so überzeugend wären, daß sie mich entlasten würden?«

Von jeglicher Waffe seines Geistes und Körpers gestellt und bedrängt, erwiderte sie widerwillig: »Es hat keinen Sinn, Francis. Der Mann, der die Meldung zurückgelassen hat, ist tot. Ich könnte wer weiß wie vielen Leuten an seiner Statt Reden und Geständnisse eintrichtern, aber glaubst du, sie würden der Streckfolter oder dem Spanischen Stiefel standhalten? Arran würde diesmal ganz sichergehen, daß er nicht wieder getäuscht wird. Man kann einen Ruf nicht aus nichts wiederherstellen.«

»Ich kann's vielleicht nicht; aber du bringst es doch im allgemeinen zuwege, dir zu verschaffen, was du willst. Sogar mich, gegen ein Entgelt. Meinen Preis habe ich ja genannt.«

Diesmal dauerte die Pause lang. Plötzlich stieß sie fast atemlos hervor: »*Ich* stelle keine Bedingungen.«

»Und ich stelle nur eine«, sagte Lymond und zog sie, die Lippen auf den ihren, mit sanfter Gewalt zu sich herauf. »Willst du mich haben, Margaret ... in Temple Newsam?«

»Ja.«

»Dann willst du meine Gebühr also zahlen?«

»Ich zahle dir alles«, erwiderte sie, »wenn du heute nacht mit mir kommst.«

»Heute nacht?« fragte Lymond und hob nachdenklich ihr Haar im Nacken auf. »Was willst du mir zahlen?«

Sie küßte seine wandernden Hände. »Ich werde einen Mann auftreiben – jemand, der schwören wird, daß deine Meldung eine Fälschung war.«

»Was für einen Mann?«

»Irgendeinen. Vielleicht einen zum Tod Verurteilten. Wenn er das Leben dafür geschenkt bekommt, könnte ich ihn vielleicht dazu bringen, es zu tun. Ich verspreche, ich werde es überzeugend machen. Wirst du kommen? Ach, mein Liebster, wirst du kommen?«

Scott erfaßte die sekundenkurze Vorauswarnung, die Margaret versäumte; er sah das Gesicht, erhaschte den unnachgiebigen Blick. Margaret Lennox sagte: »Ach, Liebster, wirst du kommen?«, und Lymond entschlüpfte ihr glatt wie ein Fisch und ließ sie kniend zurück, wie sie mit leeren Händen aus halbgeöffneten Lippen Liebesbeteuerungen einer leeren Ruhebank zuflüsterte.

»Ob ich komme? Guter Gott, nein, mein Schatz. Ich habe ehrliche Schlampen lieber.«

Sie gab mit stockendem Atemzug nur einen einzigen Laut von sich, dann sank sie auf die Fersen zurück, und Scott gewahrte Blut auf ihrer Lippe, wo sie die Zähne zusammengebissen hatte. »Nun?« fragte Lymond und lächelte von der anderen Seite des Gemachs zu ihr hinüber. Sie schnellte auf die Füße und spie Gift in das hübsche, unverschämte Gesicht. »Eingebildeter Bauernlümmel! Ordinärer, verkommener Schwächling! Glauben Sie, ich hätte Ihnen erlaubt, mich anzurühren, wenn ich einen anderen Ausweg gehabt hätte? Ich habe Ihnen Freiheit und Sicherheit geboten –«

»Sie haben mich ins Fegefeuer gestürzt und bieten mir jetzt die Hölle an!« rief Lymond. »Der arme Thomas Howard! Haben Sie ihm auch Leben und Freiheit geboten?«

»Haben Sie die Unverschämtheit, mir Liebschaften vorzuhalten? Was ist mit Ihren eigenen?«

»Die meinen haben alle unversehrte Hälse und gehen zum Vergnügen mit mir ins Bett, nicht wegen Löwen auf ihren Wappenschildern und Borten auf der Unterwäsche.«

»Ich würde Sie bei lebendigem Leib braten lassen.«

»Das würden Sie bereuen. Wer sonst außer mir kann Ihnen diese Sorte Erregung verschaffen? Bestimmt nicht unser Matthew mit den marklosen Knochen.«

»Er leidet nicht an krankhaft übersteigertem Geschlechtstrieb, wenn Sie das meinen.«

»Das kann ich nicht ändern«, antwortete Lymond brutal. »Lassen Sie die Beute aus Ihren albernen kleinen Krallen, mein Schatz. Ich will Ihr Kind, nicht Sie.«

Schweigen. Dann sagte Margaret Douglas: »Sie werden meinen Sohn niemals bekommen.«

»O doch, das werde ich.« Lymond war das Abbild despotischer Gelassenheit. »Außer Sie beschaffen die Beweise, die ich verlange. Meine Gefangennahme durch die Franzosen und König Heinrichs Beschluß, mich zum Sündenbock zu machen, war kein Zufall.«

»Also gut«, sagte Margaret. »Es war kein Zufall. Und deshalb wurden Ihre erbärmlichen Täuschungen und Betrügereien an die Öffentlichkeit gebracht. Was kann ich daran ändern? Welche gefälschten Beweise und angeblichen Geständnisse würden denn überzeugen, wenn die ganze Welt weiß, daß sie mit Drohungen erpreßt worden sind? Nein, mein lieber Francis, Ihr Leben als Mann endete vor fünf Jahren; Ihr Leben als Schurke hängt davon ab, wie lang Sie Ihren zahlreichen Herren genehm sind –«

»Oder meinen Herrinnen.«

Zornestränen standen in den schwarzen Augen. »Darf ich das nie vergessen?«

»Nein. Warum sollten Sie denn? Ich denke oft mit einer gewissen Wehmut daran... Muß ich den Knaben holen lassen?«

Margaret Lennox trat vom Kamin weg, hob den Mantel auf und warf ihn mit unbeteiligter Anmut über den Arm. »Ich gedenke nicht, Ihnen zu geben, was Sie verlangen. Mein Sohn befindet sich in Sicherheit.«

»Sie möchten also hierbleiben und meine Hemden flicken. Aber ich sagte doch schon, die Stellen sind alle besetzt.«

»Ganz im Gegenteil. Sie selbst werden mich zurückschicken. Weil«, sagte Lady Lennox, »wir die Frau Ihres Bruders haben.«

Lange Zeit sprach keiner von beiden. Das Schweigen streckte sich so in die Länge, daß Scotts ganzer lauschender Körper davon zu kribbeln begann. Schließlich senkte Lymond den Blick. »Woher wissen Sie das?«

»Aus einem Brief.« Sie zog lächelnd ein langes Schreiben aus dem Mantel und beobachtete ihn, während er es las. »Sie wurde am Mittwoch vom jungen Wharton auf dem Vormarsch nach Norden gefangengenommen und dürfte jetzt bei meinem Mann in Annan sein. Er wollte, daß ich rasch hinkomme und mich um sie kümmere. Dann wollte er sie bis zur Auslösung festhalten. Und das, mein lieber Francis, macht mich zu einem lästigen Besitztum. Wenn Lennox erfährt, daß ich vermißt werde, bietet er das Leben der jungen Lady Culter im Austausch gegen meines. Und das bedeutet, daß Ihr Bruder und seine Freunde ihren ganzen Einfluß und ihre ganze Macht aufbieten werden, um mich zu finden.«

»Diese Aussicht bestürzt mich maßlos«, erwiderte Lymond gelassen, aber seine Knöchel waren weiß. »Und was veranlaßt Sie zu glauben, daß Mariottas Zukunft – oder Nicht-Zukunft – für mich von irgendwelchem Interesse ist?«

»Mein lieber Francis«, erwiderte Margaret verbindlich, »natürlich interessiert es Sie. Schicken Sie mich nach England zurück, und die Schotten haben ihre Gegengeisel eingebüßt. Und ich verspreche Ihnen, dafür zu sorgen, daß Ihre Schwägerin dreißig Jahre lang von ihrem Gatten getrennt lebt – und ihr Kind nicht am Leben bleibt.«

»Ich habe eine bessere Idee«, sagte Lymond, während sein

Blick auf ihr ruhte. »Angenommen, wir haben einen Unfall mit Ihnen. Mariottas Tod wäre die selbstverständliche Folge.«

»Aber dann könnte Ihr Bruder wieder heiraten.«

»Stimmt.« Er war quer durchs Zimmer zu einem Sekretär gegangen und schrieb jetzt eine lange Mitteilung auf die Rückseite des Briefes, den sie ihm gegeben hatte. Sie trat zu ihm, und ihre Stimme klang ein wenig schärfer: »Was tun Sie denn da?«

Er sah nicht auf, sondern schrieb rasch weiter. »Ich ziehe vor, mein eigener Henker zu sein.« Er öffnete die Tür und rief nach dem Türken-Mat. Der große schwere Mann erschien mit rotangelaufenem Gesicht vom Treppensteigen und unverhüllter Neugier in den Augen. Lymond übergab ihm den Brief. »Dies ist eine Mitteilung an den Grafen von Lennox und enthält das Angebot, seine Frau gegen die junge Lady Culter auszutauschen. Der Brief gibt Zeit und Ort für den Abtausch an und ersucht auch um freies Geleit für unsere Eskorte. Ich wünsche, daß jemand den Brief sofort übergibt und so rasch wie möglich die Antwort zurückbringt. Kannst du das besorgen?«

»Ohne weiteres.« Mat öffnete den Mund, um noch etwas zu sagen, bemerkte den Blick des Junkers und besann sich eines Besseren. Er polterte die Treppe hinunter, während Lymond in der Tür stehenblieb und sie Lady Lennox offenhielt. »Schlummern Sie sanft«, sagte er zynisch. »Es war ein faszinierender Abend.«

Triumph glühte in ihrem Gesicht auf. »Sie gestehen mir meinen Sieg zu?«

»Weh mir! Von dannen ziehen meine Gefangenen und alle meine Beute! Wenn Sie mich fragen, ob Sie Ihren Sprößling auf Kosten der Lady Culter gerettet haben, dann lautet die Antwort: ja.«

Die schwarzen Augen verweilten noch: »Sie hätten klüger getan, mit mir zu kommen.«

»Ich bin lieber unklug und in Sicherheit.«

Margaret trat langsam zur Tür. »Und Lady Culter? Halten Sie ihr eine der besetzten Stellen offen, von denen Sie sprachen?«

»Was – auch Mariotta, glauben Sie?« fragte Lymond. »Guter Gott, habe ich denn überhaupt keine Ruhe mehr? Überhaupt keine stille Zurückgezogenheit, nicht einmal in meinem augenblicklichen verkommenen Zustand?«

Sie stand dicht neben ihm, ihre Züge waren so hart wie die seinen, und eine Flamme in den schwarzen Augen zuckte auf. »Wie Sie die Frauen hassen! Sie erliegen Ihnen zu leicht. Sie verstehen die ironischen Spöttereien und die undurchsichtigen literarischen Scherze nicht. Sie, Francis, lieben mit den Nervenspitzen, und die ganze Zeit über ist der Verstand unter dem gelben Haar mit Plänen, Entwürfen, Vorbereitungen, Zugliederungen beschäftigt... Ein ausgeleierter Mechanismus, mein Lieber, kann noch ein Weilchen weiterrattern, aber es kommt der Tag, an dem das Gestänge knackt, die Maschine nur noch Schund ist und reif fürs Irrenhaus. Treiben Sie sich nur weiter an. Aber wenn Sie so weit herunter sind, daß Sie meine Türschwelle mit Ihrem Gebettel verseuchen, dann erwarten Sie sich nichts; ich hätte noch eher Mitleid mit Apollyon, dem Engel des Abgrunds.«

»Hören Sie lieber auf, Margaret«, warnte er sie. »Meine Geduld hält länger vor als Ihre Würde.«

Die Mahnung brachte sie zu sich. Die Wildheit schwand aus ihrem Blick, die vollen Lippen verzogen sich zu einem grimassenhaften Lächeln. »Unbedingt, vergessen wir unsere guten Manieren nicht. Es wäre unhöflich, wenn wir uns nicht auch von unserer Zuhörerschaft verabschiedeten.«

Noch ehe Lymond einen Schritt tun konnte, hatte sie sich bereits auf dem Absatz umgedreht und schritt durchs Zimmer. Scott, der sich eben vom Fußboden hochrappelte, blinzelte in den plötzlichen Lichtstrahl, als die Verbindungstür aufgestoßen wurde und die Gräfin Lennox, helle Verachtung im Antlitz, vor ihm stand. »Was! Nur einer?« rief sie. »Wie unbesonnen von Ihnen, Francis!« Und zu dem Jungen: »Ich hoffe, du hast dir keine Gliederschmerzen geholt. Dein Herr ist zu redselig.«

Erbärmlich wütend und verlegen wie er war, fiel Scott keine Antwort ein; sie merkte es und lachte ihn aus. Sie hielt ihm den Mantel über dem Arm hin und wartete, während er ihn ihr unbeholfen um die Schultern legte. Dann wandte sie sich ohne ein Dankeswort um und rauschte zum Treppenhaus zurück, wo Lymond gleichgültig wartete. Er ließ sie vorbeigehen und sprach erst, als sie schon auf der Treppe war. »Geh hinauf und schließ sie ein.« Scott führte die Weisung rasch und wortlos aus. Nicht um alles Gold, das in den dunklen Hügeln draußen schlummerte, hätte er dem Junker in die Quere kommen mögen.

Später war es anders. Später, als das Bier sein Gespür abgestumpft hatte, ging Will Scott die Treppe hinauf und versuchte, in seine Kammer zu gelangen. Die Außentür zu Lymonds Kammer, durch die er hindurch mußte, war verschlossen.

Er rannte hinunter, und Mat grinste, als er ihn erblickte, und bekam einen Schluckauf. »Kein Zutritt?«

Scott schüttelte den Kopf. »Aber der Teufel soll mich holen, wenn ich auf dem Fußboden schlafe, nur weil Seine Lordschaft beim Schlafengehen die Tür verriegelt hat. Ich geh' hinauf und wecke ihn.«

Matthew fuhr gelassen fort, seine Stiefel mit Nägeln zu beschlagen, eine Betätigung, die den Schlaf seiner Nachbarn nicht im geringsten zu stören schien. »Ich würde mir an Ihrer Stelle nicht die Mühe machen. Sie können mein Bett hier unten haben.«

Scott starrte vor sich hin. »Verdammt noch mal, warum soll ich dein Bett nehmen? Ich habe mein eigenes. Was ist los mit ihm?«

Ein haariger Ellbogen wippte auf und ab. »Das Übliche.«

»Und was ist«, fragte Scott außer sich, »wenn die Truppen der Königin kommen und nach der Gräfin von Lennox suchen? Guter Gott, wir sitzen auf einem Pulverfaß, und niemand weiß das so genau wie er. Hält ihn denn keiner zurück, wenn er in diesen Zustand gerät?«

»Es besteht eigentlich kein Grund«, meinte der Türke und steckte sich einen neuen Vorrat Nägel zwischen die Zähne, »warum es keiner tut. Wir tun's nur lieber nicht, weiter nichts.«

»Ich sehe nicht ein, warum er seine Schwächen auf Kosten unserer Sicherheit ersäufen darf. Warum«, fragte Scott, der selbst nicht wenig getrunken hatte, »habt ihr alle Angst vor ihm?«

Matthew blickte ihn nachsichtig an. »Angst? Nicht im geringsten. Wir gönnen es ihm nur, wenn er bißchen seinen Spaß haben will ... Gott, Sie gehen wirklich?« Denn Scott war aufgestanden und ging auf die Treppe zu.

Matthew sperrte den Bart auf, und alle Nägel fielen heraus.

»Jesus Maria, Sie sind ein tapferer Bursche«, sagte Mat. »Hier, Junge. Nimm den Hammer mit.«

Lymonds Stimme hinter der Tür war klar und gelassen. »Wer ist da?«

»Will Scott.« Er hörte auf, gegen die Tür zu hämmern. »Ich möchte 'reinkommen.«

Schweigen. »Warum?« fragte der Junker.

»Ich will mit Ihnen reden.«

»Du redest ja mit mir.«

»Ich will mich schlafen legen.«

»Leg dich unten schlafen.«

»Ich will aber in mein eigenes Bett –« Scott fand, es klinge ein wenig würdelos, und drückte es anders aus. »Machen Sie die Tür auf, oder –« das Blut schoß ihm in den Kopf – »ich schlage sie mit der Axt ein.«

Das half. Der Schlüssel drehte sich plötzlich im Schloß, und die Tür sprang auf. In der Öffnung blitzte ein gezogener Degen. Lymond, rank und schlank und ein wenig zerzaust, betrachtete blauen, nachdenklichen Blicks seinen Offizier. Scott wurde mit einemmal äußerst vorsichtig. Der nüchterne Lymond war jemand, mit dem man sich ausgesprochen vorsehen mußte; der betrunkene war ein Kind der Gefahr. »Ich wollte mit Ihnen reden«, sagte der Junge. »Aber nicht über einen Degen hinweg.«

»Dann durch den Degen.« Das Seidenhemd war zerknittert und schweißfleckig, das Haar wie Flittertand, aber die Degenspitze schwankte nicht.

Einigermaßen behindert durch sein Publikum im Unterstock, verlegte Scott sich auf Ausflüchte. »Es ist eine Menge zu planen und vorzubereiten. Ihr Bruder hat möglicherweise die Gräfin bereits ausfindig gemacht. Und um Lady Culter muß man sich kümmern, wenn sie kommt.«

Der Degen gab ein kurzes, böses Blitzen von sich. »Nur kein unnötiges Getue. Es ist für alles vorgesorgt. Ich halte es für besser, daß du heute nacht unten schläfst. Und ich wünsche dieses Gespräch nicht fortzusetzen. Gute Nacht.«

Leider wissen die Buccleuchs nie, wann sie aufzuhören haben. Scott sagte widerspenstig: »Sie können sich zu jeder anderen Zeit sinnlos betrinken. Aber jetzt haben wir einen Notstand.«

Erbarmungslose Augen blickten über die Klinge hinweg. »Notstand? Mit welchem Notstand würden denn deine überragenden Fähigkeiten nicht fertig werden?« Das war der wunde Punkt. Scott sagte scharf: »Sie wissen doch, daß sie niemand gehorchen außer Ihnen, wenn Frauen in der Nähe sind. Sie werden doch wohl nicht Lady Culter diesem Gesindel da unten überlassen wollen!«

»Warum nicht?« fragte die verbindliche, leicht lallende Stimme. »Ich habe volles Vertrauen zu dem Gesindel unten. Zum Beispiel hat bis jetzt noch keiner von ihnen versucht, mir beizubringen, was ich zu tun habe.«

Zurückhaltung war unmöglich. »Vielleicht wäre es gut, wenn sie's getan hätten«, sagte Scott und riß mit einer Flinkheit und Griffsicherheit, die Lymond selbst ihm beigebracht hatte, das Wams des Junkers vom Stuhl neben der Tür, packte mit umwickelter Hand die vorstoßende Klinge und drehte sie ab. Der Degen fiel zu Boden. Scott schlug die Tür zu und hob ihn auf, aber langsam; denn es ging ihm auf, daß der Junker weit weniger betrunken und wesentlich gefährlicher war, als er geglaubt hatte. Lymond, der ihn beobachtete, sagte: »Nimm ihn an dich. Wenn du mich ihn noch einmal anfassen läßt, bringe ich dich um. Du siehst wirklich reizend aus, wie du aus deiner Raupenverpuppung als Chevalier des Dames hervorkommst, aber ich habe eine geradezu krankhafte Abneigung gegen Einmischung... Und ich fechte nur mit Frauen.«

Scott wußte nicht weiter. Er fragte trocken: »Was werden Sie mit Ihrer Schwägerin machen?«

»Auf meinem Kreuzbein sitzend mich über sie lustig machen.« Er ging zum Fenster und lehnte den Rücken gegen das Sims. »Also mach, daß du hinauskommst. Ich bin geradezu unanständig entgegenkommend, aber in diesem Zustand hält meine Selbstbeherrschung nicht lange vor.«

Das war zuviel. Scott hob statt einer Antwort den Arm und schleuderte den Degen des Junkers quer über den Fußboden. »Nehmen Sie ihn!« rief er. »Und saufen Sie sich unter den Tisch, wenn Sie wollen. Ich will damit nichts zu tun haben.«

»Aha«, sagte Lymond. »Du gehst jetzt hinunter, um das Kommando zu übernehmen?«

»Wenn sie mich nehmen würden, ich täte es.« Scotts Haar stand wie eine Flamme über seinen erregten hellen Augen. »So wie die Dinge liegen, möchte ich, daß Sie mich hinfort genauso wie alle anderen behandeln. Ich werde Ihnen die Treue halten, soweit ich kann. Aber an Ihrer persönlichen Schmutzwühlerei und Ihren Weibergeschäften wünsche ich nicht teilzuhaben.« Die unverhüllte lässige Langeweile in Lymonds Zügen machte ihn rasend, und er platzte los. »Gibt es überhaupt noch eine liederliche Ruchlosigkeit, in der Sie nicht Ihre Finger haben? Welche Teufelei treibt Sie dazu, jedem Mann und jeder Frau, die sich um Ihre Freundschaft bemühen, die Nerven auszubrennen?«

»Himmelherrgott!« Der Ausruf war so wild, daß Scott erstarrte. »Reicht denn eine hochdramatische Hure nicht für einen Tag? Erspare mir wenigstens heute nacht deine nachäfferischen Moralpredigten und dein springschwänziges Zartgefühl! Was weißt du denn von irgendeiner der Frauen, deren Verteidigung du dir anmaßest? Du guckst und kotzt und rennst davon wie eine Ente, die ein Ei in eine heiße Quelle gelegt hat. Hältst du dich in deiner reinen Unschuld für besser geeignet als ich, diese Truppe zu führen?«

Alle Angst war gewichen. »Ja, allerdings«, antwortete Scott ruhig. »Aber wie schon gesagt, sie würden keinem folgen außer Ihnen.«

»Es wäre denn vielleicht, ich weise sie an, in dir ihren Führer zu sehen?«

Scotts Züge waren starr. »Ich bin kein schmarotzerischer Nachläufer, der darauf wartet, einen Verrückten zu beerben.«

»Und ich bin jetzt so normal und bei Verstand, wie ich es je sein werde«, sagte Lymond grimmig. »Ich biete dir die Chance, jetzt das Kommando zu übernehmen. Willst du sie?«

Das war es – oder nicht? –, worum er gebetet, wovon er geträumt, was er jüngsthin ersehnt hatte, um Lymond zu beschämen. Aber – »Was«, fragte er heiser, »muß ich tun? Mit Ihnen darum fechten?«

»Nein, mein Kind, darin bin ich dir zu sehr überlegen. Es gibt eine andere Möglichkeit.« Er hielt ihm seinen Becher hin. »Trink mit mir. Ich habe ein paar Stunden Vorsprung vor dir, und das gleicht es ungefähr aus. Wer zuerst hinüber ist, hat verloren. Wer danach so weit auf den Beinen ist, um die Tür zu öffnen, die Treppe hinunterzugehen und vor Mat hinzutreten, der hat hinfort die Gewalt über uns alle.«

Scott musterte den anderen, und die Angst stand ihm in den Augen. »Gott, aber . . . einen so hohen Einsatz für ein Trinkgelage! Sie sollten wenigstens einen echten Wettkampf verlangen!«

»Willst du die Chance nicht?«

»Doch.«

»Dann ergreife sie. Eine andere wird dir nicht geboten. Die erste Voraussetzung, um eine Bande versoffener Halsab-abschneider zu befehligen, ist, daß man mehr trinken und tiefer schneiden kann als irgendeiner von ihnen. Du brauchst nicht zimperlich zu sein«, fügte er verächtlich hinzu. »Ich bin nicht so betrunken, daß ich nicht weiß, was ich tue, und ich werde mich an das Ergebnis halten. In der Regel habe ich für alles, was ich tue, sehr gute Gründe, außer vielleicht dafür, aus unseren notorischen Dickkopf-Familien rothaarige Prediger anzuwerben.«

»Und wenn ich gewinne«, sagte Scott, »kann ich dann mit Lady Lennox und Lady Culter tun, was ich will?«

»Du kannst einen Harem mit ihnen aufmachen, wenn du Lust hast«, sagte Lymond. »Einverstanden?«

»Einverstanden«, erwiderte Scott und hob den ersten Becher an die Lippen.

Im neuen Turm umschlossen dicke Mauern die warme, schnarchende Dunkelheit; Männer und Hunde lagen beisammen im raschelnden Stroh des Gemeinschaftsraums. Dann öffnete sich oben an der Wendeltreppe eine Tür. Mat, der auf dem Rücken ausgestreckt auf einem Strohsack lag, grunzte, rülpste, drehte sich umständlich auf die Seite und schnarchte weiter. Doch jetzt lag er mit dem Gesicht zu dem dunklen Viereck am Fuß der Treppe.

Stille. Dann schloß sich die gleiche Tür; wieder Stille; dann Schritte, die mit größter Behutsamkeit die Treppe herabkamen. Mat lag still und schnarchte, während eine dunkle Gestalt auftauchte, zwei schwankende Schritte tat, gegen eine Wand torkelte und in schwankendem Spiel mit den Gesetzen des Gleichgewichts nach Halt suchte. Das graue, von Vogelstimmen bebende Dämmerlicht tastete sich am Verputz entlang und fiel auf einen Seidenärmel, ein schiefes entfärbtes Profil.

Mat grinste mit halbgeschlossenen Augen hinter dem Assyrerbart hervor. »So so. Und voll wie ein Schwein...« Er stand rasch auf und folgte Crawford von Lymond, der sich endlich von der Wand abstieß und zur Tür hinaus ins Freie taumelte. Mat holte ihn ein, als er gerade den Kopf aus der Wassertonne hob. Lymond bekundete keinerlei Erstaunen, sondern vergrub den Kopf in dem Handtuch, das Matthew ihm reichte, und sagte gleich darauf mit halberstickter Stimme aus dem Tuch heraus: »Ist die Mitteilung von Lennox schon da?«

»Vor einer halben Stunde gekommen«, antwortete Mat. »Sie sind einverstanden, die Gräfin von Lennox gegen Lady Culter auszutauschen, und haben für morgen Zeit und Ort festgesetzt. Und freies Geleit.«

»Gut.« Lymond ließ das Handtuch fallen und stützte sich auf den Rand der Wassertonne. »Du weißt ja, was du zu tun hast.«

Mat hatte es nicht für nötig gehalten, es Scott zu sagen: Er hatte längst genaue Weisungen bezüglich Mariottas erhalten. Deshalb sagte er nur mit einem nachdenklichen Blick auf den Junker: »Ja, ich weiß«, hob das Handtuch auf und wartete geduldig.

Lymond schritt zur Treppe, ließ sich auf der untersten Stufe nieder, stützte den Kopf in die Hände und sagte eine Weile gar nichts. Plötzlich blickte er auf. »Ich verreise. Ich will die anderen nicht stören. Hol mein Pferd, Mat, ja? Und meinen Bogen und eine Decke und ein paar Kleider.«

Das dauerte nicht lange. Sobald er im Sattel saß, sah Lymond schon besser aus. »In der Satteltasche ist etwas zu essen«, sagte der Türke eifrig. »Und ein Mantel.«

»Danke. Ich werde nicht lange wegbleiben.«

Mat stellte im allgemeinen wenig Fragen, aber das hier war doch zuviel für ihn. »Und der junge Will?«

»Oben. Ein Edelstein in seiner Fassung«, sagte die verschwommene Stimme mit einer Spur ihrer gewohnten bissigen Selbstsicherheit. Dann wandte Lymond das Pferd aus dem Hof und trabte gleich darauf den Hügel hinab.

Mat ging zurück ins Haus. Niemand hatte sich gerührt; nur aus der Küche drangen mit zunehmendem Tageslicht willkommene Geräusche. Er ging zum ersten Stock hinauf und öffnete die Tür zu Lymonds Zimmer. Eine einsame Kerze brannte noch. Der Raum roch nach Talg und verschüttetem Bier, und vom Kaminfeuer der vergangenen Nacht war nur noch ein Haufen verkohltes Holz und Asche auf dem Rost übrig. Quer vor dem Kamin, den Kopf in der kalten Asche, einen leeren Zinnkrug in der Hand, dessen Inhalt sich über ihn ergossen hatte, lag in trunkener Betäubung schnarchend Will Scott. Jemand hatte ihm das Wams am Hals gelockert, ein Kissen unter den Kopf geschoben und ein Handtuch und eine Waschschüssel säuberlich mitten auf den Leib gesetzt. Mat nahm den Ablick in sich auf, grinste und schritt zur Tür, die er leise hinter sich schloß.

Lymond ritt gemächlich über Land nach Corstorphine. Es dauerte fünf Tage, um ein Treffen mit Sir George Douglas zu vereinbaren, denn Lord Grey, endlich klug geworden, hielt ihn am Rockzipfel in Berwick fest, wo er auf das Eintreffen von Sir Georges älterem Sohn, des Unterpfands des Douglasschen guten Willens, wartete. Anfang März jedoch war Sir George wieder in Dalkeith und hatte freie Hand, mit Mr. Crawford von Lymond genauere Einzelheiten über den Abtausch Samuel Harveys gegen Will Scott zu vereinbaren. Kurz darauf traf einer der Ärzte der Königin verspätet am Bett des Kindes in Dumbarton ein. Er brachte die erstaunliche Geschichte seiner Entführung mit verbundenen Augen: wie man ihn genötigt hatte, in einem nur von Männern bewohnten Turm einer jungen Frau bei einer Frühgeburt beizustehen; wie das Kind tot zur Welt kam; wie er selbst noch zwei Tage zu bleiben gezwungen wurde, bis eine Frau eintraf, die ihm seine Pflichten abnahm. Wieder in Freiheit, hatte er keine Ahnung, wo sich der Turm befand, doch hatte er daran gedacht, die Kranke nach ihrem Namen zu fragen. Sie hatte ihn genannt: Mariotta, Lady Culter. Er hatte gefragt, wer sie hergebracht habe, und sie hatte geantwortet, der Bruder ihres Mannes, Crawford von Lymond. Er versicherte im vollen Bewußtsein der Sensation, die er hervorrief, die junge Frau werde genesen.

DRITTES KAPITEL

I

Nach siebzehn Tagen im Feld ritt Richard nach Midculter zurück in der Absicht, sich bei seiner Frau zu entschuldigen. Sie war nicht da. Sie war einige Tage zuvor mit einer kleinen Begleittruppe aufgebrochen, und man nahm an, sie habe sich nach Dumbarton zu Sybilla begeben. Richard wendete sein müdes Pferd und machte sich auf den Weg dorthin.

Seine Ankunft wurde Sybilla im Schlafzimmer der kleinen Königin gemeldet. Sie blickte auf und sah, daß sich in Christians blindem Antlitz der Wandel ihres eigenen Herzens spiegelte. Dann beugte sie sich über das kleine Mädchen, das sich wie eine Blattknospe in seinem Bettzeug zusammengerollt hatte, küßte sie und trat die Nachtwache dankbar an Jenny Fleming ab.

Draußen nahm sie Christians Arm. »Richard ist da – du hast es ja gehört. Möchtest du bitte mitkommen, wenn ich mit ihm spreche?«

Das blinde Mädchen zögerte, aber nur einen Augenblick lang. Wenn Sybilla gewillt war, Richards Stolz zu opfern, dann hatte sie einen sehr guten Grund. Sie hatte das eigentümliche Gefühl, daß die Mutter bei der bevorstehenden Auseinandersetzung verletzlicher sein werde als ihr Sohn.

Als sie Sybillas Salon betraten, begann Richard sofort ohne jede Einleitung zu sprechen. »Wie ich höre, ist Mariotta nicht hier. Wo ist sie hingegangen? – Ist sie tot?« fügte er mit derselben schneidenden Stimme hinzu und sah seine Mutter durchdringend an.

Sybilla setzte sich unvermittelt nieder. »Nein, sie ist nicht tot. Ich weiß, wo sie ist. Aber ich möchte dir vorher etwas sagen. Wenn du beunruhigt bist, dann verdienst du es, weißt du.«

»Hat sie meine romantischen Aufmerksamkeiten nachteilig mit – mit anderen verglichen?« Er scheute erst im letzten Augenblick vor dem Namen zurück.

»Mit Lymond«, sagte Sybilla gelassen. »Nein. Sie könnte es getan haben, aber ich habe sie das nicht sagen hören. Ich wollte mit dir über Lymond sprechen.« Ihre blauen, mitfühlenden Augen brachten es fertig, kritisch dreinzublicken. »Du hast bisher freie Hand gehabt, Richard. Wir haben weder über den Überfall auf Midculter gesprochen noch über die Affäre in Stirling oder die Geschenke, die Mariotta erhalten hat – o ja!«, als er eine überraschte Bewegung machte. »In manchen Dingen bin ich weniger blind als du. Aber jetzt werden wir darüber sprechen. Denn ich glaube, du bist an den Punkt gelangt, wo du wählen mußt. An wem liegt dir mehr – Mariotta oder Lymond?«

Er starrte sie an. »Du kannst schwerlich von mir erwarten, daß ich eine solche Frage beantworte. Oder über die – Affären meiner Frau schwätze. Wir hatten ein Mißverständnis, das sich leicht beheben läßt, sobald ich sie sehe. Und es wird völlig verschwinden, wenn mein Bruder pariert.«

»Und ich sage«, erklärte Sybilla, ohne die Stimme zu heben, »daß du Gefahr läufst, Mariotta völlig zu verlieren, wenn du darauf beharrst, Lymond persönlich zu vernichten.«

Seine Stimme verschärfte sich. »Wird Lymond sie umbringen? Oder wird sie sich das Leben nehmen?«

»Ich meine damit, daß dieser unsinnige Haß auf Lymond jetzt Mariotta öffentlich der Täuschung schuldig spricht. Falls er in ihren Augen bedeutungsvoll geworden ist, kannst du sie nur durch Großmut zurückgewinnen und nicht, indem du das Ungeheuer vernichtest und bis an dein Lebensende gegen den Mythos ankämpfst. Ich will damit sagen, daß Lymond jetzt mit Mariotta zusammen ist, daß er sie nicht angerührt hat, aber daß sie so bald wie möglich seinem Einfluß entzogen werden sollte. Wenn du diesen Wahnsinn aufgibst, werde ich sie ausfindig machen und sie zurück nach Midculter bringen.«

Er war auf die Füße gesprungen, noch ehe Sybilla auch nur halb geendet hatte. »Wo sind sie? Wie lange sind sie schon zusammen?«

Sybilla antwortete rasch. »Ich weiß es nicht. Darauf kommt es nicht an. Sie war sehr krank, als sie zu ihm kam, Richard, lebensgefährlich krank.«

Tiefes Schweigen. Dann sagte Lord Culter: »Das Kind?« In der langen Pause las er die Antwort im Antlitz seiner Mutter. »Das Kind ist also tot«, sagte er schließlich ganz ruhig. »Was wäre es gewesen? Ein Mädchen?«

»Ein Knabe.« Christian wiederholte ihm mitfühlend den Bericht des Arztes.

Als sie geendet hatte, lachte er. Bei diesem Klang stieß Sybilla einen Schrei aus, und er fuhr sie an. »Aber das ist doch geradezu genial! Mein unbezähmbarer kleiner Bruder... Du sagst, du weißt, wo sie zu finden sind?«

Sybilla sprach gelassen. »Ich habe gesagt, wenn du deine Jagd nach ihm aufgibst, würde es mir wahrscheinlich gelingen, Mariotta zu finden.«

»Und was sollte ich mit Mariotta noch anfangen können?« fragte Lord Culter.

»Um Gottes willen, Sie törichter Mensch!« rief Christian und sprang auf. »Denken Sie doch wenigstens so vorurteilsfrei über die Sache nach wie über Ihre verdammten trächtigen Säue! Welcher Fehltritt ist denn wohl von einer Frau zu erwarten, die durch eine Frühgeburt an der Schwelle des Todes ist? Und warum machen Sie Ihrem Bruder Vorwürfe? Sie sollten vielmehr verflucht dankbar sein, daß der Arzt geholt worden ist.«

»Mariotta ist Lymonds Geliebte«, entgegnete Richard kurz angebunden. »Sie hat mir das so gut wie mitgeteilt.«

»Sie hat gelogen, um Ihnen eins auszuwischen«, sagte Christian.

»Oder die Wahrheit gesagt, um mir eins auszuwischen. Wo sind sie?«

Mehr konnte Christian nicht tun. Sie hörte Sybilla antworten: »Ich weiß den genauen Ort nicht. Was ich weiß, werde ich dir nur sagen, wenn du versprichst –«

Richard lachte wieder. »Wo schon ganz Schottland die Geschichte weiß? Ich gebe zu, es gibt nicht viele Dinge, die mich noch lächerlicher machen könnten, als ich es jetzt schon bin, aber Lymond mein willfähriges Entgegenkommen zum Geschenk zu machen ist eines davon. Warum sollte sie ihn nicht vorziehen? Alle meine Frauen haben ihn vorgezogen. Alles, was mir je gehört hat, hat er sich stets sofort angeeignet – sogar deine Liebe zu deinem Erstgeborenen.«

Sybilla faltete plötzlich die Hände. »Richard!«

»Es ist doch wahr, oder nicht? Das ist doch der Grund, warum du ihn jetzt zu retten versuchst? Weil du nur diesen einen Sohn liebst; nicht meinen Vater, nicht mich, nicht einmal deine eigene Tochter – meine Schwester – *seine* Schwester –, das Mädchen, das er ermordet hat.«

»Richard!« Diesmal sprang Christian auf und stolperte hinüber zu Sybillas Stuhl. Sie kniete nieder und schlang die Arme fest um die Schultern der alten Dame, als draußen im Korridor eine Stimme laut Culters Namen brüllte.

Die Tür wurde aufgerissen. »Lord Culter? Die Königinmutter wartet seit einer halben Stunde auf Sie, Mylord«, sagte der Page.

»Dann kann sie auch noch weiter warten«, sagte Richard und wandte sich wieder an seine Mutter. »Ich kann mich irren. Es ist an dir, es mir zu beweisen. Ich verlange, daß du mir sagst, wo er ist.« Der Page trat von einem Fuß auf den anderen.

Sybilla sah Richard lange Zeit in die Augen; weder sie noch er zuckten mit der Wimper. Dann schüttelte sie den Kopf.

»Also gut«, sagte er. »Ich werde nicht verlangen, daß du deinen Gefühlen Gewalt antust.« Er drehte sich auf dem Absatz um und verließ das Zimmer, der Page hinter ihm her. »Lord Culter! Sie werden verlangt...«

Christian ließ sich zu Boden gleiten und legte die Wange in Sybillas warmen samtenen Schoß. Nach einer Weile spürte sie, wie die schönen schlanken Finger ihr sanft übers Haar strichen.

Erst geraume Zeit später verließ Sybilla unauffällig das Gemach und war auf dem Weg nach unten, als Buccleuch plötzlich um die Ecke bog und ihr auf dem Treppenabsatz Nase an Nase gegenüberstand. »Sybilla, verdammt noch mal!« Sir Wats Bart schlingerte seitwärts, ein sicheres Zeichen der Verlegenheit, und ein Schimmer der Belustigung huschte über Sybillas bleiches Gesicht. »Also sagen Sie's schon, Wat. Ist es was mit meiner Familie?«

Schuldgefühl und eine gewisse nervöse Selbstzufriedenheit befehdeten einander in Buccleuchs Zügen. »Sie werden nicht übel Lust bekommen, mir einen Tritt in den Hintern zu geben«, warnte er sie.

»Was haben Sie denn getan?«

»Ich hab' Culter, diesen Wahnsinnigen, unter strengem Arrest in eine Strafzelle gesteckt.«

»Was?«

»Tatsächlich, wirklich wahr«, gestand Buccleuch mit unverhülltem Vergnügen. »Er hat rechts und links Befehle verweigert – erstens einmal hätte er schon nicht den Hof verlassen dürfen, um nach Crumhaugh zu gehen, und –«

»Er hat die Königin warten lassen. Ich weiß.«

»Gott, ja allerdings. Aber das war noch das wenigste. Als er schließlich kam, hat er erst mal uns alle angeschnauzt, und dann erklärt er Ihrer Majestät, er sei derzeit nicht in der Lage zu tun, was sie verlangt.«

»Und das wäre?«

»Er soll nach Edinburgh reiten und dem Statthalter helfen, weil der schon wieder den Kopf verliert und erwartet, daß Lord Grey und die Engländer wieder einmarschieren werden. Sie kennen ihn doch. Alle anderen kennen ihn auch, aber keiner sagt der Königin ins Gesicht, daß er ein Angsthase ist, dem der Verstand in den Gedärmen sitzt.«

»Allmächtiger«, sagte Sybilla. »Hat Richard das gesagt?«

»Nicht gerade mit diesen Worten«, gab Sir Wat zu. »Aber er war verdammt grob. Er sähe keine Notwendigkeit, hinzureiten; er habe keine Zeit dafür; wollte nicht sagen, warum, bis schließlich die Guise, die ja auch nicht auf den Mund gefallen ist, ihn anschnauzt, er hätte wohl die Hände voll mit seinen Weibsvolk-Geschichten.«

»Ach, du lieber Himmel«, sagte Sybilla schwach. »Hat er sie niedergeschlagen und ist auf ihr herumgetrampelt?«

»Das nicht gerade«, erwiderte Buccleuch und sah sie mit einem Anflug von Neugier an. »Aber er hat sie von oben bis unten angesehen und dann gesagt, sie soll sich denken, was ihr beliebt, aber er hat sein Teil Arbeit für den König von Frankreich geleistet, und mehr wird er nicht tun. Und dann – nun ja, Gott«, sagte Sir Wat trotzig, »irgend jemand mußte schließlich eingreifen.«

»Also haben Sie Ihren gewohnten Takt verwendet.«

»Nun ja. Ich habe gesagt, Lord Culter wäre es höchstwahrscheinlich dringend darum zu tun, seinen Bruder festzunehmen –«

»Genau. Sie sind ein gewissenloser alter Schurke, Wat«, sagte Sybilla. »Und natürlich, nachdem Richard schon wegen einer privaten Familienauseinandersetzung ungehorsam gewesen war –«

»Sie hat ihm gesagt, was sie von ihm und seiner Untertanentreue hält, und er hat ihr geantwortet. So viele Worte habe ich ihn noch nie auf einmal reden hören. Und der Enderfolg war, wir haben ihn unten hinter Schloß und Riegel gesetzt. Sind Sie jetzt wütend auf mich?«

Sybilla sah ihn ein wenig traurig an. »Im Gegenteil«, sagte sie. »Ich wollte, ich wäre zuerst darauf gekommen.«

Nach dem Gespräch mit Sir Wat ging sie sofort in ihr Gemach. Vor Anbruch der Nacht verließ sie mit Erlaubnis der

Königin und begleitet von Sym, den sie von Christian ausgeborgt hatte, Dumbarton und reiste eilig nach Süden.

»Es schneit schon wieder«, sagte Kate. »Wärest du nicht lieber zu Hause?«

Gideon gab angesichts dieser neuen Misere ein Stöhnen von sich. Er warf einen Blick auf die Einkaufsliste, die seine Frau ihm hingelegt hatte, und stöhnte abermals. »Warum glaubst du nur, daß die Geschäfte in London besser sind als die in Newcastle?«

»Ich glaube es gar nicht«, gestand Kate offen. »Aber in Newcastle muß ich bezahlen, wogegen du bezahlst, wenn du's in London besorgst.«

Gideon Somerville hatte keine Lust, mit Lord Grey nach London zu reisen. Seit der merkwürdigen Episode des Viehraubzugs im Dezember war der Winter in Flaw Valleys verhältnismäßig friedlich vergangen. Jetzt brach er auf, weil er die Aufforderung nicht ignorieren konnte; Grey machte sich über seinen Befehlsbereich Sorgen und gab keine Ruhe, bis er sie nicht dem Protektor selbst unterbreitet hatte.

Während Lord Grey und er nach Süden unterwegs waren, erließ der Protektor namens des jungen Königs eine Proklamation an die edlen Herren seiner Aushebungsgrafschaften: »Unsere Aufrührer, die Schotten, bereiten sich vor, auf ausländischen Beistand gestützt, die Festungen, welche Wir in jenem Königreich erbeutet und erbaut haben, zurückzuerobern und jene zu behelligen, die sich Uns und Unseren Untertanen an den Grenzen unterworfen haben. Wir haben bereits eine Überlegenheit über sie errungen, welche sie wohl veranlassen wird, Unserer jungen Jahren eingedenk zu bleiben, und da Wir auch weiterhin Unser Land zu verteidigen gedenken, ersuchen Wir um entsprechende Maßnahmen in Ihrer Grafschaft ...«

Außerdem bestellte der Protektor den Grafen und die Gräfin Lennox zu sich.

Wie ganz Schottland jetzt wußte, war Mariotta in Lymonds Standquartier gebracht und in den Turm gelegt worden. Der Arzt kam; ihr Sohn war tot; der Arzt ging wieder. Von allen Beteiligten wußte allein Lymond von all dem nichts. Eine Woche vor Richards Ankunft in Dumbarton verließ er endlich Dalkeith und ritt über die verschneiten Goldfelder zum Turm. Er erfuhr die Neuigkeit vom Türken-Mat und hörte sie schweigend an; dann stieg er langsam die Treppe zu seiner Kammer hinauf.

Vor dem Kaminfeuer, ein bezaubernder, üppiger Anblick von Rosa und Gold, saß Molly. Abgesondert vom Geglitzer des ›Straußen‹, schienen das schimmernde Haar und die klaren Augen geradezu Wahrzeichen der Unschuld; sie sah aus, als habe sie ihr Leben lang Bettlägrige gepflegt. Als Lymond eintrat, hob sie sich aus ihrem Stuhl, nahm ihn in die warmen Arme, hauchte ein Küßchen und zog ihn zum Feuer. Dann ging sie leise, nachdem sie ihm Schweigen bedeutet hatte, zur angelehnten Tür von Wills Zimmer und schloß sie. »Das Mädchen liegt da drinnen«, sagte sie und setzte sich zu ihm.

»Wie geht es ihr?«

»Ganz leidlich. Du weißt, daß wir einen Arzt geholt haben?«

»Ja, das habe ich gehört.«

»Eben. Es war dein junger Bursche, dieser Scott, der darauf bestanden hatte. Übrigens –« Sie zögerte. »Der gleiche Bursche ist in den ›Straußen‹ gekommen und hat mich geholt. Hast du gewußt, daß er auch was mit Dandy Hunter zu tun hatte?«

Die nachdenklichen Augen schossen rasch hoch. »Erzähl!«

Molly zuckte die Achseln. »Nicht viel zu erzählen. Hunter war fast eine Woche bei uns, ohne eigentlichen Grund, und hatte über verschiedene merkwürdige Sachen eine Menge Fragen zu stellen. Joan hat gesehen, wie Scott in der Nacht, als er mich holen kam, mit Hunter sprach.«

»Hat sie etwas gehört?«

Molly lächelte. Die Eingeweide des »Straußen« bestanden, wie beide wohl wußten, aus Trommelfellen und Resonanzböden. Sie gab ihm einen wortwörtlichen Bericht des Gesprächs, und er hörte zu, ohne sich zu äußern. Zum Schluß sagte sie: »Gib acht. Hunter ist viel schlauer als das Kind. Es könnte Ärger bedeuten.«

Das hübsche Gesicht veränderte sich nicht. »Natürlich bedeutet es Ärger, was denn sonst? Wie könnten wir denn leben ohne Ärger?«

»Ja, schon ... Die Sache kommt dir verdammt ungelegen, nicht wahr?« fragte sie plötzlich. »Das Balg ist tot, und eine Erbschaft liegt in der Luft, und das Mädel redet von nichts anderem als von Crawford von Lymond.«

Nach kurzem Schweigen sagte er: »Tut sie das wirklich? Ich hoffe, du hast die Legende nicht beschädigt. Ich werde es genießen, angebetet zu werden. Auf alle Fälle war es lieb von dir zu kommen, mein Juwelenhain. Kannst du noch ein Weilchen bleiben?«

»Für dich – ja«, antwortete sie behaglich. »Ich bring' dir ja keinen Ärger, nicht?«

»Nein«, erwiderte er nachdenklich. »Bei Gott, ich glaube, du bist überhaupt der einzige Mensch, der mir keinen bringt. Komm, mein Zuckerschatz, jetzt führ' ich dich hinunter zu einem Nachtmahl, das unser würdig sein wird.«

Er hielt ihr die Tür auf, und Molly schwebte mit hellen Augen, die wie ihre Diamanten strahlten, die Treppe hinab gleich einem wolkigen Sonnenuntergang, der sich zum Meer hinabbeugt.

Mariotta hatte seine Stimme gehört. Aber es verging fast eine Woche, bis sie, in Decken gehüllt am Fenster sitzend, seine Schritte das andere Zimmer durchqueren hörte und wußte, daß er endlich zu ihr kam.

Die Schmerzen und Fieberträume hatten seit einigen Tagen aufgehört. Als sie aus dem qualvollen Dunkel auftauchte, ahnte sie nicht, wo sie sich befand. Dann hatte die dicke Frau mit der sanften Stimme und dem vielen Schmuck es ihr gesagt, und seither wohnte in ihrem leeren Leib und betäubten Geist nur noch ein Gedanke: für ihren verletzten Stolz und ihre verschmähte Liebe in den warmen Fluten von Lymonds Bewunderung Linderung zu finden. Das Kind war tot. Es hatte ihr nie etwas anderes bedeutet als den abschließenden Beweis für Richards Auffassung der Ehe, und sie verspürte eine bittere Freude bei dem Gedanken, daß sie ihn zumindest darin durchkreuzt hatte. Als sie Hilfe brauchte, war Lymond gekommen und nicht Richard. Lymond...

Und nun klopfte er an und öffnete ihre Tür. »Ich habe auf dich gewartet«, sagte sie.

Er war peinlich sorgfältig gekleidet, so gar nicht wie damals, als sie ihn zum erstenmal sah: das Haar gepflegt, die Wäsche blütenweiß. Doch die halbverdeckten Augen und der Mund waren die gleichen. Er schritt durchs Zimmer und lehnte sich neben ihr an die Wand. »Ich fürchte, ich bin kein sehr guter Arzt. Das mit dem Kind tut mir leid. Aber ich höre, daß es dir besser geht.«

Sie war verdutzt, doch dann heiterten ihre Züge sich auf. »Hast du denn nicht gewußt, daß ich Richard verlassen habe?«

Einen Augenblick lang war seine Überraschung zu erkennen. »Richard verlassen? Warum?«

»Wir hatten einen Streit«, erwiderte sie. »Er ist ganz besessen von seiner Jagd auf... auf...« Ihre unruhigen Finger berührten die Brosche an ihrem Nachtgewand, und sie sagte zusammenhanglos: »Ich habe ihm von den Schmuckstücken erzählt. Man hat sie mir in Annan weggenommen. Es tut mir leid. Dies hier ist alles, was ich noch habe.«

Lymonds Blick ruhte auf den Brillanten. »Ich verstehe. Als du gefangengenommen wurdest, warst du da auf der Suche nach mir?«

»Nicht ganz – aber – aber ich dachte, Dandy Hunter würde sich vielleicht um mich kümmern, bis du – falls du herausfindest, wo ich bin, oder mir noch mehr schickst–« Sie hielt inne, von der überraschend peinlichen Situation verwirrt. Schließlich fügte sie entschiedener hinzu: »Ich möchte auf keinen Fall noch mehr Schmuck. Ich hätte dir auf jeden Fall alles zurückgegeben. Aber ich dachte –« Wieder hielt sie inne.

»Was dachtest du?«

»Daß du so viel klüger bist als Richard und daß ich mit dir sprechen könnte. Ich habe früher immer mit Dandy gesprochen«, fuhr sie mit glänzenden Augen fort, »aber er war nicht in Ballaggan, und ich wußte nicht, was tun, als die Engländer kamen. Und dann holten mich deine Leute weg, und die Wehen begannen – es tut mir leid«, sagte Mariotta mühsam, mit glühenden Wangen. »Vielleicht wußtest du nichts von dem Kind.«

Der jüngere Crawford wandte sich ab. Er schritt zum Kamin, stützte die Ellbogen auf das Sims und bedeckte die Augen mit den Händen. Dann sagte er: »Räumen wir zunächst einmal den Schutt weg. Worüber genau habt ihr euch gestritten, du und Richard?«

»Das ist zu kompliziert«, sagte sie verdrießlich.

»Macht nichts. Erzähl mir genau, was es war.« Er nahm die Hände vom Gesicht, wandte sich um und setzte sich nahe bei ihrem Sessel nieder. »Du hast doch gesagt, daß du reden möchtest.«

Also erzählte sie es ihm: berichtete von ihrer Verlassenheit und ihren Enttäuschungen, von den Meinungsverschiedenheiten und Torheiten, die sie zum Aufbegehren getrieben hatten. Sie erzählte ihm von der Erregung über seine Geschenke, von ihrem Entschluß, sie nicht zu erwähnen, vom letzten Streit, bei dem Richard sogleich das Schlimmste von ihr gedacht hatte. Sie schloß mit der gleichen superben Naivität: »Du verstehst also, daß ich danach kaum bleiben konnte.«

Er hatte sich lautlos erhoben, blickte auf ihr schwarzes Haar und die langen Wimpern hinab. In ihren Augen standen die Tränen.

»Meinst du nicht, daß *ich* die böse Schlange bin, die alles zerstört, und nicht Richard? Die erregende Aussicht, mich zu strafen, scheint die Haupttriebfeder aller Verfehlungen des armen Burschen gewesen zu sein.«

Die Veilchenaugen waren ernst. »Er würde dir keine Chance geben«, sagte Mariotta. »Er haßt dich, weil du anders bist. Das ist ungerecht, und dafür verachte ich ihn am allermeisten.«

Die blauen, überaus erwachsenen Augen blickten engelgleich. »Was, wegen eines Mangels an Familiensinn? Verzeih mir, wenn ich dich daran erinnere, aber der Junge ist doch erst ein Anfänger.«

Das stimmte; sie hatte das Niederbrennen von Midculter vergessen. Aber sie versetzte: »Du hast nicht gewußt, was du tatest.«

»Alles, was ich mir auf dieser Welt wünsche«, antwortete Lymond eine Spur grimmig, »ist eine halbe Stunde, in der ich nicht weiß, was ich tue. Aber bis jetzt hat mir das noch niemand gegönnt.«

»Ich könnte dir helfen.« Sie beugte sich unvermittelt vor und ergriff seine Hand; er überließ sie ihr teilnahmslos und sagte: »Du hast eine ganz eigene Art, meinen Charakter hagioskopisch zu sehen. Soll ich dem entnehmen, daß du dich uns anzuschließen gedenkst? Wenn dem so ist, muß ich es Molly sagen.«

»Molly?«

»Die Frau, die für dich sorgt. Sie hat ein Bordell in England, und wenn ich mich auch außerordentlich geschmeichelt fühle, kann ich doch nicht zulassen, daß mir meine teuersten Freundschaften verdorben werden, nur um Richard zu ärgern.«

Sie lächelte unsicher. »Du versuchst mir zu meinem eigenen Besten Angst zu machen.«

»Im Gegenteil«, sagte Lymond vergnügt. »Es ist äußerst wichtig, daß du hierbleibst, bis du wieder ganz wohl bist. Schließlich habe ich mir beträchtliche Mühe gemacht, dich zu bekommen – im Unterschied zu Richard schätze ich meine Frauen von Herzen.« Er entzog ihr die Hand, hielt sie vor sich ausgestreckt und betrachtete gedankenvoll ihr schöne Form, die langen, schmalgliedrigen Finger, die von den Schwielen der Handfläche so verunstaltet waren. »Ein Jammer, nicht wahr? Ich war zwei Jahre lang Galeerensklave, nachdem sie die Sache mit Solway Moss herausbekommen hatten, und wir hatten zwei sehr windstille Sommer. Damals habe ich viel nachgedacht über unseren bescheidenen Landedelmann, der sich seiner Lordschaft in Midculter erfreute.«

Mariotta schauderte zurück. »Du versuchst noch immer, mir Angst zu machen. Ich glaube dir nicht, aber möchtest du bitte aufhören?«

»Was dir Angst macht, ist die rauhe Luft der Wirklichkeit«, erklärte ihr Schwager ungezwungen. »Ich gebe keinen Groschen darum, ob du Angst hast oder nicht, denn in einem Monat bist du sowieso nicht mehr hier. Wenn du einen Verstand hättest, der ein bißchen größer wäre als eine Kichererbse, wärest du von selbst daraufgekommen. Ich würde mir schwerlich die Mühe machen, Culter von seinem Erben zu befreien, ohne mich zu vergewissern, daß er auch Scheidungsgründe hat. Wenn er von Natur ein wenig lebhafter wäre, würde er mir vielleicht den Gefallen tun, sich selbst zu beseitigen, aber ich fürchte, man wird ihn dazu ermuntern müssen.«

»Mein Schmuck«, sagte Mariotta im Flüsterton.

»Mein Engel, irgendwie mußte ich dich loseisen, obwohl ich nicht ahnte, daß Richard dich so rasch hinauswerfen würde. Ich wollte, ich wäre dabeigewesen. Richard, der Gemütsbewegungen offenbart! Das muß großartig gewesen sein.«

»Warum haßt ihr euch nur so?« fragte sie niedergeschlagen. »Kommt es denn so darauf an – ein schäbiger Titel –, ihr seid doch Brüder!«

»Ich bin ebenso sein Bruder wie er meiner«, erklärte Lymond schlicht. »Verdammt noch mal, jetzt ist Richard an der Reihe, die Hunde zurückzupfeifen.«

Vor Schwäche und Elend begann Mariotta zu weinen. Die Tränen flossen ihr unaufhaltsam über das schmale Antlitz.

»Warum soll er dir nicht weh tun wollen? Du hast schließlich in Stirling versucht, ihn umzubringen.«

Lymond machte ein empörtes Gesicht. »Mariotta, meine sarmatische Mohnblüte! Was für ein heftiger Frontwechsel! Ich hatte geglaubt, du liebst mich wie der Marabu seine einbeinige Mutter. Ich dachte, wir wären unzertrennlich wie Richard und seine Ferkel. Und jetzt das!«

Doch Mariotta, in herzerweichenden Tränen ertrunken, war keiner Erwiderung, keines Arguments, keiner Klage mehr fähig; sie war jenseits aller Sprache und den Peitschenhieben seines Spottes unerreichbar. Sie hörte nicht einmal die Tür zuschlagen, als er die Kammer verließ.

Lymond nahm Mollys Schelte diesen Abend ohne viel Widerrede entgegen; er bemerkte lediglich, wenn das Mädel Gesellschaft brauche, solle sie zur Abwechslung ihren Kummer lieber Will Scott ausschütten, und sie könnten dann zusammen jammern.

Die schönen scharfen Augen hatten den rothaarigen Burschen, der im ›Straußen‹ so beliebt war, bereits bemerkt. Weil er dem Sohn eines ihrer Mädchen ähnlich sah und weil er ihr leid tat und weil sie zu guter Letzt für gewöhnlich das tat, was Lymond verlangte, schickte Molly Will nach oben, um der Kranken Gesellschaft zu leisten.

Am nächsten Morgen war Mariotta verschwunden. Von des Junkers wütender Zunge gepeitscht, jagten die Männer den ganzen Tag auf der Suche nach ihr durch die Gegend, doch fand sich von seiner kranken, umherirrenden Schwägerin keine Spur.

Eine Zufallsbegegnung führte dazu, daß Sir Andrew Hunter häufig das Wirtshaus zum »Straußen« aufsuchte, wo er schließlich Will Scott traf und mit ihm sprach. Er begab sich von dort geradewegs nach Branxholm. Buccleuch hörte Hunters Bericht von der Begegnung verhältnismäßig schweigsam an. Zum Schluß sagte er: »Sie sagen, Lymond verkauft meinen Sohn?«

»Will ist sich nicht sicher. Aber ich habe ihm gesagt, was ich weiß. Lord Grey wird vom Protektor gedrängt, und es liegt ihm mehr denn je daran, Will in die Hand zu bekommen. Und Lymond ist zweimal in der Nähe von George Douglas' Haus gesehen worden. Der Junge will Lymond nicht verlassen. Er erzählt nichts über sein Leben oder über die Pläne des Junkers«.

»Oder über die junge Lady Culter?«

Janet, die zuhörte, warf ein: »Dandy hat nicht gewußt, daß Lymond Mariotta gefangenhielt, und Will hat sie nicht erwähnt, allerdings –«

»Allerdings sah er krank aus, Wat«, bemerkte Hunter nüchtern. »Ich habe ihm das Versprechen abgenommen, mich zu verständigen, falls er glaubte, der Junker sei im Begriff, ihn abzuhalftern. Das war alles, was ich tun konnte. Und falls das geschieht, gebe ich Ihnen sofort Nachricht.« Und eine hauchfeine Schärfe schwang in seiner liebenswürdigen Stimme mit.

Die Stadt Edinburgh feierte die Hochzeit der Lady Agnes Herries mit John, Junker von Maxwell. Schloß Holyrood war eine einzige Augenweide von Licht und Blumen, Goldbehängen und Fahnentuch und einer schimmernden, glitzernden Menschenmenge. Agnes Herries hatte für jeden ein Lächeln – ein blendendes Strahlenlächeln voller Zähne –, und auch John Maxwell fiel durch ungewohnte Lebhaftigkeit auf. »Wer würde auch nicht lüstern schielen wie ein rissiger Dachsparren«, sagten die Spötter, »wenn er gerade ein großes Stück Schottland geheiratet hat?«

Einmal im Lauf des Abends stahlen die Jungvermählten sich davon, um eine private Verabredung einzuhalten. In einem entlegenen Zimmer des Schlosses machte Maxwell seine Frau einem Fremden bekannt: eine kühle, blonde Gestalt mit einer lässigen, verwirrenden Stimme. »Agnes, hier stelle ich dir jemand vor, ohne den wir vielleicht niemals hätten heiraten können. Er hat es auf vielerlei Weise möglich gemacht, nicht zuletzt dadurch, daß er mir vergangenen Monat in Durisdeer half, dem Schwert des jungen Wharton zu entgehen.«

Sie war hingerissen. »Das hast du mir gar nicht erzählt! Er hat dir das Leben gerettet? Wie können wir ihm danken?«

»Es ist kein Dank vonnöten. Ich habe allen Lohn, den ich brauche. Ich war nur der Täufer, der Spiralstern vor der Sonne. Meine Anonymität müssen Sie mir verzeihen – ich bin nicht mehr Herr darüber, wer ich bin. Dessenungeachtet –« als Mitgefühl und Entzücken in ihren Augen aufblitzten – »stehe ich, wenn auch namenlos, so doch nicht mit leeren Händen vor Ihnen. Würden Sie zur Erinnerung an ein Erlebnis dies hier annehmen?« Es war eine Brosche mit Engelsköpfen aus Kristall und Onyx in Brillanten gefaßt und wertvoller als ihr gesamter Schmuck.

Maxwell blickte den anderen mit unverhüllter Neugier an. »Es war wirklich nicht nötig ...«, sagte er.

»Aber ich bitte Sie! Es ist mir ein Vergnügen. Obwohl ich, wie Sie verstehen werden, Sie darum bitten muß, nicht zu verraten, woher das Stück stammt.«

Sie versprachen es und nahmen herzlichen, fast gerührten Abschied von ihm.

Auch Christian erhielt an diesem, dem gleichen Tag, an dem sie Tom Erskine ihre Antwort versprochen hatte, einen Ruf, der sie den gleichen Gang entlang und ins gleiche leere Gemach rief, wo sie wartete und sich für den munteren Tom wappnete. Um sich die Zeit zu vertreiben, schritt sie das Zimmer ab. Es war offenbar klein und hatte einen Kamin, der mächtig qualmte. Nicht gerade ein idealer Ort für einen Heiratsantrag, dachte sie bekümmert; aber was in aller Welt erwartest du dir eigentlich, Mädchen? Einen schäbigen Kavalier, der dir unter dem Fenster ein Ständchen bringt? Sie setzte sich entschlossen auf den nächsten Stuhl und begann, in Gedanken ihre Leintücher und Bettdecken zu zählen. Aber so scharf ihre Ohren waren, überhörte sie doch die Schritte im Gang und vernahm nichts, bis die Tür sich leise öffnete und wieder schloß. »Guter Gott«, sagte jemand. »Pythia in einem zitronengelben Nebel. Haben Sie denn Rauch gern? Seien Sie unverzagt. Draußen ist Frühling!«

Ein Fenster wurde geöffnet, frische, nach Gras duftende Luft und Amselrufen drangen ins Zimmer. Christian spürte, wie ihr das Blut in die Fingerspitzen wirbelte. »Es ist nicht – ich erwarte – sind Sie's?« fragte sie, an Leib und Seele verwirrt.

»Falls ich nicht wie der Elefant zwei Herzen habe oder wie Janus zwei Köpfe oder wie die Kobra zwei Häute – dann bin ich's in der Tat. Ich habe aufgehört, doppelsinnige Briefe unter Pseudonym zu schreiben, und bezeuge mein Interesse für Sie wieder in Person. Sie sind schlanker geworden.«

Sie war inzwischen wieder sie selbst. Sie sagte schnippisch: »Es hilft einem nicht gerade, von Leuten durcheinandergebracht zu werden, die wie Till Eulenspiegel auftauchen und verschwinden. Ich sehne den Tag herbei, an dem wir einander in aller Form vorgestellt werden können.«

»Habe ich Sie aus der Fassung gebracht? Aber ich habe mich ja einmal erboten, Ihnen meinen Namen zu nennen, und Sie haben es abgelehnt. Es tut mir leid. Ich würde Ihnen unendlich viel lieber mit perlenweißen Elefanten und einer Sänfte aus Jade meine Aufwartung machen, mit Silbertrompeten, mit Sarsenett, schwarzem Turmalin und Atlasholz, Quellwasser und Rosen aus Schiras... würden Sie mich empfangen?«

»Vorausgesetzt, Sie lassen mir Zeit, meine Reize gebührend herzurichten. Im übrigen scheint's mir seltsam, daß jemand mit einer solchen Leidenschaft für Geheimnistuerei in ein Königsschloß eindringen und dort obendrein noch Vorladungen aussenden und Verabredungen treffen kann.«

»Ich habe Freunde bei Hof.«

»Ich wußte nicht, daß Sie so mächtig sind. Weiß man, wer Sie sind?«

»Wen von uns beiden wollen Sie wütend machen?« fragte die freundliche Stimme. »Ich habe mich abscheulich benommen, das gebe ich unumwunden zu, aber ich verfolge eine musterhafte Absicht, nämlich Dankbarkeit zu übermitteln und Sie um jeden Preis aus meinen ruinösen Angelegenheiten herauszuhalten.«

»Glauben Sie nicht, daß Ihre Angelegenheiten weniger ruinös wären, wenn Sie sie nicht wie Epaminondas seinen Speer so fest an die böse Brust drückten?«

»Nein.«

»Ich verstehe«, sagte Christian. »Dann halten Sie entweder nicht viel von meiner Verschwiegenheit oder meinen, ich könnte Ihr Verhalten nicht ertragen. So oder so wirft es einen gewissen Schatten auf Ihre fortgesetzten Besuche, oder nicht?« Das war gewagt. Sein Vertrauen entgegenzunehmen hatte vordem bedeutet, ihn zu verlieren. Dagegen war sie jetzt gesichert; aber er konnte sie noch immer zurückstoßen, weil sie gefragt hatte.

Als er schließlich antwortete, lag ein Hauch von Resignation in seiner Stimme. »Ich muß Ihnen also irgendein Garn spinnen, ja?«

»Mir wäre es lieber, wenn Sie mir die Wahrheit einschenken würden.«

»Da bin ich mir nicht so sicher. Meine Geschichte würde bei Agnes Herries wahrscheinlich mehr Anklang finden.«

»Dann tun Sie, als sei ich Lady Herries«, sagte Christian.

»Gott behüte! Tatsache ist, daß ich gleich manch anderem Herrn in Nöten in meiner Jugend mißverstanden worden bin. Eine Lage, von der ich meinte, sie könne durch eine gewisse Person wieder in Ordnung gebracht werden. Leider wußte ich den Namen des Burschen nicht, nur seinen Rang und Stand, und da kamen drei Leute in Betracht –«

»Jonathan Crouch, Gideon Somerville und Samuel Harvey.«

»Ja. Sie sehen, es fügt sich alles recht witzig mit dem zusammen, was Sie schon wissen. Crouch ist ausgeschieden; Somerville ist ausgeschieden; bleibt also Mr. Harvey.«

»Und wie«, fragte sie, »werden Sie Mr. Harvey finden?«

»Ich habe ihn gefunden. Zumindest hoffe ich mittels einer betrüblich kommerziellen Transaktion, die Sie nur langweilen würde, seiner in Bälde habhaft zu werden.«

Sie ließ sich nicht ablenken: »Diese Transaktion – verhandeln Sie direkt mit England? Oder brauchen Sie einen Vermittler?«

»Ich habe einen Vermittler fix und fertig zur Hand. Einen geradezu lästig eifrigen Vermittler.«

»Natürlich. George Douglas«, sagte Christian vergnügt. »Sie brauchen es mir nicht zu erzählen. Nach Ihrer Transaktion mit Crouch ist es ja wohl ziemlich unvermeidlich... Glauben Sie, daß Harvey Ihnen helfen kann?«

»Ich habe keine Ahnung«, erwiderte er. »Vielleicht. Andererseits ist es nicht schwer, eine Aussage – sogar eine wahrheitsgetreue Aussage –, die unter Druck abgegeben wird, zu unterminieren, und man wird ihm folglich vielleicht nicht glauben. Und sogar, wenn man ihm glaubt...«

»Dann?« fragte sie, als er innehielt. Er lachte. »Ich weiß es nicht, Christian – es kann glücken oder auch nicht. Wenn nicht, dann war dies unsere letzte Zusammenkunft.«

»Und wenn es glückt?«

»Dann wäre es sehr erfreulich, und jemand könnte uns in aller Form einander vorstellen. Aber was immer geschehen wird, spricht aus diesen Maulwurfstiefen meine uneingeschränkte Dankbarkeit zu Ihnen. Was immer Sie berühren, wird Ihnen Wärme zurückgeben, und mit wem immer Sie teilen, der wird zwölf Fuß groß werden wie der heilige Christophorus.« Er zögerte. »Sie wissen, daß diese Zusammenkünfte niemals möglich gewesen wären, wenn Sie nicht blind wären?«

Sie nickte.

»Ich bin nicht dickfellig. Doch möchte ich, daß Sie eines nicht vergessen sollen: Wenn dieses Abenteuer Sie unterhalten oder belustigt oder Ihnen ein wenig Freude gestiftet hat, dann war dies eine Kleinigkeit, die Sie Ihrem fehlenden Augenlicht verdanken.«

Eine bittere Pille, das; denn die lange Duldsamkeit war vorüber, und sie hatte begonnen, in Zorn mit ihrer Blindheit zu leben. Doch sie brachte ein Lächeln zuwege. Sie hörte ihn herantreten und fühlte, wie er ihre Hand in die seine nahm. Er küßte die Hand und dann unversehens ihre Wange. »Eine Frau«, sagte er, »aus verwandtem Geist. Ich kann keine großen Verwandlungen Ihrer lahmen Ente versprechen, aber zumindest wird sie sich voller Stolz auf Ihre Krücken stützen. Leb wohl, mein liebes Mädchen.«

»Leb wohl«, sagte Christian und blieb still sitzen, als die Tür sich schloß.

Während ihrer Abwesenheit hatte Tom Erskine sie gesucht. Sybilla sagte es ihr und fügte ein wenig sonderbar hinzu: »Außerdem – weißt du, daß Richard hier ist? Ich habe eben gehört, daß die Königin ihn begnadigt und freigelassen hat, damit er an den Festlichkeiten teilnehmen kann. Er wird bald hier sein.«

»Ach, Sybilla!«

»Ja, ich weiß«, sagte die alte Lady. »Ich glaube, ich werde alt. Weißt du, mir ist ziemlich bange. Meine Söhne kommen mir manchmal so viel stärker vor als ich.«

Sehr bald darauf fand Tom Erskine sie, und binnen fünf Minuten, in denen ihr Herz in seinem kalten Käfig müde eine neue lebenslängliche Bürde schützenden, liebevollen Verständnisses auf sich nahm, wurde Christian Stewart seine ihm anverlobte Braut.

Der dritte Baron Culter besaß jene besondere Art von Stolz, die einen Mann veranlaßt, geradewegs an den Ort zurückzugehen, an dem man ihn öffentlich ausgezogen hat, und trotzig das Weltall herauszufordern, auf ihn herabzusehen. Sein Erscheinen im überfüllten Ballsaal zu Holyrood glich dem Auftritt eines Kaisers und belohnte ihn sogleich mit einer Begegnung mit Sir Andrew Hunter.

Dandy verstand es besser als irgendeiner, eine solche Situation zu handhaben. Er ging auf Culters teilnahmslos mürrisches Gesicht nicht ein und plauderte ungezwungen über die Hochzeit und über die Nachricht, daß Lord Grey nach London gereist war und voraussichtlich bis Ende März dort bleiben werde – »wenigstens eine Atempause bis Ostern.« Dann meinte er: »Richard, sagen Sie mir: Haben Sie Buccleuch und seine Unverschämtheiten satt? Oder könnten Sie eine Annäherung 'runterschlucken, wenn ich sie in die Wege leite?«

Culter sah ihn bissig an: »Das Tausendjährige Reich ist angebrochen! Ein Scott, der sich entschuldigen will?«

Hunter antwortete schlichtweg. »Ich habe eine Mitteilung von Will Scott erhalten. Lymond verkauft ihn durch George Douglas an die Engländer. Der Junge hat herausbekommen, wie es vor sich gehen soll, und bittet, wir sollen ihm helfen. Machen Sie mit?«

Der Ausdruck auf Lord Culters Gesicht war ausreichende Antwort.

Scott von Buccleuch erwartete sie in einem Privatgemach. Richard trat auf ihn zu. »Sie werden allmählich ein verdammt schlüpfriger Bekannter, Wat. Ist es diesmal, weil Sie mich brauchen?«

Buccleuch zögerte, dann gab er ein polterndes Kichern von sich: »Das Blättchen hat sich gewendet. Wenn Sie Lymond zu fassen kriegen wollen – ich auch.«

»Das habe ich gehört.« Ein Schatten von einem Lächeln huschte über Richards Gesicht. »Ich nehme an, wenn Will nicht an Andrew geschrieben hätte, säße ich immer noch im Loch.«

Sir Wat blies die Backen auf. »Manche von euch jungen Leuten reden daher, als wäre ich ein Zauberer und nicht ein müder alter Mann. Setzen Sie sich, setzen Sie sich«, fügte er gereizt hinzu. »So kommen wir nicht weiter, wenn Sie sich hier aufpflanzen wie zwei lausige Tenöre im Männerquartett.«

Hunter lachte und setzte sich, und einen Augenblick darauf

tat Richard ein Gleiches. Es war ein eigenartiger Ölzweig, aber mehr war wohl kaum zu bekommen. Sir Andrew schob ihm Wills Brief zu. Die Schwierigkeiten lagen auf der Hand. Scott hatte Lymonds Standquartier nicht verraten, vermutlich um Lymonds Leute nicht zu gefährden. Bekannt war hingegen, daß Lymond nach dem Osten zu reiten beabsichtigte, um sich von Sir George Douglas und Lord Grey den Preis für den Kuhhandel übergeben zu lassen, nämlich einen Mann namens Harvey, und daß er, sobald er Harvey hatte, Scott unter irgendeinem Vorwand kommen lassen und an Ort und Stelle an Lord Grey ausliefern wollte. Scott schlug vor, er werde bei Erhalt von Lymonds Befehl unverzüglich Buccleuch verständigen, der dann sofort mit seinen Leuten zum vereinbarten Treffpunkt reiten und ziemlich sicher nicht nur Lymond, sondern auch Douglas und Lord Grey festnehmen konnte.

Die drei Männer saßen lange beisammen und entwarfen ihre Pläne. »Und hernach«, meinte Culter schließlich und lehnte sich zurück, »wird der Junge von selbst auf eigenen Wegen zu Ihnen nach Hause kommen?«

»Ja. So ist es gedacht«, sagte Buccleuch. Er fingerte an seiner Geldtasche herum. »Haben Sie gehört, was den armen Teufeln geschehen ist, die Maxwell und die anderen als Geiseln in Carlisle zurückgelassen haben? Wharton ist sofort aus Durisdeer zurückgekommen und hat die Hälfte von ihnen hingerichtet. Da haben Sie den Preis für die Hochzeit, deren Zeugen wir heute waren. Und nicht minder der Preis für die Hochzeit, die wir verhindern wollen. Wir zahlen alle für die gleiche Sache – diese Leute hier und die Burschen, die bei Pinkie und Ancrum und Annan und Hawick gefallen sind; und Sie mit Ihrem Bruder und ich mit meinem Sohn genauso. Wir erleben Zeiten«, sagte Buccleuch, »die den Markknochen des Trauerspiels zerknacken, und verglichen damit zählt weder Ihr Kummer noch meiner soviel wie zwei Talglichter im Höllenkreis.«

Richard sagte nichts. Buccleuch wartete, dann schob er mit

einem Aufquietschen den Stuhl zurück und erhob sich. »Also gut. Wenn das alles ist, können wir ja zurückgehen«, knurrte er und verließ als erster das Zimmer.

Der erste Mensch, den Richard bei seiner Rückkehr erblickte, war seine Mutter. Sie wartete allein vor dem Ballsaal auf ihn und wehrte die sichtbare Verhärtung seiner Züge mit einem eigenen Frontalangriff ab. »Ich weiß: Du wirst aus allem, was ich sage, nur deine haarsträubenden Vermutungen konstruieren. Glücklicherweise ist das jetzt gleichgültig. Mariotta ist nicht mehr bei deinem Bruder. Sie ist entflohen – Will Scott hat ihr geholfen –, sie ist jetzt im Kloster in Culter, sehr verängstigt und ziemlich krank. Lymond ist nicht gut zu ihr gewesen. Er hat sie durch reinen Zufall in die Hand bekommen – sie wurde von den Engländern aufgegriffen, die vor dir davonrannten, und sie haben sie Lymond angeboten. Er war, wie gesagt, nicht gütig zu ihr, aber er hat weder ihr noch dem Kind etwas zuleide getan. Das solltest du wissen, finde ich.«

Richard hörte ihr, an die Tür gelehnt, zu. »Eine beachtliche Rettungsunternehmung. Ich begrüße deinen Entschluß, Lymond zu opfern, um meine Ehe zusammenzuflicken. Aber es ist ein wenig zu spät für Reue – jedermanns Reue. Wenn wir Lymond erwischen, werden wir vielleicht der Wahrheit auf den Grund kommen.«

Blaue Augen begegneten grauen. »Wann? . . . Schon bald?«

»Sehr bald. Und diesmal ist nicht zu befürchten, daß er entkommt.«

»Und was«, fragte die alte Lady rundheraus, »soll ich Mariotta sagen?«

»Ich habe ihr nichts mitzuteilen«, antwortete Richard. »Ich will sie nicht zurückhaben. Du könntest sie natürlich zur Geburt ihres Sohnes beglückwünschen.«

»Du willst sie nicht zurückhaben!« wiederholte die alte Lady, und Zorn blitzte in ihrem Antlitz auf. »Hast du etwa geglaubt, daß sie kommen würde? Deine Frau, mein Lieber, hat nicht den geringsten Wunsch, dich jemals wieder zu Gesicht zu bekommen.«

VIERTES KAPITEL

I

Die Zwiesprache zwischen Lord Grey und dem Kronrat in London dauerte mit Unterbrechungen zwei Wochen, während deren Gideon Somerville hier und dort alte Freunde aufstöberte. Beim Kartenspiel mit Palmer, Greys neuem technischem Berater, seinem einstmaligen Verbündeten, vernahm er interessiert die neuesten Gerüchte. In London herrschte wieder das Franzosen-Fieber. Nach dem kummervollen Fehlschlag im Februar erwartete sich niemand eine Wiederaufnahme des Feldzugs gegen Schottland. Man wußte, daß die Königin von ihrer Krankheit genas; es hieß, es sei bisher öffentlich noch nichts unternommen worden, um sie nach Frankreich zu verheiraten, und der schottische Statthalter kämpfe mit Zähnen und Klauen darum, sie für seinen Sohn zu behalten. Palmer meinte, Frankreichs Zusage weiterer Hilfe sei ein Märchen, um die Aufmerksamkeit von Boulogne abzulenken.

Gideon hörte sich alles an und gab an Grey so viel davon weiter, wie er für geeignet hielt. Zwei Tage bevor sie ihre endgültigen Weisungen erhielten, begab sich Gideon mit Palmer in den Tower, um wegen einer schlechten Waffenlieferung Beschwerde zu führen, und begegnete auf dem Heimweg der Gräfin von Lennox. Sie kannte Palmer gut und erinnerte sich an Gideon von Warkworth her und aus früheren Tagen, als sie beide zur Hofhaltung der Prinzessin Mary gehört hatten.

Gideon wußte, daß ihr Versuch, ihren Vater zu bewegen, die Engländer bei Durisdeer zu unterstützen, ein niederschmetternder Fehlschlag gewesen war; auch war ihm die eigentümliche Episode bekannt, durch die man eine Geisel eingebüßt hatte, weil sie irgendwelchen namenlosen schottischen Vogelfreien in die Falle gegangen war, und folglich überraschte es ihn, daß sie selbst George Douglas erwähnte.

Er bemerkte mit einiger Zurückhaltung, Grey und er würden bei ihrer Rückkehr in den Norden mit Sir George zusammentreffen; Douglas habe ihnen eine Geisel versprochen, einen Burschen, dessen Grey schon seit langem habhaft werden wolle, genau gesagt: Buccleuchs Erben.

»Mein Vater«, erwiderte Margaret Lennox, »hat mir erzählt, daß Buccleuchs Sohn mit... mit einer Bande heruntergekommener Leute im Grenzland sein Unwesen treibt.«

»Das stimmt«, bestätigte Gideon. »Es ist keine sehr appetitliche Geschichte. Anscheinend will sein eigener Anführer ihn verkaufen. Ich kenne den Herrn, und es würde mich nicht wundern, wenn er seine eigene Mutter als Katzenfutter verhökerte.«

Sie war ganz versessen auf eine genauere Beschreibung des Mannes, auf mehr Einzelheiten. »Und wofür verkauft er den Jungen? Für Geld?«

Gideon entsann sich plötzlich schaudernd, daß Tom Palmer, der mit mäßigem Interesse zugehört hatte, ein Vetter jenes Harvey war, der gegen Scott ausgetauscht werden sollte. Er räusperte sich. »Die Angelegenheit ist im Augenblick noch ein wenig heikel. Noch nicht ganz spruchreif.«

Sie lächelte verständnisvoll. »Ihr Lord Grey will den jungen Scott vermutlich wegen der Vorfälle in Hume haben? Ich hätte gedacht, es müßte ihm mehr dran liegen, den Spanier zu erwischen, der ihn hineingelegt hat.«

»Bestimmt hätte ihm daran gelegen«, antwortete Gideon, dem es Greys wegen leid tat, daß diese Geschichte offenbar bis in die Hauptstadt gedrungen war. »Er hat nur nie herausbekommen, wer der Mann war. Und natürlich war er als Geisel nicht so wertvoll wie Will Scott.«

»Blondes Haar«, sagte sie laut zu sich selbst. »Und vielleicht blaue Augen?«

»Wer?« fragte Gideon. »Nicht der Spanier. Der Mann, dem Scott sich anschloß, sah so aus.«

»Allerdings. Ich kenne ihn. Oder vielmehr kannte ihn früher in Schottland. Blond, blauäugig, raubgierig und vielsprachig.«

Eine bestürzte Pause folgte. »Spricht er womöglich Spanisch.«

Schwarze Perücken bekam man schließlich überall ... »Das bedeutet«, meinte Gideon nachdenklich, »daß unser Spanier und Scotts Anführer ein und – vielleicht«, fuhr er fort, »sollten Sie das Lord Grey oder dem Protektor gegenüber erwähnen.«

»Oh, das werde ich tun«, erwiderte Margaret Lennox. »Heute abend.«

Zwei Tage später erteilte der Protektor seine Weisungen. Lord Grey hatte nach Schottland zurückzukehren. Er sollte am 21. April in Schottland einmarschieren, sich in Cockburnspath mit seinen getreuen Schotten vereinigen und von dort nach Haddington, dem Pegelstand seines vormaligen Vormarsches, weiterrücken. Er sollte die Stadt befestigen und eine Besatzung hineinlegen und sie solcherart zur Festung, zum Versorgungsspeicher, zum Sprungbrett, zur Bedrohung ganz Schottlands machen.

Lord Grey verließ London und nahm Gideon mit. Außerdem nahm er die Erinnerung an gewisse beißende Sticheleien des Protektors mit sowie einen rachsüchtigen Zorn auf einen zungenfertigen spanischen Banditen.

Als das Kloster der Herrschaft Lymond auf Weisung des vormaligen Gutsherrn von den Engländern in die Luft gesprengt wurde, fanden die verbliebenen Nonnen in einem großen Nonnenkloster in der Nähe von Midculter Unterkunft. In diesem Kloster hatte Mariotta sich seit sechs Wochen von ihrem Leid erholt, und Sybilla hatte sie regelmäßig aufgesucht. Als sie jetzt zum erstenmal Lady Buccleuch auf einen Besuch mitnahm, wurden ihr unterwegs allerlei Fragen gestellt.

»Ich verstehe nicht«, sagte Janet, »wieso Will plötzlich seine edlen Triebe entdeckt und sie seinem Freund Lymond unter der Nase weg entführt hat. Ich dachte, er sei auf Mord und

Totschlag und scheußliche Bräuche bei Vollmond einge-
schworen.«

»Ich glaube, er tat sich selbst leid«, meinte Sybilla »und in
diesem Zustand bekommt man Mitgefühl mit seinen Mitmenschen. Jedenfalls hatte er ein Gespräch mit ihr, gleich
nachdem Lymond so abscheulich zu ihr gewesen war, sie haben sich zusammen ausgeweint, und er hat ihr versprochen, sie
am nächsten Tag heimlich wegzuschaffen, und es auch getan.«

»Und *wie* erstaunlich«, fand Janet nun schon zum sechsten-
mal, »daß er dann ausgerechnet auf Sie gestoßen ist.«

»Ja, nicht wahr?« erwiderte Sybilla.

»Und Ihnen Mariotta übergeben und zurückkehren konnte,
ohne Verdacht zu erregen, so daß er seinem Vater helfen
konnte, Lymond in der Falle zu fangen.«

»Ja. Hier sind wir«, sagte Sybilla heiter und betrat das Kloster. Der erste Mensch, dessen sie ansichtig wurden, war Will
Scott, der mit Mariotta sprach.

Schwer zu sagen, wer am meisten verblüfft war; Will selbst,
seine Stiefmutter oder Sybilla. Janet, die als erste die Sprache
wiederfand, entblößte mit breitem Grinsen sämtliche Zähne.
»Seht euch an, wen wir hier haben! Orpheus, in strahlender
Ritterlichkeit, dem Hades entsprungen!«

Sybilla warf rasch ein: »Ich glaube, er hat vielleicht auf mich
gewartet, um mit mir zu sprechen. Er weiß, daß ich montags
komme. Würden Sie uns für einen Augenblick entschuldigen?«

Leider war Will nicht nur verwirrt, sondern auch mit den
kleinen Eigenarten der alten Lady nicht vertraut. »Es ist
nichts Privates, Lady Culter«, sagte er. »Nur ein Brief, den
ich Sie bitten wollte, an Andrew Hunter weiterzugeben.« Er
schob ein Papier in Sybillas Hand, die sich nicht sträubte.

»*Andrew?*« sagte Janet und blickte ihren Stiefsohn liebevoll
an. »Wozu denn das, Will? Er ist doch schon mit den anderen
losgezogen.« Will machte ein verdutztes Gesicht, und sie
wiederholte: »Du weißt doch. Er ist mit Wat und Culter losgeritten, als sie deine Mitteilung bekamen.«

»Meine Mitteilung?«

»Deine zweite Mitteilung, in der du sie verständigt hast, wo sich Lymond und Lord Grey befinden werden.« Sie warf Sybilla einen entschuldigenden Blick zu. »Ich habe es Ihnen nicht erzählt, Sybilla. Aber Wills Mitteilung traf ein, kurz bevor wir abfuhren. Wat und die anderen dürften inzwischen schon ziemlich weit nach der Ostküste unterwegs sein.«

Sybilla setzte sich unvermittelt neben Mariotta nieder. Scott sagte: »Aber ich habe überhaupt keine Mitteilung geschickt! Dieser Brief hier bittet lediglich Sir Andrew, sein Versprechen zu halten und mir beizustehen, wenn – falls – wenn ich Lymond verlasse.«

Jetzt setzte sich Janet nieder. »Wer hat dann«, sagte sie mit spürbarem Beben in der lauten Stimme, »heute in deinem Namen an uns alle geschrieben und uns geheißen, wir sollen sofort in den Garten des alten Gutshauses in Heriot kommen, wo Lymond, Sir George Douglas und Lord Grey bloß festgenommen zu werden brauchen?«

Entgeistertes Schweigen.

»Lymond«, sagte Mariotta und lachte hysterisch auf.

Mariotta hatte recht. Nachdem Lymond seinen Bruder und Sir Wat zu fünfwöchigem erwartungsvollem Pläneschmieden angespornt hatte, traf er begleitet von Johnnie Bullo zwei Tage vor Lord Greys festgesetztem Einmarsch nach Schottland in Cockburnspath ein. Im Schutz seines sicheren Geleits wurden Johnnie und er sofort zu Sir George Douglas geführt. Die Vorausabteilungen des Heeres, die auf Lord Grey warteten, lagen im Zeltlager; Sir George teilte ein Zelt mit dem Befehlshaber Sir Robert Bowes. Er war jedoch allein, als Lymond eingelassen wurde; der Zigeuner wartete draußen.

Sir George begrüßte ihn mit trübem Gesicht, das unter der sonnenhellen Zeltplane gelblich-grau wirkte. Er war im Begriff, seinen meistversprechenden Verbündeten einzubüßen, und diese Aussicht mißfiel ihm höchlichst. Er sagte ohne jede Einleitung: »Ich komme soeben von Lord Grey. Sie müssen wissen, daß ich meinen Teil der Vereinbarung eingehalten habe: Ich habe das Versprechen Seiner Lordschaft erhalten, diesen Mann Harvey für Sie herbeizuschaffen. Aber –«

»Aha!« sagte Lymond, luftig und elegant in Dunkelblau. »Hat Lord Grey es sich anders überlegt?«

»Der Protektor hat es für ihn getan. Harvey ist noch in London. Er kommt nicht nach Norden. Und Sir Robert Bowes hat Auftrag, dafür zu sorgen, daß Sie dessenungeachtet den jungen Scott holen lassen. Sie werden mit Geld bezahlt, nicht mit Ware.«

»Und wenn ich es nicht tue?« fragte Lymond.

»Ihr Leben ist nicht in Gefahr. Nur Ihr Wohlbefinden.«

Sir Georges zorniger Blick traf auf Lymonds spöttischen. Ein unbehagliches Schweigen trat ein. Schließlich rührte sich der Junker. »So so. Die Folter als Abführmittel, damit ich meine Tisch- und Bettgeheimnisse von mir gebe.«

Douglas war rot angelaufen. »Alles, was von Ihnen verlangt wird, ist ein handschriftlicher Auftrag, der den Jungen hierherbringt. Ihr Zigeunerfreund kann ihn hinbringen, aber es ist Ihnen natürlich nicht gestattet, ihm die Umstände mitzuteilen, unter denen der Brief übersandt wird.«

»Ich verstehe. Sie erwarten sich davon für Sie persönlich eine gewisse Sicherheit?« sagte Lymond plötzlich.

Douglas' Stimme war scharf. »Wenn es irgendeine Alternative gäbe, würde ich sie bestimmt ergreifen –« Er brach ab, da der Befehlshaber ins Zelt trat.

Sir Robert Bowes nickte und musterte den Junker mit Muße vom Kopf bis zu den silbernen Sporen. Er lächelte. »Ist das der Bursche?«

»Auch ein kastrierter Kater hat noch Krallen«, sagte Lymond, indem er das Lächeln zurückgab und den Gedanken beantwortete. »Wo ist Samuel Harvey?«

»In London«, erwiderte Bowes behaglich. »Werden Sie die Benachrichtigung an Scott für uns absenden?«

Lymond musterte ihn mit leichtem Widerwillen. »Warum sollte ich?«

»Daumenschrauben«, antwortete Bowes. »Eisenhandschuh – heißes Blei – Zangen – Messer. Und die Peitsche.«

Des Junkers Augen strahlten vergnügt. »Was, das haben Sie alles in Ihrem Gepäck? Da sieht man mal wieder das englische Heer! Guter Gott, müssen Sie es denn auch von hinten mit der Peitsche antreiben?« Doch das war Maulheldentum. Er sagte ihnen gleich darauf alles, was sie wissen wollten, und setzte einen Brief an Will Scott auf, mit dem sich Bullo ohne Murren auf den Weg machte.

Als Lord Grey mit dem übrigen Heer am Montag eintraf, war er entzückt von der Neuigkeit. »Heute nachmittag am Teich beim alten Gutshaus in Heriot«, sagte Bowes. »Er hatte bereits eine mündliche Vereinbarung mit dem Jungen getroffen, die durch einen Brief von ihm zu bestätigen war. Wir hielten es für das beste, daran nichts zu ändern.«

»Großartig. Sehr gut gemacht. Dachte wohl, er braucht nur Harvey in Empfang zu nehmen und den Brief hinzuschicken, und dann auf und davon, wie? Das wird's ihm zeigen!« sagte er. Als er erfuhr, daß ein Trupp mitsamt Lymond und Sir George Douglas bereits zur Verabredung mit Will Scott aufgebrochen war, trabte Lord Grey mit Gideon als Begleiter auf dem gleichen Weg davon, um sich den Anblick der dramatischen Lösung des Knotens nicht entgehen zu lassen.

Sir George fühlte sich außerordentlich unbehaglich. Erstens war er in seiner ganzen eleganten Länge wie ein Blattwedel um den Unterteil einer Stechpalme gewunden, deren mächtiger Stamm ihn wie ein Schirm verbarg und deren Getropf ihm Qualen bereitete. Zweitens wurde er außerdem noch verspottet, beschimpft und ganz allgemein dem Spöttergott Momos geopfert.

Der Fleck, den Lymond in Heriot für das Warten auf Will Scott ausgesucht hatte, war einstmals der Küchengarten eines großen befestigten Herrenhauses gewesen, das schon vor langer Zeit zusammengeschossen und niedergebrannt worden war. Zwischen den verkrümmten Resten von Mispel- und Apfelbäumen, zwischen Krauskohl und Stachelbeeren, Thymian, Königsgroschen und einem Nest von Brennesseln lag halbwegs gut versteckt eine Abteilung von Bowes' Leuten und behielt das Moor nach Westen hin im Auge. Im Freien, neben dem grünen Schlamm eines alten Fischteiches, saß Lymond auf einem behauenen Steinblock, Fuß- und Handgelenke unauffällig gefesselt und an den Block gebunden.

Wiewohl angepflockt wie ein Ziegenbock, war er doch am Sprechen nicht behindert. Das war ihm nur recht; er war glücklich im Bewußtsein, daß er sich eine oder zwei Stunden lang in größerer Sicherheit befand als je zuvor. Trotz Bowes' geradezu tränenseligen Drohreden saß er bernsteinköpfig in der Aprilsonne und riß sie alle in Fetzen.

»... *Er und der König von Navarn*
Hatten mächtig Angst im Farn
Mußten die Köpfe verstecken –

Die andere Extremität läßt sich schwerer verbergen, wie ich sehe. Warum nicht aufstehen? Nein? Nun – es sind Ihre Knochen. Mir ist durchaus behaglich, und ich bin imstand, Verse zu rezitieren, bis der Thymian verwelkt und der Königsgroschen abgewertet wird. Gebt mir den Tod, aber nicht die Stummheit. Und eine gefesselte Zuhörerschaft, die nicht weglaufen kann, eine aufmerksame Zuhörerschaft – eine wachsende Zuhörerschaft. Euer edler Befehlshaber, kein Geringerer, und wer noch? Guter Gott, es ist Flaw Valleys höchstselbst.«

Lord Grey von Wilton kam voll mannhafter Verachtung für Tarnung und Versteck mit Gideon auf den Fersen in die Lichtung heraus und hielt den Blick fest auf ihren Monologe haltenden Mittelpunkt gerichtet. Das Haar war anders, die Haut war anders, die Kleidung war anders, aber die Stimme mit ihrem bedrohlichen Übermaß an geistiger Behendigkeit war die gleiche. »Der Spanier! Wir hatten recht; es ist der gleiche Mann. Ihr habt ihn erwischt!« verkündete Lord Grey dröhnend wie Glockengeläut und blieb stehen.

Lymond blickte über die Schulter und wieder zurück. »Spanier? Seht mein Antlitz und meine Farbe«, zitierte er betrübt. »Es ist nur die wohlriechende Kerbeldolde, die auf die Bienen wartet und jungmädchenhaft züchtig wie ein Seraph errötet.«

Ohne auf ihn zu hören, verfolgte Lord Grey seine Überlegung weiter. »Der Spanier, der in Hume meine Pferde und meine Versorgung stahl. Leugnen Sie, wenn Sie können, daß Sie der Bursche sind.«

Ein entzücktes Lächeln breitete sich über Lymonds aufmerksames Gesicht, um sogleich zu Bestürzung zu verbleichen. »Sie verlangen Ihren lohfarbenen Sammet, und ich habe ihn weggeschenkt.«

»Sie unverschämter Schuft!«

»Muy illustrissimo y excellentissimo señor«, erwiderte Lymond höflich, »wie haben Sie es herausbekommen, frage ich mich?«

Lord Grey sagte eisig: »Sie haben zwei offenkundige Fehler begangen. Der eine war, daß Sie sich bei Somerville haben sehen lassen, der andere, daß Sie sich vor der Gräfin von Lennox mit Ihren albernen Sprachtalenten großgetan haben.«

»Aha!« sagte Lymond. »Ich hab' mich schon gewundert, warum der Protektor plötzlich so zartfühlend um den armen Harvey besorgt ist.«

»Und damit Sie's gleich wissen«, fuhr Lord Grey mit hochrotem Gesicht fort, »Sie werden eine Menge Zeit haben, um über die Torheit Ihrer Streiche nachzudenken. Eine Menge Zeit. Ich gedenke, Sie hängen zu lassen und zu verbrennen –«

» – Gründlicher als den Polykarp. Und aufgeschlitzt, eingesalzen, mit Myrrhe und Kassie gefüllt und bunt geschminkt zur Schau stellen, um alles niedere Volk, alle Prahler, Schacherer und Großmäuler zu gemahnen, daß Schurkerei sterblich ist. Und was ist mit Sir George Douglas? Wird er das gleiche erleiden, wenn Will Scott nicht auftaucht? Er ist nämlich

anwesend, wenn Sie es auch vielleicht nicht glauben mögen –
irgendwo hier.« Er blickte wild um sich. »Aber wo nur?
Mein Liebster, ruf Piep! wo du auch stecken magst!«

Auch Lord Grey blickte sich um. Zumindest ein Teil von Sir
George dürfte sichtbar gewesen sein, denn Grey sagte gereizt: »Stehen Sie auf, Mann. Brüten Sie etwa Eier aus?
Das ist vorläufig noch nicht nötig. Der Junge wird noch Stunden brauchen.«

Der Gefangene lächelte und rückte sich gegen den kalten
Stein gelehnt so behaglich wie möglich zurecht, während
Lord Grey sich mit Douglas beriet.

Gideon, der das gelassene Profil mit den verschleierten Augen und dem leicht verächtlichen Mund beobachtete, war
durch die Erinnerung an früheren Ärger mit besonderem
Scharfblick begabt. Der Mann saß zusammengerollt wie eine
Sprungfeder da und wartete. Worauf? Da hinter ihnen in
Cockburnspath das englische Heer mit seiner gesamten Macht
lag, konnte Gideon es sich nicht vorstellen. Aber dieser
Mann war kein geborstener Koloß von Rhodos, der darauf
wartete, als Altmetall weggekarrt zu werden. Das hier war
ein kluger Mann und ein erfahrener Schauspieler obendrein.
Gideon schlenderte unauffällig hinüber zum Teich, wo Ly-
mond ihn mit ausdruckslosem Gesicht begrüßte. »Jeder
Freund von Meg Douglas genießt meine Achtung.«

Gideon, die Hände locker hinter dem Rücken verschränkt,
blickte zu ihm hinab. »Zufällig mache ich mir nicht sehr viel
aus ihr. Worauf warten Sie?«

»Auf Rettung«, antwortete Lymond mit breitem, frechem
Lächeln. »Warum nicht?«

Somerville gab ihm das gleiche Lächeln zurück. »Nicht, solange ich hier bin.«

»Wahrscheinlich werden Sie nicht hier sein. Lord Grey emp-
fiehlt sich.«

Gideon sah sich um und gewahrte, daß dem so war. Befriedigt, Lymonds Identität festgestellt zu haben, und nicht
gewillt, sich zu einem Versteck hinter stacheligen Stechpalmen

zu erniedrigen, schickte Lord Grey sich an, ins Lager zurückzukehren.

Gideon ging rasch zu ihm hinüber und erhielt nach kurzem Gespräch Erlaubnis zu bleiben, nachdem er vergebens gebeten hatte, man möge ihm mehr Leute dalassen. Lord Grey verschwand. Gideon suchte sich mannhaft einen Ginsterbusch, der in Lymonds Nähe die beste Deckung bot, und in der kleinen Lichtung trat allmählich Stille ein.

Da Johnnie Bullo die Vorladung nach Branxholm statt zu Will Scott brachte; da er sie mündlich durch einen guten Freund, der Buccleuch unbekannt war, übermittelte; und da er angab, sie komme von Scott und nicht von Lymond, brachen Sir Wat und Lord Culter unverzüglich mit allen ihren Leuten nach Heriot auf, denn sie glaubten, sie seien im Begriff, Lymond und seine Verbündeten dingfest zu machen.

Johnnie war mit seinen Auskünften über den Ort und seine Gefahren freigebig gewesen. Während sie des Weges ritten, legten Sir Wat und Richard sich ihren Plan zurecht: Lord Culter sollte nordwärts um die Anhöhe herumreiten, auf der das verfallene Haus stand, und sich lautlos hinter dem Rükken der Engländer einschleichen; Buccleuch hingegen sollte mit allen seinen Leuten von Süden und Westen her auftauchen und den beabsichtigten Hinterhalt direkt in Richards Arme treiben.

Gideon, Bowes und Douglas sahen sie am Horizont auftauchen wie eine glitzernde Schaumwelle, die sich vor ihren Augen aufrollte und zu Helmen, Stahlpanzern, Speerspitzen und Schwertern verfestigte: Schotten in überlegener Anzahl, bewaffnet, beritten, die mit unaufhaltsamer Zielsicherheit geradewegs auf sie zukamen. Der Küchengarten barst auseinander. Stechpalme und Lorbeer rannten nach ihren Pferden; nur der Ginsterbusch zögerte. Als Bowes' Leute an ihm vorbeidrängten, duckte sich Gideon und rannte zu Lymond hinüber. Er hatte einen blitzartigen Eindruck von strahlenden Augen, atemlosem Gelächter, dann schnitt er den Strick um des Junkers Füße durch und warf den Mann mit vorgehaltener Schwertspitze vor sich in den Sattel seines eigenen Pferdes. Schon erbebte die Erde unter den heranstürmenden Hufen, als er in gestrecktem Galopp mit dem doppelt beladenen Wallach hinter Bowes und seinen Leuten hersetzte.

Richard sah sie von jenseits der kleinen Anhöhe herankommen und schickte seine Leute ausgezogen wie die Korkschwimmer an einem Lachsfischernetz über die Küstenstraße. Die herannahenden Pferde drehten ab, stürmten parallel mit den schottischen Pferden heran und griffen im vollen Galopp an. Richard blickte scharf in jedes einzelne Gesicht. Er gewahrte die Douglasschen Farben und beachtete sie nicht; er sah einen schwer gebauten Reiter, vermutlich Bowes, der versuchte, seine Leute zusammenzureißen, verlor ihn aus dem Auge und war im nächsten Augenblick in einem ungeheuren Zusammenprall von Stahl und Pferden und Menschenleibern verwickelt, durch den hindurch er flüchtig einen gelben Haarschopf gewahrte. Er hieb sich durch die kämpfenden Gruppen wie eine Flamme durchs Wachs hindurch, als das Donnern der Pferdehufe um ihn herum plötzlich aufhörte, gleich als seien die Tore des Weltalls zugeschlagen.

Lord Grey hatte sich Gideons Warnung noch einmal überlegt und einen Trupp Reiter abkommandiert, um auf die Lage in Heriot aufzupassen. Die neue Reitertruppe fiel über die Schotten her, überrumpelte sie und hieb sie zusammen, bis sie zerschlagen, aufgelöst und wütend kehrtmachten und vor der Übermacht zurück übers Moor die Flucht ergriffen.

Gideon Somerville, der mitten in die ersten Kämpfe geraten war, hieb ingrimmig mit einer Hand drein, während die andere das Pferd und den Gefangenen hielt. Er hatte sich schon fast einen Weg freigekämpft, als er von rückwärts überrumpelt wurde. Er verspürte einen mörderischen Schlag gegen den Hinterkopf, merkte erstaunt und wütend, daß er stürzte, und wußte nichts mehr.

Mr. Somerville öffnete die Augen, sah einen Kreis von Bäumen wie betrunken um ihn herumwandern, schloß die Augen wieder und versuchte sich zu rühren. Er stellte fest, daß es unmöglich war, da seine Hände und Knöchel gefesselt waren. Er schlug rasch die Augen wieder auf und blickte sich um. Es war ein kleiner Wald. Zwei abgerackerte Pferde grasten friedlich unter den Bäumen, und Crawford von Lymond saß, die Hände um die Knie geschlungen, seelenruhig in der Nähe.

»Ach!« sagte Gideon.

»Stimmt«, sagte Lymond vergnügt. »Ihr Pferd wurde getötet, deshalb habe ich Sie wie den Stein des Sisyphus in die nächste Deckung gerollt. Die anderen hatten hoch zu Pferd alle viel zu viel zu tun, um zu bemerken, was sich unten im hohen Gras abspielte.«

»Ich nehme an, wir verdanken das alles dem jungen Scott. Ich hätte Lord Grey noch dringlicher warnen müssen, nur konnte ich nicht recht glauben, daß Sie sich in Reichweite Ihrer eigenen Landsleute begeben würden.«

»Geben Sie Scott nicht die Schuld. Ich habe Buccleuch und Lord Culter herbeigerufen«, sagte Lymond. »Was nur recht und billig ist, denn Lord Grey hatte mir meinen Mr. Harvey nicht mitgebracht. Mit anderen Worten, wir haben alle nach Kräften geschummelt. Allerdings hätte ich die Mitteilung in jedem Fall hingeschickt.«

»Das kommt mir ein wenig merkwürdig vor«, sagte Gideon trocken.

»Es wäre allerdings um ein Haar höchst merkwürdig ausgegangen. Aber ich hatte ja nicht erwartet, daß ich zum Begrüßungsausschuß gehören würde – oder wenn, dann hätte ich erwartet, mich der Gesellschaft Mr. Harveys zu erfreuen, wodurch die Sache ein wenig anders ausgesehen hätte. So wie es sich dann jedoch fügte –«

»Wie es sich fügte, haben Sie, wie mir scheint, ein unglaubliches Glück gehabt, Ihrem eigenen Kreuzfeuer zu entkommen.«

Lymond pflichtete ihm verträumt bei. »Nemesis grüßte. Ich

weiß. Und nun werden Sie zur Abwechslung mit mir in mein Haus kommen.«

Die Pferde, die Lymond erbeutet hatte, waren müde, und die beiden Männer brauchten zu dem Ritt nach Crawfordmuir länger, als eigentlich nötig gewesen wäre. Etwa auf halbem Weg stießen sie auf den rothaarigen Jungen. Er saß auf einem Pferd, das fast ebenso müde war wie die ihren, und ihm zur Seite ritt ein kleiner dunkelhäutiger Mann auf einem langschädeligen braunen Pony. Lymond hielt sein Pferd vor dem gezogenen Schwert des Jungen sofort an und zersprühte Spott wie einen Mückenschwarm. »Will Scott! Das Kinn in die Brust gedrückt, als hätte ihm jemand mit einer Tatsache eins über den Schädel gehauen. Tatsachen und Mr. Scott begegnen einander nicht, sie knallen aufeinander. Was stimmt denn nun wieder nicht?«

Scott! Gideons Brauen schossen in die Höhe, der schwarzhaarige Mann grinste, und der junge Mann rief mit unglücklicher, nur mühsam beherrschter Heftigkeit: »Was haben Sie mit meinem Vater gemacht?«

»Ihm etwas Bewegung verschafft und ihn dann wieder nach Hause geschickt. Johnnie, du solltest das Kind nicht erschrecken.«

Der dunkle Mann lächelte und ließ dabei seine schönen scharfen Zähne sehen. »Habe ich gar nicht. Er hat die Geschichte irgendwo anders gehört und sich abgerackert, um euch alle aufzuspüren. Ich dachte, es wäre praktischer, ich helfe ihm, Sie zu finden.«

Scott achtete nicht darauf; seine ganze Aufmerksamkeit war auf Lymond gerichtet. »Ich hatte geglaubt, ich sei derjenige, der fertig zum Verkauf verpackt wird, aber nein. Sie haben meinen Vater und Ihren eigenen Bruder an die Engländer verkauft, aber bei Gott, dafür steht Ihnen eine Abrechnung bevor. Steigen Sie ab.«

»Zwing mich doch«, forderte Lymond ihn auf und entrollte sich mit erschreckender Plötzlichkeit. Im Handumdrehen war

Scott vom Pferd gerissen und stand hilflos da, während Lymond sich an Gideon wandte. »Wir sind nicht immer so ungehobelt«, sagte er. »Entschuldigen Sie. Sie waren doch in Heriot dabei. Würden Sie sagen, daß die Schotten, die Sie überrumpelten, in eine Falle gegangen sind?«

Gideon war fasziniert und sagte die Wahrheit: »Aber ganz im Gegenteil. Scott von Buccleuch und seine Freunde hatten selbst eine sehr gut angelegte Falle vorbereitet.«

»Das habe ich ihm auch gesagt«, fiel Johnnie tugendhaft ein. »Ich habe Buccleuch so sehr geholfen, wie ich konnte.«

Scotts Hände ballten sich zu Fäusten. »Aber irgendwie haben Sie doch Ihr Geschäft abgeschlossen. Sie haben Ihren Harvey.«

Vom Blick seines Impresarios aufgefordert, nahm Gideon belustigt das Stichwort auf: »Mein Name ist Somerville«, sagte er ruhig. »Ich muß leider sagen, daß Lord Grey sein Versprechen, Harvey nach Norden zu bringen, nicht gehalten hat.« Aus Mitgefühl fügte er hinzu: »Ihr Vater ist bei dem Kampf nicht zu Schaden gekommen. Sie haben zwar infolge meines zufälligen Dazwischentretens keine Gefangenen gemacht, aber beide, Buccleuch und Lord Culter, sind wohlbehalten davongekommen.«

Scott sah unverwandt auf Lymond. »Ich habe mich anscheinend wieder einmal lächerlich gemacht?«

»Vor allem hast du dich in eine verdammt alberne Lage gebracht. Aber du kannst, wenn du willst, die Hälfte der Schuld der weitverbreiteten Gewohnheit zuschieben, mit jedem Kummer zu Dandy Hunter zu rennen. Wäre das eine gerechte Beurteilung?«

Der Junge errötete; dann erblaßte er. »Ich nehme an – ja. Also gut. Jetzt müßte ich mich wohl wieder einmal entschuldigen. Oder würde eine einmalige Gesamtzerknirschung auf den Knien im Staub für alle vergangenen und zukünftigen Verfehlungen genügen?«

»Was du willst, solange es dich davon abhält, wie eine Gemse von einer haarsträubenden Schlußfolgerung zur nächsten zu springen«, erwiderte Lymond. »Alles gesehen, was du wolltest, Johnnie?«

Die weißen Zähne blitzten. »Ich sehe gern bei Akrobatenkunststücken zu. Wenn Sie mich wieder brauchen –«

»Werde ich die Eingeweide einer Fischlaus befragen. Leb wohl!«

Gideon blickte in zwei funkelnde braune Augen. »Er bezahlt gut«, murmelte Johnnie und trabte auf seinem Pony davon. Der Junker sah ihm mit ungewöhnlich weit aufgerissenen Augen nach. Es war töricht gewesen, die Selbstbeherrschung – wenn auch nur einen kurzen Augenblick lang – zu verlieren, und sie wußten es beide, Gideon und er.

Im Unterschied zu seinem Vorgänger Mr. Crouch verfügte Gideon Somerville über beträchtliche Hilfsquellen an Bildung und Geist. Er fand das Leben in Shortcleugh voll des absonderlich Interessanten und hegte nach zwei Tagen ausgesprochene Bewunderung für die Selbstsicherheit, mit welcher Lymond sein Geschäft besorgte.

Am zweiten Tag wurde er in Lymonds Kammer geführt und begann gleich beim Eintritt: »Ich nehme an, Sie haben jetzt vor, mich gegegen Samuel Harvey auszutauschen.«

Lymond fragte nachdenklich: »Glauben Sie, der Protektor würde Harvey ausliefern?«

»Ich möchte glauben, daß nicht«, sagte Gideon.

Der Junker warf die Feder, die er in der Hand hielt, auf den Sekretär und stand auf. »Ich bezweifle, daß Lady Lennox ihn ein zweites Mal überreden kann. Aber auf jeden Fall sind Sie ein Freund von Lord Grey. Er wird Harvey nach Norden bringen, wenn der Protektor es nicht tut.«

»Vielleicht«, meinte Gideon. »Aber das ändert nichts. Ich habe nicht die Absicht, mir meine Freiheit mit dem Leben eines anderen Menschen zu erkaufen.«

Lymond schritt ruhelos auf und ab. »Mit anständigen Männern ist es bekanntermaßen schwer, Geschäfte zu machen ... Harveys Leben ist bei mir völlig sicher.«

»Bedaure, das Risiko kann ich nicht eingehen.«

Lymond pirschte sich zum Schreibtisch zurück und setzte sich wieder. »Dann schlage ich Ihnen etwas anderes vor«, sagte er. »Da Anstand und Ehrlichkeit Ihr sicherster Vermögenswert sind, lassen Sie uns damit spekulieren. Hier haben Sie Ihr Schwert, Ihren Dolch und Ihren Zimmerschlüssel. Unten steht ein Pferd für Sie bereit. Sie haben völlige Freiheit, nach Hause zu reiten, vorausgesetzt, Sie machen es sich zur Gewissenspflicht, eine Zusammenkunft mit Harvey für mich zu bewerkstelligen, ohne Lebensgefahr für mich und mit allen Sicherheitsmaßnahmen für ihn, die Ihnen gut dünken.«

Gideon legte die Fingerspitzen gegeneinander und betrachtete sie gelassen. Wo war der Haken? Keine Bedrohung seines körperlichen Wohlbefindens: Er mußte wegen des Austausches ja am Leben bleiben. Aber sobald er sein Gefängnis verließ, hatte Lymond keine Macht mehr über ihn. Er konnte heimkehren und ganz einfach gar nichts tun. Oder aber er konnte heimkehren, die verlangten Vorkehrungen treffen und dann Lymond selbst festnehmen, wenn er kam. In beiden Fällen gab Lymond sich völlig in seine Hand.

Gleich als beantworte er seine Gedanken, sagte Lymond: »Es steckt kein Trick dahinter, obwohl Sie sich Zeit lassen können, um nach einem zu suchen, wenn Sie wollen. Was immer Sie tun, liegt die Initiative bei Ihnen und nicht bei mir.«

»Warum?« fragte Gideon rundheraus.

»Ein Ostergeschenk.« Da Gideon weiter finster die Stirn runzelte, fügte Lymond kühl hinzu: »Ich bin Ihren Angehörigen ein Zeichen des Zartgefühls schuldig. Sie erinnern sich?«

Somerville regte sich. »Wenn Sie nicht Harveys Leben wollen, wozu brauchen Sie ihn dann?«

»Wegen seines ethologischen Geplauders. Sie müssen sich auf Grund der Ihnen vorliegenden Angaben entscheiden.«

»Ich habe mich entschieden«, antwortete Gideon unerwartet. »Ich werde nicht tun, was Sie verlangen, und zwar, wie ich Ihnen ganz offen sage, aus keinem besseren Grund, als weil Sie es verlangen.«

»Das hatte ich befürchtet.« Lymonds Stimme war überraschend freundlich. »Man kann Kirchen niederbrennen und Königreiche durch die blutigen Finger sieben, aber der einzige nicht wiedergutzumachende Fehler besteht doch darin, einen Mitmenschen falsch einzuschätzen.«

»Oder ein Kind zu zwingen, über seine Eltern zu urteilen.«

»Oh, durchaus. Nemesis ist wieder erwacht. Meine Hufe wiegen anscheinend schwerer als Ihr Heiligenschein. Eine verdammt einseitige Waage, aber nicht Ihre Schuld. Legen Sie Ihr Schwert an und holen Sie Ihre Sachen. Mat wird Sie auf die Straße nach Redesdale bringen.«

Gideon fand sich noch immer nicht zurecht. »Ich warne Sie. Flaw Valleys wird vom Augenblick meiner Rückkehr an uneinnehmbar sein.«

»Von mir aus können Sie zehn Bogenschützen vor jeden Ziegelstein stellen«, sagte Lymond plötzlich verärgert. Er ging zur Tür und brüllte: »Mat! Das Pferd für Mr. Somerville.«

Gideon fragte rasch: »Warum wollen Sie Samuel Harvey? Ist der Grund so schmutzig?«

Lymond kehrte ins Zimmer zurück. »Nicht schmutzig, mein Freund: lächerlich.«

»In meiner Bewertung«, sagte Gideon, »stehen Angelegenheiten der Würde immer auf der trivialen Seite der Rechnung.«

»Das kann ich nicht ändern«, erwiderte Lymond. »In meiner Familie ist Stolz eine angeborene Krankheit, und ich denke nicht daran, fünf Jahre Schwerarbeit auf die triviale Seite von irgendwas zu setzen.«

Jetzt ergriff die Verrücktheit von Somerville Besitz. Er sagte brüsk: »Wenn ich ein Treffen vereinbare, dann zu einem Zeitpunkt, der mir paßt, an einem von mir bestimmten Ort, der von meinen Leuten umstellt ist. Die Besprechung wird in meiner Gegenwart stattfinden, und Sie werden unbewaffnet erscheinen. Falls Sie versuchen, Mr. Harvey zu verletzen oder zu bedrohen oder in irgendeiner Weise zu belästigen, behalte ich mir das Recht vor, Sie unverzüglich an

Lord Grey auszuliefern. Sind Sie mit diesen Bedingungen einverstanden?«

Eine Spur Farbe war unter der dünnen Haut aufgestiegen.
»Selbstverständlich«, antwortete Lymond ruhig. »Ohne Vorbehalt. Aber Ihr Vorschlag enthält ein Risiko, das Sie bedenken sollten. Lord Grey könnte erfahren, daß ich Sie besucht
habe. Ich glaube nicht, daß Harvey es ihm wird erzählen wollen, aber wenn nötig, können Sie mich so lange festhalten,
bis Sie genau wissen, daß Sie mich gefahrlos gehen lassen
können. Ich werde in jedem Fall meine Truppe vorher auf-
lösen.«

Gideon meinte neugierig: »Sie legen offenbar wirklich den
größten Wert auf diese Zusammenkunft, wenn Sie dafür Ihren Lebensunterhalt aufgeben. Ich weiß nicht, ob ich einer
solchen Situation so gelassen begegnen würde.«

»Ich zahle meinen Preis«, sagte Lymond und lächelte plötzlich. »Aber wenn ich von Ihnen hören soll, werde ich nüchtern bleiben.«

Eine knappe Stunde später befand sich Gideon auf dem
Heimweg.

Lord Grey war von Cockburnspath nach Haddington wei-
termarschiert und hatte hier ein Windei vorgefunden, aus
dem er eine monolithische Festung zu machen hatte. In der
seichten Mulde des Tyne, die man von beiden Seiten einsehen
konnte, war er stündlich bedroht von der Nähe Edinburghs,
von Arrans 3500 Mann und von 5000 Franzosen, die behutsam das verpestete Gelände abschnupperten. Andererseits
besaß er, sobald er es geschafft hatte, ein klassisches Tourni-
quet, um den Straßen nach Norden und Süden und dem
fruchtbaren Ackerland der Bauern die Adern abzubinden. Er
verwendete die verbliebenen Apriltage und den ganzen Mai
darauf und ließ seine Leute wie die Bienen arbeiten, um sich
eine Festung zu schaffen, die sich verteidigen ließ.

In der letzten Maiwoche hatte Lord Grey über fünftausend
Mann Berittene und Fußvolk und Versorgung für sie alle in

Haddington und seiner Umgebung zusammengezogen. Um diese Zeit begannen auch Sir George Douglas' Flitterwochen mit England, vom Durcheinander in Heriot bereits stark beschädigt, ihrem Ende zuzuschlittern.

»Der Burghauptmann von Haddington«, schrieb der Protektor, »soll so viele Arkebusiere ausbilden, wie er kann, und alles tun, was er vermag, um Sir George in die Hände zu bekommen und ihn, wenn er ihn hat, festzuhalten. Und ungeachtet irgendwelcher Verträge das Land verwüsten, soweit er kann.«

Lord Grey tat das Erforderliche. Er tat mehr als das. Ohne den Protektor oder Palmer oder seinen eigenen Stab zu Rate zu ziehen, schickte er nach Samuel Harvey.

2

Sybilla hatte kein Zutrauen zur teilnahmslosen Sicherheit des Klosters und quartierte ihre Schwiegertochter angesichts Richards ständiger Abwesenheit in Midculter ein. Hier sah sich Mariotta in der peinlichen Situation der Selbstmörderin, die nach dem Laudanum wieder aufwacht: Der Himmel war eingestürzt und hatte nicht mehr bewirkt, als die allgemeine Finsternis noch finsterer zu machen. Die alte Lady, die sehnlichst wünschte, Christian Stewart wäre bei ihr, anstatt bei den Maxwells in Threave auf Besuch zu weilen, tat ihr Bestes, um sie aufzuheitern, aber einzig das alchimistische Experiment rief bei Mariotta auch nur das geringste Interesse wach.

In den letzten Monaten war das Laboratorium, das Sybilla für Johnnie Bullo eingerichtet hatte, zuweilen des Abends im seltsamsten Lichtschein erglüht, und üble Gerüche drangen ins Gemäuer des Hauses ein. Doch war bisher, außer klebrigen, widerlichen Rückständen in geschwärzten Retorten wenig zu sehen. An einem milden sonnigen Nachmittag Ende Mai war er, vielleicht von der Anwesenheit Janet Buccleuchs sowie der beiden Lady Culter ermutigt, um einiges weitergegangen. Er stand neben dem mannigfache Gerüche ausströmenden Schmelzofen, klopfte gegen ein schmutziges Kupfergefäß und stimmte eine Litanei an. »Ausglühung, Auflösung, Scheidung, Verbindung, Verwesung, Gerinnung, Zuführung, Veredelung, Gärung, Erhöhung, Vermehrung und Umwandlung«, psalmodierte Johnnie mit grimmig feierlichem, dunklem Gesicht. »Diese und keine anderen sind die zwölf Vorgänge.«

»Ja, das verstehe ich alles«, unterbrach Janet. »Jetzt weiter über das mit der Paradiesfrucht.«

»Ja, nun«, sagte Johnnie, der sich nicht gern auf seine eigenen Worte zurückverweisen ließ. »Die Frucht ist gereift. Wenn sie trocken ist, fügt man Quecksilber hinzu, bis die silberne Luna aufgeht. Zu gegebener Zeit weicht sie der Sonne. Dann wird die Phiole versiegelt und in den Schmelzofen getan, wie ich ihnen vor einem Monat zeigte. Weiße Dämpfe mit schwarzem Rückstand, wie ich Ihnen ebenfalls gezeigt habe, perfekte Verwesung des Samens.« Seine Augen leuchteten. »Jetzt werde ich die Hitze steigern, und Sie werden den herrlichen Farbenwechsel sehen – von Grün zu Weiß – die weiße Tinktur. Wir warten, bis der Ofen noch heißer wird: gelb, orange, zitronenfarben, und schließlich blutrot.« Er legte eine gewichtige Pause ein. »Und dieser Tag, Lady Culter, kommt jetzt sehr bald.«

»Und was, Mr. Bullo«, fragte Sybilla, und ihre blauen Augen strahlten, »was geschieht dann?«

Sein todernstes Gesicht wandelte sich; jetzt glich er einem buddhistischen Priester. »Gekühlt und pulverisiert ist das, was übrigbleibt, schwerer als Gold, in jeder Flüssigkeit löslich, Allheilmittel gegen jegliche Krankheit und Verwandler des Bleis in Gold.«

Das atemlose, von üppigen Zukunftsvisionen erfüllte Schweigen dehnte sich, bis Janet es unterbrach. »Es ist jemand an der Tür«, sagte Lady Buccleuch ärgerlich. Es war ein kotbespritzter Reisiger aus Ballaggan mit einem Brief für die alte Lady Culter.

Der Gestank des Ofens und die schmutzigen Schmelztiegel rollten hinter ihr hinaus in den Hof, während sie das Schreiben las. Johnnies Worte waren verflogen, die Destillierkolben völlig uninteressant geworden. »Was ist es denn?« rief Janet.

Sybilla sagte mit tonloser Stimme zum Boten: »Bestell Sir Andrew, Lord Culter ist nicht da, aber Sir Wat wird kommen, sobald wir ihn erreichen können. Und sag ihm, wir schlagen vor, er soll seinen Gefangenen nach Threave bringen. Das wird Lady Hunter Ungelegenheiten ersparen, während sie auf Buccleuch warten.«

»Gefangener?« fragte Mariotta. »Was für ein Gefangener?« Die weitgeöffneten Kornblumenaugen glänzten. »Ach! Lymond! Lymond!« antwortete Sybilla. »Wer denn sonst? Er hat diesen albernen Jungen halb verrückt gemacht, und das haben wir nun davon.«

Auch Mariottas Gesicht war weiß. »Haben sie ihn?«

»Morgen«, sagte Sybilla. »Lymond geht morgen nach England, und zwar allein, schreibt Dandy. Sie wissen, wohin, sie wissen, wie – der junge Scott hat es ihnen gesagt. Ehe Lymond die Grenze überschreitet, wird Hunter ihn festnehmen.«

»Und sie verlangen Buccleuchs Hilfe?« fragte Janet besorgt.

»Sie wollten Richard«, sagte die alte Lady sehr müde. »Aber wenn er ausfällt, dann Buccleuch, um Lymond von Sir Andrew zu übernehmen und nach Norden zu bringen. Aber Richard ist Gott sei Dank nicht da«, sagte sie mit brüchiger Stimme. »Der junge Tor hat vor, Lymond beim Kloster eine Falle zu stellen. Bei dem verfallenen Kloster, wo seine Schwester vor fünf Jahren ums Leben kam.«

Sie bemerkte nicht, daß Johnnie Bullo hinausschlüpfte. Um ihm Gerechtigkeit widerfahren zu lassen – er ritt in gestrecktem Galopp nach Süden.

Es war nicht seine Schuld, daß er zu spät kam.

IV. TEIL

Das Endspiel

I

Lymond verließ Crawfordmuir zusammen mit Scott und dem Türken-Mat vor Anbruch der Morgendämmerung im Dunst eines milden Sprühregens, der sie allesamt durchweichte. Scott ritt stumm und unstet atmend einher.

Der Austern-Charlie hatte als erster eine Andeutung gemacht, daß die Truppe aufgelöst werden sollte. Will hatte bei dem Gedanken laut herausgelacht. »Der Junker abdanken? Nicht, solange er wie der König der Welt auftreten kann und dafür bezahlt wird.« Aber das Gerücht verdichtete sich. Er hatte den Türken-Mat ausgefragt, aber der hatte nur gesagt: »Könnte vielleicht sein. Er ist bald nach England unterwegs, um diesen Harvey zu treffen, und kann sein, sie machen ihn dort zum Lord. Kein Grund mehr, um die Truppe weiter zu behalten.«

Warum hatte er sich eingebildet, die Mannschaft werde ewig fortbestehen? Lymonds Laune hatte sie zusammengeholt, und die gleichen herrischen Hände würden sie wieder zerstreuen. Scott begann auf die Rückkehr des wöchentlichen Boten zum »Straußen« aufzupassen und wußte vor allen anderen Bescheid, als endlich die Meldung eintraf, die Lymond auf den 2. Juni zu einem schicksalvollen Treffen mit Samuel Harvey nach Schloß Wark bestellte.

Der Junker verkündete noch am gleichen Tag in der Diele, übertönt vom Gebrüll von sechzig wütenden Anhängern, die Auflösung der Truppe. Der Lange Cleg brüllte am lautesten. »Wir wollen nicht gehen. Es geht uns gut. Wir wollen weitermachen.« Der Krach nahm zu. »Wir sind sechzig gegen einen.« Der Türke hatte sich auf seinem bequemen Sitz in der vordersten Reihe umgedreht: »Zwei, Mann: zwei. Ich bin der einzige außer ihm, der weiß, wo euer Sold ist.«

Lymond nutzte die hierauf folgende Flaute, um sich Gehör zu verschaffen. »Wenn ihr bezahlt werden wollt, werdet ihr euch damit abfinden müssen. Und sogar wenn ihr es nicht tut, könnt ihr mich nicht zum Bleiben zwingen – oder?«

Natürlich konnten sie es nicht. Sie wurden ausgezahlt, verabschiedeten sich und polterten zu zweien und zu dreien hinaus: Austern-Charlie, der Lange Cleg, Dandypuff, Jesses Joe. Der Türke und Will Scott waren die letzten, denn sie hatten besondere Ansprüche. Ihr Geld waren französische Goldstücke, und sie befanden sich in Scotts Obhut. Aber nicht im Turm.

Scott hatte eine Moralpredigt befürchtet und war erleichtert, als er sah, daß Lymond rasch selbst seine Sachen für den Ritt nach Wark packte und an kein Gespräch unter vier Augen dachte. Als das Gold zur Sprache kam, sagte der Junge nichts von einem Kloster. Er bemerkte beiläufig: »Der Vorrat liegt übrigens an Ihrem Weg. Wenn Sie wollen, nehme ich ein Packpferd und reite bis dorthin mit Ihnen.«

Lymond war es gleichgültig gewesen, dem Türken hingegen nicht. Er war der Meinung, daß jemand, der zwei Gehälter in Gold holte, auch auf dem Rückweg einen Begleiter haben sollte. Er heftete sich an Scott, der es ihm auszureden versuchte und damit nur erreichte, daß der Türke erst recht halsstarrig wurde. So kam es schließlich, daß nicht nur Scott, sondern auch der Türken-Mat zusammen mit dem Junker den Weg nach Wark einschlugen.

Das war am Morgen dieses Tages. Jetzt war die Frage, wie weit der Tiger in den Käfig hineingehen würde.

Lymond ritt sehr rasch; er ließ sich auf kein Risiko ein, obwohl er reichlich Zeit hatte, um bis zum nächsten Tag, an dem Harveys Geleitzug durch Wark kam, nach Nordengland zu gelangen. Der Türken-Mat, der Knie an Knie neben ihm ritt, redete mehr als sonst, und folglich merkten sie erst nach einer kleinen Weile, daß Scott angehalten hatte.

Scott wartete; er sah, wie der Junker wendete und dann zu ihm zurückritt; er sah, wie Lymonds Blick rasch zu den zersplitterten Ulmen zur Linken flitzte und seine Miene sich plötzlich änderte. Als er herankam, warf er lediglich einen prüfenden Blick auf Scotts grünes Gesicht und stöhnte: »Ach du lieber Gott: Predigten und Symbolik; das kann ich nicht ertragen. Mach dir nicht die Mühe, es mir zu sagen. Du hast das Gold im Kloster versteckt.«

Scott erwiderte mühsam: »Es schien mir ein guter Platz zu sein. Der Keller ist völlig unbeschädigt.«

Wider Erwarten geriet Lymond nicht in Wut. »Dann geh und hol dein Geld. Die Hälfte für dich, die andere Hälfte für Mat. Und um Himmels willen, spring nächstes Mal vom Pendel ab, ehe es bis zu mir ausschwingt ... Mat! Hier trennen sich unsere Wege.«

Mat hatte es gehört und galoppierte herbei. »Schon? Und was ist mit Ihrem Anteil an dem Gold?«

Scott ließ ihn reden. Er hatte diese Möglichkeit ebenfalls bedacht; er hatte an alles gedacht. Er schob sich unruhig hinter die beiden, gab ein unauffälliges Zeichen und gesellte sich wieder zu ihnen, ein wenig mürrisch und sehr jung, die runde Stirn von der Sonne gesprenkelt. Mat redete noch immer auf Lymond ein, aber es vergingen nur Sekunden, bis sie alle den trommelnden Hufschlag hinter der Anhöhe vernahmen, an der sie soeben vorbeigekommen waren.

Lymond reckte blitzartig den Kopf hoch, lauschte. Es war eine starke Abteilung Reiterei, die noch nicht in Sicht war: ob Schotten oder andere, spielte kaum eine Rolle; beide bedeuteten Gefahr für ihn, und eine ganz besondere Gefahr in diesem kritischen Augenblick seines Anliegens. Er wendete rasch das Pferd. Es gab in der Nähe nur eine mögliche Deckung, und sie mußte er erreichen, ehe die ersten Reiter in

Sicht kamen. Er nahm den Braunen fest in die Hand und preschte, gefolgt von Scott und dem Türken, dem Kloster zu. Sie erreichten es, ehe die ersten Reiter in Sicht kamen. Sie setzten über die eingestürzte Mauer, sprangen ab, banden die Pferde außer Sicht in dem dachlosen, von Geröll gefüllten Bauwerk fest und warfen sich zwischen das Farnkraut, als das graue Licht schon wie Elmsfeuer auf den Hellebarden und gezogenen Schwertern der galoppierenden Reiter flakkerte, die um den Hügel bogen.

Der Türke, den Bart voller Kletten, die Kleider vom dünnen Regen durchweicht, stieß einen schadenfrohen Freudenruf aus, als der Trupp ausgezogen wie die Figuren auf einem Fries die Straße entlangströmte: sie galoppierten genau auf die Stelle zu, die die drei eben verlassen hatten; doch dann bogen sie von der Straße ab und fuhren wie eine graue, schimmernde Egge durchs nasse Gras geradewegs auf das Kloster zu. Mat sperrte den Mund auf. »Die haben das Zweite Gesicht. Kann nicht anders sein; denn gesehen haben sie uns bestimmt nicht.«

Lymonds Stimme klang brüchig wie splitterndes Glas: »Sie haben uns nicht gesehen. Sie rechnen damit, uns hier anzutreffen. Es sind Ballaggan-Leute.«

»Die Pferde –«

»Zu spät. Du hast gehört, was Scott gesagt hat: in den Keller!« Lymond führte sie im Sturmschritt durch die geborstenen Räume. Die zerbröckelten Treppenstufen tauchten ins Dunkel hinab; auf dem Treppenabsatz tat der Junker einen raschen Schritt zurück, riß Scotts Schwert zischend aus der Scheide und stieß den waffenlosen Jungen mit solcher Gewalt die Treppe hinab, daß er an der ersten Biegung auf Knie und Schultern landete. Der Blick in den blauen Augen ließ sogar den Türken frösteln. »Geh voran! Noch so ein Trick, und ich bring' dich um.«

Dann rannten sie, Lymond in jeder Hand ein Schwert, die Treppe hinunter. Mat sagte: »Der Junge . . .?«

»Natürlich. Wer sonst? Aber vielleicht weiß er nicht, daß

ein Gang aus dem Keller hinausführt. Außer er ist voll von Hunter und seinen Freunden, die auf uns warten.«

Er war es nicht. An der nächsten Biegung war Licht: Das schwächliche Glimmen einer Fackel an der Wand ließ die eingesunkenen Stufen und die fleckigen grünen Mauern erkennen. Dann waren sie im Kellergewölbe. Der Fußboden war bedeckt mit herabgefallenem Schutt von der gewölbten Decke; auf allem lag dick der Staub. In einer Ecke stand eine schwere Ledertruhe: ihr nutzloses Gold. Statt seiner suchten sie nach ihrer Lebensrettung: der niedrigen, unscheinbaren Tür zum unterirdischen Gang der Nonnen. Da war sie – von hoch aufgestapelten Kisten mit Schießpulver verstellt.

Plötzlich war es sehr still. Über sich konnten sie das Klirren von Pferdegeschirren, Harnischen und Männerstimmen hören, aber keine herabkommenden Schritte. Mat trat instinktiv zur schmalen Treppe und hielt sein Schwert quer davor. Scott stand reglos zwischen dem Gold und dem Schießpulver, die Fackel in der Hand, und Licht und Schatten fluteten wie Hochwasser zwischen Führer und Gefolgsmann hin und her.

Lymond sagte leise: »Du setzt die Kosten deines Stolzes mit drei Menschenleben an?«

»Drei!«

Lymond antwortete Mat, ohne den Kopf zu wenden. »Wozu, glaubst du wohl, hält er die Fackel?«

Das war gewiß rasch und schlagfertig; aber rasches Denken würde ihm jetzt kaum helfen. Scott hob das Licht hoch. »Nur eine Vorsichtsmaßregel«, sagte er. »Sie haben zehn Minuten Zeit, um hinaufzugehen und sich zu ergeben; andernfalls schießen sie Steinkugeln herunter und dann griechisches Feuer, und das gibt eine Explosion wie Muspelheim. Wenn Sie warten, nehmen Sie mich natürlich mit; aber das ist eher langweilig im Vergleich mit zwei Dutzend jungen Mädchen, die in der Bratpfanne schmoren.«

»Du verfluchter kleiner Verräter, halt das Maul!« Das war Mat, nicht Lymond.

Der Anschlag auf die Erinnerung war in voller Absicht erfolgt: wahrhaftig ein Racheakt für alle Zweifel, allen Schimpf und alles Elend, die Scott erlitten hatte. Doch hatte er wohl nicht mit Lymonds eigentümlicher Stärke gerechnet. Scott gewahrte keine Spur der Gewissensqual bei Lymond. Das trübe Licht zuckte über des Junkers Gesicht; dieser selbst war völlig ruhig. »Du möchtest offenbar ernst genommen werden«, sagte er. »Das tue ich hiermit. Bist du bereit, die Verantwortung für Mats Tod auf dich zu nehmen?«

Buccleuch hatte es angedeutet, Sir Andrew hatte es bestätigt. Einem Mann, der seine eigene Schwester umgebracht hat, macht man keine Zugeständnisse. »Mat ist sicher«, sagte Scott. »Zehn Minuten lang sind wir alle noch sicher. Sie hieß doch Eloise, nicht wahr? Warum ist sie gestorben?«

»Weil in diesen Zeiten nur die Unerträglichen am Leben geblieben sind. Mat, rasch!«

Scott gelangte vor ihnen zu den Pulverkisten, lächelnd, die Fackel in der Hand. »Fassen Sie nur eine Kiste an, und ich lasse sie hochgehen.«

Die gespannte Situation war zuviel für Mat. Er hob das schwere Schwert und brüllte: »Spreng sie doch in die Luft, du verdammte kleine Ratte: Du hast ja nicht den Mumm dazu!«, und stolperte, als Lymonds Arm ihn festhielt.

»Du hast es hier mit Hysterie zu tun und nicht mit vorhandenem oder nicht vorhandenem Mumm. Wenn ich allein wäre, Scott, würde ich sagen: Schmeiß! und der Teufel soll dich holen. Mach liebliche Asche aus unserem Drecksgold. Tu deiner armseligen Frömmigkeit, die du in dir entdeckt hast, keinen Zwang an und ernte deinen schundigen Lohn. Wozu du so ein Melodrama aufführst, weiß ich nicht. Wenn du entschlossen warst, mich ein eine Falle zu locken, dann war das doch eine ganz einfache Sache, ohne diese umständlichen Vorbereitungen. Wenn du dir die Genugtuung einer Diskussion erhoffst – die bekommst du nicht. Ich habe dir nichts zu sagen.«

»Verdammt noch mal, aber ich!« sagte Mat. »Spring ihn an! Los, weg mit den Kisten! Er wird nicht schmeißen.«

»Doch, er wird«, sagte Lymond ruhig. »Junge Leute haben großes Geknalle und grelle Farben gern.«

»Also was dann?«

»Hinauf ins Reich dieses allumfassenden Schutzherrn.«

»Dandy Hunter? Uns ergeben?«

»Außer du möchtest wie Hanno auf Feuerströmen dahinsegeln. Leg das Schwert ab. Die Selbstmordgelüste liegen sehr stark in der Luft.« Lymond war schon dabei, mit der Linken die Schließe seines Wehrgehenks zu öffnen. Er nahm das Schwert mitsamt der Scheide ab und warf es hinter sich aufs Geröll. Mat warf das seine dazu. In der Rechten hielt Lymond weiter Scotts Schwert. »Die zehn Minuten sind fast vorbei. Wie sagtest du?«

Die Festigkeit seiner Stimme brachte Scott aus der Fassung. »Ja, aber um Gottes willen«, rief er, »hier ist sie doch gestorben! Bedeutet Ihnen das gar nichts?«

»Wenn ich sie umgebracht habe, warum sollte es dann? Wenn ich es nicht getan habe, werde ich mich kaum zu einer dreifachen Witwenverbrennung aufreizen lassen, nur damit du dein Leben in einem roten Sprühregen aushauchen kannst.«

»Sind Sie bereit«, sagte Scott barsch, »sich zu ergeben?«

»Wir warten mit, wie ich hoffe, gut getarnter Ungeduld auf die Gelegenheit, es zu tun.«

»In diesem Fall verlange ich mein Schwert zurück.«

Scott kannte Lymond und war darauf gefaßt, daß er ihm mit dem Schwert einen Stoß oder Hieb versetzen oder ihm die schwere Waffe ins Gesicht schleudern werde. Statt dessen sagte der Junker kurz: »Ich denke gar nicht daran, es dir zu geben. Dieses Schwert hat einen Verrat geschrieben. Es kann hierbleiben und ihn unterschreiben.« Er schleuderte es von sich, tief hinein in den dunklen Keller. Der Junge blickte ihm unwillkürlich nach.

In diesem kurzen, blinden Augenblick sprang Lymond wie der Tiger in Scotts eigenem Phantasiegespinst ihn an. Er konnte ihm nicht mehr ausweichen, doch hatte Scott reichlich Zeit zu tun, was er vorhatte. Die schwere Fackel flog, mit aller Kraft geworfen, funkensprühend zu den Pulverkisten hinüber.

Auf halbem Weg stieß sie mit Lymonds gleichzeitig geworfenem, durchnäßtem Wollmantel zusammen. Fackel und Mantel fielen zusammen herab, der Umhang rollte träge wie ein Teppich über die unteren Kisten, und die Fackel schlug auf die oberste Kiste auf, zauderte, neigte sich und kippte dann im eigenen schwankenden Schein langsam vornüber und auf den Mantel. Ein Lichtschein flammte auf und flackerte übers Deckengewölbe und die unebenen, mit Spinnweben verhangenen Wände. Dann sprang Mat vor, und Scott, von Lymond mit gewaltiger Kraft zu Boden geworfen, wand sich vergebens, um ihn zu hindern. Schrumpfendes Licht, Talgestank, ein Zischen, und Schrecken über die völlige Dunkelheit packte sie alle.

Kein Licht; keine Luft. Scott hörte Mat auf der Suche nach ihnen herumstolpern. Er hörte Lymonds raschen Atem nahe bei seinem Gesicht und sein eigenes Keuchen. Er spürte kühle Finger, das Gewicht des schlanken, gewitzten Körpers, den stetigen Hebeldruck auf seine Glieder ... Mädchen konnte er umbringen, aber Will Scott nicht. Er brach den einen Zangengriff auf, dann den nächsten. Er kannte einige von Lymonds Kniffen, aber nicht alle. Der Druck auf die Rippen war weg. Jetzt mußte er nur noch die rechte Hand freibekommen. Er wand sich hin und her.

Mat stieß stolpernd auf sie und bekam irgend etwas zu fassen. Lymond befahl ihm barsch, sich wegzuscheren. Über ihnen im Kloster wurden Männerstimmen laut, und jemand rief etwas, aber das rauschende Blut in Scotts Ohren machte ihn taub. Er schlug wieder krachend auf die Seite, schürfte sich an einem Stein die Hüfte auf, biß vor Schmerzen die Zähne zusammen und verlagerte abermals seinen Griff. Es war eine bittere Wonne, zu spüren, wie Lymond, der kühle unangreifbare Lymond, zusammenzuckte. Er drückte mit seinem ganzen Gewicht und fühlte, wie ein Ruck durch den Körper des anderen ging. Und dann spürte Scott, genau wie

Dandy Hunter es einmal gespürt hatte, wie eine Brandungs-
welle durch ihre verschlungenen Glieder toste; Krampf
lähmte seine Beine; er wurde hochgehoben und auf Geröll
hinabgeschmettert.

Sein eigener Griff wurde schwächer. Die kräftigen Muskeln
lösten sich wieder; er fiel abermals und schlug diesmal so hart
mit dem Kopf auf, daß sich ihm vor Schmerz alles drehte.
Lymond konnte tun, was ihm beliebte ... aber das nun doch
nicht! Scotts rechte Hand war frei, das Wams war aufgerissen, und darunter, an den Leib geschnallt, war das scharfe
kleine Messer, das er seit langem dort trug.

Es glitt ihm in die Hand. Er wog es einen Augenblick lang
in der Dunkelheit, liebkoste es in Gedanken und stieß es
dann in grimmigem, göttlichem Triumph Lymond bis ans
Heft in den Leib. Dies vollbracht, verließ ihn alle Tatkraft,
sogar die normale Sinneswahrnehmung. Er lag schlaff auf
den dunklen Steinen, vernahm irgendwelchen Lärm, spürte
ein Zittern und Beben, bemerkte undeutlich, daß die Decke
schwankte, und hörte verschwommene Männerstimmen, die
seinen Namen riefen. Dann kam ein Krachen, Verputz und
Steine prasselten ringsum und streuten ihm losen Schutt-
staub in Augen und Haar. Er deckte das Gesicht mit der
Hand zu.

Mat brüllte, und jetzt begriff er. Natürlich. Zuerst Stein-
geschosse, dann griechisches Feuer. Er sollte eigentlich aufstehen und ihnen sagen, sie sollten aufhören; einen Augenblick darauf stand er auch auf. Neben ihm in der Dunkelheit
rührte sich nichts. Er fand nach einigem mühsamen Umher-
irren die Treppe, und gerade als er hinaufstieg, stieß Mat,
der sich beharrlich von Wand zu Wand vortastete, auf Lymond und fiel neben ihm auf die Knie.

Mit Staub und Moder bedeckt, die Hände an den scharfkan-
tigen Steinen blutiggerissen, wartete Scott mit den anderen
im Freien, während Sir Andrew Hunter und einige Leute mit
Lichtern hinabstiegen. Gleich darauf kam auch Sir Andrew
zurück ins Tageslicht. Gelassen wie stets, trat er auf Scott

zu und nahm ihm die Zügel von Lymonds reiterlosem Pferd aus der Hand. »Wach auf! Jetzt ist schönes Juniwetter!«

Scott wechselte die Farbe. »Können wir losziehen?«

»Sowie Ihr Freund im Sattel ist«, erwiderte Sir Andrew ruhig. »Was haben Sie geglaubt, daß Sie ihm zugefügt haben? Er hat eine Schulterverletzung, weiter nichts.« Scott, dem das Blut aus dem Gesicht gewichen war, blickte in die Richtung, in die Sir Andrew genickt hatte. In der Mitte von Hunters Leuten stand Lymond, gleichmütig, die Schulter mit einem Taschentuch verbunden, und wartete, während sie darangingen, zuerst den Türken und dann ihn zu verschnüren und aufs Pferd zu setzen. Er war ebenso schmutzig wie Scott, das besudelte weiße Hemd zerrissen, das Gesicht bleich und vom Steinstaub wie mit einer Maske bedeckt. Aber ganz offensichtlich war er nicht schwer, geschweige denn lebensgefährlich verwundet.

Sir Andrew Hunter betrachtete ihn prüfend. »Der legendäre Lymond, in die Falle gegangen wie die Ratte im Keller.«

»Wie die Katzen in der Katzenminze. Alle finden Sie so unwiderstehlich, Dandy; wundert Sie das?« Lymond hatte seine Bemerkung gehört.

Er war ihnen nicht gerade behilflich, aber sie setzten ihn trotzdem fest aufs Pferd, und gleich darauf ritten sie los, Lymond zwischen Sir Andrew und Scott, der Türke weit rückwärts im Reiterzug. Der Regen hatte sich verzogen und dunstigen Sonnenschein hinterlassen. Hinter ihnen in der grünen Stille lag das Kloster und versagte seine geborstenen Gebeine dem ruhigen Grab: Geschändet und doch unversehrt, trug es den Strahlenkranz seiner Unbill wie ein Diadem. Doch weder Francis Crawford noch der junge Will Scott blickten zurück.

Zwanzig Meilen vor Threave wurde Lymonds Schweigen nicht nur Scott, dem sich bereits Mats Blicke zwischen die Schulterblätter bohrten, sondern auch Hunter unerträglich. Sir Andrew machte schließlich eine Bemerkung, und Lymond sah ihn plötzlich verächtlich an. »Was kann ich tun, außer mich entschuldigen, daß ich nicht Asmodi, der Eheteufel, bin?« Scotts klassische Bildung reichte für diese Anspielung nicht aus, aber er gewahrte, daß Hunter erbleichte. Lymond fuhr fort: »Und wie geht es Mariotta?«

Sir Andrew antwortete mit einen Dämpfer: »Lady Culter ist am Leben. Was nicht das Verdienst Ihrer Ungeheuerlichkeiten ist.«

»Betrüblicher, aber auch subtiler. Der Intellekt und seine Pflege verleihen, wie jemand einmal geäußert hat, dem menschlichen Leben eine höhere Form der Fruchtbarkeit und eine edlere Schwangerschaft.« Nachdem er diese Sentenz mit vollendetem Aplomb von sich gegeben hatte, wandte er sich Scott zu: »Mehr Glück beim nächstenmal.«

Scott fuhr ihn unbeherrscht an: »Sie hätten es mit mir genauso gemacht!« Lymond wollte gerade antworten, als sein Blick über Scott hinwegschweifte. »Mein Gott!« brüllte er wütend. »Nicht doch! Du Trottel!« In seiner Stimme war von Frivolität nichts mehr zu spüren.

Die Kolonne hinter ihnen war auseinandergeborsten. Scott, der die Zügel des Junkers fest in seiner Hand hielt, sah, daß Mat, der gerissene alte Haudegen, die Gelegenheit wahrgenommen hatte. Während die Leute um ihn herum grinsend dem unterhaltsamen Geplänkel vor ihnen lauschten, hatte Mat mit einigen kräftigen Tritten sein Pferd zwischen den anderen hinausgestoßen und war in gestrecktem Galopp auf die Bäume zugeritten und zwischen ihnen verschwunden.

Es war ein leichtes, ihm nachzusetzen. Sie schwärmten im Wald aus, während der Türke mit unnötiger Heftigkeit durchs Gesträuch und Unterholz brach. Die Hände hatte er dank seiner Erfahrung aus einem Dutzend ähnlicher schwieriger Lagen freibekommen. Leider war der Wald nicht groß. Als die Stämme sich lichteten, erblickten sie ihn, und Sir Andrew gab einen Befehl. Ein Hagel von Pfeilen zischte durch die Luft. Der Türken-Mat ritt noch ein Weilchen weiter, dann rutschte er vornüber, und die wirre graue Mähne seines Pferdes bedeckte seinen rosigen Kahlkopf wie mit einer Perücke.

Scott, das blanke Schwert und Lymonds Zügel fest in den Händen, wendete beide Pferde und trabte zu den anderen hinüber. Dort stieg er ab und band nach kurzem Zaudern den Junker los und ließ auch ihn absteigen. Sie hatten den Türken-Mat vom Pferd herabgezerrt und unter den Bäumen flach auf den Rücken gelegt. Sir Andrew war über ihn gebeugt. Als Scott und Lymond hinzutraten, richtete Dandy sich auf. Er zerrieb eine Handvoll Gras zwischen den Handflächen, und sie sahen, daß sie grün und rot verschmiert waren. »Tut mir leid, Scott«, sagte er. »Was ist nur in den Narren gefahren, so etwas zu tun?«

Scott wußte es wohl und schwieg; aber Lymond fiel wie ein Schatten neben dem schweren Körper nieder. »Mat!« sagte er rasch.

Das harte, narbige Gesicht zuckte vor Schmerzen, aber der Türke öffnete die Lider und blickte lächelnd in Lymonds blaue Augen. Das Lächeln erlosch wieder. »Hat der greinende Milchbart Sie festgehalten?«

»Nein, ich hab's nicht versucht. Mat, du verdammter unvernünftiger Narr!«

Der hingestreckte Mann öffnete die blauen Lippen. »Ist kein Verlust. Ich hätt's ja nicht ausgehalten, daß Sie weggehen und mir nichts anderes zu denken bleibt als mein dicker Bauch von morgens bis abends. Richten Sie Johnnie von mir aus, ich bin einen Schritt vor seinen Medizinen hingekommen.«

»Werde ich tun.«

»Und sagen Sie dem Jungen, er ist ein –«

»Nein«, antwortete Lymond. »Es war meine verdammte Schuld.«

»Na schön. Streiten wir nicht«, sagte der Türke, und plötzlich war seine Stimme kaum mehr zu hören. »Wenn Sie an das Gold 'rankommen sollten – mein Teil gehört Ihnen. Und der Flecken Grund. Appin ist ein hübscher Ort«, sagte er mit schwacher Sehnsucht. »Aber verdammt kalt im Winter.«

Seine Augen, die ziellos zwischen den Bäumen hinter Lymond schweiften, hielten unversehens mit einem glücklichen Ausdruck inne, als habe er zwischen den Blättern einen sonnigen Strand und ein flaches Brett mit einem Paar himmlischer Würfel erblickt.

Als Hunters langer Trupp mit seinem übelbeleumdeten Gefangenen in den Hof von Threave sprengte, versetzte der geradezu aufrührerisch tobende Empfang Scott in ein wildes Entzücken, das ihn den bösen Zwischenfall mit dem Ende des Türken-Mat vorübergehend vergessen ließ. Über Lymonds sündiges Haupt, hier erstmals öffentlich zur Schau gestellt, ergossen sich die Wut, der Spott, die Flüche und höhnischen Sticheleien, die in fünf Jahren herangereift waren. Er glitt weiß und unbekümmert wie Schwanenflaum durch sie hindurch, aber diesmal, dachte Scott, mußte der Puls seiner Empfindungen doch wohl etwas unregelmäßig gehen.

Zu Scotts unsäglicher Erleichterung war der Schloßherr John Maxwell abwesend. Bis Buccleuch kam, um Lymond zu übernehmen, würden Dandy und er die Kerkermeister sein. Nicht etwa, daß Maxwell, was immer seine einstigen Beziehungen zum Junker gewesen sein mochten, auch nur einen Zoll seiner neuerrungenen Sicherheit aufs Spiel setzen würde, um ihm zu helfen, aber die Situation ließ sich jedenfalls ohne das wissende gelbe Falkenauge ausgiebiger genießen.

Threave ragte pockennarbig und heischend über ihnen auf. Während man ein provisorisches Kerkergelaß herrichtete, wurde Lymond ehrfurchtslos vom Pferd gezerrt und an einem der vier runden Mauertürme festgebunden. Er war jetzt sehr blaß. Er hatte die Finger unauffällig in den Kettenring hinter sich eingehakt und hielt sich so aufrecht. Scott sprach mit dem Burghauptmann, einem beleibten Mann mit einem gelben Glotzauge und einem leutseligen Lächeln, und blickte weg, als die Menge sich um den Turm drängte; dann aber mußte er doch hinsehen, denn die Tonart des Lärms hatte sich auf geheimnisvolle Weise geändert.

Sie erreichten den Turm gerade noch rechtzeitig. Lymond hatte offenbar aus Langeweile begonnen, der Menge Antworten zu geben. Scott hörte den Tonfall seiner Stimme, dann ein lautes Gebrüll, dann eine andere Stimme, darauf wieder Lymond und erneutes Gebrüll. Die Reaktion war nicht drohend, sie war anerkennend. Scott erfaßte wütend, daß sie binnen einer Minute zu Beifallsgelächter werden würde, und Gelächter schmiedet gleich Cupido bekanntlich fest zusammen. Die Menge stand dicht gedrängt um den nachlässigen Gefangenen und rief ihm Anschuldigungen zu, auf die er wie aus der Pistole geschossen antwortete, und zwar mit jener doppelten oder gar dreifachen Bedeutung, nach der man gemeinhin in der Tiefe eines Bierkrugs fischt und sie ebenso gemeinhin dort niemals fängt. Der Burghauptmann brüllte vor Lachen; er unterhielt sich großartig, spielte sogar mit und fand es zu Scotts Ärger ganz in der Ordnung.

Die kleine Vorstellung hatte zehn Minuten gedauert, als Lymond plötzlich aufhörte. Sie warfen ihm weiter ihre schlagfertigen Zurufe zu, aber jetzt zuckte er nur unwillig die Achseln. Sie kreischten, aber er blieb stumm; sie schrien weiter, aber er beachtete sie nicht. Vielleicht war er des Spiels überdrüssig geworden; vielleicht fiel ihm in der unablässigen Bedrängnis nichts mehr ein. Jedenfalls war der Lärm, der sich jetzt erhob, nicht mißzuverstehen. Das waren jetzt Drohrufe, und was da klirrend von der Turmmauer abprallte, waren Steine.

Der Hauptmann erzwang sich einen Durchgang. »Also, das nicht, verstanden? Wir brauchen den Mann lebendig. Was ist denn mir dir los? Kannst du nicht antworten, wenn man dich höflich anspricht?« Lymond antwortete nicht, aber sein Blick war der reine Schimpf. Zumindest hielt der Hauptmann es dafür. »Ho!« sagte er, »Jesus, du bist wohl wählerisch, was? Kann sich nicht die Mühe machen, meinesgleichen zu antworten. Auch gut. Wir wissen, wie man mit dieser Sorte fertig wird. Für Aussageverweigerung ist eine gesetzliche Strafe vorgesehen. Alec, haben wir ein paar Gewichte? Na, dann

Ketten. Einen Haufen Ketten. Davie, da oben sind zwei Ringe. Schneid ihn ab und steck ihm die Hände durch die Ringe. So. Das wäre hier ein hübsches Stück Kette. Bißchen rostig, macht aber nichts; wir wollen doch eine saubere neue nicht schmutzig machen. Legen wir ihm die erste mal um den Hals.«

Dies war eine völlig zulässige Strafe für Schweigen; es wurden Gewichte verwendet, die einen allmählich zu Tode drückten. Scott sagte: »Augenblick mal. Wir haben den Mann lebendig abzuliefern. Das Gericht wird sich bei Ihnen nicht gerade bedanken, wenn Sie ihm ins Handwerk pfuschen.«

Der Hauptmann legte die erste Kette an und sah sich überhaupt nicht um. »Keine Angst. Den bringen wir zum Reden, und zwar so rasch, daß er sich die Zunge durchwetzt.«

Natürlich würden sie das. Lymond mochte launenhaft eitel sein, aber er war nicht töricht. Die eiserne Kette schmückte seine Brust wie eine gigantisch-ironische Amtskette; er hatte die Muskeln gegen ihr Gewicht angespannt, so daß die aufwärts gespreiteten Arme keinen unnötigen Zug auszuhalten hatten. Sein Gesicht war wie zu Eisen erstarrt. Noch nie zuvor hatte Scott so deutlich seine ungeheure Willenskraft erkannt.

Der Hauptmann brachte unter lautem Beifall der Menge eine zweite Kette herbei. Lymond ertrug den Druck schweigend mit einer seltsamen Mischung aus Ungeduld und Resignation, und Scott, von dem ganzen widerwärtigen Aufwand wie betäubt, wäre beinahe das kurze Flackern der Lider entgangen, als Lymond flüchtig über die Menge hinweg und hinauf blickte. Er wandte sich unauffällig um.

An einem offenen Fenster im ersten Stock des Schlosses stand Christian Stewart. Er sah sie, sah das wehende Haar und das lauschende Antlitz und schon gleich darauf nichts mehr, denn mit einem Getöse erschien in diesem Augenblick sein Vater mit seinem Gefolge auf der Bildfläche. Das scharfe Bucleuch-Auge erfaßte mit einem Blick die Menschenmenge, die groteske, aufgespannte Gestalt am Turm, den Burghauptmann und das rote Gesicht seines Sohnes.

»Ketten? Das ist mal was Neues. Sind Sie der Hauptmann? Kommen Sie mal her. Der Junker von Culter mag euch genauso verhaßt sein wie uns, aber das ändert nichts an der Tatsache, daß . . .«

Das Fenster war leer. Christian war weggegangen. Gott sei Dank, dachte Scott, hatte sie den Namen nicht gehört. Dann erblickte er eine Woge im Menschengedränge, ein roter Kopf und zwei kräftige Ellbogen bahnten sich rücksichtslos einen Weg, und Christian Stewart, aufgelöst und außer sich, flog wie ein Pfeil in ihre Mitte, mit Sym an ihrer Seite.

»Buccleuch, sind Sie's? Hier wird ein Mann umgebracht. Ihr rotznäsiger Lausejunge und dieser Affe –«

»He!« sagte der Hauptmann böse.

Buccleuch, der den Kopf voll hatte, machte ein zugleich verärgertes und beunruhigtes Gesicht. »Wohnen Sie hier? Gehen Sie schleunigst hinein. Hunter ist drinnen, ich habe ihn gerade gesprochen. Niemand wird umgebracht, und hier haben junge Mädchen nichts zu suchen.« Sie aber war nicht zu halten und beachtete ihn überhaupt nicht.

Lymond, in Eisenklampen, die Sehnen der Handgelenke in fühlloser Starre, das blonde Haupt wie eine Quaste vornübergeneigt, beobachtete sie wie eine Katze, und sogar das Grinsen auf Syms rotem Gesicht erfror. Drei Schritte von ihm entfernt, sagte das blinde Mädchen: »Mr. Crawford?«

Der Ton, in dem sie es sagte, würgte Scott die Kehle ab. Sein Vater prustete zischenden Atem zwischen den Zähnen hervor, eine neugierige Flüsterwelle lief durch die Menge, und Lymond richtete zum erstenmal aus weitoffenen Augen den Blick auf Scott. Der Junge sprang vor und legte ihr die Hand auf den Arm. Er sagte laut: »Es ist Lymond, Culters Bruder, den sie erwischt haben. Erlauben Sie, daß ich Sie ins Haus führe. Wir kümmern uns um ihn. Machen Sie sich keine Sorgen.«

»Ich weiß, wer er ist, Sie Dummkopf. Ich habe gehört, was Ihr Vater gesagt hat«, erwiderte Christian. »Trägt er diese Ketten noch? Sym, nimm sie ihm ab. Francis Crawford, Sie sind ebenfalls ein Dummkopf, wenn Sie so tun, als hätten Sie die Maulsperre. Ich habe Ihnen doch gesagt, daß Töne und Geräusche mein Handwerkszeug sind. Ich kenne Ihre Stimme, seit ich zwölf war. Sie wollten wohl wie eine zerquetschte Ente in ein senkrechtes Grab fahren?«

Angsttränen standen ihr in den Augen.

Syms kräftige Arme hoben die letzte Kettengirlande ab. Lymond öffnete die zusammengepreßten Lippen und rief ihr wie ein Besessener zu: »Zweihundert Menschen stehen hier herum und hören Ihnen zu! Buccleuch, verdammt noch mal, schaffen Sie sie weg von hier!«

»Von mir aus können zweitausend zuhören«, fauchte Christian zurück. »Ich bin nicht gewohnt, meine Freunde vor der Öffentlichkeit zu verleugnen.«

»Lady Christian kennt den Gefangenen?« Der Hauptmann war nicht weniger fasziniert als seine Zuhörer von diesem flüchtigen Einblick in die Verfehlungen hochgestellter Persönlichkeiten. Scott eilte ihr zu Hilfe. »Der Junker hat einmal die Güte der Dame mißbraucht, ohne ihr zu sagen, wer er ist.«

Das löste die Explosion aus. Ohne Buccleuchs Hand an ihrem Ellbogen zu beachten, fuhr Christian seinen Sohn an: »Ich habe sehr wohl gewußt, wer er war. Daß man etwas weiß, heißt nicht unbedingt, daß man denunziert, wie bei gewissen Leuten.«

»Aber er glaubte, daß Sie es nicht wüßten, oder nicht? Deshalb die Pantomime.«

Der Hauptmann war beeindruckt. »Himmel, das nenne ich gerissen. Gibt keinen Ton von sich, damit das Mädel nicht an der Stimme seinen Namen erkennt und verrät, daß sie beide –«

»Ich habe es Ihnen doch gesagt!« fuhr Scott ihn wütend an. »Er hat sie veranlaßt, ihn zu schützen. Sie haben kein Recht anzunehmen, daß . . .« Aber seine Stimme ging in der Flut höhnischen Gelächters und spöttischer Bemerkungen unter.

Buccleuch packte Christian neuerlich am Arm, sie aber schüttelte ihn ab. »Ich rühre mich nicht von der Stelle, ehe er nicht heil aus diesem Hof heraus ist.« Sie stand völlig unerschrocken da, das milchweiße Antlitz vom roten Haar gerahmt. »Es ist höchste Zeit, daß gewisse Dinge öffentlich gesagt und getan werden, anstatt unterirdisch wie bei den Maulwürfen. Diesmal werde ich den Mann daran hindern, sich seine eigene Schlinge zu häkeln. Mr. Crawford –«

Lymond schnitt ihr das Wort ab. Er mußte sie offensichtlich um seiner selbst willen zum Schweigen bringen. Er tat es auf seine eigene Weise: Der possenhafte Spott in seiner Stimme leugnete frech die Schmerzen, die Nervenspannung, den Schimpf, die er durchgemacht hatte. »Aus ist es wieder mal mit meinem großen Augenblick!« sagte er. »Nur eine Pantomime war's! Meine Illusionen sind zerstört, meine Täuschungen ans Tageslicht gezerrt, meine Rede fehlgegangen und den Hyänen zum Fraß vorgeworfen! Ich beklage mich nicht. Ihr sollt euren Spaß haben. Aber auf einem bestehe ich. Mein Name wird nicht zusammen mit einer rothaarigen Frau genannt. Rotbebänderte Stuten schlagen aus. Rotgehörntes Vieh spießt einen auf. Vogelbeeren sind giftig, und Rothaarige ebenfalls, wenn man es zuläßt. Ich das klar?« Sym war zurückgetreten. Die blauen Augen folgten ihm kalt. »Na und? Was noch? Ihr habt gehört, was sie sagt, sie geht nicht weg, ehe ich nicht losgebunden bin.«

Er hatte alles Wohlwollen, das ihm noch geblieben war, eingebüßt. Auf ein Nicken des Hauptmanns hin trat Sym unschlüssig vor und nahm die Fesseln um Lymonds Handgelenke ab. Der Hauptmann räusperte sich verlegen. Der provisorische Kerker im Schloß war inzwischen hergerichtet, und eine Begleitmannschaft von Soldaten wartete. Je rascher der Bursche jetzt eingesperrt wurde, desto besser.

Lymond hatte die Arme langsam herabsinken lassen. Er barg das Antlitz einen Augenblick lang in den Händen; dann entschlüpfte er mit einer halbkomischen Geste der Entsagung wie eine Forelle Syms Griff und sank zu Boden. Das sonderbare war, wie Scott, der sich spöttisch über ihn beugte, feststellte, daß Lymond tatsächlich ohnmächtig geworden war.

Nachdem der Gefangene mit dreifacher Bewachung in einem Keller hinter Schloß und Riegel gebracht war, ließen die drei Hauptakteure ihren nervösen Ärger aneinander aus. Christian, enttäuscht von ihrer vereitelten Bemühung, Lymond aufzusuchen, und gereizt über Buccleuch, der die Lebensweise dieses Herrn in Bausch und Bogen verdammte, verlor schließlich völlig die Selbstbeherrschung und begab sich zu Bett. Scott erging es nicht viel besser.

Es ging darum, daß er die Namen seiner vormaligen Genossen preisgeben sollte. Beschuldigt, daß er mit je einem Bein in beiden Lagern stehe, daß er kein Verantwortungsgefühl besitze, dafür aber einen Kopf voll weichem Brei und Kernen wie eine spanische Orange, zahlte Scott mit gleicher Münze zurück, und sein Vater und er hackten noch immer lärmend auf dem gleichen Thema herum, als Hunter schon seine Leute zusammengerufen hatte und davongeritten war.

Schließlich brüllte Buccleuch: »Ein Jammer, daß du nicht bei deinen sauberen Freunden geblieben bist, wo du anscheinend so scharf auf sie bist.«

Will, schon auf den Füßen, griff nach seinem Mantel . . . »Also gut, dann tue ich es.«

»Du kohlköpfiger Hanswurst. Die schnipseln dich in kleine Stücke, wenn du deinen Schnabel dort sehen läßt, nach allem, was du angestellt hast.«

»Dann gehe ich eben woanders hin.«

»Allerdings wirst du woanders hingehen«, knurrte Buccleuch und schwang die Tischglocke. »Du wirst die Nacht dort zubringen, wo du keinen Schaden anrichten kannst und Gelegenheit hast, deine lieben alten Freunde mit deinen neuen zu vergleichen. Holt mir den Hauptmann!«

Scott fuhr hoch, aber Buccleuchs schwere Hand legte sich auf seinen rechten Arm. Der Hauptmann kam, und Wat, der weiterbrüllte, versetzte ihn in gehörigen Schrecken. »Hier haben Sie noch einen Gefangenen. Ich wünsche, daß er eine Nacht hinter Schloß und Riegel verbringt, damit er sich den Dreck von seinem Verstand abkratzen kann.«

Der Hauptmann war beflissen, Buccleuch gefällig zu sein, aber hierauf nicht vorbereitet. »Ich habe keine sichere Kammer, Sir Wat. Das Verlies ist verrammelt, und wir haben nur den Keller...«

»Genau das meine ich«, sagte Buccleuch rachsüchtig. »Stecken Sie ihn in den Keller.«

Der Hauptmann zögerte. »Aber im Keller ist schon der Junker von Culter.«

»Das weiß ich, Sie Tropf. Stecken Sie ihn auf eine Nacht mit Lymond zusammen, und dann werden wir sehen, ob er Hase, Hund oder Karnickel ist, der Narr!«

Es ist keine sonderlich vergnügliche Sache, in einem Keller mit einem Mann eingesperrt zu sein, dem man in jedem nur erdenklichen Sinn gerade eben den Dolch in den Rücken gestoßen hat. Als Will Scott, der sich verzweifelt, aber ohne Erfolg gewehrt hatte, die Falltür über sich zuknallen hörte, zerschmolzen ihm die Muskeln vor Angst.

Der Keller hatte als Vorratsraum gedient. An der gegenüberliegenden Wand rahmten zwei vergitterte Fenster dicht unter der Decke den Nachthimmel ein. Zur Rechten im Schatten befand sich ein Brunnen und ein Haufen Säcke, Fässer und Kisten. Auf zweien davon lag Lymond, eine brennende Kerze neben sich, bequem ausgestreckt. Im Umkreis des Lichtscheins traten Umrisse und Farben unvermittelt und kräftig hervor: der buttergelbe Kopf tadellos ordentlich auf einem Mehlsack als Kopfkissen, das frische Rupfenverbandzeug, der Silberfunke geplatzten Spitzenbesatzes, und das Blau des hellen Tuchs an Schulter und hochgezogenem Knie; an Hals und Ärmelaufschlag ein schimmernder halber Zollbreit weißen Battists. Alles Unansehnliche war von Lymonds Äußerem entfernt.

Scott suchte nach Spuren der heutigen Demütigungen oder

körperlicher Überanstrengung und fand weder das eine noch das andere. Lymond sprach mit dem Gesichtsausdruck eines Della-Robbia-Engels: »Binnen eines Tages voller schundiger Menschenfresserei und rotznäsiger Greueltaten sind wir nun ganz unten angelangt. Gott gebe«, fuhr die Stimme fort, während Scott herabstieg und sich zu einem dreibeinigen Schemel neben dem Brunnen vortastete, »daß jemand anderer im Begriff ist, deinem ehrenwerten Rücken die Haut abzuziehen.«

Scott setzte sich. Er hatte genug von körperlicher Gewalttätigkeit. Eine andere Sorte Gewalttat hing jetzt in der Luft, eine ansteckende Fieberpest, die seinen gesunden und rechtschaffenen Zorn aushöhlte. Er sagte schroff: »Sie haben mich selbst herausgefordert.«

»Mich anzugreifen, ja. Aber nicht, den armseligen Tod des Türken-Mat einzufädeln.«

Alles gepeinigte Gefühl, der Zorn und die Angst und die ratlose, mißhandelte Seele des unseligen Scott sprangen zutiefst empört von seinen Lippen. »Ich kann mir denken, mit was für Namen Sie mich betiteln möchten«, sagte er mit kalter Wut. »Ich habe Sie an Andrew Hunter verraten; habe Sie durch List dazu verleitet, sich im Kloster zu verstecken; ich bin mit dem Messer auf Sie losgegangen – schlecht, mein Gott, wie ungeschickt –, aber einmal wenigstens, wenn auch nur kurz, sind Sie zusammengezuckt. Wenn mein Vater Sie dem Gesetz überantwortet, habe ich für die betrogenen Toten, die verdorbenen Lebenden und das zugrunde gerichtete Leben von vier Frauen die Schulden bezahlt ... Können Sie das leugnen? Habe ich nicht recht?«

»Recht?« sagte Lymond. »Du armseliger, taktloser Einfaltspinsel, du hast noch nie recht gehabt. Und diesmal kannst du dich in deine ahnungslosen Mißverständnisse niederhocken wie eine Ente in der Gosse, bis du daran erstickst.«

Scott sprang zorngeladen auf: »Nur weiter. Irgend jemand hat einmal gesagt, daß Sie die Frauen hassen, und das tun Sie ja auch, nicht wahr? Sie verachten jeden – sogar sich selbst –, aber vor allem behandeln Sie Frauen wie Dreck ...«

Weiter kam er nicht. »Du verdammter kleiner Narr«, sagte Lymond und schnellte hoch wie eine Peitsche, so daß Scott zurückweichen mußte. »Ich betitle dich nicht mit Schimpfnamen, mein Lieber, ich teile dir Tatsachen mit. Heute hast du einen meiner Freunde ermordet. Du nimmst das sehr leicht. Ich hoffe, seine Duldsamkeit und seine Anständigkeit und seine menschlichen Schwächen werden noch in dein Vorstellungsvermögen eindringen und deine unerträgliche Eitelkeit brandig machen. Der Teufel soll deine lumpige Blutrache holen. Auf die Kleinigkeiten, mit denen du geprahlt hast, kam es überhaupt nicht an, und von den wirklich wichtigen Dingen hast du nichts gewußt. Aber was zum Henker«, fuhr Lymond wütend fort, »was in Dreiteufelsnamen hast du dir dabei gedacht, dieses Mädchen einer solchen öffentlichen Quälerei auszusetzen?«

Scott war wie vor den Kopf geschlagen. »Sie waren es doch, der –« aber Lymond raste weiter. »Wenn *ich* es fertiggebracht habe, den Mund zu halten, dann konntest du dir doch wohl die geringe Mühe machen, sie aus dem Hof herauszuhalten. Dir kommt's nicht darauf an, wen du opferst, nicht wahr, solange du nur glaubst, daß es mir schadet.«

Das ungezähmte Gesicht starrte in das Scotts. »Sie ist eine von deinen vier Frauen, nicht wahr? Dann scheint es allerdings, als habe sie heute ihre Sicherheit, ihren guten Ruf und ihren Seelenfrieden durch einen von uns beiden eingebüßt. Wer noch?«

»Die Gräfin von Lennox.«

»Lady Margaret war schuld an dem Fiasko in Heriot, das um ein Haar deinem Vater das Leben gekostet hätte. Wer noch?«

»Die Frau Ihres Bruders.«

»Darüber weißt du die Wahrheit genauso wie ich.«

»So?« fragte Scott. »Soweit ich mich besinne, lag ich damals stockbesoffen in Ihrer Kammer auf dem Fußboden.«

»Also schön. Ich überlasse es dir herauszufinden, warum ich, nachdem ich meine Schwägerin verführt und meinen Neffen geschlachtet habe, neckisches Stillschweigen bewahre, wenn du um drei Uhr früh mit diesem romantischen Kindskopf in einem Hafersack die Treppe heruntergeschlichen kommst.«

Einen Augenblick lang war Scott sprachlos; dann faßte er sich. »Vermutlich weil Sie sie loswerden wollten. Genau wie Ihre junge Schwester.«

»Genau wie meine junge Schwester«, stimmte Lymond bei. Der Schein der Kerze, die hinter ihm stand, umrahmte wie die untergehende Sonne Lymonds sündiges Haupt.

Trotz aller Mühe zitterte Scott. Er sagte: »Ich habe den Tod des Türken nicht gewollt. Ich hätte dem Mädchen nicht absichtlich weh getan, aber es ist nun mal geschehen, und wenn es noch mal geschehen müßte, so wäre es das wert. Sie wissen über das Taliongesetz, Gleiches mit Gleichem vergelten, Bescheid: Sie haben Harvey, den armen Teufel, wie ein Gespenst von jenseits des Grabes herumgehetzt. Sie sind ein Meister – mein Gott, als ob ich das nicht wüßte – in der Kunst der gebührenden Strafe. Ich habe verdammt genau dafür gesorgt, daß Sie von beidem zu kosten bekommen, ehe Sie mir aus der Reichweite kamen. Jetzt kommen Sie nicht mehr über die Grenze, um Harvey umzubringen.«

»Daß ich dir beigebracht habe, Reden zu halten, ist ein weiterer Grund, wofür man mir die Kehle durchschneiden sollte«, sagte Lymond. »Meine Verabredung ist hin; man kann sagen, daß ich mir darüber einigermaßen im klaren bin. Deine Absichten waren majestätisch ... Aber warum bist du eigentlich hier?« Scott schwieg, und die blauen Augen verengten sich plötzlich. »Schweigst du womöglich aus Bescheidenheit? Großer Gott!« Lymond setzte sich. »Hast du deine einstigen Kameraden gedeckt?«

»Ich habe mit ihnen keinen Streit.«

Der Junker starrte ihn weiter an, brach in brüllendes Hohngelächter aus, lehnte sich zurück und hielt sich den verletzten Arm. »Mein einziger Erfolg, und ich war so verdammt beschäftigt, daß ich es nicht bemerkt habe. Wer hat dich hier eingesperrt? Ach so, dein Vater natürlich.«

Lymond streckte sich wie eine Katze und legte sich nieder. Die Raubtiergefahr war auf geheimnisvolle Weise verflogen; geheimnisvollerweise spielte widerwillige Belustigung um seinen Mund. »Ich habe dir wie die Kuh Audhumbla das Salz deiner gräßlichen Erziehung abgeleckt und beobachte das Ergebnis mit angstvoller Freude ... Dein Vater, wie dir zweifellos klar ist, wird sich den Mund fusselig reden müssen, um zu erreichen, daß du wieder bei Hof empfangen wirst. Du solltest ihm sagen, daß die Meldungen, die du so grollend mit eigener Hand für mich abgeschrieben hast, eben dies für dich bewerkstelligen werden, wenn man sie an der richtigen Stelle erwähnt. Sie befinden sich alle in Statthalter Arrans Besitz. Sie sind übrigens durch einen sehr verschlagenen Herrn namens Patey Liddell dorthin gelangt, der nicht hineinverwickelt werden sollte. Er wäre auf jeden Fall allen Fragen gegenüber taub – du ahnst nicht, wie taub.«

Überraschtes Schweigen folgte. Schließlich sagte Scott: »Ist das wahr?« Und dann rasch: »Es ist doch nur wieder ein Trick.«

»Es ist Erpressung. Ich verlange eine Gegenleistung.«

»Was?«

»Mache etwas von dem stupiden Schaden wieder gut, den du heute angerichtet hast«, antwortete Lymond. »Reiß das Mädchen heraus. Bleue es sämtlichen klatschsüchtigen Narren ein, daß Christian, was immer sie sagen mag, nicht gewußt hat, was sie tat, als sie mir Zuflucht bot. Streu überall aus, daß sie für ihre Handlungen nicht verantwortlich war. Verstanden?«

»Ich würde es auf jeden Fall tun. Es wird Ihnen nichts helfen«, sagte Scott.

»Mir hilft nie etwas. Das ist der Grund, weshalb ich mir selber so häufig helfe.«

Wieder eine Pause. »Diese Briefe«, sagte der Junge. »Die werden mir eine Menge nützen, wenn herauskommt, daß wir auch an England Abschriften verkauft haben. In meiner Handschrift.«

»In diesem Fall hast du Glück, daß wir es nicht getan haben.«

»Nicht mit England Geschäfte gemacht? In Gottes Namen, ich habe sie doch selbst abgeschrieben!«

»Und ich habe sie in Gottes Namen zerrissen.«

»Was?« Scott war schon halbwegs zu Lymond hinübergestürzt, als dieser ihn anfuhr. »Scher dich zurück und leg dich hin. Ich kann's nicht ausstehen, wie deine verhätschelte Visage über mir Kassiden singt. Kommt's denn darauf an? Du hast doch deine Arbeit geleistet.«

Scott kehrte zurück, setzte sich hin und wiederholte: »Sie haben sie zerrissen. Wenn Sie sie zerrissen haben, warum haben wir uns dann die Mühe gemacht, sie zu erbeuten?«

»Aus vielen habgierigen Gründen. Söldner sind außerordentlich gewinnsüchtig, mußt du wissen. Und mißtrauisch. Außerdem meinerseits auch Neugier.«

»Aber Sie haben sie zerrissen. Warum denn?«

»Weil ich auf deiner Seite bin, du Trottel«, sagte Lymond.

Es wurde sehr still im Keller. Des Junkers verschlossenes Gesicht verriet Scotts forschenden Augen nichts. Nach einer Weile raffte der Junge ebenfalls seine Gliedmaßen zusammen und streckte sich langsam auf seinem Lager aus. »Das wäre dann also das, was Sie in Edinburgh aussagen werden«, meinte er schließlich. »Können Sie's beweisen?«

»Von hier aus?« fragte Lymond spöttisch. »Nein, Mr. Scott, ich habe keine Beweise und werde wahrscheinlich auch keine haben.«

Aus dem Dunkel und dem katastrophalen Durcheinander trat ein Bruchstück eines Zusammenhangs hervor. Scott schluckte. »Harvey? Hatte Harvey etwas damit zu tun?«

»Ich glaube schon. Vielleicht auch nicht. Jedenfalls ist es jetzt zu spät, nicht wahr? Schau dir die Sterne an.« Lymonds Blicke gingen zu den Fenstern hinauf. »Einer nach dem anderen verlöschen die Sterne, und jetzt ist nur noch Luzifer übrig. Und was vermag Luzifer gegen einen Riegel und Eisenstangen und hundert pferdelose Meilen zwischen sich und seinen Illusionen? Es ist eine kummervolle Welt, und die Kerze erlischt. Unser Geschick will es, daß wir gemeinsam im Dunkel wehklagen. Gute Nacht. Du bist eine verdammte Plage und eine öffentliche Gefahr, aber das ist dein Vater auch. Ihr steckt wie eine widerhaarige Verdrehtheit in den Gedärmen des Staatskörpers, die ihn entweder umbringen oder zu guter Letzt noch retten wird.« Die Stimme klang resigniert, aber nicht unfreundlich. Das Licht der Kerze huschte noch einmal suchend über das Antlitz von Scotts berühmtem Gefangenen und verlosch.

Will Scott hatte recht gehabt mit seiner Vermutung, daß der Junker von Maxwell keinen Finger rühren werde, um einem so berüchtigten Mann wie Lymond zu helfen. Maxwell und seine Gemahlin waren in einer ihrer Jagdhütten, als die Mitteilung eintraf. Maxwell sandte Glückwünsche zurück, stellte Sir Andrew und Buccleuch sein Schloß mit seinen Verliesen bis zum nächsten Morgen zur Verfügung und widmete sich weiter der Jagd. Er schickte jedoch, wie es sich geziemte, seine Frau nach Hause, damit sie sich um das Wohl seiner freiwilligen und unfreiwilligen Gäste kümmere.

Um elf Uhr nachts kam Agnes Herries in die Diele von Threave stolziert, scheuchte Buccleuch, der vor sich hin döste, wie ein Kaninchen auf und verlangte zu wissen, ob er wohl recht bei Sinnen sei, seinen Sohn zusammen mit einem so desperaten Menschen wie dem Junker einzusperren.

Er erklärte ihr, wie es sich seiner Gastgeberin gegenüber geziemte, kurz und knapp seine Gründe. Sie zweifelte sie an. Er erläuterte sie ausführlicher. Sie widersprach ihm. Um Mitternacht schob Buccleuch im Schein der Fackel, die Agnes Herries ihm hielt, murrend den Riegel der Falltür zurück und rief hinunter. »Will! Bist du wohlauf?«

»Natürlich«, antwortete der Sohn unwirsch.

»Dann kannst du auch heraufkommen«, sagte Sir Wat grob, überließ die Falltür Lady Herries und stapfte davon, ohne den Anblick seines Sohnes abzuwarten.

Will Scott durchquerte auf steifen Beinen den Keller. Lymonds vergrabener Kopf regte sich nicht. Der Junge blieb einen Augenblick lang stehen und blickte auf den Junker hinab, dann wandte er sich ab und lief rasch die Holztreppe hinauf. Oben hielt Agnes Herries die Falltür offen. Dahinter sah er, daß noch immer drei Männer in Küche und Gang Wache hielten, daß die Wachleute inzwischen gewechselt hatten, aber keiner von ihnen zur Scott-Truppe gehörte. Er zögerte.

»Meine Güte!« rief Lady Herries. »Nach all der Mühe, die ich mir gemacht habe, um Sie herauszuholen, könnten Sie wirklich ein bißchen rascher machen! Ich möchte schlafen gehen!« Als der junge Mann endlich den Fuß auf den Küchenboden setzte, ließ sie die Falltür mit einem solchen Knall zufallen, daß die Töpfe und Pfannen auf den Regalen tanzten und die Riegel klirrten. »Na?«

»In Ordnung«, sagte er und faßte sehr zu seiner eigenen Überraschung einen klaren Gedanken. »Ich bin noch halb verschlafen, weiter nichts. Tut mir leid. Bitte gehen Sie voran. Es war sehr liebenswürdig von Ihnen, daß Sie . . .«

Zehn Minuten später lag er im Bett, aber es dauerte lange, bis er einschlief.

Lange bevor er aufwachte, verließ Christian Stewart mit ihrem Gefolge das Schloß und ritt so schnell, wie Sym es zuließ. Sie hatte einen guten Teil der Nacht gebraucht, um sich mit der Tatsache abzufinden, daß sie schleunigst fort mußte, und Buccleuch, der keine Lust hatte, Kerkermeister oder Spion zu spielen, war erleichtert, sie scheiden zu sehen.

Um sechs Uhr donnerte eine Faust gegen Scotts Tür, und großmächtiges Gebrüll hieß ihn, sich rasch etwas überzuwerfen und zu seinem Vater in die Diele zu kommen. Er tat wie geheißen und fand die Diele voller eingeschüchterter Dienstboten sowie die Dame des Hauses in einem Zustand redseliger Resignation und seinen Vater in wütender Laune. »Aha!« sagte Buccleuch, als sein Sohn erschien. »Aha. So weit sind wir also jetzt, daß du nicht einmal einen Riegel mehr hinter dir zuschieben kannst. Oder hattest du vielleicht nicht die Absicht, ihn vorzuschieben?«

Will Scott hatte gelernt, auf seinem Gesicht weder Vermutung noch Erinnerung erkennen zu lassen. »Was für ein Riegel?«

»Was für ein Riegel?« knurrte Sir Wat. »Die Falltür in der Küche, du Holzkopf! Heute morgen haben sie's entdeckt, sperrangelweit offen wie Hoseas Weib, und drei Strohpuppen liegen mit eingeschlagenen Schädeln im Gang herum.«

Scott sperrte den Mund auf. »Dann ist Lymond also weg?«

»Er wird wohl kaum«, antwortete sein Vater sarkastisch, »aus dem Loch herausgefahren sein, drei Burschen über den Schädel gehauen haben und wieder ins Loch hineingefahren sein, nur so zum Spaß. Natürlich ist er weg! Halb Threave jagt hinter ihm her, aber der Teufel weiß, wieviel Vorsprung er hat. Und es ist deine Schuld, du verdammter Trottel.«

Das war mal eine Überraschung! Scott fragte entrüstet: »Wieso?«

Agnes Herries bemerkte streng: »Ich habe Ihnen gesagt, Sie sollen die Falltür ordentlich verriegeln. Wie konnten Sie nur so nachlässig sein?« Scott starrte sie an. Sie starrte zurück. »Verschlafen waren Sie vielleicht, aber doch hoffentlich nicht so verschlafen, daß Sie das vergessen! Sogar meine drei Leute erinnern sich ganz deutlich daran. Wenn die Falltür nicht richtig verschlossen war, können Sie also nur sich selbst die Schuld geben.«

Beteuerungen waren zwecklos. Nachdem er die andere Wange dargeboten hatte, ließ sich Will Scott mit so viel Gefaßtheit, wie er aufbieten konnte, die Ohrfeige verabreichen. Er stieg mit seinem Vater aufs Pferd und verbrachte den Rest des Tages damit, die Gegend nach dem entkommenen Mann abzusuchen – freilich erfolglos.

An jenem Freitag und Samstag beschäftigte Sybilla sich in Midculter damit, ihre Schränke auszuräumen und lange und überflüssige Listen ihres Goldgeschirrs aufzustellen. Mariotta, die seit Janet Buccleuchs Abreise ruhelos von Zimmer zu Zimmer strich, platzte schließlich heraus: »Wie kannst du dich nur mit so etwas befassen?« Sie hatten seit der Nachricht, daß Lymond in einer Falle gefangen werden sollte, nichts mehr gehört. Sybilla wartete mit blassem Gesicht Mariottas langen händeringenden Redeschwall ab und faßte einen Entschluß. »Jetzt hör mal zu«, sagte sie scharf. »Ich gebe mir Mühe, mich nicht einzumischen, aber vielleicht sollten wir doch offen miteinander reden. Um wen sorgst du dich? Richard hast du verstoßen, und meinen anderen Sohn findest du abscheulich.«

Mariotta sagte kaum hörbar: »Ich möchte nicht, daß ihm etwas zustößt.«

»Wem?« fragte die alte Lady scharf. »Übrigens, falls es dich interessiert, möchte ich vermuten, daß Lymond kaum weiß, daß du existierst.«

»Ich meinte Richard«, erwiderte die junge Frau.

»Aha. Also laß dir sagen, daß Richard trotz all seinem leeren Gewäsch seine Frau anbetet. Leider weiß keiner von euch beiden, wovon der andere die halbe Zeit träumt.«

»Er ist nicht leicht zu verstehen«, verteidigte sich Mariotta.

»Aber du hast von ihm erwartet, daß er deine Gedanken errät. Du hast geglaubt, in seiner Vorstellung bist du auf immer und ewig zwischen Kochtöpfen und Pfannen eingekapselt.«

»Natürlich habe ich das geglaubt. Auf einen anderen Gedanken ist er ja nie gekommen.«

»Gott bewahr mich davor«, antwortete Sybilla ärgerlich, »daß ich wie eine arbeitslose Hebamme über die Fehler anderer Leute klatsche. Aber denk doch mal nach. Wat Scott zum Beispiel ist genauso. Er würde es geradezu als Beleidigung seiner männlichen Würde ansehen, im Hause über seine Angelegenheiten zu schwatzen.«

Mariotta wollte es noch nicht zugeben. »Aber Janet scheint über alles Bescheid zu wissen.«

»Gewiß. Und außerdem sorgt sie auf ihre laute, zänkische Art dafür, daß Wat über alles, was wichtig ist, ihre Ansicht kennt, und die halbe Zeit handelt er genau so, wie Janet es haben will. Du verlangst, daß Richard sich für die Einzelheiten deines Tagesablaufs interessiert; das gilt aber für beide Seiten. Hast du dich je gefragt, was Richard mit seinen Bauarbeiten vorhat? Hast du zum Beispiel gewußt, daß er wahrscheinlich der beste Fechter im ganzen Land ist und daß er manchmal in Arrans Auftrag Fechtunterricht gibt, wenn einer der vornehmen Sprößlinge noch ein wenig Schliff braucht?«

»Wenn du damit meinst«, sagte Mariotta mit geröteten Wangen, »daß ich Janet nachahmen sollte, dann glaube ich kaum –«

»Ich meine nichts dergleichen. Ich seziere nur ein wenig die Ehen in unserer Nachbarschaft. Du kannst deine eigenen Schlüsse ziehen. Sieh dir zum Beispiel die Maxwells an.«

»Agnes?«

»Ja, Agnes. Während sie glaubte zu wählen, wurde sie gewählt. Während sie diesen Mann zum Helden ihrer entsetzlichen Romanzen machte, heiratete sie einen hartschädligen intelligenten Menschen, der klug genug – und gütig genug – sein wird, um ihre Phantasiegespinste nicht zu zerstören oder zumindest doch sie sehr sanft zu enttäuschen.«

»Und Richard?«

Die alte Lady fuhr sich mit der Hand über das weiße Haar. »Richard. Ich kann dir nicht sagen, welchen Weg du da einzuschlagen hast. Das mußt du selbst herausfinden. Aber zwei Dinge kann ich dir über ihn sagen. Das eine ist, daß die wichtigste Sache in seinem Leben sein Vaterland ist. Das andere: Mangelnde Festigkeit ist das einzige, was Richard umbringen könnte.«

Mariottas Gesicht überschattete sich. »Du meinst Wankelmut?«

»Ich meine«, erwiderte Sybilla sanft, »die Torheit, daß man sich immerfort von oberflächlichem Geglitzer anziehen läßt.

Ich meine den Hunger nach Abwechslung und Aufregung – sogar die unschöne Erregung des Abwartens, daß die Sache mit dem Schmuck herauskommt.«

Mariotta schwieg. Plötzlich tauchte unerwartet eine Träne auf und rann ihr die Wange hinab. »Aber wie kann ich mich jetzt noch ändern?« fragte sie unglücklich.

Sybilla ließ sich mit einer seltsamen Mischung aus einem Seufzer und einem Lächeln in ihrem geschnitzten Sessel nieder. »Die Zeit wird es für dich tun, mein Kind, und viel zu schnell. Das Tragische für dich ist, daß der Mann, an den du geraten bist, genau der ist, der den Webfehler in Richards Heranreifen verursacht hat. Und wenn das irgend jemandes Schuld war, dann wahrscheinlich meine . . . Ist dir jetzt besser zumute oder schlechter?«

»Besser«, sagte Mariotta; sie trat zu ihr, setzte sich auf die Armlehne von Sybillas Sessel, beugte sich hinab und küßte ihr die makellose Wange.

Tom Erskine war bei ihnen, als Christian aus Threave eintraf. Sie war verschmutzt, die Glieder taten ihr weh, und in ihren Blicken lag mehr als nur Erschöpfung. Sybilla führte sie rasch zu einem Suhl. Das Mädchen verlor keine Zeit; die schönen Augen Sybilla zugewandt, sagte sie einfach: »Sie haben Francis.«

Die Reaktion war eigenartig. »Wer?« fragte Erskine.»Wer?« sagte auch Sybilla, aber in so anderem Tonfall, daß das blinde Mädchen ihr ein bekümmertes Lächeln zuwarf. Sybilla ergriff Christians Hand. »So«, sagte sie. »Jetzt bekommen wir allmählich Klarheit. Erzähle.« Und sie erzählte.

»Und Richard weiß von alldem nichts?« fragte die alte Lady, als sie geendet hatte. »Gut. Tom, Sie werden ihm auch nichts davon sagen. Je länger wir die beiden auseinanderhalten können . . . Ich überlege mir . . .«

»Lassen Sie«, sagte das Mädchen. »Jetzt bin ich mit dem Überlegen dran.«

»Fahr fort«, sagte Sybilla behutsam.

»Ich habe in Threave ein Durcheinander angerichtet«, berichtete Christian schlicht. »Sie haben einen ziemlich gefährlichen groben Unfug getrieben, und als dem schließlich ein Ende gemacht wurde, wußten sie, daß ich nicht ganz – unbeteiligt war. Aber der springende Punkt ist folgender. Er hatte anscheinend große Hoffnung auf eine Begegnung mit einem Mann namens Samuel Harvey gesetzt. Er war unterwegs, um ihn in Wark zu treffen, als er gefangengenommen wurde. Soviel habe ich aus Buccleuchs blödem Sohn herausbekommen. Diese Begegnung hat er nun versäumt. Aber vielleicht kann eine neue Verabredung getroffen werden – für uns. Jedenfalls hat George Douglas irgendwie mit der Sache zu tun, und ich werde ihn aufsuchen. Wenn Überredung oder Drohungen irgend etwas erreichen können, dann bringe ich ihn dazu zu helfen.«

»Helfen? Wem helfen?« fragte Tom Erskine verwirrt.

Einen Augenblick lang herrschte Schweigen. »Meinem jüngeren Sohn«, sagte Sybilla gelassen. »Wir sind eine zähe Familie, und Sie haben eine sehr gutherzige Braut. Lymond zu helfen – damit befassen wir uns jetzt schon seit einigen Monaten, hab' ich recht, Christian?«

Christian öffnete in gespielter Verzweiflung die Hände. »Wie hast du das erraten?«

»Niemand«, sagte die alte Dame bekümmert, »traut mir irgendwelche normale Denkfähigkeit zu. Wenn ein geheimnisvoller Mann am Ufer des Sees von Menteith einen königlichen Skandal verursacht, während die schärfsten Ohren von ganz Schottland in der Gegend umherschlendern und – ihrer eigenen Angabe zufolge – nicht das geringste davon hören, dann fange ich an, mich zu wundern. Ich wundere mich auch, wenn ein zimperlich erzogenes Kind mit einem Rätselverschen, das ich selbst ausgedacht habe, einen ganzen Hof in Zustände versetzt. Und wenn Andrew Hunter und Richard beide einen Namen erwähnen, den ich dich wiederholen hörte, und dieser Name etwas zu tun hat ...«

»Und dann hast du wahrscheinlich den Zigeuner bemerkt.«

»Ganz gewiß habe ich bemerkt, daß die Zigeuner, die wie gerufen auftauchten, kurz ehe ich mein ganzes Silber einbüßte, dieselben waren wie jene, mit denen du in Stirling so dringend sprechen wolltest – O ja.«

»War das der Grund, warum du Johnnie Bullo bei dir festgehalten hast?«

»Zu Anfang schon. Ich bin enttäuscht von Johnnie«, erklärte die alte Dame mit einer gewissen Strenge. »Er hat sich als ein recht übertriebener Individualist herausgestellt. Es würde ihm recht geschehen, wenn ihm einmal jemand eine Lehre erteilte.«

»Bullo? Aber das ist doch der Mann, der . . . Das verstehe ich nicht«, sagte Mariotta verzweifelt.

»Wir beglückwünschen einander, wie schlau wir waren«, bemerkte Sybilla. »Ohne jeden Grund. Denn der liebe Mann sitzt in Threave im Gefängnis, und wir hocken hier herum und tun nicht gerade viel.«

»Du hast Lymond geholfen?« fragte Mariotta und erhob sich.

Sybilla wandte sich Mariotta zu. »Entschuldige, meine Liebe«, sagte sie. »Setz dich wieder. Wir eilen dir mit unseren Sorgen nur ein wenig voraus. Du mußt wissen, daß mein Sohn nicht ganz der betrunkene Renegat ist, von dem die Sage geht.«

»Hat er mich etwa nicht nach Crawfordmuir gelockt?« entgegnete Mariotta. »Hat er etwa nicht mein Kind getötet? Mich nicht beleidigt? Versucht, dein Haus niederzubrennen? Will verdorben – Richard nach dem Leben getrachtet? Du selbst hast ihn eben noch einen oberflächlichen Blender genannt.«

Sybilla antwortete sanft: »Ich habe dir nur gesagt, was du an ihm anziehend gefunden hast. Ich habe nicht gesagt, daß nicht noch mehr an ihm dran ist. Er hat weder dir noch mir absichtlich etwas zuleide getan. Ich glaube, du kannst ihn nicht ernstlich beschuldigen, daß er dein Kind umgebracht hat, und für das, was nachher geschah, hat er, glaube ich, seine Gründe gehabt.«

»Lassen wir uns doch nicht täuschen«, unterbrach Tom Erskine plötzlich. »Sie möchten natürlich das Beste von ihm annehmen, das versteht sich. Aber sein Ziel war doch von Anfang an durchweg, Richard auszutilgen. Christian, ich habe nicht gewußt, daß du den Burschen überhaupt kennst.«

Einen Augenblick lang schwieg das Mädchen. Dann sagte sie: »Ich bin ihm im September begegnet, aber es wäre nicht recht gewesen, Tom, von dir oder irgend jemand sonst zu verlangen, dieses besondere Geheimnis mit mir zu teilen.«

Erskine wurde plötzlich ärgerlich: »Du hättest ums Leben kommen können!«

»Vielleicht«, erwiderte sie. »Aber ich glaube es nicht. Jedenfalls bin ich jetzt in Sicherheit, oder nicht? Und die Wahrheit kann uns allen nichts schaden. Sybilla, ich schaue jetzt in Boghall hinein und gehe von dort direkt zu Sir George nach Dalkeith. Tom . . .«

»Du willst dich weiter einsetzen für diesen – diesen –«

»Vogelfreien? Ich möchte zu Ende führen, was ich begonnen habe, Tom. Wenn ich recht habe, dann habe ich eine Ungerechtigkeit verhütet. Wenn ich unrecht habe, dann ist die volkstümliche Ansicht – und die deine – bestätigt. In jedem Fall bist du der Mann, dem ich meine Hand versprochen habe. Du nimmst doch nicht an, daß ich das vergessen habe?«

Er besaß keine Worte, um diese Form des Angriffs abzuwehren.

Später, als Christian gegangen war, saß er lange in Gedanken versunken. Schließlich sah er auf und begegnete Sybillas freundlichem Blick. »Sie ist doch kein Mensch, der sich so leicht täuschen oder blenden läßt?«

»Nein.«

»Und trotzdem, so ohne jeden Sinn und Verstand . . . Warum?« fragte Tom vor sich hin.

»Weil sie glaubt, daß eine ihrer lahmen Enten im Begriff ist, sich in einen Schwan zu verwandeln«, sagte Sybilla.

Suchend, fragend wanderten seine Augen von Sybilla zu ihrer Schwiegertochter. »Ist der Mann denn ein Heiliger?«

»Nein«, sagte Sybilla. »Kein Heiliger. Ein Künstler der Seelenzergliederung. Aber nur, weil er fünf Jahre lang das Messer zu spüren bekommen hat.«

»Verdammt nett von ihm, dafür zu sorgen, daß wir alle mit darunter leiden«, meinte Erskine.

»Ich habe Ihnen gesagt, daß er kein Heiliger ist«, sagte Sybilla. »Und was man auszuhalten vermag, hat seine Grenzen auch bei ihm. Ich hoffe nur –« Sie unterbrach sich unvermutet.

»Was?« fragte Mariotta.

»Falls er darunter zusammenbricht, daß es nicht zu früh geschieht. Er ist jetzt wahrscheinlich der einzige Mensch auf der Welt, der Richard wieder in ein Verhältnis zu seiner eigenen Zukunft zurechtrücken kann. Wenn nicht gar«, sagte Sybilla, »der einzige, der ihn zu dir zurückzuschicken vermag.«

Am Sonntag, dem 3. Juni, dem Tag nach diesem Gespräch, saß Francis Crawford von Lymond auf der zerbröckelnden Mauer einer Schafhürde auf der schottischen Seite des Tweed-Flusses und warf müßig Kieselsteine ins schäumende Wasser. Jenseits des Flusses wand sich die grüne Grenze Englands zu einem unebenen Höhenkamm hinauf und tauchte dahinter in eine Mulde, in der das Dorf Wark lag. Auf der Höhe des Kammes erhob sich die englische Grenzfestung Wark, und auf ihrem Turmumgang stand, mit beiden Händen die Augen schirmend, Gideon Somerville.

»Dort, Sir«, sagte der Soldat neben ihm.

»Ich sehe ihn.« Gideon betrachtete prüfend die sitzende Gestalt. Der geneigte Kopf war unverkennbar. »Hat er nicht versucht, über den Fluß zu kommen? An der Stelle war doch eine Furt.«

»Nein, Sir. Aber der Fluß geht ziemlich hoch.«

»Ja, das sehe ich. Also gut. Schick ein Boot und hol ihn herüber. Und bring ihn in mein Zimmer.«

Es schien Gideon recht lange zu dauern, bis die Tür sich öffnete. Jemand sagte: »Der Junker von Culter, Sir«, und schloß sie wieder. Es war die gleiche vertraute, geschmeidige Erscheinung, nur stiller, weniger dynamisch, als er sie in Erinnerung hatte. Lymond kam nur einige Schritte ins Zimmer, nicht weit genug, um noch vom scheidenden Licht von den Fenstern erfaßt zu werden, und Gideon sah nur den blassen Schimmer seines Kopfes mit nicht erkennbaren Zügen. Lymonds Stimme war höflich, unverändert. »Armageddon«, sagte er.

»Kaum«, erwiderte Gideon trocken. »Sie haben meine Mitteilung erhalten?«

»Vorzüglich abgeliefert. Ja. Ist Mr. Harvey gekommen?«

»Und wieder gegangen. Wir haben gestern den ganzen Tag auf Sie gewartet.«

»Dann«, meinte Lymond sachlich, »komme ich zu spät.«

Gideon war ungehalten. Er sagte brüsk: »Mr. Harvey hatte einen Geleitzug unter sich, der dringend in Haddington erwartet wurde. Ich konnte ihn nicht hier festhalten. Unsere Abmachung war klar und deutlich.«

»Ich weiß. Meine Schuld. Ich wurde aufgehalten«, erwiderte Lymond. »Es war sehr freundlich von Ihnen, die Verabredung überhaupt zu treffen.«

»Ich lege einen gewissen Wert darauf, mein Wort zu halten. Die Angelegenheit war Ihnen anscheinend doch nicht sonderlich wichtig.« Lymond begann recht hilflos zu lachen. »Sie sind betrunken«, sagte Gideon zutiefst angewidert und stieß den Stuhl zurück.

»Betrunken?« Die Stimme loderte von Selbstironie. »Ach mein Gott, schrecklich, schauerlich nüchtern, Mr. Somerville«, sagte der Junker unstet.

Gideon durchquerte mit drei Schritten den Raum. In tadellos aufrechter Haltung, die Kleider blutgetränkte Fetzen, die Augen leuchtend, stand Lymond vor ihm und sprach leise weiter. »Aber unwohl, krank. Erschrecken Sie nicht. Es ist lediglich die Nachwirkung unzureichender Verkehrsmittel in scheußlichem Gelände bei rauhem Wetter. Ich war bis gestern früh in Threave eingesperrt.«

»Sie sind zu Fuß hierhergekommen?« fragte Gideon ungläubig.

»Zum größten Teil. Gerannt wie ein Hund. Und Wassersport außerdem. Daher mein Aufzug. Ich bedaure aufrichtig, daß ich Ihren Bootsmann bemühen mußte, mich herüberzuholen, aber außer Buccleuchs Bluthunden bringt mich nichts mehr zum Schwimmen.«

»Das tut mir aber verdammt leid«, sagte Gideon unbehaglich.

»Es hätte schlimmer sein können. Aber Sie würden mir eine große Gefälligkeit erweisen, wenn ich mich etwas präsentabler herrichten dürfte, ehe wir miteinander sprechen.«

Binnen zehn Minuten hatte Gideon, praktisch wie eh und je, den Gefangenen von Threave widerstandslos ins Bett gesteckt.

Lymond kehrte auf eigenes Verlangen bei Anbruch der Nacht in Gideons Arbeitszimmer zurück, gesäubert, verbunden, frisch gekleidet und, wie er besonders vermerkte, mit zarten, köstlich duftenden Essenzen gesalbt. Er schien, wenn auch nicht eben voller Tatkraft, zumindest völlig ruhig und gelassen.

»Ich habe Sie vor Scott gewarnt«, bemerkte Gideon. Er hatte das Gespräch damit begonnen, daß er eine Erklärung für Lymonds Verspätung verlangte.

»Es war meine eigene Schuld, daß ich so erpicht auf den unseligen Harvey war. Was das betrifft –«

»Sie sagen«, unterbrach ihn Gideon gemessen, »daß Sie Ihre Truppe aufgelöst haben?«

»Mit viel Geschrei und herzzerreißendem Gejammer – bei Gott, es paßte ihnen gar nicht. Ja.«

»Und stehen daher jetzt völlig zu meiner Verfügung?«

»Der Schotte, der Franzose, der Papst und die Ketzerei, von der Wahrheit überwältigt, sind samt und sonders gestürzt. Wiederum ja.«

»Ich wollte zu Gott«, versetzte Gideon ein wenig ratlos,

»Sie würden – wenigstens dieses eine Mal – Prosa reden wie andere Menschen.«

»Gut«, sagte Lymond und lächelte.

Sie unterhielten sich bis spät in die Nacht über die gespannte Situation zwischen England und Schottland, und es fiel Gideon auf, daß in Lymonds Überlegungen seine eigenen Angelegenheiten überhaupt nicht vorkamen und daß er die meisten seiner störenden Künsteleien völlig aufgegeben hatte. Schließlich fragte Gideon, während er ihn prüfend über den Rand seiner Hände hinweg betrachtete: »Warum sind Sie nicht bei Ihren Leuten in Edinburgh?«

»Sie haben mich hinausgeschmissen«, erwiderte Lymond gelassen.

»Warum?«

»Jugend, Frauen, schlechte Gesellschaft. Das heißt – nicht Frauen. Eine Frau.«

Gideon sagte plötzlich: »Darf ich raten? Jemand, der mit Samuel Harvey und der Hofhaltung der Prinzessin Mary in Zusammenhang steht? Jemand wie Margaret Lennox?«

Lymond erwiderte: »Sehr wie«, und fügte nichts hinzu.

Nach kurzem Schweigen fühlte Gideon nochmals vor. »Sie würden wohl nicht . . .?«

»Nein.«

Somerville erhob sich. Er schritt zur Tür und wieder zurück; er war sich bewußt, daß die Schranke der Nationalität zwischen ihnen gefallen war und die Läden sich wieder geschlossen hatten. Er setzte sich wieder an seinen Schreibtisch. »Und nun zu Harvey.«

Lymond kreuzte die Beine. »Sie haben in dieser Hinsicht keinerlei Verpflichtungen; gleicherweise steht es in Ihrer Macht, über mich zu verfügen, obwohl die Begegnung nicht stattgefunden hat. Das war die Abmachung.«

»Ich habe mir darüber einige Gedanken gemacht«, antwortete Gideon und rollte die Schreibfeder zwischen den rosigen sauberen Fingern hin und her. »Der Geleitzug, der hier nach Haddington durchkam, kommt in ein oder zwei Wochen wieder zurück. Es wäre vielleicht möglich, eine zweite Verabredung mit Mr. Harvey zu treffen. Leider –«

»Ich wußte es«, sagte Lymond gleichmütig. »Die schwindende Freude, der kurze Frohsinn, die vorgetäuschte Liebe, der falsche Trost. Leider –«

»Leider«, fuhr Somerville fort und legte die Feder weg, »muß ich zu Lord Grey, sobald er nach Berwick zurückkehrt. Ich könnte Ihnen hier in Wark eine gewisse Sicherheit garantieren, solange ich selbst da bin. Aber ich fürchte, ohne mich würden Sie ziemlich rasch in Carlisle landen.«

»Folglich ginge es noch rascher, wenn man mich gleich nach Carlisle bringt.«

»Was?« sagte Gideon trocken. »Einen solchen Singvogel in die Suppe werfen? Nein. Ich hoffe, wieder dazusein, wenn Harvey zurückkommt. Bis dahin nehme ich Sie nach Flaw Valleys mit.«

»Zu Ihnen nach Hause? Ich verstehe. Aber wird Ihre Frau es verstehen, deren Gesetzen ich zartfühlend zu gehorchen habe?«

Gideon erhob sich. »Ihr Aufenthalt wird Ihnen keine sonderlichen Annehmlichkeiten bieten. Sie werden sich hinter Schloß und Riegel befinden und in einer so strengen Hausordnung, wie es meiner Frau beliebt. Ich hole Sie wieder ab, sobald ich kann.«

Die Hand auf der Türklinke, blieb Lymond stehen. »Ich wüßte gar zu gern, warum«, sagte er.

Doch das wußte Gideon selbst nicht genau.

2

Sybilla erfuhr erst am Mittwoch dieser Woche von der Flucht ihres Sohnes aus Threave. Sie traf in einem Wirbel von Frauen, Bewaffneten, Kisten und Schachteln im Schloß ein und vernahm die Geschichte stückweise vom einsilbigen Will Scott und der frohlockenden Agnes und zog ihre Schlüsse.

Sie war von dem Bravourstück nicht so beeindruckt, wie Agnes erwartete, sondern fragte scharf: »Habt ihr nach ihm gesucht?« Scott antwortete abweisend, die Leute seines Vaters hätten die Gegend bis Samstag mit Spürhunden abgesucht, ohne eine Spur zu finden.

Sybillas Gehaben war weniger bizarr als gewöhnlich und dafür ein gut Teil sachlicher. »Christian hat uns von Francis' Gefangennahme erzählt, aber sie wußte natürlich nichts von seiner Flucht. Habt ihr«, fragte sie unvermittelt, »von dem Überfall auf Dalkeith gehört?«

Will Scott, der sich keineswegs sicher war, was die alte Lady von alledem hielt, folgte ihr einigermaßen verwirrt: »Dalkeith? Nein.«

»Es war Sonntagnacht«, sagte Sybilla und setzte sich. »Lord Grey hat Truppen aus Haddington hingeschickt. Ein Teil hat die ganze Gegend rings um Edinburgh niedergebrannt, und die anderen haben Dalkeith angegriffen. George Douglas ist, wie ich höre, entkommen, aber seine Frau und alle anderen im Schloß haben sich ergeben müssen.«

»Ich dachte, Sir George und Grey stünden auf gutem Fuß miteinander«, meinte Scott.

»Ach, wirklich? Agnes, meine Liebe«, sagte Sybilla, »Bonnie hat einen neuen Satinstoff für dich. Genau der richtige Farbton für deine Türkise. Will und ich sind hier sehr gut aufgehoben.«

Scott sank das Herz, als das Mädchen das Zimmer verließ. Er sagte: »Ich nehme an, Sie wissen, daß mein Vater mit mir nicht ganz zufrieden ist. Ich weiß nicht, was er erwartet hat. Nach dem, was Mariotta zugestoßen ist, konnte kein Mann einfach ruhig dastehen und zusehen, wie ...«

»Dummes Zeug«, sagte Sybilla. »Mariotta ist ein törichtes Kind, das eine Lektion verdient hat, wenn auch nicht gerade die, die sie bekommen hat. Wenigstens hast du deinem Vater nichts von Wark gesagt.«

Scott errötete. »Ich glaube nicht, daß Lymond dorthin gegangen ist. Er war zu spät dran.«

Sybilla glättete ihr Kleid. »Hast du gewußt, warum er dorthin mußte?«

»Nein.« Scott zögerte unter dem Blick der blauen Augen.

»Er hat es dir nicht gesagt, als ihr nachher zusammen eingesperrt wart?«

»Er wollte sich irgendwelche Auskünfte beschaffen«, antwortete Scott mürrisch, »die ihn bei der Obrigkeit in ein gutes Licht rücken würden. Aber ich kann mir nicht denken, daß es ihm jetzt etwas genützt hätte. Nach allem, was er angestellt hat.« Die alte Dame gab keine Antwort, und er spürte, wie ihn der Ärger packte. »Bedauern Sie etwa, daß ich ihn gefangengenommen habe? Ich kann Ihnen versichern, seinem Bruder wird es nicht leid tun.«

»Bedauern? Ja. Du nicht?« fragte Sybilla sanft.

Scott sah sie offen an. »Ich weiß nicht, was ich glauben soll. Auf jeden Fall, was könnte ich jetzt tun?«

»Du könntest versuchen, ihn zu finden«, sagte Sybilla. »Du weißt, wo er sein könnte. Und du könntest versuchen, diesen Harvey ausfindig zu machen. Dann würden wir wenigstens vielleicht die Wahrheit erfahren. Meinst du nicht?«

»Die Wahrheit?« erwiderte Scott grob. »Wem wird die Wahrheit irgendwas nützen? Was hat sie Christian Stewart genützt? Das einzige, was ihr jetzt helfen kann, ist eine faustdicke Lüge.« Dabei fiel ihm sein Versprechen ein. »Und die habe ich zu besorgen. Ich nehme an, sie ist wieder in Boghall?«

»Nein«, sagte Sybilla. »Sie nimmt Ihre Freundschaft ein wenig ernster. Als ich sie das letztemal sah, war sie unterwegs zu Sir George Douglas nach Dalkeith. Sie wollte versuchen, die Wirkung deiner kleinen Verschwörung hier unschädlich zu machen.«

Scott sprang auf die Füße. »Dalkeith!«

»Ja«, sagte Sybilla freundlich. »Der Ort, den die Engländer am Sonntag überfallen haben. Nicht sehr klug gehandelt unter den gegebenen Umständen, nicht wahr?«

Gideon hatte einen Ritt von hundertvierzig Meilen vor sich, wenn er Lymond in Flaw Valleys abliefern und dann selbst nach Berwick zurückkehren wollte. Wie sehr ihm an der Sache lag, ließ sich daran ermessen, daß er den Ritt ohne Zögern auf sich nahm, und er und sein Gefolge mitsamt dem Vogelfreien langten schon am frühen Nachmittag des Montags in Flaw Valleys an.

Das unvermeidliche Scharmützel fand statt, als er sich unter den höchst erstaunten braunen Augen seiner Frau umkleidete. »Und wo«, fragte Kate Somerville überschwenglich, »hast du gesagt, daß du ihn untergebracht hast?«

»Im Schlafzimmer am Ende des Korridors im Oberstock. Hinter Schloß und –«

»Nicht doch!« sagte Kate. »Was denkst du dir denn? Keine seidene Bettwäsche! Und zwei Treppen hoch und einen scheußlichen, kotigen Hof, über den er gehen muß, ehe er auch nur das Vieh zusammentreiben kann!«

»Kate!«

»Ich glaube, du leidest an Gehirnschwund«, sagte Kate etwas weniger leidenschaftlich. »Hast du es Philippa gesagt?«

Gideon nickte. »Ich habe ihr gesagt, daß er hier ist, um bestraft zu werden.«

»Ach. Dann ist sie wahrscheinlich mit einem Tschabuk im Zimmer am Ende des Korridors. Oder ist es abgeschlossen?«

Gideon hielt ihr einen Schlüssel hin. »Ich muß jetzt essen und mich auf den Weg machen, Schatz. Jemand von meinen Leuten wird ihm das Essen bringen –«

»Und ich hatte mir so gewünscht, mich wie Philemon und Baucis ins geruhsame Alter zurückzuziehen. Meinst du nicht, du solltest dich wieder in den Ruhestand begeben? Der erste Ruhestand ist anscheinend irgendwie abhandengekommen. Nein? Nun, ich werde mich um deinen greulichen Freund kümmern müssen, aber komm mir nicht mit Vorwürfen, wenn er bei deiner Rückkehr nicht mehr ganz der gleiche ist«, sagte Kate Somerville.

Sie verlor keine Zeit. Sobald Philippa aus dem Weg war und Gideon beim Essen saß, begab sie sich in den Oberstock, ließ ihre Leibwache wohlbewehrt draußen, schloß das Schlafzimmer am Ende des Korridors auf und trat ein. Der Raum schien leer. Niemand am Fenster oder auf dem Fenstersitz; niemand im Bett; niemand vor dem leeren Kamin. Blieb also nur das Erbstück, ein aus Gideons Familie stammender Sessel, den ein gescheiterter Student der Tiersymbolik mit Schnitzereien versehen hatte. Das Erbstück stand kratzend und fauchend mit Zähnen und Klauen am Fenster, mit dem Rücken zur Tür. Kate schritt entschlossen um das Möbel herum und fand ihn. Lymond schlief, den Kopf weit zurückgelehnt, schlaff, erschöpft, mit offenen Handflächen. Kate zog das fleckige Wams auseinander, ohne ihn zu wecken. Es genügte, um ihr zu sagen, was sie wissen wollte.

Unten trat sie vor ihren Gatten. »Warum nur, Gideon«?

Er stellte sich dumm. »Warum was?«

»Ausgerechnet jetzt meine Mutterinstinkte wachrufen? Ich sollte doch auch erbittert grollen.«

Gideon wischte sich den Mund. »Geißle nur los. Dazu ist er hier.«

»Wozu er auch hier sein mag – er blutet jedenfalls Großpapa Gideons ganzen Eichenstuhl voll wie ein Schwein am Martinstag«, sagte Kate unverblümt.

In Gideons Augen tauchte ein schwaches Lächeln auf. »Ich war's nicht. Aber ich gebe zu, daß ich heute morgen sehr schnell geritten bin. Er hat sich nicht beklagt.«

»Dann gestatte mir, es wiedergutzumachen«, sagte Kate. »Schön. Her mit dem Mutterinstinkt. Schließlich bringen mir ja alle immer ihre zerbrochenen alten Sachen, damit ich sie wieder zusammenflicke. Wann bist du zurück?«

»Bald, hoffe ich.« Gideon erhob sich, nahm gleich darauf Abschied von seiner Frau und eilte leichten Fußes hinab in den Hof. Kate beobachtete ihn, wie er aufbrach, und bemerkte mit böser Vorahnung die sanftmütige Unerschrockenheit auf dem gütigen Antlitz.

Die Prozession, die sich bald darauf den Korridor des Ober-stocks entlangbewegte, war wie aus Tausendundeiner Nacht – eine Art Barmeciden-Mahlzeit aus Krankenkost sowie Krüge, Schüsseln, Bandagen und Kleider, Handtücher, Salben und ein kleiner hölzerner Badezuber mit Messingreifen. Kate schritt durch die versammelte Ausstattung hindurch und schloß die letzte Tür diesmal ohne Umstände auf und trat ein.

Er ließ sich nicht ein zweites Mal überrumpeln. Lässig ins Fenster gelehnt, begutachtete Lymond ihre Gehilfen mit leicht spöttischem Interesse. »Feurige Kohlen. An einem so warmen Tag! Nein. Das ist offenbar das einzige, was fehlt. Waren Sie es, die vorhin hereinkam?«

»Ja«, antwortete Kate finster, »und da ich Sie mir genau an-gesehen habe, können Sie sich ruhig wieder hinsetzen.«

Die blauen Augen waren kühl. »Warum? Wollen Sie mich baden?«

»Seien Sie still«, sagte Kate. »Das wird Charles besorgen. Dann werde ich Ihnen die Schulter verbinden, obwohl es mir keinerlei Genugtuung bereitet. Wer hat denn der Öffentlich-keit den Dienst erwiesen, Sie zu durchlöchern?«

»Ach, ein Wurm, der sich gekrümmt hat«, sagte Crawford von Lymond. »Ein Köder, der nicht aufgespießt werden wollte. Ich bin durchaus imstande, mich selbst zu waschen und herzurichten, wenn Ihre Leute mir das Nötige hier-lassen.«

Kate hörte nicht auf ihn, sondern musterte ihre Utensilien und rief Gideons Diener herein. »Charles! Ich komme in ei-ner halben Stunde wieder«, sagte sie und schloß die Tür.

Lautes Hämmern rief sie schon vorher zurück. Sie traf Char-les an, wie er, von Seifenwasser triefend, von draußen wild gegen die Tür des Häftlings trommelte, die spaßhafterweise von innen verriegelt war. Kate schob ihn beiseite und rüttelte am Griff. »Was fällt Ihnen denn ein? Lassen Sie mich her-ein.«

Durch die schwere Tür ertönte keck und bedächtig seine

Stimme: »Mistreß Somerville! Der Anstand! Die guten Sitten!« Trotz allen Klopfens, Rüttelns und Drohens war an diesem Tag nichts mehr aus ihm herauszubekommen.

Eine Woche nach diesem Ereignis kehrte Lord Grey von Wilton über die Grenze nach England zurück und bezog in Schloß Berwick Quartier. Das kürzlich neu befestigte Haddington blieb unter einem Festungshauptmann zurück. Lord Grey hatte einen schweren Monat hinter sich. Bei seiner Ankunft wurde ihm gemeldet, die Gräfin Lennox warte, um mit ihm zu sprechen. Gideon war zur Stelle, als seine Lordschaft explodierte. »Margaret Lennox! Was denn noch? Sie hat sich im Februar mächtig in die Nesseln gesetzt, und ihr Vater hat ihr nur ins Gesicht gelacht und ist zu den Schotten übergegangen. Na, dieser Familie habe ich einen Denkzettel verabreicht!«

»Ich habe von dem Überfall auf Dalkeith gehört«, sagte Gideon. »Wie ist er abgelaufen?«

Grey machte ein zufriedenes Gesicht. »Großartig, großartig. Ich hoffe, alle Bundesgenossen und Ohrenbläser der Familie Douglas haben es zur Kenntnis genommen und eine Lehre daraus gezogen. Wir haben die ganze Besatzung erwischt, Douglas' Frau, seinen zweiten Sohn, Dutzende von Gutsherren und Douglassen und Wagenladungen von Möbeln und Einrichtung. Ich sage Ihnen, Gideon« – Lord Grey lief noch in der Erinnerung rot an –, »wir sind von dieser Arbeit eines Tages um dreitausend Pfund reicher zurückgekommen, und dazu zweitausend Stück Vieh und dreitausend Schafe, ganz zu schweigen von einem Bündel so hochmögender Gefangener, wie man sie sich fürs Lösegeld nur wünschen kann.«

»Aber Sir George selbst ist entkommen?«

Die freudige Erinnerung verblich. »Verdammter Feigling!« sagte Lord Grey. »Ist durch eine Hinterpforte entwischt und nach Edinburgh entflohen und hat seine eigene Frau in Gefangenschaft geraten lassen. Sollte mich nicht wundern, wenn er Ende der Woche wieder auf den Knien angerutscht kommt. Seine Frau meint, er wird. Ich habe sie zu ihm zurückgeschickt.«

»Lady Douglas zurückgeschickt?«

»Ja. Sie meinte, sie könnte ihn dazu bringen, endlich ehrliches Spiel mit uns zu treiben. Aber es kommt nicht darauf an«, sagte Grey überschwenglich. »Wir haben seine halbe Familie hier in Gewahrsam, seine beiden Söhne inbegriffen. Und außerdem ein sonderbares Geschöpf – und hübsch dazu –, ein blindes Mädchen namens Stewart. Mündel der Familie Fleming und bei Hof sehr geschätzt. Sie wird einiges wert sein. Sie werden sie gleich zu Gesicht bekommen – ich habe sie rufen lassen.« Er bückte sich schwerfällig zu seinen Stiefeln hinab. »Ich könnte sechs Monate Ferien brauchen. Dieses ganze Kommen und Gehen. Und die französische Flotte ist da.«

Gideon, der nicht mehr genau zugehört hatte, richtete sich mit einem Ruck auf. »Sind Sie sicher?«

»Habe sie selbst gesehen«, antwortete der Befehlshaber düster. »Sie liegt auf der Höhe von Dunbar. Eine verdammt große Flotte.«

Gideon fragte: »Was ist mit unserer Flotte?«, und sah, wie Grey verächtlich die Lippen schürzte. »Was soll mit ihr sein? Wird im Süden ausgerüstet. Es würde mich nicht wundern, wenn sie sich zu Weihnachten noch ausrüstet...«

Während er noch sprach, wurde Christian Stewart hereingeführt. Ihr folgte Greys Sekretär Myles. Während sie einander vorgestellt wurden, beobachtete Gideon neugierig das blinde Mädchen. Sie war für seine Begriffe kräftig gebaut, sah gut aus, mit schimmerndem dunkelrotem Haar, das ein erstaunlich gelassenes Gesicht umrahmte. Während Myles Greys Aufmerksamkeit in Anspruch nahm, sagte Gideon: »Sind wir einander schon einmal begegnet? Sie scheinen meinen Namen zu kennen.«

Sie lächelte bezaubernd. »Ich habe von Ihnen gehört. Durch einen Freund.«

Gideon gab die übliche Antwort: »Hoffentlich nichts allzu Schlechtes.« Das Mädchen lächelte abermals.

»Ganz im Gegenteil. Er – wir glaubten zu einer gewissen Zeit, Sie hätten eine unbesonnene Vergangenheit, aber jetzt wissen wir es besser.«

»Gut«, erwiderte Gideon, doch die Antwort war mechanisch. Meinte sie damit möglicherweise etwa...? Er bemerkte, daß Grey noch beschäftigt war, und versuchte es auf gut Glück: »Oder vielleicht... nicht so gut für Mr. Harvey?«

Ein kleines Schweigen trat ein. Dann kehrte die Farbe wieder in das helle Antlitz zurück. »Kennen Sie ihn?« fragte sie leise.

»Wen? Harvey?« Die Frage war hinterlistig.

»Nein.«

Eine Freundin Lymonds. So, so, dachte Gideon. »Ich bin ihm begegnet«, sagte er umsichtig.

Sie war sich offenkundig über seinen Rang und Stand nicht sicher und auch nicht, ob man ihnen nicht zuhörte. Sie zögerte und sagte dann: »Als Widersacher?« Was Gideon zum Nachdenken veranlaßte.

»Anfänglich ja«, sagte er. »Jetzt ist es ein wenig anders. Kennen Sie ihn gut?«

»Wen?« warf Lord Grey ein, indem er Myles die letzten Akten auf die ausgestrecken Arme lud. »Harvey? Wahrscheinlich hat sie ihn in Haddington getroffen.« Er blickte vorwurfsvoll zu Gideon auf. »Sie haben mich schon einmal nach diesem Mann gefragt. Ich habe es Ihnen doch gesagt. Er hat eine Verwundung am Bein und kann einstweilen nicht nach Berwick zurück – vielleicht noch wochenlang nicht. Verdammt unangenehm. Ich habe ihn nur als Vorwand dem Geleitzug zugeteilt, um ihn herzuholen, und nun ist er nicht da, und dieser Lymond hat sich anscheinend in Dunst aufgelöst.«

Weder Gideon noch das Mädchen sagten ein Wort.

»Na, jedenfalls«, fuhr Grey ruhiger fort, »habe ich einen

Auftrag für Sie, Gideon, und muß Sie unserer reizenden Gesellschaft hier entreißen. Wobei mir einfällt . . .« Er kniff die Lippen zusammen und betrachtete beifällig das blinde Antlitz. »Ich muß Ihnen eine ordentliche Anstandsdame beschaffen – bei Gott, ich hab's!« rief er. »Die Gräfin von Lennox! Das schafft mir dieses verdammte Weib aus dem Weg!«

Auf dem heiteren Antlitz des Mädchens malte sich keine Veränderung. Gideon sagte, ohne nachzudenken: »Aber, Willie, ich glaube, das ist nicht sehr geeignet.«

»Warum nicht?«

Gideon wußte es selbst nicht. Er wiederholte nur nachdrücklich: »Ich glaube nicht, daß Lady Christian und Margaret Douglas irgend etwas gemeinsam haben. Lady Lennox' Umgang mit ihren Landsleuten – einigen von ihnen – war nicht gerade stubenrein.« Er gewahrte, daß das Mädchen ihm fragend das Gesicht zuwandte.

Christian sagte vorsichtig: »Sie meinen, die Gräfin könnte versuchen, meinen Freunden durch mich zu schaden?« Nun wußte Gideon, daß sie ihn verstanden hatte, auch wenn Grey es für Unsinn hielt. Ein wenig später entbot er ihr ein freundliches Lebewohl und brach ohne ersichtlichen Grund in bester Stimmung auf.

Die Unterredung zwischen Lord Grey und Margaret Gräfin von Lennox fiel genau so aus, wie Grey befürchtet hatte. Sie begann damit, daß die Dame mit kühler Stimme sagte: »Leider, Lord Grey, habe ich Ihnen die Ungehaltenheit des Lord-Protektors zu übermitteln«, und dem einige unverblümte Fragen anfügte. »Will man mir weismachen, daß von allen Offizieren in London dieser Harvey der einzige war, der einen Geleitzug nach Haddington bringen konnte?«

»Harvey«, erwiderte Lord Grey mit einiger Anstrengung, »ist ein sehr fähiger Mann. Ich bedaure, da Sie ein solches Interesse an ihm nehmen, daß Sie mit ihm nicht zusammentreffen können. Eine leichte Verwundung hat ihn genötigt, in Haddington zu bleiben.«

Die schwarzen Augen funkelten. »Ich bin eigens hergekommen, um dafür zu sorgen, daß er umgehend nach London zurückkehrt. Soviel ich weiß, verläßt Mr. Palmer Sie heute?«

Lord Grey bestätigte, daß Harveys Vetter im Begriff sei, von Berwick nach London zu reisen.

»Dann hoffe ich, daß er Seiner Durchlaucht die Versicherung übermitteln kann, daß Mr. Harvey ihm folgen wird, sobald er reisefähig ist.«

Lord Grey pflichtete – mit privaten Vorbehalten – abermals bei.

»Es freut mich, das zu hören. Ich werde hierbleiben und dafür sorgen, daß es geschieht«, sagte die Gräfin und versetzte ihm erbarmungslos den Gnadenstoß: »Sie werden gehört haben, daß Ihr Freund Lymond gefangengenommen worden ist.«

»Gefangen? Von Wharton?«

»Nein. Von den Schotten. Wann«, fragte Margaret, nachdem sie ihm die bittere Medizin zu schlucken gegeben hatte, »glauben Sie, daß Harvey wird reisen können?«

Lord Grey ließ einen zerstreuten Blick auf ihr ruhen. »Wie? Ach so. Ich habe keine Ahnung. Ich werde das Mädchen fragen.«

Margaret hörte auf, an ihrem Kleid herumzuzupfen. »Was für ein Mädchen?«

»Unter den Gefangenen, die wir bei George Douglas gemacht haben, war ein Mädchen, das sich in Haddington für ihn interessierte. Sie waren alle dort kurze Zeit untergebracht, ehe sie hierhergeholt wurden.«

»Interessierte sich für Harvey?« rief die Gräfin. »Wer ist sie denn?«

Grey erzählte ihr, was er wußte. »Lymond und sie scheinen recht freundschaftlich zueinander zu stehen«, meinte er abschließend und fand nach einigem Stöbern auf seinem Schreibtisch einen Brief. »Wir haben das hier Lady Douglas abgenommen, ehe wir sie auf freien Fuß gesetzt haben. Es ist ein Brief des Mädchens an Sir George, den ihr Dienstbursche geschrieben hat. Sie ist blind, müssen Sie wissen. Lesen Sie, was drin steht.«

»Blind!« Sie las starr vor Staunen den Brief einmal und dann noch einmal. »Unterschrieben: Christian Stewart.« Sie blickte auf. »Dieser Brief nimmt an, daß der Junker von Culter sich mit Sir George oder jemandem in seinem Auftrag in Verbindung setzen wird. Es ist Lymond mitzuteilen, daß alles in Ordnung ist und er sein Zeil nicht weiterzuverfolgen braucht, weil sie alles Nötige unternommen hat. Was soll das heißen?«

Lord Grey schüttelte den Kopf. »Ich habe mir das Mädchen heute kommen lassen und sie darüber gefragt, aber sie hat nichts gesagt.«

»Hat Lady Douglas gewußt, was in dem Brief steht? Nein? Ich möchte dieses Mädchen sprechen«, erklärte Lady Lennox mit vernehmlicher Endgültigkeit.

Nach dem Schrecken ihrer Gefangennahme in Dalkeith war Christian Stewart widerwillig nach Haddington gestolpert und dann wie betäubt von Erleichterung und Angst hierher nach Berwick. Wunderbarerweise lag der Schlüssel zu dem ganzen seltsamen Problem nun in ihren Händen. Aber um ihn verwenden zu können, mußte sie frei sein. Gleichgültig, ob man Francis Crawford zur Flucht verholfen hatte oder ob er noch in Haft war – sie mußte verhindern, daß er vor Gericht gestellt wurde oder seine Freiheit wieder aufs Spiel setzte, ehe sie ihn gefunden hatte. Ihr Brief an Sir George – ein aussichtsloser Versuch, genau das zu erreichen – hatte versagt. Sie hatte keine andere Möglichkeit, ihm eine Mitteilung zukommen zu lassen. Sie hatte versucht, Syms Freilassung zu erwirken, aber ohne Erfolg. Sie hatte sogar erwogen, sich an diesen Somerville zu wenden, der anscheinend freundlich gesonnen war und dem man vielleicht vertrauen konnte. Aber man hatte ihr gesagt, er habe das Schloß verlassen.

Was nun? Den ganzen Tag lang ging sie auf und ab und dachte nach. Sie schlug in plötzlichem Zorn mit den geball-

ten Fäusten auf die Fensterbrüstung. Ach, nur hier heraus!
Nur hier herauskommen!

Der Gräfin von Lennox und ihrem huldvoll-königlichen Ge-
fängnisbesuch bot Christian eine staunenswert ruhige, un-
durchdringliche Wand aus Stahl dar. Der Name fiel bald:
Francis Crawford von Lymond. »Ich nehme nicht an, daß Sie
ihn kennen. Es gilt heute als unpatriotisch, ihn zu kennen«,
sagte Margaret wehmütig. »Aber wir waren einmal sehr gute
Freunde.«
Das blinde Mädchen antwortete heiter: »Doch, ich kenne
ihn.«
»Wirklich, Sie kennen ihn? Meinen wir auch den gleichen?
Wo ist er denn jetzt?«
»Im Gefängnis«, erklärte Christian prosaisch. »Ich denke
schon, daß er der gleiche ist. Er redet sehr viel.«
»Im Gefängnis«, wiederholte Margaret, und ihre Stimme
klang ein wenig zu scharf. »In Schottland? Aber das bedeu-
tet, daß er gehenkt wird! Ist das wahr?«
»Ich glaube schon.«
»Kann man denn nichts tun?« fragte Lady Lennox aufgeregt.
»Hilft ihm irgend jemand?«
»Wer könnte ihm helfen?«
Margaret sagte: »Sie sind seine Freundin. Wenn Sie frei wä-
ren, könnten Sie etwas unternehmen?«
Eine Falte erschien zwischen den großen, gerade blickenden
Augen. »Ich wüßte nicht, was. Ich habe ihm einen kleinen
Dienst erwiesen – ich habe ihm die Adresse eines Mannes
beschafft, den er aus irgendeinem Grund sprechen wollte.
Aber die nützt ihm jetzt natürlich nichts.«
So einfach war also die Erklärung. Margaret seufzte beru-
higt. »Zu traurig. Bei all dieser Begabung – aber die Menschen richten sich selbst zugrunde, wie sehr ihre Freunde
ihnen auch zu helfen versuchen. Bitte«, sagte die Gräfin fröhlich, »kann ich Ihnen irgend etwas bringen, was Sie gern haben möchten?«

Nachdem sie gegangen war, saß Christian lange allein in ihrer dunklen Welt und kämpfte einen Zorn nieder, der ihrer Besucherin beträchtliche Angst eingejagt hätte. Dann verbannte sie den Zwischenfall mit einiger Mühe aus ihren Gedanken und dankte dem wohlmeinenden Geist Gideon Somervilles, ehe sie wieder wütend in ihrem Gefängnis auf und ab schritt.

Gideons Besorgung für Lord Grey führte ihn nach Norham, wo er zu übernachten genötigt war. Bei seiner Rückkehr nach Berwick erkundigte er sich beiläufig und erfuhr, daß die Gefangenen aus Dalkeith an diesem Tag zum Erzbischof von York weitergeschickt worden waren und das blinde Mädchen vor ihrem Aufbruch ein- oder zweimal nach ihm gefragt hatte. Vielleicht wäre er ihnen nachgeritten, aber Lord Grey hatte anderes im Sinn. Seine besten Leute waren wie die Kümmelkörner über die Gegend zwischen Roxburgh und Berwick verstreut, und er brauchte einen fähigen Offizier an seiner Seite. Gideon fügte sich. Sein Wunsch, heimzukehren, war nicht mehr ganz so dringlich, als er herausfand, daß Margaret Lennox sich noch in Berwick aufhielt und zu bleiben gedachte, bis Harvey gesund genug war, um zurückzukehren. Wenn die Gräfin ein Wartespiel trieb, das konnte er auch, fand Gideon und ertappte sich dabei, wie er eine überraschte Grimasse schnitt. Man hätte denken können, es gehe um seine eigene Sache.

Am folgenden Montag wurde er nach Newcastle befohlen, um mit dem Schatzmeister Finanzfragen zu regeln. »Bis Sie das erledigt haben, bin ich wahrscheinlich selbst in Newcastle«, meinte Lord Grey. »Sehe Sie dann vermutlich dort. Jedenfalls sollten Sie sich morgen früh auf den Weg machen. Ach, übrigens, Sie hatten sich doch für Sam Harvey interessiert?«

»Ja«, antwortete Gideon plötzlich wachsam.

»Das Stewart-Mädchen sagte, er sei leicht verwundet. Dem ist nicht so. Er hat eine Kugel im Oberschenkel, und die Sache ist verdammt gefährlich. Es ist nicht sicher, ob er durchkommt.«

Gideon fragte rasch: »Wann haben Sie das erfahren?«

»Gerade eben. Pech für den Burschen. Ich fühle mich ein wenig schuldig«, sagte Grey verdrießlich. »Ich hätte ihn gar
nicht kommen lassen, wenn ich gewußt hätte, daß dieser Lymond außer Gefecht ist.«

»Ja. Pech«, erwiderte Gideon. »Willie, hätten Sie etwas dagegen, wenn ich jetzt gleich losziehe anstatt morgen? Ich
könnte auf dem Weg bei Kate hineinschauen.«

»Auf dem Weg?« meinte Grey nachsichtig. »Zwanzig Meilen
Umweg, sollte ich denken. Aber macht nichts. So sind wir
Ehemänner nun mal. Bestellen Sie ihr einen schönen Gruß
von mir.«

»Werde ich tun«, erwiderte Gideon. Eine knappe Stunde später war er unterwegs und am folgenden Tag, Dienstag, den
19. Juni, daheim in Flaw Valleys.

ZWEITES KAPITEL

I

Lymond erholte sich von seiner Verletzung mit der ihm eigenen Schnelligkeit; ja, er tat von Anfang an so, als gebe es sie
überhaupt nicht, und Kate war durchaus bereit, das gleiche
zu tun.

In Flaw Valleys herrschte eine altertümliche Höflichkeit der
Umgangsformen. Kate verbot ihrem Gast keinen der Räume; er war unter ständiger Bewachung, durfte sich aber frei
bewegen, wie es ihm beliebte. Auf ihr Geheiß nahm er die
Mahlzeiten mit ihr ein und leistete ihr gelegentlich auch in
ihrem Wohngemach Gesellschaft. Sein stummer Widerstand
gegen die Situation entzückte sie ebenso wie die Art, wie er

mit ihr fertig wurde. Er bestimmte die Tonlage ihrer Begegnungen schon gleich am ersten Morgen nach dem Vorfall mit Charles. Er schloß die Tür auf, brachte die notwendigen Entschuldigungen vor und paßte sich der herrschenden Atmosphäre frostiger Höflichkeit an.

Am Freitag, nachdem sie ihn vier Tage lang beobachtet hatte, versuchte Kate, ihn aus seiner Reserve herauszulocken, stieß aber auf eine undurchdringliche Mauer von Höflichkeit und literarischen Anspielungen. Sie gestand ihm seinen Sieg zu. Während der folgenden Tage sondierte sie nicht weiter, und zwar teils weil sie jetzt erkannte, daß dieses Herumstöbern keinen Zusammenhang mit der Ebene hatte, auf der sich sein Denken abspielte, und teils weil er ganz einfach einen zu scharfen Verstand besaß. Sie konnte ihn ermüden, sie konnte ihn zornig machen. Vier Tage hatten sie gelehrt, daß sie beinahe seine Selbstbeherrschung zu erschüttern vermochte und daß er selbst bestürzt war, weil er sich nicht fest in der Hand hatte. Aber es konnte ihr niemals gelingen, ihn über den Haufen zu rennen, und folglich gab sie den Versuch auf.

Sie wußte, daß er versucht hatte, sich mit Philippa zu verständigen, aber ohne Erfolg. Bei der letzten Gelegenheit war er ins Musikzimmer geschlendert und hatte Philippas Laute, die auf dem Fensterbrett lag, müßig in die Hand genommen. Er hatte offenbar vergessen, daß Kates Zimmer nebenan lag. Sie hatte ein wenig geruht; und obwohl er in diesen letzten zehn Tagen ein gesitteter und angenehmer Gesellschafter gewesen war, blieb sie doch, wo sie war, um sich selbst und ihn nicht in Verlegenheit zu setzen. So vernahm sie die zarten, gedankenverlorenen Läufe der Laute, aber auch den Krach, mit dem Philippa ins Zimmer platzte. Die Mutter öffnete behutsam ihre eigene Tür einen Spaltbreit und sah, daß das Kind in der Tür stehengeblieben war.

»Das ist meine!« sagte Philippa. »Sie spielen auf meiner Laute!«

Lymond legte das Instrument achtsam nieder und setzte sich

an Gideons Cembalo. »Laute *und* Cembalo?« sagte er. »Dann bist du aber gut beschlagen.«

Das Kind schob sich das lange Haar zurück. Es war ungekämmt, und Kate bemerkte betrübt, daß der Saum des Kleides grau von Staub war. Philippa erklärte kriegerisch: »Ich kann auch Stockfiedel spielen. Und Blockflöte.«

Philippa, Philippa! dachte Kate lächelnd. Lymond wandte sich zum Cembalo um. »Dann kommst du mir wie gerufen. Was spielst du am liebsten?«

»Laute«, erklärte Philippa mit Besitzerstimme.

»Dann«, sagte Lymond und erweckte die Tasten zu zartem Leben, »dann sag mir, wie das hier endet. Ich habe es nie herausbekommen können.«

Es war eine Melodie, die Philippa bestimmt schon in der Wiege gehört hatte und von der sie jeden Ton kennen mußte. Sie schlenderte durchs Zimmer. »Das ist *L'homme armé*.«

»Ich weiß. Aber wie geht es weiter?«

Sie schlenderte vorbei. »Weiß ich nicht.«

Das Cembalo jubelte auf. »Versuch's.«

Kate gewahrte die Zugkraft der Musik in den Augen ihrer Tochter; sie konnte sich die Faszination dieser magischen Finger vorstellen. Philippas Arm schoß vor. Sie packte die Laute und flog atemlos zur Tür. »Das Instrument gehört meinem Vater!« schrie sie. »Das haben Sie nicht anzurühren! Lassen Sie meinen Vater und meine Mutter in Ruhe! Niemand will Sie hier!«

Kate fürchtete um sie. Ihre Hand schloß sich fester um den Türgriff, aber die Musik hörte nicht auf, sondern sank nur zu einem leisen Murmeln ab. Lymonds Stimme sagte ruhig: »Möchtest du denn nicht, daß ich spiele?« Frohsinn soll sein, sang das Cembalo. Frohsinn soll sein, wenn wir zusammenkommen.

Philippa blickte ihn mit den Augen ihrer Mutter an. »Nein«, rief sie. »Ich hasse Sie.« Sie rannte aus dem Zimmer, die Laute noch immer in der Hand.

Die Musik hörte auf. Es blieb lange still. Nach einer Weile schlüpfte Kate durch die Tür. Er war noch da und sah, den Kopf in die Hand gestützt, mit blicklosen Augen hinunter. Dann gewahrte er sie. »Sehen Sie!« sagte er bekümmert. »Ich weiß, ich bin außer Übung, aber die Wirkung ist offenbar ärger, als ich geglaubt hatte.«

Sie setzte sich nieder und sah ihn an. »Wer hat Sie spielen gelehrt?«

»Zuerst meine Mutter. Mein Vater fand, daß Musik die Menschen nicht nur verrückt macht, sondern daß überhaupt nur Verrückte sich mit ihr befassen.«

»Dann haben Sie vielleicht Ihre militärische Begabung von ihm geerbt?« sagte Kate leichthin.

Er ließ eine Hand über die Tasten laufen. »Der Athlet bei uns ist mein Bruder.«

»Bogenschütze?«

»Degen oder Bogen. Mit beidem hervorragend.«

Er hatte also einen Bruder. »Zwei Athleten in einer Familie wären ja auch ein wenig mühsam«, meinte Kate. »Wahrscheinlich ist es um des lieben Friedens willen nur gut, daß Sie so verschieden begabt sind.«

Er pflichtete ihr liebenswürdig bei und wandte sich wieder dem Spiel zu. Während sie ihm zusah, mußte sie an etwas denken, was Gideon nach seinem kurzen Aufenthalt in Crawfordmuir gesagt hatte: »Er schafft's auch keineswegs nur mit Worten; darauf achtet er genau. Er schießt besser als sie alle, er ringt besser, und er spielt besser als sie. Er verfügt über ein Zusammenspiel der Kräfte, für das ein jagender Tiger seine Hinterbeine hergeben würde.«

Sie gab einen kleinen Seufzer von sich, und Lymond blickte auf. Nach einer Weile meinte er, während er noch immer spielte: »Vielseitigkeit ist einer der wenigen menschlichen Züge, die niemand ertragen kann. Man kann gut im Griechischen sein und gut malen und allgemein beliebt sein. Man kann gut im Griechischen und gut im Sport und rasend beliebt sein. Aber wenn man es mit allen dreien versucht, ist man ein Betrüger und Scharlatan. Nichts erregt rascher Argwohn als echtes Können auf allen Gebieten.«

Kate dachte nach. »Man braucht dafür natürlich eine zusätzliche Begabung für menschlichen Kontakt, aber die läßt sich entwickeln. Sie muß sich entwickeln, denn eine verhinderte und verkümmerte Begabung ist doch wahrhaftig das größte Verbrechen an der Menschheit. Sagen Sie Ihren Ausbünden an Vollkommenheit, sie sollen sie entwickeln: Bei all dieser Begabung ist es nur recht und billig, daß sie ein Hindernis zu nehmen haben.«

»Aber dazu bedarf es der Mitwirkung der anderen Seite«, sagte Lymond verbindlich. »Nein, Sie müssen wie Paris zwischen drei Möglichkeiten wählen.« Er schlug zwischen jeder einen sanft spöttischen Akkord an. »Vorzügliches leisten, aber sich einschmeicheln. Vorzügliches leisten, aber Übelwollen erregen. Oder sich hinter übertriebenen Absonderlichkeiten verstecken und für unberechenbar, aber harmlos gehalten werden.«

»Wie Sie es taten«, bemerkte Kate scharfsinnig. »Und damit das größte Verbrechen begingen.«

»Nein«, sagte Francis Crawford und sah seinen Fingern zu, wie sie über die Tasten glitten. »Die letzten, größten Verbrechen begeht der Mensch stets gegen seinen Bruder. Meines war, dank meiner Fähigkeiten, meiner Vielseitigkeit und meinen wichtigtuerischen, selbstauferlegten Verboten, gegen meine Schwester gerichtet ... Um Gottes willen«, sagte Lymond, »bitte sprechen Sie nicht.«

Sie gehorchte seinem Wunsch. Dann stieß er einen lauten Fluch aus, und sie blickte, von diesem Ausdruck ehrlichen Zorns ermutigt, zu ihm auf. Lymond stand am Fenster und sah sie schief an. »Ihre Schuld«, sagte er. »Das waren einige der Dinge, die Sie wissen wollten, nicht wahr? Sobald der Druck von mir genommen war, fing ich an, über sie zu reden. In der Regel nötige ich den Menschen meine schundigen Erinnerungen nicht auf. Verzeihen Sie. Es ist eine der Strafen dafür, daß ich fünf Jahre lang vom Umgang mit den Mitmenschen abgeschnitten war, nur kann ich mich für gewöhnlich beherrschen.«

Auch sie erhob sich. »Sie halten große Stücke auf Ihre Selbstbeherrschung, nicht wahr?«

»Ich tat es, als ich sie noch besaß. Man kann andere Menschen nur beherrschen, wenn man sich selbst –«

»Und Sie möchten andere Menschen beherrschen?«

Er lächelte. »Ich verstehe, was Sie meinen. Ich habe jetzt niemanden zum Beherrschen. Immerhin –«

»Würden Sie es im normalen Leben wollen. Werden Sie je«, sagte Kate, von ihrer eigenen Empfindung getrieben, eine der gefährlichen Fragen zu stellen, »werden Sie wohl je wirklich ein normales Leben haben?«

Lymond lächelte wieder und ging zur Tür. »Das hängt von Samuel Harvey ab. Natürlich kommt noch etwas anderes hinzu. Es könnte mir gelingen, das Gesetz zu übertölpeln. Aber sobald ich in der Öffentlichkeit erscheine, wird mein Bruder wahrscheinlich dafür gehängt werden, daß er mich umgebracht hat. Wir auf unserer Seite der Grenze machen uns alles teuflisch kompliziert.«

Kate begleitete ihn zur Tür. »Wieviel mehr können Sie davon noch aushalten?« fragte sie unverblümt.

»Machen Sie sich keine Sorgen«, sagte er. »Wenn es geschieht, dann wird es nicht hier geschehen.«

Gideon kehrte am folgenden Tag zurück und ließ Crawford zu sich und Kate ins Wohnzimmer rufen. Er begrüßte seinen Häftling und sagte dann ohne weitere Einleitung: »Harvey ist in Haddington. Er ist schwer verwundet und kommt möglicherweise nicht mit dem Leben davon. Ich bin hergekommen, um Ihnen das zu sagen.«

»Ach«, sagte Lymond. Nach einem Augenblick fügte er hinzu: »Damit scheint ja mein Problem endgültig erledigt.«

Gideon sagte unvermittelt: »Ich kann Ihnen nicht behilflich sein, nach Haddington hineinzugelangen. Aber wenn Sie glauben, daß irgendeine Möglichkeit besteht, es auf eigene

Faust zu bewerkstelligen und lebendig wieder herauszukommen, dann will ich Ihnen ein Pferd leihen, damit Sie es versuchen können.«

Es entstand eine Pause. Lymond holte tief Atem. »Ich sehe, daß es Ihr Ernst ist«, sagte er. »Ich werde Ihnen nicht mit Dankesbeteuerungen lästig fallen. Aber es bedeutet mir sehr viel.«

»Ich weiß. Was werden Sie tun?« fragte Gideon.

»George Douglas aufsuchen«, antwortete Lymond langsam. »Und versuchen, Harvey herauszuholen. Oder wenn das mißlingt, selbst hineinzugelangen.«

Gideon hatte die Tür geöffnet. »Dann kommen Sie. Ich bin so rasch hergeritten, wie ich konnte, aber wer weiß, wie lange er noch lebt. Sie müssen sich so sehr beeilen, wie Sie irgend können. Also schnell. Kate –«

Sie war schon aus der Tür. »Ich packe zusammen, was er braucht.«

Er saß in kürzester Zeit zu Pferd, und sie sahen ihm nach, wie er die Allee entlanggaloppierte und ihnen am Tor mit erhobener Hand noch einmal zuwinkte. »Diese Trottel«, sagte Gideon. »Diese verblödeten Trottel in Edinburgh. So einen Mann zu vergeuden!«

Während Lymond in Flaw Valleys war, suchte Will Scott das schottische Tiefland nach ihm ab. Er blieb in der Umgegend von Schloß Wark, bis er sicher war, daß der Junker sich nicht mehr in der Nähe des ursprünglichen Treffpunktes befand. Er suchte den Bauernhof auf, wo er sich damals der Bande angeschlossen hatte, und die Verstecke, von denen er seither wußte.

Nur zweimal begegnete ihm jemand von der Schar, mit der er neun Monate lang gekämpft hatte. Der Lange Cleg, der mit einer Koppel dämpfiger Schindmähren friedlichen Pferdehandel betrieb, winkte ihm freundlich zu und fragte, ob es wahr sei, daß der Junker und er wegen des Geldes eine Auseinandersetzung gehabt hätten und er Lymond den Schädel eingeschlagen habe. Scott murmelte irgend etwas und machte sich so schnell wie möglich davon. Die andere Begegnung spielte sich in der Gestalt eines Pfeiles ab, der bei einer Kate, wo sie ihr Viehfutter zu lagern pflegten, knapp an ihm vorbeisauste. Er bekam nicht heraus, wer ihn abgeschossen hatte, und wollte es auch nicht wissen.

Vierzehn Tage nach seinem ungemütlichen Zusammentreffen mit Sybilla in Threave kehrte Scott mit leeren Händen und bösen Vorahnungen nach Branxholm zurück, und Lord Culter, der an diesem Tag Buccleuch aufsuchte, traf ihn dort allein in der Diele an. »Will Scott!«

Er erhob sich langsam und war nicht auf Richards schwere Hand gefaßt, die ihm herrisch und schmerzhaft auf die Schulter schlug: »Na, du verdammter junger Hund, wo ist er?«

Will reagierte so, wie man es ihm beigebracht hatte: Mit einem geschmeidigen, heftigen Ruck hatte er sich dem Griff des anderen entwunden und betrachtete ihn aus dienlicher Entfernung. »Ich bin nicht hergekommen, um mich herumknuffen zu lassen«, sagte er freundlich. »Ich glaube, mein Vater ist draußen.«

»Wie ich sehe, hast du dir Manieren zugelegt, die zu deinen moralischen Grundsätzen passen. Hast du deinen Herrn mitgebracht oder nicht?«

»Was, schon wieder?« sagte Scott frech. »Ich habe ihn schon Anfang des Monats in Threave abgeliefert. Wie oft soll ich diese Dienstleistung denn wiederholen?«

Lord Culter ließ sich nicht reizen. »Ich habe dich bereits gefragt: Wo ist er?«

Scott zuckte die Achseln. »Wer weiß? Er ist entflohen.«

»Aus Threave!« rief Richard.

»Jawohl, aus Threave«, schmetterte eine neue Stimme. Buccleuch kam schwitzend und hemdsärmelig herein und brüllte nach etwas zu trinken. »Klinke hochgedrückt und davonspaziert. Man möchte glauben, der Laden wäre ein Sieb. Haben Sie gesehen, daß Will wieder da ist?« fragte er unnötigerweise. »Sie müssen nämlich wissen, daß Will derjenige war, der Ihr Mädel von Lymond weggeholt hat.«

»Eine herkulische Leistung, davon bin ich überzeugt«, erwiderte Lord Culter. Es fiel Sir Wat zu spät ein, daß es zwecklos war, bei Seiner Lordschaft einen Mann beliebt zu machen, der seine Frau mit seinem Bruder zusammen gesehen hatte. Er ließ den Versuch sein und sagte: »Wollen Sie mich holen? Ich bin schon reisefertig. Muß sowieso mit diesem Tropf nach Edinburgh, um eine Begnadigung zu erwirken. Was gibt's denn?«

Die Antwort war kurz. »Wir haben am Montag anzutreten, um die englische Garnison in Haddington anzugreifen.«

Sir Wat stellte sein Bier ab, und die Fältchen um seine Augen kräuselten sich beängstigend. »Augenblick mal. Haben die Franzosen versprochen, daß sie angreifen werden?«

»Unter den erwarteten Bedingungen. Sie werden sie morgen hören. Sie verlangen natürlich die Hauptfestungen – Dunbar, Edinburgh, Stirling. Dumbarton haben sie schon.«

»Mit freundlicher Genehmigung Ihrer französischen Majestät: Aha! Schön, Dunbar werden sie vielleicht kriegen, aber wenn es nach mir geht, bei den beiden anderen lasse ich sie nicht mal an der Schwelle herumschnüffeln. Was wollen sie sonst?«

»Was sie schon immer gewollt haben«, erwiderte Lord Culter. »Aber ich glaube, das sollte man lieber woanders besprechen.«

Buccleuch war so in seine Berechnungen vertieft, daß er die Andeutung nicht begriff. Wohl aber sein Sohn. Will erhob sich: »Selbstverständlich. Jeder, der mit Lymond zu tun gehabt hat, ist verdächtig. Ich gehe.«

Die Tür knallte zu, während Buccleuch seinen Nachbarn anbellte: »Das war höchst überflüssig! Das Bürschchen hat uns doch dazu verholfen, daß wir Lymond überhaupt gefangengenommen haben!«

Richards Ausdruck änderte sich nicht. »Mir geht's nicht darum, Sie zu beleidigen, Wat. Aber es handelt sich hier um ein

Geheimnis, bei dem niemand ein Risiko eingehen kann. Die wichtigste Bedingung Frankreichs, nämlich –«

»Die junge Königin nach Frankreich zu schicken.«

»Ja. Damit sie am französischen Hof aufwächst und zur gegebenen Zeit, wenn ihre Mutter und der König von Frankreich es beschließen, verheiratet wird. Wenn wir und das Parlament zustimmen. Andernfalls lichtet die französische Flotte die Anker und segelt kampflos nach Hause.« Er betrachtete prüfend die widerspenstigen Augenbrauen, die Adlernase und das eigenwillige Kinn. »Würden Sie zustimmen, Wat? Für welche Seite sind Sie?«

Buccleuch klatschte eine Hand auf die Tischplatte und hievte sich hoch. »Für die gleiche wie Sie. Was ist denn die Alternative? Daß die schwarze Visage des Protektors hier auftaucht und Frankreich beleidigt zum Kaiser hinübertänzelt. Nein. Wir stecken fest wie ein Knebel im Gebiß und müssen uns damit abfinden . . . Haben Sie sich in Edinburgh eingemietet?«

»Ich habe ein Haus genommen«, antwortete Richard. »In der High Street.«

»Und Sybilla?« fragte Wat mit geradezu glanzvollem Mangel an Takt.

»Ich habe keine Ahnung, was meine Mutter treibt. Ich habe Sie schon seit einiger Zeit nicht gesehen.«

»Sie hat Ihre Frau nach Midculter zurückgeholt«, versetzte Buccleuch und spitzte den rissigen Mund, so daß der Backenbart hüpfte. »Sind Sie mal auf den Gedanken gekommen, daß Ihr Bruder vielleicht mit Absicht zwischen Sie und Ihre Familie einen Keil treibt? Denn wenn ja, dann machen Sie es ihm sehr leicht.«

»Ich werde ihn fragen, wenn ich ihn habe«, sagte Culter.

»Gott«, meinte Buccleuch bissig, »freut mich aber zu hören, daß er lange genug am Leben bleiben wird, um Ihnen zuzuhören.«

»Keine Sorge, er wird schon am Leben bleiben«, erklärte Richard. »Noch lange, nachdem wir ihn erwischt haben. Ich habe keine Eile. Nicht die geringste Eile.«

»Armer Teufel«, brummte Buccleuch beiläufig und trank sein Bier aus.

Am nächsten Tag kam man in Edinburgh hinter verschlossenen Türen überein, die junge Königin so rasch und so heimlich wie möglich nach Frankreich zu schicken. Der Plan war ebenso einfach wie glänzend. In acht Tagen würden vier Galeeren im Forth die Anker lichten und nicht nach Süden, sondern um die Nordküste Schottlands segeln und Dumbarton im Westen anlaufen, wo die Königin an Bord gehen würde. Während Lord Grey und die englische Flotte vor einem leeren Mausloch lauerten, würden Frankreichs Galeeren ungestört heimwärts segeln.

Die Versammlung ging in aller Stille auseinander. Lord Culter, der Schloß Holyrood zusammen mit Buccleuch verließ, ging zuerst zu Tom Erskine hinüber und legte ihm – für ihn eine seltene Geste – die Hand auf die Schulter. »Irgendwas über Christian gehört?«

Toms Blicke flackerten von Culter zu Buccleuch und zurück. »Sie ist in Berwick«, sagte er langsam. »Wir haben gerade eine Mitteilung von Lord Grey bekommen. Sie geben sie nicht gegen Lösegeld frei. Sie verlangen einen Austausch.«

»Was?« bellte Buccleuch. »Einen Austausch? Gegen wen denn? Wir haben doch keine Gefangenen von irgendwelcher Bedeutung gemacht, seit sie nach Norden gekommen sind.«

»Sie glauben, wir haben welche«, erwiderte Erskine trocken. »Sie verlangen Lymond.«

Sir George Douglas' Behausung in Edinburgh lag am Lawnmarket. Er begab sich zufriedener Stimmung zu Fuß zurück. In seiner Schatzkammer befand sich eine große Summe französischen Geldes, der Preis, den D'Essé für seine und des Grafen von Angus fortdauernde Unterstützung gezahlt hatte. In seinem Beutel befand sich ein Geleitbrief, der einem Boten gestattete, sich unbehindert nach England zu begeben, um dem Grafen von Lennox und seiner Nichte, der Gräfin, sein besorgtes Ansuchen um gute Behandlung und rasche Rücksendung seines jüngeren Sohnes zu übermitteln. Er betrat raschen Schrittes sein Haus, wo er den Junker von Culter vorfand.

Lymond war sehr müde. Es war deutlich an seinem stahlharten Gesicht zu erkennen, und die Sammetweichheit seiner Stimme verhüllte es nicht. Er verlangte Samuel Harvey. Er ließ keinen Zweifel daran, daß es sich um eine Erpressung handelte und er als Gegenleistung keine Dienste, sondern nur Stillschweigen zu bieten hatte.

Der Douglas-Verstand arbeitete reibungslos hinter der staatsmännischen Stirn. Sir George schritt zum Schrank, füllte wie schon einmal zuvor zwei Gläser mit Wein und reichte das eine hinüber. »Sie sehen aus, als hätten Sie einen langen Ritt hinter sich, und ganz zwecklos. Ich fürchte, weder Sie noch irgend jemand wird das Vergnügen haben, in dieser Welt mit Samuel Harvey zu sprechen, Mr. Crawford. Harvey ist tot.«

Der andere rührte den Trunk nicht an; auch seine Selbstbeherrschung ließ ihn nicht im Stich. Nach einer Pause hob Lymond das Glas mit ruhiger Hand. »Können Sie es beweisen?« fragte er.

Es fügte sich, daß er es konnte und der Beweis überzeugend war, weil die Geschichte – bei Sir George eine Seltenheit – wahr war.

Ein kurzes Schweigen trat ein. Dann neigte Douglas sein Glas ein wenig, so daß der Wein das Licht auffing, und sagte verbindlich: »Sie wissen doch, daß Lord Grey das Leben des Stewart-Mädchens gegen Ihres zum Tausch anbietet?«

Lymond erstarrte. »Nein. Das wußte ich nicht.« Er stand abwartend da, die Augen offen und unverwandt auf Sir George gerichtet, der zurückblickte und sein hämisches Machtgefühl auskostete: »Vielleicht ist lebenslängliche Haft in England das Beste, was ihr widerfahren könnte ... Ich nehme an, Sie verspüren keinen romantischen Drang, sich selbst in Holyrood zur Verfügung zu stellen, so daß man Sie an ihrer Statt schicken kann?«

Lymonds Gesicht war völlig ausdruckslos. »Wenn es mir in den Kram paßt, werde ich mich an den Hof wenden, und wenn es Ihnen noch so unbehaglich ist.«

»Und Ihren Bruder zum Totschläger und Ihre Wohltäterin zur lebenslänglichen Gefangenen machen? Kein sehr haushälterisches Vorgehen«, sagte Douglas höflich. »Wie wäre es, wenn wir zweckmäßig vorgingen? Werden Sie sich Lord Grey ausliefern?«

»Warum? Möchten Sie das Vorrecht genießen, mich hinzuschicken?«

Ausnahmsweise war Sir George einmal völlig ehrlich. »Ja. Das möchte ich. Ich brauche Greys Wohlwollen, und ich habe den denkbar besten Weg zur Hand. Mein Bote bricht morgen in aller Frühe mit Briefen von mir an meine Nichte und meinen Neffen nach Berwick auf. Ich kann es einrichten, daß sein Geleitbrief auch für einen Begleitsoldaten gilt.« Er kannte diesen Typ, wußte, daß die Geste unwiderstehlich sein würde, und war verstört, als er in Lymonds Blick den spöttischen Widerschein seines Gedankens gewahrte.

»Das Mittel des alten Kriegsgauls gegen Tod durch Altersschwäche und Pferdegrippe. Wie kann ich ablehnen?« sagte Lymond.

Sir George erhob sich mit einiger Umständlichkeit. »Sie wollen wirklich gehen? Sie wollen morgen mit meinem Mann nach Berwick reiten und sich gegen das Mädchen austauschen?«

»Wie's im Buch steht; löscht die Kerze; läutet die Glocke. Natürlich werde ich gehen. Wozu wäre ich sonst geboren?« sagte Lymond mit bitterer Endgültigkeit.

2

Am nächsten Morgen verließ Lymond unbewaffnet Edinburgh mit einem Kurier, der Sir Georges Briefe und Sir Georges Geleitausweis bei sich trug. In den Straßen war noch nichts zu merken vom murrenden, eilig zusammengetrommelten Heer, das im Begriff stand, im heißen Sommerwetter in die Schlacht zu ziehen.

Die ersten Sonnenstrahlen begannen den Morgendunst zu verzehren, als eine kleine Truppe Bewaffneter in Erskines Farben vor Lord Culters Tür zum Stehen kam. Tom Erskine sprang aus dem Sattel und hämmerte mit dem Klopfer, bis geöffnet wurde. Er war keine zehn Minuten drinnen. Richard, schon halb aus dem Bett, hörte sich den Anfang der Geschichte an und stürzte in die Kleider.

Im Schloß hatte man einen geschickt verborgenen Spion entdeckt: einen Mann, der nicht nur die Sitzung des Kronrats, sondern auch alle anschließenden Befehle für die Flucht der Königin nach Frankreich mit angehört hatte. Erskine berichtete, während er im Zimmer auf und ab schritt, weiter: »Das Verfluchte daran ist, daß er schon weitergegeben hat, was er gehört hat. Das weiß man. Sie versuchen noch, aus ihm herauszubekommen, wem er es gesagt hat.«

»Und wenn die Informationen schon aus Edinburgh hinaus sind?« Richard stand auf, trat fest in seine Stiefel und schloß die Schnalle seines Wehrgehenks.

»Es ist unsere Aufgabe, die Spur festzustellen. Und zwar schnell.« Gefolgt von Lord Culter, eilte Erskine zur Tür.

Im Schloß wurden keine spitzfindigen Methoden verwendet, um jemand zum Reden zu bringen. Als Erskine und Culter eintrafen, hatte der Spion bereits gestanden. Alle am Vorabend erörterten Pläne waren zu Papier gebracht und heute in aller Morgenfrühe durch Sonderboten an Lord Grey gesandt worden – einen Boten, der zufällig unter sicherem Geleit mit Briefen von Sir George Douglas nach England ging.

»Douglas!« sagte Culter, was ihm einen nervös gereizten Blick des Statthalters eintrug, der aschgrau und übernächtig noch seine zerknitterte Tageskleidung trug.

»Rein zufällig, wie mir gesagt wird. Nun, wir werden ja sehen. Inzwischen – Erskine, Culter – ist es Ihre Aufgabe, den Mann einzufangen. Er hat mindestens eine Stunde Vorsprung vor Ihnen. Sie wissen, was es bedeutet, wenn diese Papiere in Greys Hände gelangen.«

»Das werden sie nicht«, erwiderte Tom Erskine kurz.

Adam Acheson, der mit Sir Georges Briefen in der Tasche seine schmucke, geschwinde Stute die Straße nach Berwick entlangjagte, war ein Mann ohne Bindungen und ohne Heim. Aber er hatte Trinkgesellen in sämtlichen Wirtshäusern zwischen Aberdeen und Hull und hielt sie und sich selbst bei Wohlleben durch ständige Betriebsamkeit, Bereitwilligkeit, notfalls zwölf Stunden auf einen Sitz durchzureiten, und Verschwiegenheit wie eine Auster. Wenn es ihn überrascht hatte, daß man ihm im letzten Augenblick einen Gefährten aufhalste, hatte er doch nichts dagegen. Beim Aufbruch erklärte er: »Ich habe Befehl, so schnell wie möglich abzuliefern und nur an Lord Grey persönlich. Wenn er nicht in Berwick ist, reiten wir weiter, bis wir ihn finden. Ich hoffe, du bist zu einem scharfen Ritt imstande.«

Der Bursche machte keine Schwierigkeiten. »Reit so schnell oder so weit, wie du willst. Ich komme schon mit.« Seite an Seite galoppierten Adam Acheson und Lymond schweigend unter der heißen Sonne dahin.

Die gleiche Sonne brannte sengend auf die Stahlpanzer von Erskines Truppe nieder, als Culter und Erskine ohne Wimpel oder Abzeichen, ein Dutzend Leute dicht hinter sich, nach Süden galoppierten. Ein Lastträger in Bristo hatte ihnen den ersten Hinweis gegeben, daß sie hinter zwei Männern her seien: »... ein schwarzer Dicker auf einem hübschen Braunen und ein flinker Schmucker auf einem Fuchs.« Der erste entsprach der Farbe des Mannes, von dem sie wußten, daß er die Papiere bei sich trug.

In Dunbar aßen sie etwas im Sattel, füllten ihre Feldflaschen nach und erhielten von einem Hausierer noch eine Einzelheit: »Das fiel mir auf, sie waren so verschieden. Rabe und Taube auf einem Zweig.« Richard stieg rasch wieder auf und preschte los; Erskine blickte ihn scharf an, folgte ihm jedoch wortlos.

In Innerwick wurde die Beschreibung bestätigt; in Cockburnspath war sie genauer. Tom Erskine beobachtete, während er zuhörte, das Gesicht seines Kameraden und blickte dann weg. Culter war bleich unter dem kalten Schweiß, und in seinen Augen, um seinen zusammengepreßten Mund lag frohlockende und erschrockene Wildheit. Er hob lächelnd den rechten Arm und ließ lächelnd die Peitsche wohlgezielt auf die Hinterhand des sich bäumenden Pferdes niedersausen. »Ich hatte es mir gedacht«, sagte er. »Der Mann auf dem Fuchs ist mein Bruder.«

Während die beiden gehetzten Männer und ihre Verfolger nach Süden jagten, machte sich ein drittes Gefolge von Berwick aus auf den Weg: eine gemächlich dahinziehende, mit Wimpeln und Zierat geschmückte Karawane. Margaret Lennox reiste nach Süden und führte Christian Stewart mit sich. Lady Lennox wußte seit gestern, daß Harvey tot war. Sie wußte des weiteren, daß Christian, die wieder in Berwick auf ihre Auslösung wartete, viel mehr Zeit mit Samuel Harvey verbracht hatte, als sie durchblicken ließ. Daraufhin beschloß Margaret mit Greys zögernder Einwilligung, Christian Stewart in ihr Haus nach Temple Newsam mitzunehmen.

So kam es, daß Christian, indes Lymond und sein Bruder sich der Grenze näherten, sich von ihnen entfernte und am ersten Tag ihrer ermüdenden Reise nach Süden auf Schloß Warkworth eintraf. Dort lag sie hoch über dem gewundenen, schimmernden Lauf des Coquet in Sicherheit hinter staubigen Vorhängen, atmete die würzige Meeresluft und fragte sich, ob sie wohl bei der ununterbrochenen Ausfragerei dieses Tages irgend etwas preisgegeben hatte. Sie hatte von ihrer Begegnung mit Lymond in Boghall erzählt und auf diese Weise erklärt, warum sie daran interessiert war, Harveys

Adresse für ihn zu beschaffen. Sie hatte leise Bestürzung bekundet, als man ihr die Ausschweifungen ihres Schützlings hinterbrachte. Sie hatte sogar mit bitterer Mühe ihren Zorn und ihre Angst verborgen, als Margaret ihr sagte, man verlange Francis Crawford als Preis für ihre Freiheit.

War er aus Threave entflohen? Wenn ja, so wußten diese Leute hier nichts davon. Wenn nein, dann würde die Königinmutter, von Erskine und Lady Fleming angetrieben, zweifellos dem Austausch zustimmen, und Lymond würde für nichts und wieder nichts sein Leben wegwerfen. Oder schlimmer noch: Wenn er entflohen war und von ihrer mißlichen Lage vernahm, würde er aus freien Stücken kommen. Sie besaß genug Wirklichkeitssinn, um zu wissen, daß sein Ehrbegriff es von ihm verlangte und er für Will Scott oder Johnnie Bullo oder jeden seiner Untergebenen in gleicher Lage nicht weniger täte.

Am nächsten Tag gelangten sie spät nachmittags nach Newcastle, und die erste Stimme, die sie in ihrer neuen Unterkunft hörte, war die Gideon Somervilles.

In Berwickshire hatten am gleichen Abend die Spürhunde die Hasen schon fast eingeholt, als sie die Witterung plötzlich verloren und sie beim Umhersuchen auf die Spuren eines beträchtlichen Trupps Pferde stießen, der kürzlich in Richtung Norden durchgekommen war. Richard machte auf der Spur des Geleitzuges kehrt, schnitt dem ersten Nachzügler, auf den er stieß, den Weg ab und brachte ihn zum Reden. Es dämmerte, als er müden, zerfurchten Gesichts zu Erskine zurückkam. »Es war ein Geleitzug nach Haddington. Ihre Kundschafter sind den beiden Männern, hinter denen wir her sind, begegnet – Wylstropp hat den Geleitbrief anerkannt und sie ziehen lassen –, aber sie sind nicht nach Berwick geritten. Grey ist in Newcastle und geht nach Hexham, um sich von Lord Wharton Verstärkungen zu holen. Unsere beiden Leute reiten querfeldein nach Hexham. Und noch etwas.«

»Was?« fragte Tom Erskine tonlos vor Besorgnis. Sie hätten

die beiden erwischen müssen, ehe sie Berwickshire erreichten. Jetzt trieben sie durchs Lammermoor-Bergland, und ihr Ritt war plötzlich doppelt so lang.

»Sie wissen, daß wir hinter ihnen her sind. Wylstropps vorderste Kundschafter hatten uns schon entdeckt und beschlossen, sich nicht einzumischen.«

Erskine fragte knapp: »Na und? Sie nehmen an, daß wir nach Berwick unterwegs sind und nicht nach Hexham.«

Lord Culter erwiderte wütend: »Da kennen Sie meinen Bruder nicht. Er ist kein Trottel. In ganz Britannien hätte Grey sich keinen besseren Mann aussuchen können, damit er ihm hilft.«

Er trieb mit einem Peitschenhieb das ermüdete Pferd an.

Gideon Somerville traf am gleichen Freitag in Newcastle ein und erfuhr, daß Lord Grey nach Hexham gegangen war und ihn dort erwartete. Zudem stellte er fest, daß die Gräfin von Lennox sich mit Christian Stewart in ihrem Gefolge in der Stadt befand. Gideon hatte im Geist jede Möglichkeit vorbedacht, um der Gräfin aus dem Weg zu gehen. Jetzt überlegte er sich es anders. Er sprach Christian Stewart nur fünf Minuten allein; aber lang genug, um von dem Kuhhandel um ihr Leben zu erfahren. Sie hatte ihm Vertrauen geschenkt; er konnte ihr nicht weniger bieten. »Lymond ist auf freiem Fuß«, sagte er kurz. »Er ist zu George Douglas gegangen, um zu versuchen, an Harvey heranzukommen.«

»Aber Harvey ist tot. Er ist seit Dienstag tot.«

Er begriff ihre Bestürzung. »Crawford ist am Dienstag losgeritten, um Douglas aufzusuchen. Es dürfte kaum ein Zweifel bestehen, daß Sir George von Lord Greys Forderung weiß und ihn in Kenntnis setzt. Es ist eine verfluchte Klemme, aber es geht anscheinend wirklich um Ihr Leben oder seines.«

»Glauben Sie, sie würden es wagen, mich anzurühren?« fragte Christian voll zorniger Verachtung. »Und sogar, wenn sie es täten, daß es eine Rolle spielte? Er muß unbedingt aufgehalten werden«, sagte sie. »Aber wie?«

Das war auch am nächsten Morgen eine noch unbeantwortete Frage, als Gideon mit gemischten Gefühlen erfuhr, daß er in Begleitung nach Hexham reiten werde. Der Graf von Lennox gedachte, Greys Treffen mit Wharton durch seine Anwesenheit zu zieren, und als die Gräfin erfuhr, daß nur zwanzig Meilen sie von ihrem Gatten trennten, verfiel sie darauf, sich ihm anzuschließen, anstatt geradenwegs heimzukehren. Lady Christian, ihre Dienerinnen, ihre Bewaffneten – und Gideon – begleiteten sie.

Gideon hatte ohne sonderlich große Hoffnung einen Teil der Nacht damit zugebracht, seine eigenen, begrenzten Vorkehrungen zu treffen. Er hatte nördlich von Newcastle einen Posten aufgestellt, falls Lymond versuchte, der Spur des Mädchens so weit nachzugehen, und einen kleinen Trupp seiner eigenen Leute ausgeschickt, um die übrigen Hügelstraßen zu überwachen, die jemand, der von Schottland nach Hexham die Grenze überschritt, einschlagen konnte. Es war mehr eine Geste als ein Plan. Wahrscheinlicher war es, daß Lymond direkt nach Berwick ritt und dort freiwillig oder unfreiwillig in Gefangenschaft geriet. Als die Reisegesellschaft an diesem Morgen westwärts über die grünen feuchten Wiesen des Tyne ritt, blieb Gideon gedankenversunken bei der Nachhut und überließ Margaret Lennox und Christian vorab sich selbst: eine kleine Unachtsamkeit, die er sich später schwer verzeihen konnte.

In der Nacht vor Lady Lennox' Aufbruch aus Newcastle schliefen zwei erschöpfte Gruppen von Männern näher beieinander, als sie ahnten, bis schließlich der zäheste von ihnen allen die aufsteigende Morgendämmerung verspürte, sich halb aufsetzte und auf den Ellbogen stützte.

Acheson ärgerte sich, daß er den Botenritt übernommen hatte. Er hatte weder mit Verfolgung noch mit einem schwierigen Ritt gerechnet. Nicht nur das – da die Verfolger ihnen so dicht auf den Fersen saßen, war er genötigt gewesen, Stunden darauf zu verwenden, seine Spuren zu verwischen, so daß die Mitteilung, die er Donnerstagabend abliefern sollte, noch immer in seiner Tasche steckte. Dies veranlaßte ihn zu etwas, das er schon den ganzen vorherigen Tag erwogen hatte. Er vergewisserte sich, daß der Mann neben ihm noch fest schlief, zog dann einen dritten Brief aus der Tasche – jenen, den er Lord Grey persönlich zu übergeben hatte – und erbrach das Siegel.

Kurz darauf weckte er seinen Gefährten; sie banden ihre müden Pferde los und machten sich auf die letzte Wegstrecke. Es war Samstag, der 23. Juni, und ein herrlicher Tag.

Kaum eine Stunde später fand Mr. Achesons ärgerliche Odyssee ein überraschendes Ende. Sie gerieten in einen Hinterhalt. Acheson hatte das Schwert schon halb aus der Scheide gezogen, um sich mit den Fremden zu befassen, als sein schweigsamer Genosse ihre Abzeichen erblickte und ihn zurückhielt. »Augenblick!« sagte Lymond. »Habt ihr mich gesucht?« Es waren Somervilles Leute.

Acheson ließ sie reden. Dieser Mann Lymond sah vielleicht nicht nach viel aus, aber er hatte sich in einer verteufelten Klemme als Meister der Findigkeit erwiesen. Außerdem waren sie an diesem Morgen gut vorangekommen, und er war durstig. Er stieg ab, fächelte sich mit einem Ampferblatt und war auf die schneidende Schärfe des Mannes, der sich zu ihm umdrehte, nicht gefaßt.

»Jammerschade. Es sieht so aus, als ob ich zu guter Letzt doch nicht mitkomme«, sagte Lymond.

Die Sache ging ihn zwar nichts an, aber Acheson wollte es sich nicht gern mit seinem Auftraggeber verderben. »Was ist mit dieser Austauschsache?«

»Später«, erwiderte Lymond leichthin. »Vorerst machen wir einen kleinen Umweg über das Haus eines Freundes.«

»Dann«, sagte Acheson vernünftig, »reite ich allein weiter.«

»Und erzählst den anderen, daß ich in der Gegend bin? Ich fürchte, das geht auch nicht«, sagte Lymond höflich und trat näher. Der Schwarzhaarige zischte ihn an und schoß vor, aber ein scharfer Schlag auf die Knöchel und ein zweiter auf den

Kopf kühlten seinen Eifer, wenn auch nicht seine Wut. Man verband ihm die Augen, nahm ihm die Waffe ab und setzte ihn in den Sattel, und dann ging es in raschem Trab über das letzte Stück Heideland nach Flaw Valleys.

Christian hatte Syms mürrische Laune schon bald nach dem Aufbruch nach Hexham bemerkt. Dieser Mangel wurde durch die Gräfin Lennox wettgemacht, die in den kleinen Talsenken besonntes Gespräch wie einen türkischen Teppich entrollte. Am Nachmittag begannen Ecken und scharfe Kanten durchzuscheinen. Das Gespräch wandte sich unerwartet Christians Verlobtem zu. »Eine so ganz andere Erscheinung natürlich, der arme Tom. Ich will Ihnen keine Illusionen rauben. Schließlich sind Sie ja mit ihm verlobt«, sagte Lady Lennox. »Allerdings müssen Sie wohl eine Schwäche für unseren unartigen Freund haben, wenn Sie für ihn so etwas tun wie in Haddington.«
»Ich hoffe, ich würde genausoviel für jeden anderen tun, der in Schwierigkeiten ist«, entgegnete Christian ruhig.
Margaret lachte. »Was für ein erstaunlicher Mensch Sie sind! Tagelang am Bett eines Sterbenden zu sitzen, nur um seine Adresse zu erfragen. – Oder war es nicht nur seine Adresse?« fuhr Lady Lennox fort. »Sym war gestern abend nicht der Ansicht. Ihre junge Leibwache gefällt mir, meine Liebe; aber sehr hell im Kopf ist er nicht, wie?«
»Sym«, sagte Christian scharf. »Verdammt noch mal . . .«
Die Stimme des Jungen winselte ihr im Ohr: »Ich war betrunken. Ich wußte nicht, was ich sagte!«
»Betrunken war er allerdings«, sagte Margarets kühle Stimme.
Christian nahm sich zusammen. »Es macht nichts. Lady Lennox, ich bin in vielen Dingen auf Sym angewiesen. Ich kann Sie nicht hindern, mit meiner Dienerschaft zu verkehren, wenn Sie unbedingt wollen, aber es wäre mir lieber, wenn Sie die jungen Leute nicht für Ihre Zwecke sinnlos betrunken machen würden.«

Unwiderstehlich, aber unklug. Margaret erwiderte höflich: »Habe ich Sie beunruhigt? Das tut mir leid. Aber es ist ja nichts Unrechtes daran, die Beichte eines Sterbenden anzuhören oder sogar sie aufschreiben und von einem Priester bescheinigen zu lassen und nachher zu verstecken. Wo haben Sie sie wohl versteckt? Lassen Sie nur. In Hexham wird reichlich Zeit sein, danach zu suchen.«

Ein kurzes Schweigen folgte. Dann sagte das blinde Mädchen langsam: »Harvey hat eine Menge Dinge gestanden, aber sie hatten nichts mit mir zu tun. Wenn er etwas unterschrieben hat, dann ist es wahrscheinlich unterwegs zu seinen Verwandten im Süden. Was um alles in der Welt sollte ich damit? Wenn Sie mir nicht glauben, bin ich gern bereit, mich durchsuchen zu lassen.«

»Das ist sehr vernünftig von Ihnen«, erwiderte Margaret Douglas vergnügt. »Weil ich Ihnen nämlich nicht glaube, und obwohl ich überzeugt bin, daß Sie äußerst geschickt und erfinderisch vorgegangen sind, habe ich doch die Absicht, Sie in der Tat sehr gründlich zu durchsuchen.«

Sym tauchte aus seiner Jammerwolke hervor und nahm urplötzlich die Herausforderung an: »Sie durchsuchen! Versuch's nur, du Drecksweib! Versuch's nur, einen von uns anzurühren!«

»Du hast mich mißverstanden«, erwiderte Lady Lennox. »Ich würde mir nicht die Finger beschmutzen. Weder an dir noch an deiner artigen kleinen Herrin.«

Sym schrie auf: »Was habe ich bloß getan? Sie will Ihnen was antun. Ich wollte ja nicht – es kam nur von der Trinkerei – und sie hat mich gefragt –«

»Macht nichts, Sym«, sagte Christian. »Es war leider ein Fehler. Sie ist kein Freund von uns – oder von unseren Freunden.«

Sie konnte ihn schlucken hören. Leise sagte er: »Ist es der Junker von Culter? Will sie Ihnen und dem Junker von Culter was antun?«

»Ja.«

»Dann wird Sie's nicht!« rief Sym und warf sich auf Christians Pferd.

Der Aufprall seines Körpers stieß sie nach vorn, daß es ihr den Atem verschlug. Sie spürte, wie er sich hinter ihr zurechtsetzte, spürte das Streifen der Zügel, als er sie kürzer faßte, den festen Griff seines Arms um ihre Hüfte. Das Pferd erzitterte, gehorchte Syms Absätzen, brach aus, wirbelte herum und schoß wie ein Pfeil durch die Reiterschar hindurch.

Christian konnte kaum atmen. Der Griff des Jungen zerdrückte sie fast, die rasende Jagd des Tieres verschlug ihr alles Denken, das zerzauste Haar flatterte ihr ums Gesicht, ihre Röcke zerrten und verhedderten sich. Der Griff um ihre Hüfte verschob sich, und sie schnappte nach Luft. »Sym, du Narr«, keuchte sie. »Kehr um! Sie holen uns ein, und das macht's noch viel schlimmer für uns beide!«

Sym antwortete, indem er dem Pferd wieder die Sporen gab. »Ich hab' das Unheil angerichtet, und ich helfe Ihnen wieder heraus, wenn's auch nur ist, um eine Stelle zu finden, wo wir die Papiere ... Können Sie sie jetzt herausholen?«

Sie konnte es nicht. Samuel Harveys Aussage – das Papier, das sie vor Margaret Douglas verleugnet hatte – war sorgfältig in ihre Satteldecke eingenäht. Außerdem war es unwahrscheinlich, daß sie mit dem doppelt beladenen Pferd rasch genug vorwärts kamen, um das Papier hervorholen und ungesehen verstecken zu können. Sie befahl energisch: »Sym, halt das Pferd an und kehr um! Es hat keinen Zweck.«

Er antwortete nicht. Statt dessen vernahm sie über das Stampfen des galoppierenden Pferdes hinweg ein seltsames raschelndes Rauschen. Es hielt plötzlich mit einem Bums inne, und Sym gab ein Knurren von sich. Die Arme, die sie umschlungen hielten, erschlafften, der Druck gegen ihren Rücken ließ nach. Christian schrie laut »Sym!«, dann ruckte der ganze Körper hinter ihr weg und stürzte mit dumpfem Aufschlag über die Hinterhand des Wallachs ins Heidekraut hinab.

Das leblose Gewicht hätte um ein Haar das Mädchen mit hinabgerissen. Doch Christian, die kaum begriff, was geschehen war, schloß instinktiv die Knie, packte mit einer Hand die ungeschorene Mähne und tastete mit der anderen nach den schleifenden Zügeln. Sie bekam sie nicht zu fassen. Das Pferd raste in wildem Galopp dahin, kletterte Abhänge hinan und weiter und weiter hinauf. Büsche und Sträucher krallten nach ihr, ein schwippender Zweig schlug ihr wie ein Peitschenhieb über die Wange.

Die Verfolger klangen jetzt wie in weiter Ferne. Von vorn kam ein sanfter Luftzug und strich ungehindert über sie hin, und Vogelsang kam aus ferner Weite, glitzernd ausgestreut in der warmen Luft, ein singender Staub. Singender Sand ... Würde sie je wieder auf den Inseln weilen? Oder mit den Kindern beisammen sein? Oder Sybilla? Oder Wat? Oder dem Mann, für den sie jetzt auf zügellosem Pferd blind durchs Hügelland von Redesdale floh?

Hinter ihr erhob sich lautes Gebrüll, das in der Luft verebbte. Es rollte fern und hohl über die Heide heran und versank flüsternd zwischen den Grasbüscheln. Ihre Verfolger sahen, was sie nicht sah: den scharfen Umriß des römischen Walls vor ihr, die dichten Stechginsterbüsche und das Trümmerwerk von fünfzehn Jahrhunderten, das den Rand des tiefen Grabens verbarg. Lange bevor der Warnruf verhallte, hatte Christians Pferd bereits die trügerischen Büsche im Galopp genommen, war in den Graben dahinter gestürzt, hatte sich überschlagen und stieß mit gebrochenen Gliedern im Todeskampf um sich, und das Mädchen war, ein kurzes Aufleuchten weißer Arme, staubiger Röcke und dunkelroter Haare, mit ihm in die Tiefe getaumelt.

Margaret Douglas stand reglos da und sah zu, wie Gideons behutsame, blutbefleckte Hände Christian Stewart aufhoben und ihr rotes Haar ihm übers Gesicht strich. Dann beugte sich Lady Lennox zu dem toten Pferd nieder und schlitzte mit flinken Fingern und einem scharfen Messer zuerst das Gepäck und dann die reichverzierte Satteldecke auf. Die Decke gab ihr Geheimnis sofort preis. Die Gräfin zog ein kleines Bündel Papiere heraus, legte sie auseinander und gab einen merkwürdigen Laut von sich, der einem Lachen so ähnlich war, daß Gideon sich heftig nach ihr umwandte. Sie faltete die Papiere wieder zusammen und stopfte sie zurück ins Futter, wo sie verborgen gewesen waren. Sie tat es sehr sorgfältig, stand dann auf und klopfte sich den Staub von den Händen.

Einer von Gideons Leuten hatte ihm inzwischen geholfen, die reglose Gestalt vor ihn aufs Pferd zu heben. Der Puls schlug kaum noch. Margaret betrachtete neugierig das bewußtlose Antlitz. »Ist hier in der Nähe ein Haus, wohin man sie bringen könnte?«

Kate hätte den Blick in Gideons Augen nicht erkannt. Er sagte: »Mein Haus ist nicht weit von hier. Dort kann sie wenigstens unter Freunden sterben.«

Die schwarzen Augen blitzten ihn wütend an. Auch Margaret saß der Schreck in den Gliedern. »Es ist schwerlich meine Schuld, wenn mein Bogenschütze versucht, einen Gefangenen an der Flucht zu hindern. Dafür wird er bezahlt.« Sie stieß mit dem Fuß gegen den Sattel und das Zubehör. »Nehmen Sie das lieber auch mit. Vielleicht wollen ihre Angehörigen die Sachen.«

»Ist das alles, was Sie zu sagen haben?« fragte Gideon.

»Sie war blind. Das ist eine zu große Benachteiligung. Besser, sie ist es alles los«, sagte Margaret mit abgehackter Stimme und bestieg ihr Pferd.

»War das ihr Vergehen?« sagte Gideon, indes er zusah, wie der Reiterzug sich in Bewegung setzte. »Ich hatte mir eingebildet, es sei möglicherweise etwas ganz anderes.«

3

Als Lymond Flaw Valleys zum drittenmal betrat, ging Gideon langsam die Treppe hinab, um ihn zu begrüßen, und fand, daß sein aufwärts gewandtes Antlitz eine sprühende Spannkraft ausströmte, die alle Spuren seines Rittes völlig auslöschte. »Tut mir leid«, sagte er bereits überschwenglich, als der Hausherr erst auf der Hälfte der Treppe war. »Anhänglich wie das Schwein des heiligen Antonius. Dank für Ihre Benachrichtigungen! Ich habe Ihren Knappen ersucht, einen empörten Herrn, der mich zu Lord Grey bringen sollte, hinter Schloß und Riegel zu setzen, und hier bin ich nun. Wo ist sie? Wie können wir sie befreien? Und was, um Gottes willen, was hat sie von Samuel Harvey erfahren?«

Es war noch viel ärger, als Somerville erwartet hatte. Nach einer etwas zu langen Pause, während deren Lymonds Züge sich bereits veränderten, sagte Gideon knapp: »Sie hat sich selbst befreit. Es ist nichts mehr zu machen. Ich wollte zu Gott, Sie hätten meine Mitteilung nie erhalten.« Und fügte, nachdem er seine Sprache wieder in der Gewalt hatte, hinzu: »Es hat sich ein Unfall ereignet.«

Wie er erwartet hatte, nahm Lymond die Nachricht, wie seine Schulung ihn hieß, ohne äußere Bewegung auf. »Wo ist sie?«

»Kate ist oben bei ihr. Sie hat nicht mehr viel Zeit. Ich führe Sie zu ihr.«

»Danke.«

Während sie die Treppe hinaufstiegen, berichtete Gideon, was sich zugetragen hatte, und warf gelegentliche neugierige Seitenblicke auf den jüngeren Mann. Das helle Gesicht war von leichtem Schweißglanz überzogen, aber es war schließlich ein warmer Tag; keine Gefühlsregung erbebte in seinen Zügen.

Das Musikzimmer war erfüllt von Sonnenlicht, vom Duft erwärmten Holzes und würzig riechender Erde aus Kates Blumentöpfen. Sie gingen an der Laute, der Stockfiedel, der Geige und dem Cembalo vorbei und traten ins anstoßende Zimmer.

Auch Kate hatte den Hergang vernommen. Sie tat alles Notwendige aus mildtätiger Güte, die das Leiden selbstverständlich erheischt, und weil der Mut des verletzten Mädchens sie dazu antrieb. Sie wies alle Mutmaßungen entschieden von der Hand, ließ sich, nachdem alle Handreichungen besorgt waren, neben dem Bett nieder und merkte sich ruhig und sachlich die ruhigen und sachlichen Mitteilungen, die aus den Kissen kamen.

Christian war völlig klaren Sinnes. Ihr Hauptschmerz war deutlich der Tod des jungen Sym. Darüber hinaus vergeudete sie keine Zeit auf Reue oder Selbstmitleid, außer vielleicht, daß sie, nachdem sie alles Wesentliche gesagt und einen Augenblick schweigend dagelegen hatte, meinte: »Wissen Sie, wenn man blind ist, hat das Leben so viele lächerliche Gefahren – und doch habe ich irgendwie niemals damit gerechnet, so fern von zu Hause, ohne einen der Meinen zu sterben.« Sie brachte ein kleines Lächeln zustande und fuhr fort: »Aber darauf kommt's ja wohl nicht an. Wir sind ohnehin alle ziemlich einsam, nicht wahr? Ist noch jemand hereingekommen?«

Kate hatte Lymond nicht eintreten hören. Sie gewahrte ihn auf der anderen Seite des Bettes, wie er behutsam mit einer Strähne dunkelroten Haares zwischen Zeigefinger und Daumen spielte und dann auf einen Stuhl neben dem Kopfkissen glitt. »Seien Sie nicht so überheblich. Einer von den Ihren ist da«, sagte er.

Die Selbstbeherrschung des Mädchens war schwächer als die seine. Ihre Stirn kräuselte sich, und Tränen traten in ihre offenen Augen. Sie schloß sie und sagte bebend: »Das ist Hexerei. Jetzt werden Sie gleich zu plappern anfangen wie die Elstern und Silbermöwen.«

»Aber nicht über den Untergang der Barmherzigkeit. In Flaw Valleys vermehrt sie sich wie der Rhabarber … Was, um Himmels willen, müssen Sie von mir denken nach all dem Gefasel, das ich in Threave von mir geben mußte?«

Auf dem weißen Antlitz stand ein unleugbares Lächeln. »Daß Sie erwarteten, gehängt zu werden. Und nicht wollten, daß ich allein als ein Mädchen mit starker Anhänglichkeit an seine Freunde dastand. Es war ganz in Ordnung. Ich habe es verstanden.«

»Es war nicht in Ordnung«, erwiderte Lymond entschieden. »Ich bin ein freudloser Juwelier gewesen bis zum letzten köstlichen Tropfen aus dem Schmelztiegel.«

»In meinem Becher ist kein Bodensatz«, sagte Christian. »Sie sind der einzige Mensch, der mich dazu bringen könnte, ihn zu schlucken. Was ich getan habe, würde ich sofort wieder tun. Ich habe mir nie etwas daraus gemacht, alt zu werden oder meine Freunde zu überleben und zu einem Anhängsel meiner Verwandtschaft zu werden. Ich war ein wenig traurig, weil ich mir dachte, niemand werde je auf eine Seite im Geschichtsbuch weisen und sagen: ›An dieser Stelle hat der Strom sich wegen Christian Stewart nach rechts oder nach links gewandt.‹ Das könnten Sie für mich wahr machen, wenn Sie meinen, daß Sie mir etwas schuldig sind. Und Sie könnten mir versprechen, daß Sie sich nicht zu einem Weinfaß zurückziehen werden und das, was wir beide getan haben, zu ein paar künstlichen Blasen des Bedauerns und der Selbstbeschuldigung herabmindern. Sie selbst haben mir prophezeit, ich würde vom Leben alles erhalten, was ich mir wünsche, nicht wahr? Ich glaube, ich habe es erhalten«, sagte sie.

Seine Antwort war wie ein Peitschenhieb. »Es scheint kein Zweifel zu herrschen, daß ich für große Dinge aufgespart worden bin –

> *Io son fatta da Dio, sua merce, tale . . .*
> *Ich bin der Erwählte Gottes. Er wird sorgen,*
> *Daß Ihr Leiden mir kein Unbill zufügt,*
> *Daß die Flamme dieses Feuers mich nicht sengt.«*

Der Aufprall der Worte war beinahe körperlich. Kate zuckte zusammen, und das Mädchen im Bett rief laut: »Nein!«

Er brach von selbst ab. »Nein«, pflichtete er nach einem Augenblick bei. »Weiß Gott, warum Sie glauben, daß es sich lohnt, aber ich besäße nicht die Unverschämtheit, das zu vergeuden, was Sie getan haben. Wenn ich an meine blendende Anonymitätspose denke . . .«

Wieder zuckte ein Lächeln um ihre Lippen. »Ich wußte, Sie würden viel zu hochherzig sein, um zurückzukommen, wenn Sie argwöhnten, daß ich wüßte, wer Sie sind.«

Lymonds Gesicht war so blaß wie das des Mädchens, mit dem er sprach, aber seine Stimme verfärbte sich kaum.

»Ich krieche im Staub vor Ihnen. Ich schulde Ihnen auch noch ein oder zwei stichelnde versteckte Andeutungen wegen jener Briefe. Wenn Agnes Herries jemals darauf kommt, was zwischen den Zeilen steht, gibt es Bürgerkrieg.«

»Tom Erskine hat sie veranlaßt, sie zu verbrennen . . . Ist das Ihre Hand? Sie ist kälter als meine. Ich habe Ihnen doch gesagt, Sie sollen sich nicht sorgen.«

Christian blinzelte plötzlich und riß sich zusammen. »Meine Gedanken wandern. Hören Sie zu: Ich habe etwas für Sie. Es ist in meine Satteldecke eingenäht. Mr. Somerville wird Ihnen zeigen, wo. Beeilen Sie sich!« Ihr Antlitz war so mütterlich wie das einer Kinderfrau, die eine besondere Überraschung für ein Kind bereithält.

Zum erstenmal begegneten sich Lymonds und Kates Blicke. Er erhob sich langsam und ging zur Tür. Kate hörte ihren Mann im Korridor sprechen und dann die Schritte der beiden Männer sich entfernen. Schon nach wenigen Minuten kehrte Lymond zurück. Diesmal ließ er kein Auge mehr von dem Mädchen im Bett. Er setzte sich neben sie, hob ihre Hand auf und legte ein zerknülltes Bündel gefalteter Papiere darunter, das an einer Ecke, wie Kate bemerkte, blutbefleckt war.

Christians Antlitz strahlte. »Haben Sie sie gelesen? Sind alle da?«

»Ich habe sie gelesen. Aber wie . . .?« sagte Lymond in einer Art geistesgestörter Verwirrung. »Wie zum Teufel – wie zum *Teufel* haben Sie das fertiggebracht? Es in zwölfter Stunde schwarz auf weiß zu bekommen . . . Haben Sie ihn bedroht? Haben Sie ihm die Ohren abgeschnitten und sie in Essig gepökelt? Oder ihm gesagt, Sie werden ihn sechs Monate lang mit Lord Grey in einem Zimmer einsperren?«

Das Mädchen hauchte ein Lachen. »Es lastete ihm auf dem Gewissen Er diktierte die ganze Geschichte und unterschrieb sie. Der Priester war auch dabei – die zweite Unterschrift ist die seine. Ist es das, was Sie erhofft hatten?«

Ein Bruchteil einer Pause trat ein. Dann nahm Lymond Christians Hand, führte sie an die Lippen und umschloß sie danach mit seinen Händen. »Mehr als ich mir je erträumt hatte«, sagte er und blickte wild flehend zu Kate hinüber, als sie von Grausen erfaßt von dem Bündel aufsah, das des Mädchens erhobene Hand sichtbar werden ließ. Denn die zerknüllten Blätter, die Christian mit so unendlicher Mühe aus Haddington gebracht, die Margaret der Beachtung nicht wert gefunden, die Lymond endlich erhalten hatte, waren leer und unbeschrieben.

Kate verriet nichts. Christian wollte, daß sie bei ihr blieb, und sie war daher gezwungen, zuzusehen und dem Murmeln ihrer Stimmen zu lauschen. Sie sprachen von Dingen und Menschen, von denen Kate nichts wußte, aber sie täuschte sich nicht, wenn sie Seelenfrieden gewahrte, und unterbrach auch nicht, als des Mädchens Stimme schwächer und das Atmen ihr schwer wurde.

Christian tat das Notwendige selbst. Sie wandte mühsam den Kopf Kate zu. »Ich habe mich nie gut aufs Warten verstanden«, sagte sie. »Ein Zeichen von Unreife oder so etwas. Vielleicht würde etwas Musik mir wohltun? Wenn jemand spielen könnte ... Nicht Sie«, fügte sie rasch hinzu, als Kate sich erhob. »Wenn es Ihnen nichts ausmacht. Es ist so angenehm, Sie so dicht bei mir zu haben.«

»Natürlich bleibe ich«, sagte Kate, während ihre Gedanken jagten. »Möchten Sie, daß Mr. Crawford für Sie spielt? Das Musikzimmer ist gleich nebenan, durch die Tür neben Ihrem Bett.«

Sie hatte richtig geraten. Diesmal war es ein Lächeln der Erleichterung. »Er hat noch ein Lied zu Ende zu spielen, das er einmal für mich begann. Können Sie sich erinnern?«

»Der unselige Frosch. Natürlich«, sagte Lymond und richtete sich auf. Kate hatte den Eindruck, als könne er kaum mehr durchhalten; aber man durfte sich darauf verlassen, daß er keine Fehler machen würde. Er beugte sich rasch hinab, nahm ihre beiden Hände und küßte sie auf die Stirn. »Der Frosch war ein eher armseliges Geschöpf. Diesmal werden Sie Musik hören, die aus einem hohen Turm erklingt –«

»– so frohgemut, daß es eine Wonne war, sie zu hören, und niemand erkannte, wie kunstfertig sie war ... Sie schenken mir so viel Freude«, sagte Christian.

Gleich darauf begann die Musik, und Kate zuckte unter dem Ansturm ihrer Heilsbotschaft zusammen: dem Ungestüm von Hoffnung und Glückseligkeit, das sich in den Klängen auftürmte und das Sonnenlicht verbrannte und die Meere überschwemmte. Alles, was kühn und edel und glücklich im erschaffenen Klangwerk war, brach aus dem unfaßbaren Instrument hervor, und es wäre Gotteslästerung gewesen, nicht aufzujubeln.

Christian starb mitten in der Musik, wie sie es gewollt und gewünscht hatte. Keiner außer Kate gewahrte den letzten Kampf, und er legte den Lebenden keine Bürde auf.

> *Jouissance vous donneray*
> *Mon amy, et vous meneray*
> *La ou pretend*
> *Votre esperance*
> *Vivante ne vous laisseray*
> *Encores quand morte seray*
> *L'esprit en aura souvenance.*

Tränen verschlossen ihr die Augen: Fremdlinge – was bedeuteten sie ihr denn? Der Mann spielte noch immer, und seine Blicke waren wie von Anbeginn auf die Fenster gerichtet. Durchs Glas gewahrte Kate, daß eine Kolonne Berittener über die Heide und auf ihre Hoftore zukam; vielleicht klang ihnen wie Odysseus der Gesang der Sirenen in den Ohren. Sie trocknete sich die Wangen und trat einige Schritte vor, und Lymond, der ihr Spiegelbild in den Scheiben sah, hob die Hände von den Tasten.

Der Reiter an der Spitze beugte sich hinab und sprach mit jemand, der entweder sehr klein oder sehr jung war. Kate sah das weiße Aufleuchten eines Gesichts und einen nackten Arm, der in die Richtung des Hauses wies. Sie legte die Hände wie zum Gebet gefaltet auf das Instrument. »Es ist ganz friedlich geschehen.«

Der ganze Zug hatte sich aufs Torhaus zubewegt. Anscheinend entstand ein kurzes Durcheinander, dann öffneten sich die Tore, und die Berittenen kamen ziemlich schnell herein.

»Ich glaube, sie meinte wirklich, was sie sagte«, bemerkte Kate. »Daß sie zufrieden sei.«

Sie war sich nicht sicher, ob er sie gehört hatte. Einen Augenblick darauf regte er sich, hob eine Hand über die Tasten und schlug ein paar langsame Akkorde an. »Es war das Lied vom Frosch, ram-ta-ta, ram-ta-ta.«

»Nun haben Sie es ihr doch nicht zu Ende gespielt«, sagte Kate.

Das ganze Haus hallte wider von Lärm. Er sagte nichts und tat nichts; endlich gab auch Kates Festigkeit nach. »Wer sind sie denn? Was wollen sie?«

Er hatte die lange Kette von Reitern beobachtet, wie sie über die Heide daherfegte; indes er seine stürmischen Elegien entfesselte, hatte er beobachtet, wie der Wind ihnen die Musik zutrug und ihnen die Spur wies. Er hatte Christian als Vorreiter Musik versprochen und sein Versprechen gehalten. Lymond wandte sich endgültig von den Tasten ab. »Was es ist? Das Ende vom Lied. Wo unser Enterich sich den Frosch schnappt, Mrs. Somerville.«

Mit diesen letzten Worten war der reine, barmherzige Frieden seiner Melodien dahin. Unter dem Krachen zersplitternder Türpfosten, dem Klirren zerbrochener Fensterscheiben

und einem Anprall, der Saiten und Resonanzboden aufkrei-
schen ließ, sprang die Tür des Musikzimmers auf.

»Mein Bruder Richard«, schloß Lymond.

Es war Culter. Seine Suche war beendet. Er stand breit,
mächtig, bebend im Rahmen des zerschmetterten Holzes,
eine vorzeitliche, rohe Gestalt von heidnischer, fürchterlicher
Gewalt. Er blieb reglos stehen, und sein ganzes Denken, all
seine Leidenschaft bemächtigte sich der beiden schweigenden
Gestalten am Fenster und ließ sich vom köstlichen Genuß des
erbeuteten Preises zu hellem Entzücken hinreißen. Ein kleiner, unwillkürlicher und wortloser Laut entfloh ihm.

Einen Augenblick lang glaubte sie, er werde Lymond eine
Antwort entlocken. Jeder andere Mensch hätte ihn oder die
Eindringlinge angeschrien; doch Kate tat weder das eine noch
das andere; sie hielt buchstäblich den Atem an und gehorchte
ihrem Instinkt, sich still zu verhalten, und wußte, indem sie
Lymond die Stütze ihrer Ruhe lieh, zu verhindern, was sie
alle vernichten konnte.

Es gelang ihm. Im Angesicht des entfesselten Hasses drängte
er jegliche impulsive Regung zurück, erhob sich rasch und
richtete, während mehr Leute ins Gemach strömten, das
Wort an seinen Bruder: »Ich weiß. Aha, Oho und was es
sonst an Ausrufen gibt. Sparen wir uns das. Du fieberst danach, mich zusammenzuschlagen, und kannst es gar nicht abwarten, damit anzufangen. Ich meinerseits erlaube mir zu
bemerken, daß ich dein Erscheinen hier anstößig und deine
Anwesenheit lästerlich finde, und beende somit den Austausch von Höflichkeiten, damit wir unverzüglich dieses
Haus verlassen. Wenn du noch irgend etwas Neues oder Besonderes hinzufügen möchtest, kannst du es dir auf dem
Heimweg einfallen lassen.«

Die Worte prallten ab und fielen leblos zu Boden. Richard
rührte sich nicht; seine grauen Augen schimmerten feucht, die
dicken Adern an Schläfen und Hals traten sichtbar hervor.
»Er hat es eilig, was? Ein Liebesnest, so wahr ich lebe! Wer
ist das Weibsbild?«

»Das Weibsbild ist eine Dame und die Herrin des Hauses«, erwiderte Lymond mit demselben beherrschten, beleidigenden Ton. »Erskine, führen Sie ihn hinunter. Es ist hier etwas geschehen.«

Lord Culter setzte ein geiles Grinsen auf. »Das will ich glauben!«

Tom Erskine sagte: »Komm schon, Richard. Wir haben ihn. Es hat keinen Zweck, Zeit zu vertrödeln.«

Lord Culter beachtete ihn nicht. Er ging im Zimmer umher, berührte dieses und jenes und lächelte noch immer. Kate kam ihm rasch zuvor, schloß die Tür zu ihrem Schlafzimmer und kehrte an Lymonds Seite zurück. »Es hat –«

»Seien Sie still«, sagte Richard munter. »Du auch, Brüderchen. Wie würden dir fünf Jahre solches Leben gefallen, Tom? Ich frage mich nur, wo ist das Bett? Hinter der Tür vielleicht, von der sie alle weggucken?«

Er war von überraschender Flinkheit. Er erreichte die Schlafzimmertür eine Sekunde vor Lymond und drückte sie auf. Des Junkers harte Schulter rannte mächtig gegen ihn an, und er taumelte zurück, aber im nächsten Augenblick stürzte sich alles Richard zu Hilfe, und der Junker war unter sechs Männern begraben.

Sie zerrten ihn auf die Füße, als die junge Frau, die die Tür geschlossen hatte, auf Richard zutrat: »Machen Sie, daß Sie aus diesem Zimmer hinauskommen, und tun Sie, was ich Ihnen sage, Sie manierenloser Rüpel!«

Richard versetzte ihr mit der flachen Hand einen harten Schlag, der sie auf die Knie sinken ließ – das erste Mal, daß er je eine Frau geschlagen hatte –, und riß die gelben Seidenvorhänge zurück.

Lymond gewahrte, wie Richard erstarrte und erbleichte, und blieb schweigend, ohne sich zu wehren, in der Tür. Kate erhob sich und fand, eine Hand gegen das Gesicht gedrückt, zu einem Stuhl, und Tom Erskine, der sich über das Schweigen wunderte, wollte über die Türschwelle treten. Lymonds lange Finger schossen vor und hielten ihn fest. »Nichts Gutes. Wir haben versucht, es Ihnen zu sagen. Es ist Christian.« Erskine befreite sich lautlos aus seinem Griff.

Gleich darauf trat Lord Culter vom Bett weg und überließ den knienden Tom sich selbst. Wieder im Musikzimmer, wo seine Leute schweigend und unbehaglich warteten, wählte er mit einem Blick einen von ihnen aus. »Hol den Mann – Somerville, so heißt er doch? Ich verlange ihn hier zu sprechen.« Dann wandte er sich seinem Bruder zu, und sein Gesicht war hart wie die Knochen der Erde. »Ich werde weder einen Käfig verunreinigen, indem ich dich gefangennehme, noch die Justiz beleidigen, indem ich dich vor Gericht ziehe. Trachte nach dem Sonnenschein: Du bist am Sterben.«

»Nein!« rief Kate laut von der Tür her. Sie ließ die Hand von ihrem angeschlagenen Gesicht sinken. »Nein, Sie irren sich. Das Mädchen hatte einen Unfall, als es in englischer Begleitung nach Hexham unterwegs war. Als Mr. Crawford eintraf, lag sie schon im Sterben. Er hat alles für sie getan, was er nur konnte.«

»Und zum Schluß Flöten und Schalmeien an ihrem Totenbett! Ich weiß Bescheid. Mein Gott, wir haben ihn ja gehört!«

»Was meine Frau sagt, ist die Wahrheit.« Gideon war in die Tür getreten.

Richard wandte sich nicht um. »In Threave hat er sie öffentlich der Schande preisgegeben. Sie darüber getäuscht, wer er in Wahrheit ist. Dieses blinde Mädchen zur Mitschuldigen an Verrat, zur Mitschuldigen an Mord, an Ehebruch gemacht . . .«

Lymonds Stimme fuhr scharf dazwischen. »Das reicht uns allen jetzt, Culter. Du weißt genau, daß du mich hier nicht töten kannst, außer ich widersetze mich der Gefangennahme. Laß die Narren in Edinburgh es aushandeln. Komm, gehen wir. Das halbe englische Heer steht in Hexham. Ich möchte Grey nicht begegnen, selbst wenn du es möchtest. Und um Himmels willen hol vor allem erst mal Erskine aus dem Zimmer heraus.«

Lord Culter schenkte ihm nicht die geringste Beachtung. Er erteilte seinen Leuten und Somerville, der ihn mit zusammengepreßten Lippen anhörte, ruhige, knappe Befehle. Dann wandte er sich wieder an Lymond. »Ich ermorde niemand. Ich biete dir ein ordnungsgemäßes Verfahren – eine Entscheidung durch Zweikampf. Unter Beachtung sämtlicher Regeln. Du darfst sogar glauben, daß du eine Chance hast, mich zu töten. Wenn es dir gelingt, bist du natürlich frei.«

Gideons Blick traf den seiner Frau. Er sagte gelassen: »Bringen Sie ihn nach Edinburgh, wie er es verlangt. Er hat völlig recht: Grey und Wharton sind in Hexham. Wenn jemand sie ruft, sind Sie verloren. Außerdem«, fügte er mit einiger Unverblümtheit hinzu, »haben Sie ihn nicht fechten sehen.«

Lymond hatte zu seiner ketzerischen Frechheit zurückgefunden: »Warum sich aufregen, Kinder? Ich werde nicht kämpfen. Ich würde eine nette ruhige Reise nach Edinburgh vorziehen und mir dort einen Prozeß machen lassen. Denk doch nur, wie köstlich sich alles in die Länge ziehen würde.«

Die flachen grauen Augen blieben ungerührt. »Du wirst kämpfen«, sagte Richard fühllos und warf den Kopf hoch. Er ließ Lymond und seine übrigen Leute vorangehen und verließ das Zimmer.

Kate sah ihnen starr vor Sorge nach und ging in ihr Schlafzimmer zurück. Einen Augenblick lang betrachtete sie den knienden Mann, dann beugte sie sich über ihn und rührte ihn an der Schulter. »Mr. Erskine, bitte komme Sie jetzt weg von hier.«

Vorerst geschah nichts. Dann hob er das Gesicht, das eigentümlich verschwommen aussah, als sei die Fettschicht unter der Haut durch den Kummer geschmolzen und wieder erstarrt. Er sagte mit schwerer Zunge: »Es ist schon gut ... Wie ist es geschehen?«

Sie zog einen Stuhl heran, und er setzte sich, während sie ihm erzählte, was sie wußte. Am Ende, nach einer Pause, sagte er mühsam: »Ich habe mich gefragt – ich konnte nicht recht verstehen, warum sie es tat.«

Kate erwiderte vorsichtig: »Sie hätte, glaube ich, jedem geholfen. War sie nicht so? Und dann – Sie alle haben ihn doch recht gründlich als einen Schurken verdammt, nicht wahr?«

»Was ist er denn anderes?«

»Nun«, meinte Kate, »ich habe das Mädchen heute zum erstenmal gesehen und weiß nicht, in welcher Beziehung sie früher gestanden haben. Aber ich kann sagen, daß er von Ihrer Lady Christian nur mit größer Hochachtung gesprochen hat. Auf ihren Wunsch bin ich bei ihnen beiden geblieben, bis sie starb, und ich müßte mich schämen, wenn mir bei irgend etwas, das sie miteinander sprachen, ein Gedanke an Schuld oder Anstößigkeit gekommen wäre. Und mehr als das. Ihnen sollte ich ihr Bedauern aussprechen, Ihnen alles Liebe von ihr sagen.«

Er erhob sich langsam. Er war ein Mann, der eines Augenblicks der Einsicht nicht unfähig war. Doch er sagte nur: »Ich danke Ihnen. Ich bin froh, daß Sie bei ihr waren«, und ging, ohne sich umzublicken, hinaus.

Kate glättete mit sanfter Hand die zerknüllten Leintücher und sagte vernehmlich: »Dieser da war beinahe gut genug für dich.« Sie zog die gelben Vorhänge zu und schloß die Sonne aus.

Seit seinen jungen Mannesjahren hatte Gideon Somerville sich an die Rolle des Zuschauers gewöhnt. Heute, da er mit neuartigen Geistern beunruhigende Bekanntschaft gemacht hatte, wog er sie ab, beobachtete sie klaren Auges und trat schweigend beiseite. Hier war ein Knoten, den weder er noch irgendein Außenstehender entwirren konnte. Flaw Valleys war kein Gefängnis. Seine Leute konnten ausbrechen, wenn er sie dazu antrieb. Er konnte einen Mann um Hilfe nach Hexham schicken, aber er hatte nicht den Wunsch, es auch nur zu versuchen. Er ersuchte ruhig darum, man solle von seiner Frau nicht verlangen, daß sie dabei sei; er vergewisserte sich, daß Philippa nicht ohne Aufsicht blieb oder erschreckt wurde, und brachte Lord Culter ein Paar zusammenpassender Rapiere und zwei Dolche.

Als die Waffen gebracht wurden, betrat Tom Erskine die Diele und übernahm die Leitung. Dieser Umstand allein ernüchterte sie alle. Erskine hatte sich binnen eines Jahres ans Befehlen gewöhnt. Er verschaffte sich allgemeine Aufmerksamkeit und sagte ruhig: »Richard, ich erteile hiermit eine Warnung. Dieser Mann ist ein Gefangener der Krone und hat sich vor der Krone für seine Verbrechen zu verantworten. Um zu tun, was du beabsichtigst, bedarf es eines schwerwiegenden Grundes. Hast du einen solchen Grund?«

»Du fragst mich das? Ja. Natürlich habe ich ihn. Wie du selbst genau weißt. Er trägt in diesem Augenblick Papiere bei sich, die unser Ende als Volk und Staat und höchstwahrscheinlich den Tod der Königin bedeuten würden, wenn sie nach Hexham gelangen.«

Lymond, der aus einem der hohen Fenster hinausgeblickt und mit den Fingerspitzen gegen die Läden getrommelt hatte, wurde plötzlich lebendig und wirbelte herum. »Das ist nicht wahr!«

Erskine stieß mit dem Fuß gegen etwas auf dem Boden. »Ist das Ihr Mantelsack?«

»Ja.«

»Und dieser Brief, der darin war, gehört Ihnen?«

Lymond nahm wortlos die Papiere entgegen, die Erskine ihm hinhielt – Papiere, die, wie Erskine und Culter wußten, in allen Einzelheiten die Pläne zur Flucht der Königin nach Frankreich enthielten. Er brauchte lange zu ihrer Durchsicht, und einen Moment lang blieb sein Auge blicklos am unteren Rand haften. Dann reichte er sie zurück. »Es handelt sich um den Mann in meiner Begleitung: Acheson. Haben Sie ihn über diese Papiere verhört?« fragte Lymond. »Er ist unten eingesperrt.«

»Ja«, antwortete Erskine. »Wir haben mit ihm gesprochen. Er hatte zwei Briefe von George Douglas bei sich wegen der Sicherheit seiner Söhne. Das ist alles, was man ihm mitgegeben hat, und mehr weiß er darüber nicht.«

»Aha«, sagte Lymond langsam. »Diese Antwort liegt natürlich auf der Hand. Die klassische Methode, sich einer solchen Situation zu entziehen, besteht darin, wie Sie wissen, daß jede Seite die andere beschuldigt. In welchem Fall Sie ihn vermutlich aus Sicherheitsgründen mit sich nach Hause nehmen werden? Ich würde dringendst empfehlen, ihn nicht aus den Augen zu lassen.«

»Hat er die Papiere in dein Gepäck getan?« fragte Richard nachhelfend.

»So etwas Ähnliches. Aber nehmen wir den Geringstfall an: Er weiß, was drinsteht. Also schließen Sie ihn um Gottes willen nicht in Ihr Herz, nur weil Sie so glücklich sind, daß er Ihnen eine Handhabe über mich verschafft hat.«

»Und hat er das?« fragte Erskine.

»Ausreichend für jedermanns Zwecke«, erwiderte Lymond kühl. »Ein Verbrechen mehr oder weniger wird Richard jetzt nicht abhalten.«

Dies wurde als Eingeständnis aufgefaßt; schmähendes, verächtliches Gemurmel; jemand spuckte aus. Erskine drehte dem jüngeren Mann den Rücken und richtete das Wort wieder an Richard: »Da dem so ist, hast du öffentlichen Grund, diesen Mann hier und jetzt vor Gericht zu stellen. Hast du auch persönliche Gründe?«

»Ja.«

»Wie lauten sie?«

Richard schwieg mit störrisch aufeinandergepreßten Kiefern.

»Gib sie an«, verlangte Erskine scharf. »Wenn hier eine Gerichtsentscheidung durch Zweikampf gefällt werden soll, hat der Angeklagte das Recht zu wissen, was du ihm zur Last legst.«

Lord Culter sprach leise und sehr rasch. »Er hat den Namen unserer Familie entehrt, Diebstahl und Brandstiftung begangen und unter meinem Dach einen Gast angegriffen. Er hat mir wiederholt nach dem Leben getrachtet.« Lymond machte eine plötzliche, anscheinend unwillkürliche Bewegung, die Richard veranlaßte, die Stimme zu heben. Er sagte laut und deutlich: »Er hat meine Frau geschändet und meinen einzigen Sohn getötet.«

Gideon biß sich auf die Lippen. »Was haben Sie zu erwidern?« fragte Erskine.

Lymonds Stimme klang unbewegt. »Du hast die Wahl, mich hier oder in Edinburgh hinzurichten. Ich werde nicht kämpfen.«

Erskine hatte gerade begonnen: »Sie geben also zu, daß –«, als Richard ihn unterbrach.

»Einen Augenblick. Wir wollen uns alle darüber klar sein. Wenn einer von uns sich weigert zu kämpfen, bedeutet das, daß er zugibt, er habe keine Ehre zu verteidigen und daß die gegen ihn erhobenen Beschuldigungen auf Wahrheit beruhen. Gibst du aus freien Stücken Hochverrat zu, Bruder? Mord und Vergewaltigung? Versuchten Brudermord?«

»Ich gebe nichts von alledem zu.«

»Dennoch willst du nicht kämpfen. Gibst du deine – Beziehungen zu meiner Frau zu?«

»Nein!«

»Dennoch willst du nicht kämpfen. Gibst du zu, daß du das Mädchen oben durch Täuschung dazu verleitet hast, deine blinde und willfährige Geliebte zu werden, und sie getötet hast, als du ihrer überdrüssig wurdest?«

Erskines Stimme prallte hart mit der Lymonds zusammen. Die ätzende Schärfe des Junkers behielt die Oberhand. »Du tollwütiger Flegel: Wie kann man einen so abscheulichen Kniff verwenden!«

»Wenn du dich nicht verteidigst, müssen wir annehmen, daß es stimmt.«

»Du kannst annehmen«, erwiderte Lymond, endlich aufgestachelt, geradeheraus zu reden, »daß ich mich bemühe zu verhindern, daß dir deine verdammte Kehle durchgeschnitten wird. Weiter nichts.«

»Du bildest dir ein«, sagte Richard, und seine Stimme schaukelte zwischen inständiger Hoffnung und Erregung hin und her, »du könntest mit mir kämpfen und am Leben bleiben?«

»Von mir aus könntest du diesen Augenblick mit einem Gehirnschlag tot umfallen, und ich würde in ungehemmten Applaus ausbrechen. Ich habe mit dem Tod Christian Stewarts nichts zu tun gehabt, und ich habe sie zu ihren Lebzeiten nie angerührt. Fang an mit deinem Gericht und versuch, das Gegenteil zu beweisen, wenn du kannst.«

Richard spannte die Finger seiner rechten Hand und hob die Brauen. »Hast du gehört?« sagte er sanft zu Erskine. »Er wird kämpfen.«

Die Wohndiele von Flaw Valleys empfing ihr Licht aus hohen Fenstern auf der Längsseite; in der Mitte der anderen Längswand bildeten Doppeltüren den einzigen Eingang. Der schimmernde Holzfußboden war von Möbeln geräumt worden, und die Zuschauer standen an beiden Enden hinter gespannten Seilen: rechts Gideon mit sechs seiner Leute, links Erskines und Culters Leute. Lymond stand innerhalb der Arena in der Nähe eines der Fenstersitze. Culter und Tom Erskine fehlten noch. Man stellte einen Tisch in die Mitte des Raums. Darauf gewahrte Gideon die vier Waffen und daneben ein schweres Buch: ein goldgeprägter Band der Vier Evangelien, der Kates Mutter gehört hatte. Culter trat ein; dann kam Erskine, und die Türen wurden geschlossen.

Erskine stand vor dem geschnitzten Eichentisch. Sein Gesicht war noch immer blaß, aber er war gefaßt und beherrschte die Situation. Er sagte ruhig: »Sie alle kennen den Zweck dieser Zusammenkunft. Wir sind im Begriff, zwischen diesen beiden Männern hier vor Ihnen einen Urteilsspruch durch Zweikampf zu fällen, und ich erteile mir Befugnis, ihn zu regeln und zu überwachen und den Eid abzunehmen, als befänden wir uns in Schottland in den Schranken des Turnierplatzes. Werden Sie beide sich hieran halten?« Er wartete ihre Zustimmung ab und begann dann mit ernster, klarer Stimme sie zu vereidigen.

»Richard, dritter Baron Crawford von Culter, legen Sie die rechte Hand auf dieses Buch und schwören Sie . . .«

Richards Stimme, die leise den Eid leistete, und das ge-
dämpfte Auftreten seiner bestrumpften Füße, als er zurücktrat, unterbrachen die Stille. Die Gestalt am Fenster straffte
sich, und Erskines gleichmäßige Stimme hob sich ein wenig.
»Francis Crawford von Lymond, Junker von Culter.« Nach
kaum merkbar kurzem Zaudern trat der Mann auf ihn zu.
Erskines Augen waren diesmal voll gespannter Aufmerksamkeit. Er verlas die Eidesformel mit noch immer leicht
erhobener Stimme, als sei sie eine Herausforderung. Bei den
Worten »So wahr mir Gott helfe«, die der andere tonlos wiederholte, war in dem stillen Raum ein leises Gemurmel zu vernehmen. Erskine beachtete es nicht. »Lord Culter. Bitte treten Sie vor.« Richard trat diesmal nach spürbarem Zögern
vor. »Reichen Sie einander die rechte Hand und legen Sie die
linke auf das Buch.«
»Das tut er bestimmt nicht«, sagte der Mann neben Gideon.
»Kann man ihm auch wahrhaftig nicht übelnehmen.« Richard grinste. »Ich habe keine rechte Hand, Mr. Erskine.«
Der improvisierte Gerichtsbeamte ließ sich auf keine Auseinandersetzung oder Bitten ein. Er bemerkte lediglich: »Sie
sollten wissen, daß ich die Machtbefugnis habe, Sie dazu zu
nötigen. Stellen Sie sich Ihrem Gegner gegenüber und nehmen Sie seine rechte Hand.«
Es war Lymond, der die nötige Geste tat. Richard berührte
die dargebotene Hand mit den Fingerspitzen, während seine
Linke auf dem Buch zwischen ihnen ruhte, so daß ihre verschränkten Arme das erforderliche Kreuz bildeten. »Ich ermahne Sie«, begann Erskine feierlich, »bei Ihrem Glauben und
Ihrer rechten Hand, die in der Ihres Gegners ruht, zur Er-
härtung Ihrer Herausforderung alle Ihre Kräfte zu verwenden und alle Vorteile zu nutzen, so daß Sie ihn zwingen, sich
Ihren Händen zu ergeben, oder ihn mit eigener Hand töten,
bevor Sie diesen Raum verlassen, so wahr Ihnen Gott
helfe.«
Sie schworen, und die Klingen wurden vom Tisch genommen: die dünnen, biegsamen Rapiere mit stählernen Stich-

blattzapfen und Handschutzkörben und die Dolche mit ihren schweren zweischneidigen, zwölf Zoll langen Klingen. Richard nahm seine Waffen entgegen, den Degen für die rechte, den Dolch für die linke Hand; dann nahm Lymond die seinen. Das Evangelienbuch wurde entfernt, der Tisch weggetragen. Erskines Blick wanderte über jedes einzelne Gesicht hin, Schotten und Engländer, und dann sprach er die vertrauten Worte: »Wir ermahnen und befehlen einem jeden, bei Strafe des Todes an Haupt und Gliedern, daß er weder näher trete noch spreche, irgendein Geräusch verursache oder irgendein Zeichen gebe und weder durch seine Miene noch auf andere Art eine der Parteien anweise, sich einen Vorteil über die andere zu verschaffen. Der Tag ist weit vorangeschritten«, verkündete Erskine, wie es die Heroldsformel verlangte, »laßt sie ziehen, laßt sie ziehen, daß sie ihr Ansinnen vollbringen!«

Lymond wartete, eine schlanke federnde Gestalt mit entspannten Gliedern, hellwachen Augen und Stahl in jeder seiner vernarbten Hände, und beobachtete seines Bruders Avancieren. »Schneller, Richard. Man erwartet von uns, daß wir zeigen, was wir können!« Lästerlicher Spott klang aus seiner Stimme.

Auge in Auge mit ihm, erwiderte Lord Culter leise: »Keine Eile.« Eine aufflackernde Bewegung und ein Klirren, als Lymond parierte und zur Seite glitt, um der kurzen, blitzenden Klinge auszuweichen.

»Da wir schon hier sind«, meinte Lymond unterhaltsamen Tons, »warum nicht etwas Passendes äußern? ›Wir sind beide aus einem Grab gestiegen, sollten wir dann nicht beide in einer Grube liegen?‹ Und dann hätten wir noch: ›Bruder, warum bist du so zornig auf mich?‹ Kains Brudermord, mein Lieber: eine Fundgrube geeigneter Anmerkungen ... Komm schon«, sagte die verspielte, grausame Stimme. »Du rollst herum wie eine Birne im Obstkörbchen.« Wieder gingen sie auseinander.

Seine Absicht war offenkundig. Gideon war nicht nach Lachen zumute, wohl aber einigen seiner Leute, und er bemerkte, daß Culter es gewahr war. Lymond führte sich selbstverständlich abscheulich auf, er schien durchaus bereit, lieber jede Narrenrolle zu spielen, als seinen Bruder an sich herankommen zu lassen. Falls Richard beabsichtigt hatte, ihn seine Stärke allmählich spüren zu lassen, so war er jetzt gezwungen, diesen Vorsatz aufzugeben. Wenn er sich nicht dem allgemeinen Gelächter aussetzen wollte, mußte er Lymond zwingen zu kämpfen; und sein Bruder wie auch Erskine, Gideon und die wartenden Männer lasen ihm diesen plötzlichen Entschluß vom Gesicht. Doch Lymond erfaßte es als erster. »Blutdürstig, Richard?« fragte er. »Geh sparsam mit deinen Säften um. Denk an die Schönen daheim. ›Sein Herz war leicht wie ein Blatt am Baum, wenn er an seine . . .‹« Dieses Zitat beendete er nicht. Richard gab ein lautes Knurren von sich, die Zuschauer bellten unwillkürlich auf, und der Zweikampf begann im Ernst.

Innerhalb der ersten drei Minuten berührte Richards Degen die Schulter des Bruders. »Oh«, entfuhr es Gideon und den übrigen; dann lächelte er. Es war ihm nichts geschehen; die Schulter war noch von dem alten Verband über Scotts Messerstich geschützt. Lymonds Lider verschleierten seine Augen, als sie sich voneinander lösten. »Du erntest das Stoppelfeld ab. Versuch es nächstes Mal auf der anderen Seite.«

Es gab kein nächstes Mal. Zehn Minuten später fochten sie noch immer, und im ganzen Raum herrschte atemlose Stille. Plötzlich sagte Tom Erskine neben Gideon. »Das kann ich Ihnen versichern: So lange hat noch niemand Culters Degen standgehalten!«

In Somervilles Augen stand Besorgnis. »Ich hätte es ihm vorher sagen können.«

Erskine zischte: »Wenn einer von beiden nicht wirklich kämpft, breche ich ab.«

»Das wird nicht nötig sein«, erwiderte Gideon leise. »Ich glaube, Lord Culter hat es begriffen.«

So war es! Richard kämpfte gegen eine so nachgiebige Waffe,

daß sie zu keinem raschen Gegenstoß, keinem Nachstoß oder Angriff fähig war, und es war ihm noch immer nicht gelungen, Lymonds Parade zu durchstoßen. Voll ingrimmiger Wut stellte er jetzt eine haarsträubende Theorie auf die Probe. Mitten in einem Stoß ließ er unvermittelt die linke Hand sinken und gab einen Augenblick lang seine ganze Flanke Lymonds rechter Klinge preis.

Lymond parierte und retirierte, und seine blauen Augen verrieten nichts.

Lord Culter löste sich ab. Mehr noch: Er zog den Arm zurück und schleuderte den Degen schwippend zu Boden. »Hol dich der Teufel! Du kämpfst ja nicht!«

In die Stille hinein rief plötzlich die Stimme eines Mannes: »Er ist geflohen!«

Lymond stand, rasch atmend, wortlos da.

»Ich soll wieder deinen Hanswurst abgeben wie überall ...«

Die rufende Stimme kam näher: »Mr. Erskine! Sir! Der schwarze Kerl! Er hat ein Pferd erwischt und ist geflohen!«

Richard hielt nicht einmal inne. »Du hinterhältiger, gemeiner kleiner Blutsauger – wie um alles in der Welt soll ich dir denn genügend weh tun?«

»Unterschätze dich nicht«, antwortete Lymond kurz. »Erskine! Wenn Acheson ausgebrochen ist, dann ist er nach Hexham unterwegs.«

»Sorgen Sie sich nicht«, sagte Erskine. »Wir werden ihn schnappen, ehe er dort ankommt. Richard –«

»Tu, was du willst. Ich habe meine Sache hier zu erledigen«, sagte Culter.

»Aber um Himmels willen, Richard!« sagte Lymond scharf. »Erskine, ich kann Sie geradenwegs hinführen, wohin der Mann jetzt unterwegs ist. Wie sonst wollen Sie ihn denn aufhalten, wenn Sie die Straße nicht wissen? Geben Sie mir ein Pferd und so viel Bedeckung, wie Sie wollen, aber beeilen Sie sich. Es ist egal, wer nach Ihrer Ansicht die Meldung bei sich gehabt hat, aber Acheson weiß auf jeden Fall, was drinsteht.«

Richard hob gelassen seinen Degen auf und stellte sich zwischen seinen Bruder und die Tür. »Sei doch kein Narr, Tom. Er führt dich direkt zu Lord Grey.«

»Das ist ein Risiko, das wir auf uns nehmen müssen«, antwortete Erskine ruhig. »Er hat recht, Culter. Laß ihn laufen.«

»Nicht, bevor wir diese Sache hier erledigt haben.«

Erskine mühte sich verzweifelt, die Beherrschung nicht zu verlieren. »Hör doch zu. Wenn diese Meldung durchkommt –«

Richard fuhr ihn an. »Verläßt du dich etwa auf *Lymond,* daß er sie aufhält? Zieh los, wenn du willst. Ich halte dich nicht zurück. Aber ihn nimmst du nicht mit. Den ersten Mann, der sich ihm nähert, bringe ich um.« Mit funkelnden Augen im weißen Antlitz wandte er sich zu seinem Bruder. »Du warst dir vorhin zu gut, um anzugreifen? Dann darfst du jetzt angreifen, wenn dir danach ist.« Er hielt den Degen in der einen, den Dolch in glitzerndem Widerspiel in der anderen Hand. »Der Weg zu dieser Tür führt durch mich hindurch. Schlag ihn ein, Bruder, wenn du kannst.«

Es entstand eine Pause. Erskine sagte scharf: »Hob und Jamie, nehmt eure Pferde und versucht, die Spur aufzunehmen. Wir kommen nach, sobald wir können.«

Lymond rührte sich. Geschmeidig, kühl, glatt wie sein eigener Stahl, war jetzt etwas an ihm, das noch keiner zuvor bemerkt hatte. »Also gut«, sagte die Stimme, der sechzig Vogelfreie gehorcht hatten. »Da du es anbietest, nehme ich es an.«

Er ging unverzüglich zum Angriff über.

Die Brüder waren geborene Fechter. Das Gleiten und Aufeinandertreffen der edlen Klingen, die sich entfaltenden Bewegungen, die wie Rauchschwaden eine aus der anderen wuchsen, zeigten keine Spur der erbitterten, knirschenden Kampfesmühe kurz zuvor. Dies war klassische Fechtkunst, kostbar wie ein Geschmeide, und barg in ihrer Anmut einen köstlichen, erlesenen Tod. Sie hatten immer gewußt, daß Richard ein Meister war. Jetzt aber gewahrten sie Crawford von Lymond vor ihren Augen emporwachsen, sahen die geschulte Kraft hinter der Eleganz hervortreten, die Schultern straff gereckt, die Handgelenke von jener stählernen Härte, die der ganzen Wucht von Richards langem Angriff widerstanden hatte und sich jetzt stark und geschmeidig mit jeder geübten Sehne seines Körpers hervorwagte.

Lymond focht unbeirrt gleichmäßig und unerhört rasch mit dem angreifenden Dolch: Erskine, dem der Blick das Herz gefrieren ließ, sah ihn unablässig auf Richards Klinge treffen, sie beiseite schlagen, aus der Richtung drängen, niederdrücken, um sich die Bahn für einen Ausfall frei zu machen.

Tap, tap kam der verstärkte Gegenstoß, die bestrumpften Füße glitten lautlos über den Boden – dann bewegte sich Richards Klinge, Lymonds rechter Arm schlug steif zu, und die Flachseite seines Degens haftete an der Flachseite seines Gegners. Ein Knacken und Seufzen, und die funkelnde Spitze glitt hinab und weiter hinab zu Culters Degenkorb, bis Richard mit geballter Kraft ihn frei riß und mit einem Ruck seines Bruders Dolch im Flug aus der Bahn beiseite schleuderte. Jetzt ging er selbst vor und griff an. Ein einziger Trieb beherrschte ihn: den Hohn der letzten zwanzig Minuten auszulöschen. Aus diesem Erdreich erblühte eine Kraft, die zuweilen, aber niemals ernstlich abfiel und stetig an Muße gewann, um Lymonds Attacken zu erwidern. Denn hier und jetzt war Lymond, wohl zum erstenmal in seinem Leben, bis zum Äußersten angespannt. Sein Atem ging rasselnd, seine Konzentration war geradezu mit Händen zu greifen und erschrecklich.

Sehr bald nach Richard beging er seinerseits einen Fehler. Am Ende eines langen Durchstoßes, als er den rechten Arm steif und die schimmernde Degenspitze fast waagrecht hielt, fing Richard die Klinge mit seiner Waffe flach ab, drückte den Stahl nieder und senkte dann die eigene Spitze. Richards Degen umkreiste, knirschend an ihr haftend, die Klinge seines Bruders; die Stärke seiner Säbelklinge drückte auf den schwächeren Oberteil von Lymonds Degen. Die gespannten blauen Augen verengten sich. Dies war der erste Schritt zur Entwaffnung, und der Junker wußte es. Eine Sekunde lang konzentrierte er sich völlig darauf, von dem Gefahrenpunkt loszukommen, und Richard nahm mit einer einzigen Bewegung seine schwache Chance wahr. Er gab plötzlich mit der rechten Hand nach, ging rasch mit der Linken und sodann mit dem unterstützenden Rapier vor, fing Lymonds Dolch in einer Falle und schlug ihn ihm aus der Hand und zu Boden.

Der Junker sprang mit einer tierhaft geschmeidigen Drehung zurück außer Reichweite. Der Schweiß rann ihm das Antlitz hinab in die Vertiefung über dem Schlüsselbein. Er deckte sich mit seiner einzigen verbliebenen Waffe gegen die entfesselte Wucht von Richards folgendem Angriff. Seine Gewalt trieb Lymond durch die ganze Länge des Raums, sie und die Notwendigkeit, außer Reichweite von Richards linker Hand zu bleiben. Ein Handgemenge bedeutete für den Junker jetzt den Tod. Richard wußte es und erhob sich zur vollen triumphalen Größe seiner Meisterschaft. Die Klingen in seiner Hand sausten durch die Luft wie die Sensen des Kronos und trieben den anderen quer durch den Raum zurück ans Seil und in den Winkel des Rechtecks.

Das ganze Gemach war ein einziges leise zischendes Aufatmen. Somerville wandte unbewußt den Blick ab und bemerkte, daß seine Handflächen feucht waren. Lymond, mit dem Rücken gegen das Seil, gestattete sich einen flüchtigen Blick zur Seite. Als die Klinge auf ihn zuschoß, ließ er sich wie ein Stein, auf die linke Handfläche gestützt, zu Boden fallen. Richard stieß über ihn weg, taumelte und schoß blitzschnell herum. Doch Lymond erhob sich bereits, den wiedererlangten Dolch in der Hand.

Lord Culter war aus der Fassung geraten. Er atmete keuchend wie sein Bruder, sein Haar war von Schweiß durchweicht, die Handgelenke fühllos vom Vibrieren der Schläge. Zum erstenmal kam es jetzt einen Augenblick lang zu lockerem Geplänkel. Die Männer ringsum seufzten auf, als seien sie eine Stunde lang am Ersticken gewesen und hätten ein wenig kostbare Luft geschnappt. Richards Blick behielt einen Augenblick lang seinen Ausdruck der Verwirrung und Neueinschätzung. Dann warf er den Kopf hoch; unter dem dünnen Hemd verrieten die Muskeln frische Spannkraft, und er stürzte sich mit mächtig geißelnder Hand auf den blonden Bruder.

Lymond hatte keine solche Spannkraft zurückgewonnen. Er war müde, und der Schatten seiner Müdigkeit fiel auf seinen Scharfsinn. Doch er kämpfte wie der Teufel, als Culter abermals versuchte, ihn durch die Länge des Zimmers zu jagen. Somerville, der ihn beobachtete, erkannte, daß er sich der Seile hinter sich wohl bewußt war, der kleinen für ihn erdachten Fallen. Was er jedoch hätte fürchten sollen und nicht fürchtete, war die lange Fensterwand mit ihrem harten Gürtel von Sitzen und darunter Lymonds aufgerissene Gepäckrolle, aus der Erskine das belastende Schreiben, das die Königin verriet, hervorgeholt hatte.

Richard war sie sehr wohl gewahr: Sie hatte ihn fünf lange Minuten in den grauen Augen gebrannt. Ihn kümmerten jetzt keine Fechtregeln mehr, keine seichten Gebote der Höflichkeit, des anständigen, ehrlichen Vorgehens. Er jagte Lymond wie regengepeitschter Wind von den Seilen weg, abermals quer durch den Raum, zurück zu den Fenstern und schließlich über das weiche, schattenhaft umherverstreute Gepäck.

Lymond trat rückwärts in die Falle. Er verfing sich in der Decke und strauchelte, und Richard hob mit der ganzen Kraft seiner Schulter aus drei Fuß Entfernung den Degen, um den torkelnden Blondkopf zu spalten.

Sein Schlag sauste auf ein Kruzifix aus Stahl nieder.

Lymond hatte vollauf begriffen, war präzis an die richtige Stelle gestolpert, die er einnehmen mußte, und hatte seine beiden Klingen bereits hochgerissen. Feurig im Licht aufblitzend, fingen sie zwischen ihren gekreuzten Griffen Culters Degen ab und entrissen ihn mit einem Ruck seiner Hand. Noch eine einzige, kurze, unsichtbare Drehung, einen scharfen Schlag auf Richards schmales linkes Handgelenk, und die kurze Dolchklinge folgte der längeren auf den Fußboden. Binnen Sekunden – in seinem ganzen Leben hatte ihn noch nie etwas so überrascht – war Lord Culter entwaffnet.

Aufhören bedeutete jetzt fast ohnmächtig werden, so groß war die Anstrengung gewesen. Sie standen ganz dicht voreinander, Auge in Auge, der Atem rüttelte an ihren Rippen. Der Degen flammte in Lymonds einer Hand, der Dolch in der anderen. Er hob sie ein wenig an, und in den übermüdeten blauen Augen stand ungezähmter Übermut. »Mein Sieg, Bruder Richard. Meine Wahl, ob ich das eine oder das andere oder beides ins fette Bruderfleisch stoßen soll.« Die Knöchel der langen Finger, die die beiden Griffe umklammerten, wurden weiß, als er ihm die Waffen hinhielt. »Links oder rechts, Richard ... Welche Hand möchtest du?«

Niemand sprach. Culters Blick war in diesem letzten Augenblick fest und unerschrocken.

Lymond lachte, schleuderte den Degen auf den Boden und sprang, die Gepäckrolle im Arm, auf den Fenstersitz. Einen Augenblick lang hielt er dort sprungbereit inne, beherrscht, selbstsicher. »Wenn ihr nicht vorangehen wollt, dann versucht zu folgen!« rief der Junker, schleuderte die Rolle in einem verachtungsvollen Glashagel durchs Fenster und folgte ihr nach. Sie vernahmen, indem sie herzurannten, den dumpfen Aufprall, das rasche Aufrappeln. Von dort hatte er es, wie sie wußten, nur einen Schritt zu den Pferden.

Also mußten sie ihm folgen.

Sie ritten in die gelbe, sandumwehte Augenhöhle der Sonne hinein, der Staubwolke nach, die Lymond war. Irgendwo vor ihnen war vermutlich der Mann Acheson. Irgendwo dort vorn war bestimmt das englische Heer. Ein Stück weiter die Straße entlang schlossen sich ihnen die beiden Männer an, die Erskine vorausgeschickt hatte, ohne daß sie mehr entdeckt hätten als eine ausgedörrte Hügelkruste ohne Hufspuren, und nun wurde es ihnen zur Gewißheit, daß ihre einzige

Hoffnung wie auch ihre größte Gefahr darin bestand, der unberechenbaren Gestalt vor ihnen nachzusetzen.

Richard saß schwer im Sattel. Als Erskine sah, wie er von der Spitze zurückfiel, wurde ihm klar, daß Culter völlig erschöpft war und nur die Willenskraft ihn noch weiterreiten ließ, nicht anders als vermutlich auch der Mann vor ihnen. Dabei fiel ihm ein, daß das heutige unheilvolle Zusammentreffen vor allem offenbart hatte, wie unglaublich ähnlich die Brüder einander waren. Es fiel ihm des weiteren ein, daß ihm, falls sie näher an Lymond herankamen, die Aufgabe zufiel, Osiris davor zu bewahren, von Bruder Set getötet zu werden. Zumindest nicht, ehe er ihnen den Weg zu Acheson gezeigt hatte. Er nahm Stokes, seinen besten Mann, beiseite und drängte ihn, während sie galoppierten, aus Richards Hörweite. »Wenn Lymond zuerst nach Hexham gelangt, setze ich ihm allein nach. Ein einzelner Mann kann sich vielleicht mit Dreistigkeit durchschwindeln. Ihr übrigen werdet auf mich warten müssen. Laßt mir ein bis zwei Stunden Zeit und reitet dann allein zurück. Und noch etwas, Stokes. Verhindert, daß Lord Culter mir folgt.«

Der andere begegnete seinem Blick. »Ja, Sir.«

Sie ritten hügelaufwärts über hochgelegenes Gelände, eine Kavalkade von Eseln, die hinter einer wunderlichen Mohrrübe her war. Dann entschlüpfte der Reiter vor ihnen die andere Seite des Hügels hinab ihren Blicken. Erskine fegte ihm die Anhöhe hinauf nach und hielt. Sie befanden sich am Rand eines langen, steinigen Steilhangs, der sich, so weit der Blick reichte, nach Westen hinzog. Unterhalb des Felshangs führte ein Pfad durch flaches Wiesengelände zu den breiten Ufern des Tyne, setzte sich über eine Buckelbrücke fort und schoß jäh nach Hexham hinauf.

Die Stadt rauchte verdrießlich auf ihrer Anhöhe. Tom konnte den Turm der Abteikirche sehen, das Gefängnis, die hohen Häuser der Kirchenämter und auf halber Höhe des Hügels die massiven Stadttore. Die Straßen schienen von Menschen überfüllt. Er senkte den Blick und wurde Zeuge eines kleinen Dramas, das sich mehr in der Nähe abspielte: Ein Mann, der seinem Pferd unbarmherzig die Sporen gab, nahte der Brücke von dieser, der Nordseite, her. Als er sie gerade erreicht hatte, kam ein zweiter Reiter über die Wiesen auf ihn zugaloppiert und rief ihm etwas zu: Die Sonne schimmerte auf blondem Haar, und Erskine hielt den Atem an. Er sah den Mann sich kurz umblicken und sogar zaudern; dann jagte er das Pferd mit einem Satz über die Brücke. Erskine sah, wie auch Lymonds Pferd in gestrecktem Lauf auf die Brücke zuraste; aber es lagen zweihundert Meter zwischen den beiden, und Lymond holte nicht auf. Erskine stieß einen halblauten Fluch aus.

Hinter ihm erschienen seine Leute jetzt auf dem Hügelkamm und blieben, von seinem erhobenen Arm angehalten, stehen. Culter war beinahe der letzte. Er ritt zu Erskine heran und suchte mit staubgeröteten, schmerzenden Augen das Gelände ab. Plötzlich wies er mit der Hand. »Da sind sie!«

»Ja. Ich setze ihnen nach«, sagte Erskine. »Stokes!«

»Dann komme ich . . .«

»Du bleibst hier«, sagte Erskine scharf. »Die Leute ebenfalls. Stokes, da hinter uns war irgendein Gebäude, ein ausgebranntes. Schaut zu, ob ihr dort für euch und die Pferde Unterschlupf findet. Aber nicht länger als zwei Stunden.« Damit lenkte er das Pferd den Steilhang hinab.

Wenn er auch im offenen Gelände kein Risiko einging, hatte Acheson doch keinen politischen Grund, Lymond zu mißtrauen. Im Gegenteil, dessen Verhältnis zu seinen eigenen Landsleuten und den Engländern war, von Achesons Standpunkt aus betrachtet, durchaus befriedigend. Achesons Hauptbeschwerde gegen ihn war, daß er versucht hatte, ihn aufzuhalten, aber er war bereit, darüber hinwegzusehen, wenn der Bursche diese Dummheiten sein ließ und schließlich doch noch in Hexham eintraf. Als der Torhüter am Stadttor seinen Geleitbrief prüfte und fragte: »Und Leibwache?«, wies Acheson mit einer Kopfbewegung auf die Straße hinab und wartete, während der Torwächter nach einigem Hin und Her eine Begleitmannschaft für ihn auftrieb, die ihn zur Abtei führen sollte. Acheson gestand ohne weiteres zu, daß Lymonds Anwesenheit eine überzeugende Bürgschaft für seine guten Absichten darstellte. Aber da war diese Sache mit dem erbrochenen Schreiben, das er dem anderen heimlich ins Gepäck gesteckt hatte. Er wollte zwar das Verdienst für die Auslieferung des Burschen für sich beanspruchen, aber ohne ungebührliches persönliches Risiko.

Doch der Junker hegte, wie es schien, keinen Groll gegen ihn. Er kam herangeritten, als Acheson, der aus dem Sattel gestiegen war, gerade mit den drei Leuten seiner Begleitmannschaft plauderte. Er sah vielleicht ein wenig erregt aus, aber in seinen Zügen lag nichts Bedrohliches. Durch die Schranken gelassen, lenkte er sein Pferd lächelnd auf Acheson zu, hielt neben ihm an und beugte sich herab, um mit ihm zu sprechen.

Nur einer der vier Männer, die um sie herumstanden, sah den zwölf Zoll langen Stahl in Lymonds Hand, und er brüllte zu spät. Acheson empfing den Dolchstoß mitten in die Brust und wurde von seiner Gewalt nach rückwärts geschleudert. Dann wich das Erstaunen in seinem Gesicht rachsüchtiger Wut. Er richtete sich auf. Das zerfetzte Wamstuch über der Brust verriet, als der Dolch herabfiel, das Schimmern eines Kettenpanzers darunter. Acheson war unverletzt, und fünf Männer stürzten sich auf Lymond.

Eine Waffe war ihm geblieben. Er drückte die Fersen mit aller Kraft in die Flanken der Stute, riß ihr weiches Maul zurück und lenkte die um sich schlagenden Hufe. Acheson, zwischen den eisernen Beschlägen des sich bäumenden Pferdes eingezwängt, schrie einmal laut auf, während ihm das Blut aus einer Wunde an der Schläfe schoß, dann wurde er zu Boden getrampelt. Lymond sah es gerade noch, bevor auch er überwältigt wurde.

Erskine vernahm die Geschichte fünf Minuten später, als er seinerseits am Stadttor anlangte. Am Tor herrschte einiges

Durcheinander, doch er fuchtelte gebieterisch mit dem leeren Umschlag von Achesons Dienstmeldung herum und wurde unverzüglich eingelassen. Nachdem er alles erfragt hatte, was er sich zu fragen traute, zauderte Erskine. Er hatte nur erfahren, daß Acheson und sein Angreifer beide zur Abtei gebracht worden waren, wo die Befehlshaber eine Beratung abhielten. Niemand wußte, wie schwer der Kurier verletzt war. Aber wenn die beiden Männer, die dieses Geheimnis besaßen, sich in der Abtei befanden, dann mußte er sich klarerweise gleichfalls hinbegeben.

Er drängte sein Pferd langsam zwischen der Menschenmenge hindurch die Anhöhe hinauf. Auf seine Aussichten, auch wieder herunterzugelangen, wäre er keine Geldwette eingegangen. Der entscheidende Faktor war, ob er einen Mann umbringen mußte oder zwei.

Es kostete Erskine einige Täuschungsmanöver, Hautabschürfungen an den Knöcheln und ein wundgestoßenes Schienbein, aber er gelangte ungesehen in die Abtei hinein und war heftig erleichtert, festzustellen, daß die Kirche an der Stelle, wo er stand, im Dunkel lag. Er befand sich im Westschiff. Etwa dreißig Meter vor ihm waren irgendwelche Lichter und Stimmengemurmel. Die Sitzung fand anscheinend in einem der Querschiffe statt. Nachdem seine Augen sich an die Dunkelheit gewöhnt hatten, sah er sich um.

Zu seiner Rechten stieg eine Treppe in der Mauer hinauf, die vermutlich zu den westlichen Räumen des Kreuzgangs führte und folglich nicht zu gebrauchen war. Über ihm jedoch zog sich an der Südwand des Schiffes eine Reihe von Pfeilern entlang, die den oberen Teil der Mauer abstützten und fest auf einem Sims von gut einem Meter Breite ruhten. Erskine machte einen lautlosen Satz zur Treppe und kam nach zwei Windungen durch eine offene Tür auf das dunkle, schwindelerregend hohe Sims hinaus. Er schob sich geräuschlos von einer Säulengruppe zur nächsten auf die Mitte der Kirche zu und drückte sich flach an die Wand, sobald das Kerzenlicht heller wurde. Vor ihm tauchte ein neuer Türeingang auf. Er

trat hindurch und stellte fest, daß die Mauer rechtwinklig ab-
bog. Das Sims und die stützenden Säulen gingen weiter, aber
anstatt in die Kirche hinabblicken zu können, war die Sicht
versperrt. Jetzt begriff er, was hier los war. Die Wand bog
hier ab, um sich an der Westmauer des südlichen Querschiffs
entlangzuziehen, und die Zwischenräume zwischen den Säulen waren mit Wandteppichen verhängt.
Er drückte sich vorsichtig ein wenig weiter; rechts spürte er
den kalten Stein, links tasteten seine Fingerspitzen sich an
den Wandbehängen entlang. Er erreichte eine Wendeltreppe
und stellte fest, daß sie in die Ecke einer breiten Galerie hin-
unterführte, die das Ende des Querschiffs ausfüllte. Eine
breite Treppe mit flachen Stufen führte von der Galerie hinab in die Kirche. Er ging den halben Weg das Sims entlang
wieder zurück. Sein bestes Vesteck war hier, und von hier aus
hatte er vermutlich auch die beste Sicht auf das Querschiff. Er
öffnete mit behutsamen Fingern einen kleinen Spalt in der
Teppichwand seines Tunnels. Kerzenlicht fiel auf seine Hände, und lebhaftes Gespräch drang ihm ans Ohr. Dann sagte
eine wohlbekannte Stimme, Lymonds Stimme: »Ich kann Ihnen noch einen Namen verleihen, den Sie mir nicht geben
können: Hahnrei, Lord Lennox!«

Lord Wharton, erschöpft von der Anstrengung, höflich
gegenüber Grey zu sein, gereizt durch Lennox und niederge-
schmettert von der Aussicht, einen Trupp vorzüglicher Reiter hergeben zu müssen, den er wahrscheinlich nie wiedersehen würde, saß in zutiefst weltliche Düsterkeit versunken an
einem Ende des langen polierten Tisches. Der Graf von Lennox, gelangweilt und nicht wenig verstimmt vom kühlen
Empfang durch seine Gemahlin, fingerte in den Inventaren
und Rechnungen herum, die vor ihm lagen, und schlug unter
dem Tisch seine langen Beine auf eine Weise übereinander,
daß weder Grey noch Margaret ordentlich sitzen konnten.
Lord Grey, der Gideon vermißte und von Margaret Lennox' Geschichte ebenso beunruhigt wie verärgert war, erging

sich in einem langen und verwickelten Epos über die Unzulänglichkeiten seines Schatzmeisters, und Lady Lennox saß blaß und aufrecht auf einem unbequemen Stuhl und starrte mit geistesabwesendem Stirnrunzeln den Fußboden an.

Dann trat Mr. Myles ein und flüsterte etwas; ein Offizier der Torwache trat ein und erstattete eine Meldung, und die Wache half die bewußtlose Gestalt des Mr. Acheson hereintragen und auf einen praktisch in der Nähe befindlichen Sarkophag legen, indessen zwei weitere erfreut dreinblickende handfeste Kerle eintraten und die Tür hinter sich schlossen. Zwischen sich hatten sie Lymond. Im unwahrscheinlichsten Augenblick hatte der Fisch den Haken geschluckt.

Er trug weder Wams noch Stiefel und sah müde und verwahrlost aus. Er sah außerdem, fand Lord Grey mit aufflackerndem Zorn, ungefähr so demütig aus wie Schischman, der Kaiser der Slawen. »Haben Sie das getan?« schnauzte Lord Grey und wies mit dem Zeigefinger auf den wie leblos daliegenden Acheson.

Lymond wandte den Kopf. »Nein. Genaugenommen hat ein Rotschimmel die Schuld. Der Herr trägt zwei Briefe an Lord und Lady Lennox bei sich, und ich bin in Beantwortung Ihres Ultimatums mitgekommen. Falls Sie sich fragen sollten, Margaret, ob ich weiß, daß das Ultimatum ungültig ist und warum – ich weiß es. Mr. Acheson war so unbesonnen, es mir knapp innerhalb des Stadttors mitzuteilen.«

Strenger, strahlender Triumph erleuchtete Lady Lennox' Antlitz. Sie fragte nicht, woher Acheson es wußte. »Ihre kleine rothaarige Freundin war unintelligent, aber hartnäckig. Sie vergaß, daß im Krieg ebenso Regeln gelten wie in der Liebe . . . Bring ihn um, Matthew.«

»Nach Ihrer Erfahrung sind es die gleichen Regeln, wie? Erschlagt die Großherzigen, denn sie sind blind. Matthew kann mich schicklicherweise nicht töten, Margaret, ehe Lord Grey nicht gesprochen hat, und bis es soweit ist, werde ich selbst eine Menge gesagt haben.«

»Ach wirklich? Das bezweifle ich. Bei Gott«, sagte Lord Grey, »ich sollte denken, es wäre hier nicht ein einziger Mann unter uns, der Ihnen nicht mit Vergnügen die Kehle –«

»Ich würde jedenfalls – als einer der Hauptgeschädigten – Anspruch auf den Gefangenen erheben«, bemerkte Lord Wharton. »Was in Annan geschehen ist, steht mir noch sehr frisch im Gedächtnis, desgleichen die Unterbrechung meines Kurierdienstes und Ihre unterschiedlichen erfinderischen Taten, als Sie unter meinem Befehl standen.«

»Wie ich bereits bemerkt habe«, erklärte Lord Grey ungeduldig, »dieser elendiglicher Mensch ist uns allen übel gesonnen. Wir werden doch wohl nicht diese erstaunliche Geschichte damit abschließen, daß wir uns über seine Todesart zanken? Unsere Zeit ist knapp. Die Wache soll ihn auf den Marktplatz führen und als schottischen Spitzbuben aufhängen.«

Vier Stimmen drangen ihm mit lauten Ratschlägen ans Ohr und wurden ihrerseits von der kraftvoll tragenden Stimme des Gefangenen übertönt. »Einer nach dem anderen«, sagte Lymond. »Denken Sie doch um Gottes willen an Ihre englische Einigkeit, sonst sind wir alle verloren. Was sind Sie? Eine große und gottesfürchtige Nation, die mit den Stimmen korporativen Rechts spricht: ein Hirn, ein Herz, tausend Glieder, die voneinander leben. Eine Nation liebender Lämmer, pflichtgetreu gegenüber dem Leithammel, Küken aus dem Weltei, die mit Freuden der Hennenfigur in die Mündung der Kanone nachlaufen. Einheit, Solidarität und Brüderlichkeit. Brüderlichkeit! Guter Gott!«

Grey schlug mit einem Knall das Hauptbuch zu. »Zumindest sind wir eine Nation mit einer Religion, einem Oberhaupt, einem Status, einer Politik, und nicht eine verdammte Arche Noah. Ihr seid vermutlich auch noch stolz auf eine französische Königin, die zum Ruhm ihres Geburtslandes mit schottischen Knöcheln würfelt? Oder auf Ihre Douglasse und Ihre –«

»Lennox?« Lymond spielte geschmeidig, ohne Hast, um Zeit. »Sie dienen ihrem Zweck, warum auch nicht?«

»Ich glaube«, sagte der Graf von Lennox, weiß vor Erregung, »meine Frau und ich haben uns jetzt genügend Beleidigungen angehört. Schlagt ihn nieder! Hängt ihn auf!«

Lymond drehte sich plötzlich um. »In Frankreich aufgewachsen, in Schottland gefeiert, Möchtegern-Bräutigam der Maria von Guise, Möchtegern-Herrscher, Möchtegern-Verschwörer, voll irdischer Gier und einem Verlangen, Ihre Verwandtschaft sämtlichen Raubvögeln, die sich an Ihre Fersen hängen, zum Fraß vorzuwerfen. Was sind Sie denn? Ein Dieb, ein Abtrünniger, ein Lügner und ein Feigling, alles das, was Sie mich geheißen haben! Aber ich kann Ihnen noch einen Namen verleihen, den Sie mir nicht geben können: Hahnrei, Lord Lennox!«

Der Graf hatte sich langsam erhoben. Als Lymond ihm das Wort entgegenschleuderte, überschlug sich Lennox' Stimme hoch und piepsend wie die eines Vogels: »Mein Gott, Wharton, Sie haben mich einmal zurückgehalten, aber diesmal nicht! Nicht noch einmal! Gebt den Weg frei – geht beiseite –«

Unerwartet stand ihm jemand im Weg. Harry, Lord Whartons Sohn, schloß die Tür hinter sich und blinzelte in das weiße, wütende Gesicht. Sein einigermaßen überraschter Blick suchte seinen Vater am Tisch und fiel dann auf den Junker von Culter. »Der!« Ohne Lennox überhaupt zu beachten, warf er mit einer weiten frohlockenden Bewegung die Arme hoch und zugleich mit einem Ruck Bogen, Köcher Helm und Gepäck ab. Sie fielen krachend auf den Tisch. »Lymond! Ihr habt ihn erwischt?«

Lymond antwortete selbst: »Ich schätze es nicht, daß man von mir spricht, als sei ich eine Krankheit. Niemand hat mich erwischt«, sagte er. »Und wo hast du gesteckt, mein Ziegenböcklein? Beim Teufel und wieder zurück, um dir den Bart kämmen zu lassen?«

Vor Greys erstauntem Blick begann sich die gleiche Szene noch einmal abzuspielen. Sie mußten den heftig sich wehrenden jungen Mann mit Gewalt vom Junker wegzerren. Grey schob ihn seinem Vater zu und sagte scharf: »Nehmen Sie ihn an die Kandare. Was ist denn so aufreizend an . . .«

Wharton erwiderte kurz angebunden. »Hat sich im Februar in Durisdeer blamiert.«

»Wieso?«

Lymond ließ sich nicht abhalten zu antworten: »Es war ein prachtvoller Bart, den er hatte, ein prächtiges Fell. Nach der Mode der Propheten und Leoparden, ein Haar hier, eines dort . . .«

»Was«, fragte Lord Grey ungeduldig, »hat er Harry denn getan?«

»Mit seinem eigenen Messer rasiert und geschoren«, erwiderte Lord Wharton kurz, und die zornigen Gesichter rings um den Tisch konnten, mit Ausnahme des wütenden Harry, ein Lächeln nicht unterdrücken.

»Was für ein Anblick!« bemerkte Lymond. »Es gilt doch angeblich nicht als schicklich, in der Kirche zu schreien. Außerdem spricht Lord Lennox.«

Er bewies entweder Mut oder aber erstaunliche Unbesonnenheit. Tom Erskine fragte sich außerdem, während seine Hände fest in den Wandbehang griffen und seine Kiefer sich zusammenpreßten, ob Lymond wohl bemerkt hatte, was er selbst soeben gesehen hatte: eine winzige Regung im leblosen Körper des Boten Acheson, der bewußtlos auf dem Marmordeckel des Sarkophags ausgestreckt lag. Dieser Umstand nötigte Erskine selbst einen Entschluß auf. Er schlich mit größter Behutsamkeit weiter den schmalen Gang hinter den Behängen entlang, gelangte zur Wendeltreppe, schlüpfte sie hinab und trat auf den großen, mit Fliesen belegten Altan hinaus, der über das südliche Querschiff hinausragte, wo Lymond stand. Erskine bückte sich tief, schlich über die Fliesen und legte sich unter der Steinbalustrade nieder; dann hob er vorsichtig den Kopf und spähte hinab.

Von seiner niedrigen, mit Zinnen gezackten Schutzwehr aus erhaschte er einen knappen Blick eines goldgelben Hauptes. Er richtete sich ein wenig höher auf. Im gleichen Augenblick trat Lymond zwei Schritte von Lennox zurück, der ihn mit Schmähreden überschüttete, und gelangte so auf halbe Höhe des Tisches – rechts von sich den Altan, links den Sarkophag mit Acheson. Er hatte also den Boten im Auge. Gleich darauf wandte er den Kopf, um zur Gräfin von Lennox zu sprechen, hob die Augen ein ganz klein wenig, suchte die gestelzten Bögen ab, dann kurz die breite Treppe und die Galerie. Jetzt war Erskine nahezu sicher, daß der flinke blaue Blick ihn erspäht hatte.

Jemand sagte heftig: »Das ist eine Lüge!«

Lymond schien unberührt. »Seien Sie nicht einfältig. Wußten Sie denn nicht, daß Margaret ihren Aufenthalt in Schottland bei mir verbracht hat?«

Die Frau hob die Brauen. »Haben wir nicht jetzt allmählich genug davon gehört? Als ich in Gefangenschaft geriet, wurde ich nach Lanark gebracht. Matthew weiß das. Das Austauschangebot kam aus Lanark, nicht von Ihnen.«

Lymond antwortete freundlich: »Ich habe natürlich meinen Mittelsmann gedeckt, indem ich ihm gute Beglaubigungsschreiben mitgab, aber so leid es mir tut – er kam nicht aus Lanark. Wie hinterhältig von Ihnen, daß Sie das Ihrem Gemahl nicht erzählt haben. Ich entsinne mich, daß ich mein Austauschangebot auf die Rückseite eines Briefes von Lord Lennox an seine Gattin schrieb, was an sich schon ein Vergnügen war. Ich erinnere mich zum Beispiel . . .«

Lord Lennox warf seiner Frau einen blassen Blick zu. »Es besteht keine Notwendigkeit, mit diesem Unsinn fortzufahren.«

»Ich erinnere mich zum Beispiel an alle möglichen Dinge, aber regen Sie sich nicht auf. Ich werde die Dynastie nicht in Verlegenheit setzen. Wußten Sie nicht, daß sie den Krieg als Drehpunkt für ihre Angelschnur verwendete, wobei ich selbst die Beute sein sollte? Finden Sie das anstößig? Kläglich? Vielleicht sogar ein wenig lächerlich? Ein Eigennutz, der so unsinnig und so umfassend ist, daß er sogar Mord einschließt?«

Nun hatte sich auch Margaret erhoben. Ihre Augen glühten. Lennox war bleich. Die anderen rings um den Tisch blickten ärgerlich und unbehaglich drein, als müßten sie wie hypnotisiert den Fortgang des unerträglichen Auftritts weiter dulden.

Acheson regte sich wieder.

»Mord?« wiederholte Lord Grey. »Ach, Christian Stewart? Sie kam beim Reiten ums Leben.«

»Sie kam beim Reiten ums Leben – durch einen Pfeil. Sie wurde bedroht, verfolgt, ihr junger Führer umgebracht und sie selbst so sicher und gewiß getötet, als wäre der Pfeil auf sie gezielt gewesen. Wenn Ihre Augen sich jetzt in ihren Höhlen ausbrennen würden, wären Sie genauso verloren, zu Tode erschrocken, wie sie es war – und Sie sind Männer. Sie befinden sich nicht in Feindesland, nicht in den Händen einer grausamen und verbitterten Frau oder galoppieren blind auf einem durchgehenden Pferd quer über unbekanntes Gelände mit einer Meute kläffender Hunde dicht hinter sich. Das ist Mord von ganz besonderer und teuflischer Art, und es gibt einen besonderen Namen für solche, die ihn begehen.« Lymonds Stimme, seine ganze Haltung hatte ihre gewohnte freundliche Lässigkeit abgelegt. Er fuhr fort: »Ich habe keine sehr erfreulichen Erinnerungen an Crawfordmuir. Ich habe mich, wie ich mich entsinne, zum Verkauf angeboten, im Austausch für die Wahrheit. Ihre Gattin, Lord Lennox, war begierig zu kaufen, aber sie verwendete außerdem verfälschte Münze. Sie sagte mir, etwas sei unbeweisbar, wovon ich wußte, daß es beweisbar war, und sie sagte mir, ein Mann sei getötet worden, von dem ich wußte, daß er lebte – folglich zog ich mein Angebot zurück. Aber Sie dürfen mir glauben, um Christian Stewart vor diesen Aufmerksamkeiten zu bewahren, hätte ich es um jeden Preis eingelöst.«

Margaret Lennox' Zorneswut hatte geradezu etwas Großartiges: »Halten Sie Ihre schmutzige Zunge im Zaum! Sie erbärmlicher, eingebildeter Lügner! Sie ist durch einen Sturz vom Pferd gestorben. Es war nicht meine Schuld. Sie ist jetzt besser dran, als sie es jemals als Ihre Geliebte war. Und Ihnen wird es nicht gelingen, aus Rache meinen Namen vor diesen Männern hier anzuschwärzen.«

Die Antwort war unversöhnlich hart. »Sehen Sie sich das Gesicht Ihres Mannes an. Sehen Sie Lord Grey an. *Ihren Namen anschwärzen*!«

Sie wirbelte zu Grey herum. »Lassen Sie ihn abführen! Können Sie denn das hier nicht verhindern?«

Grey räusperte sich. Whartons Blicke waren auf die Kragsteine der Decke und die Wappenschilder geheftet; Lord Lennox starrte mit blassen, wie vom Meer weißgewaschenen Kieselaugen unverwandt auf seine Frau. Lymond richtete das Wort an ihn, ohne auch nur in Achesons Nähe zu blicken, und ließ niemandes Aufmerksamkeit auch nur einen Augenblick lang zu dem sich regenden Körper abschweifen.

»Oh, Sie sind nicht betrogen worden. Sie sind eins mit dem Schwarzen Douglas und dem Königlichen Tudor und durch sie mit jedem Mann, den sie zu beherrschen wünscht, vom höchsten bis zum niedrigsten. Der faulige Apfel, Lennox, hängt am tiefsten. In einer einzigen dieser Zornestränen steckt mehr Ehrgeiz als in Ihrer ganzen gottverlassenen Karriere. Sie müssen sich von ihr schieben lassen; Sie haben jetzt keine Ruhe mehr; Sie dürfen nicht versagen, sonst richtet sie Sie zugrunde. Stimmt's Margaret?«

Acheson stöhnte.

Voller Abscheu befahl Lord Grey Lymonds Wachen: »Führt ihn ab«, doch Margaret schritt bereits auf ihren Peiniger zu. Sie schlug ihm mit all ihrer sehr ansehnlichen Kraft mit dem flachen Handrücken über den Mund, und Erskine, dem das Herz im Hals klopfte, sah Lymond ruhig und unbeirrt auf seine Reserven zurückgreifen.

Er packte die Frau beim Handgelenk und zog sie zu sich heran. Dann trat er hinter dem schützenden Schild ihres Körpers einen raschen Schritt zur Seite und schnappte zu. Bogen und Köcher des jungen Wharton in der freien Hand, ging er rückwärts zur Treppe und zerrte die wild um sich schlagende

Margaret mit sich. Er hielt sie mit einer Hand fest, bis er den Fuß der Treppe erreicht hatte; dann schleuderte er sie von sich, wandte sich blitzschnell um und jagte die breiten flachen Stufen hinauf.

Erskine stand bereit. Als Lymond atemlos im Schutz der Balustrade neben ihm niederstürzte, hatte er schon das Schwert gezogen, um den erwarteten Ansturm zurückzuschlagen; aber der andere war schon wieder auf den Füßen und hielt den Bogen gespannt. Er besaß nur einen Pfeil. Er zischte: »Dukken Sie sich doch, verdammt noch mal«, und als Erskine niederkniete, zielte Lymond nach unten.

Wharton und sein Sohn, schon halb die Treppe hinauf, blieben stehen. »Zurück!« rief der Junker ihnen zu.

Eine lange Pause folgte. Lennox hatte sich am Fuß der Treppe über seine Frau gebeugt. Grey, noch immer am oberen Ende des Tisches, hatte sich nicht gerührt; die beiden Wachen standen hilflos neben ihm. Gegen einen Bogen und einen hervorragenden Meisterschützen taugten ihre Schwerter nicht mehr als hölzerne Faßdauben. Die beiden Whartons wichen die Treppe hinab zurück, und der Bogen senkte sich mit ihnen. Die Galerie hinten war leer, eine halboffene Tür führte zu den verlassenen Schlafsälen der Mönche, der Tagestreppe, den Kreuzgängen, dem Refektorium, den Vorratsräumen: tausend Verstecke und tausend Ausgänge. Sie brauchten nur noch Acheson umzubringen und zu verschwinden.

Den Bogen in den Händen, stand Lymond reglos da. Erskine wandte sich von dringender Eile getrieben gerade ihm zu, als er über sich eine Bewegung bemerkte. Auf dem schmalen Sims zur Rechten stand ein Mann mit einer Arkebuse. Von diesem Sims führte keine Wendeltreppe zur Galerie, aber der Mann mit der Arkebuse brauchte nicht näher heranzukommen, um Lymond voll in Schußweite zu haben. Erskine drehte sich um, wollte Lymond verzweifelt warnen und sah endlich, warum jener noch nicht geschossen hatte. Acheson hatte sich bewegt. Er hatte sich hochgesetzt und versuchte nun mühsam aufzustehen. Bis er so weit war, war er durch die Brüstung völlig abgeschirmt. Und Lymond besaß nur den einen Pfeil.

Das Laden einer Arkebuse ist ein langwieriger Vorgang. Unter der niederen Mauer versteckt, hatte Erskine reichlich quälende Muße, die flinken Finger des Mannes zu beobachten. Er gewahrte den Schimmer des Laufs und erkannte an den gestrafften Fingern auf dem Bogen, daß auch Lymond es gesehen hatte. Der Junker verwandte keine weitere Aufmerksamkeit darauf. Er redete jetzt, und seine helle Stimme trug durch das ganze Querschiff drunten, als Acheson verdrießlich und blutbefleckt sich murmelnd den schwarzen Kopf rieb. »Seid still und rührt euch nicht!« rief Lymond hinab. »Ruft nicht um Hilfe! Ich kann von hier aus jeden von euch töten.« Seine Augen blickten ruhig und konzentriert; es war ihnen keine Spur der Erschöpfung und der Katastrophen des Tages anzumerken. Während er sprach, ging er langsam an der Wand entlang und versuchte, Acheson ungedeckt in die Schußlinie zu bekommen. Der Arkebusier ließ in der Hast etwas fallen, er hob es wieder auf.

».. werde euch eine Lehre erteilen mit einigen Bemerkungen vom Katheder herab«, fuhr Lymond fort. Sein Blick flackerte zur undeutlichen Gestalt Achesons hinüber und wieder zurück zu den emporgewandten, zornigen Gesichtern. »In jedem Krieg gibt es den Mann auf der Galerie, den Mann im Baum, den Mann unter der Tür. Er tut weh, er erschreckt, er blamiert einen, aber am Ende wird er doch immer gefaßt. Gehen Sie vom Weg ab, um ihm nachzusetzen, Lord Grey, wenn Sie unbedingt müssen, aber lassen Sie auf seiner Spur niemals Ihrer Eitelkeit die Zügel schießen. Heute ...« Unter den schweren Lidern flammte plötzlich neues Leben auf. »Heute«, sagte Lymond, »hat ein solcher Fehler Sie einen Krieg gekostet.«

»Lord Grey?« sagte eine schwache Stimme, Achesons Stimme. »Bringt mich zu Lord Grey. Ich habe eine Meldung für ihn ... wegen der schottischen Königin.«

»Was?« fragte Lord Grey, als das Aufflackern einer langsamen Lunte wie ein Leuchtkäfer durch das dunkle Querschiff schwebte. Die schwarze Mündung der Arkebuse wandte sich stetig wie ein Zauberstab todbringend ihrem Ziel zu. »O Gott!« stöhnte Erskine leise auf.

Adam Acheson wiederholte benommen: »Es ist wegen der Königin«, und trat hinaus in die Mitte des Querschiffs.

Der Bogen neigte sich in Lymonds Händen; die Stahlspitze kam funkelnd zur Ruhe, seine Knöchel wurden weiß. In der Dunkelheit gegenüber zuckte der Arm des Arkebusiers. Lymond lächelte kurz mit einer Art erstaunten Vergnügens und schoß den unfehlbaren Pfeil Acheson durchs Herz.

Der Knall der Arkebuse erstickte Margarets Schrei. Lymond bot in seinem weißen Hemd ein wunderbares Ziel, und der geübte Schütze schoß fehlerfrei. Er war sogar geschickter, als er gedacht hatte, denn der Schuß, der den Kappenstein der Balustrade bestrich, schuf sich seine eigenen zusätzlichen Geschosse und erreichte nicht nur einmal, sondern mehrmals sein Ziel.

Lymond warf den Kopf hoch und drehte sich halb herum. Der Bogen fiel herab. Eine oder zwei Sekunden lang hielt er sich an der geborstenen Steinfassung fest und bot den Herolden des Todesschmerzes die Stirn. Drunten erblickte Erskine flüchtig rings um Acheson einen Kreis weißer, nach oben gewandter Gesichter. Dann begehrten das verletzte Fleisch und die geplatzten Gefäße auf, und das Blut strömte scharlachrot und ungehemmt durch die Fetzen von Lymonds Hemd. Erskine sah, wie der Griff der schmalen langen Hände sich lockerte, sah das plötzliche Schwanken, aber er war nicht auf den ertrinkenden blauen Blick gefaßt, der den seinen wie ein Schlag traf. »Und starb wie ein gemeiner Märtyrer«, sagte Lymond mit schmerzhaftem Hohn; dann verlor er nach und nach den Halt und glitt in Erskines Arme, die ihn behutsam auffingen.

DRITTES KAPITEL

I

Die Glocke der Abtei von Hexham öffnete die Lippen unter dem heidnischen Mond und sandte ihre Stimme über den Fluß. Die Männer, die jenseits des Wassers in einem geschwärzten, türlosen Taubenschlag warteten, vernahmen sie und auch das Klappern herannahender Hufe. Irgend jemand hatte hier einstmals fünfhundert fette Tauben gehalten, jetzt ließ der geborstene Eingang die Ratten ein. Aber Holztauben hatten durchs Dach Zugang gefunden, und während Erskines Leute auf seine Rückkehr warteten, sahen sie die erschrockenen goldenen Augen, die hoch oben vom Rand des Kuppelaufsatzes herabblickten.

Die plötzliche Untätigkeit war unerträglich für Richard, dem seine Beute und alle Beteiligung am Höhepunkt dieses gräßlichen Wettrennens versagt geblieben war. Er wäre schon fünfzigmal vor den Toren von Hexham gewesen, wenn Stokes ihn gelassen hätte. Stokes war glücklicherweise mit Geduld begabt. Indes der Abend zu dämmern begann, gab er noch immer seine ruhigen, verständigen Antworten, ohne darauf hinzuweisen, daß sie sich alle schon seit Stunden auf der Straße nach Edinburgh befänden, wäre nicht Lord Culter gewesen. Schließlich verfiel Richard in Schweigen und beschränkte sich darauf, wütend auf dem staubigen Boden auf und ab zu marschieren.

Die Hufschläge folgten dem Glockengeläut wie gejagte Gespenster. Stokes gebot mit einer Handbewegung Schweigen, ging selbst zur winzigen Tür und trat, ein Grinsen auf dem vom niedrigen Feuer rot beleuchteten Gesicht, sogleich zurück. Es war Tom Erskine.

Er war noch kaum eingetreten, als Richards Hände ihn schon bei den Schultern packten. »Na, zum Teufel, na und?«

Erskine zog ein seltsames Gesicht und ruckte sich los. »Wir

haben verhindert, daß die Meldung überbracht wurde. Acheson hatte sie im Kopf.«

»Und Lymond?«

Nichts anderes und niemand anderer spielte für ihn eine Rolle. Erskines eigener, neuerdings grimmiger Blick zwang Richards Augen zu Boden, ehe er kurz angebunden antwortete: »Du verabscheust Lymond und fürchtest dich vor ihm. Wenn du geglaubt hast, daß er Englands heimlicher Aufwiegler ist, dann irrst du dich. Er selbst hat Acheson getötet.«

In den fanatischen grauen Augen war keine Veränderung zu gewahren. »Wo ist er?« fragte Richard.

Jemand hatte bereits Erskines Pferd abgeladen. Die schwere Rolle lag in der Nähe der Feuerstelle. Erskine beugte sich nieder und schlug die Decken zurück. Bar jedes Mutwillens oder Zorns, stumm, wehrlos lag Richards Bruder zu seinen Füßen. Erskine kniete neben dem blutverkrusteten Körper nieder und berührte Lymonds Hand.

»Ist er tot?« Sie starrten wie hypnotisiert. Erskine sagte unvermittelt: »Stokes, hol die Pferde zusammen und schaff die Leute hinaus. Unsere Sache ist getan. Wir können nicht riskieren, länger hierzubleiben. Schnell.«

Lord Culter stand reglos inmitten des Aufbruchs. Er wiederholte, ohne die Stimme zu heben, seine eigenen Worte: »Ist er tot?«

Erskines Züge waren so hart wie die seinen. »Er bleibt uns zu Pferd keine Stunde am Leben. Wir müssen ihn hierlassen.«

Richard fluchte kalt: »Verdammt, wie können wir denn? Er weiß alles, was Acheson gewußt hat.«

»Dann kann er's den Tauben erzählen«, erwiderte Erskine grob und schlug die Decken zurück. »Wie lange, glaubst du, kann er in dem Zustand leben?«

»Jemand könnte ihn finden.«

»Schön. Das ist deine Sorge. Er ist dein Bruder. Deshalb habe ich ihn mitgebracht. Diese Entscheidung treffe ich nicht. Ich habe heute gesehen, wie er sein Leben aufs Spiel setzte, um diesen Kerl zu töten.«

Richards Züge wurden nicht weicher. »Er hatte zwischen Grey und dir zu wählen, und er entschied sich für die günstigeren Aussichten. Und auch gerechtfertigt: Du hast ihn schließlich gerettet, nicht wahr?« Richards Finger glitten an den Stichblattzapfen seines Schwertes auf und nieder. Nach einer Pause nahm er die Hand weg. »Nein. Der Teufel soll mich holen, wenn ich's tue. Ich will, daß er öffentlich und nach Recht und Gesetz getötet wird, hochnotpeinlich und bei vollem Bewußtsein. Nimm deine Leute und zieh los. Ich bleibe hier und schaffe ihn später heim.«

Erskine sagte: »Du hast heute schon einmal gegen ihn gekämpft. Genügt das nicht?«

Der Feuerschein flackerte in Richards Augen. »Glaubst du, daß er unschuldig ist? Ich bin bereit, ihm das Leben zu retten. Was ist daran unrecht? Und wenn er schuldlos ist, wird er eine Chance haben, es zu beweisen. Was könnte gerechter sein?«

Jemand rief nach ihnen unter dem Eingang. Erskine ging hinaus, kehrte aber nochmals zurück und warf Richard seine Gepäckrolle und seinen Mantel vor die Füße. »Du wirst das hier brauchen.« Dann fügte er unvermittelt hinzu: »Komm mit uns, Richard. Überlaß ihn sich selbst.«

Es kam keine Antwort.

Erskine mußte gehen. Doch im Eingang des Taubenhauses wandte er sich noch einmal um. Richard hatte sich über seinen Bruder gebeugt und besah erregten Antlitzes die faszinierende Summe seiner Verletzungen.

Viel später stand Richard selbst im Eingang und sah hinaus in die stille Nacht. Dann ging er lautlos draußen umher, sammelte so viel Holz, wie er brauchte, und stapelte es drinnen auf. Das Feuer, frisch aufgeschichtet, warf seinen flackernden Schein über das Gesicht seines Bruders, das arglose, schlafende Gesicht seiner Kindheit. Doch Lymond lag jetzt im

kalten Schlaf nahe dem Tode. Erfahrener Soldat und Land-
mann, der er war, hatte Lord Culter sich dem vergossenen
Blut, den verletzten Muskeln, den gesplitterten Knochen
ohne Abscheu zugewandt; hatte mit ruhigen Händen gewaschen, gesäubert, verbunden und nichts übersehen: die vernarbten Hände, die alten Peitschenstriemen, die letzte Er-
niedrigung des Brandmals.

Mehr konnte er jetzt nicht tun. Nachdem er den Eingang mit
einer Decke abgedichtet hatte, streckte er sich schließlich am
Feuer aus, den Sattel als Kopfkissen, und wartete neben der
verstummten Zunge, die ihn so lange verspottet hatte. Die
Tauben waren längst verstohlen auf ihre Sitzstangen zurückgekehrt. Als sich Stille ausbreitete, setzten auch sie sich mit
geplusterten Federn und scharrenden Füßen zur Ruhe. Dann
war es still, und der einzige Laut in dieser warmen Juni-
nacht war Lymonds schwacher, röchelnder Atem.

Während der dunkelsten Stunden dieser kurzen Nacht fiel
Richard, vor Erschöpfung nicht fähig, die Nachtwache durchzuhalten, in Schlaf und erwachte benommen und konnte sich
nicht erinnern. Dann nahmen seine schlaftrunkenen Augen
die schwachen, von der Morgendämmerung erhellten Bögen
des durchbrochenen Kuppelaufsatzes über ihm wahr und die
dunklen Mauern mit ihren Hunderten und aber Hunderten
von leeren schwarzen Löchern, in denen wollüstig der ver-
löschende Schein des Feuers aufleuchtete. Und die weit ge-
öffneten, unergründlichen Augen seines Bruders, die auf ihm
ruhten.

In dieser unverfälschten Sekunde sprach keiner von beiden.
Culter erhob sich, beugte sich übers Feuer und schichtete
ohne Hast neues Holz auf. Im aufhellenden Feuerschein
schimmerten neben ihm helles Haar, erblaßte Wangen und
weiße Lippen, denen die Flammen einen Hauch von Gesundheit liehen. Rosig und sardonisch in seinen letzten Zügen,
sprach Lymond mit geringstmöglichem Stimmaufwand: »Du
schnarchst noch immer wie ein Frosch. Hat Tom Erskine
mich herausgeholt?«

Richard errichtete eine Kathedrale aus Zweigen. »Wer sonst? Er hat dich hierhergebracht und ist dann mit seinen Leuten heimgeritten. Wir befinden uns knapp außerhalb von Hexham.«

Eine quälende Pause entstand. Dann sagte Lymond deutlich: »Wenn du darauf wartest, in articulo mortis zu predigen, dann verschieb es nicht meinetwegen.«

Die indirekte Erkundigung lieferte Richard den Mut, den er brauchte. Mit grimmigem Vergnügen erwiderte er: »Es macht mir nichts aus zu warten.«

Irgend etwas – wohl kaum ein Lachen – schimmerte in den müden Augen auf. »Mir auch nicht. Aber die Durchlöcherung scheint mir ziemlich ausgedehnt zu sein.«

Richard hatte eine Kanne mit Wasser über das neu entfachte Feuer gehängt, und seine frischen Verbände lagen bereit. »Nicht, wenn du einen guten Wundarzt hast.«

Die vorsichtige Stimme klang schicksalsergeben. »Mach dir keine Mühe! Mit winselndem Kriechen und Widerrufen ist es bei mir nichts.«

Richard prüfte das Wasser mit dem Finger. »Was hattest du erwartet? Daß ich dich verfluche, umbringe und auf den Mist schmeiße?«

»Allerdings. Du mußt mir schon sagen, warum nicht. Ich kann dir da nicht aushelfen. Freundschaftliche Annäherungen meinerseits würden im gegenwärtigen Augenblick verdammt töricht klingen ... Ich kann nichts mehr trinken.«

Richard nahm die Feldflasche weg. »Du hast gesagt: keine Widerrufe.«

»Das schließt die einfache, klare Erklärung nicht aus.«

»Gib sie später«, sagte Richard gleichmütig und wickelte abgerissene Fetzen Leintuch auseinander. »Du wirst eine Menge Zeit haben.« Er kniete nieder, und die unergründlichen Augen senkten sich.

Es war kein angenehmes Geschäft, es wäre auch mit dem gehörigen Zubehör, das nicht vorhanden war, und der geschickten Behandlung eines Arztes, der er nicht war, eine schauderhafte Aufgabe gewesen. Das Wasser in den Schüsseln färbte sich scharlachrot, und die behelfsmäßigen Verbandbausche stanken.

Erklärungen. Was erklärte, daß einem der Sohn getötet wurde. Daß einem die Frau verführt worden ist? Und dies waren die Hände, die Mariotta besser kannten als er selbst, dies der Mund, dies der gezeichnete Körper . . .

Lymond brauchte sehr lange, um nach dem Verbandwechsel wieder zu sich zu kommen. Doch endlich schlug er die Augen auf, und nach einer Weile sprach er. »Schon gut«, sagte er. »Aber versuch das nicht zu oft, Meister Gestiefelter Kater, sonst bleibt dir keine Maus zum Spielen übrig . . . Du bist am Zug.«

Richard sah sich vor. »Noch nicht«, sagte er. »Wenn ich den Zug mache, wünsche ich deine ungeteilte Aufmerksamkeit. Du brauchst nichts weiter zu tun, als gesund zu werden.«

An diesem Tag verwandte Lord Culter einige Zeit darauf, eine neue Unterkunft für seinen Patienten ausfindig zu machen, die zugleich Schutz bot und genügend weit von Häusern und Wegen entfernt lag. Am späten Nachmittag, als er, den Arm voll Moos für die Verbände, von seinem letzten Ausflug zurückkam, fand er den idealen Platz. Ein durch Sandstein fließender Bach hatte eine Spielzeugschlucht ausgewaschen, in der sich der Boden etwa zwanzig Meter weit beiderseits des Wassers zu einer versteckten Wiese verbreiterte. Hier und in anderen, etwas weiter abgelegenen Einbuchtungen war Platz, um das Pferd grasen zu lassen, und außerdem eine Stelle, an der die steinigen Böschungen steil überhingen, das Gras einschlossen und eine nicht sehr tiefe Höhle bildeten. Hier konnte er ohne Gefahr Feuer anzünden, und hier waren sie auch bei schlechtem Wetter im Trockenen. Er erforschte das Ganze gründlich, und als er zurückkehrte, war es spät geworden.

Lymond sah ihm mit strahlenden Augen zu, wie er zusammenpackte. »Nanu? Lassen wir uns woanders nieder? Weit weg?«

»Ein kurzer Ritt. Ich schnalle dich auf Bryony fest.«

Es entstand eine Pause. Dann bemerkte der Junker sachlich: »Richard. Du kannst dir doch nicht ernstlich vorstellen, daß ich als Sieb noch eine gesunde Laufbahn einschlagen kann. Hör auf, mit der Beute herumzuspielen, und laß uns diese Sache hinter uns bringen. Sage, was du mir zu sagen hast.«

»Bis zum Kriechen und Winseln haben wir nicht lange gebraucht«, meinte Richard.

»Nein. Bevor einer von uns den anderen zu Tode langweilt, muß ich mit dir über Mariotta reden.«

»Du liegst nicht im Sterben«, sagte Richard. »Heb dir deine armseligen Geständnisse für jemand anderen auf.«

»Wessen Gedärme sind es eigentlich?« fragte Lymond beleidigt. Sein Haar war vom Schweiß gedunkelt, seine Finger verkrampft im Widerstand gegen die heranrollenden Schmerzwellen. »Ich werde dir erzählen, was sich abgespielt hat, Brüderlein mein. Du mußt mich entweder hinrichten oder mich verlassen, oder aber du wirst mich anhören müssen.«

»Oder dir die Zunge herausreißen.«

»Nur zu. Tu's nur. Aber dann wirst du niemals die Wahrheit erfahren.«

»Ich weiß alles, was ich zu wissen brauche.«

»Was weißt du denn? Du weißt, wie man das Passende zusammensucht, aber nicht, wie man es vermählt. Wie man wählt, aber nicht, wie man haushält. Grand Amour sollte königlich empfangen werden, Richard, als harte und edle Kunst. Du Trottel, du hast sie um ein Haar verloren. Aber nicht an mich.«

Das Schwert ruhte in Culters Hand. Mit dem letzten Rest von Selbstbeherrschung zwang sich Richard hinaus vor die Türe. Stimmen hämmerten ihm in den Ohren. Hier über den grünen Wiesen brodelten und plärrten die auferstandenen Tode, die er Lymonds wegen gestorben war. »Du hast die Damen etwa nicht nach Stirling geschickt, oder wie?« – Ein Pfeil, der einem vor einer brüllenden Menschenmenge schmählich in die Schulter fährt – ein betrunkener Handschuhmacher und ein eisiger Ritt – das Gefängnis in Dumbarton und der Gang durch den Ballsaal – der Fehlschlag in Heriot; die hinterlistige Gaunerei mit Scott; und das Ungeheuerlichste: Mariotta, Mariotta in strahlendem Geschmeide. »*Glaube, wenn du willst, daß das Kind von Lymond ist.*«

Er nahm den Dolch aus dem Gürtel, legte ihn zusammen mit dem Schwert innerhalb des Eingangs nieder, ging zurück und setzte sich. »Sprich weiter. Fünf Minuten haben wir noch übrig. Ergeh dich über die Künste der Verführung. Ich möchte dich gegenüber Mariotta zitieren.«

»Ich«, sagte Lymond kläglich, »bin der Achtzigjährige, der gepflanzt hat. Mein Denkmal sind meine Kürbisse, und deine Frau ist gottlob keiner von meinen Kürbissen. In Midculter war ich galant, weil ich, Gott sei mir gnädig, ganz ungeheuerlich besoffen war; aber nie wieder.«

»Du hast dich ihr nicht genähert, oder sie sich dir?«

»Mein lieber Esel, ich bin gerannt wie ein Wiesel. Du kannst mir Fangfragen stellen, bis du schielst wie Strabo: So und nicht anders war es. Bedauerlicherweise bekam sie das Leben zu Hause satt und rannte ebenfalls davon. Und ließ sich von den Engländern gefangennehmen. Ich Narr habe sie auslösen lassen, und als sie unterwegs krank wurde, brachten meine armen Schwachsinnigen sie zu mir, anstatt schleunigst davonzurennen, wodurch sie immerhin unbefleckt, wenn auch tot, in Midculter angelangt wäre.«

Richard sagte gelassen: »Ich hoffe, sie hat dir für die Schmuckstücke gedankt, da sie ja Gelegenheit dazu hatte.«

»Das hat sie getan«, erwiderte Lymond. »Es war ein wenig peinlich, weil ich sie ihr nicht geschickt hatte.«

»Ach. Du hast wohl keine Ahnung, wer es war? Buccleuch vielleicht?«

Er beugte sich plötzlich mit durchdringendem Blick herab und faßte Lymonds Handgelenk, indes der Junker mit schwächerer Stimme sagte: »Ich sehe nicht ein, warum ich einem anderen Mann den Spaß verderben soll. Obgleich es ihn mächtig geärgert haben muß, daß das Ganze mir zugeschrieben wurde. Wenn du neugierig bist, kannst du ja unsere Mutter fragen.«

Richard ließ die vernarbte Hand los. »Ich gedenke nicht, an allen Liebhabern meiner Frau Vergeltung zu üben. Nur bei denen, die mit mir verwandt sind. Du wirst dich übrigens freuen zu hören, daß Sybilla dich noch immer ergebenst anhimmelt.«

Der Blick des Bruders war unerwartet streng; zwischen die Brauen trat eine scharfe Falte. »Aber Mariotta nicht«, sagte er. »Sie hat, bevor sie ging, keinen Zweifel daran gelassen, daß sie meine Existenz überflüssig findet und der dritte Baron Culter ihr alleiniger Schutzherr ist. Was du nach ihrer Rückkehr getan hast, weiß der Himmel, aber so wie ich es aus vierter Hand erfuhr, klang es nicht gerade intelligent, und wenn sie schließlich zustimmt, zu dir zurückzukehren, wird es ein Wunder getreuer Schalheit gegenüber beharrlicher Dickköpfigkeit sein.« Ausgestreckt auf der ausgebreiteten Decke liegend, studierte er den Ausdruck bitterer Belustigung in Richards Zügen. »Nicht sehr überzeugend?«

»Nein.«

»Nein, vermutlich nicht. Ich könnte dir antike Tragödien vorspielen, und du würdest sie glauben, aber die Wahrheit, wie ich einmal zu jemand gesagt habe –«

»Was ist damit?«

»Ist eine komische Sache, mit der man sich lieber nicht abgibt«, fuhr Lymond rasch fort. »Müssen wir wirklich weg? Bewillige mir doch ein Eckchen hier. Es macht mir nichts aus, Kalk in einem Taubenhaus zu sein. Die Tauben werden mich füttern, und ich werde mich erheben und Ninive gründen... Müssen wir weg? Ein Elefantenkopf auf einer Ratte – der Inbegriff der Vorsicht, Richard. Hörst du mir zu?«

Richard kniete schon nieder und hielt ihn mit festem Griff, als könne Körperkraft allein die Läden zurückstoßen, die sich über Leben und Bewußtsein schlossen. »Du wirst nicht sterben. Nicht bevor ich für dich bereit bin.«

»Sei doch nicht töricht, Richard«, sagte Lymond, als er aus weiter Ferne zurückkehrte. Einen Augenblick lang hellte sein geschwinder Geist sich auf. Er blinzelte aus umwölkten Augen zur dunklen Kuppel hinauf und schloß sie dann wieder mit einem hauchfeinen Lächeln.

Er kämpfte zwei Tage lang um Lymonds Leben und setzte ihn mit hingebungsvollem Geschick instand wie jemand, der eine Kriegsmaschine reinigt und flickt. Er verlangte sehnsüchtig danach, daß der Bruder, so verzweifelt krank er war, auch wisse, was für ihn geschah, und die treue Pflege von seinen Händen genieße und würdige. In der zweiten Nacht an ihrem neuen Zufluchtsort dachte er voll Vergnügen an diesen nahenden Augenblick. Lymond ging es besser, der Puls war ein klein wenig kräftiger, der Atem regelmäßiger. Angenommen, er kam durch. Angenommen, er brauchte zwei oder vielleicht drei Wochen der Genesung, ehe sie nach Norden ziehen konnten... Dies war ein Mann, der sich auf seine Selbstbeherrschung viel zugute tat. Dies war der alles verseuchende Verstand, dessen Gegenwart im täglichen Leben unerträglich war. Drei Wochen – oder sogar nur zwei – sollten genügen.

Zwei Fiebertage, zwei Tage kindlicher Hilflosigkeit. Der Bach, ein Grasstreifen, die Decke, das Behelfskissen und Unbeweglichkeit unter der heißen Sonne. Lymond rührte sich mühsam, während das grelle Licht auf seine geschlossenen Lider niederprallte; dann lag er wieder schmerzhaft still.

Ein Kiesel fiel.

Richard, der vom Bach mit einem Bündel Fische herankam, beobachtete lächelnd die Wirkung. Lymond war sofort erwacht und erwiderte das Lächeln nicht, als der Bruder auf ihn zugeschlendert kam. Richards sonnenempfängliche Haut war glatt und gebräunt; sein umbrabraunes Haar war fast strohgelb gebleicht und stand ihm zerzaust um den Kopf.

Nach fünf Tagen der Nahrungsbeschaffung waren weder sein Hemd noch seine Strumpfhose mehr besonders ansehnlich; er trug leichte Schuhe aus seinem Gepäck, die schon recht mitgenommen waren, und sein Bruder trug sein einziges Wechselhemd. Diese Bekleidungsmängel belasteten ihn offensichtlich nicht. Er warf die Fische hin, blinzelte dem Junker zu und fragte: »Behaglich?«

»Ausgesprochen.«

»Du siehst aber nicht sehr behaglich aus«, sagte Richard.

»Wie sonderbar von mir. Wieder so köstliche kleine Fische. Wo brütest du sie bloß aus?«

Eine ungemütliche Pause entstand. »Ich tue mein Bestes«, sagte Richard sanft. »Ich habe nicht dein Geschick, Vögel zu schießen.« Er ging um das Lager herum, ergriff die Ränder von Lymonds Behelfsmatratze und zog sie zwei oder drei Meter herüber in den Schatten. »Ist Patey Liddell schon jemals öffentlich ausgepeitscht worden?«

Die veränderte Lage brachte Lymond eine solche körperliche Erleichterung, daß er die Augen schloß. Dann öffnete er sie wieder und sagte: »Er tut nur, was ihm geheißen wird. Ich dachte, dir würde ein Ausflug nach Perth Spaß machen.«

Culter, über die Fische gebeugt, schüttelte den Kopf. »Crawfordmuir-Gold und Liddell: wie blöd von uns, die beiden nicht in Zusammenhang zu bringen.«

»Wie blöd von einiger von euch. Was für ein köstlicher Duft. Du kannst pflegen, du kannst kochen. Kannst du auch nähen?«

»Du meinst säen. Nein, ich ernte. Wer war die Ausnahme? Mutter?«

»Und du wirst auch immer fixer und schlagfertiger«, stellte Lymonds helle Stimme bewundernd fest. »Das Vaterland dürfte dich bei den häufigen Gelegenheiten, wo du abwesend bist, sehr vermissen. Du bist genauso flatterhaft wie ich. Du hast Arran im Stich gelassen, du bist deiner Frau und deiner Mutter davongegangen, du hast Janet Buccleuch zu einer reizenden kleinen Verschwörung hinter dem Rücken ihres Mannes verleitet und bei den seltenen Gelegenheiten, wo du auf dem Schlachtfeld erschienen bist, eine seltene Unfähigkeit an den Tag gelegt. Wenn du es in Durisdeer fertiggebracht hättest, die Begeisterung des jungen Harry ein wenig rascher zu dämpfen, um nur eine dieser Gelegenheiten zu erwähnen, so hättest du die Lords Wharton und Lennox umsonst hinter Gittern haben können.«

»Und dir damit dein Einkommen gesperrt?« fragte Richard und legte die gesäuberten Fische ordentlich auf den Stein zum Braten. »Nicht, wo du doch jeden Pfennig gebraucht haben dürftest, um deine Diebsgesellschaft zum Gehorsam zu zwingen. Oder überfüttert man sie einfach nur mit Weibern und Rauschmitteln?«

»Man verwendet Charakterstärke. Was soll uns eure langweilige Sünde der Wollust? Das ist mir mal eine dämliche Art, Fische zu braten.«

»Sie funktioniert, weißt du«, sagte Richard und wischte sich die Finger an einer Handvoll Gras ab. »Fühlst du dich noch immer ganz behaglich?«

»In dieser Branche«, sagte Lymond, »habe ich phänomenale Ausdauer. Sondiere nur weiter, wenn du willst.«

»Danke. Ich dachte, der Austausch zivilisierter Ansichten würde uns vielleicht helfen, die Zeit zu vertreiben. Bis du reisen kannst.«

Es gabe eine Pause. »Also gut«, sagte der Junker schließlich. »Das war ganz kunstvoll gemacht. Erblicke mich hiermit in einem Zustand entsprechend erregter Neugier. Was also?«

»Rate«, erwiderte Richard freundschaftlich.

»Ach, probier die schweißtreibenden Mittel an jemand anderem aus. Das hier ist wirklich zu verdammt kindisch.« Lymonds Augen waren schwarz vor Müdigkeit. Richard beobachtete es, wie er alles an ihm wachsam und mit medizinischer Gründlichkeit beobachtete.

»Es ist nichts Kindisches daran, das Gesetz zu achten«, sagte Culter heiter. »Bist du erst einmal auf den Beinen, dann steht dir Edinburgh bevor. Gefängnis und Ketten und eine Reihe unangenehmer Fragen, lieb Brüderlein.«

Kein Zurückweichen, aber eine Gereiztheit, straff gespannt wie eine Angelschnur. »Es ist auch nichts Kindisches daran, Sorge um die eigene Familie zu tragen. Du weißt, was für eine Art Sensation das geben wird.«

»Hinreißend«, sagte Richard. »Es wird dir Spaß machen. Du weißt ja, wie gern du überschwengliche Gesten hast. Etwas Fisch gefällig?«

Der Bruder nahm die ausgestreckte Hand nicht zur Kenntnis. »Laß mal einen Augenblick das gottähnliche Herumsticheln sein. Ich hatte gedacht, du würdest der Sache zumindest ein sauberes Ende machen, wenn es auch in der Mitte ziemlich schmuddlig hergegangen ist – dir würde nichts geschehen; niemand hat erwartet, daß ich mit dem Leben davonkomme. Der Skandal vor fünf Jahren wird nichts sein im Vergleich zu dem, was sie in öffentlicher Gerichtsverhandlung zur Sprache bringen werden. Du weißt ganz genau, daß ich schuldig gesprochen werde. Du aber mußt noch den Rest deines Lebens weiterleben, und was noch wichtiger ist, auch unsere Mutter und deine Frau. Möchtest du, daß deinen Söhnen eine solche widerliche Schaustellung aufgebürdet wird?«

»Reg dich nicht auf. So wie ich Mariotta kenne, wäre ich nie völlig sicher, daß sie wirklich meine Söhne sind.«

»Genau das meine ich«, sagte der Junker langsam. »Deine Wertbegriffe sind dir zusammengebrochen, und du willst es dir nicht eingestehen. Ich hatte ursprünglich ein gewisses Verständnis für deine idiotische Hetzjagd. Ich galt als Hundsfott, und so mußte ich schließlich bellen. Nicht ausschließlich deine Schuld. Aber was zum Teufel treibst du jetzt hier draußen, anstatt in Edinburgh zu sein, wo du hingehörst? Was für ein Führerbeispiel hast du in den letzten sechs Monaten irgend jemandem gegeben? Und jetzt sollen noch mehr kluge, vernünftige Leute in den Zirkus geworfen werden, damit du weiter deine Vorurteile durch ein dickes grünes Augenglas betrachten kannst. Eine lange ausgeklügelte Demütigung soll deinen Kreis zur Gleichstimmung und deine Seele in den Stand der Gnade glattbügeln. Das ist nichts, Richard, das reicht nicht hin.«

Erstaunen malte sich auf Culters Zügen. »Das war wohl der beredteste Protest, den ich jemals gegen die professionelle Justiz vernehmen werde. Ich habe es dir eben gesagt. Ich werde dich nicht anrühren.«

Mit einem Lächeln um die Lippen gewahrte er, wie Lymonds Willenskraft wiederum von seiner Schwäche besiegt wurde. Seine Augen schlossen sich gebieterisch in ihrer Erschöpfung, und Richard schnippste einen Stein in den Bach.

Die schweren Lider hoben sich.

Gastlich fragte Richard: »Möchtest du etwas Fisch?«

Lymond wich und wankte nicht. Indes ein Tag um den anderen mit unablässigen Sticheleien verstrich, begann Richard zu spüren, wie seine eigenen Nerven nachgaben. Es war ein tragischer, mörderischer Krieg, in dem Verstand nackt gegen Verstand kämpfte und die Schläge nicht auf den Geist, sondern die Seele trafen. Zuweilen wurde das Begehren zu töten so übermächtig, daß Richard blindlings davonlaufen mußte, um nur den Klang von seines Bruders Stimme nicht mehr zu hören. Niemand wußte besser als er, worauf Lymond hintrieb, und er konnte sich denken, warum. Ja, die verzweifelte Grausamkeit dieser Angriffe war das einzige, was ihn ermutigte.

Am sechsten Tag wurde er unachtsam.

Die ganze Woche über hatte das schöne Wetter sich gehalten. Trockene Steine kamen im Bach zum Vorschein, und Bachstelzen wippten von einem zum anderen; das Gras war voll flügge gewordener Vögel und aller Arten von Blumen. Am Samstagmorgen war der Dämmerhimmel mit hohen Wolken bedeckt, und in der Luft lag willkommene Frische. Spät am Nachmittag fand Richard ein Kaninchen in der Falle und weidete es gerade aus, als er in weiter Ferne galoppierende Hufe vernahm. Er schlüpfte durch den Bach zur nächsten Bucht hinüber und legte vorsichtshalber die Hand auf Bryonys Nase. Sie zuckte ärgerlich hoch, spitzte die Ohren, blieb aber ruhig stehen, bis das Geräusch erstarb. Er gab ihr einen Klaps auf den Rücken, prüfte den Strick und planschte um den grasbewachsenen Arm des Felsens zurück.

Lymond lag nicht mehr halb aufgerichtet auf den Decken, wie er ihn verlassen hatte, sondern saß auf einem Felsblock zwischen seiner Lagerstatt und Richards improvisierter Küche. Das helle Licht ließ das unordentliche Blondhaar, die Quetschungen und eingefallenen Wangen und die strahlenden, schweren Augen scharf hervortreten: Er sah erschreckend überspannt aus. Richard betrachtete ihn neugierig und eindringlich; dann wanderten seine Blicke zu dem Kochstein und dem Kaninchen hinüber. Sein Messer war weg.

Lord Culter ging nicht durch die Lichtung zu ihm hinüber. Statt dessen hockte er sich auf das nächste Steinsims und sagte freundlich: »Schönes Reisewetter. Willst du irgendwohin?«

»Nein«, sagte Lymond nach kurzer Pause. »Mir wurde es nur langweilig, mittags um zwölf schlafen zu gehen.«

»Ich habe mir überlegt«, meinte Richard müßig, »was du wohl jetzt, da du Zeit zum Nachdenken hast, am meisten vermissest. Du hast natürlich kein Geld, und Geld war dir immer sehr wichtig. Und du dürftest wohl die Illusion des Befehlens vermissen. Die Ameise, die die Blattlaus melkt. Wie rührend: diese einfältigen Männer und heruntergekommenen Verbrecher, denen du der mächtige Gott und Herr bist; wie leicht und aufregend, sich über sie aufzuschwingen und sich an der Einbildung zu berauschen, daß man ganzen Völkern die Stirn bietet. Auf diese Art hast du dir allerhand Beachtung verschafft.«

Lymond, der wie ein aufgespießter Falkenwürger auf seinem Felsblock saß, hatte einfach nicht die Kraft, zu seiner Lagerstatt und klarem Nachdenken zurückzuhumpeln. Da er genau wußte, daß der letzte erbarmungslose Angriff begonnen hatte, sagte er kaum hörbar: »Nein, Bruder, nach dieser Pfeife tanz’ ich nicht.«

Auch Richards Stimme war leise. »Und dann natürlich die Liebe junger Burschen, die vermißt du gewiß. Jemand, in dessen Gesellschaft du dich huldvoll entspannen kannst, den du mit deinen wilden, bezaubernden Stimmungsumschwüngen verwirren, um den Finger wickeln, kurz und klein reden kannst. Gewiß wird dir Will Scott fehlen. Und deine Weiber.«

Lymond sprach, ohne die Augen zu senken: »Wie wär’s, wenn wir die Frauen herausließen.«

»Christian Stewart zum Beispiel?«

»Wie wär’s, wenn wir Christian Stewart herausließen und alles, was mit ihr zusammenhängt?« Es war so still, daß man sein Atmen hören konnte.

»Hättest du’s nicht gern«, fragte Richard, »wenn sie jetzt hier bei uns wäre? Sie würde helfen, ohne Fragen zu stellen. Sie war es gewöhnt – etwas zu vertrauensselig vielleicht, aber schließlich, irgend jemandem auf Gottes Erde muß man vertrauen.« Er ließ Lymond nicht eine Sekunde lang aus den Augen, blickte ihn erbarmungslos, sezierend wie ein Skalpell an. Und im Antlitz seines Bruders trat eine Veränderung auf: der Riß, der Sprung, die erste Bruchstelle. Ein großer Freudenschmerz erfaßte Richards Herz. Mein Gott, mein Gott, nahte es heran . . .? »Ja«, sagte er ruhig und erhob sich. »Dieser Bursche, der dir sein ganzes Gold versprach, der Türke oder so ähnlich, er hat auch versucht dir zu helfen und ist dabei ums Leben gekommen, der arme Kerl. Gab Will Scott die Schuld, wie man mir erzählt hat. Hättest du jetzt gern seine Unterstützung? Leider wirst du nicht dazukommen, sein Häuschen in Appin zu genießen . . .«

Lymond rief laut: »Hör auf, Richard!« und zwang sich endlich, heftig schwankend, auf die Füße.

Culter beobachtete ihn, beobachtete die Hände, die hinter dem Rücken am glatten Felsen nach Halt tasteten, beobachtete das Hinwelken aller einstmals charakteristischen kultivierten Anmut und sprach wieder, jetzt ganz nah, ein steinharter, richtender Schatten. »Oder – wenn du sie nicht umgebracht hättest – würde Eloise dich jetzt trösten?«

Lymond gab keinen Ton von sich.

»Die einzige Tochter und das hübscheste Kind. Das lebhafteste, das eifrigste und klügste Kind. Heute wäre sie von ihrem eigenen Liebsten zärtlich umsorgt, hielte ihre eigenen Kinder im Arm. Einmal, spät nachts, als du fort warst, erzählte sie mir . . .«

»Nein!« rief Lymond. »Ach, der Satan soll dich holen, nein!«

»Nein? Du wolltest, daß sie bei lebendigem Leib verbrenne, und das geschah auch«, sagte Richard mit schauerlicher Unbeteiligtheit. »Warum krümmst du dich jetzt jammernd deswegen?«

Der Schutzschild war gefallen. Da war das Gesicht, das er zu sehen verlangt hatte: Nie wieder würde es unergründlich sein, nie wieder würde er sich fragen müssen, was sich hinter diesem lächelnden Mund und zartgesponnenen, boshaften Verstand verbarg. Schädel, Fleisch und Muskeln, jede Linie, jede Schattierung in Lymonds Gesicht gaben ihn deutlich preis, und Richard, in einen großen fremden Bereich getrieben, verstummte plötzlich.

Hinter zusammengepreßten Händen, das Gesicht zum Felsen gekehrt, sprach Lymond schließlich: »Warum? Ich habe stets die Menschen verachtet, die ihr Schicksal einfach hinnehmen. Ich habe das meine zwanzigmal geformt, und es mir zwanzigmal in den Händen zerbrochen worden. Natürlich war ich schließlich entstellt und unverwendbar und voller Defekte, und der Umgang mit mir war gefährlich . . . Aber was in Gottes Namen ist der Barmherzigkeit zugestoßen? . . . Der Eigennutz leitet mich so wie jeden anderen auch, aber nicht beständig, nicht die ganze Zeit. Ich verwende Mitleid mehr als du, ich habe Treuebindungen und halte an ihnen fest; ich diene der Rechtschaffenheit auf krummen Wegen, aber so gut ich halt kann, und ich quäle meine Schuldner nicht

oder mache sie auch nur auf ihre Schulden aufmerksam . . .
Warum ist es so unmöglich, mir zu vertrauen?«

»Du selbst hast die Türe zugeschlagen.« Richard sprach
barsch. Jetzt, da es geschehen war, wich er davor zurück,
wich zurück, als Lymond sich umwandte, das Antlitz dem
vollen Licht entblößte und mit erschöpfter, verbissener,
schwankender Stimme fortfuhr.

»Warum glaubst du das? Warum nimmst du an, daß ich aus
so ganz anderem Stoff gemacht bin? Wir haben das gleiche
Blut, die gleiche Erziehung. Fünf Jahre – sogar fünf solche
Jahre – können mich nicht Tropfen für Tropfen deinem
Blut entreißen.«

Starr und entsetzt, Grauen um Grauen schleuderte Richard
zurück: »Und wer hat dich zum Mörder gemacht?«

Lymond antwortete unter Aufbietung seiner letzten Kräfte:
»Geh fort, Richard. Mach dich frei. Ich habe genug, wofür ich
einstehen muß. Wenn ich eine Tür zugeschlagen habe, dann
hast du dir alle anderen selbst verrammelt.«

»Glaubst du etwa, *mein* Leben hat mit deinem schmuddligen,
erbärmlichen Gewissen etwas zu schaffen?« fragte Richard
heftig.

Schweigen trat ein. Schließlich sagte der Junker: »Warum
sonst hätte ich das alles gesagt?«

»Weil«, erwiderte Richard grausam, »du Angst hast vor dem
Strick. Weil ich das erste Opfer bin, das zu bezaubern dir
nicht gelungen ist. Weil du dich windest, genau wie du andere
gezwungen hast, sich zu winden. Weil du zerfällst und win-
selst unter der Last des Bösen auf deinem Rücken. Und weil
kein anderer da war, dem du etwas vorjammern konntest,
kein Lebender, der dir zuhört, niemand, der dir hilft, bist du
winselnd auf dem Bauch zu mir gekrochen.«

Da er Lymonds Hände nicht eine Sekunde lang aus den Augen gelassen hatte, sah er das Aufblitzen des Stahls und hatte
sich schon nach vorn geworfen, als der Junker die gestohlene
Klinge hervorriß. Er packte den zustoßenden Ellenbogen
und das Handgelenk – »Nein, auf diese Art nicht, du armer,

heuchlerischer Lump!« – und war von der Gewalt des Stoßes ruckartig zum Stehen gebracht. Lymond ließ das Messer nicht fallen. Statt dessen drückte er es abwärts. Verzweifelte Notwendigkeit gab ihm Kraft. Den Körper gegen den Felsen gestemmt, widerstand er Richards heftigem Zerren. Richard erstarrte das Blut in den Adern, wie sich der Arm des Bruders schwer und unaufhaltsam gegen sein ganzes Gewicht durchsetzte und die schimmernde zweischneidige Klinge nach innen, zwischen die verklammerten Körper zwängte. Er verwünschte sich, daß er gewartet hatte, statt sich der Waffe sofort zu bemächtigen; er verfluchte den besessenen Körper, den gebeugten Kopf, die alles überwindende Willenskraft, die das Messer lenkte. Er setzte seine ganze Kraft ein. Lymond stieß keuchend ein Wort hervor, beugte sich dann nach vorn, nahm sein Eigengewicht zu Hilfe und ließ abermals den Dolch seinen vorbestimmten Weg nehmen; und jetzt ging Richard ein Licht auf.

In dieser Sekunde blickte Lymond auf. Blaue Augen trafen auf graue, und Richard las in ihnen eine Kraft und Entschlossenheit, die er plötzlich als unüberwindlich erkannte. Sein Zorn wich. Seine Lippen formten das Wort »Nein«; er las die Zurückweisung in dem unnachgiebigen Blick und stieß mit aller Kraft zuerst das Knie und dann den Fuß durch den blutverkrusteten Verband und tief in den verwundeten Körper des Bruders. Das Messer fiel wie ein weggeworfener Strohhalm. Lymond schrie einmal qualvoll auf und dann wieder und wieder.

Der Schrei schlug gellend gegen Ufer und Böschung, prallte zurück, blieb mit klebrigen Fingern hängen, ein fühlloser Hohn. Culter, weiß wie ein Blatt Papier, hob das Messer auf und trat zurück.

Lymond hatte seine Schreie mit den Händen erstickt. Er verbarg das Antlitz in den langen verkrampften Fingern, der Atem schluchzte ihm in den Lungen, das Blut sickerte durch die Verbände, quoll zwischen die steifen Ellbogen hervor und tränkte das zertrampelte Gras.

»Francis!« Zerschunden von dem röchelnden Gekrächz, sagte Richard hart: »Ich kann nicht zulassen, daß du dir selbst das Leben nimmst.«

Lymond nahm die Hände vom Gesicht. Alles war voller Blut, die Qual offenkundig, als kümmere sie nichts mehr. »Muß ich betteln?« Er hielt in äußerster Not inne, geschlagen, zitternd, und kämpfte weiter. »Du beanspruchst dein Recht auf Hinrichtung – darf ich das meine nicht ausüben? Glaubst du, daß alle Ketten von Threave aufwiegen könnten, was ich schon zu tragen habe? Du kannst mich von diesem Gewicht nicht entlasten oder mir helfen oder mich befreien... außer auf eine einzige Art.« Mit verzweifeltem Mut hob Lymond den Kopf.

»Ich bitte dich.«

Ich werde ihn dir auf den Knien bringen, und er wird weinend darum betteln, getötet zu werden.

Richard drehte sich auf dem Absatz um und schritt, ohne zurückzublicken, über die Wiese davon. Hinter dem nächsten Felsenvorsprung war Bryony. Die Stute schnaubte ihn sanft an, und während er wartete, glättete er ihr den schimmernden Hals.

Als er zurückkehrte, war die Lichtung leer. Er wußte: Sie war kein Zufluchtsort mehr, sondern der Vorraum zu einem einsamen, verzweifelt herbeigesehnten Tod.

Der Preis für die französische Unterstützung lag auf der Hand, und die schottische Krone war bereit, ihn zu bezahlen. Die Krone tat ihren Schritt an dem Tag, an dem Tom Erskine, verändert und in sich gekehrt, aus Hexham nach Edinburgh zurückkehrte. Kuriere schlüpften unauffällig hin und her, und eines Abends lichteten vier Galeeren der französischen Flotte in der Dämmerung die Anker und glitten mit geschmeidiger Anmut aus dem Firth of Forth hinaus. Das Warnsignal flackerte automatisch von Ort zu Ort die Ostküste Englands hinab; die kleinen Boote flitzten um die großen englischen Kriegsschiffe herum; die steifen Segel lagen schwer auf den Decks, und die Leute in der Takelage plagten sich mit dem widerspenstigen Stapelklotz und den störrischen, zerfransten Tauen.

Vergeblich. Die vier Schiffe kamen nicht. Sie hißten ihre leichte Leinwand vor dem Südwind und segelten in die dunkle Nordsee hinaus, dann drehten sie bei, nahmen den Wind von Backbord her, während der Baum nach Steuerbord hämmerte, und zischten nordwärts davon. Als sie die Nordspitze Schottlands umsegelt hatten, wandten sie sich an der Westküste wieder nach Süden und segelten triumphierend nach Dumbarton, wo die Königin von Schottland, wenn sie es wünschte, gefahrlos an Bord gehen konnte.

Die Krone hatte ihre gute Absicht bewiesen. Das letzte Wort lag beim Volk. An einem strahlenden, windigen Samstag im Juli trat das schottische Parlament in der Abtei außerhalb des von den Engländern besetzten Haddington zusammen und erteilte seine Zustimmung zur Heirat Ihrer Huldvollen Gnaden, der Königin, mit dem Dauphin von Frankreich – »allzeit vorausgesetzt, daß der König von Frankreich dieses Königreich und seine Gesetze und Freiheiten aufrechterhält und verteidigt in gleicher Weise wie sein eigenes Reich, Gesetze und Lehnsrechte erhält, wie es zu aller Könige Zeiten in Schottland gehalten worden«.

Will Scott war dabei. Sobald die Prozessionen hinausgezogen waren und die Seitenschiffe sich leerten, schlüpfte er auf den Kirchhof hinaus, wo Tom Erskine, auf dessen Hut der kurze Pelz sich leicht im Wind bewegte, im Gespräch stand. Sobald er frei war, ergriff Scott ihn am Arm. »Irgendwelche Nachrichten?«

Erskine rieb sich nervös das Gesicht und sah ihn verblüfft an. »Wie? Was? ... Ach so. Nein – von keinem von beiden Nachricht.«

Scott sagte unvermittelt: »Ich habe gestern Lady Douglas getroffen. George Douglas' Frau. Sie sagte –«

Er brach ab, da ein Peer mit verwegen schief aufgesetztem schwarzem Hut Erskine mit dem Finger in den Rücken stach. »Mein Gott, der alte Schlampsack Thomas als Dolmetscher, wer hätte das gedacht? Ich sagte, wenn sich sein Französisch seit der Gesandtschaft in Rom nicht verbessert hat, sagte ich, dann stimmen wir womöglich über einen Vorschlag ab, Archie Douglas zu krönen. Was? ... Ihr Freund Culter ist auch diesmal, wie ich sehe, nicht erschienen. Was verhinderte ihn denn, wie? Hat sich wohl selber begraben anstatt seines Bruders?«

»Ich nehme an, er kümmert sich um seine eigenen Angelegenheiten«, erwiderte Erskine und machte sich los. Zu Scott sagte er: »Und was ist mit Lady Douglas?«

Der Junge wartete, bis ihr heiterer Nachbar sich davongetrollt hatte. »Es ist unwichtig. Aber ich dachte mir, Sie sollten wissen, daß mein Vater versuchen will, sie aufzuspüren.«

»Buccleuch? Warum nicht Sie?«

Scott errötete. »Ich habe beim Heer zu bleiben. Eine Art Bewährungsprobe. Es würde nur Unannehmlichkeiten verursachen.« Er blickte Erskine ins verschlossene Gesicht. »Zum Teufel, warum haben Sie denn die beiden zusammengelassen?«

Jemand brachte Erskines Pferd. Er machte den flatternden Reitmantel mit der einen Hand fest, setzte den Fuß in den Steigbügel und stieg auf. Die Zügel in der Hand, blickte er kurz in Scotts emporgerichtetes Gesicht. »Weil mein Name nicht Crawford ist«, antwortete er barsch. »Ebensowenig wie der Ihre.«

Es war der umherspringende heiße Wind, der durch die Ebereschen kochte, die Wacholderbüsche durchsiebte und durch Höhlen und Spalten bellte, der Lord Culter in dieser Nacht antrieb, wieder ordentlich nachzudenken. Ein geknicktes Zweiglein berührte seine Hand, er hob den Kopf von den Armen und wunderte sich über die Dunkelheit und den Lärm. Er rollte sich auf die Knie herum, stand auf und raffte gleichzeitig die Decken und seine verstreuten Habseligkeiten zusammen. Er ging mit steifen Gliedern zum benachbarten Rasenplatz hinüber, prüfte Bryonys Halteseil und zupfte sie am vorwurfsvollen Stirnhaar. Dabei kam es ihm in den Sinn – es war der erste positive Gedanke in einer Wildnis erstorbener Gefühle –, daß ihn eigentlich nichts hinderte, nach Hause zu reiten.

Der gnadenlose, der liederliche, der ausschweifende, der unverschämte und vortreffliche Lymond war ausgetilgt. Er hatte, wie vorgehabt, seinen Bruder niedergebrochen. Ja, er war sogar barmherziger gewesen, als er beabsichtigt hatte.

Der Wind zerrte an seinem Hemd. Nach Hause. Einhundertundzwanzig Meilen mit dem doppelten Gepäck hinter sich; ein kaltes Haus in Edinburgh; das Gesicht seiner Mutter. Midculter und eine entfremdete Frau. Erskine mit scharfem, prüfendem Blick; Buccleuchs ungehemmtes Glotzen. Der Hof, wo man bereits jetzt über ihn mißbilligend die Stirn runzelte.

Das Fell des Pferdes war warm; seine Finger griffen fest in die rauhe Mähne. Gott, Francis hatte geschrien.

Tief drinnen in Richards Bewußtsein regte sich etwas Ungewohntes; er starrte in die tosende Dunkelheit und verleugnete es rasch, indem er sich bemühte, über die Aufgaben nachzudenken, die zu Hause auf ihn warteten.

Der Wind sprang zwischen den jungen Bäumen hin und her; eine hoch über ihm aufragende Esche hatte von der unsinnigen Plage genug, hob die Füße aus dem Erdreich und krachte neben Bryony zu Boden, so daß die Stute sich zitternd und wiehernd unter seiner Hand aufbäumte.

Das Etwas, das so unsicher in Schach gehalten war, durchbrach seine Sperre und stolperte blindlings in den Vordergrund seiner Gedanken. Es packte ihn, während er die Stute herabzerrte und beruhigte, ohne daß sich richtig ausmachen ließ, was es war: die Kinderangst des Menschen vor dem Unwiederbringlichen, ausgehungertes Verlangen nach Wärme, ein eng verschlungenes Gewirr von Verstand und Gefühl, das plötzlich wie ein Zwang von ihm Besitz ergriff.

Richard ließ Sinn und Verstand, Rache und die Rolle des selbstzufriedenen Schiedsrichters fahren und die Vernunft wie eine Hexe durch den Nachtwind fliegen, marschierte durch die Dunkelheit los, stolperte über Farnkraut, gebrochene Äste und Felsblöcke hinweg, zwischen Hagedorn und Stechginster und verschwommenen Bäumen und niederen Gesträuchern hindurch in die Richtung, die sein Bruder zuletzt eingeschlagen hatte.

Der Instinkt, verspäteter Befehlshaber dieses letzten Marsches, hatte Lymond in den Schutz des dichtesten Unterholzes geführt, wo das Gestrüpp am undurchdringlichsten war und die Bäume am engsten standen. Er hatte sie als Krücken verwendet und war weiter gelangt, als für einen Mann in seiner Verfassung menschenmöglich schien. Nach zwei ergebnislosen Versuchen machte Richard sich mit einem lodernden Holzscheit von seiner Feuerstelle ein drittes Mal auf, ohne sich zu kümmern, wer es vielleicht sah, und fand ihn in einer tiefen Senke am Fuß einer hageren Weide.

Es war kein heldisches Bild, Farnkraut verbarg es hinter fetzigen, zerfledderten Händen, der Wind wimmerte und lief wie geblendet durch das lange Gras, das Kletten und Stechginster wie undeutlich erkennbare Wellenbrecher zerteilte. Lymond selbst lag in einem wirren blutgetränkten Durcheinander von zerdrücktem Laubwerk und zerfetztem Tuch, störrisch, dreckig und nachdrücklichst von der menschlichen Gesellschaft abgesondert. Culter erhob sich, löschte das Holzscheit, ergriff die herrenlosen Hände, hob seinen Bruder auf und trug ihn zum Lagerplatz zurück.

Er hatte sich schon einmal in heftiger Ungeduld geplagt, um dem Junker Beistand zu leisten. Diesmal setzte er nicht nur seine Körperkraft, sondern auch seinen Willen ein. Bis Tagesanbruch wurde er mit einem schwachen, stotternden Pulsschlag belohnt. Am Nachmittag konnte er ihn ein Weilchen sich selbst überlassen und ausruhen, die müden Schultern an einen Felsvorsprung gelehnt, die Beine auf einem gelben

Teppich von Silberkraut gespreizt. Er beobachtete seinen Bruder. Ein erstaunliches Gesicht. Gleich dem Meer versprach es goldene Berge; man konnte ihm seine Anmut verübeln und doch danach verlangen, seine Geheimnisse zu enträtseln. Er begann sich auf den Augenblick zu freuen, den offenbarungsvollen Augenblick, da der Mensch beim Augenaufschlag Linsen und Salz erwartet und statt dessen die Lebenden begrüßt.

Er war zur Stelle, als Lymond erwachte, und erblickte weder Erstaunen noch Erleichterung, vielmehr ein zerfließendes Grauen, das des anderen schon verändertes Gesicht abermals veränderte und im Zurückweichen verblich. Richard stieß einen Ruf aus, streckte eine Hand hin, und Lymond zuckte zurück, als habe man ihn geschlagen.

Den ganzen Tag lang ging es so fort. Den ganzen Tag lang lag Lymond reglos, die Augen offen und trübe, die Sinne teilnahmslos, leblos, ohne Wahrnehmung, außer dem Schrecken, der lebendig wurde, sobald Richard auftauchte.

Bei Anbruch der Nacht wußte Richard, daß das einzige Lebendige in dem anderen die Erinnerung an eine große Angst war. Er hatte in einem Anfall von verblödeter Menschenliebe Lymond gerettet, aber Lymond war ganz einfach nicht bereit, sich retten zu lassen, und am allerwenigsten von seinem Bruder. Lord Culter war ein starker, ehrlicher und dickköpfiger Charakter. Er faßte seinen Entschluß, legte den Finger auf den einzigen Faden, der Lymond noch in der Wirklichkeit verankerte, und begann daraus ein Seil zu drehen.

Er redete. Während sein Bruder dalag und die leere Sonne sich in seinen Augen spiegelte, ging Richard umher, spaltete Holz, kochte, säuberte, machte Ordnung mit ruhiger, sicherer Hand. Indes er sich so wirtschaftend hin und her bewegte, sprach er über das Midculter seiner Kindheit, über Schulstunden, Spiele, Bücher und aufregende Erlebnisse, über Besuche in Edinburgh, Linlithgow und Stirling und seinen eigenen Aufenthalt in Paris, über die Güter und die Pächter, über Kinderfrauen, Hauslehrer, Dienstboten und Verwandte, die sie beide gekannt hatten.

Der leere Kelch, den er zu füllen trachtete, mühte sich schwach, ihm auszuweichen, seine Dienste zu verweigern, seine Nähe zu verleugnen, aber er fuhr beharrlich fort. Haß war Leben, Schande war Leben, Demütigung war Leben, die geringste Bewegung Lymonds in seinem Todeskampf war Leben. Richard Crawford war ein sehr eigensinniger Mann.

Als er sich in dieser Nacht niederlegte, war er heiser, aber entschlossen, sich nicht entmutigen zu lassen; doch als er sich am nächsten Tag den gleichen Augen und der gleichen Zurückweisung gegenübersah, war er zuweilen sehr nahe daran aufzugeben. Er war nicht gewöhnt, unablässig zu reden, seine Gedanken stockten, die Gesprächsthemen ließen ihn im Stich. Jüngste Ereignisse zu erwähnen, hatte er sich selbst untersagt, alle politischen Fragen und Staatssachen. So blieb ihm nur das halbvergessene, unschuldsvolle Gehege ihrer gemeinsamen Kindheit. Er grub hartnäckig in jenen versiegelten Stollen und Speichern und zog dabei Tage und Wochen seines eigenen Lebens ans Licht, die er ganz vergessen hatte.

Daß er seinen Vater überhaupt erwähnte, war der reine Zufall; der zweite Baron war schon vor Jahren gestorben, und er hatte seither kaum mehr an ihn gedacht. Auch das war erstaunlich, wenn man bedachte, welche Rolle er in seiner Kindheit gespielt hatte. »Ich kann mir nicht vorstellen«, sagte Richard laut denkend, »daß er Kinder gern hatte oder sich gar aus der Ehe viel machte. Aber er wollte uns als Abbilder seiner eigenen körperlichen Überlegenheit – beim Jagen, beim Reiten, Schießen, Fechten, Schwimmen und allem anderen. Und doch« – er hielt inne, die Hände um die Knie geschlungen, mit leerem Blick, indes er nach einem neuen Gedanken tastete – »war es im Grunde nicht gut. Er hatte keine anderen Interessen und duldete niemand, der welche hatte. Ich entsinne mich, daß Mutter eines Tages eine Kiste mit neuen Büchern erhielt, und er verbrannte ...« Nein. Das war ein Vorfall, den man lieber vergaß. Ganz tief drinnen in seiner Erinnerung vernahm er zwei Stimmen, seinen Vater und seinen Bruder, die sich anbrüllten, oder vielmehr, der Vater schrie, und Francis gab scharf Antwort, und Richard wurde plötzlich klar, daß es der Zwillingston der Stimme gewesen war, mit der Lymond zu ihm selbst im Wald bei Annan gesprochen hatte.

Die Erinnerung, einmal aufgerüttelt, zeigte ihm noch andere Bilder. Richard war ein geborener Athlet, dem jeglicher Sport mühelos selbstverständlich war, und es war nur menschlich, daß er das Entzücken seines Vaters über ihn genoß. Er war bereits ein halberwachsener Jüngling, als ihm die Vermutung kam, daß sein jüngerer Bruder kein so weichliches Bübchen war, wie der Vater ihn hinstellte; daß er zwar ein ausgesprochen »Studierter« war, aber zugleich sich wie ein Akrobat bewegte. Er besaß Beredsamkeit, er besaß Charme. Er versenkte sich selbst und seine unflätige Zunge in Musik und Bücher, und Sybilla leistete ihm dabei Vorschub. Warum?

Auch die Antwort hierauf war einfach gewesen. Richard, der Augapfel des trunksüchtigen Barons, war zum Scheinbild, zur Attrappe, zur Dekorationsfigur bestimmt, zu einem Ersatz, dem die Strohfüllung unauffällig an den Gelenken hervorsah und der die respektvolle Lobhudelei der Pächter entgegennahm. Die Türme wurden verkürzt, damit der Rauchfang emporstreben konnte. Und Francis mit den spöttischen blauen Augen spielte zweifellos das Spiel mit.

Das war eine bittere Entdeckung gewesen, die er bisher nie angezweifelt hatte. Es war ihm nie in den Sinn gekommen, daß sein Bruder, der den Vater mit schärferem Blick sah als er selbst, sich vielleicht absichtlich von allem abgewandt hatte, was der Vater darstellte. Gestützt auf Sybilla und den Schatten des genialen, weltkundigen Großvaters, konnte er es sich leisten, unbekümmert den eigenen Weg zu gehen und Richard seinen Tummelplatz zu überlassen. War es vielleicht so gewesen? Er betrachtete Lymond forschenden Blicks. Das hochempfindliche Antlitz gab ihm keine Antwort, aber irgendeine Veränderung war vor sich gegangen: Die Augen spiegelten nicht mehr den Himmel wider, sondern lagen halb verborgen hinter den Wimpern, als sei da ein Gedanke, den es zu verbergen galt. Richard nahm die frischen Verbände zur Hand, die er hergerichtet hatte, kniete nieder und löste die alten ab. Der Junker preßte die Lippen zusammen, aber er wich nicht zurück.

Langsam, langsam kam es hervor. Es war nicht nur Instinkt, sondern irgendwo auch ein Bruchteil bewußten Willens vorhanden; Lymonds Augen nahmen auf, was sie sahen. Richard, der wie ein Wachtelkönig daherschwatzte, wußte, daß er zuhörte, und doch weigerte er sich, offen in die lebende Welt hinauszutreten. Er weigerte sich zu kämpfen; er verweigerte den Sporn sogar jetzt, da er in zwölfter Stunde zugab, daß er ihn stach. Nachdem er so weit gelangt war, ging Culter ein Risiko ein. Er beugte sich vor, faßte die mageren Schultern seines Bruders mit beiden Händen und schüttelte ihn wie einen jungen Hund.

»Also schön, jetzt hör mal zu«, sagte Richard. »Es ekelt mich, die Verbände zu waschen. Ich habe es satt zu kochen. Ich habe genug von der Jagd. Es hängt mir zum Hals 'raus, dir die Ohren zu waschen und das Haar zu kämmen wie ein verdammtes Kindermädchen. Wie wär's, wenn du dich jetzt ein bißchen anstrengen würdest?«

Er bekam seine Antwort. Schwacher, leidenschaftlicher Zorn flackerte über die Augen des anderen; leise, aber deutlich sagte Lymond: »Du kannst mich nicht zwingen zu leben.«

»Du hast um Christian Stewarts guten Ruf gekämpft. Warum willst du nicht um deinen eigenen kämpfen?«

Die Stimme des Bruders verwandelte die Worte in reinen Hohn. »Meinen guten Ruf?«

»Oder den Mariottas?«

Die aufflackernde Lebhaftigkeit erstarb wieder. Lymond sagte hilflos: »Nein. Du kriegst mich nicht nach Edinburgh, nicht einmal dafür. Ich gehe nicht. Ich kann nicht... Ach Gott. Ich kann nicht, jetzt nicht mehr.«

Zu seiner eigenen Überraschung hörte Richard sich laut rufen: »Edinburgh! Wer redet denn von Edinburgh? Wenn es mir schon nicht paßt, privat den Wundarzt zu spielen, dann werde ich bestimmt nicht vor aller Öffentlichkeit mit heißen Tüchern herumlaufen.«

Lymond sagte etwas, woraus nur das Wort »Prozeß« deutlich zu vernehmen war. Lord Culter erklärte rundweg: »Du gehst vor kein Gericht. Du gehst nach Leith und von da außer Landes. Du hast weiter nichts zu tun, als dich so weit wieder aufzumöbeln, daß du deinen Füßen zu beiden Seiten eines Pferdes vertrauen kannst.« Er erkannte, daß es viel zu plötzlich kam, als daß ein erschöpfter Geist es hätte erfassen können. Richard beugte sich vor, nahm seines Bruders junges, unentschlossenes Gesicht in beide Hände und sagte langsam und deutlich: »Hör zu. Du gehst nicht nach Edinburgh. Du gehst nicht ins Gefängnis oder zum Galgen. Ich bin hier, um dir zu helfen. Du wirst frei sein.«

Zum zweitenmal binnen weniger Tage hatte Richard Crawford reinweg dem Impuls folgend einen entscheidenden Entschluß gefaßt. Er gab ihm ein unbehagliches Gefühl, als sei er einer dunklen, atavistischen Laune zum Opfer gefallen. Doch als er darüber nachdachte – und zwar beinahe die ganze Nacht –, fand er, daß er nichts bedauerte.

Das Seltsame war, daß Lymond ihm fraglos glaubte. Am nächsten Tag antwortete er, obgleich bedrohlich schwach, langsam und vernünftig auf Richards Fragen. Culter fühlte sich zum erstenmal bewogen, sich auszumalen, was es bedeuten mußte, das so leidenschaftlich ersehnte Auslöschen gegen eine solche äußerste Wehrlosigkeit einzutauschen, und ging klug und vorsichtig mit ihm um.

Indes die Tage vergingen, büßte er sein Zeitgefühl ein. Lymond, so erschöpft er auch sein mochte, war stets genau und gewissenhaft, aufrichtig, ungekünstelt und bescheiden. Ihr Gespräch vermied nur die jüngsten Ereignisse und durchstreifte im übrigen ein weites Feld. Richard war beeindruckt, wie gut sein Bruder über alle Fragen Bescheid wußte. Er war genau beschlagen, und zwar nicht mit dem Geschwätz von Botschaftsfesten und Empfängen bei Hofe, sondern auf Grund scharfsinniger Beobachtung auf den Schlachtfeldern und in den Spionagenestern halb Europas. Er sprach von diesen Episoden seines Lebens ohne Verlegenheit, jedoch mit Vorsicht. Einmal, als Richard mit einer für ihn ganz uncharakteristischen Aufregung näher auf eine Frage einzugehen begann, unterbrach ihn Lymond mit einer so unglaublich komischen und zugleich liederlichen Anekdote, daß Culter sich zu schallendem Gelächter überrumpeln ließ und den ursprünglichen Anlaß völlig vergaß.

Später, als er in den Nachthimmel hinaufblickte, sagte Culter: »Wenn du nur zu uns gekommen wärst, nachdem du dich von Lennox getrennt hattest, anstatt...« Anstatt im Selbstmitleid zu zerschellen. Das konnte er schwerlich sagen.

Lymond errötete. »Statt zu überleben und wie ein Höllenhund zu heulen.« Dies war seine einzige Anspielung auf neulich nachts, und Richard hatte keine Antwort bereit; doch Lymond fuhr nach kurzer Pause selbst fort: »Aber ich bin ja zurückgekommen. Ich dachte, du wüßtest es. Ich kam im Jahr 44 von Dumbarton nach Midculter, ganz der verlorene Sohn, und puffte Entschuldigungen wie Rauch aus einem Schornstein.« Eine Spur des alten Spotts schärfte die helle Stimme.

»Und was geschah?« fragte Richard rasch.

»Mir wurde die Tür gewiesen. Von unserem Herrn Vater persönlich. Er versuchte, seiner Aufforderung mit einer Peitsche Nachdruck zu verleihen.«

Ein kurzes Schweigen folgte. Dann sagte Culter: »Das dürfte er niemand erzählt haben. Ich hätte dich nicht angerührt, das weißt du. Nicht bis – bis zu der Sache mit Midculter.«

»Ich weiß, du törichter Tropf«, sagte Lymond sanft. »Deshalb mußte ich ja Midculter angreifen.«

Lord Culter setzte sich auf. Nach einer Weile fuhr er sich mit der Hand durchs glatte braune Haar und sagte barsch:

»Und was ist damit, daß du die Burg angezündet hast?«

»Grüne Zweige. Guter Gott, Richard, die Kunst, Holzgebälk anzuzünden, beherrsche ich inzwischen immerhin.«

»Und das Silber?«

Diesmal entstand eine kleine Pause. Dann sagte Lymond: »Diese Sache wird dich ärgern. Ich nehme an, sie hat es dir nicht gesagt, weil sie weiß, was für ein schauerlich miserabler Schauspieler du bist. Mutter hat alles am nächsten Tag zurückerhalten.«

»Und Janet Buccleuch?«

»Ach, das«, sagte Lymond bitter. »Das geschah, weil ich die ganze Nacht durch trinken mußte, um mir überhaupt Mut zu machen, die Burg zu betreten. Noch ein schrilles Aufgekreisch, und einer meiner Jungens hätte der Dame die Kehle aufgeschlitzt. Deshalb habe ich rasch zuerst was getan. Leider war ich zu verdammt besoffen, um es ordentlich zu machen. Das und das Getändel mit Mariotta, das sind so die geistesschwachen Tölpeleien, die in der rauhen Wirklichkeit stets das Hochromantische verunstalten... Komm, Freund und Bruder, für dich habe ich mein Blut zum Opfer gebracht und so weiter und so fort. Nur daß es Janets Blut war.«

Richard sagte freundlich: »In Hexham war es nicht das Blut von jemand anderem«, und sah seinen Bruder abermals erröten. »Es war der Höhepunkt einer ganzen Folge von unerquicklichen persönlichen Auseinandersetzungen. Reg dich nicht auf. Erskine dachte sich, er trüge den Dritten Kreuzzug aus, aber alles, was er hinausgetragen hat, war mich. Dem Herrn sei Dank. Gott, jetzt habe ich schon zehn Minuten lang gejammert. Begrabt mich in Leibethra, wo die Nachtigallen singen.«

Als Lymonds Kräfte zunahmen, beschleunigte sein Bruder das Tempo ihrer Gespräche, und einmal, aus einem unklaren Gedankengang heraus, fragte er ihn: »Francis, hast du Will Scott jemals gesagt, wie alt du tatsächlich bist?«

Lymond machte ein verblüfftes Gesicht. »Nein. Hätte ich sollen?« Und Richard grinste.

»Wahrscheinlich nicht. Du bist in seinen Augen geradezu unermeßlich, wie Gott und der Teufel in einem.«

»Nach einem Jahr mit Will Scott würde sich eine Eintagsfliege wie Enoch vorkommen«, sagte der Junker. »Auf wessen Seite ist er jetzt?«

»Auf deiner, nach allem, was man hört«, antwortete Richard trocken. »Buccleuch hat erreicht, daß er wieder bei Hof empfangen wird, und Will hat sich darauf verlegt, deine besonderen Talente in alle vier Himmelsrichtungen zu posaunen.«

»Laß dir nichts vormachen«, sagte Lymond ebenso trocken. »Das sind nur Gewissensbisse, weil er mich gebissen hat und ich nicht zurückgebissen habe. Er wird mit der Zeit ein anständiger, sittsamer Buccleuch werden.«

Falls Richard dies nach einem Jahr in Lymonds Gesellschaft für unwahrscheinlich hielt, sagte er es nicht und merkte auch nicht, daß sein Bruder ihn beobachtete. Einen Augenblick später sagte der Junker gleichgültig: »Niemand wird dich auf ein Versprechen festnageln, das eines solchen Ausmaßes an Pflege bedarf, Richard. Ich will mein Leben nicht um den Preis von empörten Gefühlen. Es besitzt einen gewissen Restwert dadurch, daß du dich veranlaßt gefühlt hast, es zu erhalten, aber laß uns auf dem Punkt nicht weiter herumreiten.«

Er war offenkundig nicht an einer oberflächlichen Zusicherung interessiert; außerdem hatte er recht. Selbst wenn er wie ein Guineawurm täglich eine Elle Tatsachen produzierte, wollte Richard sie doch nicht haben. Er hatte versprochen, Lymond auf freien Fuß zu setzen, und hegte keinerlei Wunsch, es zu bedauern. Schließlich sagte er: »Meine Gefühle sind sehr entgegenkommend.«

»Schön, aber vergiß nicht, obwohl du die Brennholz-, Gras- und Rasenplatzrechte gekauft hast, daß ich nicht ewig hier wie ein umgeworfenes Schaf liegen bleiben werde.«

»Du glaubst«, meinte Richard, »daß ich etwas in aufrechter

Haltung wegwerfen werde, woran mir hingestreckt etwas liegt?«

»Nicht, wenn du so redest. Du willst um jeden Preis eine Zuhörerschaft.«

Culter lachte, und das war das Ende dieses Gesprächs.

Wenn Richard es auch vergaß, so Lymond doch offenbar nicht. Am nächsten Tag stellte er seine Theorie auf die Probe, ruhig, gelassen und mit jener wohlberechnenden Entschlossenheit, die seinen Bruder noch immer erschreckte. Richard ahnte nichts, bis er von seinen Fallen zurückkam und die Lichtung leer fand. Sein Pferd war fort und mit ihm eine der Sattelpacktaschen.

Er verwarf seine anfänglichen Vermutungen eine nach der anderen. Niemand hatte Lymond gefangengenommen; nirgends waren Spuren eines Kampfes zu sehen und im weichen Gras nur die eigenen Fußspuren und die Hufspuren eines einzigen Pferdes. Auch konnte es sich nicht um eine schwungvolle Geste handeln, um ihm seinen Entschluß abzunehmen; ohne Pferd hatte Richard wenig Aussicht, lebend nach Schottland zu gelangen. Er betrachtete nochmals die Spuren. Sie waren frisch und zeugten nicht von Eile. Lymond war natürlich nicht imstande, rasch zu reiten. Mit einem plötzlichen Entschluß beugte sich Culter nochmals nieder, nahm Bogen und Köcher auf und folgte den Hufspuren der Stute aus der Lichtung hinaus. Sie führten ihn am Ufer des Bachs entlang, dann einen niedrigen Felshang hinauf zu einer freiliegenden Wiese. Die Hufspuren führten ihn in sanftem Bogen zu seiner eigenen Lichtung zurück. Als ihm dies klarwurde, blieb er mit rasch und heftig gehendem Atem stehen und wartete, um sich auszuruhen, während er sich mit der freien Hand das Haar zurückstrich. Als er die Herrschaft über den Atem und den eigentümlichen Konflikt in seinem Inneren zurückgewonnen hatte, schritt er weiter.

Lymond, der mit dem Gesicht nach unten neben der friedlich weidenden Bryony lag, wandte den Kopf und setzte ein schwaches besänftigendes Grinsen auf. Richard explodierte.

»Diese verdammte Manie, mit den Gefühlen anderer Leute herumzujonglieren! Du Verrückter, wenn ich dich unterwegs eingeholt hätte, hätte ich dich umgebracht.«

»Ich dachte mir, es sei an der Zeit, mich wieder an den Sattel zu gewöhnen«, erwiderte Lymond friedfertig. »Wir sollten uns nach Norden auf den Weg machen.«

»Gewiß. Und das war nur ein Teil von dem, was du dir gedacht hast«, sagte Lord Culter. Er band die Stute fest und kam mit einem Becher Wasser zurück, den er neben dem Ellbogen seines Bruders hinstellte. »Du bist dir gern sicher, woran du mit Menschen bist – wer wäre das nicht? Aber niemand tut es, indem er sich zum Klärmittel für die Gefühle anderer macht. Wenn meine Gefühle trübe und wirr sind«, sagte Richard zornig, »dann ziehe ich es verdammt noch mal vor, daß sie so bleiben, ohne daß du dich hineinmischst.«

Lymond stützte sich auf den Ellbogen, hob den Becher an, verschüttete ziemlich viel Wasser und setzte ihn ohne zu trinken wieder nieder. »Es scheint, daß ich mich jetzt im Sattel halten kann. Folglich können wir uns nach Norden auf den Weg machen, wenn möglich schon heute nacht. Und da meine Gesellschaft, sobald wir Schottland betreten, dich in Ungelegenheiten bringen wird, sollten wir einige Fragen vorher geklärt haben.« Er hielt inne, Richard sagte nichts, und sein Bruder fuhr finster fort: »Du hast mir einen Strafaufschub angeboten, obwohl du die Geschichte nur zur Hälfte kennst. Du hast Mariotta erwähnt, und was ich dir von ihr gesagt habe, war die Wahrheit. Du hast Eloise nicht erwähnt«

Richard setzte sich nieder und stellte den Becher wieder gerade. Dann sagte er: »Hör zu. Ich teile deinen Hang zur Selbstaufopferung nicht. Ich will über Eloise nichts hören, und ich will auch nicht, daß irgendwelche Fragen noch weiter geklärt werden, als sie es jetzt sind. Was immer dein Gewissen belasten mag, ich beabsichtige, dich zurück nach Schottland und an Bord eines Schiffes zu schaffen. Wenn du reiten kannst, brechen wir heute nacht auf.«

»Gott«, sagte Francis mit liebenswürdiger Grobheit zwischen den vorgehaltenen Händen, »welchen Preis verlangt er jetzt, das großmächtige Herz?«

Am Tag darauf traten die beiden Männer, Lymond zu Pferd, Richard zu Fuß an seiner Seite, die langsame Reise nach Norden an.

Lord Grey hatte Gäste zu Tisch: Sir Thomas Palmer, seinen Fachmann für Festungsbau aus London, und Gideon Somerville mit seiner jungen Frau Kate.

Kate war weder von Berwick noch von der Mahlzeit oder von Willie Grey beeindruckt. Ihre nachdenklichen braunen Augen sahen zu, wie das Salzfäßchen vor ihrer Nase hin und her flitzte – »Folgendermaßen: Bowes, Brende und Palmer mit der Reiterei brechen heute abend auf und übernachten in Coldingham«; jetzt der Bierkrug – »Holcroft mit dem Fußvolk bricht morgen auf und stößt bei Pease Burn zu euch beiden mit der Reiterei«; nun wieder das Salzfaß – »Montag früh nimmt Palmer mit Haddington Verbindung auf, von wo Bedeckung gestellt wird, während ihr alle zusammen die frischen Truppen in die Festung schafft und wieder zurückkehrt.«

Etwas Salz war verschüttet worden. Kate warf es über die linke Schulter und sagte: »Wie einfach das auf englisch klingt! Stellen Sie sich nur vor, wie Sir James in Haddington auf die Mauern Diagramme malt, um seine Befehle zu übermitteln.«

»Wieso denn?« fragte Palmer.

»Nun«, sagte Kate. »Wenn erst Ihre zweitausend Deutschen auf dem Seeweg kommen und Lord Shrewsburys elftausend Engländer aus sämtlichen Grafschaften ihre Dialekte austauschen und die Schweizer, Spanier und Deutschen in Haddington sich verständigen wollen, und noch ein paar italienische Pioniere dazu, dann muß er sich doch verständlich machen.«

Lord Greys Miene verdüsterte sich. »Den Schotten wird es genauso gehen«, sagte er. »Wenn Heinrich noch weitere vier-

zigtausend Franzosen schickt und der König von Dänemark –«

»Um so mehr Grund für sprachliche Maßnahmen. Sie waren in Haddington, Sir Thomas?« fragte Kate.

Palmer grinste. »Wir waren alle dort an dem Tag, als das
Parlament tagte, und haben nicht wenige Säcke Pulver hin-
eingeknallt, während sie drinnen zu tun hatten. Bowes hat
den jungen Wharton unter seine Fittiche genommen. Hat sich
recht gut bewährt. Zwischen Lord Grey und seinem Vater
war er anfangs ein wenig gedrückt.«

»Ein unfähiger junger Bursche«, sagte Lord Grey obenhin,
dann fiel ihm etwas ein: »Übrigens, meine aufrichtigen Entschuldigungen, daß Gideon Ihnen dieses entflohene Mädchen
ins Haus bringen mußte. Unerfreuliche Sache, aber unvermeidlich. Lady Lennox konnte, glaube ich, nichts mit ihr anfangen.«

Kate sagte: »Den anderen haben Sie wohl nicht erwischt, wie?
Den Mann, der den Boten in Hexham getötet hat?« Grey
blickte verdrießlich auf Palmer. »Dieser verdammte Trottel
Wharton. Der Vater ist noch schlimmer als der Sohn. Fünf
Minuten nach dem Schuß schickte er einen Mann los, um
die Leiche zu holen – keine Leiche da. Der Bursche hatte
einen Helfershelfer. Einen? Bei der Wache, die unser Lord
Wharton in der Kirche hatte, hätte er zehn Helfer haben
können.«

Palmer meinte vergnügt: »Unternehmender Bursche. War
das derselbe, der Ned Dudley in Hume einen Nasenstüber gegeben hat?« Durch das Schweigen verständigt, daß er nur die
Hälfte der Geschichte kannte, fuhr er rasch fort: »Ich werde
nach ihm Ausschau halten, Mylord, wenn es Ihnen recht ist.
Man weiß nie, wer einem über den Weg läuft, wenn man so
im Land von einem Standort zum anderen hin und her
trabt.«

»Ich wäre Ihnen sehr verbunden, wenn Sie das tun würden«,
erwiderte Lord Grey. »Aber vorerst einmal geht es darum,
alle diese Soldaten morgen sicher in die Festung in Hadding-

ton hineinzuschaffen. Montag, den wievielten? – den 16. Das ist unsere Aufgabe.«

Das war unmißverständlich. Sir Thomas bediente sich mit einer Taube und sagte bis zum Ende der Mahlzeit nichts mehr.

Nachher führte Gideon Kate hinauf auf die Festungswälle, und während drunten niedrig und verstrubbelt der Tweed hinfloß, betrachteten sie die grünen Wiesen im Norden, wohin Palmers Leute in dieser Nacht ausreiten würden.

»Es ist ein gefährliches Thema, Kate«, sagte Gideon. »Vergiß es lieber. Was auch geschehen ist, wir werden es jetzt nicht mehr erfahren.«

»Es kommt nicht darauf an, was geschehen ist«, antwortete Kate. Sie wandte sich um und blickte über den Fluß hinweg, wo das gleiche Gras, üppig und blumenübersät, englisches Gras war. »Ich mag diesen Krieg nicht«, sagte sie ärgerlich. »Ich mag das kaltblütige Planen am Anfang nicht und das Blutbad am Ende nicht und auch das Murren und die Eifersüchteleien und die Verdrießlichkeiten in der Mitte nicht. Ich hasse diesen Mangel an Edelmut und Anstand, die Selbstsucht, die Vernichtung wertvoller Menschen und Dinge. Ich bin für die Gefahr, wenn sie stählt und härtet, aber ich lehne sie ab, wenn dies die einzige Form ist, die sie annehmen kann.«

Auf der reinen, glatten Fläche zwischen ihrer kurzen Nase, dem Auge und der braunen Wange schimmerte etwas Helles auf. Gideon, der seine Frau kaum je in Tränen erblickt hatte, war bewegt und beunruhigt und suchte intuitiv nach dem Grund und der richtigen Antwort. Er faßte sie an den Schultern und sagte: »Philippa wird schon recht werden. Sie wird lernen. Wir können ihr vieles erklären.«

Katherine wandte sich impulsiv um und legte die warmen Hände auf die seinen. »Hör nicht auf mich. Ich will den Kummer der ganzen Welt in einer Nacht in Ordnung bringen, und dabei kann es doch eine Nacht und einen Tag dauern. Aber drei stämmige Leute wie wir können es sich leisten, ihre Zeit abzuwarten.«

»Wenn es nötig sein sollte«, sagte Gideon. Sie fand, daß er müde aussah; aber er lächelte ihr zu. »Verlaß dich auf mich.«

In dieser Nacht schlug das schöne Juliwetter schließlich um. Sir Thomas Palmer, vergnügten roten Gesichts unter dem tadellos polierten Helm und die riesigen Schultern in einen Kettenpanzer gezwängt, war keiner, den es kümmerte, ob der Himmel Gift spie wie Lokis Schlange. Bowes und er trafen sich wie vereinbart Montag früh mit Holcroft und dem Fußvolk und marschierten nordwärts nach Haddington. Fünf Meilen vor Haddington sandte er Sir James Wilford, dem Festungshauptmann, Nachricht, daß ein frisches Heer bereitstehe, um die englische Garnison abzulösen. Vierzig spanische Reiter kamen aus der Festung mit Wilfords Antwort zurück. Es war zu gefährlich. Obwohl er die Truppen brauchte, traute er doch der augenblicklichen Ruhe nicht und riet Sir Thomas, sein Vorhaben aufzuschieben.

Palmer las die Antwort, fluchte wohlgemut und nahm die Spanier mit, um sich die französischen und schottischen Feldlager etwas aus der Nähe anzusehen. Es blieb alles auch weiterhin ruhig, bis sie die Hänge nördlich von Haddington erreichten. Dann entdeckte Bowes gegen den kahlen, leeren Himmel plötzlich Bewegung. Die Lilien Frankreichs strömten an der Spitze von hundertfünfzig bewaffneten Reitern die Hänge herab auf sie zu.

Waldeinsamkeit und ländlicher Frieden zerbarsten. Gamboa mit seinen Spaniern schwenkte herum und stürmte mit den Arkebusieren los, um die Franzosen zu halten; Palmer und Bowes brachten hinter ihm Reiterei und Fußvolk in Stellung und blieben, von Trompetenstößen angehalten, stehen. Der weitsichtige Palmer sah neue Wimpel auf sie zufliegen, diesmal von Haddington her. Sein Gesicht wurde hochrot vor Entzücken. »Ellerkar! Bei Gott! Ellerkar und ein halbes Tausend leichte Reiterei aus der Festung! Jetzt putzt die Modeaffen mal mit euren Gänsekielen weg, Jungens!«

Ellerkar brauchte nicht anzugreifen. Die Franzosen hatten

keine Lust, sich mit vierhundert frischen Reitern einzulassen. Sie lösten sich eiligst aus dem Gewirr und fegten die Anhöhe hinauf und außer Sicht, indes Engländer und Spanier einander begrüßten, sich neu formierten und geführt von Palmer und Bowes jubelnd nach Haddington loszogen. Nicht einer von ihnen kam hin. Die Franzosen warteten einfach hinter der nächsten Anhöhe, bis die Nachhut der Truppe an ihnen vorüberritt, und schnitten sie ab. Sodann, nachdem sie Ellerkar einige scharfe Bisse versetzt hatte, zogen sie sich rasch, doch in guter Ordnung um den Hügel herum zurück, und die ganze vereinigte englische Streitmacht folgte ihnen auf den Fersen nach. Sir Thomas hatte sie schon fast erreicht, als der wahre Zweck des kleinen Manövers allzu deutlich wurde. Hinter dem Vorsprung des Hügels, auf den die Franzosen sich zurückgezogen hatten, stand schwer gerüstet ein festgefügtes Karree von Fußsoldaten und Arkebusieren.

Vom eigenen Schwung Hals über Kopf nach vorn getrieben, rutschten Palmer und Bowes krachend auf die undurchdringliche Front zu. Gamboa mit seinen Spaniern, der hinter ihnen herkam, wurde von dem Zurückprall mit hinweggeschwemmt. Holcrofts Fußvolk sah sich vor einem Nahkampf mit einem erstklassigen Gegner, schwankte, brach auseinander und floh. Das Gefecht dauerte noch eine halbe Stunde, dann machten auch Palmers Leute kehrt.

Von gallischer Sprache und gallischem Jubel verfolgt, strömten Engländer und Spanier aus dem Tynetal hinaus, und die französischen Reiter setzten ihnen den ganzen Nachmittag wie auf einer Hetzjagd nach. Das Heer des Protektors ließ achthundert Engländer und Spanier tot oder gefangen zurück sowie den größten Teil seiner Pferde und die Festung Haddington, der nicht nur die zugedachten frischen Truppen fehlten, sondern auch Ellerkar, Gamboa und die Reiterei, die zur Hilfeleistung hinausgesprengt waren – ein katastrophaler Aderlaß.

Schließlich trafen königliche Truppen ein. Sie waren, wie Palmers Truppen, zäh und begeistert. Im Unterschied zu ihnen wurden sie nicht in die Flucht geschlagen, aber sie errangen auch nicht den Sieg.

Sir Thomas erreichte in scharfem Ritt beinahe die Brücke von East Linton. Es war ihm gelungen, mit dreien seiner eigenen Leute und einem Spanier aus zwei Gefechten auszubrechen, und als es gerade so aussah, als habe er die Verfolgung tatsächlich abgeschüttelt, tauchte wie aus dem Erdboden gestampft vor ihm eine kleine, bösartige, stahlbewehrte Phalanx von Reitern auf. Es waren Schotten. Er kannte ihr Feldzeichen nicht, aber die unausweichliche Niederlage erkannte er. Deshalb ließ er sich mit seinen vier Leuten umzingeln und wartete schweigend, daß der Anführer auf ihn zugetrabt kam. Ein grauer, kräftiger Backenbart sproß auf einem kampflustigen, verschwitzten Gesicht. »Herrje!« sagte der Sieger und blinzelte Sir Thomas an. »Augenblick mal, ich hab's auf der Zunge. Palmer! Stimmt's?«

»Stimmt, Sir, gottverdammich«, knurrte Sir Thomas höflich.

Der Backenbart zuckte. »Recht so. Mann, Sie haben es aber verteufelt heraus, die Nase in die Falle zu stecken. In Frankreich haben sie Sie auch hoppgenommen, nicht wahr?«
Sir Thomas fluchte.

»Ich bin Wat Scott von Buccleuch«, erklärte der Mann artig. »Nur damit Ihre Freunde wissen, wohin die Silberlinge schicken. Mann, Edinburgh wird Ihnen gefallen. Da sitzt sich's wunderbar im Loch.«
Buccleuch kommandierte die Hälfte seiner Leute ab, um Palmer und seine Gefährten nach Edingburgh zu bringen, und ritt mit den übrigen fröhlich pfeifend weiter. Sir Wat war zufrieden mit dem Leben, so zufrieden, daß er die Anzeichen der Flucht ringsum nicht beachtete und den Reitertrupps Glück wünschte, den Franzosen wie den Schotten, die den ganzen stürmischen Nachmittag lang wie fliegende Ameisen überall auftauchten und wieder verschwanden. Nach einiger Zeit legte sich die Unruhe, er war allein mit seinem Dutzend

Leute und überquerte ohne Deckung, belästigt von einem leichten, kalten Wind, das holprige Moor.

Rechts vor ihm stieg plötzlich ein Vogel auf und schwirrte über raschelndes Fuchsschwanzgras und Schilfkolben dahin, und einen Augenblick darauf tauchten an der gleichen Stelle zwei Reiter auf, die sich langsam nordwärts bewegten. Er hielt an und beobachtete sie. Aus der einen, in Umhang und Kapuze gehüllten Gestalt konnte er nicht klug werden. Die andere, ohne Rock, schwer gebaut, unverkennbar, war Richard Crawford von Culter.

Buccleuch ließ seine Leute ohne weitere Erklärung zurück und ritt umsichtig, sich nachdenklich den Bart streichend, auf die beiden zu. Culter wandte das Pferd, ließ den anderen Reiter allein und trabte mit gebräuntem, wachsamem Gesicht über einem schmutzigen, zerschlissenen weißen Hemd ihm gemächlich entgegen. Sobald sie in Hörweite waren, rief er: »Na, Wat? Immer noch darauf aus, zur falschen Zeit am richtigen Ort zu erscheinen?«

Es klang leicht belustigt, aber Wats erfahrener Blick deutete die Beugung des rechten Arms richtig. Er räusperte sich. »Freue mich, Sie zu sehen, mein Junge. Verdammt gute Sache, die ihr da in Hexham aufgestellt habt. Arran schätzt Sie wieder. Das sollte Ihnen gute Laune machen. Sie wollen den Trottel zum Herzog machen. Schon gehört?«

»Nein. Erskine ist also zurück?«

»Gott, ja freilich. Er sagte, Sie ließen sich Zeit und kämen nach, aber wir dachten schon beinahe, sie hätten Sie hinterrücks geschnappt.« Er hielt inne. Das andere Pferd graste, und sein Reiter saß mit gesenktem Kopf schlecht im Sattel. Culter rührte sich nicht, also fragte Wat rundheraus: »Seid ihr unterwegs nach Edinburgh?«

Richard schüttelte den Kopf.

»Ach!« Ein sonderbarer Ausdruck kroch über Buccleuchs Gesicht. Er rieb sich die Nase, spuckte nicht sehr schwungvoll aus und sagte: »Für Juli weht ein recht scharfer Wind. Ich sage auch nicht, daß Sie unrecht haben. Mein Junge ist ein Narr, aber sonst komme ich jetzt gar nicht schlecht mit ihm aus.« Er fing den zurückhaltenden Blick der grauen Augen auf und räusperte sich wieder. »Also dann ... ich bin unterwegs nach Süden. Wünsche Ihnen ungestörte Reise. Verdammte Menge Trüppchen Reiter flitzen heute überall herum. Irgendein Aufruhr in der Gegend, nehme ich an.«

»Danke«, erwiderte Lord Culter und zögerte. »Ihre Leute ...?«

»Geht sie nichts an. Gott, Sybilla wird sich mächtig freuen, Sie zu sehen.«

Plötzlich sagte Richard: »Sagen Sie ihr ...« und brach ab und fluchte. Zornige Besorgnis verdrängte die beherrschte, wachsame Maske. Buccleuch schwenkte herum und hatte schon im nächsten Augenblick die Hand am Schwert; dann stieß er es wieder in die Scheide zurück und gestikulierte Culter wild zu. »Reiten Sie, Mann, reiten Sie, was Sie können!«

Von der rückwärtigen Anhöhe kam ein Trupp Schotten mit lautem Freudengeheul auf sie zugestürmt. Richard, der bereits angeritten war, verzog das Gesicht, gewahrte die Wimpel mit dem Hahn und fluchte abermals: »Die Cockburns von Stirling! Der Teufel soll sie holen. Wat, können Sie sie aufhalten, während wir uns davonmachen?«

Sie waren schon zu nah. Buccleuch erkannte nur zu deutlich, welche Wahl Culter blieb: entweder seinen Gefährten auszuhändigen oder durch aussichtslose Flucht sich selbst zum Helfershelfer zu stempeln. Wie schon einmal zuvor füllte Buccleuch seine berüchtigten Lungen und bellte.

Lange ehe Richard ihn erreichte, wandte Lymond sich um und sah, was vor sich ging. Er richtete sich auf und schüttelte die Kapuze vom Gesicht, so daß sein wirres Blondhaar und Richards verschmutzte Jacke sichtbar wurden. Dann nahm er das Pferd fest in die Zügel und preschte schlichtweg über die Heide, ohne auf den vereinten Hufschlag von Sir William Cockburns Schar zu achten, die ihn überholte, umzingelte und einschloß. Er leistete keinen Widerstand.

Buccleuch ritt mit Culter hinterdrein. Als er anlangte, stellte er fest, daß er die Zielscheibe von allerlei schlechten Witzen und Gegenstand freundschaftlichen Streits darüber war, ob er seinen Gefangenen eingebüßt habe, weil er ihn hatte entfliehen lassen. Da Richard wieder in völliges Schweigen versunken war, befaßte Sir Wat sich mit der Sache, ohne das Verdienst an der Gefangennahme zuzugeben oder zu leugnen, das Lymond anscheinend ihm zugeschrieben hatte, und nach einer Weile hörten sie auf, ihn mit Fragen zu belästigen, und erboten sich freundlich, zusammen nach Edinburgh zurückzureiten.

Nachdem seine Leute sich ihm wieder angeschlossen hatten, verlangte Buccleuch, den Gefangenen zu sehen, und wurde nach rückwärts verwiesen, wo Lymond ausgestreckt auf einer Pferdetragbahre festgebunden war. Er war nicht bei Bewußtsein. Sir Wat betrachtete ihn schweigend und kehrte dann zu den Brüdern Cockburn zurück. Er ruckte den Kopf. »Was wird nun?«

»Ach! Na ja, er ist ja wohl geächtet und vogelfrei, wie? Da kommt er jedenfalls erst mal auf eine oder zwei Wochen auf die Burg. Und dann ein netter kurzer Prozeß, und er baumelt in der New Bigging Street. Das steht mal fest.«

So kam es, daß Richard schließlich doch seinen Bruder nach Edinburgh begleitete.

2

> *»Quant compaignons s'en vont juer*
> *Ils n'ont pointe tou dis essouper*
> *Cras connins ne capons rostis*
> *Fors le terme qu'ils ont argent . . .«*

Es war schon so lang her, seit die alte Lady Culter ein Lied angestimmt hatte, daß Mariotta und ihre beiden Gäste ganz erstaunt waren. Janet schmunzelte, und Agnes Herries, die halb schlief, blinzelte und fragte: »Ist es schon Zeit?«

»Noch nicht ganz«, erwiderte Sybilla. Nur ein hauchfeines

Erröten unter der weißen Haut verriet, daß sie aufgeregt war; sie war wundervoll gekleidet, und im Gegensatz zu Mariotta merkte man ihr die Wirkung der drei nachrichtenlosen Wochen seit Tom Erskines Rückkehr aus Hexham nicht an.

Um Mitternacht sollte Johnnie Bullo in ihrer Anwesenheit ein Pfund Blei in Gold verwandeln. Von den vier Frauen interessierte sich Janet Buccleuch ganz besonders für Sybillas Experiment. Sie setzte die großen grünen Samtpantoffeln auf eine Fußbank und fragte: »Hat der Zigeuner eine Menge Gold von Ihnen dafür verlangt? Hoffentlich waren Sie vorsichtig.«

Sybilla blickte sie freimütig über den Rand ihrer Brille an. »Aber natürlich, meine Liebe. Aber das Gold trifft erst zehn Minuten vor uns bei ihm ein, und das wäre –« sie warf einen Blick auf die riesige deutsche Wanduhr – »ungefähr jetzt. Gehen wir?«

Mariotta beugte sich vor und berührte Agnes Herries, um sie zu wecken. Sie öffnete die Augen mit einem Ruck, folgte den anderen unsicher zur Tür und packte Mariotta plötzlich mit einem schraubstockartigen Griff. »Und was ist, wenn er den Teufel beschwört?«

Mariotta lachte, entzog ihr den Arm und legte ihn der Jungvermählten beruhigend um die Schulter. »Und wenn er es täte? Sybilla würde Schwefelsalbenrezepte mit ihm austauschen und ihm einen Knochen für seinen Hund geben. Komm schon.«

Draußen war es kühl und finster. Ein Strohwisch, den der leichte Wind über das Kopfsteinpflaster trudelte, geriet in den Lichtstrahl aus der Tür und krabbelte eilig wie eine Spinne in die Nacht davon; sonst regte sich nichts. Sybilla schloß die großen Türen, und sie schritten im Dunkeln hinüber, wo das kleine Fenster von Johnnie Bullos Laboratorium wie ein böses, blutunterlaufenes Auge glühte. Die alte Lady klopfte an die Scheibe; es dauerte ein Weilchen, dann rasselten verstohlen schwere Riegel, und die Tür zum Laboratorium tat sich auf.

Die Hitze schlug ihnen ins Gesicht. Der niedrige, viereckige Raum war scharlachrot von der Glut des Schmelzofens, der heiser röhrte, wenn der Wind an seinem Rauchfang sog. Vom Fußboden bis zur Decke stapelten sich Gefäße, Retorten und Flaschen, Schmelztiegel, Destillierkolben, Ballonflaschen, Pharaoschlangen und Mörser, Trichter und Meßbecher. Die Wände tanzten und blinzelten und glommen mit zinnoberroten Augen, als seien sie mit geblähten Schlangen umflochten, die sich mit den Flammen hin und her wiegten. Eine hölzerne Werkbank war mit Zangen und Eisenfeilspänen, schmutzigen Schüsseln, Messern und Haufen von Mehl und Sand zum Abdichten bedeckt; angestoßene und geschwärzte Töpfe saßen auf dem Fußboden, und zwei Blasebälge von verschiedener Größe hingen an Nägeln an der Wand neben einem wilden Gekritzel von Kreideinschriften in einer Zeichensprache, die hauptsächlich auf Dreiecken beruhte. Der Steinboden war mit einem alten Teppich bedeckt, und auf ihm stand Johnnie neben zwei Holzschemeln.

Johnnies Augäpfel leuchteten wie rotes Glas, und über sein schwarzbraunes erhitztes Gesicht rann der Schweiß. Er verbeugte sich stumm und deutete auf die Schemel. Die alte Lady setzte sich rasch auf den einen, Janet auf den anderen, die beiden jungen Frauen standen hinter ihnen. Johnnie wartete, bis sie Platz genommen hatten, dann folgte er seinem Schatten zur Tür und schob den Riegel vor. Der Schmelzofen loderte auf.

»Beginnen wir«, sagte Johnnie und nahm in seltsam andachtsvoller Haltung neben seiner Werkbank Aufstellung. Seine braunen Augen mit den langen Wimpern glühten feurig und ernst. »Heute nacht folgen wir dorthin, wohin nur die Größten geführt haben. Heute nacht rufen wir die Hilfe jener an, die uns erlaubt haben, zum Chamaman, dem Tan, dem großen Geheimnis vorzudringen. Wir bitten sie, unserem Stein Macht zu verleihen, auf daß der mangelhafte Stoff, die grobe Substanz des Saturn zerfalle und in den Flammen ihres Dahinschwindens die Feuchtigkeit des Quecksilbers und den

Rauch des Schwefels erzeuge, bis der Stoff in unseren Schmelztiegeln, geläutert, gereinigt und makellos, nicht mehr die Attribute, die Laster, die Schwäche des Bleis besitzt, sondern statt dessen sich in reines Gold verwandelt.«

Er rührte sacht an einen bauchigen Topf zu seinen Füßen, der in Tücher gehüllt war und eine Eisenklammer um den Hals trug. »Das Gold ist hier drin, die Ketten und Münzen, die mir Lady Culter gegeben hat, bereits eingeschmolzen und bereit, die Wirkung zu üben, welche den Beginn der Umwandlung erzwingt. Hier« – er nahm einen grauen Klumpen vom Tisch – »ist ein Pfund Blei. Wollen Sie es bitte prüfen?«

Janet nahm es entgegen und untersuchte es genau. Es wanderte von Hand zu Hand und kehrte schließlich zu Bullo zurück; er hielt den Klumpen so, daß alle ihn deutlich sehen konnten, und tat ihn in die Retorte. »So. Und nun der Stein.«

Er beugte sich kurz über seine Werkbank und wandte sich dann um. Auf seiner harten, braunen Handfläche lag eine wundervoll gearbeitete Silberdose mit arabischen Buchstaben auf dem Deckel und einem kleinen, in den Boden eingelassenen Spiegel. Er öffnete sie und hielt sie ihnen hin, damit alle sie sehen konnten. Darin lag, auf weißen Samt gebettet, ein schmutziger grauer Stein; er sah blättrig und pulverig aus und hatte eine unregelmäßige Form. »Der Stein der Weisen«, erklärte Johnnie ruhig. »Das Magisterium. Die universale Essenz.« Er nahm ihn behutsam heraus, öffnete ein zweite, leere und saubere Dose auf seinem Tisch und schabte sacht an der weichen Oberfläche des Steins. Ein wenig weißer Staub, der sich im rosigen Licht rötlich färbte, fiel in die Dose, und Bullo legte den Stein zurück; die Schachtel mit dem Staub behielt er in der Hand.

»Mylady, was wir hier tun, ist nicht ungefährlich – für mich. Sie befinden sich völlig in Sicherheit. Aber ich muß Sie ersuchen, weder zu sprechen noch sich zu bewegen, bis das Mysterium vollzogen ist. Was mich selbst betrifft, so vertraue ich meine Sicherheit den Alchimisten und Philosophen an,

die über uns wachen, und spreche die Worte der Smaragd-
tafel: ›Wahr ist es, ohne Falschheit, gewiß höchst wahr. Was
oben ist, gleicht dem, was unten ist, und was unten ist, dem,
was oben ist, um die Wunder eines Dinges zu vollbringen.
Und wie in allen Dingen durch Betrachtung des einen, so
erstand in allen Dingen hieraus ein Ding durch einen einzigen
Akt der Aneignung. Der Vater davon ist die Sonne, die Mutter der Mond. Der Wind trägt es in seinem Schoß, die Erde
ist seine Quelle. Es ist der Vater aller Wunderwerke in der
ganzen Welt. Seine Macht ist vollkommen. So werdet Ihr
die Helligkeit der Welt besitzen, und alle Dunkelheit wird
weit von Euch entfliehen . . .‹«
Er hob mit ruhigen Händen das große irdene Gefäß und
setzte es auf das Feuer. Sodann entfernte er die Klammer,
hielt die kleine Dose mit dem Pulver schräg darüber, so daß
ihr Inhalt in den Hals des Schmelztiegels rieselte, um sich
mit dem Metall drinnen zu verbinden.
Einen Herzschlag lang herrschte Stille.
Dann quollen mit donnerndem Brausen Schwaden blauen
Rauchs aus der Öffnung der Retorte und rollten kriecherisch
durch die Hütte. Der Rauch verdickte sich, griff mit trägen
Fingern nach dem Fußboden und legte sich flach gegen die
hölzerne Decke; er wurde dicht und schwarz, sein Schwefel-
gestank benahm den Atem, und das Feuer zerfetzte seine
dünnsten Schichten mit gelben und scharlachroten Zungen.
Agnes schrie auf. Mariotta hielt das Mädchen fest umschlossen und blieb ruhig stehen. Janet hielt sich an ihrem Schemel
fest und beobachtete die alte Lady, bis sie sie, obwohl sie
dicht neben ihr saß, im wirbelnden Rauch kaum mehr sehen
konnte. Heiß, schmutzig und schwarz wie Holzkohle, waren sie von Qualm eingeschlossen und boten der Panik Trotz,
als der Rauch lieblich wie eine Sommermorgendämmerung
aufblühte und helles Gold, das aus seinen Wurzeln aufstieg,
den dunklen Vorhang überflutete und ihn ins reine Gelb des
Ostersonnenscheins verwandelte. Der Schleier blieb zehn
Sekunden lang hängen und zerriß dann wie wolliger Flaum,

wurde weniger und weniger und schwand langsam dahin. Hinter ihm tauchte Johnnie Bullo auf, der neben dem Schmelzofen stand. Mit der Klammer hob er das schwere, geschwärzte Gefäß vom Feuer.

Auf dem Boden vor der alten Lady befand sich eine Eisenplatte. Bullo stellte den Schmelztiegel darauf, und die ausströmende Hitze ließ sie zurückfahren. Sie sahen schweigend zu, wie Johnnie, eine Eisenstange in den Händen, herzutrat. Er schwang sie, und der Hals des Gefäßes zerbrach an seinem Ansatz. Schweigend reichte er der alten Lady seine Zange. Sie beugte sich hinab und stocherte in dem Schmelztiegel herum. Sie zog etwas heraus und legte es auf den Fußboden. Es war ein Klumpen matten Metalls, unverkennbar Gold. Sonst war nichts in dem Gefäß.

Worte vermochten nicht ihren Triumph und ihr Erstaunen zu fassen. Die Flaschen und Krüge schnatterten und klirrten, und die Wände weinten Tränen vor Rührung. Wo ein Klumpen Blei gewesen war, war jetzt ein Klumpen Gold. Der Stein der Weisen besaß wahrhaftig Macht.

Als die erste Erregung weniger lautstark wurde, sagte Sybilla, hochrot vor Freude, äußerst dringlich: »Könnten wir den Stein noch einmal sehen? Jetzt, da wir wissen, daß es der echte Stein ist?« Das war nicht gerade taktvoll, und der Zigeuner sträubte sich auch zuerst; aber Mariotta und Agnes fügten ihre Stimmen hinzu, und schließlich holte er die Silberdose hervor. Sybilla öffnete sie liebevoll.

»Heben Sie ihn hoch«, sagte Janet. »Ist er schwer?« Sybilla griff behutsam mit Daumen und Zeigefinger in die Dose. »Nicht sehr. So klein und dabei so mächtig. Wenn ein einmaliges Abschaben das zuwege bringt, was könnte dann der ganze Stein nicht alles bewirken?«

Die weißen Zähne blitzten. Johnnie, von königlichem Selbstvertrauen erfüllt, war in sorgloser Stimmung. »Er würde brennen, so wie die Sonne in Ihrer Hand brennen würde, Mylady. Aber Sie werden ihn gewiß sparsam verwenden wollen, damit er lange vorhält.«

»Nicht besonders«, erwiderte Sybilla. Sie wog das kostbare Ding einen Augenblick lang in der Hand mit einem berechnenden Ausdruck in den blauen Augen und warf es dann in den Schmelzofen.

Alle schrien zugleich auf, Johnnie am lautesten. Diesmal brachen Getöse und Qualm wie das Urweltchaos über sie herein und brandeten schnaubend mit unmenschlichem Giftlodern über sie hinweg. Es wurde dunkel, viel dunkler als zuvor. Ihre Augen wurden blind, und sie erstickten unter der Schwefeldecke; schwerer, zäher Schmutz und Unrat legten sich klebrig auf Gesicht und Hände. Das letzte, was Janet sah, war Sybillas Kopf, wie Edelweiß in einem schwarzen Bergseespiegel. Sie machte zwei lange Schritte, verankerte sich mit mächtigem Griff in Sybillas langen Ärmeln und hielt sich fest. Dann sah keiner den anderen mehr.

Kein gelber Feuerschein flammte auf. Der blinde Alptraum verschlang sie, und Sekunden, dann Minuten verstrichen. Dann kam zögernd Licht und erhellte die Schwärze in dunstigen Kreisen. Der Fußboden wurde wieder sichtbar, dann die Schemel und die fünf Menschen im Laboratorium, von denen drei sich an anderer Stelle befanden als zuvor. Johnnie Bullo stand, anstatt sich dem Ofen zu widmen, dicht bei der Tür und schielte aus dem Augenwinkel nach Sybilla. Die alte Lady hatte sich wieder hingesetzt, die eifrig spähende Janet neben sich, und stocherte energisch in einem großen Schmelztiegel herum, einem genauen Zwillingsstück des Gefäßes, das noch zertrümmert auf der Eisenplatte vor ihr stand.

»Sehr dienliche Sache, solcher Rauch«, meinte Sybilla. »Ja, was haben wir denn hier? Aha. Ich dachte es mir doch.« Sie tauchte den Arm in das Gefäß und holte etwas heraus, das sie allen Anwesenden zeigte. »Ein Pfund Blei, ganz unberührt. Aus dem ersten Schmelztiegel, der heimlich unter der Werkbank versteckt wurde. Was uns zu dem jetzt zerbrochenen Schmelztiegel führt, der – vermutlich – einen dünn mit Gold überzogenen Bleiklumpen enthielt. Was uns wiederum zu der Angelegenheit meiner Ketten und Münzen führt, die angeblich im ersten Gefäß waren, jedoch sich vermutlich statt dessen in der Schublade der Werkbank befinden. Richtig, da sind sie.

Nein, so was. Nachdem er mir meinen goldüberzogenen Ziegel und meinen Stein geliefert hatte, gedachte Mr. Bullo vermutlich, das für das Experiment bestimmte Gold in die Tasche zu stecken und mir ein kleines regelmäßiges Goldeinkommen abzuzapfen, um damit seinen Anfangserfolg zu wiederholen. Das nenne ich wahrhaftig ein wenig habgierig, wo ich ihn doch praktisch den ganzen Winter über beherbergt, verpflegt und bezahlt habe ... Ich würde es an deiner Stelle lieber nicht versuchen, mein lieber Mann. Die Tür würde nicht aufgehen, und zwar aus gutem Grund: Die Hälfte meiner Dienerschaft steht mit Piken und Spießen draußen. Hast du denn nicht gewußt, daß Dame Janet sich auch mit Alchimie befaßt? Sie war mir eine sehr wertvolle Beraterin.«

Johnnie Bullo, der mit dem Rücken zur Tür stand, bleckte die Zähne; sein Lächeln hatte noch immer etwas Okkultes, obgleich er entwaffnet und schmutzig war, wie übrigens sie alle, und sein Haar lockte sich über den Augen. »Wenigstens hatte ich, wie Sie sagen, einen Winter lang Obdach«, sagte er frech. Die braunen Augen waren rein. »Habe ich mich geirrt? Ich hatte den Eindruck, daß Sie meine Dienste kauften.«

Die blauen Augen blickten ebenso engelhaft unschuldig. »Ihre Dienste haben sich als ein wenig kostspielig erwiesen.«

Er zuckte leicht die Achsel. »Ich hab' alles getan, was man von mir erwarten konnte, außer mehr Zeit zu fabrizieren.« Er wies mit dem Kopf zur Türe. »Sie meinen, daß Sie mich nicht mehr benötigen?«

»Ganz im Gegenteil«, erwiderte Sybilla. Sie raffte sorgfältig ihre beschmutzten Röcke und setzte sich wieder auf den geschwärzten Schemel. »Ich wollte dir völlig klarmachen, daß du meine guten Dienste viel nötiger hast als ich die deinen.

Wenn die Leute draußen dich mit dieser Geschichte zum Amtmann schaffen, dann hängst du.«

Zigeuner haben für Geständnisse und Ausflüchte keine Verwendung und ziehen es gleicherweise vor, zu krummen Sachen rasch zu gelangen. Johnnie Bullo trat von der Tür weg und betrachtete die alte Lady mit Resignation und einigen Zweifeln. »Also gut. Was habe ich zu tun?« erkundigte er sich.

An diesem gleichen Abend verließ Lord Culter Edinburgh, um heimzureiten. Fünf Monate waren vergangen, seit er Midculter zuletzt gesehen hatte, fünf Monate, seit er das letztemal über seine Güter geritten war, sich um seine Fischerei, seine Wildgehege und seine Torfstiche gekümmert hatte. Er hatte sich mit Gilbert getroffen und ihm geschrieben wegen des Verkaufs von Wolle und Häuten, der Aufsicht über die Gehöfte und der Angelegenheiten seiner Pächter. Er hatte das Lammen versäumt und die Fertigstellung seiner neuen Scheunen und Wirtschaftsgebäude, die Schafschur und die neuen Anpflanzungen, die er fürs Frühjahr vorgesehen hatte. Fünf Monate lang hatte er ein schlafloses Schwert getragen und andere, verderbliche Absichten gehegt.

Jetzt kehrte er heim. Die Umrisse der Pentland-Berge am roten westlichen Himmel rückten näher und sanken zu seiner Rechten hinter ihm hinweg. Die Straße stieg hinauf und erreichte das Hochmoor, als der Wind auffrischte. Der Himmel über ihm wechselte von Türkis zu Kobaltblau und überzog sich sacht mit dem kaum merkbaren Schleier der Nacht. Der Horizont vor ihm verharrte noch apfelgrün und hauchte allmählich, der entschwundenen Sonne nach, seine Farbe aus.

Zu Buccleuch und Sir Andrew Hunter hatte er beim Abschied gesagt: »Vor Morgengrauen bin ich in Midculter«, und Buccleuch hatte ihn kräftig gegen die Schulter geknufft und gesagt: »Braver Junge. Ich hoffe, es kommt alles in Ordnung. Störrische Biester, die Weiber, aber fade und traurig wär's ohne sie.« Bryonys Hufschlag klang verständnisvoll: störrische Biester, störrische Biester. Würde es in Ordnung kommen? Das wußte Gott allein, dachte Richard und drückte die Schenkel eisern gegen die Stute.

Plötzlich bevölkerte sich die Nacht mit Gestalten. Eine barsche Stimme sprach leise, Füße huschten hin und her, Metall klirrte gegen Gürtelschließen. Bryony schlug aus, drahtige Finger auf Nase und Zaum hielten sie fest und zerrten und rissen an Richard selbst. Culter, der die gespornten Stiefel noch in den Steigbügeln hatte, stieß mit den Füßen um sich, griff nach dem Schwert und verwünschte sich leise. Auf dieser Straße war es immer gefährlich gewesen, allein zu reiten; es hieß rasch reiten und wachsam bleiben, und er hatte weder das eine noch das andere getan. Es waren ihrer zwei – nein, drei. Er gewahrte gerade noch rechtzeitig den Schatten eines Knüttels, duckte sich, hieb zu und hörte einen Schrei.

Der Sattel lockerte sich, und er wußte, der Gurt war aufgeschlitzt. Er hieb nach den undeutlichen Gesichtern und erhielt einen Schlag auf den Arm, der ihn fühllos machte. Der Sattel rutschte ab und er mit ihm. Unter ihm grunzten und fluchten die unsichtbaren Männer, dann wurde ihm plötzlich die Klinge entwunden, sie sprangen ihn an und rissen ihn herab, während er mit Fäusten, Knien und Ellbogen in das Gewirr harter Leiber hieb. Er gewahrte ein Aufblitzen von Stahl, ein einziger, qualvoller atemloser Augenblick, in dem ihn die Ironie der ganzen Sache wie eine Kanonenkugel traf, und dann öffnete sich der Kreis dunkler Köpfe über ihm wie ein Heliotrop der Sonne. Ein schweißtriefendes Pony schoß in den Kreis hinein, eine dunkle Gestalt sprang wie der Blitz ab und schrie und fauchte wie ein Tollhäusler.

Die Leute rings um Culter erstarrten. Der Neuankömmling tobte in einer Sprache, die nicht Englisch war. Der Anführer der Meuchelmörder antwortete mürrisch in der gleichen Sprache und wurde mit einem neuen niederschmetternden Wutausbruch überschüttet. Die drei trollten sich, von Schmähungen begleitet, davon, stiegen in den Sattel und verschwanden wortlos in der Dunkelheit, aus der sie aufgetaucht waren.

Der Besitzer des braunen Ponys stieg wieder auf. Richard rollte sich kopfschüttelnd herum, tastete nach seinem Schwert, fand es und stand auf. »Ich hoffe«, sagte der Reiter in klarem, aber zischendem Englisch, »Sie sind nicht verletzt?« Sein Gesichtsausdruck war, soweit erkennbar, eher resigniert als triumphierend.

Richard kam wieder zu Atem. »Nicht im mindesten. Ich wäre dir auch entsprechend dankbar, wenn ich nicht wüßte, daß es deine Leute waren.«

»Sie verstehen Zigeunersprache?« fragte sein Erretter, und weiße Zähne blitzten schwach auf. »Oder nur wenig? Dann muß ich erklären, daß sie Sie nicht auf meinen Befehl überfallen haben. Wir sind ein eigensinniges Völkchen, Mylord.«

Richard spannte nachdenklich den Armmuskel und musterte die unbewegliche, hagere Gestalt. Plötzlich sah er im Geist klar und deutlich das vom Kaminfeuer erleuchtete Zimmer in Stirling vor sich und die blutbefleckten Pfeile auf dem Tisch. Er hatte seinen Rock losgebunden, zog eine der Schnüre heraus und band damit seinen durchschnittenen Gurt zusammen.

»Ich glaube, ich könnte dich namhaft machen«, sagte er.

Wieder blitzten die weißen Zähne. »Ich hoffe, Sie werden es nicht tun. Wenn ich heimkomme, berichten mir meine Leute von den kleinen Vergütungen, die man ihnen angeboten hat. Ich mische mich selten ein. Wenn's nicht an dem wäre, daß ich mich in der Gewalt Ihres durchtriebensten Verwandten befinde . . .«

Richard straffte sich plötzlich. »Mein Bruder?«

Der andere wandte das Pferd bereits in Richtung auf Edinburgh. Er lachte und schüttelte den Kopf. »Nein, nein. Ganz und gar nicht. Hol's der Teufel – nein, nicht im mindesten.«

Der Hufschlag des Ponys trabte sacht davon und verhallte, und nur das Echo eines spöttischen Lachens hing noch in der Luft.

Richard nahm langsam Bryonys Zügel auf und legte ihr die Linke auf den Hals. Ein halbes Lächeln hob seine Mundwinkel, so daß er einen Augenblick lang dem Junker erstaunlich ähnlich sah. »Die Mutter! Was wohl jetzt?« sagte er, stieg in den Sattel und trieb die Stute rasch auf der Straße nach Midculter voran.

Patrick öffnete Lord Culter lange nach Mitternacht mit unzusammenhängenden Begrüßungsworten die Tore. Richard schickte seinen Hausmeister zurück ins Bett, ohne jemand im Haus wecken zu lassen, nahm eine Kerze und ging allein die Haupttreppe hinauf und den trüb erleuchteten Gang entlang zum Gemach seiner Frau. Dort zögerte er. Er hatte alle Spuren seines Abenteuers beseitigt; er gedachte nicht, als tapferer, übel zugerichteter Krieger aufzutreten. War es nicht ebenso ungehörig, sie auf diese Weise zu überrumpeln? Er wollte, er hätte Patrick dabehalten. Er hätte Mariottas Zofe wecken können, hätte sie hineinschicken können, um zu fragen, ob sie ihn empfangen wolle. Und wenn sie sich weigerte? Das wäre mal eine Szene für die Frauen gewesen! Er riß sich zusammen. Wenn sie ihn nicht wollte, dann sollte sie es ihm geradeheraus sagen. Er zauderte nur noch einen Augenblick länger, streckte dann die Hand aus und klopfte.

Inmitten wüster Träume von Qualmschwaden und Schwarzer Magie wurde Mariotta sich des leisen Klopfens bewußt. Als es sich gleich darauf wiederholte, wehrte sie das Übernatürliche ab und setzte sich auf. »Ja? Wer ist da?« Die Antwort packte sie an der Kehle. Ihr Atem ging stockend. Da sie bei diesem Aufruhr in ihrer Lunge nicht sprechen konnte, schwieg sie und versuchte, das Atmen in die Gewalt zu bekommen.

»Mariotta?« Er sprach wieder, ganz leise. »Darf ich hereinkommen?«

Sie kam gar nicht auf den Gedanken, es zu verweigern. Sie zog eine Morgenjacke über das zerknüllte Nachthemd, verwandte einen trostlosen Gedanken auf ihr Haar und rief mit ruhiger Stimme: »Komm herein, wenn du willst.«

Sie war wie gelähmt von der Veränderung, die mit ihm vorgegangen war, da sie erwartet hatte, daß die Zeit für ihn ebenso stillstehen werde wie für sie. Die Sonne hatte seine Haut gebräunt, sein Haar gebleicht, die Augenwinkel weiß umsäumt. Er sah schlanker und sehniger aus, und seiner Ruhe wohnten eine Kraft und Gelassenheit inne, die neu an ihm waren.

Er trat nur bis zum Fußende des Bettes heran und sagte: »Ich habe dich geweckt. Das tut mir leid. Ich konnte erst bei Sonnenuntergang aufbrechen und dachte, es wäre vielleicht besser, wenn wir jetzt allein miteinander sprechen.«

Mariottas Augen im Kerzenschimmer waren von unwandelbarem Veilchenblau. »Was gibt es zu sagen?«

Er ließ sich unvermittelt auf der niedrigen Truhe am Fußende ihres Bettes nieder, nahm die Fransen ihrer Bettdecke zwischen die Finger und flocht und faltete sie hin und her, während er unverwandt auf seine Hände blickte. »Man hat mich dazu erzogen, Leuten, die viel reden, zu mißtrauen«, sagte er. »Eine törichte Angewohnheit, die natürlich auf mich selbst zurückgefallen ist. Man hat mich gelehrt, Menschen nach ihren Taten zu beurteilen; das tue ich auch, und es funktioniert – außer zuweilen, wenn es am meisten darauf ankommt. Wahrscheinlich habe ich nicht viel dazugelernt, aber immerhin habe ich gelernt, daß die Menschen aus guten wie aus schlechten Gründen nicht immer sagen, was sie meinen.«

»Die Menschen sagen auch ganz grundlos nicht immer, was sie meinen«, bemerkte Mariotta leichthin. »Besonders weibliche Wesen.« Sie bemerkte, daß diese Art zu reden ihn verwirrte, und beobachtete ihn, das Kinn auf den hochgezogenen Knien, indes sie im gleichen täuschenden Tonfall fortfuhr. »Aber du hast mich beschuldigt, daß ich Lymonds Geliebte sei, noch ehe ich behauptete, es zu sein.«

Die Verwirrung in seinen Augen vertiefte sich, als sie so ohne weiteres die schwierige Sache vorbrachte, die er zu besprechen hatte. Er rollte die gemarterten Fransen zwischen den Händen, und noch ehe er sprechen konnte, fuhr sie fort: »Du versuchst mir zu sagen, daß du weißt, es war nichts zwischen uns. Aber ich finde, du mußt mir sagen, woher du es weißt. Mir hast du nicht geglaubt. Wem bist du begegnet, dem du glaubst?«

Das war hart, aber sie war absichtlich hart. Sie beobachtete ihn, wie er mühsam nach einer ehrlichen und klaren Antwort tastete und sich mit aller Kraft bemühte, sie zu überzeugen und sich zu ihr durchzukämpfen, ohne die Schatten der letzten fünf Monate und der letzten drei Wochen heraufzubeschwören. Das ging nicht, und sie gab ihm deutlich zu verstehen, daß er es nicht versuchen solle. »Richard? Was hast du getan?«

Er blickte nicht auf und nannte auch den Namen seines Bruders nicht. »Nichts. Er lebt. Dies hier ist kein Sühneakt.«

»Hat er dir gesagt, was zwischen uns vorgegangen ist?«

Richards Gesicht war zwischen seinen Händen vergraben. »Einiges davon.«

»Und du hast ihm geglaubt?«

»Ja. Ich weiß nicht. Nicht, als er es mir sagte. Aber später – ich hatte viel Zeit zum Nachdenken.«

»Und als er mich nach Crawfordmuir brachte?«

»Das war ein unglücklicher Zufall. Er hatte beabsichtigt, dich direkt nach Hause bringen zu lassen. Er hat für dich getan, was er konnte.«

»Dann ist entweder Will Scott ein Lügner oder ich selbst«, sagte Mariotta sanft. »Denn Lymond hat mir ins Gesicht gesagt, er habe die ganze Zeit die Absicht gehabt, mich nach Crawfordmuir zu schaffen, um dich zu entehren und die Erbfolge zu unterbrechen. Ich bin entflohen, um dich und mich zu retten.«

Richard nahm die Hände vom Gesicht. Seine Frau sagte: »Also welcher Geschichte gibst du diesmal den Vorzug? Seiner oder meiner?«

Es entstand ein langes Schweigen. Dann erhob sich Richard langsam von der Truhe. Er sah sehr müde aus. »Bist du sicher...?«

»Er sprach ganz klar und unmißverständlich. Will Scott kann es dir bestätigen.«

Ihr Mann trat ans Fenster. Draußen im Hof kam der ersterbende Schein von Johnnie Bullos noch glühender Asche durch die offene Tür, erlosch plötzlich, glühte wieder auf und verschwand, als die Tür im Wind herumschwang. »Nun?« sagte Mariotta, und er wandte sich mit einer Gebärde der Verzweiflung um. »Ich habe drei Wochen lang mit ihm zusammengelebt. Er ist ein gequälter, verdrehter, verderbter, gefährlicher, erbarmungsloser Mensch, aber –«

Das Licht der Kerze leuchtete auf ihrem kohlschwarzen Haar und der weichen Wolle auf ihren Schultern, aber ihr Antlitz, das auf ihren Knien ruhte, war schattenhaft und nicht zu entziffern. »Aber du glaubst ihm. Dann sind wir also wieder in einer Sackgasse, Richard?«

»Zum Teufel, nein!« antwortete Culter plötzlich und drehte sich heftig um. »Meine Liebe, jetzt hör mal zu. Wir sind noch kein Jahr verheiratet. Durch allerlei Umstände und Torheiten und meine Fehler und Unzulänglichkeiten sind wir fast die Hälfte dieser Zeit getrennt gewesen. Wir sind jeder auf seine Weise durch allerlei kleine Höllen gegangen, und wir haben einen großen Verlust erlitten. Ein Fehler ist etwas, worauf man aufbaut – aber ein Fehler, den man zweimal begeht, ist eine Torheit. Es hat uns einiges gekostet an Nachdenken und Opfern und sogar Leiden, um uns dazuzubringen, heute noch miteinander zu sprechen. Wir haben zumindest die moralische Pflicht, das nicht einfach wegzuwerfen.«

»Und Lymond?«

Richard erwiderte ruhig: »Du hattest kein Recht, mir diese Frage zu stellen, und kein Recht, von mir zu erwarten, daß ich wähle.«

»Ich wußte, daß du es nicht tun würdest«, sagte sie. »Ich wußte, wenn du die Wahl auch nur in Gedanken getroffen hättest, daß Lymond tot wäre. Ich wollte nur –«

»Mir um meines Seelenheils willen Angst machen«, fuhr Richard fort und lächelte plötzlich. »Wie es auch Francis so gern tut. Ich habe übrigens auch mit Will Scott gesprochen, mußt du wissen. Aber möchtest du mir nicht glauben? Ich habe schon genug Angst ausgestanden.« Er stand neben dem Bett und sah zu ihr hinab. »Vielleicht hast du den falschen Bruder geheiratet. Das wäre schade. Denn Francis lebt in einem leidenschaftslosen, luftleeren Raum und hebt sich seine Liebe für abstrakte Dinge auf. Und zweitens würde ich dich niemals gehen lassen.«

Sie hatte sich so sehr danach gesehnt, das zu hören, daß sie keine Worte fand; aber in ihrem Gesicht las er etwas, das ihn plötzlich heftig werden ließ. »Ich liebe dich«, sagte Richard. »Du hast Gewalt über mein Leben und meinen Tod. Ich verlange nichts, außer es beweisen zu dürfen, ohne abgewiesen zu werden. Oder« – Sein Blick lag auf ihren erhobenen Armen – »aus Mitleid aufgenommen zu werden.« Ihre ausgestreckten Hände schwankten nicht, und der Kerzenschein auf ihrem Antlitz fand einen Ausdruck, den er selbst in seinen Träumen nicht gesucht hatte. Er trat behutsam neben sie und glitt unter ihrer leisen Berührung in die Knie.

»Aus Mitleid?« sagte Mariotta. »Mein lieber guter Narr, warum kämpfe ich denn gegen dich und verleugne dich und verletze dich – doch nur weil ich mich sehr vor dir und mir selbst fürchte, weil ich dich viel zu sehr liebe, als daß es mir nur auf Friedlichkeit und sanfte Eintracht ankäme ...«

»Es ist gut. Meine Liebste, es ist alles gut. Ich bin da, ich liebe dich, ich werde dich nicht verlassen. Jetzt soll es uns niemand mehr wegnehmen.« Er hatte Kopf und Brust auf das Bett sinken lassen; eine Hand hatte die Seide gefaßt, die andere hielt die ausgestreckte Hand, als sei sie seine Hoffnung auf Ewigkeit. Mariotta legte den freien Arm um seine Schultern.

Sybilla wurde frühzeitig am nächsten Morgen von der tränenüberströmten Tibet geweckt und empfing ihren Sohn in ihrem Gemach. Sie war aufgestanden und hatte sich in einen riesigen Morgenrock aus Brokat geworfen. Seine steife Seide runzelte und fältelte sich um sie herum, wie sie da in ihrem hohen Sessel thronte, Demeter gleich, die im Begriff ist, Pelops zum Frühstück zu verspeisen, das Gesicht im Schatten der bläßlichen Fenster. Richard beugte sich hinab und küßte sie. Sie betrachtete ihn prüfend und nahm schweigend seine erfreulich ruhige Selbstsicherheit zur Kenntnis, sowie die wollene Robe, die er trug. Ihre Lippen entspannten sich, und sie strich ihm leicht über die Wange, als er sich auf einen Schemel zu ihren Füßen niederließ und die Knie umschlang.

»Ihr habt euch ausgesöhnt. Was für absonderliche Kinder ich doch habe! Ich bin so froh«, sagte sie.

»Glaubst du, ich könnte Genehmigung erhalten, hierzubleiben?« fragte Richard. »Ich darf mir gar nicht ausmalen, was du mit den Gehöften gemacht hast. Wahrscheinlich alle Schafe eingesalzen, die Schweine verschenkt und die Lachse den Wilderern überlassen ... Ich habe ihn nicht umgebracht.«

»Ich weiß. Sonst hättest du mir doch wohl keinen Kuß gegeben, nicht wahr?« antwortete Sybilla kühl.

Richard errötete. »Er ist – Francis ist in Edinburgh. Tom hat es dir sicher gesagt, er wurde in England schwer verwundet. Dann wurde er gefangengenommen – er ergab sich –, als wir unterwegs nach Norden waren. Ich hatte beabsichtigt, ihm zu helfen, das Land zu verlassen.«

Etwas von ihrer natürlichen Farbe war in Sybillas zarte Haut zurückgekehrt. Sie strich ihm mit einem Finger über die Wange und sagte: »Das hast du erstaunlich gut gemacht, ganz gleich, was dabei herausgekommen ist. Du wirst es auch nicht bedauern. Was werden sie jetzt tun?«

»Sie haben eine Verfügung erlassen, die ihn aus der Ächtung befreit. Damit können sie ihm vor dem Parlament den Prozeß machen. Wahrscheinlich in zwei Wochen.« Sein Blick suchte prüfend in ihren Zügen. »Viel Hoffnung besteht nicht, mußt du wissen. Aber ehrlich gesagt, ich glaube nicht, daß es ihm sehr darauf ankommt.«

Zum erstenmal gewahrte er einen Funken Angst in ihren Augen. »Warum? Wegen Christian?«

»Wegen einer Reihe von Dingen, glaube ich.« Er wartete, dann sagte er. »Wirst du ihn aufsuchen? Bald?«

»Nein. Das würde ihn jetzt nur schwächen«, sagte Sybilla bündig. »Außerdem habe ich eine kleine Reise vor und muß rechtzeitig zurück sein.«

»Eine Reise?« Nie im Leben würde er sie verstehen.

»Ja, mein Liebling«, sagte Sybilla. »Und wie Buccleuch sagen würde, ein gewisser Jemand wird mir ins Gesicht spukken wollen, ehe ich mit ihm fertig bin.«

VIERTES KAPITEL

I

In diesem Jahr, wie in anderen Jahren auch, war der Tod nicht des Menschen letzter Schrecken oder der Hauptquell seiner Angst. Der Tod war billig und rasch, machte keine Unterschiede und war oftmals freundlich. Man konnte in einem Tag an der Pest sterben. Kinder wurden zu Tausenden tot geboren. Man konnte auf dem Schlachtfeld sterben oder im Namen des Gesetzes wegen Betrugs, Diebstahls oder Verheimlichung einer Krankheit. Der Tod war oft besser als Schmerz und Verstümmelung, besser als Verhungern, besser als die ungreifbaren Übel der Hexerei und Verzauberung. Die Menschen starben plötzlich, und man mußte sich mit ihrem Verschwinden abfinden.

In Zeiten der Belagerung und ausländischer Besatzung blieben Untergang und Tod eines Verräters womöglich ganz unbemerkt. Aber viele in Edinburgh hatten Väter und Brüder in der Schlacht bei Solway Moss verloren und vor sechs Jahren den Herold vernommen, wie er auf öffentlichem Platz den Hochverräter angeklagt und ermahnt hatte zu erscheinen. Zweimal hatten sie den abwesenden Lymond zum Gerichtstermin geladen, und zweimal hatte das Protokollbuch festgestellt: *Der Vorgenannte ist der Vorladung nicht gefolgt*. Ob dieser Mißachtung und dieses Versäumnisses seiner Pflicht gegenüber seinem Souverän und ob dieses Aufbegehrens gegen Recht und Gesetz seines Landes war er des Flüchtigwerdens schuldig gesprochen und verurteilt worden, was ihn zum Aufrührer und Geächteten machte.

Jetzt, sechs Jahre später, wieherte triumphierend der Beamtenschimmel. Francis Crawford von Lymond, Junker von Culter, in Ihrer Majestät Burg zu Edinburgh in Haft befindlich, wurde vorgeladen, am achten Tag des Monats August im Jahre des Herrn 1548 zu erscheinen, um sich zu verantworten gegen die Anklage des Hochverrats, nämlich der Enthüllung der Geheimnisse der Königin an unsere Erbfeinde in England; sowie hochverräterischer Verbindung mit besagtem Feind und ihm gewährter Hilfeleistung, desgleichen Mord, Überfall, Entführung, Raub und Diebstahl wie auch Verbrechen gegen Staat und Kirche.

Die Nachricht erreichte Will Scott, als er in einer Raserei der Untätigkeit in Edinburgh herumsaß. Er versuchte, Zutritt zur Burg zu erlangen, und hatte keinen Erfolg. Buccleuch, der von dem Ereignis bereits wußte, überließ seinen Sohn sich selbst und kehrte zur Belagerung von Haddington zurück. Richard, der in Midculter eine Menge Arbeit hatte und durchaus nicht gewillt war, es zu verlassen, blieb bei seiner Frau und traf in der Stille seine Vorbereitungen, um vor dem 8. zurückzukehren. Sybilla entledigte sich aller Behinderungen, stellte ein kleines, gut bewaffnetes Gefolge auf die Beine und reiste mit ihm in unbekannte Gegenden ab.

Die alte Lady Culter gelangte am 1. August nach Ballaggan. Sie trug das Datum wie ein Geschwür in der Brust. Sie wurde in die Diele geleitet, wo Dandy Hunter sie unter dem ausdruckslosen Starren von Alabaster und Millefioriglas begrüßte. Auf ihr Verlangen führte er sie über die kostbaren türkischen Teppiche in sein Arbeitszimmer, schenkte ihr

Wein ein und machte es ihr bequem, ohne auf Nachrichten von dem einen oder anderen ihrer Söhne zu drängen. Sie lächelte ihm sanft zu und entnahm ihrem Beutel eine kleine Schachtel, die sie zwischen ihnen auf den Tisch legte. »Ich bin gekommen, um Ihnen dies zurückzugeben.«

Lächelnd und ein wenig verwirrt nahm er die Schachtel in die Hand. Seine Ärmel waren mit besticktem Band eingefaßt, und sein Wams war mit Goldstoff gefüttert. Er lächelte ihr abermals zu, packte die Schachtel behutsam aus und nahm, indes das Lächeln noch immer vergessen um seine Lippen schwebte, den Inhalt heraus und legte ihn vor sich auf den Tisch. Es war eine sechseckige, in Ebenholz und Diamanten eingefaßte Brosche in Form eines Herzens, das mit Kristallplaketten verziert war, die jede einen Engelskopf aus Onyx trugen.

Das Schweigen zog sich in die Länge. Dann rührte sich Sir Andrew und hob den Blick. »Aber das gehört mir nicht.«

»Nein?« sagte Sybilla. »Aber Patey Liddell hat es für Sie umgearbeitet; ich habe das Stück in seinem Laden gesehen. Ihre Mutter erinnert sich vielleicht.«

Erinnerung hellte sein Gesicht auf. »Ach ja!« sagte er. »Jetzt weiß ich es. Ja natürlich – ich habe es für meine Mutter gekauft und am gleichen Tag wieder eingebüßt.« Er setzte ein betrübtes Gesicht auf. »Es tut mir leid, aber Ihr Sohn war daran schuld. Die Brosche lag neben dem Bett, als er ins Haus einbrach, und als er wieder verschwunden war, war auch sie weg. Ich war so aufgebracht und so besorgt um meine Mutter, daß ich gar nicht mehr daran dachte. Ich hatte sie völlig vergessen. Wo haben Sie die Brosche nur gefunden?«

»Aber«, erwiderte Sybilla, »Sie haben sie Patey erst *nach* Francis' Besuch gegeben.«

»Patey muß sich irren.«

»Ich irre mich nicht«, erwiderte Sybilla heiter. »Ich habe Sie zufällig gehört.« Sie hielt kurz inne und fuhr dann fort. »Ich habe sie von Agnes Herries. Hat es Sie gewundert, daß Agnes sie trug? Vorher gehörte sie Mariotta. Den übrigen

Krimskrams haben sie ihr bei Annan abgenommen. Er hat um ein Haar erreicht, was Sie beabsichtigten.«

Er fuhr sich mit der Hand an den Kopf und lehnte sich wieder lächelnd zurück. »Einen Augenblick bitte – was *ich* beabsichtigte? Hat Mariotta es denn nicht erklärt? Es war Lymond, der ihr all den Schmuck schickte. Ihre arme Schwiegertochter hat mich in eine scheußliche Lage gebracht, doch ich schwöre Ihnen, daß ich mein Bestes getan habe, um sie dazu zu bewegen, sich Culter anzuvertrauen.«

»Bestimmt haben Sie das getan«, sagte Sybilla gelassen. »Mit dem Ergebnis, das uns allen bekannt ist. Natürlich hat Mariotta geglaubt, der Schmuck sei von Francis. Sie war vernarrt in ihn. Das dürfte Sie ein wenig aus der Fassung gebracht haben. Als sie den Schmuck nicht automatisch Ihnen zuschrieb, dürften Sie begriffen haben, daß sie Ihnen doch nicht einfach in die Arme sinken werde, wie Sie es geplant hatten. Folglich haben Sie Ihren Plan entsprechend umgemodelt, und er hat ja auch ganz gut funktioniert. Mariotta glaubte, der Schmuck käme von Lymond, und das reichte aus, um ihre Ehe zu zerstören und sie um ein Haar ums Leben zu bringen.«

Das feinknochige Gesicht mit der schmalen hohen Nase hatte sich vor Erregung gerötet. Dandy antwortete rasch mit schwankender Stimme: »Lady Culter, Sie wissen offenbar nicht, was Sie sagen. Mariotta war so jung und so verwirrt, daß sie sich an mich gewandt hat. Ich konnte ihr meine Hilfe nicht versagen.« Er stand plötzlich auf, Angst und Sorge im Gesicht. »Ist das die Art, wie sie es Richard erklärt hat? Um Lymond reinzuwaschen und mir die Schuld zuzuschieben?«

Sybilla, adrett in duftige Gaze und Spitzen gehüllt, war das stille Auge im Wirbelsturm. Sie streckte die schlanke Hand aus, nahm Brosche und Schachtel wieder an sich und tat sie zurück in ihren Beutel. »Mariotta glaubt noch immer, daß der Schmuck von Lymond kam«, bemerkte sie und heftete die freimütigen Kornblumenaugen auf den erregten Mann. »Aber ich finde, sie sollte wissen, daß Sie jetzt viermal versucht haben, ihren Mann umzubringen.«

Ein kurzes, atemloses Schweigen trat ein; dann sagte Sir Andrew: »Guter Gott, Lady Culter«, und setzte sich auf unelegante Weise nieder. »Aber das ist doch der reine Unsinn! Wollen Sie mich etwa beschuldigen wegen...?« Er sah sie, rasch atmend, starr an und schlug dann mit der flachen Hand auf den Schreibtisch. »Nein! Zum Sündenbock lasse ich mich nicht machen. Ich habe eine Schwäche für Sie alle, Lady Culter, besonders für Mariotta, aber ich kann nicht dulden, daß Sie die Tatsachen verdrehen, um Ihren geliebten Sohn vor dem Galgen zu retten. Der einzige Mensch, der versucht hat, Richard zu töten, ist sein eigener Bruder.«

»Tatsachen?« sagte Sybilla. »Beim Papageienschießen hat Francis zweimal geschossen, das erstemal, um die Leine durchzutrennen, das zweitemal, um den Vogel zu töten. Dann hat er Bogen und Köcher hingeworfen und den Handschuh liegenlassen. Sie waren als erster zur Stelle; Sie hatten vorher schon ohne Erfolg versucht, sich von Mariotta und Agnes loszumachen.«

Sir Andrews Röte war verblichen. »Es ist trotzdem Unsinn«, sagte er ruhig. »Sie wissen doch, daß ich nicht schießen kann. Jeder weiß es.«

»Nicht nach einem Papagei als Ziel«, antwortete Sybilla, »aber Sie sind ein ausgezeichneter Schütze auf der Flachbahn. Das weiß auch jeder.«

»In diesem Fall steht Lymonds Wort gegen das meine.«

»Oh, gewiß. Es gibt keine Beweise gegen Sie«, sagte sie, »ebensowenig wie es damals welche gab, als Sie Richard und Agnes Herries an einer Stelle durch den Nith führten, die berüchtigt ist wegen ihrer Grundlöcher. Zum Glück ist Richard ein sehr kräftiger Schwimmer. Und es waren wohl auch zu viele Zeugen dabei.«

»Ich habe ihn selbst herausgezogen«, rief Hunter.

»Aber beim dritten- und viertenmal«, fuhr die alte Dame fort, »waren Beweise da. Ich habe ein paar ganz einfache Versuche mit dem Kräutertrank anstellen lassen, den Sie von Ihrer Mutter für Richard brachten. Wie man mir sagt, wäre

Mariotta sehr rasch eine reiche und heiratsfähige Witwe geworden, wenn Richard ihn getrunken hätte.«

Er sagte leise: »Fahren Sie fort. Und die vierte Gelegenheit?«

Zum erstenmal büßte Sybilla ein wenig von ihrer Selbstbeherrschung ein. »Richard war unterwegs zu Mariotta, als die Zigeuner ihn überfielen. Aber das wissen Sie natürlich. Es muß ihnen nun endlich gänzlich narrensicher erschienen sein: Zigeuner gehorchen nämlich nur ihrem König. Zu Ihrem Pech gehorcht ihr König zur Zeit nur mir. Er erfuhr von Ihrem Auftrag und verhinderte die Ausführung gerade noch rechtzeitig. Richard ist nicht tot, Sir Andrew, und ich habe drei Leute, die zu schwören bereit sind, daß sie von Ihnen gedungen wurden, ihn zu ermorden.«

Hunters Haltung änderte sich nicht; nur sein Blick, als er auf den ihren traf, war eigentümlich hell und unpersönlich. Er sagte bedachtsam: »Offenbar bestechen Sie wen immer Sie können, um Ihren Sohn zu retten. Sie müssen schon entschuldigen, aber wenn Sie damit weitergehen, muß ich rechtliche Maßnahmen ergreifen, um mich zu schützen.«

Diesmal war es Sybilla, die sich erhob und mit raschelnden Röcken vom Tisch wegtrat. Über die Schulter sagte sie: »Ich bin damit nicht weitergegangen – noch nicht. Aber täuschen Sie sich nicht. Die Tatsache, daß ich hier bin, bedeutet nicht, daß auch nur die geringste Ungewißheit, die leiseste Hoffnung für Sie besteht. Wenn ich Bedenken habe, dann nur wegen Ihrer Mutter.«

»Mutter!« sagte Hunters Stimme halblaut hinter ihr.

Eine winzige Pause trat ein, dann ließ ihr rascher Verstand sie plötzlich seine Gedanken erkennen, und sie fuhr herum. Sein Degen war schon halb angehoben, und das Licht blitzte auf der Klinge. Sie sagte rasch: »Ich mag einfältig aussehen, aber ich bin nicht gerade schwachsinnig. Wenn ich nicht zurückkomme, haben Sie nicht einmal eine Aussicht zu hängen, lieber Freund.«

Er kam näher heran. Der noch immer halb erhobene Degen

zielte wie beiläufig auf ihr Herz, und sein Gesicht war völlig unbeteiligt wie das eines Schlafwandlers. Sie holte tief Atem und stand still, die Hände offen an den Seiten, den Kopf leicht geneigt und die Lippen geöffnet. Er schritt weiter, bis er so dicht vor ihr stand, daß er ihrem Blick begegnen und den kleinen Entschluß fassen mußte, der die Degenspitze vortreiben würde. Etwas von der Mitteilung der ruhigen, stetigen blauen Augen mußte zu ihm durchgedrungen sein; etwas an ihrer unerwarteten Ruhe überrumpelte ihn und ließ ihn einen Augenblick lang innehalten, und in diesem Augenblick sagte Sybilla gelassen: »Ich habe Ihre Dokumentenschatulle in Midculter.«

Sie glaubte, sie habe die Lage falsch beurteilt. Die Degenspitze schwankte und kam näher, und seine Augen blieben starr. Dann wurden sie wieder lebendig, überrascht und ungläubig; der Degen senkte sich, und er sagte: »Das ist nicht wahr. Ich verwahre meine Schatulle im Panzergewölbe hier im Haus. Niemand –«

»Ihre Mutter bewahrt ihre Rezepte dort auf, erinnern Sie sich? Und ich habe einen sehr talentierten Zigeuner auf meiner Seite, Sir Andrew. Sie haben mit den Engländern zu tun gehabt und sehr lange Zeit mit ihnen Geschäfte gemacht, nicht wahr? Ihre Besuche im ›Straußen‹ haben Sie nicht in Gefahr gebracht – Sie waren in Carlisle schon wohlbekannt. Woher sonst wußten Sie, daß Jonathan Crouch George Douglas' Gefangener war? Warum hat Sir George sich mit Ihnen abgegeben, wenn er nicht ziemlich sicher war, daß Sie in derselben reizenden Branche tätig waren wie er?«

Sie wandte sich um und schritt an ihm, der erstarrt mitten im Zimmer stand, vorbei zum Fenster und sah hinaus auf die staubigen sommerlichen Baumwipfel. »So ein schäbiges, spitzbübisches kleines Gewerbe: Geschäfte mit Geheimnissen, Gezischel, Getuschel und Augengeblinzel, und lebendige Menschenleiber hinüber und herüber verkaufen. Und sogar dafür wurden Sie nicht gut genug bezahlt. Vielleicht kam man Ihnen darauf, daß Sie bei Hof nicht viel darstellten, daß

Sie nur am Rand von dem waren, was man bereits von Douglas und den übrigen bekommen konnte. Also richteten Sie Ihr Augenmerk auf meine Familie. Reichtum, eine hübsche Erbin, eine Familienfehde – wer würde sich wundern, wenn sie tödlich ausging? Und die Witwe würde sich natürlich zu gegebener Zeit dem zartfühlenden Freund der Familie zuwenden. Oder schlimmstenfalls war Francis Lord Wharton tausend Kronen wert ...«

»Sie brauchen nicht auf Einzelheiten einzugehen«, sagte er. »Ich weiß, was ich getan habe. Sie haben die Dokumente also weitergegeben.«

»Noch nicht«, erwiderte Sybilla und wandte sich um. »Die Schatulle wird geöffnet, falls ich nicht zurückkomme.«

Ein heftiges Zittern befiel ihn. Er setzte sich unvermittelt wieder am Tisch nieder und blickte sie mit steinernen Augen an. Als er ihren Gesichtsausdruck gewahrte, lachte er hysterisch und biß sich auf die Lippen, um das Zittern zu unterdrücken. »Was hätte nach Ihrer Meinung mein großartiger Bruder jetzt getan?«

Er war zu selbstbezogen, zu verrottet und erbärmlich, als daß sie ihn jetzt hätte bemitleiden können. Sie erwiderte scharf: »Ihre Mutter hat eine Menge auf dem Gewissen, aber wenn Sie auch nur den Mumm eines Karnickels hätten, dann hätten Sie sich ein Männerleben geschaffen und es ihr überlassen, damit zurechtzukommen.«

Ein wenig Stolz war ihm geblieben. Er sagte, ohne Ausflüchte zu machen: »Meine Mutter weiß von all diesem nichts. Es wäre ihr Tod. Was – was gedenken Sie zu tun?«

Die kühlen blauen Augen ruhten auf seinen zitternden Händen. Langsam antwortete die alte Dame: »Ihre Mutter ist eine kranke alte Frau und eine unglückliche dazu. Ich beneide Sie nicht um das Leben, das Sie mit ihr geführt haben, aber sie hätte niemals die Art Mensch zu werden brauchen, die sie heute ist. Aber lassen wir das. Sie wird leiden, aber nicht so sehr, wie sie andernfalls gelitten hätte. Ich hätte Sie gern aufgehängt gesehen. Ihretwegen hätte ich um ein Haar alle

Kinder verloren, die mir geblieben sind, und mein Enkelkind habe ich tatsächlich verloren. Aber es wäre ein Hohn auf all die prächtigen, niederträchtigen Verbrecher, die ohnehin schon auf freiem Fuß unter uns leben. Sie sind nicht von dieser Sorte, Sie haben das, was Sie getan haben, aus zweiter und dritter Hand getan, so gut Sie konnten, und es dann mit einer Glasur von hysterischer Nötigung überzuckert. Fällt die Nötigung fort, werden Sie nicht wieder töten. Es wird Ihnen vielleicht auch schwerfallen, einen Grund zum Leben zu finden, aber das ist Ihre Sorge.«

Sie ging zum Schreibtisch, legte ein Blatt Papier vor ihn und eine Feder daneben. »Eines verlange ich«, sagte sie. »Eine Erklärung, die Francis von den Dingen freispricht, die Sie begangen haben.« Als er zauderte, sagte sie scharf: »Machen Sie schon! Kommt's neben all den anderen Dingen, die Sie auf dem Kerbholz haben, auf diese noch an?«

Er sah sie aus trüben Augen an, beugte sich dann vor, nahm die Feder und schrieb. Sie las das Geschriebene durch, siegelte es und steckte es weg. »So. Es wird ihn zwar nicht retten, aber vielleicht macht es ein wenig von dem Schaden wieder gut. Und jetzt sollten Sie sich lieber aufmachen. Ich werde mit Ihrer Mutter sprechen und dann heimreisen. Die Schatulle wird binnen zwei Tagen geöffnet und ihr Inhalt veröffentlicht werden. Bis dahin sollten Sie außer Landes sein.«

Er hob unsicher den Kopf. »Ich kann also gehen?«

»Ja. Und ich wünsche Ihnen alles Gute dabei.« Ihre Augen waren hart wie Saphire.

Sie wartete, bis sie den Hufschlag seines Pferdes auf dem Kopfsteinpflaster hörte, erhob sich dann still und ging die Treppe zum Gemach seiner Mutter hinauf.

Der Terrier war im Frühjahr an Verfettung und Mangel an frischer Luft gestorben. Seither hatte Dame Catherine keine Zerstreuung mehr gehabt: ihr Sohn war fast nie zu Hause gewesen, und sogar ihre Bücher, ihre Gemälde und kostbaren Elfenbein- und Jadestücke hatten ihren Reiz verloren. Sie sehnte sich nach Gesellschaft und hieß sie mit einem Schauer von Widerhakenpfeilen monatelanger einsamer Selbstquälerei willkommen. Sybilla saß still neben dem Bett und lauschte Catherine Hunters gepfefferten Beschimpfungen gegen ihren Sohn, ihre Dienerschaft, ihre Umgebung, ihre Krankheit und schließlich, als die eisige Flut ihre Frühjahrshöhe erreichte, gegen ihren Schöpfer.

Lady Culters Stimme durchschnitt den Redeschwall: »Warum lassen Sie sich nicht hinuntertragen?«

Die schwarzen Augen höhnten. »Das wäre reizend«, sagte die alte Frau. »Leider bin ich, wie Sie wissen, teilweise gelähmt.«

»Das wundert mich nicht«, erwiderte Sybilla freundlich. »Und wenn Sie nicht versuchen, sich selbst zu helfen, werden Sie bald vollständig gelähmt sein, und das werden Sie bestimmt genießen. Ich habe Ihnen eine Sänfte mitgebracht. Zwei meiner Leute kommen in einer halben Stunde herauf, um Sie hinunterzutragen.«

Ein winziger Funken der Bestürzung glomm in den schwarzen Augen auf, aber das graue, zerfurchte Gesicht blieb verachtungsvoll. »Ihr Geld hat Ihnen ein prächtig hochfahrendes Benehmen beigebracht, Sybilla, aber mir wäre es lieber, wenn Sie es sich für Midculter aufsparen würden. Wie ich höre, hat Ihr Sohn seine Frau verlassen.«

»Das hat er nicht. Aber Sie werden das Thema nicht dadurch wechseln, daß Sie grob werden«, sagte Sybilla. »In der Diele ist ein warmes Feuer und ein bequemes Sofa. Es wird Ihnen sehr gut gefallen.«

»Sybilla, ich bin weder ein Kind noch schwachsinnig. Ich habe es nicht gern, wenn man mich aufheitern will, und ganz besonders ungern habe ich es, daß man mir Vorschriften macht. Sie können schwerlich von mir erwarten, daß ich Ihretwegen das bißchen Gesundheit untergrabe, das mir noch geblieben ist.«

»Es besteht kein Grund, sich zu ängstigen«, erwiderte Sybilla kühl. »Ihr Arzt hat mir volle Erlaubnis erteilt.«

Die schwarzen Augen funkelten. »Das Kind ist tot, wie ich höre. Hat Ihr jüngerer Sohn es umgebracht, oder hat sie es selbst beseitigt?«

»Weder noch. Seien Sie doch nicht albern, Catherine«, sagte Lady Culter. »Das Kind war niemandes Schuld. Mariotta und Richard sind zusammen und sehr glücklich. Francis ist in Haft in Edinburgh. Er hat in einer Woche vor dem Parlament zu erscheinen, und wir hoffen sehr, daß er freigesprochen wird.«

Die kleine Gestalt in den Kissen sah Sybilla mitleidig an. »Freigesprochen! Meine Liebe, dafür haben nicht einmal die Culters genügend Geld.«

»Dann werden wir halt unsere schönen Augen verwenden müssen«, antwortete Sybilla gelassen. »Vielleicht, wenn ich bei allen Lordrichtern Ihrer Majestät die entsprechenden Annäherungsversuche unternehmen würde – oder meinen Sie, ich käme in einer Woche schwerlich mit allen durch?«

Der schwarze Blick veränderte sich. Ein winziges Schweigen folgte, und dann sagte Lady Hunter mit ihrer schneidenden Stimme: »Das ist ein bißchen übertrieben energisch, sogar für Sie, Sybilla. Irgendwas ist schiefgegangen, nehme ich an. Mich besucht niemand, außer es ist was schiefgegangen.«

Sybilla redete nicht herum. »Ein wenig. Es betrifft Dandy.«

Die dünnen Lippen preßten sich zusammen. »Natürlich. Welche Dummheit hat er jetzt wieder begangen?«

»Alle – Dummheiten, die er begangen hat, waren um Ihretwillen«, sagte Sybilla. »Sie sind eine sehr strenge Gebieterin gewesen, Catherine.«

»Der Junge braucht Strenge«, erwiderte die alte Frau. Ihr Atem ging rascher. »Härte. Andere Leute bewirtschaften ihre Güter und holen etwas aus ihnen heraus – kommen bei Hof vorwärts – bringen reiche Erbinnen nach Haus. Mein anderer Sohn –«

»Dandy hat sein Bestes für Sie getan«, sagte Sybilla. »Er spürte, daß er es auf den üblichen, anerkannten Wegen niemals schaffen würde. Deshalb versuchte er es außerhalb des Gesetzes. Zu weit außerhalb.«

»Ist er in Schwierigkeiten geraten? Sie sind hergekommen, um ihn zu warnen – handelt sich's darum?«

»Ja. Darum handelt sich's.«

Eine lange Pause trat ein. Dann setzte die Kranke sich mit einiger Mühe im Bett auf und sprach mit normaler Stimme. »So, so!« schnarrte sie. »Dann ist es wohl besser, er geht außer Landes. Sagen Sie ihm, er soll heraufkommen, und ich werde ihm Geld geben. Und er soll sich hier lieber nicht mehr sehen lassen, solange er nicht sicher ist.« Was er getan hatte, danach fragte sie nicht.

Sybilla streckte die schönen Hände aus und umschloß die kleine, schlaffe, geschwollene Hand. »Er hat Geld. Er ist schon fort«, sagte sie. »Er hatte keine Zeit mehr, zu Ihnen zu kommen. Er hat mir Grüße an Sie aufgetragen.«

Die kleine Hand lag leblos in den ihren; die schwarzen Augen ließen keine Gefühlsregung erkennen. »Unfähig«, sagte Lady Catherine. »Konfus und durcheinander wie üblich. Fort mit Schaden! Jetzt kann ich mir vielleicht einen guten, bezahlten Verwalter nehmen, der aus dem Besitz etwas herausholt.«

Sybilla gab ihre Hand frei und erhob sich. »Das werden Sie bestimmt. Es wird Ihnen Spaß machen, es alles anzuordnen. So, und hier ist die Sänfte und Ihre Jungfer, um den Leuten zu helfen.«

Lady Hunter widersprach nicht, als man sie in ihre weichen Decken gehüllt behutsam aus dem Bett in die Sänfte hob und ihr Kissen unter den Kopf schob. Während man sie hinaustrug, fing sich die Sonne in ihrer glitzernden Haube, ihrem Schmuck und den glänzenden schwarzen Augen und blitzte kurz, ehe sich die Tür hinter ihr schloß, in den Tränen auf, die lautlos in den Mulden und Rinnen ihres Antlitzes saßen.

In Midculter hörten Mariotta und Richard sich die Geschichte schweigend an. Als Sybilla geendet hatte, holte ihr

Sohn tief Atem und sagte: »Diese Schatulle. Ist sie tatsächlich hier bei uns?«

»Ja«, sagte die alte Lady. Ihre Augen waren umrändert, und ihr Rücken, auch wenn sie sich geradehielt, war müde und schmerzte. »Johnnie Bullo hat sie mir beschafft. Sie enthält alle Dokumente über Sir Andrews Geschäfte mit Carlisle.« Richards Blicke und die seiner Mutter begegneten sich. »Was wirst du mit ihnen machen?«

»Das habt ihr zu entscheiden, Mariotta und du. Du bist am meisten von ihm geschädigt worden. Es ist nur recht und billig, daß du dir so viel Wiedergutmachung verschaffst, wie du kannst.«

»Ich will keine Rache«, antwortete Richard kurz. »Ich will die Sache nur vergessen.«

»Du willst sie nicht der Öffentlichkeit übergeben?«

»Nein. Nur das Schriftstück, das Francis betrifft.«

»Mariotta?«

Die Augen der jungen Frau waren auf Richard geheftet. »O nein. Es ist ebensosehr meine Schuld wie seine.«

»Unsinn, Kind«, sagte Sybilla. »Aber ich bin trotzdem froh. Er ist es nicht wert. Wir werden sie als Sicherheit dafür behalten, daß er sich im Ausland anständig aufführt, und ich hoffe, wir hören nie wieder von ihm.«

Richard ließ sich plötzlich neben seiner Mutter nieder und hob ihr Kinn. »Ich glaube, du hast uns nicht alles gesagt. Du hattest kein Recht, eine solche Sache allein und auf eigene Faust zu versuchen.«

»Versuchen!« Sybilla war entrüstet. »Es war ein Meisterstück!«

Sie lächelten einander zu, doch dann veränderte sich Sybillas Gesicht. »Nur fünf Tage!« rief sie. »Wie hätte ich ihr da hart zusetzen können?«

Nur fünf Tage. Will Scott, der trübselig in seines Vaters leerem Logis saß, fiel nichts mehr ein, was er noch hätte tun können. Vier Tage. Sybilla, Mariotta und Richard hatten ihren Haushalt nach Edinburgh verlegt, und eine erstaunliche Anzahl Freunde besuchte sie mit einem Echo von Lady Hunters beißendem »Fort mit Schaden!« auf den Lippen. Drei Tage, und der Lordoberrichter erließ eine Verordnung, die ein Donnerschlag war. Auf Weisung der Krone verlangte er, daß der Gefangene, falls sein Zustand es erlaubte, am Tag vor dem Prozeß vor einem Gerichtsausschuß des Parlaments zum Verhör erscheine.

Der junge Scott stürzte ungeachtet ihres letzten Zusammentreffens mit der Nachricht zu Lord Culter. Das rote Haar war wild zerrauft. »Das ist ungesetzlich!« rief Scott. »Sie können kein Schwurgericht ohne Geschworene einberufen. Sie können ihn ohne ein ordentliches Gericht nicht verurteilen, das können sie einfach nicht.«

»Sie werden es auch nicht tun«, sagte Richard kurz. »Sie werden keinen Urteilsspruch fällen, sondern ihn verhören und sich schlüssig werden und am Tag danach das Ergebnis im Parlament durchpeitschen. Du solltest dir denken können, warum. Lymond weiß zuviel. Bei einer öffentlichen Verhandlung könnte er die halbe Regierung zerschmettern.«

Scotts Gesicht hellte sich auf. »Er sollte darauf bestehen. Entweder sie lassen ihn laufen, oder sonst –« Er sah Culters Gesicht und brach ab. »Nein.«

»Allerdings nein«, sagte Richard. »Ich kann mir wirklich keinen sichereren Weg vorstellen, um sein eigenes Todesurteil zu unterschreiben. Und macht es denn überhaupt etwas aus? Sie wären ja nicht bei Sinnen, wenn sie ihn nicht verurteilten.«

2

Im Stockhaus flutete die Sonne durch die bunten Glasfenster herein. Das Schwurgericht trat in einem engen Raum über dem Saal zusammen, in dem morgen das Parlament tagen sollte. Zwölf Beisitzer, die aus den Drei Ständen ausgewählt waren und den Präsidenten sowie die Hälfte des Kriminalgerichts einschlossen, saßen an einem Ende des Raums an drei Seiten eines langen Gerichtstischs. In der Mitte präsidierte der noble und mächtige Lordoberrichter Graf Archibald von Argyll, das königliche Wappen über sich.

Zu beiden Seiten des Raums malte die Sonne rote, blaue und grüne Streifen auf die verstreuten Papiere, die die Schreibtische der richterlichen Beamten bedeckten: der kleine Crawford und der große Foulis und Henry Lauder von St. Germains, Generalanwalt der Krone und Mitglied des Kronrats, mit seinem langen, blauen Kinn, schlauen Augen und endlos langen, in schwarzen Strumpfhosen steckenden Beinen, die er unter seinem Stuhl steifknöchig hin und her faltete. Dieser war, wiewohl es ihm kaum anzusehen war, einer der scharfsinnigsten Juristen Schottlands.

Argyll haspelte gerade rasch und kaum verständlich die übliche Einleitung herunter. Henry Lauder kratzte sich am Kopf und ließ seine Blicke über die festlich herausgeputzten Zwölf schweifen. Argyll; Glencairn und George Douglas, beide berüchtigt wegen ihrer Geschäfte mit den Engländern. Buccleuch, Herries oder John Maxwell, wie er früher hieß. Gladstanes, der Richter, und Keith, der Königliche Oberzeremonienmeister, die zur gleichen Gruppe gehörten wie Douglas und Glencairn. Zwei Äbte, Methven, Königin Margaretes verwelkter Witwer, Marjoribanks, Hugo Rig und der Präsident des Obersten Zivilgerichtshofs, Bischof Reid von Orkney, mit seinem tauben Ohr. Lauder fragte sich, ob wohl jemand den Angeklagten auf dieses taube Ohr aufmerksam gemacht hatte. Es trug die Schuld an mehr Hinrichtungen, Auspeitschungen und Zungendurchlöcherungen, als sogar seinem eigenen Besitzer klar war. Die Schreiber, Gerichtsdiener, Pedelle und Zeugen füllten den übrigen Raum; sie würden bald ein wenig frische Luft benötigen. Er selbst trug vorbeugend unter der Robe sein leichtestes Wams.

Lord Culter, Will Scott, Tom Erskine. Das dürfte interessant werden. Ein oder zwei unbekannte Gesichter und einige im

Hintergrund, die er nicht sehen konnte. Er strich sich mit knochigem Finger übers Kinn und verspürte den üblichen Ärger, daß das Haar, das so fröhlich auf seinem Gesicht sproß, sein Haupt so spärlich schmückte.

Stimmengemurmel und Füßescharren: Die Einleitungsprozedur war zu Ende. Man hatte in die Mitte des Raums einen Stuhl für den Angeklagten gestellt. Lauder erinnerte sich gehört zu haben, daß der Bursche angeschossen worden war. Francis Crawford von Lymond, Junker von Culter. Sie hatten ihn aufgerufen. Der Name hallte im Gebälk wider. Der junge Scott sprang auf, und auch Culter, der Bruder, rührte sich. Die übrigen blickten streng und unbewegt drein. Alle starrten nach der Tür. Zwei Wachen traten ein und mit ihnen ein blondhaariger Mensch, der irgendwie vornehm wirkte; er schritt ruhig zwischen den Bänken hindurch zu dem freien Platz in der Mitte, lehnte die Sitzgelegenheit ab und wandte sich dem Tribunal zu.

Das war eine Überraschung. Unauffällige, schöne Kleidung, schmalgliedrige Hände, ein gebräuntes Gesicht mit breitem, festem Mund und ernsten blauen Augen. Er war krank gewesen, man sah es ihm deutlich an, aber seine Züge waren beherrscht und verrieten nichts.

Die Wachen zogen sich zurück. Der Bischof legte die Hand ans linke Ohr und nahm sie wieder weg. Die Antworten auf Argylls Fragen kamen mit fachmännischer Lautstärke, klar, verbindlich und mühelos hörbar.

Henry Lauder, Ankläger namens der Krone, lehnte sich in seinem Stuhl zurück und gestattete sich ein unjuristisches Gesichtszucken des reinsten Vergnügens. Er hatte das Gefühl, er werde diesen Tag genießen.

»Es ist dies keine Prozeßverhandlung«, hatte Argyll mitgeteilt. »Es ist eine Voruntersuchung, die wir von Mr. Lauder vornehmen lassen, um die morgige Versammlung der Stände zu entlasten. Es wird Ihnen jede Möglichkeit gegeben werden, Ihre Auffassung zu erläutern, und auf Grund dieses Verfahrens wird ein Bericht aufgesetzt und dem Parlament vorgelegt werden.«

Mit anderen Worten, das Parlament hat sich mit gewichtigeren Dingen zu befassen als Hochverrat. Sei auf der Hut, denn du stehst vor dem Richter.

Jetzt war Henry Lauder an der Reihe. »... Folglich werden auf Grund dieser Beibringungen«, sagte der Kronanwalt und wippte leise auf den Fersen auf und ab, »die obigen Anklagepunkte abgewiesen. Die Krone klagt Sie nicht an des versuchten Mordes an Ihrem Bruder Richard Lord Culter, oder der vorsätzlichen und böswilligen Brandstiftung in Ihrem eigenen Haus Midculter, oder« – er streckte einen knochigen Finger aus und schob ein Papier zu sich heran – »der Entführung der Gattin Ihres Bruders und der Ermordung ihres Kindes. Diese Anklagepunkte werden, wie ich gesagt habe, nicht verfolgt.« Henry Lauder unterbrach sich, nahm die Brille von der Nase und sagte: »Sie sehen nicht besonders erfreut hierüber aus. Haben Sie verstanden, was ich gesagt habe?«

»Ich habe gerade die rechtlichen Folgerungen daraus erwogen«, sagte Crawford von Lymond, ohne den Blick zu heben.

Der Kronanwalt nahm das Lächeln auf Foulis', des Protokollführers, Gesicht wahr und verwies sich sein eigenes Lächeln. Er hatte selbstverständlich kein Recht zu rekapitulieren, aber er hatte nicht erwartet, daß man es ihm unter die Nase reiben werde. Er sagte, indem er den Angeklagten unter halbgeschlossenen Lidern hervor beobachtete: »Ich freue mich, daß Sie uns folgen. Ich bin mir bewußt, daß Sie nicht bei guter Gesundheit sind, und wünsche nicht, Sie über Ihre Kräfte anzustrengen. Es ist, glaube ich, ein in unserer Zeit einzigartiger Fall, daß man bei einer so gewaltigen Liste von Anklagepunkten einem Plädoyer auf Unschuld begegnet.« Er blickte auf, da er keine Antwort erhielt.

»Es ist zwei Uhr vorbei, Lauder«, mahnte Argyll. »Erledigen wir erst einmal die neuen Anklagepunkte.« Er richtete das Wort unmittelbar an den Häftling. »Sie sind angeklagt, Lord Wharton fortlaufend Hilfe geleistet und ihm Informationen verkauft zu haben. Vornehmlich ... wann, Lauder?«

Lauder sagte liebenswürdig: »Wir sind unterrichtet, daß Sie im Jahr 1545 eine Zeitlang Lord Whartons Truppe angehörten und unter seinem Befehl an einer Anzahl von Überfällen und anderen Unternehmungen teilnahmen, die für Schottland unmittelbar nachteilig waren. Haben Sie eine Antwort hierauf?«

Die sichere Stimme sagte lakonisch: »Ja, aber keinen Beweis. Ich stellte Lord Wharton während einer Zeit von vier Monaten meine Dienste zur Verfügung und erwarb mir sein Vertrauen dadurch, daß ich an drei kleinen Überfällen teilnahm. Bei dem vierten, großen Überfall führte ich ihn irre, so daß die englische Streitmacht ernsten Schaden erlitt. Ich verließ ihn noch in derselben Nacht.«

»Das war gewiß klug von Ihnen. Als erfahrenem Soldaten und Taktiker dürfte die Verschleuderung einer Truppe Ihnen ja eine Qual gewesen sein.«

»Durchaus nicht«, erwiderte der Angeklagte kurz. »Ich hatte vorher noch nie eine Truppe befehligt.«

»Ach«, sagte Lauder, dem diese Tatsache wohlbekannt war.

»Aber ich habe Geographie studiert und verstehe mich aufs Schachspiel.«

»Wirklich?« Ein Rascheln der Belustigung durchlief den Raum. »An und für sich hervorragende Qualifikationen, aber ...«

Lymond sagte sanft: »Die eine lehrt einen, wohin man zu gehen hat, und die andere, was man zu tun hat, wenn man hingelangt. Ein solcherart gewappneter Mann wäre in schottischen Heeren einzigartig, meinen Sie nicht?«

»Da Sie keinen Beweis haben«, sagte Lauder, »müssen wir dem Parlament die Entscheidung darüber überlassen, inwieweit im Hinblick auf Ihren Charakter und Ihr Gesamtverhalten Ihr Sturz absichtlich und wie viele von Ihren Beweggründen selbstlos waren. Sie sind des weiteren angeklagt«, fuhr Lauder milde fort, »während des Einfalls nach West-schottland im vergangenen September irreführende Aus-künfte über die Absichten des englischen Heeres verbreitet zu haben, eine schottische Truppe unter Lord Culter und dem Junker von Erskine angegriffen und ihr einen englischen Bo-ten entführt zu haben, der eine wertvolle Depesche bei sich trug.« Er lächelte zu den Deckenbalken hinauf. »Zweifellos hatte sich das – Mißverständnis von 1545 zwischen Ihnen und Lord Wharton inzwischen aufgeklärt, da Sie sich so gro-ße Mühe gaben, seine Invasion zu unterstützen, Mr. Craw-ford?«

»Bis zum gegenwärtigen Augenblick, Mylord, bestand kein Mißverständnis darüber, was sich 1545 abgespielt hat. Lord Wharton hatte die Summe von tausend Kronen auf meinen Kopf ausgesetzt.«

»Und doch begaben Sie sich frei und ungehindert nach Eng-land und wieder zurück. Sie erboten sich, für ihn zu spionie-ren, wenn er sich den Anschein gab, als wolle er nichts mit Ihnen zu tun haben?«

»Nein.«

»Welche Bezahlung erhielten Sie von ihm für die Dienste, die Sie ihm tatsächlich leisteten?«

»Nach 1545 habe ich von Lord Wharton keine freiwillige Zahlung erhalten.«

Dem Bischof, der sich vorgebeugt hatte, war das bezeich-nende Wort entgangen. »Das, Mr. Crawford, ist unwahr. Nach Aussage mehrerer Zeugen haben Sie Ihrem Bruder ge-genüber zugegeben, daß Lord Wharton Sie bezahlte.«

»Ich bitte Euer Eminenz um Vergebung. Ich sagte, daß mein Geld von Lord Wharton stamme«, erwiderte der Junker kühl. »Aber ich hatte es ihm gerade mit Gewalt abgenom-men. Mr. Scott wird das vielleicht bestätigen, wenn Sie wünschen.«

Scott war bereits auf den Füßen, aber Lauder gestand den Punkt zu, ohne ihn aufzurufen. »Also gut. Ich bin bereit, die Tatsache anzuerkennen, daß eine persönliche Feindschaft zwischen Ihnen und Lord Wharton bestand. Sie haben jedoch seinen Boten nicht aus rein menschenfreundlichen Gründen auf freien Fuß gesetzt?«

»Nicht eigentlich. Er war ein sehr alberner Mann«, sagte der Junker erinnerungsvoll. »Ich dachte mir, er werde die Engländer vielleicht weniger ärgern als mich.«

»Und aus diesem triftigen Grund veranstalteten Sie einen niederträchtigen Angriff auf die Streitkräfte Ihres Bruders, aus dem ihn nur Mr. Erskine errettete?«

Zum erstenmal blieb Lymond einen Augenblick lang stumm. Dann sagte er: »Ich stand mit meinem Bruder nicht auf gutem Fuß. Das ging so weit, daß er jeder Aussage, die von mir kam, automatisch keinen Glauben schenkte.«

»Wir sind alle mit diesem Eindruck vertraut«, sagte Lauder verbindlich.

»Ich war dem Boten zuvor begegnet«, fuhr Lymond gelassen fort, »und nachdem ich die Depesche gelesen hatte, setzte ich ihn auf die richtige Straße zu Lord Wharton. Als meine Leute ihn in Lord Culters Gewahrsam antrafen, hatte er seine Meldung vernichtet, und mein Bruder wollte natürlich verhindern, daß er sie mündlich übermittelte.«

»Aber Sie fanden, man solle es ihm gestatten?«

»Ja. Liegt das nicht auf der Hand? Die Meldung kam von Lord Grey und befahl Lennox und Wharton, unverzüglich den Rückzug anzutreten.«

Das Stimmendurcheinander, das hierauf folgte, ließ Lauder Zeit, seinen Verdruß auszukosten. Gladstanes sagte: »Und haben sie es getan? Weiß das jemand?« Und eine Stimme rief: »Jawohl, Jock! Mein Junge war dabei. Er hat mir erzählt, die Engländer seien in derselben Nacht noch aus Annan abgezogen, obwohl sie am Abend vorher ganz nach Bleiben ausgesehen hätten.«

»In diesem Fall«, sagte der Kronanwalt und streichelte liebevoll sein bläuliches Kinn, »frage ich mich nur, warum Mr. Crawford seinem Bruder gesagt hat, daß die Engländer nach Norden marschierten?«

»Weil ich wußte, daß er das Gegenteil annehmen und seine Leute zum Angriff nach Süden führen würde«, antwortete der Junker unverzüglich. »Was er auch tat. Ich glaube, sie haben Wharton die ganze Nacht südlich von Annan vor sich hergejagt.«

Der Lordoberrichter setzte sich gegen den Lärm durch. »Wenn wir Ihnen Ihre Feindschaft gegen Wharton zubilligen, so meine ich trotzdem, daß Sie sich noch immer wegen der Beschuldigung zu verantworten haben, Sie hätten den Engländern in den Westmarken für Ihre eigenen Zwecke Dienste geleistet. Es gibt Zeugen für Ihre Betätigung während der Invasion vor sechs Monaten, als Sie Lord Lennox den Fluchtweg öffneten und sich dabei einen Teil des Viehs aneigneten, das als Lockköder verwendet worden war.«

Das Gesicht, das sich ihm zuwandte, war völlig gelassen. »Die meisten Engländer, die sich noch rühren konnten, waren zu diesem Zeitpunkt schon entkommen. Das Vieh war nicht für meinen eigenen Gebrauch bestimmt. Ich brachte es seinem ursprünglichen Besitzer zurück, einer englischen Familie, der gleich mir eine große Anzahl Schotten sehr viel verdankt. Was meine Rolle bei diesem Überfall betrifft, so kann Baron Herries darüber besser aussagen als ich.«

Diesmal dauerte es viel länger, bis der Lärm sich wieder legte. Als es so weit war, lehnte John Maxwell sich in seinem geschnitzten Sessel zurück und erhob, die gelben, unpersönlichen Augen auf den Häftling gerichtet, seine tiefe Stimme: »Der Plan zu dem Viehraubzug stammte von Mr. Crawford und wurde bei einer zufälligen Begegnung gefaßt, als ich nicht wußte, wer er war. Ich konnte nicht sehr aktiv daran teilnehmen, aber es gelang ihm und seiner Bande, trotz sehr widriger Umstände, das gesamte Vieh zur verabredeten Zeit an den richtigen Ort zu schaffen – eine sehr beachtliche Leistung. Die Whartons verabscheuen ihn. Der junge Wharton tat sein Bestes, um ihm einen oder zwei Monate danach in Durisdeer die Kehle durchzuschneiden.«

Er hörte ebenso plötzlich auf zu sprechen, wie er begonnen

hatte, und stellte die Vorderbeine seines Sessels wieder auf den Boden zurück, ohne sich um den Tumult auf beiden Seiten zu kümmern. Der erste Treffer, und wunderbarerweise für den Angeklagten.

Inmitten der allgemeinen Verblüffung tat Lymond einen kurzen Schritt zurück und setzte sich auf den für ihn bereitgestellten Stuhl, und der Kronanwalt, dem nichts entging, überflog rasch die verbleibenden Anklagepunkte und machte Argyll aufmerksam. Der Lordoberrichter schlug heftig auf den Tisch. »Ruhe, meine Herren! Wir haben noch viel zu erledigen... Mr. Crawford, Ihre Erklärungen waren bisher einleuchtend, wenn auch nicht restlos von greifbaren Beweisen gestützt. Wir wollen jetzt Ihre Beziehungen zu Lord Grey de Wilton, dem Oberbefehlshaber des englischen Heeres im Norden, untersuchen. Bei Gelegenheit des Einfalls Lord Greys nach Schottland am 21. April waren Sie der Verfasser einer Mitteilung, die vorgeblich von einem Angehörigen Ihrer Bande stammte und die zur Folge hatte, daß Sir Walter Scott von Buccleuch und Lord Culter mit ihren jeweiligen Streitkräften in gefährliche Nähe der englischen Armee gerieten?«

»Sie brachte sie, wie ich meinte, in mühelose Reichweite von Lord Grey persönlich«, sagte Lymond kurz. »Daß Lord Greys Truppen zu gleicher Zeit heranrückten, war bedauerlich und unvorhergesehen.«

»Sie behaupten«, sagte der Kronanwalt, »daß dies lediglich geschah, um es Ihrem Bruder, mit dem Sie nicht auf gutem Fuß standen, und Sir Walter, dessen Sohn Sie verführt hatten –«

»Halt den Schnabel, du lausiger, mausiger, dreckiger, scheckiger Piepmatz von einem Rechtsgelehrten –«

»– dessen Sohn Sie vom heimischen Herd weggelockt hatten, lediglich um es diesen beiden Männern zu ermöglichen, eine vorteilhafte Gefangennahme zu tätigen?«

»Keineswegs. Ich hatte eine eigene Angelegenheit zu besorgen. Ich hoffte, sie im Schutz des hieraus folgenden Handgemenges erledigen zu können.«

»Ein Geschäft mit Lord Grey?«

»Soweit sein Abscheu vor mir es gestattete. Ich wollte aus privaten Gründen mit einem Angehörigen des englischen Heeres zusammentreffen. Ich hatte Lord Grey dazu bewogen, das Zusammentreffen zu arrangieren, indem ich ihm dafür Will Scott versprach.«

»Also wurden Sir Walter, Lord Culter und Mr. Scott alle auf Veranlassung von Lord Grey von Ihnen in diese Falle gelockt?« fragte Lauder. Aus dem Augenwinkel heraus gewahrte er ihre Lordschaften unruhig hin und her rutschen. Er schenkte ihnen keine Beachtung, sondern sprach mit ebenso gleichmäßiger Stimme weiter wie der Angeklagte. Der Mann war wahrhaftig ein Schauspieler. Aber Henry Lauder war es nicht minder.

»Mr. Scott wurde auf eine Weise herbeigelockt«, sagte Crawford von Lymond, »daß er unmöglich rechtzeitig eintreffen konnte, um in Gefahr zu geraten. Die Mitteilung an Sir Walter und meinen Bruder wurde ohne Lord Greys Wissen abgesandt.« Jemand am Tisch rührte sich, und Lauder wandte sich sofort um. »Ja, Sir Wat?«

Buccleuch zauderte und sah durch den Raum hinüber zu seinem Sohn. »Das dürfte stimmen«, sagte er schließlich. »Zumindest sind sie gerannt wie die Bürstenbinder, als sie uns kommen sahen.«

»Und Sie ihnen nach direkt in den Rachen des halben englischen Heeres?«

Buccleuch antwortete gewitzt: »Worauf wollen Sie hinaus? Glauben Sie, daß Grey nach der Blamage in Hume Lymond gestattet hätte, das halbe schottische Heer nach Heriot zu locken? Ich bin so sicher wie nur was, Grey hatte keine Ahnung, daß Culter und ich kamen.«

Der Kronanwalt streckte die Beine aus. »Sind Sie das wirklich, Sir Wat? Nach meiner Auffassung deuten alle Anzeichen darauf hin, daß Lord Grey dem Junker von Culter ein erstaunliches Maß von Vertrauen schenkte. Er traf eine Verabredung mit ihm an einem besonders einsam gelegenen Ort mitten im Feindesland und war nur von ganz wenigen bewaffneten Leuten begleitet. Ihren Hinweis auf Hume verstehe ich nicht.«

Der Oberzeremonienmeister rührte sich. »Wat meint den Angriff auf Hume im vergangenen Oktober, der von einem Spanier angeführt wurde«, sagte er. »Sie erbeuteten den größten Teil eines Proviantzugs und zerstörten die Hälfte der Befestigung. Mr. Crawford behauptet, er habe den Überfall organisiert.«

»Ach. O je, Mr. Scott wünscht sich, wie ich sehe, auch zu diesem Punkt zu äußern«, sagte Lauder. Der rothaarige Junge, der zornig aufgesprungen war, begann: »Ich kann bezeugen ...«, und wurde vom höflich lächelnden Kronanwalt unterbrochen. »Später, Mr. Scott. Es ändert an der Beweisführung nicht viel, wissen Sie. Greys Feindseligkeit richtete sich, wie Mr. Crawford selbst dargelegt hat, hauptsächlich gegen Sie selbst und nicht gegen den Junker von Culter. Wir haben bereits bewiesen, daß Lord Grey ihm ausreichend vertraute, um ihn von seiner eigenen Bewegung im voraus in Kenntnis zu setzen.«

Scott stand noch immer. Zornig sagte er, indem er Tom Erskines Stimme übertönte: »Grey hat nicht einmal seinen Teil der Abmachung eingehalten. Er hat nicht einmal den Mann mitgebracht, den der Junker zu treffen gedachte.«

»Dann bestand also eine Abmachung«, sagte Lauder gelassen. »Mr. Erskine?«

Tom sagte ruhig. »Ich kann mich für die Einstellung Lord Greys gegenüber dem Junker von Culter, wie sie in Hexham zutage trat, verbürgen. Es bestand kein Zweifel, daß er mit beiden, Grey und Wharton, auf denkbar schlechtem Fuß stand.«

Lauder sah nicht beeindruckt aus. »Es handelt sich hier um einen Mann, der sich dem Meistbietenden verkauft. Wenn Lord Grey es unterließ, ihn in welcher Münze auch immer für seinen Verrat in Heriot zu bezahlen, so war es doch gewiß unausweichlich, daß ein solcher Mann die Hand beißen würde, die ihn zu füttern verabsäumt hatte. Es ändert nichts an der Tatsache, daß die Mitteilung, die Sir Wat und Lord Culter aufforderte, nach Heriot zu kommen, vor seinem Treffen mit Lord Grey abgesandt wurde und folglich ehe er wissen konnte, daß Lord Grey seinen Teil der Abmachung nicht einhalten würde. Und vergessen Sie nicht«, fügte der Kronanwalt liebenswürdig hinzu, »daß zu dieser Zeit Lord Culter und Sir Walter sich vor aller Öffentlichkeit verpflichtet hatten, Mr. Crawford zu ergreifen. Man verlangt von Ihnen zu glauben, daß Crawford erst sich Lord Grey zum Feind macht, indem er Will Scott nicht ausliefert, und dann riskiert, auf der Stelle von seinem Bruder und Buccleuch gefangengenommen zu werden. Das kommt mir nicht sehr einleuchtend vor, und ich stelle fest, daß Mr. Crawford selbst sehr wenig dazu zu sagen hat.«

»Tut mir leid«, sagte Lymond. Eiskalter Hund, dachte Lauder. Es tut ihm überhaupt nicht leid. Mir allerdings auch nicht. Ich versuche ihn an den Galgen zu bringen, und er versucht sich seine Kräfte aufzusparen, damit es zu keiner Verhandlungspause kommt, ehe er soweit ist... »Ich habe mich«, sagte Lymond, »von dem seltenen Charme Ihrer Beweisführung mitreißen lassen. Dem unglücklichen Lord Grey wird offenbar ein schauerlicher Groll gegen die Familie Buccleuch zugeschrieben. Ich dachte mir, Sie hätten vielleicht ein finsteres Komplott entdeckt, um auch seine Frau und seine jüngeren Familienangehörigen zu ergreifen.«

Der Kronanwalt antwortete, ohne aufzublicken: »Aber man hat uns doch versichert, Mr. Scott hätte unmöglich rechtzeitig eintreffen können, um zu Schaden zu kommen. Er muß mir schon verzeihen – er war wahrscheinlich nur der Köder für seinen Vater.«

»Man hätte den Jungen zehnmal leichter gefangennehmen können, Mr. Lauder, und außerdem wäre er eine viel wirkungsvollere Waffe gewesen. Wenn wir die Fakten von den Faculae trennen, so gelangen wir zu folgendem: Erstens: Sowohl vorher (in Hume), wie ich glaube beweisen zu können, als auch nachher (in Hexham), wie Mr. Erskine bewiesen hat, waren Lord Grey und ich Feinde. Zweitens: Da Lord Grey seinen Teil der Abmachung in Heriot nicht einhielt, hegte er offensichtlich keine Absichten, in Zukunft mit mir zusammenzuarbeiten. Drittens: Einige Ihrer Gefangenen, deren Namen ich Ihnen nennen werde, werden Ihnen sagen, daß das englische Heer keine Befehle hatte, Lord Grey bei seinem angeblichen Hinterhalt zu unterstützen, und daß die Entsendung einer Truppe ein nachträglicher Gedanke war, weil sie argwöhnisch waren und mir nicht trauten.

Viertens: Wie Sir Wat bereits erklärt hat, machten die von Lord Grey zurückgelassenen Leute keinerlei Anstrengung, ihn oder meinen Bruder gefangenzunehmen, sondern ergriffen vor ihnen die Flucht. Fünftens: Weit davon entfernt, mich zwischen zwei Stühle zu setzen, hatte ich vielmehr gehofft, die mir versprochene Unterredung werde es mir ermöglichen, mein gutes Verhältnis zu meinem Bruder und seinen Freunden wiederherzustellen, in welchem Fall ich nichts von ihnen zu befürchten hatte. Und schließlich war Sir George Douglas, der zu dieser Zeit auf einer seiner diplomatischen Missionen in England von Lord Grey festgehalten wurde, in Heriot anwesend und kann, wenn er hierzu bereit ist, die Tatsache bezeugen, daß der einzige Köder in der Falle ich selbst war.«

Henry Lauder fuhr sich mit der Hand durch das spärliche Haar. Mach den Mund zu weit auf, und es stopft dir jemand einen Haufen Dreck hinein. Er überlegte kurz, welche Gewalt der Mann über Sir George wohl haben mochte, daß er riskieren konnte, ihn als Zeugen aufzurufen, und zollte der Taktik zynischen Beifall. Jedermann wußte, daß Douglas auf beiden Seiten spielte. Lymond hatte seinen fiktiven Charakter nicht angetastet und es ihm dadurch leichtgemacht, mit ihm zusammenzugehen.

Er tat es. Nach kurzem Schweigen lehnte sich Sir George in seinem Sessel zurück und sagte: »Das ist richtig. Mr. Crawford war während der ganzen Zeit, die er mit Lord

Grey verbrachte, ein Gefangener in Fesseln. Bowes, der den Hinterhalt befehligte, war über Buccleuchs Auftauchen offenbar ehrlich erschrocken und hätte ohne das Eintreffen anderer Truppen leicht in Gefangenschaft geraten können.« Er machte eine Pause und setzte dann verbindlich hinzu: »Ich kann auch den Angriff auf Hume bestätigen. Mr. Crawford wurde in meiner Gegenwart von Lord Grey als Anführer des Raubüberfalls identifiziert.«

Es war zu riskant, ihn darüber weiter zu befragen. Der Kronanwalt schluckte die Niederlage mit Anstand hinunter. Er hegte keinen Groll; der Einsatz seines Verstandes gegen diesen geschwind denkenden und fähigen Kopf war ein erregendes Vergnügen. »Nun, Mr. Crawford«, sagte er, »Sie haben anscheinend auf alles eine Antwort. Es wird ein Vergnügen sein zu sehen, was Sie mit den schwereren Anklagepunkten auf der Liste anfangen werden. Vorerst möchte ich aber hören, was Sie zu der Sache mit dem Grafen von Lennox vorzubringen haben.«

Diesmal lautete der Anklagepunkt sehr einfach. Im Jahr 1544, vor dem Übertritt des Grafen nach England, hatte der Junker von Culter auf freundschaftlichem Fuß mit ihm gestanden, hatte sich bei ihm in Dumbarton aufgehalten und war somit, wie unterstellt wurde, an seinem Verrat beteiligt. Die spannungsgeladene Hitze kroch wie Wattefüllung in die Gehirnlücken und umhüllte die verschmachtende Luft. Lymond saß ein wenig nach vorn gebeugt, die Ellbogen auf den Armlehnen des Stuhls, die Hände gefaltet, den Kopf gesenkt. Richard, dem die geringsten Anzeichen der Erschöpfung bei ihm vertraut waren, fragte sich, wie er es zuwege brachte, sie aus seiner Stimme fernzuhalten. Er sah, daß Lauder seinen Bruder genau beobachtete.

Mit der klaren, nüchternen Stimme, mit der er die ganze Zeit gesprochen hatte, erklärte der Junker: »Im Jahr 1542 geriet ich in Frankreich in Gefangenschaft und habe von da an bis 1544 auf französischen Galeeren Zwangsarbeit geleistet. Im März 1543 ruderte ich auf dem Schiff, das den Grafen von

Lennox von Frankreich nach Schottland brachte, und dort sah er mich. Später befand ich mich ebenfalls auf einer Galeere, die Gold und Waffen für die Königinwitwe aus Frankreich beförderte. Ich entfloh und wandte mich um Schutz an Lennox, von dem ich Grund hatte anzunehmen, daß er im Begriff war, von seinen schottischen Freunden abzufallen, und mich daher aufnehmen würde. Wie Sie wissen, verkaufte er sich an Heinrich von England als Gegenleistung für die Heirat mit Margaret Douglas und ging im Mai 1544 von Schottland nach England, nachdem er sich das Gold angeeignet hatte, das Frankreich seiner Obhut anvertraut hatte.

Zwischen diesen beiden Zeitpunkten hielt ich mich bei ihm als Sekretär auf und verließ ihn ziemlich plötzlich mit einer Menge Informationen und einem beträchtlichen Teil des Goldes. Etwas davon schickte ich auf allerlei Umwegen nach Edinburgh zurück, das übrige verwandte ich, so gut ich konnte, im Interesse der Königin. Ich stellte außerdem davon meine eigene Truppe auf und bewaffnete sie, bis wir durch unsere Dienste anderwärts in Europa uns mehr als selbst erhalten konnten. Ich bin mir natürlich bewußt, daß für diese Vorgänge keine Beweise vorhanden sind, außer daß ich Ihnen in einigen Fällen die Daten nennen kann, an welchen ein Teil des französischen Geldes zurückgegeben wurde.«

Das war allerdings kühn. Die Augen des Raums hingen wie saugende Fische an ihm, und der gespannte Druck schwappte über, sobald er schwieg. Buccleuch bellte los: »Lennox' Geld! Gott, der hat noch nie einen Groschen freiwillig herausgekotzt. Dem sein Gesicht hätte ich sehen mögen, wie er daraufgekommen ist!«

Der Kronanwalt sagte mit durchdringender Stimme: »Diese Ihre Truppe ist natürlich Gegenstand einer Zivilanklage, die ebenfalls gegen Sie erhoben wird. Aber das nur nebenbei. Ihre Beweggründe während Ihres Verkehrs mit Lennox waren wiederum, wie wir annehmen sollen, durchweg völlig uneigennütziger Art?«

In den erfahrenen Augen tauchte ein schwaches Lächeln auf. »Nur in menschlichem und begrenztem Ausmaß. Hätte ich nicht den Umgang mit Lord Lennox gepflegt, würde ich noch heute die Irische See hinauf- und hinunterrudern, anstatt mich gegenwärtig Ihrer Gesellschaft zu erfreuen.«

»Ich verstehe«, sagte Lauder. »Und unter dem gleichen Vorzeichen: Als Sie Lord Grey ein Geheimnis von nationaler Bedeutung bezüglich unserer Schiffahrt zum Geschenk machten, geschah es lediglich, um sich bei Seiner Lordschaft Liebkind zu machen?« Da seine ganze Aufmerksamkeit auf Lymond gerichtet war, entging ihm George Douglas' schwache Regung. Er hatte hinterlistig und unter der Hand eine der entscheidenden Fragen zur Sprache gebracht, und sein Gegenspieler war sich dessen vollauf bewußt. Komm schon, nur zu, mein Junge! sagte Lauder vergnügt zu sich selbst. Zieh vom Leder gegen mich!

Er tat es. Hier ging es nicht um eine zweifelhafte, vier Jahre zurückliegende Geschichte, sondern um einen Hochverrat, der eben erst frisch begangen worden war und sich genauestens nachprüfen ließ. Die Hexham-Episode wurde ausgeweidet.

»Die Meldung wurde von einem Kurier namens Acheson zu Lord Grey gebracht. Ich wußte nichts von ihr, bis sie mir auf dem Weg nach Hexham gezeigt wurde.«

»Mr. Erskine? Sie können das bestätigen? Bitte äußern Sie sich. Wußte Mr. Crawford von der Meldung nichts?«

»Er ...«

»Würden Sie etwas lauter sprechen?«

»Er leugnete es zunächst, aber als wir sie ihm zeigten –«

»Ihm zeigten? Wo hatten Sie sie gefunden?«

»In seiner Gepäckrolle.«

»Und hat er auch dann noch seine Unkenntnis beteuert?«

»Nein. Aber ich halte es für unwahrscheinlich, daß er davon wußte. Er verhinderte unter großer persönlicher Gefahr, daß die Mitteilung überbracht wurde.«

»Ah, ja«, sagte Henry Lauder und streckte sich wie eine lange, verrenkte Katze. »Wir haben alle von den dramatischen Vorgängen in Hexham gehört. Wie unser Freund seinem Bruder entkam, seinen Bundesgenossen Acheson wieder einholte und dann das Mißgeschick hatte, von den Engländern, mit denen er sich so dringend aussöhnen wollte, einen Fußtritt zu bekommen. Folglich wählte er, indem er sich einer Frau als Schutzschild bediente – das klingt vertraut, nicht wahr? –, die verständigere Rolle: eine positive Tat, die ihn endlich wenigstens unter den Deckmantel der schottischen Seite bringen würde. Er erschoß den Kurier vor Mr. Erskines Augen und verließ sich darauf, daß dessen allbekannte Gutherzigkeit ihn schon heraushauen würde. Bedauerlicherweise wurde er dabei selbst angegriffen – was zweifellos nicht zu seinem Plan gehörte.«

Erskine sagte nachdrücklich: »Er wußte, als er den Schuß abgab, daß er keine Chance hatte.«

»Er wußte auch, daß er ebenfalls keine Chance hatte, wenn er nicht schoß«, sagte der Kronanwalt gelassen.

Ein kurzes Schweigen trat ein. Bischof Reid sagte: »Nun, Mr. Crawford?«

Gut. Er würde es versuchen. Lymond sagte kurz: »Wenn ich nicht den Schutz einer Dame in Anspruch genommen hätte, wie Mr. Lauder freundlicherweise erwähnt hat, wäre das Geheimnis der Abfahrt der Schiffe kein Geheimnis mehr. Ich habe keine Beweise dafür, daß Achesons Mitteilung mir nicht bekannt war. Ich kann nur auf einige Wahrscheinlichkeiten verweisen.

Bin ich nicht ein eher unwahrscheinlicher Kurier? Ich wäre jedem, der in Schottland in englischem Sold steht, als Feind von Lord Grey, Lord Wharton und Lord Lennox bekannt und überdies als Ziel einer allenthalben an die große Glocke gehängten Verfolgung durch meinen Bruder. Und selbst wenn man an mich heranträte, würde ich es auch nur einen Augenblick lang wagen, so wie ich zu diesen drei Engländern stand? Acheson hingegen war ein gewerbsmäßiger Meldereiter, und ein bedenkenloser obendrein. Wir wissen aus Mr. Erskines Aussage, daß Acheson den Inhalt dieser Mitteilung kannte. Woher wußte er es? Es war ursprünglich kein Begleiter für Acheson vorgesehen gewesen. Der Geleitbrief wurde von Sir George selbst auf mich ausgedehnt, um einen Gefangenenaustausch in die Wege zu leiten. Es ist selbstverständlich keine Rede davon, Sir George der Mittäterschaft an einer hochverräterischen Handlung zu bezichtigen, und folglich müssen Sie entweder glauben, daß ich, mit diesem harmlosen Mittel versehen, um mich sicher nach England zu begeben, mein schreckliches Geheimnis diesem völlig fremden Mann anvertraute oder daß Acheson, als ich mich ihm anschloß, die Meldung bereits bei sich trug, in welchem Fall er doch gewiß nicht mit mir darüber sprechen würde.«

Wieder durchaus einleuchtend. Der Kronanwalt gewahrte rings um den Tisch erhobene Brauen und vernahm den murmelnden Meinungsaustausch. Der Bischof beugte sich vor: »Was war denn dann der Grund, warum Sie sich nach England begaben? Ach ja, ich erinnere mich. Das Stewart-Mädchen.«

Darauf hatte Lauder gewartet. Er schleuderte seine Feder so weit von sich, daß sie auf der Eichendiele zersprang, und warf einen Arm wie einen Semaphor hoch, um sich das Haar zu glätten. »Alsdann, Mr. Crawford. Ihr einsamer und ritterlicher Grund, warum Sie sich selbst diesen Herren zu Füßen auslieferten, die, wie Sie so umständlich bewiesen haben, Ihnen nichts mehr wünschten als den Tod, war also, eine Abmachung zu treffen, um Lady Christian Stewart auf freien Fuß zu setzen?«

»Ja.«

Endlich. Jetzt, bei Gott, haßt du das Ganze, dachte Lauder. Und ich werde jetzt auf dir herumdreschen, bis du auch mich haßt. Und dann, mein Junge, wirst du diese kühle Beherrschung verlieren, und der Bischof soll sich lieber vorsehen. »Ja«, sagte er laut. »Das ist also das Mädchen, jung, blind, reich, in enger Beziehung zum Hof, das Sie dazu verleitet haben, Ihnen geheime Informationen zu beschaffen –«

»Das ist nicht wahr.«

»– indem Sie als geheimnisvoller und verstohlener Liebhaber auftraten?«

»Beide Beschuldigungen sind unwahr. Beschränken Sie Ihre Angriffe auf mich, Mr. Lauder.« Die beherrschte Stimme prallte mit Buccleuchs Gebell zusammen: »Verdammt noch mal, das geht nicht an, Lauder. Das Mädchen war kein lokkeres Luder!«

Der Kronanwalt erwiderte düster: »Wenn Sie zuhören wollen, Sir Wat, werden Sie vernehmen, daß ich das Gegenteil zu verstehen gebe. Ich sage, daß es sich um ein anständiges, gütiges und tugendhaftes Mädchen handelte, das in die Gewalt eines abgefeimten und mächtigen Verführers geriet, der ihm in einer unwiderstehlich romantischen Vermummung erschien.«

Buccleuch knurrte. »Sie wußte, wer er war. Ich sehe nicht ein, was das damit zu tun haben soll.«

»Sie behauptete zum Schluß, sie wisse es, als sie glaubte, es würde ihn retten. Haben Sie sich zu erkennen gegeben, als Sie einander begegneten, Mr. Crawford?«

»Nein«, sagte Lymond, und seine Hände schlossen sich.

»Warum nicht?«

Eine Pause trat ein. »Es befreite sie aus einer, wie mir schien, allzu grausamen Zwangslage. Ich nahm nicht an, daß ich sie wiedersehen würde.«

»Doch gewiß keine Zwangslage für ein so gerades und aufrechtes Mädchen. Oder meinen Sie damit, daß sie schon in Sie verliebt war?«

»Ich meine nichts dergleichen. Wir waren schon als Kinder Nachbarn gewesen, und sie war ein – gütiger Mensch.«

»Ich verstehe. Und da Sie all diese Bedenken hegten, bemühten Sie sich ganz besonders, weitere Begegnungen zu vermeiden. Oder haben Sie sie wiedergesehen?« fügte Lauder plötzlich hinzu.

Wieder eine Pause, dann erwiderte der Junker ruhig: »Mehrmals. Wollen wir uns einige langweilige Fragen und Antworten ersparen? – Nach der ersten und zweiten waren die Begegnungen nicht unvermeidlich. Ich gestattete ihr, mir behilflich zu sein, obwohl ich wußte, daß ich damit ihre Tugendhaftigkeit in Verruf brachte, wenn es bekanntwürde. Dadurch, daß sie sich mit meinen Anliegen befaßte, geriet sie in Dalkeith in Gefangenschaft und in die Gewalt der Gräfin von Lennox. Das war charakterlos und unverzeihlich von mir gehandelt, und Sie können mich unmöglich so sehr tadeln, wie ich selbst es tue. Doch bei alledem war Lady Christian der unschuldige und getäuschte Teil. Sie tat nichts Unehrenhaftes, auch nicht bei ihren Bemühungen, mir zu helfen, und sosehr es Mr. Lauders lebhafter Phantasie auch mißfallen mag – es bestand nur Freundschaft zwischen uns. Unter diesen Umständen werden Sie es zweifellos lachhaft finden, daß ich mich Lord Grey in den Schoß werfe, nur um sie zu befreien. Aber eben das habe ich getan.«

Der Kronanwalt ärgerte sich vermutlich, daß ihm seine besten Effekte verdorben wurden, aber er ließ es sich nicht anmerken. »Es klingt zweifellos einigermaßen verdächtig. Besonders im Hinblick auf die Tatsache, daß Lady Christian plötzlich und gewaltsam ums Leben kam, unmittelbar nachdem Sie ihrer Spur nach England gefolgt waren.«

»Moment mal«, sagte Erskine. »Lady Christian starb durch einen Sturz vom Pferd.« Aus seiner brüsken Stimme sprach echter Zorn. »Ich habe Chris besser gekannt als Sie alle hier – ich war im Begriff, Sie zu heiraten –, und wenn wir hier nicht in einem Gerichtssaal wären, würde ich Ihnen Ihre Unterstellungen zurück in die verdammte Gurgel stopfen. Ich traf Lymond unmittelbar nach ihrem Tod, habe gehört, was er sagte, und gesehen, wie er sich verhielt. Hätte ich nur einen Augenblick lang geglaubt, daß er sie umgebracht habe, hätte ich Culter nicht das Vergnügen überlassen, sich mit ihm zu schlagen.«

Der Kronanwalt ließ diese bitterlich überzeugte Zurückweisung über sich selbst das Urteil sprechen und sagte dann freundlich: »Was also ist dann Ihre Meinung? Daß Mr.

Crawford doch in einem Anfall von exzentrischem Edelmut ihr zu Hilfe eilte?«, und war höchst überrascht, Sir George Douglas' glatte Stimme zu vernehmen.

»Wie wäre es, wenn wir die romantischen Gesten, da sie Ihnen Kummer machen, zugunsten einer anderen Tatsache beiseite schieben? Mr. Crawford hatte eine große Enttäuschung erlebt: Er hatte soeben von mir erfahren, daß der Mann, der ihn hätte entlasten können, nicht mehr am Leben war. Er hatte in Erwartung einer Unterredung mit diesem Mann bereits seine Truppe aufgelöst und einen beträchtlichen Schock erlitten, als er von seinem eigenen Schützling an uns ausgehändigt wurde. Er könnte sich unter diesen Umständen sehr wohl zu einem Verzweiflungsschritt wie diesem entschlossen haben.«

Der Kronanwalt verbeugte sich ohne die geringste Ironie. »Ein einleuchtendes Argument. Vor allem, weil es uns eine andere Tatsache vorlegt. Mr. Crawford war also gerade um seine Hoffnung betrogen worden, sich in unserer Mitte wieder als ehrenhafter, treuer und würdiger Diener der Krone auszuweisen. Was blieb ihm also anderes übrig, als nach England zu fliehen, sich dieses unbequeme Mädchen vom Hals zu schaffen, das so viel über seine Betätigung wußte, und gleichzeitig Informationen anzubieten, mit denen er vielleicht hoffte, sich zumindest ein wenig Nachsicht von Lord Grey zu erkaufen?« Lauder ließ den Blick über die zwölf so unterschiedlichen, vor Hitze und angespanntem Nachdenken glänzenden Gesichter schweifen – scharfsinnig, unbeteiligt, aufmerksam, umsichtig.

»Sie haben es hier nicht mit einem einfältigen Menschen zu tun. Die gegen ihn erhobenen Anklagen sind von erstaunlicher Vielfalt. Wir haben uns mit allen außer den schwersten befaßt, und es würde einiger Kühnheit bedürfen, um zu sagen: ›Dies ist wahr‹ und: ›Dies ist unwahr.‹ Die Wahrheit, wie mir scheint, können wir nur auf eine einzige Weise herausschälen. Wir müssen seine Vergangenheit auf seinen wirklichen Ehrgeiz hin untersuchen, auf seine wahre Auffassung von moralischen und ethischen Fragen und all den ungreifbaren Dingen, die dem Menschen diktieren, ob er seinen Leib zum Vorteil seines Leibes einsetzt oder zu Ruhm und Wohlfahrt seines Landes oder im Dienst seines Gottes.

Dies alles haben wir heute nachmittag noch nicht herausgefunden. Dazu müssen wir weiter zurückgehen, zu den fürchterlichen und todbringenden Verbrechen, deren Francis Crawford vor sechs Jahren angeklagt wurde und für die er sich noch immer zu verantworten hat. Diese Angelegenheiten gedenke ich Ihnen jetzt zu unterbreiten.«

Ein Pedell, der von Lord Culters Seite herbeieilte, beugte sich zu Argyll hinab. Man vernahm einige Worte: »Hat keinen Zweck ... zu gefährden ...«, dann schob der Graf die Ärmel zurück und schlug auf den Tisch. »Die Sitzung wird auf eine Stunde vertagt.«

Der Kronanwalt verbeugte sich und setzte sich wieder, als Sir James Foulis neben seinem Ellbogen auftauchte. »Der alte Trottel«, sagte Lauder behaglich. »Das hat man doch schon seit einer halben Stunde kommen sehen. Hat er denn keine Augen im Kopf?« Er gewahrte durch den Vorhang von Gerichtsbeamten und Wachtposten hindurch, daß Lymond den Kopf auf die verschränkten Arme hatte sinken lassen, so daß nur der Nacken und die kostbare Spitze seines Hemdes sichtbar waren. Dann ergriff er die Armlehnen seines Stuhls und erhob sich. Der kurze Schwächeanfall, vermutete Lauder, war eine bittere Demütigung gewesen; sein Gesicht hatte noch keine Farbe zurückgewonnen. Nichtsdestoweniger machte er eine tiefe und untadelige Verbeugung vor Argyll und schritt, ohne innezuhalten, durch die Tür.

»Das«, sagte Henry Lauder, indem er seine Brille zusammenlegte und die Feder in den Papierkorb warf, »ist ein Kopf! Wenn ich zehn Jahre jünger und ein Mädel wäre, würde ich ihn selber anhimmeln.«

Foulis grinste: »Na, für den kleinen Zwischenfall hat er sich aber sehr geschickt den richtigen Augenblick gewählt.«

»*Er* hat den Augenblick gewählt?« Der Kronanwalt hatte

sich aus seinem durchgeschwitzten Talar herausgeschält und war im Begriff, sich in die kühle Luft hinauszubegeben. »*Er* hat ihn gewählt? Seien Sie doch kein solcher Dummkopf, Jamie.«

Will Scott war unter den letzten, die hinausgingen. Als er gerade aufstehen wollte, knuffte ihn eine schwere Hand gegen den Kopf, und als er aufsah, erblickte er seinen Vater. »Haben sie dir die Zähne zusammengenäht?« fragte Buccleuch. »Bis jetzt hast du doch ganz emsig in Edinburgh herumgeschnattert.«

»Lauder hat mich zweimal abgewiesen«, sagte Will ärgerlich, »aber noch mal macht er mir das nicht.«

»Gott, brauchst du denn eine Trommel und eine Trillerpfeife? Brüll es heraus, Mensch, daran kann er dich nicht hindern.« Er grinste erinnerungsvoll. »Dem George Douglas hat dein Freund jedenfalls Maß genommen; über den weiß er Bescheid. Es gibt so herum keinen Beweis und dank Douglas anders herum auch keinen.«

Scott erwiderte grimmig: »Kommt's darauf an? Sie werden ihn mit der ursprünglichen Anklage festnageln. Diesmal ist das ganze Beweismaterial auf ihrer Seite.«

Buccleuch grunzte und beobachtete den Gesichtsausdruck seines Sohnes. »Ich habe es schon erlebt, daß Henry Lauder bis zu den Achseln in Beweisen steckte und den Fall trotzdem verloren hat«, versicherte er lügnerisch. »Ich gehe jetzt nach Haus, was essen. Wenn du bei Culter bist, horch ihn doch über seine kleine Stute aus. Wenn ich für diesen Burschen, den Palmer, ein paar Silberstücke kriege, kaufe ich sie vielleicht doch.«

Scott hatte schon genickt und sich in Bewegung gesetzt, als ihm aufging, was dies bedeutete. »Palmer?«

Buccleuch grinste. »Der großmächtige Sir Thomas Palmer. Hast du das nicht gewußt? Ich habe ihn nach dem Überfall vergangenen Monat gefangengenommen.«

»Wo ist er?«

»Auf der Burg, zusammen mit den übrigen. Warum?«

»Nichts«, sagte Scott und hatte es so eilig, auf die Straße zu gelangen, daß er sich mit seinem Schwert in der Tür verklemmte.

Tommy Palmer, vormaliger Festungshauptmann zu Boulogne, vormaliger königlicher Zeremonienmeister und beliebter Gesellschafter König Heinrichs VIII., hatte sich schon einmal zuvor, in Frankreich, in Kriegsgefangenschaft befunden und war, wiewohl durch dieses zweite Mißgeschick nicht in finanzieller Verlegenheit, doch recht verdrossen und dringend seelischer Aufmunterung bedürftig. Auf sein Ersuchen hatte man ihn zusammen mit einem Dutzend seiner Leute in einem mittelgroßen Raum untergebracht. Sie waren sämtlich Männer von gutem Ansehen und einigem Geldwert, und folglich war es ein angenehmes Zimmer mit geschnitzter Eichentäfelung, einem kleinen Fenster, aus dem man den Burgfelsen hinab auf die Meeresbucht sah, und einer niedrigen, schweren Tür mit einer gehörigen Wache davor.

Will Scott fand es weniger leicht hineinzugelangen, als er erwartet hatte. Es gelang ihm schließlich nur mit Hilfe Tom Erskines und unter dem Vorwand, er müsse mit Palmer das von seinem Vater in Aussicht genommene Lösegeld besprechen. Da er in Wahrheit nichts zu besprechen hatte, war die geschäftliche Seite seines Gesprächs mit Sir Thomas bald beendet, und Tom Erskine schickte sich an zu gehen. Aber Palmer war die Haft inzwischen langweilig geworden; er wollte gern weiterreden, und Scott hatte es mit dem Aufbruch nicht eilig.

Erskine, dem bewußt war, daß es fast Zeit war, zum Stockhaus zurückzugehen, und der sich für das Gespräch nicht weiter interessierte, zog sich etwas zurück und beobachtete den Kriegsbaumeister, den er recht sympathisch fand. Er war ein Mann Ende fünfzig mit grauem Bart und hellem, gelocktem Haar; die Haut zwischen Haaransatz und Schnurrbart war von der Sonne rotbraun gebrannt; sein mit viel Golddraht befestigter Vorderzahn blitzte auf, wenn er lachte, und er lachte viel und gern. Tom war so von Palmer gefesselt, daß ihm entging, wie Scott den Geldbeutel öffnete. Er war erstaunt, als ein kleiner Tisch hereingebracht und zwischen den beiden Männern aufgestellt wurde. Seine Überraschung wuchs noch, als er gewahrte, wie Palmer vollkommen hingerissen den Tisch anstarrte.

Auf dem Tisch lag ein kleiner Packen Spielkarten. »Haltet mich fest, oder ich fall' um«, sagte Tommy Palmer. »Und wenn Sie mir den Thron von China anbieten und die schöne Helena noch als Beigabe dazu, würde ich trotzdem die Tarockkarten nehmen. Werden sie Ihnen wirklich nicht fehlen?« »Nicht im geringsten. Ich lasse sie Ihnen mit Vergnügen«, erwiderte Scott zuvorkommend. Zu Erskines Erstaunen fügte er hinzu: »Wenn Sie Lust haben, mache ich ein Spiel mit Ihnen, so als Anfang«, und setzte sich an den Tisch, dem freudestrahlenden Palmer gegenüber. Erskine tippte den Jungen leicht am Arm. »Zeit, Scott. Wir müssen gehen.«

Der karottenfarbene Kopf wandte sich achtlos um. »Für eine Partie reicht es schon noch. Gehen Sie ruhig voraus. Ich komme nach.« Er mischte bereits die Karten. Tom musterte ihn scharf, rückte dann einen Stuhl heran, setzte sich rittlings nieder und sah dem Spiel zu.

Er hatte diese Tarockkarten, seit er nach Edinburgh gekommen war, schon mehrmals bei Scott gesehen. Sie waren grausige Dinger, von einer ganz eigenen, starren Bösartigkeit. Die vier Farben waren ziemlich alltäglich; der Künstler hatte sich seine phantastischen Pinselstriche für die Bilder aufgespart. Der Gaukler, die Kaiserin, der Papst, der Verliebte und der Gehenkte, Tod und Standhaftigkeit, der Verräter, das Jüngste Gericht, alle verband eine groteske Kameraderie des Malkastens. Er bewunderte den Satz Karten. Er spielte selbst gern Tarock, aber es war ihm unbehaglich bewußt, daß sie nicht genug Zeit für ein Spiel hatten. Er sagte abermals: »Hören Sie, Scott«, aber die Karten waren schon ausgeteilt, und Will zögerte, was er abwerfen sollte. Erskine gab es auf und fand sich damit ab zu warten.

Scott spielte nicht ein Spiel, sondern zwei. Er verlor beide aber so knapp, daß erst beim letzten Stich Palmers offenkundiger Verstand und seine Erfahrung das Spiel gewannen. Beide Spiele verliefen in einer Atmosphäre scherzender Erregung, und Erskine schloß daraus, daß es etwas Ungewöhnliches sein mußte, sich mit Palmer überhaupt zu messen, und etwas geradezu Einzigartiges, daß er so knapp gewann. Am Ende des zweiten Spieles lehnte Palmer sich zurück und brüllte: »Verdammt noch mal, zwei so gute Partien habe ich schon lange nicht mehr gespielt! Warum beim Satan müssen Sie gehen? Das gehört sich nicht gegenüber dem Spiel.«

Scott erhob sich und reckte sich lachend. »Sie haben schon genug Unannehmlichkeiten. Sie wollen doch nicht riskieren, daß Sie von mir geschlagen werden.«

Jemand sagte: »He, Jungchen! Sie reden mit dem besten Kartenspieler in ganz England«, und in Palmers Augen funkelte es unheimlich. »Ist das eine Herausforderung?«

»Nicht unbedingt«, antwortete Scott. »Hat nicht viel Sinn, nur um Liebe zu spielen.«

»Verdammt, das haben wir auch nicht nötig«, sagte Palmer. Ihre Gepäckrollen waren in einen Waffenschrank gestopft; Palmer zerrte verschiedene Packen heraus, bis er zu dem kam, den er suchte. Dann sah er noch einmal nach, fand noch eine zweite Gepäckrolle und schleuderte beide Scott vor die Füße. »Da wären ein paar gute Kleider zum Wechseln, etwas Geld, ein Silberbecher und ein gutes Paar Stiefel. Und in der anderen ist noch mehr: Es ist das Zeug von jemand anderem, das jetzt mir gehört. Reicht das für den Anfang?«

Scott zog seinen eigenen schweren Geldbeutel hervor und warf ihn einmal in die Luft. »Gewiß doch. Aber wir sind ein einigermaßen praktisches Völkchen. Würden Sie bitte beide aufmachen, damit wir sehen, was drin ist?«

Palmer blitzte, ohne beleidigt zu sein, den breiten Vorderzahn in seine Richtung und schlitzte die beiden Gepäckrollen mit Wills Messer auf. Der Inhalt seiner eigenen war genau, wie er angegeben hatte. Die andere Rolle war weniger gut in Ordnung. Die Kleider waren verschmutzt, und Geld war überhaupt keines drin. Scott beugte sich nieder und drehte ein langes, schmales Rechteck gefalteter Papiere um, das mit rotem Wachs versiegelt war. »Was ist denn das? Besitzurkunden?«

Palmer, der schon die Tarockkarten mischte, warf einen Blick hinüber und zuckte die Achseln. »Sam hat nicht einmal eine Hundehütte besessen, der arme Teufel. Vielleicht ein Brief an seine Freundin.«

Scott drehte die Papiere abermals um. Die andere Seite trug eine Aufschrift, und er hielt sie so, daß auch Erskine sie lesen konnte. In säuberlicher Handschrift stand da: *Haddington, Juni 1548. Erklärung*. Und darunter in einer anderen, vermutlich Wilfords Handschrift: *Samuel Harvey. Zu den Sachen für P. gelegt*.

Weiter kamen sie nicht. Jemand schnappte Scott die Papiere aus den Fingern. »Interesse dafür?« fragte Palmer im gleichen gutgelaunten Tonfall. »Ich dachte mir schon, an der Sache stimmt was nicht. Vielleicht behalte ich das Ding lieber.«

Einen Augenblick lang glaubte Erskine, Scott werde sich auf den großen, schweren Mann stürzen. Statt dessen wandte er sich ab, öffnete seinen Geldbeutel und stülpte ihn neben den Karten auf den Tisch. »Ich könnte es ohne weiteres bekommen, wenn ich die Wache riefe«, sagte Will. »Aber ich kaufe es Ihnen statt dessen ab.«

Palmer grinste. »Ich will aber nicht verkaufen.«

Die Sommersprossen marschierten zimtfarben über Scotts blasses Gesicht. »Nennen Sie Ihren Preis.«

Sir Thomas Palmer stand auf, die gefalteten Papiere noch immer in der Hand. Vor dem Kaminfeuer erbrach er, während er die beiden weiter freundlich im Auge behielt, das Siegel. »Vielleicht sollte ich erst mal nachsehen, worum die ganze Aufregung geht. Schließlich war er mein Vetter.«

Sie warteten, während die Seiten rasch umgeblättert wurden. Palmer überlas sie alle, faltete die Papiere wieder zusammen und reichte sie mit einer unhörbaren Bemerkung dem Engländer Frank, der in seiner Nähe stand. Dann kehrte er zum Tisch zurück. »Sie wollen diese Papiere haben?«

»Ja«, antwortete Scott bündig. »Es geht um Leben und Tod.«

»Jesus! Wessen Leben? Ein Schotte?«

»Ja.«

Palmers Grinsen wurde breiter. »Das ist in Ordnung. Ich gehöre nicht zu der rachsüchtigen Sorte. Sie sagen, Sie wollen diese Papiere haben. Gut – spielen Sie mit mir darum.«

»Ich biete Ihnen jeden Preis, den Sie verlangen«, sagte Scott.

»Ich will kein Geld.«

»Dann Ihre Freiheit. Ihre sofortige Freilassung, Sir Thomas, als Entgelt für diese Papiere.«

Palmer ließ sich, noch immer grinsend, schwer auf seinen Stuhl fallen. »Mir gefällt's in Edinburgh. Ich kann mir meine Freiheit jederzeit für ein bißchen Bargeld verschaffen, und verdammt lästig ist sie außerdem, wenn einem Willie Grey in beiden Ohren liegt und der Protektor mir unter dem Hut sitzt. Bringen Sie mir den Mann, der mich beim Tarock zur Strecke bringt, und Sie können ganz Berwick und alles, was drin ist, behalten.«

Scott setzte sich sehr plötzlich nieder. »Um Himmels willen, Mann, ich spiele einen Monat lang jeden Tag mit Ihnen, wenn das alles ist, was Sie wollen. Aber um diese Art Einsatz spiele ich nicht. Wofür halten Sie mich eigentlich?«

Der große Mann mischte die Karten. »Für einen Angehörigen eines Volkes mit praktischem Verstand. Ich will kein schlechtes Spiel und sicheres Gewinnen. Davon bekomme ich genug. Ich will kein Spiel, das eine Pflicht ist oder eine Nötigung. Das mag ich nicht, und die Tarockkarten mögen es auch nicht. Schauen Sie sie an!« Mit einem Schnipsen der dicken Finger ließ er die Karten zuckend, schnaubend und knurrend über den polierten Tisch wirbeln. »Die verlangen Fleisch und Blut, diese Tarockkarten.«

Scott und Erskine standen Schulter an Schulter. »Holen Sie die Wache«, sagte der Junge, ohne den Kopf zu wenden. »Christian Stewart ist wegen dieser Papiere umgebracht worden!«

Erskine holte die Wache nicht; er griff selbst ein. Der Satz, mit dem er zum Kamin sprang, war beinahe schnell genug, aber nicht ganz. Als seine ausgestreckte Hand den Engländer Frank erreichte, ringelte das Papier sich bereits im Rauch einen Fuß über dem kleinen Feuer.

»Wenn Sie so was noch mal versuchen, schmeißt Frank die Papiere ins Feuer«, sagte Palmer verbindlich. Er rückte sich behaglich auf seinem Stuhl zurecht. »Gott, hab' ich mich gelangweilt! Also, kommen Sie schon, mein Junge. Ich spiele mit Ihnen Tarock um das ganze Geld und alles übrige, was wir zwei hier am Leib tragen, und dieses Schriftstück ist der letzte Einsatz auf meiner Seite.«

Der Junge biß sich auf die Lippen und starrte in Palmers vergnügtes Gesicht. »Es kann die ganze Nacht dauern.«

Der Zahn blitzte auf. »Es kann womöglich noch viel länger dauern – haben Sie es eilig?« Palmer nahm die Karten und begann sie mit seinen schweren Händen zu mischen. Er sah auf. »Warum sorgen Sie sich denn? Vielleicht gewinnen Sie das Ganze in einer Stunde.«

Scott setzte sich. Schweigend knöpfte er das Wams auf, zog es aus, schob die Ärmel hoch und legte die Hände flach auf den Tisch. »Also gut«, sagte er tonlos. »In Gottes Namen – fangen wir an.«

Die einstündige Sitzungspause hatte fast doppelt so lang gedauert, bis der Ausschuß wieder zusammengetrommelt war, und sogar dann war die Vernehmung schon einige Zeit im Gang, als Erskine endlich auf seinen Platz schlüpfte. Er flüsterte Lord Culter ins Ohr: »Was spielt sich ab?«, und Richard antwortete, ohne den Blick vom Gerichtstisch zu lassen: »Er hat den Bischof an seiner wunden Stelle getroffen, der Narr. Je näher der Ausschuß an Eloise herankommt, desto härter schlägt er auf ihn ein. Das haben sie nicht gern, und ihm nützt es nichts. Wo warst du denn?«

Erskine sagte obenhin: »Auf der Burg«, und blickte nach dem Haupttisch. Buccleuchs Gesicht war ihm zugewandt, und das schwarze Rund seiner Mundöffnung formte die Worte: »Wo ist Will?«

Da er auch hierauf nicht antworten mochte, stach Tom mit erhobenem Finger mehrmals in westlicher Richtung in die Luft, und als Sir Wat ihn weiter eindringlich ansah, sagte er lautlos: »Später«, und wandte sich der Mitte des Raumes zu.

»Sie trafen in London«, sagte der Kronanwalt, »zusammen mit tausend anderen ein, die 1542 nach der Schlacht bei Solway Moss in Gefangenschaft geraten waren. Zu dieser Zeit hatte, wie wir alle wissen, der verstorbene König Heinrich VIII. von England unserem König, seinem Neffen, den Krieg erklärt und versucht, seinen Anspruch auf Schottland mit Gewalt zu erhärten. Im Unterschied zu anderen Ihres Ranges erhielten Sie Vorzugsbehandlung und wurden in einem englischen Privathaus untergebracht wie sonst nur Gefangene aus dem Hochadel.«

»Nach drei Tagen im Tower. Nicht besonders bevorzugt«, sagte Lymond sanft. »Außerdem hat Sir George Ihnen bereits mitgeteilt, daß ich im Londoner Haus seines Bruders gewohnt habe, unter keinen besonderen Zugeständnissen.«

Der Bischof von Orkney räusperte sich. »Und warum, Mr. Crawford, sind Sie dann nicht wie die große Mehrzahl dieser privat wohnenden Kriegsgefangenen nach Schottland zurückgekehrt? Konnten Sie sich nicht dazu überwinden, auch nur mit stillschweigendem Vorbehalt den Treueid auf König Heinrich zu unterzeichnen, wie Ihre Landsleute es taten? Ehrenmänner, meine ich, müssen wie sie bereit sein, diese Ehre zum Wohl ihres Heimatlandes zu verkaufen. Warum haben Sie nicht unterschrieben?«

»Weil ich nicht dazu aufgefordert wurde«, sagte Lymond, und ein flüchtiges Bedauern klang in der verbindlichen

Stimme auf. »Man nahm an, daß nur Prälaten und Barone zu stillschweigenden Vorbehalten imstande seien.«

Richard fluchte. Lord Herries rettete die Situation mit einer barschen Frage: »Da Mr. Crawford ein jüngerer Sohn ist, hätte es doch wohl wenig Sinn gehabt, seine Unterschrift unter eine Eidesverpflichtung zu verlangen, daß er dem englischen König in Schottland dienen werde?«

Der Bischof antwortete schweratmend: »Er war gewissermaßen der Erbe seines Bruders. Wenn er unschuldig war, hätte er es bestimmt zuwege gebracht, unter irgendeinem Vorwand zurückzukehren.«

»Die Sache stinkt geradezu nach Unfähigkeit, nicht wahr?« sagte Lymond. »Wenn ich ein Spion gewesen wäre, dann wäre es eine haarsträubende Schlamperei von den Engländern gewesen, mich überhaupt gefangenzunehmen. Und wenn ich ein Spion gewesen wäre, dann wäre mein erster Gedanke gewesen, so rasch wie möglich nach Schottland zurückzukehren. Dem Bischof zufolge bestand mein Hochverrat darin, daß ich nicht versprach, heimlich in Schottland gegen die Königin zu arbeiten. Wenn das Hochverrat ist, dann können wir jetzt Schluß machen. Ich gebe ihn zu.«

Lauder ließ sich nicht aus der Ruhe bringen. »Sie haben König Heinrich kein Versprechen gegeben, ihm zu dienen?«

»Nein.«

»Sie hatten ihm auch vorher keine Dienste gleistet?«

»Das habe ich nicht.«

Der Kronanwalt machte ein leicht bedauerndes Gesicht. »Und die Schenkung des Ritterguts Gardington an den schottischen Edelmann Francis Crawford war eine kunstvolle List, um uns glauben zu machen, Sie hätten diese Dienste geleistet? König Heinrich muß geglaubt haben, daß Sie für uns sehr wichtig waren, Mr. Crawford. Ich vermute, Sie haben die Schenkungsurkunden für diesen Besitz erhalten?«

»Ja, das habe ich.«

»Und können Sie uns sagen, warum, wenn es nicht aus Dankbarkeit für empfangene Dienstleistungen war?«

»Europas Höchstchristlicher Ritter und ich hatten nichts miteinander gemeinsam«, erwiderte Lymond. »Er wollte mir den Mund stopfen. Und auch seiner Nichte Zügel anlegen.«

»Ach ja. Lady Margaret Douglas, die jetzige Gräfin Lennox. Sollen wir das so verstehen, daß die Dame, von Ihrem Charme verführt, Gardington als Mitgift verlangte?« Er gewahrte, daß George Douglas den Angeklagten wie ein Raubtier beobachtete.

»Nicht eigentlich. Sie ist, sagen wir mal, ein Mensch, der zu heftigen, jedoch praktischen Schwärmereien neigt. Sie hat bereits zweimal wegen Gefährdung der Erbfolge im Gefängnis gesessen, und einer ihrer Liebhaber, wie Sie sich vielleicht erinnern werden, starb im Tower. Nein. Vermutlich verlangte sie … nach einem neuen Reizmittel und einem neuerlichen Experiment. Und veranlaßte ihren Onkel, mich für dauernd an die Kette zu legen, indem sie ihm erzählte, was ich herausbekommen hatte, und vielleicht sogar einiges, was ich nicht herausgefunden hatte.«

Methvens alberne Stimme durchschnitt das taktvolle Schweigen. »Und was hatten Sie herausbekommen?«

»Etwas über seine unmittelbaren Pläne, die später allgemein bekanntwurden. Ich hatte Zutritt zu Räumen, die mir normalerweise hätten verschlossen sein müssen, und bekam sie durch Zufall heraus.«

»Schlafzimmer?« erkundigte sich der Kronanwalt.

Die verschleierten Augen blickten auf. »Nicht jedes Rechtsdokument ist in ein Schlafzimmer gerahmt, Mylord.« Der Vizepräsident des Kriminalgerichts lachte laut auf.

»Nun denn«, sagte Henry Lauder. »Sie haben einen Landsitz und eine schöne Dame in Aussicht, und der niederträchtige Onkel der Dame läßt Sie weder das eine noch das andere genießen. Die Schenkung des Landsitzes hat bereits den Argwohn Ihrer schottischen Landsleute erregt; und Ihre Rückkehr nach Schottland wird endgültig dadurch unmöglich gemacht, daß man unter Ihren Landsleuten verbreitet, Sie seien nicht nur für die Katastrophe von Solway Moss verantwortlich, sondern hätten auch vorher schon lange Zeit Spionage betrieben. Wozu all diese heimlichen Machenschaften, Mr. Crawford? Wenn König Heinrich Sie nicht leiden konnte, gab es da nicht einfachere Mittel und Wege, um Sie loszuwerden?«

Überraschenderweise bemerkte Argyll: »Ich kann in einigen Punkten schon einsehen, warum und wieso. Seine Majestät erfuhr kurz nach dem Eintreffen unserer Gefangenen in London, daß unser König gestorben war und Schottland folglich unter einer Regentschaft stand, und er legte es unverzüglich darauf an, so viele führende schottische Familien wie möglich für seine Interessen zu gewinnen. Deshalb wurden die Gefangenen aus dem Tower in bessere Quartiere gebracht und daher auch das Angebot, die wichtigsten unter ihnen freizulassen, wenn sie einen Treueid gegenüber England unterschrieben. Es war nicht der richtige Augenblick, einen Kriegsgefangenen plötzlich zu ermorden – nicht einmal einen weniger prominenten.«

»Auch wollte er wahrscheinlich«, setzte Lymond die Beweisführung mit kühler, wissenschaftlicher Objektivität fort, »den wirklichen Lieferanten von Geheimnissen schützen. Falls Edinburgh mißtrauisch wurde, konnte er die Jagd abblasen, indem er mich zum Sündenbock machte. Dann, nachdem er mich daheim und bei den in London noch verbliebenen Gefangenen in Verruf gebracht hatte, konnte er mich unbeschadet beseitigen.«

»Dennoch sind Sie mit dem Leben davongekommen?«

»Ich wurde nach Calais gebracht, und man ließ mich den Franzosen in die Hände fallen. Sehr einfach.«

»Und danach die Galeeren?«

»Ja«, antwortete Lymond mit völlig ausdrucksloser Stimme.

»Jetzt kommen wir zum springenden Punkt«, sagte Buccleuch und rückte seine Leibesfülle auf seinem Sitz zurecht. »Rechtsverdreher! Gott, seht ihn euch nur an: Die Augen leuchten ihm wie bei einer Kuh, die Gelbsucht hat!«

Der Ton des Kronanwalts war milde und von gewichtigem

Feingefühl. »Wie könnten wir solchem Mißgeschick gegenüber gleichgültig bleiben? Wir sehen einen unglücklichen und getäuschten Mann vor uns, gewaltsam entführt, mißhandelt, mit verschmachtenden Heiden ans Galeerenruder gekettet und zwei Sommer lang schuldlos über die Meere geprügelt. Sehen Sie sich ihn an: Unschuldig – sein eingestandener Verrat an dieser jungen blinden Frau und ihre Verderbnis hat offensichtlich keinen Makel zurückgelassen. Verbannen Sie aus Ihren Gedanken die Raubüberfälle und Diebstähle und die Morde jener, deren Anführer er bis vor kurzem war – er ist tugendhaft. Denken Sie als letztes daran, wie er sich heute aufgeführt hat, an die gewandte und bösartige Zunge, von der Sie, die Lords des höchsten Gerichtshofes unseres Landes, nicht verschont geblieben sind. Haben Sie den Eindruck, daß dieser Trunkenbold, dieser Geächtete, dieser minderwertige Sohn einer vom Unglück heimgesuchten Familie der Held dieser mitleiderregenden Geschichte ist? Oder glauben Sie gleich mir, daß das Ganze ein einziges Lügengewebe ist?«

Das Echo erstarb. Der Kronanwalt nahm die Brille ab und sprach in sanftem Ton. »Aber welche Beweise haben wir? Diese Art von Geschäft läßt üblicherweise keine schriftlichen Aufzeichnungen zurück, und die Menschen, die sich an das Ereignis noch erinnern, befinden sich in Feindesland.

Jedoch – ein schriftliches Beweisstück besitzen wir. Die Notizen, von denen Mr. Crawford sagt, sie seien das Werk eines englischen Spions, das ihm untergeschoben wurde, um ihn in unseren Augen in Verruf zu bringen. Wenn er beweisen kann, daß dieses Dokument eine Fälschung ist, dann büßt die Anklage gegen ihn unverzüglich ihre Hauptstütze ein. Mr. Crawford!«

Gleich dem Antlitz der vieläugigen Indra wandten sich die Blicke des Gerichtsausschusses dem Angeklagten zu. Douglas' Lippen waren fest geschlossen, sein Blick nachdenklich; Herries machte ein besorgtes Gesicht; Buccleuch reckte den

Hals nach vorn. Lord Culter hatte die Hände zu einem Zelt zusammengelegt, hinter dem er das Gesicht verbarg.

Der Druck, der auf dem Junker lastete, war jetzt deutlich wahrzunehmen. Er saß reglos da, eine dünne tiefe Falte zwischen den Augen, beobachtete Lauder und nahm seine Gedanken vorweg wie ein Lichtstrahl, der vorschießt und auf einer niederfallenden Klinge verweilt. Ihre Blicke verklammerten sich. »Mr. Crawford«, sagte der Kronanwalt leise. »Dieses vor mir liegende Schriftstück wurde nach dem Überfall, der das Kloster von Lymond zerstörte, der Tasche eines englischen Soldaten entnommen. Es enthält unter anderem die folgenden Worte:

›Das Kloster liegt auf meinem Besitz, sechs Meilen östlich davon. Wir haben das Schießpulver dort versteckt, kurz bevor wir bei Solway gefangengenommen wurden. Wenn Sie sich unverzüglich aufmachen, sollten Sie hingelangen können, ehe es entdeckt wird. Niemand sonst weiß von seinem Vorhandensein. Es existiert ein unterirdischer Gang zu dem Keller, in dem sich das Pulver befindet. Sollte es schwierig sein, das Pulver wegzuschaffen, schlage ich vor, daß Sie das Kloster in die Luft sprengen.‹«

Ein langes Schweigen trat ein. Culter sah nicht auf, und Erskine neben ihm verschränkte plötzlich die Arme und blickte zu Boden. »Mr. Crawford«, sagte der Kronanwalt kurzweg, »gestehen Sie, daß diese Worte von Ihnen selbst geschrieben wurden?«

Die Tyrannis des Stolzes und die Tyrannis des Verstandes, so erbarmungslos sie auch genötigt wurden, vermochten Lymond hiervor nicht zu schützen. Seine Augen antworteten vor seiner Stimme. »Ja. Das wurden sie.«

»Gestehen Sie«, fuhr der Kronanwalt fort, »daß die Unterschrift auf der letzten Seite dieses Schriftstücks die Ihre ist?«

»Ich verstehe. Und da«, sagte der Kronanwalt mit völlig aus-
»Es ist die meine.«
drucksloser Stimme, »die Engländer diesen Weisungen folg-

ten, den unterirdischen Gang fanden und, als sie angegriffen wurden, das Kloster, wie von Ihnen vorgeschlagen, in die Luft sprengten – da dies alles geschah, sind Sie folglich für den Tod von vier Nonnen und zehn jungen Mädchen im Kloster, einschließlich des Todes von Eloise Ann Crawford, Ihrer Schwester, verantwortlich?«

Ermattetes, endloses Schweigen.

»Ja, ich bin verantwortlich«, sagte Lymond, aschgrau bis zu den Wurzeln seines sonnengebleichten Haars.

Das Zimmer war zum Ersticken voll; nicht nur die Gefangenen, sondern auch alle dienstfreien Wachsoldaten hatten es zuwege gebracht, sich ebenfalls hineinzuzwängen. Am heißesten war dem Mann Frank, denn er saß am Kamin und hielt Samuel Harveys Erklärung in die Nähe des Feuers. Hätte er in einem Kleister aus Schweiß seinen Geist ausgehaucht, keiner hätte es bemerkt. Die Blicke der Wachen wie der Engländer klebten gleicherweise an den schwitzenden Händen und den grinsenden Tarockkarten. Die beiden Gepäckrollen lagen noch immer auf dem Fußboden, aber ihr Inhalt hatte sich verändert: Neben Palmers Stuhl lag ein Teil von Scotts Geld, und einige von Palmers kleineren Besitztümern lagen bei Scott. Beide Männer waren in Hemdsärmeln.

Im Abendlicht war Wills Gesicht das blassere von beiden. Der ältere Mann spielte mit sorgloser, sicherer Hand und unablässiger hartnäckiger Findigkeit und hatte Scott bereits mehrmals übel hineingelegt. Dessenungeachtet gewann Scott, und zwar nicht nur einmal, sondern ziemlich häufig, und wenn er verlor, war die Spanne nicht so groß, daß sie sich nicht wieder einholen ließ. Er hatte inzwischen einen gehörigen Respekt vor Palmers Kartenspiel gewonnen. Er erkannte auch seine Zähigkeit und begann mehr und mehr zu fürchten, er selbst werde aus reiner Müdigkeit aufhören, klar zu denken. Und als wolle er es ihm noch besonders einschärfen, klopfte Palmer mit kräftigem Finger auf den Tisch:

»*Und* den Narren, Mr. Scott. Narr und drei Könige: macht fünfzehn Punkte – stimmt's? Ja. Und mein Spiel, glaube ich.«

Er hatte recht, und das Grinsen, das er mit seinen Zuschauern austauschte, machte es nicht besser. »Meines, Jungens! Habt ihr noch ein Bier, während ich mir meinen Preis aussuche? Das ist ein schöner Gürtel, Mr. Scott.«

Scott wurde es eng um die Brust. Bis der eine oder der andere von ihnen nichts mehr einzusetzen hatte, so lange würde das Spiel dauern; sie waren so gleich starke Spieler, daß ihre verdammten Habseligkeiten womöglich wochenlang hin und her pendeln konnten – wenn Will nicht zusammenklappte und alles verlor. Und die Abmachung war, daß Samuel Harveys Papiere Palmers letzter Einsatz sein sollten. Der Gedanke daran machte Will ganz krank vor Wut und Enttäuschung. Nach allem, was sie durchgemacht hatten – was die alte Lady Culter gelitten hatte, nach Christians Tod, nachdem er selbst sich zwanzigmal blamiert hatte –, sollte ihm keiner diesen Preis unter die Nase halten und dann wieder wegschnappen. Er hörte auf zu mischen und knallte die Karten auf den Tisch. »Ich gebe.«

Palmer blinzelte. »Er glaubt, er wird diese Runde gewinnen.«

»Ich werde sie alle gewinnen«, sagte Will Scott. »Ich werde Ihnen die Nägel aus den Stiefeln ziehen, bevor ich mit Ihnen fertig bin, und wenn Sie Ihre Hose mit irgendwelchen Nadeln festhalten, dann passen Sie lieber auf sie auf, denn ich ziehe sie Ihnen von Ihrem großartigen Engländerhintern herunter, noch ehe es Tag wird, worauf Sie sich verlassen können.« Und er begann, die Karten auszuteilen.

»Hier also«, sagte der Kronanwalt, »haben wir endlich die Wahrheit. Ich kann nicht behaupten, daß ich sie erwartet hatte. Ihr Geständnis macht Ihnen Ehre, Mr. Crawford.« Lauder war sich über alle Zweifel erhaben des Erfolgs seines Überfalls bewußt. Er war in Lymonds Bollwerk eingedrungen, und das Losungswort war der Name von Lymonds Schwester gewesen.

Er triumphierte, und Lymond, der schmerzhaft aus seinem fühllosen Schuppenpanzer hervorbrach, übte Vergeltung. »Das Verdienst ist ausschließlich das Ihre, Mr. Lauder. Ich ziehe meine Wahrheit jedoch flach vor und nicht überwölbt, auch wenn der lieblichste Quell berühmter Redekunst unter der Wölbung hervorsprudelt. Die Notizen stammen von mir. Aber sie waren für schottische Leser bestimmt und nicht für englische. Für kein Rittergut und keine Frau oder die Schlüssel sämtlicher Schatzkammern würde ich, trotz Ihrer Charakteranalyse –«

»Einer Frau etwas zuleide tun?« meinte der Kronanwalt freundlich.

Buccleuchs Grunzen wurde von allen vernommen. »Man kann ein verdammter Narr mit Weibern sein und braucht noch lange nicht vierzehn junge Mädchen in die Luft sprengen zu wollen.«

»Mr. Crawfords heimliche Intrigen mit Christian Stewart«, sagte Lauder, »waren mehr als die eines verdammten Narren, sollte ich denken. Vergessen Sie nicht, daß auch sie ums Leben kam.«

Argyll steuerte seine Meinung bei. »In jedem Fall, Sir Walter, stehen der Information über das Kloster in diesem Schriftstück drei Seiten Mitteilungen über die schottischen Pläne voran sowie einige ausdrückliche Hinweise auf frühere Berichte an den Englischen Kronrat. Es ist offensichtlich widersinnig zu unterstellen, daß irgend etwas davon für Schottland bestimmt war und nicht für England.«

Lymond holte tief Atem. »Ich habe versucht, dies zu erklären. Die ersten drei Seiten dieses Briefes sind eine Fälschung, die zweifellos auf dem Bericht des echten Spions beruht. Der Brief über das Schießpulver hingegen ist völlig echt. Ich hatte das Pulver im Kloster meiner Schwester versteckt, nachdem das Kloster bei einem früheren Überfall bereits zum Teil zerstört und aufgegeben worden war. Der Mann, der mir dabei half, ist bei Solway Moss gefallen, wo ich gefangengenommen wurde; niemand sonst wußte davon, und es sah so aus, als würde ich in London einige Zeit festgehalten werden.

Ich wußte, daß die Regierung das Pulver benötigte, und war besorgt, den Nonnen könne etwas geschehen, falls sie zurückkehrten. Deshalb schrieb ich in London einen Brief und ließ ihn Mr. Robert Erskine übergeben, der freigelassen worden war und nach Schottland zurückkehrte. Mir selbst war keine persönliche Berührung mit den anderen Gefangenen gestattet.«

Am Gerichtstisch traf Buccleuchs Blick auf den Tom Erskines. Tom sagte: »Robert fiel bei Pinkie.«

»Jedenfalls«, fuhr Lymond ruhig fort, »hat er den Brief nie erhalten. Das habe ich später entdeckt. Der Brief wurde abgefangen, die Aufschrift abgeschnitten und das Ganze als Schluß an den anderen Bericht angehängt, der in einer Nachahmung meiner Handschrift neu geschrieben wurde. Der nächste Überfalltrupp, der über die Grenze ging, machte das Kloster ausfindig, wurde überrumpelt, zündete das Pulver an und sorgte dafür, daß das mich belastende Schriftstück zurückblieb.«

Sir Wat sagte: »Sie Esel, wenn das stimmt, warum haben Sie dann auf den Brief nicht aufgepaßt? Sie konnten sich doch denken, was damit in falschen Händen geschehen würde, auch wenn Sie nicht wußten, daß die Mädels ins Kloster zurückgekehrt waren.«

»Der Gedanke ist mir nicht neu«, antwortete Lymond tonlos. »Ich traf alle Vorsichtsmaßnahmen, die mir damals möglich waren.«

»Aber nicht genügend.«

»Offensichtlich nicht. Falls Ihnen daran liegt, meine Gefühle bei dieser Gelegenheit zu analysieren«, sagte Lymond mit plötzlicher Heftigkeit, »können Sie sie an meinen Mäßigungsverfehlungen nach dem Evangelium des Mr. Lauder messen.«

»Verdammter Narr«, erwiderte Buccleuch kurz. »Augenblick noch, Henry. Wenn der Bericht von zwei verschiedenen Händen geschrieben wurde, müßte doch ein gewisser Unterschied in der Handschrift bestehen, wie?«

Doch der Kronanwalt schüttelte den Kopf, erhob sich und reichte das Schriftstück zum Ausschußtisch hinüber. »Sehen Sie es sich selbst an.«

Das Papier ging knisternd von Hand zu Hand. Die sinkende Sonne fiel grell auf die Wand und nötigte Erskine, die Augen gegen das heraldische Geflimmer zu schirmen. Culter saß reglos da und starrte auf seine Hände. Auf den Bänken gegenüber stand Mylne, der Leibarzt der Königin, plötzlich auf, schritt zum Angeklagten hinüber, beugte sich hinab und sagte etwas. Der Junker schüttelte den Kopf, gerade als Lauder, die zurückgegebenen Papiere in der Hand, sich hinsetzte und die beiden beobachtete. »Nun, Doktor?«

Die ältliche Gestalt richtete sich auf. »Wenn Sie ihn hängen wollen, seien Sie lieber vorsichtig.«

»Möchten Sie eine Ruhepause einlegen, Mr. Crawford? Sie dürfen uns nicht ohnmächtig werden.«

Buccleuch knurrte. »Ich würde am Rand der Hölle keinen Schluck Wasser nehmen, wenn man ihn mir so anbietet: Lauder ist obenauf und weiß es. Seht ihn euch an! Ein Mund wie ein schmunzelndes Schwein.«

Das Schmunzeln war gewißlich da und verbreitete sich bei Lymonds spöttischer Antwort: »So kurz vor dem Höhepunkt? Ich werde doch bis zur Schlußrede noch durchhalten können, Mr. Lauder!« Der abgewiesene Arzt verschwand.

Der Kronanwalt wartete, bis die Unruhe sich gelegt hatte; dann erhob er sich. »Ich glaube, es besteht keine Notwendigkeit, die Vernehmung noch sehr viel weiter fortzusetzen. Wir haben Mr. Crawfords Erklärungen darüber gehört, was sich 1542 in London zugetragen hat; wir haben festgestellt, daß an keiner Stelle des Schriftstücks ein augenfälliger Unterschied in der Handschrift besteht, und wir haben gehört, daß er die Verantwortung für das entsetzliche kaltblütige Verbrechen, dessen Ergebnis wir kennen, anerkennt.

Einerseits besitzen wir eine Erklärung für diese Vorkommnisse, die in ihrer Gewalttätigkeit und Entartung zwar abscheulich, aber nichtsdestoweniger wahrscheinlich ist und sowohl durch urkundliches Beweismaterial als auch durch einen Teil der von Mr. Crawford selbst beigebrachten Beweise gestützt wird. Andererseits liegt uns die Geschichte eines geradezu unglaublichen Streichs des Schicksals vor, der den Angeklagten der Gnade und Ungnade mächtiger Kräfte in London hilflos auslieferte. Man verlangt von uns zu glauben, daß er zwar glühend die schottische Sache unterstützte, aber zugleich so unvorsichtig war, ein gefährliches Geheimnis in Feindeshand fallen zu lassen; daß irgendeine schreckliche englische Verschwörung existierte, wie sie in Schauerromanzen vorkommt, von der er zufällig Kenntnis erhielt. Sind alle diese Dinge wahrscheinlich?«

Es war eine Kunstpause, um der Wirkung willen, aber der genaue und schlaue Gladstanes unterbrach ihn. »Es erscheint mir nicht völlig unbestreitbar, daß die beiden Hälften dieses Briefes in der gleichen Handschrift sind. Auch der Vorschlag, das Kloster in die Luft zu sprengen, kommt mir überflüssig vor, wenn der Brief an die Engländer gerichtet war; er scheint mir unnötig und zeigt eine Fühllosigkeit, die mir kaum glaubhaft erscheint. Besonders nicht, weil der Mann – angenommen, er war ein Spion –, doch bestimmt erwartete, als er dies schrieb, früher oder später nach Schottland zurückgeschickt zu werden.«

Bischof Reid wartete kaum ab, bis Gladstanes geendet hatte. »Die Antwort darauf liegt doch gewißlich, wie Lauder bereits gesagt hat, in den Beweisen seines Charakters. Der Mann hat ein lasterhaftes, verwerfliches Leben geführt – er hat es nicht geleugnet. Da ist das blinde Mädchen. Die Schwägerin. Der junge Scott –« Er unterbrach sich, da Sir Wat hochschoß, aber von einem Nachbarn wieder auf seinen Platz gedrückt wurde. »Ein junger Mensch, der in seiner Einstellung zu seinem neuen Beschützer heftig hin und her schwankte. Abscheu – oder Abscheu vor sich selbst – zwang ihn schließlich, den ehrenhaften Weg einzuschlagen. Seine Neigungen haben sich inzwischen anscheinend abermals geändert. Wir wissen nicht, was in dem einen Jahr geschehen ist, das er bei dem Angeklagten verbracht hat, aber diese Anzeichen eines extremen und ungesunden gefühlsmäßigen Wankelmuts können einen schwerlich wundernehmen. Es wäre mir schwergefallen, auf seine Aussage irgendwelches Vertrauen zu setzen, und ich bin froh zu sehen, daß er heute nachmittag nicht anwesend ist, um meineidig zu werden.«

Es überstieg die menschliche Kraft, Buccleuch noch länger zurückzuhalten. »Meineidig werden!« brüllte Sir Wat. »Ungesunde Gefühle! Abscheu vor sich selbst! Nennen Sie meinen Sohn etwa einen Wüstling?«

»Ich habe lediglich darauf hingewiesen –«

»Dieser Junge«, bellte Sir Wat, »war ein fader, schwächlicher, ungeschickter und entschlußloser Dummkopf, ehe er mit Francis Crawford zusammenkam. Und jetzt, bei Gott – vielleicht entschließt er sich noch immer dreimal in der Zeit, in der ein normaler Mann es einmal tut, aber ich hätte in jedem Kampf oder Streit lieber ihn hinter mir als irgendein geckenhaftes Muttersöhnchen, das brav zu Hause geblieben ist.«

»Ich bestreite nicht«, sagte der Bischof laut, »daß Ihr Sohn jetzt ein äußerst tüchtiger Kriegsmann ist, wie sein beispielloser Angriff gegen Sie selbst bezeugt. Ich versuche lediglich zu beweisen –«

»Mir scheint, Sie haben nur versucht, außerdem noch sechs andere Dinge zu beweisen«, sagte Sir Wat drohend. »Und alle miteinander verdammt beleidigend.«

»Jedenfalls«, griff Henry Lauder rasch ein, »ist der Punkt festgestellt. Man muß es uns schon zugute halten, wenn wir meinen, daß natürliche wie unnatürliche Beziehungen Mr. Crawford leichtfallen. Und das führt uns, so unersprießlich es sein mag, zu einem volkstümlichen Gerücht, das in den Monaten nach der Sprengung des Klosters sehr weit verbreitet war. Ich muß Sie daran erinnern, Sir Wat, daß Mr. Crawford Gründe gehabt haben mag – sehr triftige eigene Gründe –, den Angriff auf das Kloster zu fördern, wenn nicht gar anzustiften.«

Lymond sprang mit solcher Heftigkeit auf die Füße, daß der schwere Stuhl hinter ihm ins Schwanken geriet. Einen Lidschlag lang mußte er gesehen haben, daß sein Bruder sich im gleichen Augenblick halb erhob, und dürfte geahnt haben, was hinter der wilden Angst in den grauen Augen und hinter der gierigen Erwartung des Tribunals lag.

Lauder wartete, dankbar für die kurze Pause vor dem Angriff. Ein Sturm der Gefühlserregung hätte womöglich alle Zuneigung und Sympathie, die bereits für Lord Culter vorhanden waren, und die weniger als neutrale Neugier von Leuten wie Herries und Buccleuch zu einem Ganzen zusammenschmelzen lassen. Aber dieser Bursche kämpfte mit dem Verstand, nicht mit dem Herzen, und das Tribunal würde sich niemals für ihn erwärmen. Henry Lauder war kein Zyniker; er verstand nur ganz einfach seine Sache hervorragend gut.

Doch als Lymond zu sprechen begann, wandte er sich an den Gerichtsausschuß und nicht an den Kronanwalt. Die ätzende Stimme war zunächst heiser vor reiner, kalter Wut, dann hatte er sie wieder in der Gewalt. »Ich stelle fest, daß diese Vorstellung Ihnen nicht neu ist. Es gibt Rechtsgelehrte, die glauben, daß Dreck noch alle Tage ebenso brauchbar ist wie Beweismaterial, aber Mr. Lauder, gleich dem Höllenfeuer ganz Hitze und kein Licht, gehört nicht zu ihnen. Er ist lediglich aufreizend, ohne natürlich auf die Gefühle des Lords von Buccleuch oder der Mitglieder meiner Familie die geringste Rücksicht zu nehmen.«

Lymond hielt inne, und seine nun unerschütterlich feste Stimme senkte sich ein wenig. »Gleich Mr. Lauder habe auch ich auf dieser Bühne schon gespielt. Ich kenne den Wert des verblüfften Stutzens, der Ohnmacht, der vor Zorn und Empörung geschwollenen Stirnader. Mr. Lauder fürchtete sich vor alledem ein wenig; doch rechnete er darauf, daß ich Ihre Selbstachtung zertrümmern würde, so wie Sie die meine, mit betrüblichen Ergebnissen für meine Sache. Das ist der Grund, warum Sie soeben diese Anschuldigungen hörten, die geschickt auf die vorangegangenen Äußerungen des Bischofs über Will Scott von Buccleuch aufgepfropft waren.« Er hielt inne.

»Beide Unterstellungen entbehren jeglicher Grundlage. Will Scott ist ein normaler, lebendiger junger Mann. Er verließ mich, weil er neben anderen falschen Vorstellungen des Glaubens war, ich wolle ihn den Engländern ausliefern. Wenn Sie dem Leugnen des Vaters keinen Wert beimessen, dann erinnern Sie sich zugleich auch an seine Mäßigung heute vor dem Tribunal. Sir Walter ist kein Mann, der seine Gefühle verbirgt. Meine Schwester . . .« Seine Stimme wurde plötzlich rauh. »Wer wird für sie sprechen? Meine übrige Familie vielleicht; werden Sie ihr glauben? Wer macht es nötig, daß man überhaupt für sie sprechen muß, für den einen wie den anderen dieser jungen Menschen? Sind Sie so knapp an Ruten, daß Sie junge Bäume plündern müssen? So knapp an Steinen, daß Sie sich auf den Friedhöfen nach ihnen umsehen müssen . . .

Meine Lords, Herr Kronanwalt: Ich meine, daß Ihnen jetzt doch gewiß genügend Material vorliegt, um Ihnen ein Urteil zu ermöglichen, daß bei diesem Verhör nichts von Wert mehr herauskommen kann und ganz besonders nichts von irgendwelchem Wert auf dem Weg, den einzuschlagen Mr. Lauder Sie nötigen will. Ich bitte Sie dringend zu bedenken, daß ich und ich allein derjenige bin, über dessen Taten Sie heute zu Gericht sitzen.«

Er setzte sich und ließ das unbehagliche Schweigen jener zurück, die soeben das lautlose Explodieren eines Fäßchens Schießpulver erlebt haben. Tom Erskine flüsterte: »Allmächtiger Gott!«, warf einen Blick auf Culters Gesicht und wischte sich die Stirn. Lauder erhob sich. »Entziehen Sie sich der weiteren Befragung, Mr. Crawford?«

»Das tue ich nicht. Aber –«

»Aber es wäre Ihnen angenehm, wenn wir aus Rücksicht auf

Ihre Gesundheit die Vernehmung schließen würden«, sagte der Kronanwalt behaglich und beobachtete aus dem Augenwinkel einen Zettel, der eilig zum Haupttisch weitergereicht wurde. Buccleuch zerknüllte ihn in der Hand und sagte: »Mir gefällt die Richtung, die das Verhör eingeschlagen hat, auch nicht besonders, Lauder; aber mit Erlaubnis Seiner Gnaden – ich meine, wir sollten die Verhandlung nicht schließen, ohne Will noch einmal gehört zu haben. Er muß jeden Augenblick hier sein.«

Argyll beriet sich mit seinen unmittelbaren Nachbarn und beugte sich vor. »Wir sind einverstanden, unsere Voruntersuchung an diesem Punkt abzuschließen, Mr. Lauder. Ich kann mir nicht denken, Sir Walter, daß Ihr Sohn noch etwas von großer Tragweite hinzuzufügen hat; sollte er jedoch vor Schluß der Verhandlungen noch erscheinen, werden wir natürlich seine Aussage zulassen. Vorerst wünschen wir, daß Sie, Herr Kronanwalt, die Tatsachen, die bisher zutage getreten sind, zusammenfassen.«

Erskine sprang auf. »Meine Lords, ich bitte Sie, die Sitzung nicht zu schließen, ohne Mr. Scott vernommen zu haben. Es handelt sich um Beweismaterial von allergrößter Bedeutung.«

Argyll bewies Geduld. »Haben Sie Kenntnis von diesem Beweismaterial?«

Erskine errötete. »Nein. Nur daß es entscheidend wichtig sein könnte.«

Die Stimme des Gerichtsvorsitzenden klang endgültig. »In diesem Fall, fürchte ich, müssen Sie sich meiner Entscheidung fügen. Wenn es vor Schluß der Untersuchung eintrifft, werden wir es zulassen. Mr. Erskine, Sie können sich setzen.«

Tom sagte kurz: »Ich sollte über das Vorgehen des Angeklagten in Hexham aussagen. Darf ich das jetzt tun?«

Diesmal war Argylls Nachsicht nicht so offenkundig. Er beugte sich vor. »Wir wissen, was sich dort ereignet hat, Mr. Erskine, und wir glauben Ihnen, daß Sie es bestätigen können. Nun, Mr. Lauder?«

Der Kronanwalt war amüsiert und gefesselt – so gefesselt, daß er sich an dem Spiel beteiligte. »Es ist da noch ein weiterer Punkt, Mylord, den wir vielleicht noch klären sollten. Wir haben noch keine Äußerung von Lord Culter für oder gegen seinen Bruder gehört. Wir begreifen zwar alle durchaus, daß die Sache für ihn schmerzlich ist, aber vielleicht wäre er doch in der Lage, uns einige Aufklärung über das unselige Vorkommnis im Kloster zu geben.«

»Ich glaube«, begann Argyll, »wir haben genug gehört –«, und hielt inne, als der Kronanwalt ein besorgtes Gesicht machte.

»Es war Lord Culter«, sagte Lauder, »der sich im vergangenen Jahr am wenigsten schonte, um seinen Bruder aufzuspüren, und ihn schließlich auch tatsächlich zurückbrachte. Sollten wir ihn nicht ersuchen, uns seine Gründe anzugeben?«

Das war ein Fehler, aber er kam so spät, daß es der Sache der Krone wenig Abbruch tat. Der Gerichtsvorsitzende winkte flüchtig mit der Hand, und Lord Culter erhob sich. »Es trifft zu, daß ich viele Wochen mit der Verfolgung meines Bruders zugebracht habe«, begann er, und Lauder, schon durch seine Stimme gewarnt, fluchte leise vor sich hin. »Ich tat es, weil ich in einer völlig falschen Vorstellung befangen war«, sagte Richard ruhig. »Ich halte ihn der gegen ihn erhobenen Anklagen für unschuldig und möchte hierzu sagen, daß ich, als er aufgegriffen wurde –«

»Reit auf dem Punkt nicht herum, Richard.« Es war die rasche und kaustische Stimme des Angeklagten.

»– als er aufgegriffen wurde, im Begriff war, meinem Bruder zu helfen, außer Landes zu gehen.«

Sensation! Lymond schnitt eine eigentümliche Grimasse und schwieg. Der Lordoberrichter setzte sich gerade. »Sie sind sich klar darüber, Lord Culter, daß Sie, falls dieser Mann für schuldig befunden wird, sich zum Mittäter seiner Verbrechen gemacht haben?«

Richard sagte kurz: »Er ist nicht schuldig.«

Der Kronanwalt sah ihn scharf an. »Eure Lordschaft hat uns gründlich überrascht. Ich beabsichtige nicht, Sie wegen Ihrer Schwester zu befragen, aber eine Frage muß ich doch stellen: Was die Beschuldigungen in dieser Anklageschrift betrifft – haben Sie irgendeinen Beweis, daß sie falsch sind?«

Culter zuckte unruhig. Noch ehe er den Mund öffnen konnte, sprach Lymonds boshafte Stimme: »Nein, den hat er nicht. Es tut mir leid, dieses sanfte Licht verscheuchen zu müssen, aber nicht einmal Richard kann einen vollständigen Frontwechsel so rasch zuwege bringen. Diese ganze Reinwaschung soll dazu dienen, den Ruf meiner Schwester zu schützen. Weiter nichts.«

Der Kronanwalt sagte nichts; er lehnte sich lediglich in seinem Stuhl zurück, das blaue Kinn auf die Brust gesenkt, und starrte Lymond nachdenklich an, und Lymond starrte ebenso nachdenklich zurück. Schließlich sagte Argyll: »Wir müssen das wirklich klarstellen. Heißt das, daß Lord Culter fabelt? Daß er Ihnen nicht zur Flucht verhalf?«

»Der Phantasie schwindelt angesichts der unwahrscheinlichen Freuden eines solchen Ereignisses. Nein. Er hat mich hierhergebracht, damit ich gehängt werde, nachdem es ihm kurz zuvor mißlungen war, mich in einem regelrechten Zweikampf in England zu töten. Mr. Erskine wird das bestätigen.«

Mr. Erskine bestätigte es mit herber Stimme, ohne Lord Culter anzusehen, der aufgesprungen war und an seinen Beteuerungen würgte. »Ich meine«, sagte der Angeklagte freundlich, »daß du dich setzen solltest. Es kommt jetzt nicht mehr darauf an, weißt du.« Nach einem Augenblick des Zögerns setzte sich Richard.

Eine merkwürdige Stille hatte sich herabgesenkt. Es war spät, schon lange nach der Nachtmahlzeit. Alle waren erschöpft von den Erörterungen, der Hitze, der Anspannung und den verborgenen Verwüstungen der Angst. Keine Pfeile waren abgeschossen worden, keine Minen waren explodiert, keinem guten Ruf und Ansehen seine Flicken und Krücken abgerissen. Alles war Rechtschaffenheit und untadelige Würde, und die volltönende, geschmeidige Stimme des Kronanwalts erhob sich in der Stille und rollte behutsam den Rechtsfall gegen Francis Crawford auf.

Er hielt sich an seine Anklageschrift, hielt sich knapp, genau und niederschmetternd an ihre harte Strenge und appellierte nicht an Herz und Gefühl. Die Zeit dafür war vorbei. Statt dessen konzentrierte er sein ganzes Denken darauf, ein Gewebe aus Stahl zu flechten, so hieb- und stichfest, daß niemand es zu zerreißen vermochte. Er schloß sehr ruhig: »Und somit führe ich Ihnen einen Sünder von einer Art vor, mit der das Gesetz in seiner Gnade und Unparteilichkeit kaum zu verfahren weiß, weil es ihr noch kaum je begegnet ist, einen Mann, der die Männer seines Stammes in vorzeitigen Tod gestürzt hat; der Mutter und Sohn auseinandergezerrt und für eine Handvoll besudelter Münzen eine Wiese von Kindern bis auf die Stoppeln niedergemäht hat. Einen Mann, der es fertigbringt, sich gegen sein Vaterland zu kehren und es zu verraten, es zu verleugnen und anzuspeien, als sei es eine leere Einöde, nur ein Name auf der Landkarte, ein Volk von Fremden und eine Quelle ruchlosen Plünderguts.

Ein solcher Mann ist Crawford von Lymond; ein solcher Mann, wie ihm unser Land nie wieder zu begegnen wünscht. Ich sage: Befassen Sie sich nicht länger mit ihm, denn es ist besser, er werde verurteilt und hochnotpeinlich zu Tode gebracht.«

Das Schweigen, das er sorgfältig vorbereitet und herbeigeführt hatte, folgte seinen Worten und lastete eine bebende Weile auf dem Tribunal. Dann regte sich Argyll am langen Tisch, und die zwölf Beisitzer rührten sich und seufzten. Erskine hob den benommenen Kopf und sah, daß Richards Augen weit geöffnet auf seinem Bruder ruhten; doch Lymond sah niemand an, sein absonderlicher Kornblumenblick war ins Leere gerichtet. Der Lordoberrichter begann zu sprechen und mußte sich kräftig räuspern. »Wir haben Sie gehört und verstanden, Mr. Lauder. Ihr Geschick und Ihre Klarheit haben uns heute bei dieser äußerst kummervollen Aufgabe gute Dienste geleistet. Auch der Angeklagte hat Sie gehört. Wir fordern ihn jetzt auf, zu seiner eigenen Verteidigung gegen die vorgebrachten Anklagen das Wort an uns zu richten. Mr. Crawford.«

Von Lymonds blondem Haar bis zu seinen Fingerspitzen bewegte sich kein begriffsstutziger Muskel. »Ich habe nichts hinzuzufügen«, sagte er.

Der überfüllte Raum fuhr zusammen, als habe er geschrien. »Nichts?« rief Argyll. »Sir, Sie sind des Landesverrats angeklagt. Sie haben die schwersten Beschuldigungen und die schwersten Zweifel an Ihrer Aussage vernommen. Haben Sie keine Rechtfertigung?«

Lymonds Augen wandten sich, aller Ironie bar, vom Gerichtsvorsitzenden ab und ruhten auf seinen eigenen, reglosen, flach zusammengelegten Händen. »Der Abstand«, sagte er, »ist so gering zwischen Leben und keinem Leben, zwischen Tatsache und Lüge, Landesverrat und Patriotismus, Zivilisation und Barbarei ... Wenn Mr. Lauder ihn zu erkennen vermag, so hat er Glück; wenn Sie ihn erfassen können, haben Sie mehr Recht zu richten als ich, mich zu verteidigen. Ich habe nichts hinzuzufügen.«

»Wenn Sie den Unterschied zwischen Vaterlandstreue und Landesverrat nicht wissen, Mr. Crawford«, sagte der Bischof, »dann ist es bestimmt sicherer, Sie zu hängen.«

Der Junker betrachtete ihn prüfend. »Wieso? Wissen Sie ihn denn?«

»Solange ich den Unterschied zwischen Recht und Unrecht weiß«, sagte er bündig.

»Ja. Damit verhält es sich sehr ähnlich. Patriotismus«, sagte Lymond, »ist ebenso wie Anstand und Ehrlichkeit eine Luxusware mit sehr hohem Nennwert, die bei ihrem Preis auf dem geistigen Markt kaum mehr abzusetzen ist.«

»Das Empfinden für das eigene Land«, sagte der Kronanwalt leise, »gilt im allgemeinen nicht als eine schwierige Frage der Ethik.«

Die ungezwungene Stimme nahm Thema und Kommentar auf und trug sie in tiefere Gewässer. »Nein. Es ist auch eine Gefühlsregung, und das Gefühl kommt natürlich zuerst. Das Heim des Kindes und seine Lebensformen sind dem Kind geheiligt, unantastbar, vollkommen. Mit der Zeit erstrecken wir unsere Duldsamkeit auf unsere Verwandten und unsere Nachbarn, unsere Mitbürger und vielleicht schließlich sogar unsere Landsleute. Aber der Mann, der auch nur einen Zollbreit jenseits der Grenzlinie lebt, ist ein unverbesserlicher Feind und Widersacher.«

Er flocht die langen Finger ineinander und hob sie, während der Blick auf den offenen Handflächen ruhte. »Patriotismus ist ein vorzügliches Treibhaus für Grillen und Wunderlichkeiten. Er züchtet Unduldsamkeit. Der Mensch von nur bescheidenen Fähigkeiten erfreut sich der besonderen Rechtfertigung durch den Zweck und des Bewußtseins des Zeremoniellen, er genießt den Widerhall geheimnisvoller, verlorengegangener königlicher Dinge, einen Hauch der simplen Tugenden des Mythos, der Legende und Ballade. Er will Beförderung. Er ist des geregelten Zeitlaufs überdrüssig und sucht nach Bewegung und Veränderung und einer Prise Gefahr und Aufregung. Aus all diesen Gründen machen die Menschen zumindest einmal im Leben den Schritt, der sie in die Schlacht für ihr Vaterland führt...

Patriotismus«, wiederholte Lymond. »Ein üppiges Wort, ein mächtiger Schlüssel zu einem königlichen Wolkenkukkucksheim. Vaterlandstreue; die ehrliche Überzeugung, daß in dieser ganzen heimgesuchten, kämpfenden Welt der Boden der Väter der edelste und beste ist. Ein himmlischer Wettbewerb um die beste menschliche Rasse; ein Mittel, um sich der Langeweile zu entledigen und überschüssige Macht oder überschüssiges Talent oder überschüssiges Geld einzusetzen; eine unreife und frömmlerische Unduldsamkeit, die auf den Märkten der Macht zur Tauschhandelsmünze wird.« In der tiefen Stille fuhr der Junker sanft und behutsam fort: »Diese Menschen sind keine Patrioten, sondern Märtyrer, die aus fröhlichem Eigennutz sterben, so wie die Christen in der angenehmen Überzeugung starben, daß sie der Gnade teilhaftig seien, und ihr Vorbild hinterließen, um die Jahrhunderte aufzufrischen. Der Ruf erschallt: Unser Land ist herrlich unter der Sonne. Es tut mir not, sagen sie, es zu glauben. Es ist eine Tugend, es zu glauben, und deshalb werde ich aus dieser bescheidenen Scholle eine Leidenschaft und eine Macht und Selbstlosigkeit herauspressen, die ansonsten unerweckt ins Grab gelegt würden.«

Mit unbehinderter Freiheit der Stimme, der zuchtvollen Inbrunst seines Geistes zeigte er jetzt klar und deutlich auf, wohin er sie führte. »Und wer will sagen, daß sie unrecht haben?« fuhr Lymond fort. »Es gibt ja jene, die stets am Land festhalten werden und die mit ihren entwurzelten Einbildungen daraus womöglich ein Werkzeug des Guten machen werden. Sind wir hier in diesem Land dessen so gar nicht fähig? Ist niemand da, der dieses unschätzbare Ding aufhebt und sagt: Hier ist ein Volk mit einer solchen Seele, mit solchen Gaben, mit diesen Schwächen und diesem eingeborenen Wert? Auf welche Weise läßt sich dieses eine Volk dazu bringen, aus vollen Kräften und in Frieden sein Leben zu leben, und wer in seinem Erbarmen und seiner Weisheit wird es an der Hand nehmen und auf den Pfad führen?«

Zwei, drei, vier Sekunden lang hielt das Schweigen an. Dann gab Lauder, einen Ausdruck reinster Freude auf dem Gesicht, einen langen Seufzer von sich; Argyll machte einen tiefen Atemzug, und Erskine riß den Blick von Lymond los und sah, wie Richard seinen Bruder anstarrte und die Heimlichkeiten seiner störrischen Seele sich achtlos auf seinem Antlitz enthüllten.

Einen Augenblick lang blickte Argyll Lymond ins Gesicht, und Mutmaßung, Neugier und ein gewisser herber Respekt malten sich auf den bleichen Zügen. Dann sagte er: »Ich begreife, daß Sie etwas gesagt haben, das nach Ihrem Gefühl gesagt werden mußte, und daß Sie sich nicht bewogen fühlen, sich zu der Vielfalt der Anschuldigungen zu äußern, die heute gegen Sie vorgebracht worden sind. Ich bin mir nicht sicher, daß Sie damit unrecht haben. Doch ist dies weder der rechte Ort noch der rechte Zeitpunkt, um Ihnen zu antworten; auch bin ich nicht sicher, daß ich oder irgendeiner der hier Anwesenden dies vermöchte.« Er hielt inne.

»Es ist uns die Interpretation eines bemerkenswerten Rechtsfalls dargelegt worden: eine Folge von Ereignissen, die von einer starken und ungewöhnlichen Persönlichkeit gewaltsam zum Abschluß gebracht wurden. Mr. Lauder würde, glaube ich, als erster zugeben, daß er uns offenkundig nicht den ganzen Mann gezeigt hat und daß, wie immer die wahre Deutung lauten mag, Mr. Crawford, wir uns bewußt zu sein haben, daß sie nicht einfach oder in irgendeiner Weise alltäglich ist. Wir sind der Beweisaufnahme aufmerksam gefolgt. Viele der Anklagepunkte, die sich auf Verbrechen nach dem Jahr 1542 beziehen, sind meines Erachtens sehr entkräftet worden und würden sich schwer aufrechterhalten lassen. Die ursprüngliche Anklage besteht jedoch weiter, und das diesbezügliche Beweismaterial ist in keiner Weise erschüttert worden.

Wir werden diese Punkte jedoch erwägen und morgen den Drei Ständen, vor denen Sie erscheinen werden, unsere Empfehlungen unterbreiten. Diese Entscheidung ist es, die Sie fürchten, auf die Sie gefaßt sein müssen, und ich ermahne Sie, sich jetzt auf sie vorzubereiten.«

Deutlicher hätte der Gerichtsausschuß das Todesurteil kaum ankündigen können. Lymond stand bereits aufrecht, um es entgegenzunehmen. Der Ansturm dieses Tages hatte seinen Zügen den Stempel bis auf die Knochen eingeprägt. Er verbeugte sich einmal vor den Beisitzern und dann überraschenderweise ein zweites Mal vor den Bänken, wo sein Bruder und Erskine saßen; dann schritt er zwischen den Wachen still zur Tür.

Weder Lauder noch die Richter, noch die schweigenden Reihen der Zeugen dachten noch an Will Scott.

Edinburgh, ingrimmig bewehrt und bewacht, lag drinnen in seinen Mauern, umlagert von den Schatten seiner Anhöhen. Der Mond zeichnete auf dem Kopfsteinpflaster die Profile all der neuen hohen Häuser nach: die strohgedeckten Giebel, die Schieferschindeln und die Zickzackdächer, und die Rinnsteine liefen zwischen den Schatten ein und aus wie scheckige, silbrige Aale. Wie stets waren Lichter am Hafen, und heute nacht brannten sie auch in Holyrood und im Schloß der Maria von Guise auf dem Castle Hill. Weiter unten schimmerte eine Kerze hinter einem hochgelegenen Fenster des Stockhauses; dahinter lag Lymond, mit Betäubungsmitteln in Schlaf versenkt und einem Wachtposten vor der verriegelten Tür, bis die Nacht vorüber war und das Parlament zusammentrat, um sein Ende zu verkünden. Im Haus des Culters in der High Street wartete seine Familie, und die Kerzen brannten die ganze Nacht.

Die Kerzen brannten auch in der Burg, wo im Zimmer der Gefangenen Licht und Hitze sich umschlungen hielten. Die niedrige Zimmerdecke drückte die Schicht verbrauchter Luft herab: schaler Dunst von abgestandenem Bier und schwitzenden Leibern. Es gab keinen Platz mehr zum Stehen und keine Luft mehr zum Atmen, aber das Licht strömte auf eine sich hin und her wiegende Dolde von Köpfen herab und beschien ihre Nacken, die sich in gieriger Spannung wie Tiere am Wasserloch reckten.

In der Mitte saßen halbnackt Will Scott und Sir Thomas Palmer. Sonnengebräunte Muskeln schimmerten im vielfältigen Licht, und Schweiß rann ihnen das Rückgrat hinab. Seit etwa einer Stunde war Palmers Kette von Witzen, Scherzen und kernigen Erinnerungen abgerissen; er atmete heiser in seine Karten hinein, die Augen blickten wie gebannt, und das Kinn ruhte in drei säuberlichen Falten auf der Brust. Neben seinem Stuhl lag die gute Hälfte von Scotts Habseligkeiten, ein Bündel Kleider zuoberst. Neben Scott lag jegliches Stück, das zur Zeit Tommy Palmer gehörte, bis auf eines: die Erklärung seines Vetters.

Scott war zu müde zum Denken. Er hatte schon oftmals zuvor die Nacht durchgespielt und sich im gleichen Morgengrauen mit flackernden Augen, unrasiert und bärenhungrig aufgemacht, um in den Fußstapfen seines Vaters Wunderwerke der Unfugstifterei zu vollbringen. Aber gegen Palmer brauchte er mehr als nur Gespür; er brauchte Mut, Geistesgegenwart, Wachsamkeit und Konzentration, und dazu Instinkt für Bluff und die Eingebung, wann er den anderen herauszufordern hatte. Er beachtete die Neckereien seiner begeisterten Zuschauer nicht, er ließ sich von verlorenen Spielen oder Palmers sorgloser Gutmütigkeit nicht aus der Ruhe bringen. Er spielte hartnäckig und verbissen weiter, das rote Haar klebte ihm in einer Tolle auf der Stirn, er starrte auf die Tarockkarten, bis sie ihm in den Augäpfeln flimmerten wie Einladungskarten zur Hölle. Er wußte von Erskine, der jetzt neben ihm stand, daß es dunkel war, daß die Vernehmung zu Ende und zu Lymonds Ungunsten ausgegangen war. Er hatte keine Ahnung, wie spät es war.

Palmer stellte seine Sequenzen zusammen. Er tat es langsam, als bereite das Berühren der Karten ihm Freude. Scott betrachtete sein eigenes Blatt, und die glatten, geleckten ägyptischen Köpfe mit uralter Weissagung in den Augen starrten von den Tarockkarten zurück und wärmten ihre gemalten Hände an der Glut des Fleisches. Er hatte den Fuß auf den *chemin royal de la vie* gesetzt, und die dünnen Travestien in seiner Hand waren diesmal echt und wirklich: der Verräter und der Gehenkte, der Tod und der Narr. Er schob die Karten unvermittelt zusammen und hielt sie fest, bis er wieder bei klarem Verstand war.

Er hatte ein gutes Blatt, aber kein erstklassiges, und vermutete, daß Palmer ein besseres hatte. Es gab eine Möglichkeit, wie er seines vielleicht verbessern konnte: indem er das Glück zu Hilfe rief. Er hatte die Welt und den Gaukler. Er konnte von Palmer den Narren verlangen; hatte er ihn nicht, so trugen seine zwei Karten ihm fünf Extrapunkte und nahezu sicher das Spiel ein. Es mußte einfach. Jeder Gegenstand, den Palmer auslöste, kostete Will ein weiteres Spiel, um ihn zurückzugewinnen. Wenn er dieses Spiel verlor, mußte er wenigstens noch zwei weitere Partien spielen und beide gewinnen. Und er zweifelte, ob er auch nur für eines noch genug Spannkraft besaß.

Es war sehr still. Scott sah seine Karten noch einmal an. Dem schweratmenden Palmer preßte der Beginn eines Lächelns die stoppligen Doppelkinne zusammen. »Qui ne l'a«, sagte Scott, und Palmers Blick zuckte zusammen, verengte sich und schoß zu ihm hinüber. »Qui ne l'a? Nun? Haben Sie einen?«

Palmer kratzte sich an der Nase. Er grunzte, und die Stille drückte sich wie eine Weinkelter auf die gequetschten Männer herab. Er stellte so lange, wie er es irgend wagen konnte, Scotts Nerven auf die Probe. Dann schüttelte er langsam den großen Kopf. »Nein. Der Teufel soll es holen. Ich habe keinen.«

Will bewegte die Hände sehr langsam: rote Hände wie die Buccleuchs. Die Tarockkarten fielen erdrosselt und schlaff auf ihre Plätze auf dem Tisch: mürrisch, rührselig, schmollend, verdrießlich gegen das gelächterlose Verschmachten einer Papierwelt aufbegehrend. Eine winzige Pause trat ein, dann war Palmer an der Reihe, und seine Karten liefen wie Butter von einer Tischecke zur anderen.

Es war ein Verliererblatt. »Meine Partie, glaube ich«, sagte Will Scott.

Der Wirrwarr von Glückwünschen, herzhaftem Rückenklopfen und steigenden Lärms – das alles drang kaum bis in Scotts Wahrnehmung vor, nicht einmal als Palmer sich unter donnernden Flüchen einen Schoppen Bier über Kopf und Schultern goß und gleich darauf in dröhnendes Gelächter ausbrach und ihn wie einen Sohn umarmte. Scott saß wie ein sanft lächelnder Marmorbuddha da, das heißumstrittene Papier fest in der Hand, und sagte nur: »Sie können all Ihr anderes Zeug behalten. Das hier ist alles, was ich wollte.«

Palmer brandete hoch, bahnte sich mit den Ellbogen einen Weg zum Fenster, drehte sich um und spannte die fleischigen

Schultern. »Was für ein Spiel! Allmächtiger! Was für ein Spiel! Ich habe in sämtlichen Grafschaften Englands gespielt und kreuz und quer durch Frankreich, aber ich habe noch nie einen Mann getroffen, der so meine Gedanken lesen konnte wie Sie. Noch nie. Wo haben Sie das aufgeschnappt?«

Scott zog sich das Hemd über. »Das«, sagte er undeutlich, »ist mir beigebracht worden von . . .«

Palmer zerrte eine Faust voll Leinen hoch. »Was?«

Scotts Kopf tauchte wie die aufgehende Sonne hervor. »Es ist mir beigebracht worden von einem Burschen namens Jonathan Crouch.«

Sir Thomas' Arme fielen herab wie abgehackte Zweige. »Einem Engländer?«

»Ja.«

»Mit einer Frau, die Ellen heißt, und einem Mundwerk wie . . .«

»Ja.«

»Dem Mann habe ich beigebracht, Tarock zu spielen!« brüllte Sir Thomas.

»Ja, das weiß ich«, sagte Will Scott.

Eine Stunde später war er in Lymonds Zimmer.

Es war schwierig, den Junker zu wecken. Unter den beharrlichen Fingern des Jungen rührte er sich endlich, und seine schweren Lider hoben sich ein wenig. Nach einer Weile erkannte er ihn und sagte mit einer von Schlafmitteln schweren Zunge: »Scott!« Dann gewahrte er, daß sich hinter dem Jungen etwas regte, und wandte den Kopf. »Und auch Mr. Lauder, wie ich sehe.«

Der Kronanwalt, in zerdrückten Kleidern und mit gesträubtem Haar, verbeugte sich und schloß die Tür vor den neugierigen Blicken der Wachen. Scott sah sich nicht um. Seine ausgestreckte Hand hielt Lymond das Schriftstück mit Samuel Harveys Erklärung hin, so daß der Schein des Talglichts neben dem Bett auf die Überschrift fiel. »Es ist Samuel Harveys Geständnis«, sagte der Junge. »Er hat es Christian in

Haddington gemacht, als er im Sterben lag, und der Priester dort hat es niedergeschrieben. Es spricht Sie von jedem Makel des Verrats frei.«

Die Finger des Junkers berührten die gefalteten Blätter und strichen sie sorgsam glatt. Scott, der die gesenkten Augen beobachtete, sah im Geist die Seiten, wie er sie vor einer Stunde gelesen hatte, als er vor seinen Zeugen seinen Spielgewinn prüfte.

»... aus der Hofhaltung der Prinzessin Mary abberufen und zum König befohlen. Entscheidend wichtig, den Feind hinsichtlich der Identität des Spions irrezuführen... günstige Gelegenheit der Anwesenheit des Schotten Crawford... Brief an seine Freunde in Schottland bereits entwendet... Fälschung angeheftet und von mir nach Norden mitgenommen...« Und die letzten Sätze: »Ich erfuhr später, daß der Spion, um dessentwillen man sich all diese Mühe machte, bei seinem nächsten Aufenthalt in London starb. Ich habe mein Wort gegeben, die anderen Beteiligten nicht zu nennen, und ich sehe auch keine Notwendigkeit, es zu tun, da es das Wesentliche der Vorgänge nicht berührt. Ich schäme mich dessen, was ich getan habe, nicht; ich habe bei einem berechtigten Vorgehen gegen den Feind meinen Befehlen gehorcht.«

Obwohl er zum letzten Blatt gelangt war, sah der Junker nicht sofort auf. Scott war froh, als er endlich sprach. »Sie hat also ihre Beweise bekommen.«

»Niemand weiß, was dabei schiefging«, sagte der Junge. »Entweder hat man ihr aus Versehen unbeschriebene Blätter gegeben, oder es war eine vorsätzliche Täuschung; vielleicht hat Harvey doch noch bereut, was er getan hat. Der Priester weiß es nicht.«

Lymond wandte den Kopf und suchte die strahlenden meerblauen Augen unter dem roten Wuschelhaar. »Und du – wo hast du sie her?«

»Sir Thomas Palmer ist Harveys Vetter. Ich bekam das von Lady Douglas heraus, als sie aus Haddington freigelassen wurde. Sie sagte mir auch, daß Harveys Sachen für Palmer aufbewahrt würden, bis er das nächstemal nach Norden käme.«

»Und?«

»Und als er dann nach Norden kam, nahm mein Vater ihn gefangen«, sagte Scott unversehens verlegen. »Palmer ist jetzt auf der Burg, und sie haben auch den Klosterbruder in Gewahrsam, der es aufgeschrieben hat – das habe ich später herausbekommen. Ich habe sie auch alle den Inhalt beglaubigen lassen, damit sie . . .«

»Ihr junger Katechumene hat die ganze Nacht mit Palmer Tarock gespielt, um das Schriftstück in seinen Besitz zu bringen«, erklärte der Kronanwalt mit seiner schönsten volltönenden Stimme. Er hatte einen Stuhl gefunden, in dem er sich zurücklehnte und wohlwollend zur Decke emporlächelte. »Bei Gott, ich wünschte, Sie nähmen mich sechs Monate lang in Ihrer Truppe in die Schule.«

»Nicht mein Verdienst; dafür hatten wir einen Lehrer importiert«, antwortete Lymond ernst. Seine Hautfarbe wechselte zwischen rot und weiß, seine Augen leuchteten. »Ich glaube nicht, daß wir Ihnen viel beibringen könnten, Mr. Lauder.«

Das Auge des Gesetzes löste sich von den Deckensparren und schoß hinab zu den Kopfkissen. »Wer hat den Brief gestohlen, Mr. Crawford? Ich nehme an, dieses verdammte Douglas-Weib.« Er hielt inne. »Sie sind heute mit unseren Freunden sehr sanft umgegangen.«

Lymonds Gedanken waren offensichtlich tausend oder doch hundert Meilen weit weg. »Unsere Freunde . . .?«

Klüger als Scott, beachtete Henry Lauder den finsteren Blick des Jungen nicht und sprach weiter. »Die Douglas-Familie. Der Graf von Angus verpflichtete sich, soviel ich weiß, in jenem Jahr, bis Mittsommer Heinrich VIII. die Krone Schottlands aufs Haupt zu setzen. Es war auch von einem geheimen Bündnis die Rede, das Sir George und sein Bruder in London beide unterschrieben hatten, in dem sie ihre volle Hilfe versprachen, um Schottland in Heinrichs Besitz zu bringen. Der

König wünschte natürlich nicht, daß das damals im Ausland bekanntwürde.«

»Nein.« Lymonds Hände lagen noch immer auf den gefalteten Blättern des Geständnisses. »Über die Douglas gibt es nichts Neues mehr. Die unerquickliche Wahrheit ist, daß sie eine weitblickende Familie sind und sich jeweils der gewinnenden Seite anschließen und nicht notwendigerweise der Seite, die am meisten zahlt. Diese Leute sind Sturmschwalben und Unglücksboten – man erkennt an ihnen, woher der schwere Seegang kommt, und insofern sind sie nützlich. Sie machen ihre Geschäfte im Schutz einer vorgetäuschten schwindelhaften Diplomatie und lassen sich nur auf eine Weise wirklich beeinflussen – durch persönliche Schande. Die Seite, die der Versuchung unterliegt, die Douglas nackt auszuziehen, wird sie verlieren und zusammen mit ihnen die sehr beträchtliche Macht ihrer Leute. Grey wußte das; deshalb hat er Sir George stets so sanft angefaßt.«

»Mein Vater hat auch Erlaubnis erhalten, mit den Engländern zu verhandeln«, warf Scott selbstverteidigend ein. »Um seine Interessen zu schützen.«

Der Kronanwalt mußte unwillkürlich lächeln. »Buccleuch hat sich zu einer Menge sonderbarer Dinge nötigen lassen, um seine Interessen zu schützen, aber niemand würde ihn je mit den Douglas verwechseln. Mr. Crawford hat recht. Der Aasgeier, der keinen Unterschied macht, ist nicht unsere wirkliche Gefahr; offener Skandal würde ihn nur wieder ins uneinträgliche Exil treiben und uns keinerlei Vorteil bieten. Ebensowenig sollten wir unsere kernigen Patrioten fürchten, die wie Ihr Vater auf verqueren und krummen Wegen ihre Treuebindungen betätigen. Die Gefahr für uns liegt bei den Männern, die unser Land mit Haupt und Gliedern an sich reißen und es in eine solche Fasson zwängen wollen, daß es ihnen und ihren Kindern noch in alten Tagen als Jacke und Hose paßt.«

»Manche von ihnen sind aufrichtig«, warf Lymond ein.

»Ich weiß: Und gerade solche Leute werden uns zugrunde

richten. Der Himmel bewahre uns vor allem vor dem ehrlichen Tölpel und dem ehrgeizigen Fanatiker.«

»Das läßt nicht gerade eine verwirrend große Auswahl übrig.«

»Die Culters zum Beispiel?«

Scott sagte zornig: »Diese unselige Familie mit dem Tunichtgut von Sohn?«

Der Anwalt lächelte. »Mein Geschäft sind Worte, mein Junge, und die besten gedeihen wie die Pilze auf einem guten Rechtsmistbeet. Ihr Freund hat sich selbst einiger recht gewählter Ausdrücke bedient. Ich bewundere Ihre Gabe, trotz Ihrer Zunge Treue und Ergebenheit einzuflößen, Mr. Crawford. Was werden Sie jetzt tun?«

»Ich war im Begriff, Sie das gleiche zu fragen«, sagte Lymond; er hatte offenkundig die Atempause, die Lauder ihm gewährt hatte, gut genützt.

Der Kronanwalt erhob sich. »Ich glaube, es sind da einige Leute, denen man diese Erklärung zeigen sollte, und zwar möglichst unverzüglich«, sagte er. »Wenn Sie mir das Schriftstück anvertrauen wollen.«

Lymonds »Selbstverständlich« prallte gegen Scotts »Nein!«. Seine Hände zauderten einen Augenblick, dann hielt er das Schriftstück dem Anwalt hin. Lauder nahm es.

»Ich würde Ihnen raten, sich anzukleiden, wenn Sie können. Mr. Scott wird Ihnen vielleicht behilflich sein. Es könnte nötig sein, Sie rufen zu lassen.«

Die Tür schloß sich hinter ihm. Lymonds Mund zuckte beim Anblick von Scotts Gesicht. »Irgend jemand *muß* man vertrauen Will, trotz allem gegenteiligen Rat, den du vielleicht zu hören bekommst.«

Scott vermied seinen Blick und murmelte: »Sie müssen mich für den ausgewählten König der Einfaltspinsel gehalten haben.«

»Hätte ich das getan, dann hätte ich dir nie erlaubt, dich mir anzuschließen. Dein Vater hat ungefähr das gleiche vor dem Tribunal heute gesagt – mein Gott, gestern! Und ich kann es bestätigen.«

»Trotz meiner höllischen Fehler?«

»Ich habe an die Sache heute nacht gedacht. Dabei hast du keinen Fehler gemacht.«

Scott wiederholte mit eifervoller Dringlichkeit die Frage, die Lauder vergeblich gestellt hatte: »Was werden Sie jetzt tun?« Doch Lymond streckte sich, griff ihn beim Arm und zog ihn auf einen Stuhl neben dem Bett herab.

»Warte einen Augenblick. Mir wird jetzt erst allmählich bewußt, daß ich morgen nicht geviertelt werde. Keine Verabredung mit Apollyon. Mir scheint, du hast eine viel eigenmächtigere Entscheidung über mein Leben getroffen als ich je über das deine.«

Scotts Stimme schwankte. »Soviel war ich Ihnen zumindest schuldig.«

»Du warst mir gar nichts schuldig«, sagte der Junker. »Es dürfte eine widernatürliche Verschwörung bestehen, mich unbedingt am Leben zu erhalten; weiter nichts. Ich hoffe zu Gott, du wirst es nicht bereuen. Ich hoffe zu Gott, *ich* werde es nicht bereuen. Wie beim Satan hast du es nur fertiggebracht, Palmer beim Kartenspiel zu verdreschen?«

Seligkeit erwachte in Scotts Herzen. Da er nicht erwartete, daß Lymond mehr sagen werde, und nicht wußte, daß er mehr nicht zu sagen wagte, erzählte es ihm der junge Buccleuch, während der Junker sich ankleidete.

Das Haus der Culters war gemütlich und bequem, mit zwei getrennten Schlafzimmern und einem Salon mit einem großen hellen Fenster über dem Garten, an dem Sybilla sich ihrer Handarbeit widmen konnte. Um Mitternacht schickte die alte Dame Sohn und Schwiegertochter zu Bett und versprach fest, sich ebenfalls schlafen zu legen. Aber sie blieb weiter an ihrem Fenster sitzen, ein regloser Schatten auf dem erleuchteten Viereck der Rosenbüsche draußen, und jeder einzelne Nerv in ihrem Körper bebte und schmerzte.

Fünf Tage lang hatte Sybilla mit allem, was sie besaß – ihrem Verstand, ihrem Charme und ihrem Geld –, einen unablässigen Sturmangriff gegen die Obrigkeit geführt. Ihre Freunde und Altersgenossen in Kirche und Adel, ihre Verehrer beim Schwurgericht, die Mächtigen beiderlei Geschlechts bei Hof hatten sämtlich den Anprall von Sybillas Angst zu spüren bekommen, und viele von ihnen versuchten zu helfen, weil sie nun einmal Sybilla war und man ihr eine Nähnadel geliehen hätte, um den Mond an ihr Haustor zu heften, wenn sie darum gebeten hätte. Ohne Erfolg. Sie hatte von Anfang an gewußt, daß nichts ihr das Leben dieses Sohnes retten konnte; das Gesetz verlangte Beweise, und Beweise gab es nicht. Richard hatte ihr nach der Rückkehr von der Sitzung des Gerichtsausschusses den Verlauf von Fragen und Antworten wiederholen müssen. Sie hatten zu dritt den Fall endlos durchgehechelt, bis sie völlig erschöpft waren, und dann hatte sie ihren Sohn und Mariotta zu Bett geschickt.

Sie regte sich, und die dunklen Rosen erschauerten. »Es war einmal ein Mutterschaf, das hatte drei Lämmer, und eines davon war schwarz ...« Nicht, daß man all die Not ganz umsonst durchlebt hätte. In ihrem ganzen Leben hatte sie Richard noch nie so verzweifelt und heftig sprechen hören wie an diesem Abend.

Sybilla sah aus dem Fenster in die Dunkelheit hinaus. Ihr Garten drunten schlingerte mit dem trüben Wasser des Loch, und die hohen Ufer zu beiden Seiten verschoben ihre Schatten mit dem ziehenden Mond.

»Es war einmal ein Mutterschaf, das hatte drei Lämmer, und eines davon war schwarz. Das eine ward gehängt, das andere ward ertränkt, und das dritte war verschwunden und ward nicht mehr gefunden ...« Sybilla krampfte die Hände ineinander.

In diesem Augenblick kam Tom Erskine leichten Ritts und allein die Straße herab zum Haustor gefegt.

Eine halbe Stunde verging. Im Schloß der Maria von Guise entzündeten sich die Kerzen in Gemach um Gemach, indes die Königin mit ihren Damen sich in den Audienzsaal begab und im Gehen den Kopf bald nach rechts wandte, um mit Richard an ihrer Seite zu sprechen, bald nach rückwärts zu Henry Lauder, der hinter ihr schritt. Sie standen neben ihr, als sie sich auf der Estrade niederließ. Der Lordkanzler war bereits zur Stelle, und seine Kleidung war so zerdrückt und staubig wie die der Königin; Argyll kam raschen Schrittes herein, verneigte sich und setzte sich zu Huntly und Erskine und den Sekretären entlang der Wand des kunstvoll verzierten Raumes.

Es war sehr heiß, und die Lichter schmerzten ihre müden Augen. Angesichts der späten Stunde und des anhaltenden bösartigen Krisenzustandes verlangte die Königin keinerlei Zeremoniell. Einer der Sekretäre gehorchte ihrem Nicken und öffnete die Tür. Die Königinwitwe saß still da und beobachtete Lord Culter, und Henry Lauder beobachtete die Königin.

Richard lächelte. Crawford von Lymond stand im Türeingang, lächelte zurück, verbeugte sich und blieb stehen. Die Königin bewegte die Hand und betrachtete aufmerksam den Mann, der nun auf ihren Sessel zuschritt. Mit ihrem starken Akzent sagte sie auf englisch: »Ich war neugierig.«

Der Junker antwortete in raschem Französisch: »Ich bin es, Madame, der neugierig ist, sonst hätte ich mir nicht eine so alberne Zwangslage geschaffen.«

»Der Gerichtsvorsitzende kann Ihnen nicht folgen«, bemerkte Maria von Guise. »Sprechen wir englisch, dann kann er mir nicht folgen. Es gibt keinen Präzedenzfall dafür, Mr. Crawford, wie man einen Mann anspricht, dem vom Staat Ungerechtigkeit widerfahren ist. Ich hatte geglaubt, wir hätten den sicheren Hafen der Verderbtheit erreicht, in dem wir nicht zu befürchten brauchen, daß wir jemand falsch beurteilen. Zu meinem Erstaunen stelle ich fest, daß ich mich geirrt habe.«

Das war garstig. Viel zu klug, um zu antworten, neigte Lymond nur den blonden Kopf; er hatte den Kniff heraus, stets so auszusehen, als sei er fertig angekleidet auf die Welt gekommen, fand Lauder, der sich ärgerlich bewußt war, daß er auf zerknittertem Leinen saß und von halbwachen, ungebügelten Staatsmännern umgeben war.

Die matronenhafte, autokratische Stimme fuhr fort: »Wir haben fortlaufend von Ihnen beschaffte Auskünfte über die Bewegungen und Angelegenheiten des Feindes erhalten. Wir wissen jetzt, daß wir Ihnen noch andere Geschenke an Geld und Geheimnissen verdanken, die Sie uns im Lauf der Jahre haben zukommen lassen, und daß wir, ohne es zu wissen, bei Hume und Heriot, Carlisle und Dumbarton die Nutznießer ihrer Begabungen und Fähigkeiten waren. All diese Dienste haben Sie unter der Schneide unseres Schwertes und dem Absatz unseres Stiefels geleistet – kraftvoll, gewitzt und selbständig. Sie haben mich in Staunen versetzt, Mr. Crawford. Sie gewahren in mir einen elendiglichen Zorn, der Sie für Ihr Leiden ein wenig entschädigen sollte. Man hat mir eine armselige, ausgeplünderte Rüstkammer hinterlassen, und ich habe den besten gehärteten Stahl weggeworfen. Mein Gott, Monsieur le maître, Sie haben uns einen Schaden zugefügt: Sie hätten uns beim Genick packen und uns Ihr Unrecht in die Ohren schreien sollen. Welche Wiedergutmachung können Worte Ihnen leisten? Eine höfliche Entschuldigung und Mr. Lauders Bedauern?«

»Bedingtes Bedauern«, sagte der Kronanwalt. »Ich liebe Mr. Crawford wie einen Sohn, aber diese Vernehmung hätte ich nicht missen mögen.«

»Falls Sie Ihre Notizen verlieren sollten«, sagte Lymond, »so werden Sie sie in meine Leber eingegraben finden. La reine douairière ist großmütig. Ich habe den Eindruck, daß auf jeden Fehler des Staates mehrere meiner eigenen kommen. Am besten vergißt man die Sache.«

»Mein lieber Mr. Crawford«, sagte die Königinwitwe, »wie kann ich vergessen, wenn meine Tochter obszöne Verse aufsagt und Sie ihrem Herzen noch immer lieb und teuer sind . . .?«

Huntly rührte sich. Maria von Guise faltete die Hände, ohne

ihn anzusehen, aber ihre Stimme nahm jetzt eine Färbung an, die sie zuvor nicht besessen hatte, und ihr Blick verhärtete sich.

»Ich bin mir bewußt«, sagte sie, »daß für die meisten Menschen, die für oder gegen mich kämpfen, die Dynastie eine Geburtsurkunde und ein Metallreif ist; eine verirrte Schachfigur auf dem eigenen Brett und mehr an Botmäßigkeit und erbarmungslose Behandlung gewöhnt als der schwächste ihrer Untertanen. Für mich ist sie ein kleines Mädchen, das Überraschungen und Wissen und glückliche Jahre in seinen Händen hält. Wenn bewaffnete Eindringlinge kommen und Männer sterben und Verrat üben, ist sie noch immer ein kleines Mädchen, das weint, weil es mitten in der Nacht geweckt worden ist.« Ihr Blick senkte sich kurz auf ihre Hände, und ihre Lippen bebten einen Augenblick lang und festigten sich wieder.

»Sie haben durch alle Ihre Anstrengungen in diesem Jahr die schottische Krone davor bewahrt, geraubt zu werden – o ja, gewiß. Ich jedoch erinnere mich und werde nicht vergessen, daß Sie mir ein Jahr länger die Nähe meiner Tochter geschenkt haben. Vielleicht das letzte Jahr. Sie ist in Sicherheit. Sie, Sir, haben mit großem Mut das Geheimnis bewahrt, das ihren Schiffen erlaubte auszusegeln. Gestern ist meine Tochter von Dumbarton nach Frankreich in See gegangen, um dort zu leben und zu gegebener Zeit den Dauphin zu heiraten.

Manche werden sagen, wir hätten England, diesem zudringlichen Freier, Zutritt gewähren und unvergossenes Blut und unversehrte Heimstätten als unsere Morgengabe bewahren sollen. Ich bin nicht dieser Meinung. Ich hoffe, daß wir uns für die Klugheit und den Stolz entschieden und nicht nur einen raschen Zufluchtsort, sondern auch einen langen Frieden gewählt haben.«

»Und England?« fragte Lord Culters Stimme.

»Der König von Frankreich hat unser Königreich unter seinen ewigwährenden Schutz gestellt. Er wird von England

Frieden zwischen unseren drei Völkern fordern und daß alle Feindschaft zwischen England und Schottland aufhören muß.«

Draußen war bleich und windzerfetzt, mit säumigen Sternen in ihrer Helligkeit, die Dämmerung angebrochen. Im gelblichen Glanz der Lichter hatte Lymonds Blick sich seinem Bruder zugewandt. »So verlieren sie also schließlich doch«, sagte er. »Alle die Ritter des Königs. Lord Grey und Lord Wharton, Lennox und Somerset. So viele Verschwörungen und Kämpfe, soviel Verdruß und Kummer; soviel vergeudetes Gold, so viele Menschen quer durch Europa gehetzt, um uns entgegenzutreten. Es ist eine traurige Sache, mit Kanonen zu buhlen und zu verlieren.«

Maria von Guise hatte Augen und Sinn auf das geneigte Antlitz vor ihr gerichtet. »Ich frage mich, ob Sie wohl auf meiner Seite sind?« sagte sie.

Die vorsichtigen Augen hoben sich unverzüglich. »Ja... ich glaube schon. Es gibt eine göttliche Lösung, aber wir sind nur Menschen und Schotten noch dazu. Was bedeutet, daß wir uns in jegliche Verwicklung vernarren.«

»Und welche Belohnung sollen wir Ihnen geben für alles, was Sie getan haben?« fragte Maria von Guise feierlich. »Abgesehen von der uneingeschränkten Liebe meiner Tochter?«

Lymonds bezauberndes Lächeln leuchtete in seinen Augen auf. »Ich habe keine anderen Wünsche und kann mir keine vorstellen.«

»Nein?« sagte die Königinwitwe. Sie erhob sich und rauschte mit Francis Crawford aus dem Gemach, ohne sich um ihre Staatsmänner zu kümmern, die verblüfft auf die Füße torkelten, oder um Richard, der leise lächelte, oder Lauder, der kräftig vor sich hin fluchte. »Keine anderen Wünsche? Au contraire. Es gibt einige, die ich noch herausfinden werde, und einen, den ich bestimmt kenne«, sagte die Königin mit Entschiedenheit und öffnete eine Tür.

Ein leeres Gemach. Dann ein Flüstern von Seide, der Duft eines halb vergessenen Parfüms und eine unbändige, unsäg-

liche Erleichterung, die den müden, schmerzenden Geist
überflutete.

Sybilla war da. Sie gewahrte die Augen ihres Sohnes und
öffnete die Arme.

Zeittafel

1503   Jakob IV. von Schottland heiratet Margaret Tudor, Schwester Heinrichs VIII. von England. Anfang des längsten Friedens zwischen beiden Ländern seit 200 Jahren.

1509   Thronbesteigung Heinrichs VIII., der im selben Jahr Katharina von Aragonien heiratet.

1512   Geburt Jakobs V. von Schottland.

1513   Heinrich VIII. erklärt Frankreich den Krieg. Schottland greift England an, um seinem traditionellen Verbündeten Frankreich zu helfen. Tod Jakobs IV. in der Schlacht bei Flodden, eine vernichtende Niederlage für Schottland.

1514   Die Königinwitwe Margaret heiratet Archibald Douglas, Grafen von Angus.

1515   Franz I. wird König von Frankreich.

1531   Heinrich VIII. löst die englische Kirche von Rom.

1535   Hinrichtung Thomas Morus' wegen Eidesverweigerung auf Heinrich VIII. als kirchliches Oberhaupt.

1538   Jakob V. heiratet Maria von Guise-Lorraine.

1541   Calvinistische Reformation in Schottland durch John Knox. Erbitterter Widerstand der katholischen Kirche. 1547 gerät Knox in St. Andrews in französische Gefangenschaft.

1542   Niederlage der Schotten in der Schlacht bei Solway Moss*

*   Bei dieser Schlacht wird Lymond von den Engländern gefangengenommen.

gegen England am 24 November. Geburt von Maria Stuart am 8. Dezember. Jakob V. stirbt am 14. Dezember. Lord Hamilton, Graf von Arran, wird Statthalter für die unmündige Königin Maria. Friedensvertrag zwischen England und Schottland. Verlobung der Königin Maria mit Eduard (1537–1553), Sohn Heinrichs VIII. Dieser Vertrag wird bald darauf von Schottland widerrufen. In den nächsten Jahren ständige Überfälle zwischen beiden Ländern.

1543–46   Dritter Krieg Heinrichs VIII. gegen Frankreich.

1547   Tod Heinrichs VIII. Für seinen Nachfolger, den unmündigen Eduard VI., regiert als Protektor Eduard Seymour, Herzog von Somerset. Tod Franz' I. von Frankreich. Ihm folgt Heinrich II. auf dem Thron. Die Macht der Guisen wird größer. Niederlage der Schotten in der Schlacht bei Pinkie. Ende des Jahres schickt Frankreich Truppen und Geld nach Schottland.**

1548   Maria Stuart wird nach Frankreich geschickt, wo sie 1558 den Dauphin heiratet.

**   In diesem Jahr kehrt Lymond heimlich nach Schottland zurück.

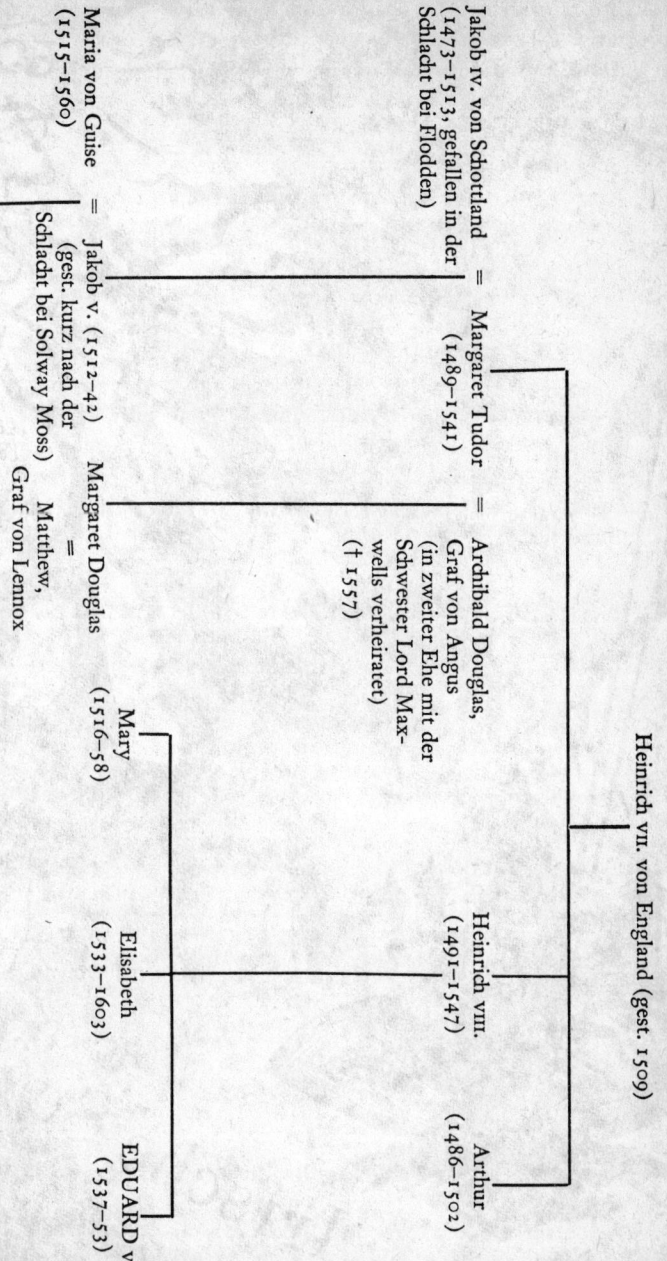

Die Königshäuser von England und Schottland im XVI. Jahrhundert

Heinrich VII. von England (gest. 1509)

Jakob IV. von Schottland (1473–1513, gefallen in der Schlacht bei Flodden) = Margaret Tudor (1489–1541) = Archibald Douglas, Graf von Angus (in zweiter Ehe mit der Schwester Lord Maxwells verheiratet) († 1557)

Heinrich VIII. (1491–1547)

Arthur (1486–1502)

Maria von Guise (1515–1560) = Jakob V. (1512–42) (gest. kurz nach der Schlacht bei Solway Moss)

Margaret Douglas = Matthew, Graf von Lennox

Mary (1516–58)

Elisabeth (1533–1603)

EDUARD VI. (1537–53)

MARIA (1542–87)

SCHOTT

Hebriden-See

Iona

Firth of Lorne

Loch Long

Loch Fyne

Firth of Clyde

Irische See

Lesefutter

John Barth
Der Tabakhändler
rororo 5621

Barbara von Bellingen
Die Tochter des Feuers
rororo 5478

Barbara Taylor Bradford
Deutsch von Sonja Schleichert
Bewahrt den Traum
Roman
640 Seiten. Gebunden (Wunderlich
Verlag) und als rororo 12794
Und greifen nach den Sternen
Roman
528 Seiten. Gebunden (Wunderlich
Verlag)
Wer Liebe sät
Roman
496 Seiten. Gebunden (Wunderlich
Verlag) und als rororo 12865

Fanny Deschamps
Jeanne in den Gärten
rororo 5700
Jeanne über den Meere
rororo 5876

Robert S. Elegant
Sturm über Schanghai
Roman
Deutsch von Alfred Hans
816 Seiten. Gebunden
Die Dynastie
rororo 5000
Mandschu
rororo 5484
Mandarin
rororo 5760

C 2271/4

Lesefutter

Pauline Gedge
Die Herrin vom Nil
rororo 5360
Pharao
rororo 12335

Margaret Mitchell
Vom Winde verweht
rororo 1027

Josef Nyáry
Ich, Aras habe erlebt . . .
rororo 5420

Diane Pearson
Der Sommer der Barschinskys
Roman
Deutsch von Margaret Carroux
512 Seiten. Gebunden
(Wunderlich Verlag)

Rosamunde Pilcher
Die Muschelsucher
Roman
Deutsch von Jürgen Abel
704 Seiten. Gebunden
September
Roman
Deutsch von Alfred Hans
624 Seiten. Gebunden

Mario Puzo
Der Pate
rororo 1442
Mamma Lucia
rororo 1099

Irving Stone
Vincent van Gogh
rororo 1099

C 2271/4 a

Sprich, Erinnerung, sprich

Ida Ehre
**Gott hat einen größeren Kopf
mein Kind ...** (12160)

Heinz Erhardt
Unvergeßlicher Heinz Erhardt
Heiteres und Besinnliches (4245)

Vera Figner
Nacht über Rußland
Lebenserinnerungen einer
russischen Revolutionärin (5974)

George Grosz
Ein kleines Ja und ein großes Nein
(1759)

Virginia Haggard
Sieben Jahre der Fülle
Leben mit Chagall (12364)

Axel Madsen
**Jean-Paul Sartre und
Simone de Beauvoir** (4921)

Berhard Minetti
Erinnerungen eines Schauspielers (5950)

Edith Piaf
Mein Leben (859)

Jean-Paul Sartre
Sartre über Sartre (4040)

Irving Stone
Vincent van Gogh (1099)

C 2142/9

Literatur für Kopf Hörer

Armin Müller-Stahl liest
Vladimir Nabokov
Der Zauberer
Deutsch von Dieter E. Zimmer
2 Tonbandcassetten im Schuber
(66005)

Walter Schmidinger liest
Italo Svevo
Zeno Cosini
Das Raucherkapitel
1 Tonbandcassette im Schuber
(66007)

Uwe Friedrichsen liest
Kurt Tucholsky
Schloß Gripsholm
3 Tonbandcassetten im Schuber
(66006)

Christian Brückner liest
John Updike
Der verwaiste Swimmingpool
Der verwaiste Swimmingpool,
Wie man Amerika gleichzeitig liebt
und verläßt
Deutsch von Uwe Friesel und Monika
Michieli.
1 Tonbandcassette im Schuber
(66004)

Christian Brückner liest
Jean-Paul Sartre
Die Kindheit eines Chefs
Deutsch von Uli Aumüller
3 Tonbandcassetten im Schuber
(66014)

Produziert
von Bernd
Liebner
Eine
Auswahl
Rowohlt
Cassetten

C 2321/3 a

Kalkutta 1850:
Die Geschichte einer leidenschaftlichen, verbotenen Liebe

REBECCA RYMAN
WER LIEBE VERSPRICHT

Roman. 816 Seiten. Gebunden.

Der Roman führt in das Indien zur Zeit der englischen
Kolonialherrschaft. Es ist die Geschichte einer grenzenlosen,
aber verbotenen Liebe, eines faszinierenden Fremden und einer
jungen Frau, deren Leidenschaft und Willenskraft Liebe säen,
aber Verrat und Zerstörung ernten.

1848 kommt die Amerikanerin Olivia auf Einladung ihrer
Tante nach Kalkutta. Hier trifft Olivia auf einen
mysteriösen Fremden, Jai Raventhorne. Wie Olivia ist Jai ein
Außenseiter in jener vorurteilsvollen und selbstgerechten Welt
der britischen Kolonie. Er erobert Olivia im Sturm.

Olivia, obgleich gewarnt, daß Jai sie zerstören könnte, hält an
ihrer Hingabe fest – bis Verlust und Verrat ihre bedingungslose
Liebe in unerbittlichen Haß verwandeln...

»Der Wälzer ist tatsächlich keine Seite zu lang.
Vorsicht: Suchtgefahr!« *Brigitte*

WOLFGANG KRÜGER VERLAG